Medi Huwe

RAGNARØK

Edition Roter Drache

Dieses Buch wurde klimaneutral gedruckt und versendet.

Klimaneutral
Druckprodukt
ClimatePartner.com/14701-2102-1005

Deutsche Erstausgabe
1. Auflage März 2022

Edition Roter Drache, Holger Kliemannel, Am Hügel 7, 59872 Meschede
edition@roterdrache.org; www.roterdrache.org
Illustrationen, Titel- und Umschlagdesign: © HolgerMuch
Buchgestaltung: Daria Stender
Lektorat: Daria Stender
Gesamtherstellung: Druckarnia Cyfrowa, Poland

ISBN 978-3-96815-035-2

Brimir

Stóþ fyr norþan á Niþavǫllum salr ór golli Sindra ættar,
en annarr stóþ á Ókólni bjórsalr jǫtuns, sá Brimir heitir!

Nördlich stand, an den dunklen Gefilden, ein Saal aus Gold für Sindris Geschlecht.
Ein anderer stand auf Ókolnir: der Biersaal des Riesen Brimir.

In allen Zeiten hatte es in Miðgarðr harte Winter gegeben. Dieser eine aber war so außergewöhnlich, dass er bis in die heutige Zeit von den Gelehrten mit dem Wort Fimbulvetr, was in der alten Sprache gewaltiger Winter bedeutet, benannt wird – und viele Jahrhunderte konnte sich keiner als Gelehrter bezeichnen, wenn er nicht zumindest eine der Geschichten darüber zu erzählen wusste.

Der Fimbulwinter war für Miðgarðr verheerend. Doch er war nur ein Teil des Übels, das in dieser Zeit über die Sippen hineingebrochen war. Ihm zuvor hatten Kriegerscharen ihre Heimat im Süden verlassen und bei den Menschen Dorf um Dorf überfallen. Die Mūspilli – die Muspellbrüder. Riesen allesamt, den Stammeskriegern Miðgarðs in Kraft, Größe und Bewaffnung weit überlegen. Sie gewannen nichts und machten keine Beute. Sie waren nicht gekommen, um zu erobern, sondern um zu zerstören. Ihre Opfer verloren, was sie besaßen. Wer überlebte, hatte meist nichts anderes mehr übrig als die Hoffnung, dass die Götter eines Tages eingreifen würden.

Es geschah nicht.

Die Götter der Menschen warteten zu lange. So lange, bis auch die letzten Hoffnungen verstarben. Verstand denn keiner der Asen und Wanen, dass auch sie verloren, wenn die Menschen den Worten der Priester nicht mehr glaubten?

Die List des südlichen Königs ging auf. Die Macht und Kraft der alten Götter löste sich immer mehr im Nichts auf. Neue Götter wollten über die Weltenscheibe regieren. Jene interessierten sich wenig für das Schicksal der Menschen und ihre Werke.

Der König des Südens schickte seine Kreaturen, um am Ende in den Stätten der Götter, in Ásgarðr und Vanaheim, zu kämpfen. Er wusste von den weissagenden Frauen: Nur auf dem Schlachtfeld vor Walhall war dieser Krieg zu gewinnen. Die Pfade dorthin waren aber versteckt. Nur Auserwählte wussten, wo sie sich befanden.

Von den weissagenden Frauen war noch Anderes vorausgesagt. Sie kannten das Schicksal – doch ihre Warnungen waren stets ungehört verschallt. Zu zögerlich bereiteten die Götter ihre Krieger auf das Eintreffen der Feinde vor. Der Morgen der Schlacht schien in weiter Ferne zu sein. Doch in dieser Schlacht ging es um das Schicksal der Welten. Es ging darin um alles.

Um alles? Die weisen Frauen hatten vorausgesagt, dass am Ende eine der neun Welten Ragnarokr unbeschadet überstehen würde. *Welche? Wer durfte dort leben? Was war mit den Verlierern?*

Sie schwiegen, wenn man sie dazu befragte.

Von allen Seiten brausten die Winde heran und trugen Schnee aus allen Richtungen. Es war taghell, doch erblickte man kaum etwas außer dem gleichen Spiel zu allen Seiten: Das Grau und Weiß des Flockenflugs. Selten ließ sich auch nur die Andeutung eines Schattens darin erkennen.

Auf einmal durchwoben helle Schellenklänge die Luft. Etwas war dort draußen. Ein Pferd, ein Reiter, was noch? Vom Sturm ummantelt, ließ sich keine Einzelheit erahnen. Da endlich! Eine Stimme durchdrang das Sausen. Es waren Worte in der Sprache, die man bei den Göttern verstand:

»Mich dünkt, der weise Fróði hatte Recht, als er meinte, dass Miðgarðs Wetter freundlicher werde! Dort, Jalkr! Der Gletscher, den wir suchen! Unter ihm liegt die Stadt der Riesen, Jötunheim. Höchstens noch einen Tagesritt entfernt.«

Das Pferd schüttelte seinen Kopf wild herum. Das Sattelleder knirschte. Nüstern schnaubten. Es klirrte die vereiste Mähne. Die Gesichtszüge des Reiters verformten sich ungesehen.

»Nein, Jalkr! Die Reifriesen wohnen seit dem Anbruch des Winters nicht mehr dort! Sie sind, nachdem die Gletscherflüsse zufroren, in die Welten hinausgewandert, wer weiß, wohin überall. Seither sind sie nicht mehr zurückgekehrt. Die Mūspilli sind in die Stadt der Eisriesen eingezogen. Ich kann dir nicht sagen, was die Feinde aller luftatmenden Wesen dort wollen. Nun, sie sind der Grund, warum uns Fróði durch die Wälder herschickte!«

Seine Worte wurden von einem Grollen beendet. In weiter Ferne rieselten Eisblöcke über den Gletscherrand hinunter. Phol schärfte seinen Blick. Seine übernatürliche Sehkraft vermochte, durch den weißen Sturm hindurch den Rissen zu folgen, die sich in alle Richtungen durch den Gletscher zogen. Einen Augenblick später konnte der göttliche Bote Phol die Grotten erkennen, die zur Riesenstadt führten. Er lauschte den Winden. Sie verrieten ihm noch über diese weite Distanz hinweg eindeutig, dass sich in der Bierhalle Jötunheims ein Kriegsvolk zum Waffengang vorbereitete. Es herrschte dort eine große Unruhe. Es schien, als wären die Krieger bereits beinahe zum Aufbruch bereit. Laut schepperte Rüstzeugs, während die Mäuler tobsüchtig herumbrüllten. Die Fäuste umklammerten die Waffen in einer Kraft, in der sie beinahe barsten. Die Freude war gewaltig. Sie wollten dem Sog der Schlachtengeister folgen.

Dies spürte auch das Pferd. Jalks Fell zuckte heftig. Ein Zittern durchfuhr Phols Lenden. Das Pferd riss das Zaumzeug hin und her. Phols Worte würden das rastlose Herz einmal nicht beruhigen können. Da riss er die Zügel um und rief: »Auf, mein Treuer! Zur Kriegerhalle Bilskírnir! Damit auch der Hammerherr seine Krieger rechtzeitig rüstet! Heute, so scheint mir, weiß der Muspell um das wichtigste Geheimnis seiner Feinde! Er kennt die Stelle, an der sich die Brücke aus Ásgarðr nach Miðgarðr hinuntersenkt!«

Nicht viel Zeit verrann dann noch, bis sich aus den Schatten unter der Gletscherzunge die Spur der Muspellriesen dem Wald entgegen formte. Einige Tage würden sie wohl unterwegs sein. Sie marschierten dem Ziel entgegen, auf das sie seit ihrer Geburt getrimmt worden waren. Endlich war es so weit. Ihr König wies ihnen den Weg zum Idafeld, wo nach den Worten der Seherinnen die letzte Schlacht stattfinden würde.

Dieser war nicht der einzige feindliche Kriegszug, der an diesen Tagen Miðgarðr durchquerte. Von überall her nahten die Heere zu diesem einen Punkt. Was für Phols Gebieter Gefahr bedeutete, schien für Miðgarðr ein Segen zu sein. Das Land wurde von einer Last befreit.

Es war an einer Stelle, an der noch nie ein Schneekristall den warmen Glanz der Morgensonne durchschwebt hatte. Kaum hatte sich die goldene Scheibe eine Handbreit vom Horizont abgehoben, trat der starke Ase Þor vor seinen Kampfwagen. Seit sein Diener Þjálfi ihm den Kraftgürtel Megingjörð um den Wanst geschnürt hatte, wirkte er in seiner Vorfreude geradezu besessen. Mit stolzem Blick betrachtete er seinen von allen gefürchteten Kampfhammer Mjǫllnir. Als er ihn genug angesehen hatte, wandte er seinen Kopf in Richtung des Zierwerks, das sich in Ásgarðs Wachturm abzeichnete, und danach zu den goldenen Berserkerschildern, die darunter die Sonne spiegelten. Nachdem er sich von ihrem Blinken und Blitzen sattgesehen hatte, hob er den Hammer und segnete das Heer mit mächtigen Zaubern und Gesten. Da ging ein gewaltiges Raunen durch die Reihen. Einer nach dem anderen der Männer fiel in die sagenhafte Berserkerwut. Sie zerrten sich die Kleidung vom Leib und bissen in die Schilde, um deren Härte in sich aufzunehmen. Stark wie Stiere und toll wie Wölfe würden sie vor ihre Gegner treten. Die Luft begann zu flimmern. Die Regenbogenbrücke Bifröst, das Bauwerk der größten Kunst, enthob sich aus der Unsichtbarkeit.

Als sich Bifröst von Ásgarðr aus auf das weiße Feld der mittleren Welt hinunterlegte, erhoben sich die Schwerter zu beiden Seiten des Regenbogens. Die aufschäumende Kampfwucht ließ das Bauwerk arg aufstöhnen. Viele der Krieger verloren in den ersten Augenblicken der Schlacht ihr Leben. Massenhaft stürzten lebende und tote Helden über die Brückenbrüstung. Sie wurden von den in die Luft ragenden Baumkronen des Eisenwaldes aufgespießt.

Unzählbar schlugen die Waffen Breschen in die göttliche Brücke. Schwer beschädigt begann sich Bifröst nach einiger Zeit wieder aufzulösen. Die darauf kämpfenden Heerscharen stürzten durch den sich mit Schneeflocken füllenden Himmel hinunter. Ob Berserker oder Muspellbruder – bis auf Þor und seinen Diener überlebte keiner diesen Kampf.

Seit dieser Nacht war Þors Kriegerhalle Bilskírnir so leer wie nie zuvor. Als es wieder Morgen wurde, krähte in Ásgarðr der goldene Hahn genau auf jene Weise, wie es in den Prophezeiungen der weisen Frauen geschildert worden war. Niemand aber verstand das Zeichen. Niemand vermochte zu deuten, dass der Ruf an diesem Morgen den Toten und nicht den Lebenden galt.

Wolfszeit

Gól of ǫsum Gullinkambi, sá vekr hǫlþa at Herjafǫþrs;
en annarr gelr fyr jǫrþ neþan sótrauþr hani at sǫlum Heljar.

Den Göttern gellend sang Gullinkambi, weckte die Helden beim Heervater; Unter der Erde singt ein anderer, der schwarzrote Hahn, in den Sälen der Hel.

Hell schwebte der Weckruf des goldenen Hahnes gewiss weit über den Rand von Þors Gehöft Thrúðvangr hinaus. Außerhalb Ásgarðs war allerdings nichts mehr davon zu hören. In Miðgarðr rauschten die Winde nicht weniger unerbittlich als vor der wichtigen Schlacht über das weiße Tuch, auf dem nur noch Andeutungen von den zerfallenen Bauwerken der Völker zeugten.

Die Schneeverwehungen wurden vom Schuhwerk eines Läufers durchstoßen. Das brodelnde Weiß gab den Umriss einer Gestalt preis, die sich schier geräuschlos durch sie hindurchbewegte: Ein Mann, der in seine Felle gehüllt, wie ein großer grauer Wolf wirkte. Einer der legendären Wolfskrieger, ein Úlfheðin, in dieser verlassenen Gegend? Vor Tagen musste er vom Weg abgekommen sein. War es etwa nur Gerede, dass es eine besondere Gabe jener Krieger sei, selbst durch die dichtesten Schneegestöber zu finden?

Nun, da die Sturmwinde etwas nachließen, verlangsamten sich seine Schritte. Seine Blicke stachen ins Innere des Waldes, der das Feld begrenzte. Es schien, als wolle er ihn betreten. Er zögerte. Worauf wartete er? Seine Hand fasste den Schwertschaft. Die frisch aufkommenden um ihn herumwirbelnden Schneewinde nahmen ihn wieder ein. Er verschwand. Zeit verstrich und nichts geschah. Zu einer bewegungslosen Kontur erstarrt, horchte Úlfheðin den Lauten des vorüberschwebenden Unwetters. Über außergewöhnliche Sinne musste er verfügen, wenn er noch etwas anderes als die rauschenden Winde wahrnahm. Doch dieses *Etwas* kam näher. Das Geäst knackte im Waldinnern fast unhörbar. Worte in der Sprache der Riesen. Zwei

Thursen durchstreiften den Wald. Der Úlfheðin hatte sie schon lange ausgemacht. Dann wurde es laut. Ein Brodeln durchschallte die Schneekörner zwischen den Waldschatten bis weit hinein. Hell seufzte eine Schwertklinge, ein schwerer Körper fiel donnernd zwischen die Bäume. Der zweite Riese begann unvermittelt damit, argen Lärm zu machen. Er fluchte und geiferte herum. Er versuchte, alles kurz und klein zu schlagen, was unter seinen Knüppel kam. Der Úlfheðin nahte geschickt. Er kannte diese Thursensippe und auch deren Kampfgeschick. Es waren Bergriesen. Nicht schlecht gepanzert und hart im Schlag, doch nicht sehr klug und mit vielen Schwachstellen im Harnisch. Er hatte Übung darin, solche zu besiegen. Es ging nicht lange, da polterte es ein zweites Mal an ungefähr der gleichen Stelle. Danach wich der Wolfskrieger wieder in die Unkenntlichkeit zurück. Er wurde wieder Teil der Schatten. Ihm schien, die Gefahr sei noch nicht vorbei. »Raus mit dir, Feigling! Kämpfe!«, grollte es aus seinem Rachen.

Es war kein dritter Riese, nur ein kleiner Mann, der sich daraufhin aus dem Unterholz hob. Die Gestalt wirkte so schwächlich, dass von ihr wohl kaum eine Gefahr zu befürchten war. Das Kampfschwert sank kraftlos hinunter. »Was sucht ein Halbwüchsiger fernab aller Sippen?«

Der Unbekannte trat näher und machte sich über die beiden Erstochenen her. Es ging nicht lange, da hielt er einen Bogen in der Hand. Den prüfte er, ehe er dann endlich antwortete: »Dies ist *mein* Wald! Eher müsste *ich* fragen, was *du* hier willst!

Aber wenn du schon fragst: Ich bin zu meiner Burg unterwegs. Die befindet sich tief im Wurzelstock des größten Baums!«

»Du wohnst unter der Weltenesche Yggdrasil? Dann bist du kein Mensch, sondern ein Schwarzalb!« Schon machte er sich daran, sein Schwert erneut zum Kampf zu heben.

»Was ist ein Schwarzalb?«, schallte es heran. »Ich kenne nur die dummen Riesen, die mir oft nachstellen.« Er zögerte einen Augenblick, ehe er fortfuhr. »Und warum nennst du den Baum, unter dem ich wohne, Yggdrasil?«

Der Úlfheðin senkte seine Waffe wieder. »Du hast Glück, dass ich heute schon genug erschlug!« Seine Augen wandten sich vom Waldläufer ab und wanderten den eigenen Beinen voraus dem Waldrand entlang. Er hatte kein Interesse daran, sich mit dem Jüngling zu beschäftigen, sondern wollte seinen Weg unmittelbar fortsetzen. Er merkte erst gar nicht, dass der Waldmensch seiner Spur folgte. Als er sich nicht mehr darüber hinwegtäuschen konnte, fragte er: »Wartest du etwa darauf, dass ich dir antworte? Viel könnte ich dir von allem erzählen, wäre mir zum Reden zumute. Als Krieger wird man allerdings stumpf und stumm. Würdest du mit mir ziehen, Waldmann, würdest du schnell merken, was ich meine. Doch ich fürchte, dein Leben wäre an meiner Seite rasch verwirkt!«

»Mein Name ist nicht Waldmann. Ich heiße Ekron Keitet Lilleunge, Sohn des wilden Ert!«, fuhr es aus der jungen Gestalt.

Da verloren die rohen Gesichtszüge des Úlfheðin ihre Härte. Der gnadenlose Kämpfer verwandelte sich für einen kurzen Augenblick in den Menschen zurück, der er vor dem Krieg vielleicht einmal gewesen war. »Du bist wirklich ein Waldmensch, *kleines, ungeschicktes Eichhörnchen,* Sohn der wilden *Erbse*!« Er zwinkerte ihm zu. »Das ist ein viel zu langer Name. Lebtest du in einem der Dörfer, würde der schnell abgekürzt. Dort mag man kurze Namen. Meiner beispielsweise lautet Björt. Dich würde man vielleicht Ek-ke-ert nennen.«

»Mein Name ist aber Ekron Keitet Lilleunge! Die Thursen brannten mein Dorf nieder und töteten jeden außer mir. Der Name ist alles, was mir geblieben ist!«

Der Úlfheðin antwortete nicht. Sein Blick stach zwischen die Bäume in den Himmel hinauf. Er folgte dem von den Winden geleiteten Flockenflug. Dieser wurde in diesen Augenblicken so dicht wie ein Nebel und ließ jede Wahrnehmung zu einem äußerst kleinen Gebiet zusammenschrumpfen. Wortlos setzte er sich wieder in Bewegung. Er fand es nicht gut, dass er von dem Waldmenschen verfolgt wurde, doch tat der nichts zu seinem Schaden.

Gewaltige Schneemengen schwebten vom Himmel, während der Úlfheðin weiter die Gegend durchstreifte. Nun schien sich das Gerede, dass es eine besondere Gabe jener Krieger sei, selbst durch die dichtesten Schneegestöber zu finden, zu bestätigen. Doch er kannte die Gegend. Es war kein Zufall, dass sich am Ende seines Marsches der Schimmer einer Steinmauer zwischen den vorbeischwebenden Schneeflocken abzeichnete. Die alte Heimat war erreicht!

Lange hatte er sich die Freude, die ihn hier erwartete, ausgemalt. Doch statt dieser umfasste nichts anderes als Eiseskälte seine Wahrnehmung – bis ins Herz. Nichts war vom Rausch früherer Zeiten geblieben. Alles, was er sich ersehnt hatte, war fern. Die Siedlung war, gleichermaßen wie jeder andere Ort, zerstört.

Nur noch müde schoben sich seine Beine durch den Schnee. Es war lange her, dass er die Stätte seiner Kindheit verlassen hatte.

Da umschwebte etwas Feuerrauch den eisgeformten Bart. Gerade genug, um den erstarrten Lebensgeist wieder zu erwecken. Weit blickte er durch das schlimme Wetter. Dort! Es schien, als hätte ein einzelnes Gebäude dem Schicksal des Dorfes getrotzt.

Schnee stob. Eis klirrte. Schon schlug der Schwertschaft gegen eine Wölbung an jenem dämmerungstrüben Gemäuer. In der Wand begann sich eine Öffnung abzuzeichnen. Dahinter stachen Rauchschwaden beißend in die Augen. Die Dunkelheit wurde von einer Stimme durchstoßen: »Hier ist nichts mehr zu holen! Macht, dass ihr wegkommt!«

Vorsichtig durchforstete der Blick des Wolfskriegers die Dunkelheit. Die Glut einer Feuerstelle! Schwach nur flackerte sie auf. Mehr und mehr gewöhnten sich seine Augen an die Schatten. Einzelheiten nahmen Gestalt an. Leidenschaftslos begann er zu murmeln: »Lustig siehst du aus, Lumpenmensch. Das rostzerfressene Messer in deiner Hand vermag doch nicht einmal einem Schwächling Angst einzujagen. Wer bist du? Warum hast du dich in diesem Haus niedergelassen? Was ist mit der alten Herrschaft geschehen?«

Der Dunkelheit entschwebte ein milder Ton: »Bist du es etwa, Björt? Meine Augen verraten es mir nicht. Doch mein Herz macht mir weis, dass mein Sohn, mein Wunschsohn, zurückgekehrt ist! Ist es mir tatsächlich vergönnt, ein letztes Mal deine Seele zu spüren, ehe mich der Niðhögg‘ zu sich holt?«

Da erkannte der Úlfheðin seinen Vater. Mit schnellem Schritt ging er ihm entgegen, begrüßte den in der Dunkelheit kauernden Mann herzlich und legte ihm sein wärmendes Fell über die Schultern. »Es ist noch nichts zu Ende!«, hauchte er.

»Mein Weg ist hier zu Ende. Deiner gewiss nicht «, antwortete der Alte. »Das Findelkind, das ich einst auf der Schwelle zu diesem Haus fand, hatte stets gute Fürsprecher bei den Göttern! Dies weiß, wer dich aufwachsen sah.

Ich denke an die Zeit zurück, als du das Kämpfen lerntest. Da beneidete dich jeder, weil du jede Waffe nach Kurzem beherrschtest. Wenn du dich verteidigen musstest, schien es, als würden dir die Schwertmesser ausweichen. Nie schaffte es dein Lehrer, dich auch nur in Gedanken zu treffen. Die schützenden Hände der Götter schweben seit jeher über dir. Dies ist bis heute gewiss nicht anders geworden. Höre doch – die Stille draußen. Noch am Morgen hörte ich die Schritte der Heerscharen, die wohl auch dich wenig fürchten. Immerzu der Kampflärm. Und wenn es den Kämpfern langweilig wurde, bekämpften sie sich gegenseitig. Nun ist es still. Als ob die Götter wollten, dass du keinem der Feinde ins Messer fällst.«

Der Úlfheðin seufzte und sprach: »Das Schwert über meinem Rücken ist arg zerschlagen. Lange hat es nichts anderes als die Riesen bekämpft. Jetzt ist es müde. Ihm kommt gelegen, dass es rasten darf. Du hingegen solltest besser kämpfen, statt hier drinnen auf den Totendrachen zu warten. Mit der Hand am Schwertschaft solltest du sterben. Dann wäre deine Seele Walhall und nicht Niflhel bestimmt. Oder willst du etwa ins Totenreich der Schwächlinge? Du hast wirklich Besseres verdient!«

»Wäre ich nicht zu müde, auch das leichteste Schwert zum Schlag zu erheben, wäre es jetzt wohl auch zu spät!«, antwortete der Alte. »Hörst du das Gekrächze draußen? Die Schlacht ist vorbei, die Leichenfresser kommen. Die Raben sind so klug, dass ich einstmals dachte, dass sie mit dem Feind Geschäfte trieben. Ihr Gesang verheißt, dass der Feind die Gegend wirklich verlassen hat.«

»Wie kann man nur denken, dass Alfǫðrs Späher Geschäfte mit dem Feind trieben? Auch wenn die Raben Nutznießer der Kriege sind, haben sie keinen davon angezettelt«, antwortete der Úlfheðin.

»Es gibt so vieles, was wir Menschen nicht verstehen«, erwiderte der Alte. »Hast du dich denn noch nie gefragt, wie es denn sein kann, dass die Götter in Ásgarðr feiern, während die Riesen Miðgarðr vernichten. Warum verhindern sie nichts? Haben sie vergessen, dass sie ihre Macht aus dem Glauben der Menschen ziehen? Wir sind nur Menschen und müssen nicht alles verstehen, antwortete mir Þor, als er mich vor einigen Tagen besuchte.«

Der Úlfheðin lachte auf. »Wohl in deinen Träumen!«

»Der starke Ase hat mich tatsächlich besucht«, fuhr der Alte unbeirrt fort. »Er berichtete mir von einer schlimmen Schlacht, in der er alle seine Soldaten verloren habe. Seine Kriegerhalle war noch nie so leer. Hätte ich geahnt, dass du jetzt vor mir stehst, ich hätte ihn gebeten, auf dich zu warten. Du hättest gewiss einen der besten Berserker abgegeben, die jemals unter ihm dienten.«

»Vielleicht bin ich ja nicht so gut, wie du denkst«, antwortete der Úlfheðin. »Auch ich machte mir auf meinen Wegen Gedanken. Ich gehöre nicht zu den Besten. Und weißt du auch, warum? Weil Óðinn auch nach Kriegern sucht. Immerzu schickt er seine Mädchen, um Kriege anzuzetteln. Kommt es dann zu einer Schlacht, so bestimmen die Walküren, wer die Besten darin sind, und bringen sie dann nach Walhall. Sie wählen mit Bedacht, wer fallen und wer leben soll. Sie holen nur die Härtesten für das göttliche Heer. Weichlinge hingegen lassen sie. Meine Kampfbrüder holten sie einer nach dem anderen. Im Gegensatz zu ihnen bin ich für den göttlichen Dienst zu schwach.

Sonst stünde ich längst zwischen Óðinns Kriegern. Aber vielleicht würde sich ja Þor mit mir zufriedengeben.«

»Was sehnst du dich an das Ende der Zeit, mein Sohn. Es stimmt, die letzte Schlacht wird im Land der Götter stattfinden. Doch nur die und keine andere,« sprach der Alte. »Óðinns Halle ist gut gefüllt! Warum sollte er alle guten Kämpfer aus dieser Welt abziehen? Es braucht auch in Miðgarðr Kämpfer, weil auch hier Entscheidendes geschehen soll. Bedenke: Bei den Thursen verhält es sich anders als bei den Menschen. Jeder, den du hier erschlägst, wird nicht in Ásgarðr erscheinen!«

»Die Götter wollen diese Schlacht. Und je mehr Thursen in ihr heranströmen, desto mehr Spaß werden sie haben. Wer kann es wagen, anderes zu denken«, antwortete der Úlfheðin.

»Es gab einen! Der hieß Balder und träumte Schlechtes vom Schicksal der Götter!«, sprach der Alte.

»*Darum* starb er!«, fuhr es aus dem Úlfheðin. »Óðinn hat ihn zur Strafe nach Niflheim geschickt. Eine größere Schande kann niemand tragen!«

Daneben bückte sich der Waldmensch, der dem Wolfkrieger bis hierher gefolgt war, neugierig über die warme Asche der Feuerstelle. Als hätte er noch nie in seinem Leben ein Feuer gesehen, griff er von Zeit zu Zeit in die rote Glut, um seine Hand dann verwundert zurückzuziehen. Die Blicke des Alten schwebten zu ihm. »Wen hast du mitgebracht?«

»Kennst du den wilden Ert? Dies ist sein Sohn. Ekron Keitet Lilleunge. Über seine Pläne weiß ich nichts. Er folgt mir, seit ich ihn traf.«

»Der wilde Ert …?«, fragte der Alte gedankenverloren.

»Vielleicht wird er bei dir bleiben, wenn ich morgen Þors Spuren folge«, sprach der Úlfheðin. »Wenn mich schon Óðinn verschmäht, dann kann ich mir doch nichts Größeres wünschen, als an Þors Seite gegen die Götterfeinde zu kämpfen!«

»Deine Worte erfüllen mich mit Stolz. Sie zeigen mir, dass ich meinen Sinn erfüllte! Þors Wagen hat nicht viel Vorsprung. Du kannst ihn einholen, wenn du im Morgengrauen aufbrichst«, sprach der Alte. »Lasse aber deinen Gefährten nicht hier zurück. Nimm ihn als Schildknappen. Selbst Þor hat einen Schildknappen. Þjálfi heißt er.

Ich weiß, du willst mir jetzt sagen, dass du auf deinem Weg auf niemanden aufpassen kannst, der das Kämpfen nicht gewohnt ist. Aber der müde Mann trifft selten kluge Entscheidungen. Schlafe besser eine Nacht drüber. Wir werden uns morgen noch einmal darüber unterhalten.«

Der Úlfheðin hatte aber andere Pläne, als darüber zu reden. Als er erwachte, war der Morgen noch nicht angebrochen. Durch die Dunkelheit hindurch vermochte er fast nichts zu erkennen, doch hörte er, dass die beiden anderen noch tief und fest schliefen. Seine Hände griffen nach dem Schwert. Sie streiften ein letztes Mal die warme Glut. Viel Zeit würde vielleicht vergehen, bis er die Wärme eines Feuers das nächste Mal spüren durfte. Es grämte ihn, diesen Mann, der ihn in der Zeit seiner Kindheit und Jugend immer gut behandelt hatte, zurückzulassen. Zum Abschied flüsterte er ihm zu: »Bitte beherzige meinen Rat: Wenn du das nächste Mal Thursen hörst, stelle dich ihnen entgegen. Dann werden wir uns in Walhall wiedersehen!«

Die Lüfte verbliesen den Aschehaufen. Die Haut des Wolfskriegers überzog sich in einem einzigen Augenblick mit einer grauen Eisschicht.

Sanft erhellte das erste Tageslicht die vom Schnee überdeckten Auen Miðgarðs. Es schneite ausnahmsweise nicht, doch hatte der Winter die tiefen Furchen, die Þors Schlitten in die Landschaft gezogen hatte, längst wieder gelöscht. Björt vermutete, dass der starke Ase dem Waldrand entlang in Richtung Meer gefahren sei, sonst wäre er ihm vermutlich in den letzten Tagen begegnet. So wanderte auch er dorthin, immer weiter, dem Punkt entgegen, an dem seiner Meinung nach Ásgarðr lag.

Den ganzen Tag hindurch war Einsamkeit das einzige Gefühl, das ihn dabei begleitete. Weit und breit war nichts und niemand. Noch nicht einmal Tierspuren kreuzten seinen Weg. Als dann die Abendschatten die Landschaft zu zeichnen begannen, war es jedoch mit der Ruhe vorbei. Aus der Thursenheimat, die hinter der Baumgrenze begann, schallte schlimmer Lärm, der von den bösartigen Riesen, die man eben Thursen nannte, stammte. Der Úlfheðin fing an, sich auf den Kampf vorzubereiten. Sein Blut füllte sich mit Kampfkraft. Er musste in jedem Augenblick mit einem Hinterhalt rechnen und zog darum sein Schwert. Er zögerte. Sein Vorgefühl war auf einmal schlecht. Der Schutz der Götter war kein Gesetz. Es konnte auch mal arg ums Kampfglück stehen. Er hielt es für besser, wenn er sich so gut es ging versteckte, still lauschte und so die Lage vielleicht bald besser einschätzen konnte.

Mit der Zeit klarte das Bild und er begann, immer mehr zu vermuten, dass dies bloß ein Lager war, in welchem sich die nachtaktiven Thursen tagsüber versteckten, weil sie vermutlich dachten, dass die Götter des Nachts ihre Schandtaten weniger sähen. Er musste nur abwarten, bis sie von sich aus das Weite suchten. Er hatte Recht. Mit der Zeit entfernten sich die meisten der Stimmen, obwohl diese vom Echo noch lange von allen Seiten herangetragen wurden. Als er sich dachte, dass die Gefahr nun überblickbar war, pirschte er sich heran. Ein einziger Riese stand dort noch herum.

»Dachte mir, dass du kommst!«, knirschte die Stimme des letzten Riesen, nachdem sich die Schwertklinge an seine Gurgel drückte. »Feiger Mensch schleicht durch den Wald! Was will er? Fliehe besser! Husch, husch!«

Der Wolfskrieger begann zu lästern: »Große Worte für einen, der die Klinge eines Wolfsschwertes am Hals spürt! Doch du hast heute großes Glück. Du kannst dir dein Leben erkaufen!«

»Womit?«, knurrte der Thurse. »Gold willst? Fressen willst?«

»Antworten will ich!«, zischte der Úlfheðin. »Wann ist Þor an euch vorbeigefahren?«

»Þor?«, knirschte der Thurse. »Wer Þor? Kenne nicht. Donnerer wir jagen! Nur er, sonst niemand vorbeigefahren.

Komm mit uns! Donnerer auch dein Feind! Schlage ihn mit uns tot! Für König! Er wird dich belohnen! Fressen, Gold und Menschenweiber, was du willst!«

»Wer ist der König?«

Der Thurse stutzte. »König? *Du bist der König!* Wie ist dein Name? Sag!«

»Ha!«, fauchte der Úlfheðin. Seine Klinge ritzte durch die Thursenhaut.

»Vielleicht …«, stammelte der Thurse, »… meinst du Muspellherr! Schwarzer wir nennen!

Wohnt draußen im Meer! Wenn es Gefangene gibt, kommt Schiff von dort! Wir wollten ihm Gefangene bringen, doch Schiff nicht da! Stattdessen der Donnerer. Wir haben Gefangene getötet und sind Donnerer gefolgt. Wenn wir ihn fangen, Schwarzer auch zufrieden.«

»Draußen im Meer ist eine Insel, die man noch knapp sieht. Aber welches Interesse sollte euer König an einer Insel hegen, die man im Tagesmarsch mehrmals umrunden kann?«

Der Thurse seufzte auf. Sein Kopf kippte nach vorne. Der Riesenhals drückte sich geradezu in die scharfe Klinge und benetzte den Waldboden mit einem Schwall von schwarzem Blut.

Das Schwert wich zur Seite, als der Tote schräg nach vorne fiel. Eine Pfeilspitze ragte aus der Stelle, unter welcher sich das Herz befand. Der Úlfheðin blickte herum. In der Nähe fiel laut krachend Schnee vom Astwerk.

»Du?«

»Dein Vater schickt mich, um dich zu beschützen! Hattest Glück, dass ich gerade rechtzeitig gekommen bin! Ich weiß, wie man Thursen tötet!«

Der Úlfheðin seufzte. »Ein Glück, dass du weißt, wie man Thursen tötet! Nun aber weg mit dir. Ich folge Þors Wagen in seine Kriegerhalle Bilskírnir.«

»Dies trifft sich gut! Ich komme mit!«, antwortete Ekkert.

»Þors Gefolge besteht aus Männern, die in der Lage sind, Bären mit bloßer Hand zu töten! Wie willst du dieser Anforderung genügen?«, fragte der Wolfskrieger. »Du musst dich dem Schicksal fügen, Waldmensch. Die Schicksalsfrauen haben dich nicht ohne Grund in den Wald geschickt. Sie wollen, dass du darin lebst!« Er zuckte mit seinen Schultern. »Auch wenn dir das vielleicht nicht gefallen will: Niemand kann sich gegen ihren Willen stellen. Auch ich nicht.« Er drehte sich weg, um in der Dämmerung zu verschwinden. Wenigstens hatte er vom Thursen erfahren, dass er auf der richtigen Spur war.

Der Waldmensch blieb an der Stelle zurück, an der der tote Riese lag.

Tage wanderte der Wolfskrieger, vom winterlichen Flockenflug umgeben, dem Waldrand entlang in Richtung Meer. Noch bevor er das Wasser über das Ufer heranrollen hörte, offenbarte ihm der Salzgeruch in der Luft, dass Ägirs Herrschaftsbereich in Reichweite kam. Im grauen Wetter sah er es nicht, doch spürte er, dass das Gelände auf ein Eisfeld abfiel. Der Boden wurde faltig und der Schnee knirschte nicht mehr gleichermaßen wie vorher.

Euphorie durchrieselte seine Seele. Bis hierher musste der Hammergott gefahren sein. Hier, an dieser Stelle, musste sein Wagen die Erdgebundenheit verlassen haben und über eine unsichtbare Himmelsbrücke zur besagten Insel hinübergefahren sein. Er glaubte zu spüren, dass alles so war, wie er es sich dachte: Þor war ihm vorangefahren, um diesen ominösen schwarzen König zu bekämpfen, von dem der Bergriese gesprochen hatte. So musste es sein.

Þor rief ihn, er musste sich beeilen. Wo, wenn nicht im Kampf, gab es eine bessere Möglichkeit, sich als Held zu beweisen? Doch dazwischen lag noch das Meer und am Himmel rauschte Nórrs Nachtgespann heran. Es dämmerte, der Schneefall wurde bereits grauer. Nicht mehr lange, dann würde es gefährlich, dann würden die ersten

Reifriesen die Gegend durchstreifen und jeden, auf den sie trafen, in Eis verwandeln. Es war an der Zeit, sich eine gute Stelle zu suchen, an der er die Nacht überstehen konnte. Es würde wohl nicht einfach. Oder etwa doch? Etwas überrascht blickte er durch das wirre Wetter.

Da!

Ihm war, als wäre nicht allzu weit entfernt gerade ein Lichtschein aufgeflackert. Auf diesem Eisfeld? Das bedeutete, dass irgendwo in einem Loch ein Feuer brannte und ein solches konnte sich hier unmöglich auf natürliche Weise entzünden.

Der Úlfheðin machte sich auf, das Rätsel zu lösen. Das Flackern stammte von einer Stelle, an der die Kraft des Meeres das Eis aufgetürmt hatte. Je näher er kam, desto heller reflektierte das klare Eis einer Eisspalte die schmalen Funken, die wohl zu wenige waren, um sich daran zu wärmen. Sie zogen seine Aufmerksamkeit so sehr in ihren Bann, dass er erst spät bemerkte, dass sich darum herum nicht wenige Dolche aus den Gürteln zogen.

»Verschwinde! Du bist hier nicht willkommen«, knirschte eine Stimme.

»Warum so hart! Ich bin ein Mensch, genau wie ihr! Die Götter haben mich zu euch geführt!«, antwortete der Úlfheðin. Ein Schaudern durchfuhr ihn, als er in die rußgeschwärzten Gesichter blickte. Es waren Männer, die man zu Friedenszeiten gerne an hohen Bäumen baumeln sah. Unruhestifter allesamt, die möglicherweise sogar die schlimmen Götter anbeteten.

»Du bist kein Mensch! Deine Augen glitzern nicht gleichermaßen wie unsere!«, grollte einer. »Draußen knirscht das Eis, als ob es gerade von einer Heerschar überschritten würde! Du bist der Kundschafter. Wir müssen dich töten, bevor uns die Schwerter deiner Brüder durchbohren!«

Der Úlfheðin blickte dem Sprecher verwirrt entgegen: »Wieso sollen meine Augen anders als eure leuchten? Das Geräusch stammt vom Meer. Was soll ich denn sein, wenn kein Mensch? Ich suche Schutz vor den Reifriesen, genau wie ihr. Sie sind meine Feinde, genauso wie sie eure sind. Auch wenn ich insgeheim hoffe, dass sie mir diese Nacht einen Dienst erweisen und das Meer zufrieren, damit ich morgen auf die Insel hinüberkann.«

»Hört, hört! Und was will er auf der Insel?«, fuhr es aus der Kälte. »Was will der *Mensch* dort, wo kein Mensch lange leben kann?«

»Maulhalten!«, zischte der, der vielleicht das meiste zu sagen hatte. Er senkte allen voran seinen Dolch und sprach: »Wie ein Menschenfeind siehst du nicht aus, Fremder! Weißt du es denn nicht? Drüben ist eine Hochburg der Menschenhasser! Nie würde ich jemandem raten, die Insel zu betreten!«

»Þors Schlitten fuhr dorthin! Der Ase ruft nach mir! Ich muss an seiner Seite kämpfen!«, antwortete der Úlfheðin.

»Du bist keiner von Þors Männern. Die Berserker fürchten die See nicht!«, fuhr es aus einem der Münder. »Es heißt, nur am Ufer sei das Wasser kalt. Weiter draußen brächte die Hitze des Glutlands das Meer zum Kochen!«

»Dies haben dir die Feuermöwen erzählt!«, fauchte ein anderer. »Soll ich dir die Zunge aus dem Rachen schneiden, weil du ihren Lug verbreitest? Wenn Þor ihn ruft, müssen wir ihm helfen! Aus diesem Grund haben ihn die Götter zu uns gesandt! Das Eis wird an dieser Stelle das Meer nie überdecken. Es ist zu salzig, die Strömung zu stark. Die Götter haben dich zu uns geführt, weil unsere Einbäume morgen nahe an der Insel vorbeifahren! Diese Nacht musst du dich allerdings gedulden. Wir müssen noch etwas erledigen, bleibe du inzwischen hier und ruhe dich aus. Du wirst deine Kräfte brauchen, wenn du auf der Insel bist«, sprach er und stieg den anderen Gestalten voraus in die aufkommende Nacht hinaus.

Frostklar entzündete der Glanz des Morgens den Lebensgeist des Úlfheðin. Das aufkeimende Licht vermochte nicht zu verhehlen, dass die Einsamkeit, die ihn die ganze Nacht umgeben hatte, zwischenzeitlich nicht gewichen war. *Diese Banditen!* Sie waren nicht zurückgekehrt. Er verließ die Höhle und machte sich auf, die Gegend zu erkunden.

Der Wind trug den Schnee, der über ihn hinwegschwebte, weit über das Meer hinaus. Er blickte ihm nach und musste erkennen, dass die Reifriesen das Wasser nicht versiegelt hatten, wie er es sich gewünscht hatte. Ernüchtert stieg er zu den Wellen hinunter, um sie zu fragen, ob sie um die Möglichkeit wussten, wie ein Kämpfer das Meer überqueren konnte. Ägirs Töchter verschwiegen es ihm nicht. Ihr Rauschen verhehlte das Kratzen nicht, das unter den langen Einbäumen hervorschwelte, während sie unweit von ihm in die Brandung hinausgeschoben wurden. Seine Stimme durchbrach das graue Wetter bis weit in die Ferne: »So wenig wie Thursen geltet ihr vor Þor, da ihr in seinem Namen schwort und vergaßt, euch an euer Wort zu halten!«

»Wir sind weder Þor noch dir etwas schuldig!«, kam die Antwort.

Der Úlfheðin zog sein Schwert und stürzte dem Gesindel entgegen: »Euch will ich's zeigen! Ihr habt euch mit dem Falschen angelegt!«

»Bevor du zuschlägst, bedenke: Tote können keine Ruder führen. Alleine wird's durch die Strömung hart!«, hallte es ihm entgegen.

»Steige zu! Wir haben noch Platz! Mögen uns deine Götter dafür gerecht entlohnen und uns vor der Räuberin des Meeres, der Rán, beschützen!«, murrte einer. Das Schwert verschwand im Futteraal. Der Einbaum schwankte nicht schlecht, als er von Þors zukünftigem Gefolgsmann bestiegen wurde. Er war wohl nur für schmale Krieger gedacht.

Kurz darauf wurden die Boote von der Strömung erfasst und weit ins Meer hinausgezogen.

Die Banditen hatten diesmal nicht gelogen. Die Strömung wurde mit der Zeit so stark, dass das Wasser aufzubrodeln begann. Viel Kraft und Erfahrung benötigten die Männer, die die Ruder hielten, um gegen die sinistere Seite des Meeres anzukämpfen, die mehr und mehr versuchte, die morschen Einbäume in die der Insel vorgelagerten Riffe zu ziehen. Endlich wurde das Meer ruhiger. Die Einbäume fuhren zu einer Stelle, an der es so seicht wurde, dass die Wellen, die das frische Eis ständig brachen, sogar von Zeit zu Zeit das Geschiebe des Grundes aufzudecken vermochten. Das Ufer war zwar noch ein Stück entfernt, doch mit dem Boot konnte man unmöglich näher fahren.

»Nun raus mit dir! Verschwinde endlich! Sinnlos hast du uns in Gefahr gebracht!«, durchstieß eine Stimme das Getöse der Gischt. Kaum stand der Úlfheðin im Wasser, entschwanden die Einbäume in das vom Winter gezeichnete Wetter hinaus.

Während der Úlfheðin am Inselrand aus dem Wasser stieg, nahten vom Festland her stürmische Himmelspferde, deren Hufwinde zu allen Seiten in die Brandung niederfuhren und das ganze Meer weit hinaus zu Eis erstarren ließen. Es setzte ein starker Schneefall ein, in welchem der Wolfskrieger kaum noch die Hände vor seinen Augen erkannte. Dieser begleitete ihn auf seinem gesamten Irrweg über die Insel. Er vertraute darauf, dass die Götter ihn führten. Glaubte er doch, dass Þor noch immer nach seiner Seele rief. Doch in der Realität war dies nichts weiter als eine Wunschvorstellung. Þor hatte keine Ahnung davon, dass ihm jemand auf den Fersen war. Er befand sich noch nicht einmal auf der Insel und es war für jeden, der nicht gleichermaßen wie der Úlfheðin hoffte, fraglich, ob der Hammergott diese in der letzten Zeit überhaupt betreten hatte. Der Wolfskrieger, der sich durch den Schneesturm bewegte, hatte wohl doch eine andere Bestimmung, als Berserker zu werden.

Endlich änderte sich das Bild vor seinen Augen. Hinter dem grauen Flackern der mit Schneekörner durchrieselten Luft zeichnete sich eine starre Schwärze ab. Die Mauer einer Festungsanlage. Worte des vergangenen Abends durchhallten sein Gehirn: *Diese Insel ist eine Hochburg der Menschenhasser.* Er hatte bis jetzt weder einen Riesen noch einen derer Verbündeten gesehen. Dies musste bedeuten, dass sie, sofern sie Þor noch nicht erschlagen hatten, irgendwo lagerten und dafür gab es wohl keinen besseren Ort als in dieser Festung, die vormals den Menschen gehört hatte. Þor drängte in seinen Geist. Vielleicht kämpfte er gerade. Er musste sich so schnell wie möglich ein Bild vom Inneren der Festung machen. Er hatte keine Vorstellung, was sich dort abspielte.

In der Zwischenzeit hatte er scharf in die Wehrmauer hinaufgeblickt und viele Spalten und Löcher erkannt. Es schien, als hätte die Kälte dieses ewigwährenden Winters die Mauern bereits massiv gezeichnet und vielleicht schon etwas spröde gemacht. Seine Hände tasteten sich hinauf. Schon fassten die Finger in Stellen, die guten Halt boten. Im Schneefall erkannte er sein Ziel, eine Scharte, immer deutlicher. Diese war zwar eng, doch als der Schwertschaft hochfuhr, ging es nicht lange, und einiges des vom Frost gelockerten Gesteins geriet in Bewegung. Kies rieselte an seinem Kopf vorbei. Nach einiger Anstrengung war das Loch so groß, dass er sich hindurchziehen und in den Wehrgang darüber gelangen konnte. Größer hätte der Gegensatz zu draußen nicht sein können:

Arger Lärm durchfuhr die Luft. Radau. Stimmen. Doch Þors Stimme war nicht darunter. Es waren Worte in der Thursensprache. Ein gewaltiger Tumult, der in der ganzen Festung verbreitet war. Allgegenwärtig. Die Feinde der Götter durchlebten hier scheinbar Hochgefühle, als würden sie alle ihre Siege auf einmal feiern. Wo war der sichere Ort, von wo aus er sich etwas orientieren konnte? Er pirschte sich durch die endlosen Gänge davon. Im schwachen Licht, das von draußen hereinfiel, zeichnete sich eine Tür ab. Dahinter herrschte Wärme. Längst vergessenes Empfinden von Behaglichkeit durchrauschte sein Gemüt. Er schloss seine Augen für einen Augenblick. Als er sie wieder öffnete, bemerkte er ein Flackern, das hinter den Ritzen einer zweiten Türe glomm.

Ein Feuer? Wenn der Úlfheðin eines wusste, war es, dass sich Thursen von Feuer fernhielten. Sie mochten Hitze und Brand genauso wenig wie die helle Zeit des Tages. Vielleicht warteten dort Menschen auf Hilfe? Die Türe fiel ins Licht. Ein schwelender Brand füllte den

Saal dahinter. Flammen loderten bis weit ins Dachgebälk hinauf. Die allumfassende Hitze durchdrang seine Lungen. Alles löste sich in der Bedeutungslosigkeit auf. Die Wahrnehmung entschwand im Nichts. Sein Geist entschwebte in die Leere.

Wunderbar betörend waren die Kräuterdüfte, die das Sonnenpferd Skinfaxi allabendlich aus dem tiefblauen Himmel zu Þors Gehöft hinunterlockten. Zufrieden durchstießen dessen schnaubende Nüstern die von lauen Lüften umwobenen Gräser. Auf Þors Besitz musste das Pferd, dessen Schweif die Stadt Abend für Abend mit seinem behaglichen Rot entzündete, die Nachstellungen des großen Wolfs wenig fürchten. Spät wich der abendliche Lichtglanz des Pferdes jeweils aus der Stadt. Er wanderte ins Wolkenmeer hinauf und erlosch in den gleichen Augenblicken, in welchen dieses von Nórrs Nachtgespann durchfahren wurde. Nachdem dies geschehen war, brachte nicht mehr die Sonne, sondern der Mond die Götterstadt zum Glimmen. Das silberne Licht erfasste alles und entzündete die heiligste der Hallen, die sich inmitten der Häuser auf einem Hügel abzeichnete. Diese Halle hieß Walhall. Zwischen ihren Säulen senkten sich zu dieser Zeit die blutgezeichneten Einherierschwerter. Die beiden Befehlshaber Bragi und Hermóðr begannen, die Kampfsieger mit ihren kunstvollen Worten zu rühmen und zu ehren. Sie segneten die Kampftoten, bis sich der Boden, der über den Tag hinweg mit Innereien und abgeschlagenen Körperteilen überflutet worden war, zu regen begann. Die Gedärme flossen in die Körper zurück. Die verlorenen Glieder wuchsen wieder an und sämtliche Kampfwunden schlossen sich, bis alle Leichen am Ende wieder zu neuem Leben erwacht waren. Auch die Kampfverlierer des Tages sollten nicht um das Fest betrogen werden, dass ihnen allabendlich versprochen war. Dieses war der Grund, warum all die Krieger, die in Miðgarðs Schlachten umgekommen waren, nach Ásgarðr kamen: Es gab nichts Größeres für einen Mann, als sich an der Tafel des Allvaters zu verköstigen. Der hieß Óðinn und thronte an fast jedem Abend in der Mitte des Saals auf seinem Hochsitz. Als er sah, dass alles bereit war, gab er dem Koch Andhrímnir das Zeichen, das Essen aufzutragen. Da füllte er die Trinkhörner mit Heiðruns Milch und trug das Fleisch des Ebers Sæhrímnir an die langen Tafeln, bis alle etwas zu essen und trinken hatten. Dem Heervater selber gab er jedoch nichts. Dieser trank nie vom Met der Ziege und er verfütterte das Fleisch, das er in die Hände bekam, an seine beiden Wölfe, denn er ernährte sich vom Wein allein.

Für gewöhnlich pflegte Óðinn, nie lange zwischen den Einheriern zu weilen, sondern verließ das Fest beizeiten, denn er wurde noch bei einem zweiten Anlass erwartet. Es war das Gelage auf dem Feld Valaskjálf, das Gelage der Götter, auf dem man ihn jeden Abend auch erwartete. Seltsam, dass der Heervater ausgerechnet am Abend, an dem Þor von seiner Fahrt durch Miðgarðr zurückerwartet wurde, zögerte. Er verpasste dadurch bestimmt einige sehr kurzweilige Geschichten seines starken Sohnes. Doch er musste zuerst wichtigere Geschichten hören:

Spät wurde an diesem Tag das Saalgebälk von seinen beiden Spähern, den Raben Huginn und Muninn, durchflattert. Zu lange hatte der Allvater auf sie warten müssen. Er hatte sich bereits Sorgen gemacht, darum lächelte er erleichtert, als er sie erblickte. War er doch mehr als auf alles andere auf sie angewiesen. Durch sie wusste er, was in den Welten geschah, denn sie waren seine Späher. Täglich überflogen sie in seinem Auftrag die Länder, auf welchen sie noch den kleinsten Kieselstein registrierten. Sie verstanden alle Sprachen und nichts konnte sich vor ihnen verstecken. Am Abend kamen sie dann nach Ásgarðr zurück, um dem Höchsten der Götter die Neuigkeiten ins Ohr zu flüstern.

Als das Gekrächze an diesem Abend verstummte, war Óðinns Miene besorgt. Sein neugieriger Blick erlosch. In seinem Auge formte sich scharfer Ernst. Er erhob sich und verließ den Saal, doch nicht in die gewohnte Richtung. Es schien, als hätte er für einmal anderes zu tun, als auf dem immer gleichen Fest auf Valaskjálf zu erscheinen und den Geschichten zu lauschen, die heute Þor und morgen ein anderer erzählte. Seine Diener eilten, ihm seinen Speer zu reichen und das Pferd zu satteln. Noch in der Nacht ritt er davon.

Die Zeit war im Nichts entschwunden, ehe sich ein Grollen in der Geräuschlosigkeit löste und den Geist des Wolfskriegers aus der totalen Empfindungslosigkeit in sein kaltes Fleisch zurückriss. Ein heftiges Zittern durchfuhr seine Gestalt. Innerlich durchzuckten tausend Schmerzspeere seinen Körper. Er riss seine Augen auf. Schwärze, sonst nichts.

Die Luft wurde von einem leisen Seufzer durchdrungen. Ein schwacher Wortschwall stach mit feinen Nadeln durch seinen Kopf:

»Finar heiße ich!«

»Wie …? … Wo bin ich?«, fuhr es aus dem Úlfheðin.

»Freue dich! Am sichersten Ort der Welt bist du!« Die Stimme zögerte. »Vor den blutrünstigen Thursen brauchst du dich jedenfalls nicht mehr zu fürchten. Sie haben uns allesamt bereits vergessen. Der Einzige, der noch an uns denkt, ist der Todesdrache Niðhöggr, der dann und wann vorbeischaut und sich vergewissert, dass wir noch nicht, wie ganz Miðgarðr, zu Eis erstarrt sind!«

»Miðgarðr ist noch lange nicht zu Eis erstarrt! Nur an den Küsten sieht es schlimm aus! Im Hochland hinter dem Gletscher gibt es noch eine Gegend, in der im Sommer geerntet werden kann. Dort wissen die Leute nicht einmal, was ein Thurse ist«, seufzte die erschöpfte Stimme des Úlfheðin durch die Dunkelheit.

»Die Küste bietet offenbar die besseren Wege, wenn man aus dem Süden kommend die Heimat der Riesen und Dämonen, Útgarðr, erreichen will«, sprach die Stimme. »Warte nur. Die Thursen sind daran, sich ganz Miðgarðr zu ihrer Heimat zu machen. Dann ist es mit dem Frieden überall vorbei.

Die weisen Frauen sagten dies längst voraus. Nur eine der neun Welten wird diese Zeit überstehen. Es sieht nicht so aus, als ob diese Welt unsere sei.«

»Es wird Zeit, dass sich die Götter endlich einmischen. Dann werden die Riesen unmöglich siegen«, antwortete der Úlfheðin. »Þor kann mit einem einzigen Hammerwurf ein ganzes Riesenheer erschlagen!«

»Und warum tut er es nicht?«, zischte die helle Stimme. »Wie auch immer. Für unser Schicksal ist es sowieso einerlei. Wir sind hier verloren! Bald wirst auch du verstehen.«

»Es ist noch nicht zu Ende!« Die Finger des Wolfskriegers fassten ins Schwarze. Sie ertasteten eisige Haut, die jäh zurückwich. Er spürte die Angst, die darunter pochte. Es war die Haut einer Frau.

»Bei deinen Fluchtplänen kann ich helfen«, fuhr sie ihm entgegen. »Ich kenne dieses Gemäuer wie niemand sonst. Ich verbrachte mein ganzes Leben hier. Dies ist der Grund, warum ich noch lebe. Als diese Burg angegriffen wurde, konnten nur jene, die die geheimen Fluchttunnel kannten, rechtzeitig fliehen. Ich entkam dem schnellen Tod, um nun den langsamen zu sterben. Seither ernähre ich mich von gefrorenen Larven und Tau. Endlich besucht mich einer an meinem Festgelage! Aber ich habe keine Ahnung, ob es für uns beide reicht.«

»Von weit her folgte ich Þor auf diese Insel. Er führte mich in diese Burg«, entgegnete der Úlfheðin.

Höhnisch lachte es durch die Leere: »Und? Wo ist er denn jetzt, dein Held? Hier ist er jedenfalls nicht – und er war auch nie hier! Wenn er die Gastfreundschaft dieser Burg beansprucht hätte, würde wohl kein Thurse mehr darin atmen. Zumal sein Hammer, wie du sagtest, ein ganzes Riesenheer mit einem einzigen Hieberschlagen kann! Heil deiner Hoffnung! Wie lange hast du geschlafen?« Die Stimme der Frau hielt ein und seufzte dann: »Etwas ist aber tatsächlich anders. Es ist still geworden. Es scheint, als sei die Siegerlaune unserer Feinde auf einmal abgeflaut. Dafür höre ich laute Winde durchs Turmgebälk rauschen. Der Sturm, der über diese Burg hinwegzieht, scheint es in sich zu haben.«

Wie erfreute sich Óðinn am Rausch der Geschwindigkeit, als diese sein weißes Bartgeflecht und die Gesichtszüge darunter verformte. Das Pferd, auf dem er saß, hieß Sleipnir und war ein außergewöhnliches Tier. Es gab in allen Welten kein einziges Pferd, das schneller und noch dazu imstande war, jeden Ort, den man sich erdenken konnte, zu erreichen. Diesmal war das Ziel die hinter den dicksten Nebenschleier verborgene Burg der Wetterfürsten.

Der Allvater war weit nach Sonnenuntergang losgeritten und es schien ihm, als sei der Hof der Hochfürsten noch vor Nachtmitte erreicht. Er stieg vom Sattel und marschierte zum Thronsaal hin, in welchem die vier Fürsten um diese Zeit zu sitzen pflegten. Er erschrak nicht schlecht, als das Tor hinter ihm zuschlug und er die vier Wetterfürsten erblickte. Der legendenumwobene Glanz der alten Zeit hatte sich aufgelöst. Die vier Gestalten erinnerten keineswegs an den Stand, der ihnen angemessen war. Seitdem der magische Winter herrschte, hatten sie allen Schein und Einfluss verloren. Aus ihnen waren kümmerliche Greise geworden.

»Verstehe, warum dir kein Diener Stärkung bringt: Sie sind alle mit den Winden gezogen, als sie unser Leid nicht länger mitansehen konnten«, durchbrach eine zittrige Stimme die Stille.

»Ich bedarf keiner Stärkung, Vindsvalr, Fürst des Winters. Mir sind Hunger und Durst vergangen, als ich diesen Saal betrat!«, antwortete Óðinn.

»So sei uns auch so willkommen, Asenkönig! Was treibt dich zu uns?«, wollte der einst in Willen und Kraft unübertreffliche Fürst des Herbstes, Fasolt, wissen.

»Ich kam, um Miðgarðs Schicksal zu wenden!«, antwortete der Allvater.

»Seit wann scheren sich die Bewohner Ásgarðs um das Schicksal der Weltenscheibe?«, fuhr es heran.

Óðinn blickte verdrossen in die Richtung von Ôstara. »Sie haben nie etwas anderes getan!«, antwortete er. »Du urteilst zu vorschnell, Frühling. Vieles erdachten wir uns, seit sich die Muspellbrüder mit den Thursen aus Útgarðr und den Bergriesen verbündeten. Doch es saß ein Spion unter uns. Einer verriet unsere Pläne allesamt. Alles, was wir am Þing besprachen, wusste der Feind, noch ehe wir es umsetzen konnten. Da riet mir meine Frau Frîja, meine Pläne selbst vor meinen Söhnen geheim zu halten.« Er lächelte verschmitzt. »Inzwischen gibt es einiges, was niemand ahnt.«

»Das lasse ich nicht gelten!«, fuhr es aus dem Mund des Sommerfürsten Svásuðr. »Sage mir, Schlauer, wenn du so viel planst und weißt: Warum trat ein, wovor die weisen Frauen warnten? Warum habt ihr Götter nicht verhindert, dass die Menschen vom Glauben an euch abkamen? Nun fehlt euch vielleicht die Kraft, um das Kampfheer aus dem Süden zu besiegen.«

Óðinn seufzte. »Alles, was die Frauen Landdísasteins prophezeien, ist unabwendbar. Seit dem Tag, an dem sich der schlechte König in der Wüste erhob, ist vorbestimmt, dass sich unsere Heere messen werden! Ich freue mich darauf. Das Vígríðfeld, auf dem die Schlacht stattfinden wird, wird die Macht des Muspellherrn brechen! Danach wird ein tausendjähriger Friede seinen Anfang finden.«

»Auch er, der Feuerdämon, konnte seine Kriegsvorbereitungen klug treffen. Es wird schwierig, ihm etwas entgegenzusetzen. Zumal dir heute Loki fehlt!«, warnte Vindsvalr.

»Das Ende ist nah, wenn sich die Unsterblichen solcherlei Gedanken machen«, lachte Óðinn.

»Dein Lachen ist überheblich. Balder hat bewiesen, dass wir nicht unsterblich sind!«, entgegnete Fasolt. »Der Beliebteste deiner Söhne kam in das schlechte Totenreich Niflheim und musste sich das elendste der Weiber, die Hel, zur Frau nehmen. Das war die Strafe für *seine* Überheblichkeit.«

»Loki, *der mir heute fehlt,* hat ihn ermordet!«, fuhr es aus Óðinn. Er stöhnte: »Seither vermisste ich Balder an jedem Þing! Er wusste immer die rechten Worte und die Lösungen zu jedem Problem. Seit seinem Tod werden nur noch schwerfällig Entscheide getroffen. Seinen Mörder, den Schönling Loki, vermisst hingegen niemand.«

»Du trägst schwer am Schicksal deines Lieblingssohnes. So schwer, dass in Ásgarðr niemand über seinen Tod und alles, was damit zusammenhängt, sprechen darf«, sprach Ôstara. »Ein Glück, dass in unserem Saal unsere Gesetze gelten – so kann ich dir sagen, was du sonst niemals hören würdest: Am Þing fehlt euch Balder weniger als der verstoßene Loki. Bedenke, wie oft sein Ratschlag euch aus den schwierigsten Situationen führte. Nur wenn du ihm verzeihst, kann Ásgarðr den Angriff der Riesen überstehen.«

»Nun, etwas kann auch ich dem Drangsal noch bieten!«, setzte Óðinn dem entgegen. »Am Ende meines Planes werdet auch ihr wieder zu Kräften kommen:

Fern von Ásgarðr setzte ich ein Pflänzchen. Das spross heran und wurde ein Mensch. Ich vertraute ihn den Menschen an und besuchte ihn auf vielen meiner Reisen. Dabei erzählte ich viel vom Glück, das in der Stadt der Götter herrscht, und als mein Pflänzchen zum Baum heranwuchs, wies ich ihn zu den Úlfheðnar …«

Seine Stimme verstarb, weil ihm Fasolt ins Wort fiel: »Was bedeutet das für uns?«, wollte er wissen.

Óðinns Bart begann zu beben: »Zweifellos ist Sleipnir nicht hierher getrabt, damit ich euch tolle Geschichten erzähle! Unser aller Schicksal hängt davon ab! Dieser Mensch ist dermaßen wichtig, dass ich persönlich alles Mögliche tat, um sein Leben zu schützen! Leider kam mir dabei das Kampfgeschick meines Sohnes in die Quere. Þor hat in der Schlacht um Bifröst sein Heer verloren. Seither reist er durch Miðgarðr, um neue Kämpfer anzuwerben. Sein Erfolg blieb bisher bescheiden. Das, was unter den Menschen vom Kampfmut geblieben ist, ist fast ausnahmslos erbärmlich. Nun erfuhr mein Sohn, der Úlfheðin, Þors Begehr. Weil ich ihm als Kind beigebracht habe, dass es für einen lebenden Mann nichts Größeres gibt, als in den Stand der Berserker aufgenommen zu werden, versuchte er, Þors Spuren zu folgen. Er hat sich in große Gefahr gebracht und ich kann ihm nicht mehr alleine helfen. Er ist im Kerker einer Festung, die unserem Feind gehört.«

»Warum kommst du damit zu uns? Þor kann mit einem Hammerwurf ein ganzes Heer vernichten!«, meinte Svásuðr.

Óðinn seufzte. »Weil ich die Wahrheit gerade vor ihm geheim halte! Ich will nicht sagen, dass er es ist, der dem Feind die Beschlüsse unserer Þings zugetragen hat. Doch Þor ist ein unbedachter Prahler, bei dem es zuweilen nicht schwer ist, an geheime Auskünfte zu kommen.«

»Dann weise Bragi, die Einherier zu rüsten, damit sie diese Festung angreifen!«, schlug Svásuðr vor.

»Die Einherier können die Welt der Menschen nicht betreten, weil sie darin bereits gestorben sind«, antwortete der Allvater. »Es ist nicht der Ratschlag, um den ich euch bitten will.«

»Du erwartest Taten?«, fragte Vindsvalr. »Siehst du nicht, wie schlimm uns der Winterfluch zusetzt? Wir sind alte Leute, die wohl nichts anderes als Ratschläge geben können!«

»Wohl könnt ihr es! Ihr könnt alles, was ihr wollt! In euch Unsterblichen sind die Kräfte nicht verstorben. Sie schlummern nur. Wenn ihr sie vereinigt, könnt ihr euch zu einer Faust formen – mit mir als Daumen! Sturm würden wir heißen, Wolken würden wir treiben. Das Donnergrollen als Vorhut, das Getöse als Heer! Vernichtend würden wir die Burg unserer Feinde zerschlagen, ohne dass jemand in Ásgarðr oder Muspellheim die Wahrheit dahinter bemerken würde. Ein schlimmes Wetter wären wir. Mehr nicht. Niemand würde danach fragen. Versteht ihr? Was ist? Seid ihr dabei?«

Seufzend legten sich die Sturmwinde über den Rand der Insel. Lange brausten sie sinnlos übers Land und trafen schließlich als Rauschen auf das Dachgebälk der Festung. Kaum hatten sie dieses erfasst, schwollen sie an. Immer lauter krachten sie durch jede Nische des Gemäuers und wurden zu einem Brausen, in welchem einem das Sehen und Hören verging. Das Schneewetter rund um die Burg herum wurde von einem Sturm durchzogen. Dieser wurde so stark, dass er statt der Schneeflocken Felsen und Baumstämme in sich trug. Das Dachgebälk knarrte, das Wehrgemäuer grollte. Es dauerte nicht lange, bis sich die ersten Schäden darin abzeichneten. Die Burg zerfiel zu einem Steinbruch und nur eine Stelle darin blieb von diesem Schicksal verschont. Ein einzelner Turm ragte noch aus dem Schutt und als es schien, als wäre außerhalb dieses Turms alles Leben erloschen, löste sich Sleipnir aus den Schatten. Óðinn hob seinen Speer und warf ihn.

Im Turm verharrten zwei Menschen ihrem Schicksal. Machtlos vermochten sie dem ohrenbetäubenden Gebaren nichts entgegensetzen. Finar freute sich, weil sie dachte, dass ihr Leid demnächst beendet war, hingegen war dem Úlfheðin Zuversicht und Lachen vergangen. Ein Lichtblitz durchfuhr die Mauerritzen. Es rumorte markerschütternd. Das Deckengebälk füllte sich mit einer aufquellenden Feuerwolke. Es begann, Glut zu regnen, und die Hitze nahm jeden Gedanken ein.

YGGDRASIL

Þaþan koma meyjar margs vitandi þriar ór þeim sal es und þolli stendr;
þær lǫg lǫgþu, þær líf kuru alda bǫrnum, ǫrlǫg seggja!

Davon kommen Frauen, vielwissende, drei aus dem See unter dem Wipfel. Lose legten sie, das Leben bestimmten sie, den Geschlechtern der Menschen das Schicksal verkündend!

Heiß war sie gewesen, die Erinnerung an das Feuer, das sich im Turmgebälk gelöst und auf die beiden hilflos Wartenden hinuntergelegt hatte. Doch die Hitze war nicht geblieben und auch das Grollen war bis aufs Letzte verstummt. Nun herrschte Stille. Kälte. Helligkeit. Als der Úlfheðin Björt die Augen öffnete, sah er, dass sich das ganze Mauerwerk um ihn herum aufgelöst hatte. Alles war inzwischen mit Schnee überzogen. Darüber zog das graue Wetter in diese oder jene Himmelsrichtung. Die weiße Flockenpracht, die sich daraus löste, wollte den Boden gar nicht berühren. Sie legte sich in die Winde und wurde weit ins Meer hinausgetragen.

Neben Björt lag diese Frau und konnte es nicht fassen, dass der fremde Mann scheinbar recht gehabt hatte. Þor war mit seinem Gefolge gekommen und hatte die Thursen verjagt. Dabei waren sie beide von einem mächtigen Zauber beschützt gewesen. Sie hatten nicht einmal eine Schramme, waren komplett unversehrt.

Als sich ihre Blicke trafen, war Björt gerade dabei, im Schnee etwas zu suchen, was er als Waffe gebrauchen konnte. Er würde in der nächsten Zeit wohl auf ein Schwert verzichten müssen. Zwischen dem festgefrorenen Schutt war nichts, was auch nur entfernt einem Schwert glich, zu finden.

Finar seufzte. Mochte dieser … *Wolfskrieger* … tatsächlich so stark sein, wie er beschworen hatte – mit bloßer Faust und beinahe nackt würde er nicht einmal den ältesten Thursen überwältigen können. »Komm jetzt, wir müssen hier verschwinden. Die Riesen werden bald zurückkehren!«, sprach sie. »Ein Glück, dass ich diese Insel wie sonst niemand kenne. Ich werde uns zu einem Ort führen, an dem wir zunächst sicher sind.« Ihre Finger legten sich um sein Handgelenk. Björt ließ sich von ihr durch den grauen Schleier des Schneefalls ziehen.

Die Luft füllte sich mehr und mehr mit dem Tosen des Meeres. Die Schneeflocken wichen. Björt spürte die warme Feuchte des Wassers auf seiner Haut. Dunkelheit schob sich über die Köpfe. Es waren die Schatten einer Brandungshöhle, die den immer grauer werdenden Himmel ablösten. Für die Nacht waren sie sicher und bis zum Morgen konnten sie neue Pläne schmieden. Finar hatte von einer Bucht erzählt, wo zu friedlicheren Zeiten die Kähne der Händler angelegt hatten. Björt hoffte, dass sie dort vielleicht noch ein halbwegs seetüchtiges Boot finden würden.

Über die Nacht rückte das Donnern des Meeres in die Ferne. Nur ein sanftes Grollen war noch zu hören, als Björt am nächsten Morgen aus seinen Träumen gerissen wurde.

Abermals wurde seine Schulter von einem Hieb getroffen. »*Erwache endlich!* Feinde!«

Weit stach Björts Blick nicht in die von Schneeflocken durchwobene Luft hinaus, als er kurz darauf den Horizont nach Riesen absuchte. Das Meer, das am Vorabend in aller Härte an die Klippen geschlagen hatte, war über Nacht verschwunden. Der graue Nebel verbarg das Wasser. Erst irgendwo draußen gurgelte und rauschte es. Björt wunderte sich. Wo er auch hinschaute, viel gab es nirgends zu sehen. Wie wollte Finar in dieser unheilvollen Suppe Feinde ausgemacht haben?

»Hörst du das Scharren nicht?«, flüsterte sie ihm entgegen. »Draußen pflügt sich ein Bootskiel über den Steingrund! *Da!*«

Tatsächlich! Ein Boot. Drei Beinpaare, die draußen die zahme Gischt durchbrachen. Weit hinein rumorte es, bis der schwere Einbaum, den die Thursen zwischen sich vorwärts schoben, endlich zum Stillstand kam.

»Die Götter werden mir verzeihen, dass ich dieses eine Mal den Weg der Feiglinge wählen muss. Sie wissen, dass ich gegen drei Thursen ohne Schwert recht hilflos bin«, hauchte er und fluchte. »Ich werde nicht kämpfen.«

»Die Götter sind heute mild. Sie ließen uns diesen Einbaum bringen, damit wir von hier verschwinden können«, antwortete Finar. »Es ist nicht feige, wenn wir uns verstecken, bis die Riesen verschwunden sind.«

»Ich kann nicht warten«, murrte Björt und machte sich einen Moment zu früh auf den Weg über den von der Ebbe entwässerten Strand. Kaum begannen die Thursen, durch die Klippen hinaufzusteigen, machte er sich daran, das gewaltige Boot ins Meer zurückzuschieben. Doch es war für Menschen nicht einfach, diese gewaltige Masse von feuchtem Holz zu bewegen. Egal, wie sehr er sich anstrengte, der Kasten bewegte sich nur schwerfällig, kam kaum in Bewegung und brachte daraufhin die Kieselsteine unter sich zu laut zum Knistern. Da erhob sich über ihm eine rostzerfressene Klinge. Aus dem Nichts fiel sie hinunter, er fuhr schmerzzerrissen zusammen und sein Blut vermengte sich mit dem Wasser der herannahenden Flut. Er blickte in die Fratze des Riesen über ihm. Dessen Gelächter hallte weit herum. Ein anderer machte sich gerade daran, das Boot zu besteigen. Die Luft füllte sich mit Finars Geschrei. Da durchschoss Hitze sein Herz. Sie fuhr bis in die letzte Faser seines Körpers. Jäh fasste er nach dem Schaft der Klinge, die in seinem Körper steckte.

Die Thursen erwarteten ihn nicht, als er von hinten angriff. Er hatte schon genügend aus ihren Reihen besiegt und kannte die Schwachpunkte in ihrem Fleisch und der Rüstung und der Hinterhalt, aus dem er angriff, gab ihm den Vorteil, den er brauchte, um ihnen genügend zu schaden. Danach reichte seine Kraft gerade noch, um das Boot zu besteigen. Ringsum umschlang die rauschende See die im Todeskampf zuckenden Riesen. Auch Björt hatte in diesen Augenblicken Mühe, gegen den Todesdrachen anzukämpfen. Sein Geist tauchte in die Welt zwischen Leben und Tod.

Während das Riesenboot von der Flut aus den Steinen gehoben wurde, begann Finar, nach Björts Wunde zu suchen. Sie hatte doch das vom Blut verfärbte Meer mit eigenen Augen gesehen. Sie musste ihm so schnell wie möglich helfen, nur dann konnte er vielleicht überleben. Dabei stand es um sie selber auch nicht gut. Sie fühlte sich die ganze Zeit schon benommen und hätte nie gedacht, dass jemand in ihrem Zustand so weit kommen konnte. Sie hatte doch während der ganzen Gefangenschaft kaum etwas zu sich genommen, war abgemagert und sehr schwach. Nun, da das Boot von alleine in die vom Schneefall überzogene Flut hinaus glitt, begann sie zu spüren, dass ihre Kräfte im Nichts verrannen. Sie konnte niemanden, nicht mal sich selbst retten. Wie denn? Selbst Björt hätte die gewaltigen Ruder, die auf dem Boden hin und her rollten, kaum bedienen können, denn sie waren für Riesen gedacht. Das Meer trug sie dorthin, wo es ihm gefiel. Nach diesen Gedanken wurde es ihr schwarz vor Augen.

Die Zeit zog sich unter dem milchigen Dunst ins Endlose. Nur das Schicksal konnte noch helfen.

Verworren präsentierten sich in Björts Kopf Bilder längst erloschener Tage.

Licht – Schatten, Eis – Feuer, Wanderschaft, Triumph und Einsamkeit.

Sein Geist befand sich in einer Welt, auf die Willenskraft wenig Einfluss hatte. Endlich wurde seine Wahrnehmung intensiver. Sie flackerte wie ein Feuer auf, um letzten Endes im Rot der Augenlider zu verglühen. Krampfhaft versuchte sich dieses Rot zu heben. Die Farben der Umgebung flossen zusammen. Es formte sich darin ein feines Gesicht mit gütigen Augen. Eine angenehme Stimme durchbrach das Rauschen des Blutes: *»Nimeni on Oberon!«*

»Dein Name ist Oberon? Oberon … Noch nie gehört!«, hauchte Björt dem Mann entgegen.

Ein munteres Lächeln rauschte von oben heran. »Mit solchen Worten wurde selten ein König begrüßt!«

»Ein König?«, rauschte es zwischen Björts Lippen hervor.

»Ihr befindet Euch in den königlichen Gemächern Albheims, Úlfheðin!« Die Worte zerschmolzen zu einem einzigen Lufthauch. »Es ist klug von Euch, vorzugeben, dass Ihr nur ein bedeutungsloser Krieger seid. So zieht Ihr die Aufmerksamkeit des Feindes nicht auf Euch. In meinem Land müsst Ihr aber niemanden täuschen. Allerdings muss ich dazu sagen, dass ich noch nicht darauf gekommen bin, wer Ihr in Wirklichkeit seid. Helft mir! Sagt es mir!«, fügte er leiser hinzu.

Björt presste seine Augenlider zusammen. »Ich täusche niemanden. Aber vielleicht du!«, sprach er. »Du willst also ein König sein. Ein König, der eine Krankenbahre hütet? Du sagst, ich gebe nur vor, zu sein, was ich bin? Was könnte ich denn sein? Ein Krieger wohl. Mehr nicht. Wäre ich mehr, hätte mich Þor bei den Berserkern aufgenommen.«

»Schlafend verpasstet Ihr viele Sonnenuntergänge. Diese Zeit verstrich nicht ungenutzt«, antwortete Oberon. »Als das Boot am Strand angeschwemmt wurde, erwecktet Ihr meine Neugier. Etwas war an Euch, das mich veranlasste, einen weisen Mann, der in Wissen und Würde den Göttern mindestens ebenbürtig ist, zu Rate zu ziehen. Als nicht einmal er weiterwusste, schickte ich ihn, den Brunnen der Schicksalsfrauen zu durchwaten, um von den Schicksalsformerinnen, die dahinter wohnen, Auskunft zu verlangen. Doch von den drei Frauen, Skuld, Verdandi und Urðr. Gab nur Skuld Auskunft. Mehr weiß ich noch nicht, doch schon dies alleine bedeutet viel.« Oberon lachte jugendlich auf. »Es veranlasste den König, Euer Krankenbett zu hüten. Er ist ein neugieriger König! Nun, da Ihr endlich erwacht seid, harrt er der Wahrheit natürlich entgegen …!«

Björts Verstand war inzwischen etwas klarer geworden. »Wieso sollten zwei der drei Schicksalsfrauen mich nicht kennen? Ich habe ihnen doch viel zu verdanken. Gerade nun, da ich dem Totendrachen

Niðhöggr ein weiteres Mal entkommen bin. Nicht nur, dass sie verfügten, dass der König von Albheim mein Krankenbett hütet, sie haben mich auch zu meiner Schicksalsgefährtin gewiesen. Finar hat mich nach Albheim mitgenommen. Demnach muss sie eine von euch Alben sein.«

Oberons Miene verzog sich ins Hilflose. »Es gibt keine Albin namens Finar. Wenn Ihr die Frau meint, die mit Euch kam – sie ist tatsächlich mit einigen Talenten ausgestattet, aber sie ist ein Mensch. Trotzdem kümmern wir uns um sie. Sie war sehr schwach, als sie hier ankam. Sie ist vom Hunger derart ausgezehrt, dass es beinahe ein Wunder ist, dass sie noch atmet. Und selbst wenn sie gesund gewesen wäre, hätte sie kein Boot dieser Größe lenken können. Sie war es nicht, die das Boot hier her gelenkt hat. Es waren Ägirs Töchter, die Wellen.« Der König schmunzelte froh. »Für heute haben wir genug gesprochen. Morgen seid Ihr wieder bei Kräften. Wir werden den weisen Mann, den ich zu den Schicksalsfrauen schickte, gemeinsam aufsuchen, um ihn zu befragen, was er herausgefunden hat. Seine Hütte befindet sich einen Tagesmarsch von hier. Sie ist von zahllosen Wolfsfährten umringt – da kommt mir ein starker Wolfskämpfer, wie Ihr es seid, gerade recht«, sprach er, ehe er den Raum verließ.

Als Björt am nächsten Morgen an Oberons Seite dem Ufer entlangschritt, war die ganze Insel in Licht getaucht. Das Morgenrot wurde von den Masten einiger Schiffe durchbrochen, die da und dort bewegungslos in die Luft hinauf ragten. Sie lagen auf Sand, denn das Meer hatte sich in der Zwischenzeit wieder in sein Bett zurückgezogen. Nachdem das Himmelslicht verglüht war, erblickte er die langen Sandbänke die das knöcheltiefe Wasser bis weit hinaus durchzogen. Das einzige Schiff, das in der Lage gewesen wäre, diese Ebbe zu durchfahren, war Skíðblaðnir, das Schiff des Wanen Fróði.

Oberons Spur zog sich über den Sand hinaus. Björt voraus durchschritt er das feuchte Watt. Bald kühlte die Luft ab, der Untergrund wurde härter und der Winter begann mit seinen Spielen. Der

Herrschaftsbereich des Fimbulwinters, das Festland, wurde betreten. Hinter den Klippen erreichten sie den Wald, in welchem sich gegen Abend eine schäbige Hütte in den Wirren des Schneefalls abzeichnete. Björt wollte nicht glauben, dass diese Lotterbude das Heim jenes Wesen sein sollte, von dem Oberon die ganze Zeit über gesprochen hatte. »Wie kann es sein, dass sich einer, der unter solchen Brettern haust, Freund aller guten Könige nennen darf?«, wollte er wissen.

Oberons Gesichtszüge kamen in Bewegung. »Freund aller Götter noch dazu! Mit jedem einzelnen von ihnen trank er bereits.« Er klopfte an die Tür: »Öffne, Lytir, ehe das Pferd der Nacht über den Himmel springt und alles um dein Haus herum zu Reif erstarrt!«

Seine Worte waren noch nicht verschallt, da zeichneten sich neben der Hütte die Umrisse eines näherkommenden Alten ab. »Ich hatte euch früher erwartet!«

»Lange bevor wir das Festland betraten, wusstest du um den genauen Zeitpunkt, an dem wir bei dir ankommen!«, hielt Oberon dem Alten entgegen.

Der Weise lachte verstohlen auf. »Schon. Ich hoffte nur, ich hätte mich geirrt«, sprach er, während er die Tür ins Innere der Hütte schob. »Ich wollte einem König das Nachtlager in meinem bescheidenen Heim nicht zumuten. Nun aber, da ihr so spät unterwegs seid, werdet ihr wohl oder übel darin übernachten müssen. So tretet ein! Das Feuer wartet schon den ganzen Tag auf euch!«

Björt erwartete nichts, als er den rauchigen Raum betrat. So wurde er nicht enttäuscht. Ein kleines Feuer flackerte in der Mitte auf, sonst gab es nichts zu sehen. Kaum begann sich das Gesicht des Alten mit dessen Licht zu füllen, begann er, von seiner Reise zum Urðsbrunnen zu erzählen und davon, was ihm die Schicksalsfrauen verkündet hatten. »Von Verdandi erfuhr ich kein Wort über ihn. Von der Urðr auch nicht. Und Skuld erwähnte nur, dass sie bei seiner Geburt nicht anwesend war. Sein Leben wurde nicht von den Schicksalsfrauen vorbestimmt. Du weißt, was das bedeutet. Doch schweige, König, ehe du zu viel verrätst. Sein Herz ist noch nicht bereit für die Antwort. Er muss den beschwerlichen Weg zur Hel hinter sich bringen, ehe er es verstehen kann. Zwei Nächte noch, dann stehen die Zeichen recht, dann muss er aufbrechen. Nur dann können am Webstuhl des Schicksals die Gewichte wieder zu unserem Vorteil geändert werden.«

»Ist dies alles, was du mir zu sagen hast?«, fuhr es aus Björt. »Deine Worte erschlagen mich, alter Mann! Weit gewandert bin ich für den schlechten Rat! Dass du mich zur Hel schicken willst, ist ein Spottgesang für meine Seele! Als Lebender kann ich den Weg nach Hel nicht finden! An Alter oder Krankheit müsste ich sterben, um den Helvergr zu betreten! Meine Bestimmung ist aber Walhall! Ich kann dann den Weg der toten Feiglinge nicht gehen!«

Der Blick des Alten stach messerscharf in Björts Gesicht. »Vertraue *Er*! Es ist noch nicht Zeit für *Ihn*, die großen Dinge, die sich um *Ihn* herum bewegen, zu verstehen! Erst wenn *Er* die Gjallarbrú überquert hat, wird *Er* dazu in der Lage sein!«

Die aufgekommene Wärme hatte Finars Seele lange nicht berührt. Ihre Augen waren geschlossen geblieben, als wieder anderes als Nebel die Welt um das Boot herum zu bestimmen begannen. Die Alben bargen sie und begannen, sie in das zurück zu verwandeln, was sie vor ihrer Gefangenschaft gewesen war. Als ihre Lebensgeister wiedererweckt waren, ließen sie sie den Frieden dieses außergewöhnlichen Orts genießen.

Es gab auf der Insel viel zu entdecken. Nichts aber zog ihre Aufmerksamkeit mehr in den Bann, als die mit Schatten durchzogene, graubraune Felswand, die sich hinter dem Ortsrand senkrecht in die Wolken hinaufhob. Ihr Augenmerk wanderte über die Formungen, die wie Falten und Stränge vom Boden aus in die Höhe strebten. Wenn man genauer schaute, mutete der Fels beinahe wie die Borke eines riesenhaften Baums an. Wie auf einer alten Baumrinde verwoben sich die Konturen und Knoten. Und darüber, so schien es, wuchs das Gewölk beinahe wie Laub in alle Himmelsrichtungen, als überspanne das Astwerk das gesamte Firmament.

Dazu war es, als würde der Boden aus Wurzelsträngen bestehen, die sich über die ganze Insel hinweg zum Meer hinunterzogen. Dazwischen ragten, hier und dort, einzelne Gräser und Kräuter in die Luft. Es war wenig, was hier wuchs. Aber gerade davon schienen sich viele Tiere zu nähren.

Unmittelbar vor Finar hoben sich die Geweihe von vier mächtigen Hirschen. In deren Schatten löste sich ein Eichhörnchen. Es näherte sich und stellte sich vor ihr auf. Als sie sich bückte, um das Tier zu streicheln, rief ihr ein Mann entgegen: »Warte! Dies ist Ratatoskr! Ein Tier, von dem man sich fernhalten sollte!«

Finar blickte ihm konfus entgegen.

»Ratatoskr ist nur zum Schein ein zutrauliches Tier! Es ist in Wahrheit eine Schöpfung der Schlangen, die im Wurzelstock wohnen und der Esche schaden. Du solltest dich davor hüten, es zu lange anzuschauen. Der Anblick könnte deine Seele gefährden.«

»Entschuldige! Ich hätte nie gedacht, dass es auch Schlechtes in diesen Gärten gibt!«, sprach Finar beschämt.

»Dies ist Yggdrasil. Ihr Wurzelstock ist die Weltenscheibe, auf der es viel Gutes, aber immer auch Schlechtes gab! Wir Alben erbauten unsere Stadt an dieser Stelle, weil wir dafür sorgen müssen, dass Niðhöggr der Esche nur wenig schaden kann«, sprach der Mann.

»Ihr Alben«, hauchte es aus Finars Kehle. »Wie lange saß ich in einem schwarzen Loch und habe jede Hoffnung aufgegeben, den Himmel jemals wieder zu erblicken. Aus dem Nichts taucht dieser Mann auf. Dieser *Wolfskrieger*. Dass er nicht die Wahrheit sagte, war mir von Anfang an klar. Er ist doch auch einer von euch Alben und hat mich in seine Heimat mit zurückgenommen. Warum durfte ich denn sonst das Gebiet der Alben betreten? Es ist hier alles viel schöner, als ich es mir jemals hätte ausmalen können.«

Der Alb lächelte. »Du denkst, du träumst, aber dieser Traum ist wirklich! Du befindest dich im Garten Yggdrasils. Über den Mann, der mit dir kam, weiß ich kaum etwas. Nur, dass er kein Alb ist.«

»So unendlich geborgen wie hier fühlte ich mich in meinem Leben noch nie. Ich kann kaum glauben, was ich sehe«, sprach Finar. »Auch kann ich nicht verstehen, warum man diesen Baum beschützen muss, dass es Wesen gibt, die ihm schaden wollen!«

»Es gibt genug, das Yggdrasil schaden will. Alles Wesen, welchen die Weltordnung der Götter nicht gefällt«, sprach der Alb. »Die Schwarzalben beispielsweise. Diese schicken das Eichhörnchen Ratatoskr jeden neunten Tag ins Astwerk hinauf, um das Þing der Hohen zu stören und auszuhorchen. Es gibt noch andere. Niðhöggr etwa will Yggdrasil schaden. Þor fand seinen Gebissabdruck auf den Wurzeln.«

»Wenn der Baum so mächtige Feinde hat, sehe ich ein, dass ihr eine große Streitmacht benötigt. Wo ist sie? Wie ich mich umsah, sah ich noch keinen von euch mit Schwert oder Speer«, wunderte sich Finar.

»Wir haben ein Heer, doch gegen Niðhöggr und Ratatoskr können wir nicht kämpfen. Sollten diese einmal den Frieden des Baumes ernsthaft gefährden, wird Þor mit seinen Kriegern heranreiten und das Problem für uns lösen«, rauschte die Stimme des Alben über Ratatosks Haupt hinweg. Als das Eichhörnchen dies hörte, verschwand es in den Ritzen des Wurzelstocks. Dann fügte er leise hinzu: »Wir hoffen, dass Þor zu seinen Worten steht, falls es einmal so weit kommt!« Er schaute Finar mit ernster Miene an. »Mag dieser Ort für die meisten Menschen auch unwirklich sein, besteht große Gefahr für ihn! Der König des Glutlands schwor, ihn zu vernichten und den Baum anzuzünden. Er hat uns Alben zu seinem Erzfeind erkoren, weil unsere Klugheit schon viele seiner Pläne durchkreuzte! Die Gefahr ist gewaltig. Dies ist die bittere Wahrheit über den schönen Traum, in welchem du dich wähnst!

Vorhin sah ich dich ehrfürchtig ins Astwerk des Baumes aufblicken und konnte deine Gedanken lesen. Du hattest recht, der ganze Himmel ist von Yggdrasils Blätterwerk durchwoben.

Die Äste sind die Brücken zwischen den Welten. Im Himmel durchweben sie die Heimat der Asen. Die im Norden fallen in die Riesenheimat Útgarðr, die im Süden ins Glutland, ins Land unseres Feindes.«

»Und warum umschwebt eine dunkle Wolke den Baum dort oben? Etwa ein schlechtes Zeichen?«, fragte Finar. Der Albe verzog seine Miene: »Dies ist keine Wolke. Es sind die Vögel, die das Astwerk umfliegen. Sie warten darauf, dass es in den Wäldern endlich wieder Frühling wird und sie nach Miðgarðr zurückkehren können. Es gibt aber auch Vögel, die sich nie von Yggdrasil entfernen. Da wohnt ein mächtiger Adler im Geäst und in einer der Quellen zwischen den Wurzeln lebt ein Schwanenpaar.

Wenn du hinaufschaust, scheint der Stamm voller Furchen zu sein. In Wirklichkeit ist er voller Runenzeichen. Sie stammen von den Häuptlingen. Alle wichtigen Bündnisse und Eide haben im grauen Holz ihre Gültigkeit erhalten.«

Finar staunte. »Der Baum ist großartig! Nur schon die Borke. Das Holz scheint stark. Doch gibt es daneben auch Holzstränge, die alt und faul sind. Die Zeichen darauf sind kaum zu deuten.«

»Daran kann man sehen, wie es um die Geltung der jeweiligen Gesetze steht«, antwortete der Albe. »Dieses dort ist beispielsweise ein Abkommen zwischen den Bergriesen und den Muspellbrüdern.« Er blickte verdutzt. »Merkwürdig, wie verwittert es ist.

Wie auch immer.

Drei Quellen sprudeln aus dem Wurzelwerk. Die wichtigste heißt Urðsbrunnen. Dort halten die Götter ihre Gerichte ab. Die zweite ist Hvergelmir. Sie versorgt alle Gewässer. Die Dritte heißt Mímirsbrunnen. Dort sieht man Óðinn vor jedem Þing hinuntersteigen.

Darunter durchzieht das Wurzelwerk den ganzen Boden. Es bohrt sich bis ins Reich der Wanen und darunter durch die Heimat der Schwarzalben.«

»Alles hier ist so schön, dass es gar nicht wahr sein kann!«, lächelte Finar. »Trotz all deiner Worte glaube ich, dass es nur ein Traum ist. Nur schon die Düfte und Farben, die zwischen Yggdrasils Wurzelsträngen heraussprießen! Mein tiefstes Herz lässt mich hoffen, dass die Gefahr, in der sich all dies befindet, nur ein Gerücht ist!«

Die Miene des Alben wurde trostlos. »Heute mag es uns noch gelingen, den Feind mit unserer List zu blenden. Sollten die Gegner aus dem Süden, die Muspellbrüder, eines Tages den Standort dieser Insel erfahren, wird es hart für uns. Muspells Heer ist für den Kampf gegen die Krieger aus Walhall gerüstet. Um uns zu besiegen, müssen sie nicht einmal ihre Kriegswaffen führen.«

»Was haben diese Muspellbrüder denn, dass eure Schmiede nichts Gleichwertiges herstellen können?«, wollte Finar wissen.

»Das Erz ihrer Waffen stammt aus dem Eisenwald Járnviðr«, antwortete der Alb. »Es ist das gleiche Erz, aus dem auch die Waffen der Götter gefertigt sind. Es lässt sich nicht durch einen beliebigen Schmied formen. Dafür braucht man die Kunstfertigsten der Zwerge. Die Söhne Sindris. Als wir uns dessen gewahr wurden, schickten wir Boten zu Sindris Palast, um von den Zwergen Antworten zu erhalten. Doch der Palast war verlassen. Niemand gab ihnen Auskunft.«

»Ich dachte immer, dass die Zwerge derart böse seien, dass man nur Schlechtes von ihnen erwarten könne, und jetzt sagst du mir, dass sie das beste Erz verformen können«, sprach Finar.

»Du meinst die Schwarzalben«, kam die Antwort. »Die schlechten Zwerge ließen sich von niemandem versklaven. Ihre Heimat befindet sich weit unter den Felsen. Diese Welt können sie hingegen nicht betreten, weil sie beim Anblick der Sonne zu Stein erstarren. Es gibt noch Zwerge, die Freunde des Guten sind. Man nennt sie Sindrissöhne.«

Finar seufzte. »Tatsächlich wird es schwer für euch, wenn der König der Muspellbrüder eines Tages Angriff befiehlt. Wäre ich doch ein Mann, dann würde ich euch helfen. Ich könnte meine Dankbarkeit beweisen und euch meine Treue schwören. Das Schicksal hätte mich genug gehärtet, dass ich euch beistehen und jeden Eid mit dem Schwert erfüllen könnte! Wenn Frauen doch nur auch in die Reihen der Einherier treten könnten, stünde ich jetzt in euren Reihen!«

Der Albe verstand diesen Einwand nicht. »Warum sollen Frauen keine Einherier werden können?«, fragte er. »Mit Frîja führt eine Frau die Hälfte der göttlichen Kämpfer an. Die Krieger der Wanen stehen jenen von Walhall um nichts nach.

Sahst du denn unsere Frauen nicht? Denkst du, sie werden sich verstecken, wenn der Feind aus dem Wasser steigt? Ich verstehe, wenn du denkst, du würdest dir im Schwertkampf die Finger brechen. Doch es gibt noch anderes als Schwerter. Auch mit mildem Holz, mit Pfeil und Bogen, kann man zum Sieg beitragen. Ich kann dir nachher zeigen, wie sich ein warmer Bogen anfühlt. Doch nun lasse mich fortfahren, denn über Yggdrasil gibt es so viel zu erzählen, dass ich noch viele Tage damit füllen könnte.

Die Muspellbrüder werden dem Baum nicht schaden, denn direkt auf dem Wurzelstock kann er sich selbst beschützen. Niemand kann dort eine Waffe heben. Erst wenn Muspells König, der Feuerdämon Surtr, sich mit Yggdrasils Magie misst, kann es gefährlich werden. Wir glauben aber, dass er davor die ganze Weltenscheibe in Brand stecken müsste, damit seine Macht so gewaltig würde, um dem Baum zu schaden. Bis dahin werden wir das Schicksal mit Stolz und Adel tragen, weil wir dankbar dafür sind, dass wir den Frieden unter Yggdrasil länger als jede andere Sippe genießen durften«, antwortete der Alb.

Scharf blickte Finar in sein Gesicht. »Zwerge, Alben, Járnviðr … Mir ist tatsächlich, als lebe ich in einem Traum. In einem wunderbaren Sommertraum. Ich kann dies alles schwer verstehen. Wo ist der Winter? Wo sind Hunger und Schmerz geblieben?«

Als hätte er auf nichts anderes als auf das Aufflackern des Morgenlichts gewartet, hat der weise Lytir die ganze Nacht wach an der Asche gesessen. Als sich die Dämmerung endlich in den Ritzen der Hütte abzeichnete, erhob er sich und ging hinaus. Von seinen Geräuschen geweckt, folgte ihm Oberon in die Kälte hinaus. Er gesellte sich zu ihm und der Weise sprach: »Noch habe ich dir nicht alles gesagt, was Skuld mir erzählte, als ich sie am Urðsbrunnen traf. Sie sei bei seiner Geburt nicht erschienen, weil Óðinn selber seinen Lebensweg bestimmte. Dies bedeutet viel für uns. Das Ende unseres Zeitalters ist nicht unabwendbar. Vielleicht ist noch nicht alles verloren.«

»*Darum* hat der Feuerdämon ihn nicht getötet!«, fuhr es aus Oberon. »Wenn er Óðinns Sohn ist, hoffte er wohl, einen Nutzen aus ihm zu ziehen.«

Lytir schmunzelte. »Viel sah der Muspellkönig im Úlfheðin. Die Wahrheit aber blieb ihm fern! Hätte er gewusst, dass er seinen zukünftigen Hauptfeind vor sich sieht, er hätte gewiss anders gehandelt.«

»Dann ist mir klar, warum er zur Jenseitsbrücke muss. Dennoch finde ich es schade. Wir Alben hätten ihn gerne an unserer Seite gesehen. Bei *der* Gefahr, in der wir uns befinden!«, sprach Oberon. »Wird es ihm gelingen, die Jenseitsbrücke Gjallarbrú zu überschreiten? Mir ist, als hätte ich noch von niemandem gehört, dem es gelungen sei, danach wieder in die Welt der Lebenden zurückzukehren.«

»Es ist nicht wahr, dass niemand vom Jenseitsland hinter der Brücke zurückgekehrt ist,« antwortete Lytir. »Was ist mit Óðinn? Was ist mit Hermóðr? Wie Hermóðr ist auch *er* Óðinns Sohn. Nur weiß er es nicht. Ich habe mich mit Óðinn am Mímirsbrunnen getroffen und wir haben lange geredet. Dein Gast muss nun auf seine Aufgabe vorbereitet werden, und zwar ohne dass einer der Asen mit ihm in Verbindung tritt. Es ist nämlich eine außergewöhnliche Schwierigkeit, einem Herzen glaubhaft klarzumachen, dass es über außergewöhnlichen Fähigkeiten verfügt. Die Jenseitsbrücke wird der Punkt seines Lebens sein, an dem ihm klar werden wird, dass er ein besonderes Schicksal zu erfüllen hat.«

Verschwörerisch hob er seinen Eichenstock in die Luft hinauf und wollte gerade noch etwas anderes Wichtiges sagen. Da füllte sich die Umgebung mit lautem Knistern. Der Untergrund wurde von Bewegung durchfahren. Zu allen Seiten hob sich braunes Falkengefieder aus dem Schnee. Ungezählte Flügelpaare durchstoben die Luft.

»Ich Plappermaul!«, schallte Lytirs Stimme durch den Lärm. »Das wenige, was Muspells Späher ihrem Herrn nun berichten können, bringt den Wolfskrieger in arge Gefahr! Wir müssen Óðinns Sohn so gut es geht unterstützen. Als Erstes werde ich ihm einige Gefährten an die Seite stellen! Wie sieht es mit der Frau aus, die neben ihm im Boot lag? Ist sie wieder bei Kräften? Rüste sie als Schützin aus!«

Lytir räusperte sich, da Bewegung ins Türholz kam. Scheinheilig gab er von diesem Moment an vor, über irgendetwas Bedeutungsloses zu reden. Nicht lange, da meinte er: »Genug geredet. Macht euch jetzt auf den Rückweg, damit ihr das Watt noch vor der Flut überquert!«

Björt und Oberon brachen unvermittelt auf und bald schwebte wieder feuchte Meeresluft über ihren Köpfen. Als die Insel hinter den Sandbänken gegen Abend in Sichtweite kam, hatte Oberon Björt bereits klargemacht, dass die Gastfreundschaft der Alben bald endete. Schon im neuen Morgen musste er sich der Aufgabe des weisen Mannes stellen, auch wenn ihm nach wie vor nicht klar war, wie er den Weg, der den Toten vorbehalten war, denn finden könne. Bei den Geschichten, die er in der Zwischenzeit über die Gefahr gehört hatte, in welcher sich Albheim befand, wäre er lieber bei den Alben geblieben, um ihnen im Kampf beizustehen. Oberon meinte, dass es Lytir vielleicht richten würde, dass er im Kriegsfall am rechten Ort sei.

Mit dem Anbruch der Nacht wurden bei den Alben zahllose Feuer entzündet. Darüber drehten sich tropfende Spieße. Schmackhafter

Trunk wurde gereicht. Finar, die noch bis in die Nacht hinein nichts von ihrer Zukunft ahnte, erzählte voller Stolz jedem, der davon hören wollte, wie gut sie an diesem Tag das Bogenschießen gelernt hatte. Oberon ließ Björt als Andenken einen silbernen Harnisch mit albischer Zeichnung reichen. Wohl hätte der Úlfheðin lieber ein Schwert zwischen seinen Fäusten gespürt. Doch er wusste, dass so nahe bei der Weltenesche nichts ohne guten Grund geschah. Zu schnell kündete sich Skinfaxis rosa Morgennebel an. Keinen Augenblick zu lange sollte Björt und Finar das Glück der heilen Welt vergönnt sein.

Schon umrollte das brodelnde Meer das Boot. Nicht weit draußen warteten die Nebel Miðgarðs. Schneetreiben, Treibeis, eiskalte Gischt – viele Tage gab es nichts anderes zu erblicken. Endlich wurde das Meerrauschen vom Krachen der Uferbrandung durchbrochen. Messerscharfe Felsen zeichneten sich durch das Schneetreiben ab. Das Riesenboot scharrte über die Klippen. Zeit war nicht. Widerstandslos sägten sich die Muscheln durch das morsche Holz. Wenn das Boot erstmal leckgeschlagen war, würde nichts mehr zu retten sein. Björt und Finar starrten scharf in die Klippen. Wo war die Stelle, an der sie das Land erreichen konnten?

Dort!

An jener Stelle schien es so, als ließe eine Tanne ihre Zweige weit hinunter hängen! Es würde nicht schwierig sein, sich daran hinaufzuziehen.

Der Wald überwucherte von hier aus weite Teile Miðgarðs. Vom ersten Schritt an war das Unterholz nur mit großer Mühe zu durchqueren. Zu Spießen verformt, versuchte das nackte Geäst, jedes Fortkommen zu erschweren. So ging es bis in den Abend. Dann endlich erreichten sie den von den Alben gewiesenen Pfad nach Útgarðr.

Als Björt Finar darauf ansprach, seufzte sie nur. Von Anfang an hatte sie sich schwer damit getan, dass die Alben ihr verheißen hatten, es sei auch ihr vorbestimmt, ins Land der Riesen und Dämonen zu wandern. Sie hatte schon lange damit gebrochen. »Lieber will ich versuchen, das Land hinter dem großen Gletscher, von dem du mir erzähltest, zu erreichen«, meinte sie.

Als Björt sie ermahnte, dass man nicht gegen den Willen der Hohen handeln könne, fuhr sie ihn an: »*Du* musst dich nach ihnen richten! Ich aber will gewiss nicht nach Útgarðr! Ich will dorthin, wo Friede herrscht! Ich habe genug vom entbehrungsreichen Leben.«

»Wie willst du ins Land hinter dem Gletscher gelangen? Die Gegenden, die du durchqueren musst, sind gefährlich. Man bräuchte einen großen Tross, um diese Reise zu bewältigen!«, hielt Björt ihr entgegen. »Auch ich bin nicht gerade heiter, wenn ich an die Zukunft denke. Nur schon, dass mir die Alben einen Harnisch statt einem Schwert für diese Reise schenkten, ließ mich zweifeln. Die Antwort ist, dass *du* die Waffe trägst. Ohne dich bin ich genauso verloren, wie du ohne mich. Wir können nur überleben, wenn wir zusammenbleiben. Die Herren unserer Welt schicken uns nach Útgarðr. Sie wollen, dass du an meiner Seite stehst.«

Vielleicht hatte Björt ja recht. Finar würde vorerst bei ihm bleiben. Zumindest, bis er eine Waffe hatte, oder bis sie eine Möglichkeit fand, sich einen eigenen Weg zu suchen.

Zunächst war Letzteres aber unwahrscheinlich. Tagelang bot sich den Augen nichts anderes als das unheimliche Bild der Wolfsheimat. Unablässig rauschten die Gesänge der Graufelle von allen Seiten heran. Björt schien dies egal, doch Finar hatte es früh mit der Angst zu tun bekommen. Auf der Insel, auf der sie aufgewachsen war, hatte es keine Wölfe gegeben. Sie kannte sie nur aus Schauermärchen und darin waren es gewaltige Ungeheuer, die selbst Riesen nicht zu fürchten hatten. Hätte sie Björt gefragt, er hätte ihr schon gesagt, dass ihre Vorstellung unsinnig war. Doch auch er wanderte nicht bedenkenlos. Einem Wolfsrudel hätte er nicht viel zu bieten gehabt. Mit bloßen Händen wäre er vielleicht in der Lage, einen einzelnen Wolf zu erledigen, mehr jedoch kaum. Unheimlicher wurde es allerdings dann, als der Wolfsgesang eines Morgens verstummt war. Fenrirs Erben hatten die Gegend kaum freiwillig verlassen. Etwas musste an ihre Stelle getreten sein. Etwas Gefährlicheres hatte sie vertrieben.

Das Augenmerk des Waffenlosen streifte über jede Eintrübung am Wegrand. Es fasste jede Bewegung, die es erblickte. Nicht lange und seine Furcht bewahrheitete sich. Die Luft begann, sich mit Geräuschen zu füllen. Thursen. Und was für welche! Die Alben, von denen es hieß, dass sie vieles aus der Zukunft kannten, hatten versagt! Sie hätten ihm doch ein Schwert geben sollen! Nun kam das Schicksal, um seine Standhaftigkeit zu prüfen, und er war waffenlos. Björts Fäuste wurden hart – doch sie erschlafften wieder. Es war sinnlos. Dies waren keine normalen Thursen. Nie zuvor hatte er furchteinflößendere Riesen gesehen. Dazu ihre Rüstung und Bewaffnung! Ihm wurde klar, warum er keine Waffe trug. Die Alben konnten unmöglich ein Schwert besitzen, das solche Haudegen besiegen konnte. Neun außerordentliche Zweihandschwerter streckten sich ihnen entgegen.

Etwas musste geschehen, falls sein Weg tatsächlich göttlicher Wille war. Wenn Björt nun durch diese Schwerter starb, dann würde ihm der Weg zur Hel für immer verschlossen bleiben. Die Götter mussten hier wirken, wenn sie wirklich auf seiner Seite waren. Kaum war dies zu Ende gedacht, traf ein Schimmern seine Augenwinkel. Unmerklich drehte er den Kopf.

»Siehst du es auch, das Blitzen und Blinken?«, hauchte Finar. »Ich hatte mir den Todesdrachen Niðhöggr immer schwarz vorgestellt, doch er ist golden. Wie das Lichtpferd, das den Tag bringt! Oder bilde ich mir dieses Licht nur ein?« Sie konnte kaum glauben, was sie sah: Ein riesenhafter, in Gold gepanzerter Kerl trat aus dem Unterholz. Der stellte sich den Unholden entgegen und sein leuchtendes Gesicht verformte sich aggressiv, sodass auf einmal noch die kleinste Muskelfaser darin zu deuten war. Er spuckte verächtlich auf den Boden und knurrte in der Thursensprache: *»Muspilli! Es wird euch wohl kaum zur Ehre gereichen, wenn ihr diese Unbewaffneten erschlägt!«*

Björts Geist erstarrte. Er hatte nur ein einziges Wort verstanden, doch dieses hatte es in sich: Muspilli.

Vieles hatte er schon über diese Krieger gehört. Bislang hatte er gehofft, dass diese kampftollen Totschläger nur in den Köpfen der Geschichtenerzähler wüteten. Die Muspellbrüder, die grausamsten Gegner, die man sich vorstellen konnte, gab es also wirklich?

Der goldene Krieger machte sein Schwert kampfbereit. Auch die Muspellbrüder schienen keine Ahnung zu haben, wen sie vor sich hatten. Ihr Gelächter schallte ihm entgegen: »Goldschwert? Bricht schnell! Gold ist schlecht gegen Járnviðrerz. Du stirbst, Goldjunge, jetzt!«

Der leuchtende Kämpfer hohnlachte schmählich: »Bleibt mir den Beweis nicht zu lange schuldig! Zeigt es mir! Kommt!«

Da füllte sich die Luft mit Schwertgesang. Funken sprühten, Eisen klirrte, Blut spritzte, fürchterlich dröhnte es. Selbst einige der umstehenden Bäume sanken nieder. Der Wald erzitterte in seiner Erregung, weil sich in ihm zehn Riesen bekämpften.

Stark schlug der Held gegen seine Widersacher. Manches Mal dachte Finar, die Hiebe träfen den Falschen. Der heranschwelende Spott belehrte sie eines Besseren. Diese *Muspellbrüder* waren dem Helden selbst dann nicht gewachsen, wenn sie von allen Seiten gleichzeitig angriffen. Dennoch imponierten sie Björt, weil jeder von ihnen bis zum letzten Atemzug kämpfte. Erst als ihr Blut bis zum letzten Tropfen zu Eis erstarrt war, sank auch das goldene Schwert hinunter. Der bildschöne Jüngling hielt kurz ein und wandte sich dann in Richtung Finar. Unverletzt und kaum erschöpft zwinkerte er ihr entgegen und sprach: »Ich bin Váli, Óðinns Jüngster, und euch nicht zufällig begegnet. Seit ihr wieder in Miðgarðr seid, folge ich euch. Viel Ungemach hielt ich von euch fern und werde auch weiterhin dafür sorgen, dass ihr euern Weg fürs Erste unbeschadet übersteht.«

»Ein dritter Krieger an unserer Seite. Und was für einer!«, rief Björt erfreut. »Kämpfen kann er wie ein Meister, denn er ist der Sohn des Höchsten! Sei uns willkommen, Váli! Deinen Geschichten aus Ásgarðr zu lauschen, wird uns viel Kurzweil bedeuten. Und kein Unhold wird es wagen, uns zu nahe zu kommen!«

Váli lachte auf. »Dein Wunsch deckt sich nicht mit meinen Plänen«, bedauerte er. »Ich werde mich weiterhin im Hintergrund halten. Ich stand in diesem Kampf nicht für euch ein, weil ich ein netter Kerl bin, sondern weil ihr mir helfen sollt, meinen Lebenssinn zu erfüllen.«

Finar blickte ihn fragend an. Er antwortete: »In deinen unergründlichen Augentiefen wage ich zu deuten, dass du nichts über meine Lebensaufgabe weißt. Ich will es dir nicht übelnehmen. Du lebst in einer Zeit, in der die meisten Menschen nicht einmal mehr drei der dreihundert Óðinnsnamen aufzählen können. Es gab Zeiten, in welchen jedes Kind von meinem Lebenszweck wusste: Ich bin geboren, um Loki zu töten. Erst wenn er tot ist, ist Balders Tod gesühnt und die Welten werden wieder ins Gleichgewicht kommen.«

»Natürlich verstehe ich, dass wir Menschen die göttliche Ordnung nicht begreifen können. Noch weniger verstehe ich aber, was wir mit Loki zu tun haben sollen«, sprach Björt, während er über die Toten stieg, um in ihren erstarrten Fäusten nach dem besten Schwert zu suchen.

»Ich habe während meines Lebens einen guten Sinn dafür entwickelt, bei welchen Gelegenheiten sich der schlechte Ase zeigt. Glaubt mir, er wird demnächst mit euch in Kontakt treten. Darum muss ich mich im Hintergrund halten«, antwortete Váli. »Doch ihr braucht euch nicht zu fürchten. Der Pfeil, auf den ich sein Zeichen ritzte, liegt schussbereit in meinem Köcher!«

Nach diesen Worten verschwand der göttliche Glanz. Er wurde vom Schneefall umwunden. Während Björt eines der Schwerter in die Höhe hielt, fuhr es aus ihm: »Der Verräter Loki lebt also. Und es ist sicher, dass er uns begegnen wird. Sei auf der Hut, Finar. Es heißt, dass keine Frau seinem Anmut widerstehen könne. Er ist der schlimmste Mann von allen. Er tötete seinen außerordentlich beliebten Bruder Balder, weil er auf ihn eifersüchtig war. Und alle, die ihn liebten, mussten zusehen, wie er starb.« Björts Blicke suchten Váli, um eine Bestätigung dieser Worte zu bekommen. Als sie ihn nicht mehr fanden, antwortete ihm Finar: »Viel scheinst du darüber zu wissen. Ich hoffe, du hast deine Weisheit nicht nur von Märchenerzählern.«

Björt schüttelte seinen Kopf. »Als ich ein Kind war, tauchte dann und wann ein äußerst weiser Wanderer an unserem Hof auf. Mein Vater fand großen Gefallen an ihm und bot ihm für seine klugen Ratschläge stets ein gutes Nachtlager. Auch mit mir sprach der Scharfsinnige oft und brachte mir alles bei, was ich über die Götter weiß. Er erzählte mir auch von Loki, dem unechten Asen, den man nur aus schlechten Geschichten kenne. Jedoch sagte er mir, dieser sei, mit seinen eigenen Gedärmen in eine Höhle gebunden, längst elend verreckt!«

»Heute belehrte uns Váli eines Besseren«, setzte Finar ihm entgegen. »Fürchten müssen wir uns trotzdem nicht. Noch bevor der Niederträchtige auch nur seine Stimme gegen uns erheben kann, ist er von Vális Pfeil niedergestreckt«, fügte sie dem noch hinzu. Und wehmütig verschallten ihre Worte in der klirrendkalten Luft. In den wenigen Augenblicken, in welchen sie ihn gesehen hatte, hatte der göttliche Váli ihr das Herz aus der Brust gerissen.

Björt und Finar kamen an diesem Tag weit, doch die Landschaft veränderte sich dadurch kaum. Die ganze Zeit senkte sich das von den Schneeflocken gewobene weiße Tuch vom Himmel her durch das starre Nadeldach hinunter. Baum an Baum schien sich das gleiche Bild ewig zu wiederholen. Björts Geist drohte, davon schwermütig zu werden. Anderes empfand Finar. Sie hatte seit der Begegnung mit Váli ein gutes Gefühl und war nicht überrascht, als sich dies am Abend zu bestätigen schien. Da war ihr, als zeichne sich ein Gemäuer in den letzten von Licht durchdrungenen Waldschatten ab. Eine Burg?

Es schien so.

Der Weg endete an einem Torhaus. Die Burg dahinter schien allerdings schon länger verlassen. Der Burghof war nur noch mit Mauerfragmenten gegen den Wald abgegrenzt. Da und dort ragten diese noch ein gutes Stück in die Höhe, doch konnten sie an manchen Stellen gut überwunden werden. Dieses Gemäuer war längst zur Festung der Reifriesen geworden.

Die vom Windrauschen umrahmte, frostklirrende Stille begann nun, mehr auf Finars als auf Björts Seele zu drücken. Letzterer war in diesen Momenten beinahe euphorisch. Er, der Vielgereiste, hatte ein äußerst zuversichtliches Vorgefühl. »Seit wir das Land der Alben verließen, fanden wir keinen besseren Schlafplatz als diesen!«, fuhr es aus ihm. Seine Spur führte zu einer Stelle, an der sich ein Schattenbruch auf dem Untergrund erkennen ließ. Er bückte sich, um den Schnee zu prüfen – da brach der weiße Boden um ihn herum ein. Arg erschallte sein lauter Fluch, der sich kurz darauf zum Lachen formte: »Hier unten müssen wir uns über die Nacht von den Reifriesen jedenfalls nicht in Acht nehmen!«

Er hatte nicht zu viel versprochen. Die Stelle neben ihm, an der sich kurz darauf Finar niederließ, war recht gemütlich, wenn man Entbehrungen gewohnt war. Nicht lange, da waren die beiden in einen Erschöpfungsschlaf gefallen. Björt allerdings mehr als Finar. Diese war sehr unruhig und misstrauisch. Zurecht, wie es schien. Der Friede war ihr nicht lange vergönnt. Von draußen drangen seltsame Geräusche an ihr Gehör. Ihre Gedanken drehten sich. Aus Angst öffnete sie die Augen. Ihre Blicke durchstachen die Dunkelheit. Alleine von ihrem Herzklopfen hätte Björt eigentlich erwachen müssen.

»Björt!«

Ein tiefer Atemzug drang aus seiner Kehle.

»Björt!«

»Was … was ist denn?«

»Hörst du das Scharren nicht?«

»… Nein. Ich höre nichts!«

»Aber ich!«, zischte Finar.

»Es ist, als ob nur ein Stück unter uns die Schwarzalben ihre Stollen grüben. Vielleicht ist es die Wärme Svartálfaheims, die uns so behaglich erscheint. Wir müssen hier weg, sonst sind nicht nur unsere

Leben, sondern auch unsere Seelen in Gefahr. Niemand, nicht einmal Váli, kann uns vor den bösen Zwergen beschützen, wenn sie aus der Erde steigen. Ein Albe erzählte mir davon.«

»Steigen wir nach draußen, töten uns doch die Reifriesen«, sprach Björt schlaftrunken. *Was stellten ihm die Alben auch ein solch ängstliches Weib ohne jegliche Erfahrung zur Seite!* Sein Geist ließ sich von den letzten Fetzen seiner Träume wieder in den Schlaf ziehen. Doch dort blieb er nicht lange.

»Finar?«, hallte eine Erinnerung von weit her an ihn heran, *»Wenn Ihr die Frau meint, die mit Euch kam… Sie ist tatsächlich mit einigen außergewöhnlichen Talenten ausgestattet.«* Vor seinem geistigen Auge erschien das Gesicht des Albenkönigs!

Nun war Björt mit einem Schlag hellwach. Er erhob sich, fasste das Schwert und machte sich daran, Finar voraus an die Erdoberfläche zu steigen.

Der über seinen Kopf hinwegfegende Wind verschleierte lange jedes Geräusch. Dazu war es stockfinster. Man konnte fast nichts erkennen – bis sich das schale Licht des Mondes auf den Burghof hinunterlegte. Da sah er die Gestalten, die Finar als Schwarzalben gewähnt hatte. Zu allen Seiten hasteten sie über den Schnee, verschwanden darin, erhoben sich daraus.

»Das sind keine Schwarzalben.«

»Was dann?«, fuhr es aus Finar.

»Keine Ahnung. Was auch immer. Mir scheint, sie sammeln etwas. Dort, der Wagen. Kannst du etwas darauf erkennen?«, fragte Björt.

Finar spähte durch die Dunkelheit. »Beinahe würde ich meinen, es seien Kadaver«, sprach sie. »Wollen sie das etwa fressen?«

»Ich wollte es nicht glauben, als mir der alte Wanderer einmal erzählte, aus welchem Grund der Menschenfeind so viele Kriege anzettle. Es sei, weil er alle seine Bauwerke aus den Knochen der Kriegsopfer errichte. Und da er immer größere Denkmäler baue, müsse er immer größere Schlachten von seinen Kriegern fordern …« Björts

Worte verstarben. Er zog das Schwert. Finars Bogensehne spannte sich. Es nahten einige der Gestalten.

Das Schwert aus Muspells Schmiedestätte bewährte sich gewaltig, als er damit den Feinden entgegen focht. Es stach beinahe selbstständig zu und wo es traf, klaffte eine Wunde, egal, ob eine Panzerung oder nur ein Leinen über dem Fleisch zu durchdringen war. Doch auch die Gegner kämpften verbittert. Ihre Gegenwehr war beachtlich, obwohl sie viel schlechtere Waffen führten. Als sich am Morgen das Sonnenpferd Skinfaxi endlich am Rand des Horizonts abzeichnete, war das ganze Feld von Innereien verfärbt. Björt wollte es kaum glauben. Konnte es denn tatsächlich sein, dass seine Schwerthand und das Dutzend Pfeile aus Finars Köcher so viele getötet hatten? Björt seufzte auf. Staunen konnten sie später. Einer stand noch! Finar zerrte einen Pfeil aus einer der Leichen, zog die Bogensehne zurück, zielte und bemerkte das frohe Minenspiel im Gesicht des Gegners gerade noch rechtzeitig. Der blickte ihr lächelnd entgegen, senkte seinen schweren Knüppel, nickte anerkennend und rief: »Gut gemacht, Menschen! Ihr habt mir einiges an Arbeit abgenommen!«

Die Bogensehne schwellte leer zurück. Auch Björt senkte das Schwert. »Wie kommt es, dass ein Thurse wie du diese Unholde bekämpft und dazu die Sprache der Menschen spricht?«, fuhr es aus ihm.

»Die Sprache der Menschen spricht er, damit er euch fragen kann, was ein Menschenpaar in dieser verlassenen Gegend sucht! Antwortet mir zuerst, warum steht ihr hier, in meiner Burg?«, hallte die kernige Stimme heran. »Ich meinerseits bin hier zu Hause. Jede Nacht muss ich mich gegen diesen Abschaum verteidigen. Am Morgen begrabe ich die Leichen, am Abend kommen die Nächsten und machen sich daran, die Toten wieder auszugraben. Wer kann das verstehen? Es muss etwas mit Zauberei zu tun haben. Vielleicht wollen sie sie wieder zum Leben erwecken.«

»Wir fanden hier Nachtquartier auf unserem Weg durch die Wolfsheimat«, antwortete Björt. »Die Hohen unseres Glaubens schicken uns. Wir sollen ins Land der Riesen und Dämonen!«

Ein Lachen schallte heran. »Die Götter wollen *euch* in Útgarðr sehen? Großes dachte ich bisher von den Dingen, die in Yggdrasils Astwerk bestimmt werden! Doch wenn es stimmt, dass die Götter euch in die Welt der Riesen und Dämonen schicken wollen, dann irrte ich wohl. Die Pläne der Hohen sind ja für uns Niedere schwer durchschaubar. Die Götter haben wohl keine einfachen Entscheide zu treffen, seit der Herr des Glutlandes Höchster der Krieger werden will!«

»Vieles scheinst du zu wissen, Riese. Beinahe denke ich, dass du am Ende kein Riese, sondern ein hochgewachsener Mensch bist!«, hallte Björts Stimme übers Schneefeld.

»Du irrst. Vom Ahnen der Riesen, von Bergelmir, und nicht vom Asen Loðurr stammt mein Blut«, kam die Antwort. »Vom Glauben der Riesen habe ich mich allerdings entfernt, seit ich von Ásgarðr und Vanaheim hörte. Ich will nach meinem Tod nach Walhall und nicht in die Kälte, in dem sich das Totenreich der Thursen befindet.«

»Wenn dereinst alle Knochenräuber tot sind, kannst du an dieser Stelle wohl lange auf Walhall warten!«, entgegnete Finar. »Möglicherweise werden wir uns ja auf dem Helvergr, dem Weg der an Alter und Krankheit Gestorbenen, wiedersehen. Die Alben hießen uns nämlich nach Útgarðr, um ihn zu finden.«

»Da könnte ich ja direkt mit euch ziehen«, befand der Riese. »Hier nämlich ist es zuweilen recht langweilig und auf das Jagdglück ist kein Verlass mehr. Was schaut ihr so argwöhnisch? Ihr wisst, dass ich auf eurer Seite bin!«

»Für Menschen ist es gefährlich, einen, den man mit einem Thursen verwechseln könnte, zum Weggefährten zu wählen! Mir wäre lieber, du würdest uns vergessen!«, meinte Björt. »Komm, Finar! Wir brechen auf.«

»Wir sollten es uns überlegen«, antwortete Finar. »Wir brauchen mehr Männer. Spätestens wenn Loki tot ist, wird es eng um unsere Aufgabe. Dann, wenn Váli seine Lebensaufgabe gemeistert hat, ist es ihm nämlich egal, ob unser Leben in Bedrängnis gerät oder nicht.

Dann hat er seinen Nutzen aus uns gezogen und wird nach Ásgarðr reiten, um sich von seinen Brüdern feiern zu lassen. Wir aber müssen dann noch immer den gefährlichen Weg durch Útgarðr finden und könnten dabei einen weiteren Waffenbruder gut gebrauchen.«

»Wenigstens müsst ihr den Weg *nach* Útgarðr nicht mehr suchen. Den kenne ich nämlich«, lachte es aus dem haarigen Riesengesicht. »Darf ich mich vorstellen: Man nennt mich Thursenschlag, den Muskelriesen. Ich weiß vieles über die Welt der Riesen und Dämonen.« Unbeholfen versuchte er, eine Verbeugung zu machen.

»Auch im Kampf bin ich zu gebrauchen«, fuhr er fort. »Ich trage meinen Namen, *Þurhögg*, weil ich bisher jeden Zweikampf gewann. Ich schätze, es stimmt, was dein Weib sagt! Ihr werdet euer Ziel ohne meine Hilfe niemals erreichen!«

Björt blickte dem Riesen scharf entgegen und nickte nach einer Weile. »Aber Thursenschlag ist vielleicht kein guter Name für einen, der vorgibt, im Auftrag der Götter durch die Welten zu ziehen. Ich müsste dir einen neuen Namen geben. Wie wäre es mit Muskelmensch? Wie sagt man Muskelmensch in deiner Sprache?«

»So nenne mich eben Vöðmaður, wenn du meinst, dass das besser klingt!«, sprach der Riese gleichgültig, »In der Welt der Riesen haben Namen allgemein wenig Bedeutung. Ein vorzügliches Wetter haben sich die Alben für eure Reise ausgesucht! In anderen Gegenden soll es zu dieser Zeit gemütlicher sein!«

»Nirgends lässt der Fimbulwinter in diesen Tagen Behaglichkeit aufkommen. Da uns dieser Weg von den Göttern bestimmt wurde, gibt es aber keinen Ort, an dem wir uns sicherer fühlen könnten! Dazu beschützt uns Váli! Vor einigen Tagen bewies er es uns, indem er mit wenig Aufwand neun grausame Muspellbrüder für uns erschlug«, entgegnete Björt.

»Auch wenn ihr euch mit Váli im Rücken fürs Erste wenig vor Muspellbrüdern zu fürchten habt, solltet ihr die Brut aus dem Glutland nicht unterschätzen. Váli besiegte problemlos neun von ihnen. Wie mag der Kampf ausgehen, wenn hundertmal so viele gleichzeitig angreifen?«, warnte Vöðmaður. »Ihr meint, ich übertreibe? Viele Male sah ich die schwarzen Banner durch die Waldschatten ziehen. Ich konnte sie nicht zählen, so viele waren es. Und ihre Bewaffnung scheint geradezu für den Kampf gegen die Götter geschaffen zu sein.«

»Die Götter fürchten sich vor ihnen wenig. Den Weg nach Ásgarðr werden sie so schnell nicht finden«, entgegnete Björt. »Schon der Weg nach Útgarðr dünkt mich schwierig. Einst sagte mir ein weiser Mann, dass sich zwischen hier und dort ein unüberwindbares Gebirge erhebe. Dieses sei von Óðinn geschaffen, damit sich die Wesen aus Miðgarðr und Útgarðr nicht durchmischten.«

»Das Gebirge gibt es tatsächlich. Doch Muspells Männer kennen einen Weg darüber hinweg. Ihnen sollten wir aber nicht folgen. Das ist zu gefährlich, würde ich meinen. Wir müssen zum Meer und dem Ufer folgen. Ich kenne eine Küstenstadt. Dort gibt es sogar noch Menschen. Da könnten wir uns den Bauch noch einmal vollschlagen, ehe der schwierige Teil der Reise beginnt. Am einfachsten wäre es, wir eignen uns dort ein Schiff an und betreten Útgarðr auf dem Seeweg.

Genug geredet. Ich habe einigen Proviant für den Nächsten Teil der Reise. Dazu noch dies und das, was ich nun nicht mehr brauche. Das können wir in der Stadt verkaufen. Werft ihr die Knochen vom Gefährt, während ich meine Sachen hole«, sprach Vöðmaður.

Wenig später zog er den Wagen durch den Dunst des Schneefalls davon.

Im weißen Schneesturm, der über Miðgarðr herrschte, verstarb und entflammte das Tageslicht – einmal, zweimal, viele Male. Selten konnte man in den schweren Schneeböen, die um den Wagen herum aufbrausten, etwas erkennen. Vöðmaður kannte den Weg gut und ihn beeindruckte Fimbuls Härte wenig, während er den Wagen zog. Bedächtig nahte die Stelle, an der die winterlichen Schemen von einem Torhaus durchbrochen wurden. Vöðmaður wusste um ein Haus dahinter, in dem man für eine entsprechende Abgeltung die Nacht verbringen konnte. Wohl hatte Gold in dieser Zeit an Bedeutung verloren, doch auf dem Schlitten befand sich das eine oder andere, was man dem Wirt bieten konnte.

Der Hochgewachsene hatte nicht zu viel versprochen. Nachdem sich dort alle handelseinig geworden waren, gab es zu essen und ein Feuer erwärmte den Raum, in dem sie die Nacht verbrachten. Gegen Morgen wurde das Knistern allerdings leiser und wich am Ende dem Rauschen des Meeres, das unweit des Hauses an das Ufer schlug.

Wie noch vor der Nacht besprochen, schritt der mit den hiesigen Handelsbräuchen vertraute Vöðmaður zu den Stegen hinunter, um einen Schiffseigner zu finden, der sein Eigentum gegen das, was auf dem Fuhrwerk war, einzutauschen bereit war.

Lange starrte Finar dem Riesen hinterher. Erst als sein Umriss im Vorhang der hinabrieselnden Schneekörner verschwand, lösten sich ihre Augen von ihm und fassten indessen die ausgemergelten Leute, die sich in den Gassen hin und her bewegten. Schwermütige Gedanken kamen in ihr auf.

Fürwahr, an Nahrung zu kommen war in dieser Zeit nicht einfach. Fenrirs Erben, die Wölfe, lauerten vor den Mauern und beanspruchten das Wild für sich. Auch die Fischer konnten ihrem Tagwerk nicht nachgehen. Draußen unter den Wellenkronen wartete die Miðgarðschlange ungeduldig darauf, dass tollkühne Junge die Warnungen der Alten verwarfen und die Boote wieder nach draußen lenkten …

Finar wurde aus ihren Gedanken gerissen. Die Gespräche der Leute erweckten ihre Neugier. Scheinheilig abgewandt hörte sie ihnen aufmerksam zu. Doch es war nichts Geheimes, das sie sich mitteilten:

»… in dieser Zeit sollte man keinen Sklaven halten – wo doch das Essen kaum für die Freien reicht!«

»Ein Kopfgeld sei auf ihn ausgesetzt! Vielleicht das letzte Getreide aus dem Speicher!«

»Der ist doch schon längst in der Wolfsheimat draußen …«

Unvermittelt schallte Björts Stimme heran. »Hast du gehört? Ein schönes Geschenk gönnen uns die Götter! Proviant für unseren Weg!«

»Oder einen weiteren Gefährten!«, entgegnete Finar. »Zwei Hände mehr gegen Útgarðs Bestien!«

»Einen Sklaven?« Björt konnte sich das Grinsen nicht verkneifen. »Du als Fürstentochter solltest doch wissen, dass ein Sklave in seinem Leben nie etwas anderes als ein niederer Gehilfe sein kann! An der Ständeordnung des hohen Heimdall können wir Menschen nichts ändern. Jeder von uns muss sich ihr fügen. Ein Sklave würde uns doch nur zur Last fallen. Proviant ist doppelt so viel Wert.«

»So oder so müssen wir uns auf die Suche machen, wenn wir ihn finden wollen«, antwortete Finar, ehe sie Björt voraus durch die Siedlung schritt. Jeden noch so versteckten Winkel in den Gassen der Ortschaft spähten sie aus. Vergebens. Das Torhaus kam immer näher. Schon begann Björt insgeheim, an den Göttern zu zweifeln, weil sie ihm vorenthielten, was offensichtlich vorbestimmt war. Da durchfuhr ein Blitz sein Herz! »Váli!«, hauchte er in Richtung Finar.

»Váli?«, fragte Finars Stimme aus dem Hintergrund. Björt wandte seinen Blick in ihre Richtung und wies mit dem Finger in die andere.

»Da!«

Finar zuckte mit den Schultern. »Da ist nichts! Du träumst.«

»Dort! Sieh doch …!« Björts Worte verstarben. Er hatte es nicht geträumt, doch nun, da auch Finar schaute, war er wieder weg. Er hastete mit schnellem Schritt zu jener Stelle. Nicht einmal eine Schneespur war zu sehen. Björt senkte sich auf die Knie. Seine Hände stachen durch den Schnee und ertasteten ein Fass … ein leises Stöhnen drang von dort heraus. Er triumphierte: »Unsere Wegzehrung!«

»Deine Stimme kenne ich!", hallte es dumpf. »Ich vernahm sie zuletzt, als ich noch frei war, als ich dir half, im Wald gegen die Thursen zu kämpfen! Als Dank hast du mir die Menschenhändler auf den

Hals gehetzt! Hätte ich dir nicht getraut, wäre ich heute ein freier Mann! Ja! Ich bin es! *Ekron Keitet Lilleunge,* du Verräter!«

»Ekkert? …« Björts Stimme kam schwer ins Stocken. »Du kannst mir nicht unterstellen, mit Menschenhändlern gemeinsame Sache zu machen. Wir Úlfheðnar bekämpfen solche Banditen …«

»Du heuchlerischer Lügner! Ich hörte deine Stimme noch, ehe das Boot ins Meer stach! Du bist als Letzter aufgestiegen und hast uns während der Reise verlassen!«

Da schoss es wie ein Blitz durch Björts Geist. *Die zwielichtigen Männer an der Küste!*

»Mit großer Schuld belädst du mich«, antwortete er. »Dieses Gesindel half mir, das Meer zu überqueren. Von ihren Geschäften wusste ich nichts.«

»Dein Wort gilt bei mir nichts mehr! Selbst, wenn du beweist, dass du es ehrlich meinst, dir traue ich nicht mehr!«, zischte die Stimme unter dem Fass hervor.

»Du wirst deine Meinung ändern, weil du ab heute mit uns ziehst«, antwortete Björt. »Doch muss ich dich ermahnen, dass unser Weg nicht einfach wird. Unser Ziel liegt an einer Stelle, von der noch nie ein Mensch zurückgekehrt ist: Wir sollen die Jenseitsbrücke Gjallarbrú am Ende des Helvergr überqueren!«

»Was soll ich jetzt sagen? Dass es mir zu gefährlich ist und ich lieber hierbleibe?«, fuhr es unter dem Fass hervor. Von der anderen Seite erschallte Vöðmaðurs Ruf: »Ich habe den Mann, nach dem wir suchen! Er will ein schönes Schiff loswerden und mit uns ins Geschäft kommen.« Seine Augen leuchteten, als er zum Stehen kam. Björt antwortete: »Dieses Fass nehmen wir als Wasserfass!« Schon schwebte es samt Inhalt zu Vöðmaðurs Schulter und dann in Richtung des Steges hinunter. Der Riese merkte noch nicht einmal, dass jemand darin saß.

»Ein Schiff wollt ihr kaufen, hörte ich!«, rauschte schon bald eine Stimme heran. Ein Kaufmann löste sich aus dem Schatten einer Bootsbrüstung. »Da seid ihr bei mir an den Richtigen geraten! Schiffe baue ich von Kindsbeinen an! Schaut beispielsweise dieses vorzügliche Werkstück! Dieses Kriegsschiff. Es ist zwar nicht mehr taufrisch, doch gut gebaut und gleitet hervorragend durch die Wellenkämme!«

»Gewiss, ein prächtiges Schiff! Für uns ist es aber nichts. Wir besitzen zu wenig Hände, um eine Skeide zu steuern!«, sprach Björt.

»Wie hätte ich ahnen können, dass ihr tatsächlich zu Dritt übers Meer rudern wollt?«, antwortete der Händler. »Wenn es so ist, wie wäre es mit dem Sexæringr daneben. Der Riese sagte mir bereits, was ihr dafür geben könnt. *Das ist etwas wenig.* So gebt mir noch die Frau dazu, und wir werden handelseinig. Glaubt mir, das ist wirklich nicht zu viel.«

Gedankenversunken blickte Björt in Richtung Finar. *Immerhin hatte sie sich doch zuweilen recht unwohl auf diesem Weg gefühlt.* Diese blickte streng zurück, ehe sich sein Augenmerk wieder von ihr abwandte. Prüfend strichen seine Augen danach über die Balken des Schiffs. Er nickte, schüttelte den Kopf, dann nickte er wieder, ehe er sein Angebot in Worte fasste: »Ich gebe dir dafür, was auf dem Wagen liegt. Das, von dem dir Vöðmaður bereits erzählte. Mehr nicht.«

Der Händler warf seine Hände in die Luft: »Den Mast und das Segeltuch kannst du für den Plunder haben. Die Ruderstange für den Karren! Du verhöhnst meine Arbeit! Gib mir die Frau dazu oder ihr müsst euch mit der Karve zufriedengeben, die am Ende des Steges angebunden ist! Die ist alt und an einigen Stellen ist das Holz schon faul, doch für euch möglicherweise der einzige Weg, um von hier aus ins Meer zu stechen."

»Wir könnten dich auch einfach töten und dann das schönere Schiff nehmen!«, murrte ihm Vöðmaður entgegen.

»Tut, was ihr nicht lassen könnt! Doch wisst, dass ich mich auf Schlechtes vorbereitete, als ein Riese mit mir den Handel suchte!

Riecht ihr das Pech? Glaubt mir, ehe mir eure Waffen zu nahe kommen, steht hier alles in Flammen!«, zischte der Händler.

Björts Gesicht glitt von der Eiseskälte wieder ins Lachen zurück. »Vöðmaður ist doch kein Riese. Nur ein groß geratener Mensch!«, sprach er und trat zum Schiff am Ende des Steges. Dieses war nichts Außergewöhnliches – ein altes Handelsschiff mit anständigem Bauch, dem an einigen Stellen bereits die Farbe fehlte. Das Holz machte hier und da einen morschen Eindruck, doch hielt es dem starken Fußtritt stand.

»Schlagt ein oder vergesst es!«, murrte der Bootsbauer. »Diese Karve wird euch bestimmt noch in den nächsten Hafen bringen! Und ich stelle keine Fragen. Es ist mir egal, wohin ihr wollt und vor wem ihr flieht."

Der Sohn des Waldes, Laufeyjarson

Hvers þú leitar eþa hvers á leitum est, eþa hvat vilt, vinlauss, vita?
Úrgar brautir árnaþu aptr heþan. Áttat hér!

Wonach verlangst du hier, was erwartest du? Was willst du wissen? Auf dem Wasserweg hebe dich weg von hier! Hier ist kein Bleiben für dich!

Björt freute sich, als das Segel zu flattern begann. Alles deutete auf eine einfache und kurze Reise hin. Die Götter hatten alles gerichtet und die Mission würde zu einem Kinderspiel, hoffte er. Schon am Abend würde das Boot in Útgarðr anlegen und dann war der Helvergr bestimmt leicht zu finden. Danach wäre er endlich von diesem seltsamen Auftrag frei und konnte sich wieder darum kümmern, nach Walhall oder zumindest zu Þor nach Bilskírnir zu gelangen. Er irrte sich.

Den ganzen Tag über segelte die alte Karve dem Ufer nach und nichts machte den Anschein, dass aus Miðgarðr endlich Útgarðr wurde. Gegen Abend zogen immer mehr Sturmwolken über den Himmel und kamen schnell näher. Das Meer wurde von einer weißen Gischt überzogen. Diese legten sich als Vorboten nur kurz vor die Urgewalt eines beispiellosen Sturms. Der lang erwartete Atem Útgarðs. Erbarmungslos brachte er das alte Boot auf jene Weise zum Ächzen und Stöhnen, dass es jedem darauf mehr als angst und bange war. Der Wind legte das Segel immer wieder beinahe mitsamt dem Mast ins Wasser und jedes Mal, wenn es wieder emporschoss, zeichnete mehr Reif das Gebälk. Aus dem Reif wurden Eisblöcke, die schwerer wurden und das Schiff immer weiter in die See hinunter drückte. Nur noch eine Handbreit Holz entschied über das Schicksal und dann rauschten auch noch Wellen heran. In der Gischt, die heranrauschte, war das Haupt von Lokis Tochter, der Miðgarðschlange erkennbar. Kurz darauf sägte ihr Schuppenkleid durch den Bug. Die Zuversicht, dass diese Reise zu einem guten Ende finden würde, schwand. So bang es den vier Reisenden in dieser Zeit auch war, dieser Sturm war nur eine kleine Episode der Reise und an dessen Ende war klar, dass die sturmerfahrene Karve viel ertragen konnte. Als die Wolken am Himmel endlich abzogen, hatte sich der Horizont darüber mit rotgoldenem Licht überzogen. Nórr, der Vater der Nacht, ritt darüber heran und zog die Dunkelheit hinter sich her. Zumindest hatte das Boot am ersten Tag die Grenze zur Welt der Riesen und Dämonen überquert.

Als die vier Reisenden am nächsten Morgen erwachten, herrschte eine Windflaute. Viele Tage hing das Segel von da an schlaff vom Mastbaum. Einzig die Strömung zog das Boot immer weiter und am Ufer begann sich der sagenumwobene Wald Járnviðr abzuzeichnen. Dazu neigten sich die Vorräte zu Ende. Der Hunger wuchs und die Leute begannen, unzufrieden zu werden.

»Vielleicht haben die Alben in ihren Plänen vergessen, dass Menschen und Riesen essen müssen!«, bemerkte Finar, während sie sich den Kopf über die Zukunft zerbrach. »Wenn wir noch lange auf ein Wunder warten müssen, können wir ihrer weisen Voraussicht nicht mehr vertrauen.«

»Aus eigener Kraft anlegen können wir nicht. Darum bin ich zuversichtlich, dass die Strömung uns zu einer guten Stelle tragen wird, an der wir ans Ufer kommen. Dort werden wir finden, was wir zum Überleben brauchen«, meinte Björt.

»In diesem Wald besteht keine Aussicht auf Jagdglück«, wusste Vöðmaður. »Meine Ahnen verließen ihn, weil sie keine Nahrung mehr fanden. Als die Riesin Angrboða die Herrschaft übernahm, kam die ewige Kälte. Da starb alles, was das Wild und jeder andere, der essen will, zum Überleben braucht. Es gibt keine Kräuter, weder Beeren noch Pilze, nur Schnee und Eis. Und eine zornige Riesin, die jeden angreift, den sie in ihrem Gebiet antrifft. Sie wird uns kaum zu ihren Vorräten führen«, sprach er und begann, von all dem zu erzählen, was er von diesem Wald wusste. Da es nicht gelogen war, dass seine Vorfahren in diesem Wald geboren waren, war dies nicht wenig. Gutes aber erwähnte er dabei kaum.

»Also sollen wir verhungern und danach den Weg der an Alter und Krankheit Gestorbenen betreten«, folgerte Björt. »Ich kann es nicht glauben …«

»Glaube dem Thursen ruhig. Es ist sinnlos, das Land zu betreten, Asa Björt«, rauschte eine Stimme über die Bootsplanken. »Die Angrboða beobachtet das Schiff schon seit Tagen und wartet nur darauf, dass es anlegt. Ihr werdet die nächsten Tage hungern müssen. Doch keine Angst. Den Helvergr werdet ihr lebend betreten!«

Die Blicke wanderten über die Bootsplanken zum Ruder. Dort saß ein Alter, der den Anschein machte, er hätte schon die ganze Reise dort gesessen. Björt erkannte ihn. »Der Königsratgeber Lytir!«, fuhr es aus ihm.

Die Stimme des Mannes verlor ihr greises Rauschen und rief in einem Schwall von heroischem Übermut: »Wie es scheint, ist dem Meister des Schabernacks wieder ein Meisterwerk der Täuschung gelungen!« Die Gestalt veränderte ihre Konturen und ein bildhübscher Mann entstand daraus. Schauder durchfuhr die Seelen.

»Ich bin's! Óðinns Wunschsohn Loki!«

»Der Übeltäter Loki, von dem man nie etwas Gutes hörte«, zischte Finar.

Loki seufzte schwer. »Ihr fürchtet mich. Dabei kennt ihr mich nur aus den Geschichten, die von meinen Feinden in die Welt gesetzt wurden, um mir mein Leben schwer zu machen.« Ein Zucken ging durch seine Nase. »Wisst, die Götter mochten mich von Anfang an nicht. Ich, Loki Laufeyjarson, bin nämlich kein richtiger Ase. Ich bin nur Óðinns Wunschsohn. Dies ist der Grund, warum ich nie zu wenige Feinde unter meinen ‚Brüdern' hatte. Stets schwelte mir, dem *Sohn des Waldes,* Misstrauen und Anfeindung entgegen. Doch wäre Óðinn den Blutsbund mit mir eingegangen, wenn ich ein schlechter Kerl wäre? Ich versuchte vieles, um mich zu beweisen. Immer wieder rettete ich die Götter aus schwierigsten Lagen. Ihren Missmut konnte ich damit nicht aus der Welt schaffen. Seht doch wenigstens ihr mir nicht missmutig entgegen. Ich bin nicht hier, um euch zu schaden, sondern um zu helfen.«

»Wieso sollten wir einem, den unsere Götter mit seinen eigenen Innereien in eine Höhle gefesselt haben, trauen? Eine solche Strafe bekommt niemand, der sie nicht verdient!«, fuhr es aus Björt.

»Es war, weil du den Beliebtesten der Götter getötet hast!«, zischte Björt. »Óðinn hat den Blutsbund mit dir an diesem Tag bitter bezahlt.«

Lokis Hände verdeckten für einen Augenblick ein schmerzverzerrtes Gesicht. »Ihr kennt nur Bruchteile der Geschichte! Glaubt mir, kenntet ihr sie ganz, wüsstet ihr, dass sie den Asen nicht zum Ruhm gereicht.

Mag man mich des Mordes an Balder bezichtigen, er der Beste von allen, war auch mein bester Freund. Er litt unglaublich daran, als Einziger die Zukunft der Asen zu kennen. Seine wahren Brüder bemerkten nichts. Sie feierten ihr Leben auf jene Weise weiter, wie es in Ásgarðr schon immer üblich war. Nur ich, der unechte Bruder, nahm seine Sorgen wahr. Als ich ihn darauf ansprach, erzählte er mir von den Träumen, die er Nacht für Nacht hatte, in welchen jeder Baum, jeder Grashalm, jedes Tier und alles, was es sonst noch gibt, vor dem bevorstehenden Ende des Götterzeitalters warne. Ásgarðr gleite einem tödlichen Sprudel entgegen und es gäbe nur eine Möglichkeit, das Schicksal zu wenden: Die Götter mussten begreifen, dass auch sie sterblich seien. Was er danach sagte, zerriss mir das Herz: Es sei an ihm, das Opfer zu geben, und kein anderer als ich sei in der Lage, ihm den Todesstoß zu versetzen. Dies bedeute nichts Gutes für meine Zukunft.

Ich floh aus Ásgarðr. Ich wollte nicht zum Mörder meines Freundes werden. Ziellos streifte ich durch Miðgarðs Dörfer. Jeden Tag ersehnte ich mir eine Nachricht von Balder, in der er mir mitteilte, dass dies alles nur Unsinn gewesen sei. *Sie kam nicht.* Dafür kam der Tag, an dem ich verstand, dass es so kommen musste, wie Balder es vorausgesagt hatte. Nun war es an mir, einen Plan zu erdenken.

Es war nicht einfach, etwas zu finden, mit dem ich Balder schaden konnte. Inzwischen hatte Balders Mutter jedem Stein, jeder Holzart, dem Feuer, dem Wasser, den Giften, ja selbst dem Gewölk den Eid abgenommen, ihrem Sohn kein Leid zuzufügen. Oder war dies etwa nur Geschwätz? Ich musste es erfahren.

Frîja konnte ich nicht direkt fragen. Egal, wie ich mich verstellte, sie, die Klügste von allen, hätte mich von Anfang an durchschaut.

Die Lösung war: Ich musste ihre Mägde befragen. Zofen erfahren viel und sind redselig wie die Vögel. Als Dienstbotin verkleidet durchschritt ich Frîjas Saal. Unbeholfen, wie ich mich gab, setzte ich mich zu ihrer Leibdienerin Fulla in die Dienstkammer und erfuhr mehr, als mir lieb war. Sie bot mir mit wenig Vorsicht gute Antworten auf alles, was ich wissen wollte.

Ich erfuhr, dass es stimmte, dass alles auf Balders Unversehrtheit geschworen hatte, doch auch, dass an Walhalls Mauer eine Staude wuchs, die noch zu jung zum Schwören war: Die Mistel.

Am nächsten Tag suchte ich die Staude. Ich hob einen Zweig und mein Messer formte einen tödlichen Pfeil daraus. Ich erschien am Gelage, an dem Balder, wie an jedem Abend, seiner Unverwundbarkeit spottete, indem er sich, zur Belustigung aller, mit allem Erdenklichen bewerfen ließ.

Mir war klar, dass man mich, wenn ich bei Balders Verwundung anwesend war, sofort als Täter ausmachen würde. Ungeachtet dessen, dass dieser Ort eine heilige Freistätte war, würde man mich ohne Gerichtsurteil vierteilen. Jemand anderes, jemand Unschuldiges, musste die Tat vollbringen. So würde ich mir zumindest einen Vorsprung verschaffen.

Der Unschuldige war schnell gefunden. Es war der blinde Höðr, der wie an jedem Abend außerhalb des Kreises stand und sich darüber grämte, dass ihm der Spaß der anderen versagt blieb. Da stellte ich mich zu ihm, drückte ihm den Mistelpfeil in die Hand und wies ihm die Richtung. Stolz füllte seine Brust, da auch er an diesem Abend Balder Ehre erweisen konnte. Er lachte, als Balder in seinen Schmerzen aufschrie. Er hielt es für einen Freudenschrei. Erst als Þors Söhne ihn packten, merkte er, dass etwas nicht stimmte. Die junge Mistel verwundete Balder so schlimm, dass er einige Augenblicke danach verstarb.

Arg war es für die Anwesenden, als sie dies sahen. Noch schlimmer traf es sie, als sie begriffen, dass Balders Seele Hels Totenreich bestimmt war. Alle wollten sie sich augenblicklich an Höðr rächen, doch Heimdall stellte sich vor ihn und hielt sie zurück. Niemand sollte diese heilige Freistätte mit heiligem Blut bespritzen. Ein Gericht sollte Schuld und Strafe bestimmen.

Tags darauf hatten alle verstanden, dass Höðr unschuldig war. Sie befragten ihn und erfuhren, dass ich ihm den Pfeil überreicht hatte. Nicht er, sondern ich, hatte dafür zu bezahlen.

Zunächst begann für die schwer getroffenen Asen allerdings die Trauerzeit. Acht Tage lang richteten sie das Schiff für die Verbrennungszeremonie her. In dieser Zeit kamen sogar befeindete Thursen, um Balder die letzte Ehre zu erweisen. Am neunten Tag wurde der Leichnam auf das Reisig gebettet. Als Óðinn dem Toten einen Ring in die Hand legte, erstickte Balders Frau an ihrem Gram. Man bettete ihren Leichnam neben seinen und führte danach auch sein Pferd mit all dem Geschirr und Schmuck auf das Schiff. Als es ablegte, segnete Þor den Toten ein letztes Mal mit seinem Hammer und es entzündete sich daraufhin selbstständig. Alles darauf wurde zu Asche, die draußen in der Flut versank.

Am nächsten Tag bestimmte Frîja ihren damals jüngsten Sohn Hermóðr, nach Niflhel zu reiten, um der Hel Lösegeld für Balder anzubieten. Geschickt verhandelte er im Totenreich. Alles versuchte er, um Balder wieder nach Ásgarðr zu bringen. Doch so sehr er auch redete, die Hel glaubte den Beteuerungen, dass Balder von allen so sehr vermisst werde, nicht. Sie würde ihn erst freigeben, wenn in den Welten alles und jeder um ihn weinte.

Kurz darauf ritten Boten von Ásgarðr aus in alle Welten. Jeder Grashalm, jeder Stein, die Gräser, das Wild und selbst die Feinde der Götter, allen wurde befohlen, am vereinbarten Tag um Balder zu weinen. Und alle weinten. Nur ein einziges Wesen nicht. In Jötunheim gab es eine Riesin, die sich nicht um Balders Schicksal scherte. Balder hätte in seinem Leben nie etwas für sie getan, darum verstand sie nicht, warum sie um ihn weinen solle. Natürlich erzählte man sich kurz darauf, dass ich dies in Wahrheit gewesen sei.

Von Gram getrieben, sah man Óðinn auf seinem grauen Ross durch die Wälder jagen. Ein Hellseher hatte ihm von einem Mädchen erzählt, das ihm den Sohn gebären könne, der Balder rächen werde. Das Mädchen hieß Rindr und war noch sehr jung. Vielleicht versagte Óðinns legendäre Unwiderstehlichkeit aus diesem Grund. Sie sah nicht ein, warum sie das Bett mit einem alten, einäugigen Mann teilen sollte, und glaubte ihm seine Geschichten nicht. Der Häuptling der Götter wurde aus der Burg geworfen. Tags darauf verkleidete er sich, um sie erneut zu betreten. Als er wieder und wieder von Rindr abgewiesen wurde, kam es zur Notzucht. Und wenn mir jemand in dieser Angelegenheit etwas anlasten kann, ist es das, dass ich dafür sorgte, dass die Asen davon erfuhren. Wieder tagte das Gericht auf einem der heiligen Felder. Es verurteilte Óðinn, Ásgarðr neun Jahre lang nicht mehr betreten zu dürfen. Es waren neun freie Jahre für mich.

Óðinns Stellvertreter war Þors Stiefsohn Ullr, ein Krieger mit Leib und Seele, dem es gewaltig missfiel, dass er die ganze Zeit Óðinns Hochsitz Hliðskjálf zu hüten hatte. Ihm war es zuwider, die Jagd auf mich nur zu befehlen. Er wollte selbst dabei sein, wenn sie mich fingen. Darum ließ er nicht nach mir suchen.

Derweilen hatte ich es mir in einer der Höhlen Útgarðs gemütlich gemacht. Ich verbrachte die Tage als Lachs verkleidet in einem Wasserfall und war nur in den Nächten unterwegs. Als die neun Jahre um waren, hatte ich die Gefahr, in der ich mich befand, etwas verdrängt. Eines Abends loderte das Feuer in meiner Höhle zu hell. Walhalls Nachtwächter Heimdall, der sich dann und wann während seiner Nachtwache auf Óðinns Hochsitz ausruht, erblickte meinen Schatten.

Schon am nächsten Morgen nahten die Asen kriegsbemalt. Þor, der mich gut kennt, weil ich mit ihm schon viele Abenteuer erlebte, war schnell klar, wo ich mich versteckte. Er stieg in den Fluss und fing mich ein. Kaum an Land, wollte mir Váli den Kopf abschlagen. Man hielt ihn davon ab. Sie wollten mich vor meinem Tod noch leiden lassen. Eines der Schwerter ritzte eine Wunde in meinen Bauch. Die war nicht tief. Es sollte schmerzen, wenn die Hände hineinstachen, um meine Gedärme zu fassen. Sie fesselten mich damit an die Steine.«

Lokis Stimme zitterte. Trauer füllte seine Augen, ehe er die nächsten Worte fand: »Als ich gefesselt in der Höhle lag, führten sie meinen Sohn Narfi herein. Sie nahmen ihn in ihre Mitte, verwandelten sich in ein Rudel Wölfe und fletschten ihre Zähne. Tollwütig verbissen sich die so ehrenhaften Götter in seinem Fleisch, rissen es von seinen Knochen und fraßen es. Ich sollte in der eigenen Seele spüren, wie es ihnen beim Anblick des sterbenden Bruders gegangen sei. Tagelang schändeten sie den Leichnam.

Als sie damit fertig waren, betrat eine Riesin die Höhle und befestigte eine giftsprühende Schlange an der Decke über mir. Von da an ließ mich das hinuntertropfende Gift den ganzen Sommer hindurch erzittern. Ab und zu kam einer der Asen, um zu schauen, ob ich noch lebte. Ich flehte jeden an, mir doch endlich den Tod zu gönnen. Im Herbst hörte ich sie draußen untereinander reden, dass ich den Winter wohl kaum überlebe und dass es zu mühsam werde, ständig von Ásgarðr hinunterzureiten. Sie kämen erst im Frühling wieder, um sich von meinem Tod zu vergewissern.

Kaum noch bei Bewusstsein, merkte ich nicht, dass sich jemand zu mir gesellt hatte. Über mir glänzten die gütigen Augen meiner Frau Sigyn. Den ganzen Herbst hindurch pflegte sie mich und fing das tropfende Schlangengift mit einem Gefäß auf. Als der Winter kam, hielt auch sie mich für tot und ging. Dies ist die Geschichte von Ásgarðs Edelmut.«

»Und wie konntest du dir von den Schicksalsfrauen ein zweites Leben ergaunern?«, wollte Vöðmaður wissen.

»Ich will euch den zweiten Teil der Geschichte nicht vorenthalten, nur schon, weil ihr darin vorkommt«, antwortete Loki. Er atmete tief. »Nachdem mich meine Frau verlassen hatte, dauerte es nicht lange, bis die Schicksalsfrauen erschienen. Sie freuten sich. Sie hatten davor noch nie Gelegenheit gehabt, die Zukunft aus den Innereien von Óðinns Blutsbruder zu lesen. Sie banden mich los, sahen zu, wie meine Gedärme wieder zu einem Klumpen verschmolzen, und begannen mit ihrem Zauberwerk. Ihre Gesichtszüge wirkten auf einmal nicht mehr so munter. Im Gegenteil. Es sah so aus, als ließe sie das, was sie erblickten, erschaudern. Da brachten sie mich in ihre Stadt Landdísastein. Dort wurde mir ein zweites Leben eingehaucht.«

»Wenn das stimmt, ist es wohl tatsächlich so, dass du zu den Guten gehörst«, folgerte Björt. »Andererseits kann das alles aber auch erstunken und erlogen sein«, sprach er nüchtern. »Dein Ruf eilt dir voraus. Du sollst der Redegewandteste aller Wesen sein.«

»Was ist der Sinn davon. Was verlangten die Schicksalsfrauen, was nur du erledigen kannst?«, fragte Finar.

Loki verzog sein Gesicht zu einem Lächeln, angesichts dessen es jedem schwerfiel, seine Vorbehalte zu bewahren und sprach: »Man nennt mich in Ásgarðr Meister der Masken, weil ich mich meisterlich verkleiden kann. Man nennt mich auch Meister der List. Es gibt niemanden, der mich in diesen Kunstfertigkeiten übertrifft, und nun halten mich selbst die Götter für tot. Dadurch wurden Ásgarðs Feinde unvorsichtiger. Sie dachten, sie brauchten mich nicht mehr zu fürchten. Es war für mich schon immer leicht, mir jedes Tor öffnen zu lassen. Nun wurde es noch leichter. Die Frauen von Landdísastein schickten mich als Spion nach Muspellheim. Der dortige König, ein Feuerriese namens Surti, ist zwar ein fürchterlicher Kerl, doch meiner List hatte er nichts entgegenzusetzen. Es fiel mir nicht schwer, seine Pläne zu erfahren. Was nun kommt, fällt mir schwerer: Ich kann Óðinn nichts davon erzählen. Ich brauche nur an Ásgarðr zu denken, schon wird der Wächter Heimdall merken, dass etwas nicht in Ordnung ist, und mich, den Untoten, von seiner Warte aus erblicken. Aus diesem Grund sollte ich euch finden. Ihr müsst etwas für die weisen Frauen von Landdísastein erledigen!«

»Wir werden die Gunst der Götter verlieren, wenn wir dir helfen!«, antwortete Björt.

»Wenn ihr helft, ihren Untergang zu verhindern?« Loki lachte kurz auf. Jäh wurde sein Blick starr. Er schweifte über die Planken des Bootes bis hin zum mittlerweile nahegekommenen Uferwald. Er ließ sich hinter die Brüstung fallen und hauchte: »Alle Asen halten mich für tot, nur Rinds Sohn Váli nicht. Seine Seele wird erst zur Ruhe kommen, wenn mein Körper von Schimmel überzogen ist und zu Staub zerfällt. Ich mache euch keinen Vorwurf, auch wenn ich weiß, dass er euch folgte, weil er wusste, dass wir uns treffen.« Flink umgriffen seine ranken Finger den Gurtbeutel. Er hob ihn an und klimperte damit herum. »Dieser Beutel ist mit beritzten Steinen gefüllt. Für euch ist der Inhalt ohne Belang, ihr könnt weder Runen deuten noch damit Zauber bewirken.«

In der Ferne legte sich ein Pfeil zwischen Bogen und Sehne.

»Einen Sack voller Steine sollen wir für dich nach Ásgarðr tragen? Witzig bist du. Willst wohl wirklich nur deine Scherze mit uns treiben«, zischte Björt.

»Scheinbar sind wir schlauer als du dachtest!« fuhr es aus Finar.

Schweiß begann, sich auf Lokis Stirn abzuzeichnen. Der Rest seiner Verkleidung löste sich darin auf.

»Ein magischer Bogen ziert deine Faust, Weib!«, hauchte er. »Er wird seine Kraft bald verlieren. Die Heerscharen des Dämons haben sich bereits auf den Weg nach Albheim gemacht! Dies war der Preis, den die Alben bezahlten, als sie dich, Björt, zum weisen Lytir führten. Meinst du, sie hätten es nicht gewusst?« Mit schepperndem Geräusch glitt der Beutel über die Schiffsdielen hinweg. »Ich werde euch helfen, den Weg zum Helvergr zu finden, weil ihr ihn zu einem Freund von mir bringt! Sein Name ist Gritturvelgr. Ein Steinadler …«

… Tssssssssssssssssssspft!

Loki zuckte zusammen. Haarscharf schoss Vális Pfeil über seinen Kopf hinweg in den alten Segelbaum. Björt fasste den Umriss des Schützen am Ufer. Als seine Augen sich wieder Loki zuwenden wollten, war der ausgestoßene Ase verschwunden. Er hob den Beutel. Es sah für einen Augenblick danach aus, als wollte er ihn weit über Bord werfen. »Was sollen wir nur tun?« fragte er.

Seltsames hört man von Ginnungagap

Ár vas alda þars Ymir bygþi, vasa sandr né sær né svalar unnir,
jörþ fannsk æva né upphiminn, gap vas ginnunga, enn gras hvergi!

Einst war das Alter, da Ymir lebte; Da war nicht Sand, nicht See, nicht salzige Wellen;
Nicht Erde fand sich, noch Überhimmel, nur Ginnungagap, und Gras nirgends!

Was wird es uns schaden, wenn wir die Augen nach diesem Adler offenhalten. Wir werden wohl bald spüren, ob Loki sein Wort hält oder nicht«, meinte Vöðmaður.

»So wie es aussieht, können wir hier so oder so nicht an Land, und Steinadler gibt es über Angrboðas Heimat kaum«, ergänzte Björt, während das Boot unter dem Druck des heransprudelnden Wassers leicht aufzustöhnen begann. »Wenn der ausgestoßene Ase so mächtig ist, Útgarðs Meer zu beherrschen, wird er so klug sein und wissen, dass wir schon lange nichts mehr zwischen den Zähnen spürten.«

»Das Boot zieht weiter«, bemerkte Finar. »Wir brauchen die Zuversicht und Hoffnung, dass etwas Hohes auf unserer Seite steht, und sei es nur Loki. Seht, das Boot, wie zerschlissen es überall ist. Das Holz ist feucht und das Wasser sickert überall durch die Fugen. Schaut nach oben. Die Risse, die sich durch den Mastbaum ziehen, seit Vális Pfeil ihn durchschlug! Der nächste Windstoß kann ihn knicken!«

Finars Worte verfehlten ihren Zweck nicht. Während die alte Karve von der Strömung in die offene See hinausgezogen wurde, zeichnete sich immer mehr Besorgnis in den Gesichtern ab. Die Angst wurde schwer, als das Land außer Sichtweite geriet und der Wind auffrischte. Die herannahende Gischt begann zu zischen. Zwischen den Steven knirschte es. Immer geräuschvoller schlug das Segeltuch an den Mast. Finar hatte es richtig vermutet. Lange dauerte es nicht, bis dieser in Stücke brach und sich das Segel mit den Winden in den Himmel hob und darin verschwand.

Das Schiff begann, durch das Getöse hindurch fürchterlich zu knarren. Bang blickte Björt in Richtung der anströmenden Wellenberge. Er hielt nach grauen Natternschuppen Ausschau, doch entdeckte er keine. Vielleicht hatte die arglistige Miðgarðschlange so schwer mit dem kalten Wasser zu kämpfen, dass sie es vorzog, auf das Fressen zu verzichten. Oder sie gehorchte ihrem Vater, der kein anderer als Loki war. Als das Boot mit der nächsten Welle kenterte, fehlte von ihr jede Spur. Als auch die Herrin der rauen See, die Räuberin Rán, erkannte, dass sich selbst der mit dem schweren Steinbeutel beladene Björt fest ans Treibgut klammerte, zog sie in Richtung Miðgarðr davon.

Nachdem sich der Sturm zusammen mit der Meeresgöttin verzogen hatte, begann die Ferne zu knistern. Das Wasser überzog sich vom fernen Ufer her augenblicklich mit einer Eisdecke. Schon umfasste es das erste Treibholz. Die vier Helden hatten große Angst, weil alles so schnell ging. Alles, was aus dem Wasser ragte, überzog sich mit einer grauen Schicht. Die Hände konnten nichts zu lange berühren, weil sie in der Kälte augenblicklich daran festwuchsen. Nur mühsam gelang es ihnen, sich aufs Eis hinaufzuziehen. Am Ende war selbst der schwache Ekkert diesem nassen Grab entkommen. Im Eissturm, in dem sie sich wiederfanden, erstarrte alles, was nicht mit Blut durchströmt wurde, zu hartem Reif. Björt ermahnte seine Gefährten: Das, was sie nun erlebten, war widernatürlich. Es war mehr als Zufall, dass sie noch atmeten. Loki schien sein Versprechen zu halten. Vöðmaður winkte ab. Es konnte auch ganz anders sein. »Hier ist Útgarðr. Hier herrschen andere Naturgesetze als in Miðgarðr. Möglicherweise sind wir darum noch am Leben. Das ist wohl gut, aber es kann Schlechtes für die Zukunft bedeuten. Wir müssen so schnell wie möglich zum Ufer. Das Eis schmilzt vielleicht so schnell, wie es entstanden ist.«

Er, der durch seine Körpergröße am weitesten sah, erblickte am Himmelsrand die Schatten eines Gebirges. Vielleicht befand sich unweit von dort der Horst dieses *Gritturdingsda* … des Steinadlers, von dem Loki gesprochen hatte.

Zur Nacht hin fanden sie eine windgeschützte Höhle am Rand der Berge.

Der Morgen hatte besseres Wetter zum Fuß der Gebirgskette gebracht. Björt blickte weit über das Eis, unter dem sich das Meer noch immer verbarg, und dann in die andere Richtung, in die der Felsen, die unendlich steil in den Himmel hinaufragten. Beim Anblick der zerfurchten Berggipfel darüber verließ ihn jede Zuversicht. Lokis Adlerfreund konnte dort überall sein. Björt zählte auf ihn. Er glaubte nicht, dass jemand diese Hänge ohne ortskundige Hilfe überwinden konnte. Er hob den schweren Beutel. Bitter waren die Gedanken, die er in diesem Augenblick in seinem Kopf hin und her wälzte.

Finars Stimme riss ihn in die Wirklichkeit zurück: »Wie hoffe ich, dass mir bald ein Wild vor die Bogensehne tritt! Zu lange nörgelt Vöðmaður schon herum, dass er von Schnee alleine nicht satt werde! Ich fürchte aber, wir werden heute weiterhungern. Nirgends vernehme ich ein Hufgeräusch.« … Sie horchte auf. »Stattdessen ein seltsames Grollen, ein stumpfes Rumpeln in der Ferne! Zieht die Waffen! Ein Ungeheuer naht!«

Nun begannen es auch die anderen zu spüren: Der Boden zitterte. In einer der Mulden zeichnete sich ein schnell näherkommender Riese ab. »Was sucht ihr in meinem Garten? Ich mache Aalfutter aus euch, wenn ihr nicht sofort verschwindet!«, fuhr es heran.

»Nimm dich besser in Acht vor uns! Die Götter sind nämlich auf unserer Seite!«, rief ihm Vöðmaður entgegen.

»Große Worte, *Thurse!* Du kannst nicht wissen, wie oft der Thursenfeind Þor schon in meiner Höhle beim Biertrinken saß! Ich jedenfalls glaube nicht, dass die Götter mehr hinter euch als hinter mir stehen. Vor euch steht der Mann, der das Bier für Ásgarðr braut!«, zischte der Riese.

Derb umklammerte Björt den Griff seines Schwerts und rief: »Viel lernte ich in meiner Kindheit über die Asen und ihre Freunde! Doch nie erzählte mir einer, dass Útgarðs Thursen Ásgarðs Bier brauen! Niemand anderes als der Wasserriese Ägir braut für die Bierhallen der Götter!«

»Deine Kenntnisse der alten Sagen sind nicht schlecht. Du hast dabei nicht unrecht. Als vor langer Zeit das Meerwasser noch nicht salzig war, war Ägir in seiner Braukunst unübertroffen. Seit sich dies geändert hat, bin ich es, der für die Feste der Götter braut!«, donnerte es hinunter. »Lege deinen Eisenprügel weg, Menschlein. Zwar hast du recht, denn du denkst, dass die meisten Thursen schlechte Kerle sind. Aber ich bin jener, der den Kampf, solange es geht, vermeidet.«

»Dann müssen wir dich vielleicht wenig fürchten …«, folgerte Finar.

»Kann sein! Wenn ihr mir eine gute Erklärung liefert, warum ihr diese abgelegene Gegend durchstreift«, grollte der Hochgewachsene.

»Unser Schiff zerbrach im Sturm!«, antwortete Finar.

»Ein seltsamer Ort, um Schiffbruch zu erleiden«, sprach der Riese. »Wo war denn die Miðgarðschlange, als ihr die Grenze zu dieser Welt überfuhrt? Mir ist, Lokis Wurm sei zu keinem anderen Sinn geboren, als zu verhindern, dass Schiffe von Miðgarðr nach Útgarðr gelangen.«

»Was hätten wir die Schlange fürchten sollen? Es war Loki selbst, der uns den Weg an diese Küste wies«, lachte Vöðmaður.

»Loki?«, grollte es weitherum. »Mein ärgster Feind schickte euch? Dies ist kein Spaß! Falls ihr tatsächlich in seinem Auftrag reist, solltet ihr mich besser fürchten!«

Finar lag viel daran, den Streit zwischen den Männern zu verhindern. »Es ist nicht direkt sein Auftrag. Wir müssen dieses Land durchqueren, weil das Mädchen Hel mit uns sprechen will. Loki versprach, uns zu helfen, wenn wir ihm im Gegenzug eine Gefälligkeit erweisen.«

Der Riese stutzte. »Warum will jemand mit der Hel sprechen? Wenn ihr im Auftrag der Hohen reist, müsstet ihr doch wissen, dass kein Lebender jemals zu ihr gelangen kann?

Und was sollt ihr im Gegenzug für Loki tun?«

»Wir müssen den Adler Gritturvelgr finden!«, durchbrach Ekkerts Stimme die spannungsgeladene Luft. »Loki gab uns einen Beutel, den der Adler zu den Göttern tragen soll! Er enthalte die wichtige Nachricht, die beinhaltet, wie das Ende ihres Zeitalters abgewendet werden kann!«

Der Riese lachte laut auf. »Loki will den Göttern helfen? Dies wird wohl ein Unsinn sein. Die Zeit, in der Loki Gutes tat, ist nicht erst seit Balders Tod vorbei. Die hat es nie gegeben!«

»Du wirkst auf mich, als ob du den Adler kennen würdest«, stellte Finar fest. »Loki hat verhindert, dass wir die Angrboða bekämpfen mussten und hat uns stattdessen hierhergeführt. Wir werden dem Adler den Beutel übergeben und dann werden wir ja sehen.«

Die Blicke des scheinbar gutartigen Riesenrollten zu ihr hinüber. »So? Hat er das? Mir scheint, ihr redet von einem anderen als ich! Aber es ist wahr: Der Adler ist ein guter Freund von mir, darum werde ich euch helfen. Mein Name ist Jättiläin.

Heute ist Gritturvelgr allerdings nicht in seinem Horst. Er flog am frühen Morgen weg, wohl um über fremde Welten zu kreisen. Ihr müsst aber nicht hier draußen auf ihn warten. Folgt mir in meine Höhle und urteilt selbst über mein Bier. Komm, Thurse! Du hast ja kaum noch etwas auf den Rippen! Dem weiß ich gewiss abzuhelfen!«

Beißender Rauch umgarnte das Feuer, das tief im Berginneren aufloderte. Ein triefender Fleischbrocken drehte darüber. Nicht lange. In Jättiläins Augen spiegelten sich der Funkenschlag und die Essgier seiner Gäste. Wie viele Tage waren wohl vergangen, seitdem sie das letzte Mal etwas Festes zwischen den Zähnen gespürt hatten?

»Ihr müsst Freunde des Albvolks sein«, bemerkte er, als der Heißhunger endlich erkaltete und die Kehlen ordentlich mit Bier befeuchtet waren. »Dein Bogen, Weib, wurde jedenfalls von einem Albenschnitzer geformt! Seitdem ich ihn bemerkte, frage ich mich, wie man als Mensch zu einer Waffe kommt, die sonst den Schützen des Lichtvolks vorenthalten ist.«

Finar zuckte mit den Schultern. »Ein Geschenk!«, sprach sie mit vollem Mund.

Der Riese blickte ihr fragend entgegen. »In dieser Zeit ist vieles für uns einfache Leute nicht nachvollziehbar. Nie aber würden die Alben unklug handeln. Nie würden sie eine ihrer Waffen ohne Hintergedanken verschenken«, sprach er. »Gerade von den Albenbogen erzählt man sich nämlich, dass sie sehr bedeutende Waffen seien. Mit ihm könne man sich weit ins gefährlichste Land vorwagen, ohne die Verbindung mit Albheim zu verlieren. Das kann euch einmal das Leben retten.«

»Du scheinst über die Albenwaffen gut Bescheid zu wissen«, staunte Björt.

»Nicht nur. Auch über dein Schwert weiß ich mehr, als mir lieb ist«, sprach Jättiläin und atmete tief. »Dieses Schwert scheint geradezu damit zu prahlen, Niflhels Mauern einschlagen zu können. Kaum zu glauben, dass einer, der für die Götter steht, eine solche Waffe herumtragen darf.« Dem Riesen missfiel der Stolz, mit dem Björt das Schwert zwischen den dampfenden Fellen hinauszog, ehe er ergänzte: »Du magst vielleicht denken, dass diese Waffe auch für das Gute kämpfen kann, doch ich warne. Es besteht aus Stahl, der in der schlimmsten aller Schmieden geformt wurde. In Muspellheim nämlich. Zu hoffen ist, dass das Schwert nicht noch einen Fluch auf sich trägt. Ich jedenfalls will dir raten, es weit ins Meer hinaus zu werfen, bevor es euch alle ins Unglück stürzt.«

»Ich kann nicht waffenlos durch Útgarðr wandern. Wir haben so schon eine Waffe zu wenig«, antwortete Björt. »Gegen die Bestien deiner Heimat würde ich, wenn ich nur mit den Fäusten kämpfte, wohl nicht lange überleben.«

»Es ist ein Muspellschwert, das vielleicht einen Muspellfluch auf sich trägt!«, unterbrach Vöðmaður. »Ich will nicht weiter an deiner Seite ziehen, wenn die Gefahr besteht, dass ich eines Morgens mit deinem Schwert in der Brust erwache! Jättiläin, was weißt du über einen Muspellfluch?«

»Holt euch in dieser Sache besser bei den Göttern Rat«, kam die Antwort. »Einige Tagesmärsche von hier soll ein Tor sein, das zu den Wanen führt. Doch es ist so gut versteckt, dass es selbst Gritturvelgr, der sonst alles sieht, bisher nicht ausmachen konnte.«

»Was sind denn Wanen?«, wollte Ekkert wissen.

»Du weißt nicht, wer die Wanen sind?«, fragte Jättiläin. »Wanen sind die Bewohner Vanaheims. Über die hört man nur Gutes. Einige Wanen seien so klug, dass sie sogar den Zeitpunkt ihres eigenen Todes auf den Tag genau berechnen können, heißt es. Die Wanen spalteten sich von den Asen ab, um in Miðgarðr die Fruchtbarkeit und das Wetter zu steuern. Man nennt sie darum auch Bauerngötter!«

»Wie kommt es, dass du über so vieles Bescheid weißt?«, staunte Björt.

Jättiläins Blick durchstach das rauschende Feuer in Richtung seiner Gäste. »Mir scheint, als sei ich geradezu das Gegenteil von euch: Ich sitze hier in meinem Land und nähre meine Gedankenwelt mit vielem, das ich niemals brauchen werde, wohingegen ihr auf eurer harten Reise nichts Überlebenswichtiges zu wissen scheint! Hörtet ihr denn nie von Ginnungagap, von der Erbauung Ásgarðs und dem Wanenkrieg?

Einst war die Zeit, da alles nicht war. Nicht Sand, nicht See, nicht salzige Wellen. Nicht Erde unten, noch Himmel oben. Nur gähnende Leere und nirgends Gras. Ginnungagap hieß diese Leere, in der es nur die Urschlucht gab, die von den elf kalten Urflüssen, den Élivágar, durchflossen wurden. Über der Schlucht herrschte eine gewaltige Hitze und an der Stelle, an der diese mit der Kälte zusammentraf, entstand dickster Nebel. Darin ist mit der Zeit wichtiges und unwichtiges Leben entstanden. Ymir beispielsweise, der Urvater der Riesen, der eines Tages auf die Urkuh Auðhumla traf. Die beiden freundeten sich an und Ymir begann, die Kuh zu melken. Währenddessen beleckte Auðhumla einen salzigen Eisblock, worunter mit der Zeit der Vorvater der Götter, Mímir, zum Vorschein kam. Von diesen beiden hat sich alles Leben ausgebreitet.«

»Von Männern und einer Kuh?«, fragte Finar. »Wie ist das denn möglich?«

»Es waren noch keine Männer im heutigen Sinn. Sie pflanzten sich auf folgende Weise fort: Wenn sie schliefen, schwitzten sie. Am Morgen lagen ihre Nachkommen in ihrem Schweiß.«

»Ginnungagap. Ich hörte schon einmal etwas über dieses Nebelland«, sprach Björt. »Langweilig muss es dort gewesen sein. Der Nebel dort soll so dick gewesen sein, dass man weder Himmel noch Erde sah.«

»Diese Kreaturen kannten nichts anderes«, antwortete Jättiläin. »Dann kam der Tag, an dem die Urzeit endete. Mímirs Sohn Óðinn tötete Ymir. Fast alle Riesen ertranken im ausströmenden Blut. Nur einer, Bergelmir, überlebte. Als der Urriese tot war, machten sich Mímirs Söhne daran, aus seinem Leichnam die Weltenscheibe zu formen. Aus Fleisch und Knochen schlugen sie die Erdoberfläche, aus den Zähnen wurden Steine. Die Haare formten sie zu Bäumen, die Körperflüssigkeiten wurden Seen, der Schädel zum Himmelsdach und aus dem Gehirn formten sie das Gewölk.« Jättiläin blickte ernst in die Runde. »Das ist schnell gesagt. Dabei dauerte es unglaublich lange. Und man kann sich denken, wie niedergeschlagen sie waren, als sie nach ihrer schweren Arbeit feststellten, wieviel Nachwuchs Bergelmir inzwischen hatte, und dass sich die Riesen jedes Gebiet der Weltenscheibe bereits angeeignet hatten. Von jedem Ort, an dem sie sich niederlassen wollten, wurden sie vertrieben.

Eines Tages erreichten sie ein Gebiet, auf welchem sie mehr als eine Nacht ihr Lager aufschlagen konnten. Dies war kein echtes Land, nur ein Sumpf, in dem nur Unkraut spross. Doch selbst dieses hatte sich einer von Bergelmirs Söhnen angeeignet. Sie suchten den

Landeigner, ein grässlicher und verbitterter Mann namens Gylfi, auf und baten ihn, sich ansiedeln zu dürfen. Der lachte sie aus. Er konnte sich nicht denken, dass jemand jemals einen Nutzen aus dieser Ödnis ziehen konnte. Als er genug gelacht hatte, konnten sie ihn zu einer Wette überreden. Dabei gestand er ihnen so viel Land zu, wie sie mit einem Pflug innerhalb des nächsten Tages urbar machen konnten. Er hatte wohl nicht gedacht, dass diese seltsamen Wesen der Zauberei mächtig waren. In der Nacht verzauberten sie vier Ihresgleichen in gewaltige Stiere, die am nächsten Tag Pflug und Walze ohne Mühe übers Land zogen und dabei dermaßen Durst bekamen, dass sie alle Pfützen des Moores austranken. Sie schufen das Idafeld, ein Gebiet, bei dem man nicht vom einen zum anderen Ende sah. Als dies geschafft war, machten sich Mímirs Söhne daran, die Grundsteine der Stadt zu legen. Doch es fehlte ihnen an Geschick und Erfahrung. Ihre Bauwerke wuchsen nur widerwillig.«

»Da bekamen sie Hilfe vom Riesenbaumeister. Diese Geschichte kenne ich!«, rief Björt.

»Ich will es trotzdem erzählen«, sprach der Riese. »Eines Tages durchwanderte ein gewisser Loki Laufeyjarson die Gegend, in der Mímirs Erben mehr schlecht als recht ihre Unterstände errichtet hatten. Der erzählte von einem Baumeister, einem Riesen namens Hrímþur, der alles bewerkstelligen könne, was man sich wünschte. Schließlich überredeten Mímirs Söhne den Unglücksbringer Loki, diesen Riesenbaumeister auf das Idafeld zu locken. Es gelang ihm, indem er ihm sagte, dass es da Leute gab, die zwar von seinen Fähigkeiten gehört hatten, jedoch daran zweifelten. Er solle ihnen doch beweisen, dass er nichts Falsches von ihm erzählt habe, indem er ihnen eine Stadt aus Gold errichte. Hrímþur war einverstanden. Er hielt mit Mímirs Söhnen Þing, um mit ihnen einen gerechten Lohn zu verhandeln. Er wollte dafür die Sonne und den Mond und die Hand der schönsten Frau. Sie vereinbarten mit ihm, dass er seinen Lohn aber nur dann bekäme, wenn die Arbeit, die er einzig mithilfe seines Pferdes zu verrichten hatte, bis zu einem bestimmten Tag erledigt sei.

Diese Bedingungen, so versprach Loki den Göttern, seien unmöglich zu erfüllen, denn ihnen würde bestimmt immer genug Zusätzliches einfallen, damit Hrímþur die Arbeit nicht am gesetzten Tag fertigstellen könne.

Kurz darauf ging der Riesenbaumeister ans Werk. Am Tag baute er, in der Nacht schuf sein Hengst Goldbrocken herbei. Was sich die Götter auch ausdachten, es entstand bis in die kleinste Kleinigkeit genau. Das Handwerk des Baumeisters war danach stets so gut, dass man sich am Ende unmöglich noch Verbesserungen wünschen konnte. Als die vereinbarte Zeit auslief, schien es, als ob der Riese seinen Teil der Abmachung einhalten könne. Da kam Angst auf und man forderte von Loki, er möge das von ihm heraufbeschworene Übel verhindern.

An diesem Abend verließ eine Stute den Wald und begann, sich an Hrímþurs Hengst heranzumachen. Es dauerte nicht lange, bis dieser alle Stricke zerriss und ihr folgte. Am nächsten Morgen geriet der Riesenbaumeister in einen Riesenzorn, weil er in der beinahe vollendeten Stadt nicht weiterarbeiten konnte. Der von ihm verursachte Lärm war so laut, dass er Þor, der gerade auf der Jagd war, in die Stadt zurücklockte. Þor war dermaßen zornig, dass er Hrímþur erschlug und den Hengst davonjagte. Lokis Plan war aufgegangen und für die Götter galt es noch, einen kleinen Teil der Stadtmauer selber zu errichten. Dazu war die Stute schwanger geworden. In ihr wuchs das Fohlen heran – das achtbeinige, graue, um das Óðinn nun beneidet wird.«

»Dann stimmt es also. Loki hat den Göttern immer wieder geholfen«, folgerte Finar. »Ásgarðr soll die schönste der Städte sein. Dazu scheint mir, kein geringerer als Loki sei Sleipnirs Mutter und ohne Sleipnir hätten die Asen keine Schlacht gewonnen. Wenig ist es nicht, was die Asen Lokis Einfluss zu verdanken haben.«

»Er hat sich auf diese Weise ihr Vertrauen erschlichen«, entgegnete Jättiläin. »Es stimmt, Ásgarðr verursachte immer viel Neid unter den Nachbarn. Immer wieder rannten die Riesen gegen die

Stadtmauer an. Als sie endlich begriffen, dass sie der Mauer nicht schaden konnten, begann ein goldenes Zeitalter des allgegenwärtigen Friedens. Die Riesen vergaßen ihren Groll mit der Zeit, doch es gab Wesen, denen der Friede von Anfang an zuwider war. Es waren die Maden, die in Ymirs Leichnam heranwuchsen. Man nennt sie Schwarzalben. Es gibt nichts Gutes, was man darüber berichten kann. Von Anfang an planten sie, das Leben an der Oberwelt zu bekämpfen. Sie entwickelten Zaubereien, mit denen sich die Nachtträume der Wesen beeinflussen ließen.«

»Dann ist es vermutlich wahr, dass sie mit dieser Art von Zauberei das Geschlecht der Götter gespalten haben?«, wollte Björt wissen. »Haben sie dafür gesorgt, dass es zum Wanenkrieg kam?«

»Vermutlich«, antwortete Jättiläin. »Die Wanen verließen Ásgarðr, um in Miðgarðr für Fruchtbarkeit von Korn und Mensch und für Regen und Sonne zu sorgen. Kaum war ihre Stadt erbaut, kam es zum Krieg, weil der eine dem anderen das Schöne nicht gönnte. Viele Sommer kämpften sie. Warum es so lange ging, ist schnell erklärt: Weil jeder Gott so klug ist, dass er den Schlag seines Gegners schon Tage im Voraus zu deuten weiß, gab es keine Opfer. Als endlich alle genug davon hatten und die Gemüter daraufhin wieder abgekühlt waren, hielten sie Friedensverhandlungen. Daraufhin befragte Óðinn sein Orakel, was denn zu tun sei, damit es nie mehr zu einem solchen Bruderkrieg käme. Es riet ihm, dafür zu sorgen, dass die Schwarzalben die Träume der Götter nicht mehr heimsuchen und die Oberwelt nicht mehr betreten konnten. Daraufhin verbannte Óðinn das schlimme Volk unter den Boden und sorgte mittels eines Zaubers dafür, dass die schlechten Zwerge von da an beim Anblick der Sonne zu Stein erstarrten. Doch da seine Zauber damals noch nicht so mächtig wie heute waren, gelingt es ihnen noch gelegentlich, aus ihrer Stadt Svartálfaheimr heraus auf die Welten Einfluss zu nehmen.«

»Erdachten sie sich etwa auch die Muspellbrüder?«, wollte Vöðmaður wissen.

»Über das, was im Süden geschah, kann ich nichts sagen. Der Adler, von dem ich alles weiß, meidet das Land, über welches der Muspellkönig herrscht«, kam die Antwort.

»Sage uns doch wenigstens, dass Óðinns Männer nicht gegen sie verlieren können. Und dass Loki log, als er warnte, dass die Muspellbrüder in Richtung der Albenheimat unterwegs seien!«, fuhr es aus Ekkert.

»Die Muspellbrüder werden immer schlechtere Waffen als die Einherier und die Alben haben«, unterbrach Vöðmaður. »Immerhin stehen die besten Schmiede, die Sindriszwerge, auf ihrer Seite.«

Jättiläin blickte ihm ernst entgegen. »Möglicherweise ist Sindris Söhnen Schlimmes widerfahren. Gritturvelgr erzählte nämlich, dass an der Stelle, an der einst Sindris goldener Palast durch den Eisenwald schimmerte, nun Surtis schreckliche Festung prunkt.«

»Bei den Alben erzählt man sich auch, dass sie nach Muspellheim verschleppt wurden«, hauchte Finar.

»Was mag dies für das Kriegsglück der Götter bedeuten«, fuhr es aus Jättiläin. »Der Adler erzählte mir einige Male, dass ihm scheine, die Muspellbrüder trügen von Mal zu Mal bessere Waffen und Rüstungen. Ein Glück, dass ich mich hier wenig vor diesem Gesindel fürchten muss! Der Muspellkönig wird dieses unbedeutende Land, in dem nur Gritturvelgr und ich leben wollen, niemals beanspruchen. Es befindet sich zu weit abseits von allem, was den Muspellbrüdern heilig ist. Nur ab und zu lungern Muspells getreue Thursen in den hiesigen Mulden herum, weil sie nach dem Eingang von Vanaheim suchen. Ich weiß um die Stellen, an denen sie nächtigen und lasse sie spüren, dass dies eine ungemütliche Gegend ist.«

Die Augen des Riesen lösten sich aus der Glut des Feuers. »Es ist schon wieder Nacht geworden und Gritturvelgr ist noch immer nicht zurück! Ihr müsst wohl auf den Morgen warten!«

Ein greller Schrei durchdrang die Höhle, als draußen Gritturvelgs Gefieder das Morgenlicht durchschwebte. Jättiläins Stimme beendete die Behaglichkeit der letzten Träume: »Wacht auf! Ein weiter Weg liegt vor euch, wenn ihr den Horst des Adlers erreichen wollt. Schnell! Sonst werdet ihr es bis zum Abend nicht wieder hinunterschaffen.«

»Es reicht doch, wenn Björt und ich hinaufsteigen«, fand Finar. »Björt trägt den Beutel und kann sogar sein Schwert hier unten lassen und ich habe den Bogen, falls uns jemand den Weg versperrt!«

Jättiläin blickte von der warmen Asche auf. »Finars Vorschlag ist nicht schlecht«, sprach er und begann, einen Weg zu beschreiben, der für Wesen mit menschlichem Körper an Schwierigkeit kaum zu überbieten war.

Die Luft, durch die sich die beiden Wanderer bewegten, war bald so kalt, dass sie an manchen Stellen sogar erstarrte. Erst das Gewölk, das über den Tag hinweg die Berggrate zeichnete, brachte wieder Bewegung vor die Augen.

In der Ferne wähnte Finar bereits Nórrs Nachtgespann. Doch stammte dieser Schatten in Wirklichkeit aus dem Gefieder des mächtigen Adlers, der den beiden Bergsteigern schon lange argwöhnisch entgegenblickte. Nun, da sie seinem Horst zu nahekamen, hatte er sein Gefieder so weit in die Luft gehoben, dass die Dunkelheit, die daraus fiel, viele Hänge überlagerte.

Als Finar die Konturen des Adlers endlich erkannte, erstarrte sie. Der Schnabel, der dazwischen aufblitzte, war so groß, dass er sie mit einem Bissen hätte verschlingen können. Sie mussten sich ihm zu erkennen geben, bevor dies geschah. Vor Kälte schlotternd hob sie die Hand zum Gruß: »Heil dir, Gritturvelgr!"

»Was wollt ihr?«, hallte es aus dem Schnabel.

»... Laufeyjarson schickt uns!", stammelte der nach Atem ringende Björt.

»Loki?” Der Adler zog seine Schwingen zusammen, während Björt den Beutel in die Luft hob. Seine Lippen formten die Worte: »… Runensteine … für Ásgarðr bestimmt!«

Gritturvelgr schüttelte sein Gefieder. »Ihr seid das? Ich konnte Loki leider nur im Geist treffen, weil Váli hinter ihm her ist. Der jüngste Ase würde nicht zögern, auch mich vom Himmel zu schießen, denn er hasst nicht nur Loki, sondern auch seine Freunde. Trotzdem … nie hätte ich gedacht, dass der Gerissene zwei schwache Menschen zu mir schickt. Er sollte doch wissen, dass diese Gegend nicht für Miðgarðs Wesen gemacht ist. Ich staune, dass ihr nicht an den Felsen festgefroren seid!«

»Immerhin sollst du uns dafür zum Helvergr weisen!«, hauchte der wieder zu Atem gekommene Björt.

Der Kopf des Adlers neigte sich zur Seite. Ein Rauschen ging durch das Gefieder: »Dort, in diese Richtung! Wenn der Eisenwald in Sichtweite kommt, werdet ihr ihn sehen! Nun verschwindet, ich muss mich von meiner Reise erholen!«

»Zu dieser Tageszeit sollen wir uns an den Abstieg machen?”, zitterte Björts Stimme. »Wenn die Nacht anbricht, werden wir zu Eis erstarren!«

»Dann werdet ihr den Seelenweg doch umso schneller erreichen!«, hallte es aus dem Schnabel. Gritturvelgr wackelte mit seinem Kopf. Er konnte beim besten Willen nicht verstehen, was es daran auszusetzen gab.

»Am Þing unter Yggdrasil wurde bestimmt, dass wir den Helvergr *lebend* betreten müssen!«, hauchte Björt. »Oder willst du dich gegen die Alben stellen?«

»Das kann jeder sagen …«, sprach Gritturvelgr. »Bevor ich euch glaube, werde ich mir die Meinung eines klugen Freundes anhören. Wartet hier. Ich bin bald zurück.«

»Nimm uns mit!«, stotterte Finar. »Immerhin wies uns dein kluger Freund den Weg zu deinem Horst.«

»Wenn ihr meint!« Der Adler ergriff die beiden Menschen, entfaltete seine Schwingen, sprang aus dem Nest und stürzte in freiem Fall hinunter. Erst kurz vor dem Steingrund zog er wieder in die Höhe.

Im Rausch der Geschwindigkeit hatten Finar und Björt das Bewusstsein verloren. Als sie wieder zu sich kamen, lagen sie auf dem Steingrund vor Jättiläins Höhle und konnten kaum fassen, dass sie noch lebten. Gritturvelgr beachtete sie von diesem Moment an nicht mehr. Dessen Adlerflügel zogen über sie hinweg. Er begrüßte den Riesen und drängte sich dann ins Innere der Höhle, um sich eine Weile mit ihm zu unterhalten.

»… Du willst dich doch nicht etwa vor dem Versprechen drücken, das ihnen Loki in deinem Namen gab?«, hörten sie Jättiläin lachen.

»Nein! Aber es ist sinnlos«, antwortete der Adler. »Als ich letztes Mal über der Stelle schwebte, an der der Helvergr in den Eisenwald sticht, war mir, als versammelten sich gerade dort gewaltig viele von Muspells Männern. Mögen deine Kostgänger auch die Gesandten der guten Götter sein, frage ich mich, ob sie sich dagegen behaupten können?«

»Sie werden sich kaum davon abbringen lassen. Ich werde sie morgen auf die andere Seite des Gebirges begleiten, weil ich sehen will, ob Muspells Verbündete wieder in die Lager zurückgekehrt sind«, kam die Antwort.

»Am Abend kannst du mir dann die Einzelheiten des Kampfes erzählen!«, sprach der Adler und drückte sein Gefieder in die Nacht hinaus.

Der Wind durchrauschte die Schwärze. Geräuschvoll brauste er durch die Felsenhallen und vermochte sogar, die Träume der vier Gefährten zu füllen, ehe der Herr des Berges diese friedlichen Bilder zu zerstören gedachte. Draußen war vom Tag noch nicht einmal ein schwaches Schimmerlicht auszumachen. Und schon war es an der Zeit, aufzubrechen.

Unerbittlich zog sich Jättiläins Spur voraus. Nach wenigen Schritten schien er zu vergessen, dass es menschlichen Wesen wohl schwerfiel, ihm zu folgen. Ein halber Tag verging, ehe er es bemerkte. Nur Vöðmaður hatte mit seiner Geschwindigkeit schrittgehalten. »Es scheint, deine Gefährten würden von ihren eigenen Beinen gebremst«, hallte seine Stimme ihm entgegen »Wenn sie weiterhin so langsam sind, werden sie Hels Heimat Niðafjöll nie erreichen!«

»Sie lassen uns in der bevorstehenden Schlägerei den Vortritt! Immerhin stellen sie ihr nichts anderes als einen Albenbogen, ein Schwert und meinen Knüppel entgegen!«, entgegnete Vöðmaður.

»Das verstehe ich«, sprach Jättiläin. »Wir beide werden das Lager mit Surtrs Getreuen wohl alleine angreifen. Wie freue ich mich auf diesen Kampf! Mein Blut kocht in Vorfreude und will kaum verstehen, warum deine Gefährten nicht an diesem Spaß teilhaben wollen. Unsere Gegner sind nur kampfmüde Kerle, die kaum etwas von Muspells Magie in sich tragen – ältere Thursen, die vielleicht weiterhin den Eid erfüllen müssen, den sie in ihrer Jugend geleistet haben. Ihre Aufgabe ist, in diesem Gebirge nach dem Tor zum Götterreich der Wanen zu suchen, denke ich. Dazu müssen sie über kein Kampfgeschick verfügen. Der Muspellkönig braucht seine starken Leute an anderer Stelle. Gritturvelgr erzählte mir, dass er den Eindruck habe, dass alle seine starken Getreuen in Richtung Eisenwald marschierten. Genau dort, wo sich der Totenweg und der Eisenwald berühren, scheint die Armee, die gegen die Einherier kämpfen könnte, zu lagern. Ich mag dir keine Angst machen, aber ich sehe nichts Gutes für eure Zukunft, wenn ihr nicht mit eurem Auftrag brecht.«

»Dumm sind wir nicht. Dann stechen wir eben an anderer Stelle in den Wald und betreten den Totenweg erst weiter drinnen«, knirschte Vöðmaður.

»Genug geredet, wir müssen uns beeilen«, bemerkte Jättiläin. »Vergiss nicht, ich muss mich spätestens in der Dämmerung auf den Heimweg machen. Sonst kann ich Gritturvelgr nicht sagen, wo er euch morgen abholen soll!«

Der Spur, die die beiden Riesen durch den Schnee gezogen hatte, war den ganzen Tag über gut zu folgen. Erst als sich der Himmel mit dem tiefgrauen Abend überzog, wurde es schwerer. Doch nun, da sich der Schnee mit eintöniger Dunkelheit überzog, war an einer Stelle im Tal unten der Lärm der kampftollen Schar auszumachen. Da legten ihre Schritte einen Zahn zu, weil sie wohl dachten, dass sich dort zwei Riesen alleine mit einer furchtbaren Masse messen würden. In Wahrheit hatten drunten zwei Männer gewaltige Freude an ihren Taten. Ihre Fäuste schlugen festlich. Jeden Gegenschlag wehrten sie ab und erwiderten ihn tödlich. Alles, was sich bewegte, wollten sie zu Brei verarbeiten. Der Kampf war zu kurz, als dass sie auf andere Gedanken gekommen wären.

Vöðmaður̄s Nachhut war etwas enttäuscht, als es für sie nichts mehr zu kämpfen gab, doch Jättiläin wusste ihnen Großes für die Zukunft zu versprechen, ehe er sich verabschiedete und meinte: »Bleibt über Nacht an dieser Stelle. Hier seid ihr vor Útgarðs Ungeheuern etwas geschützt. Am besten, ihr schlaft in einer der Hütten, dann lassen euch auch die Reifriesen in Ruhe. Ruht euch aus, so gut ihr könnt. Bei Tagesanbruch wird euch Gritturvelgr holen!«

Gegen Morgen wurde Björt von außerordentlichen Geräuschen geweckt. Er fasste den Griff seines Schwerts, doch seine Angespanntheit wich augenblicklich, da er erkannte, dass es Ekkerts Konturen waren, die sich in der Dämmerung lösten. »Schau, Vöðmaður! Der Gott des Krieges hat mir endlich eine Waffe zugestanden! Mit diesem Schwert kann ich an eurer Seite kämpfen, wenn es hart auf hart kommt!«

»Für Riesen ist das nur ein Dolch. Gefährlich bist du damit nicht«, spottete Vöðmaður. »Manche Ungeheuer lassen sich aber schon vom Aufblitzen eines Eisenstabes vertreiben!«

Diese Worte wurden von den Geräuschen des im Schnee landenden Großadlers unterbrochen. Mächtige Pranken sanken in den Untergrund. »Auf mit euch! Viele Tage Fußmarsch liegen vor euch!«, forderte Gritturvelgs Stimme.

Ekkerts Blick durchstreifte die mit Nachtschwärze durchwobenen Adlerdaunen bis ins hohe Adlergesicht hinauf. »Kannst du uns denn nicht tragen?«, wollte er wissen.

»Wohl könnte ich, sofern ihr den Thursen zurücklassen wollt«, antwortete Gritturvelgr. »Ich verfüge über weniger Kräfte als mein Bruder Hræsvelgr, dessen Aufgabe es ist, mit seinen Schwingen die Winde über die Weltenscheibe zu leiten. Mein Dienst an euch ist, einen Weg zu weisen und euch bis zum Eisenwald um die feindlichen Streuner herumzuführen. Ihr solltet euch in dieser Zeit eine List erdenken. Es wird nämlich nicht einfach, den Totenweg zu betreten, denn ausgerechnet an der Stelle, an der der Helvergr unter den Bäumen verschwindet, lagern die Muspellbrüder. Nun müsst ihr aber den Járnviðr unbedingt an jener Stelle betreten. Andernfalls werdet ihr die Jenseitsbrücke Gjallarbrú nie erreichen.« Ein Zucken fuhr durchs Adlergefieder. »Dies ist dann aber eure Sache. Am Tag, an dem der Weg in Sichtweite kommt, seid ihr auf euch gestellt. Dann bleibt mir von Lokis Weisung noch, den Beutel mit den Runen nach Ásgarðr zu tragen, ehe ich mich wieder um meine eigenen Angelegenheiten kümmern kann. Im Unterschied zu Laufeyjarson habe ich meinem Schnabel Nahrung zu bieten und das ist in dieser Zeit nicht einfach!«

Gritturvelgr breitete seine Schwingen aus. Im Ungewitter, das seinen Federn entwich, zerschmolz sein Umriss zu einer Andeutung.

Immer gleich folgten die Tage, die stets damit einhergingen, dass die von den Adlerfedern aufgeworfenen, starken Winde heranrauschten. Für Ekkert schien es, als sei dies eine zusätzliche Schikane. Hätte er doch die anderen darauf angesprochen. Sie wussten, dass dies geschah, damit sie von den herumstreunenden Unholden nicht entdeckt wurden. Eines Morgens verhieß Gritturvelgr, dass der Wald am Horizont in Sichtweite käme. Seine Pflicht sei damit erfüllt, rief er hinunter, ehe er sich in die Weiten des Himmels erhob.

Auf der Ebene brausten die von den Adlerschwingen aufgeworfenen Windböen noch den halben Tag heran. Gritturvelgr hatte nicht gelogen. Am Horizont war dann und wann die Schwärze des Waldes zwischen den hinunterschwebenden Schneekörnern auszumachen. Als der Schneefall ganz endlich versiegte, kam der Helvergr in Sichtweite. Als Strich führte er über die Ebene schnurgerade zum Járnviðr hin. Doch die Vorfreude schwand, als ihre Augen auf den Punkt trafen, an dem der Weg unter den Bäumen verschwand. Dort schien tatsächlich eine riesige Meute blutgieriger Waffenträger zu lagern. Vöðmaður hatte schon lange geahnt, dass der Wald an dieser Stelle niemals zu betreten war. Auch wenn der Adler davor warnte – ein großes Wunder müsste jetzt geschehen, um diese Aufgabe zu erfüllen. Finar war gleicher Meinung. »Wenn niemandem von euch eine gute List eingefallen ist, können wir nicht anders, als den Weg erst im Wald zu betreten«, meinte sie.

»Wir müssen uns an die Weisung des Adlers halten, wenn wir an unser Ziel gelangen wollen«, antwortete Björt. »Sagtest du nicht selbst, Vöðmaður, dass dieser Wald so verwachsen und weitläufig sei, dass man in ihm nichts aus Zufall finden könne?«

»Björt soll sagen, was wir tun sollen. Schließlich gaben die Alben ihm den Auftrag, die Gjallarbrú zu überschreiten«, meinte Ekkert.

»Ich spüre den Fluch, vor dem Jättiläin warnte. Es ist das Schwert, das mich zur Schlacht zu ziehen versucht. Das Schwert ist dumm. Dem Heer vor unseren Augen mag es gewiss nicht schaden«, antwortete Björt. »Der Adler ermahnte uns und Vöðmaður weiß aus den Geschichten seiner Vorfahren, dass seine Warnung nicht von ungefähr kam. Es wird wohl kaum einfach, den Weg im Wald zu finden. Allerdings bestimmten die Alben die Stelle nicht, an der wir den Helvergr betreten sollen. Sollte dies den Göttern missfallen, sollen sie uns eine andere Möglichkeit aufzeigen.«

Freude durchrauschte Ekkerts Gemüt, als er verstand, dass sie den Wald betreten würden. Endlich würde er wieder einmal eine Nacht zwischen den Föhrenstämmen verbringen! Wie hatte er dies vermisst. »Seid unbesorgt! In Wäldern kenne ich mich aus!«, rief er und trat einen Schritt nach vorn. Da verschwand sein Schuhwerk im

Untergrund. Das Feld begann zu grollen. Im letzten Moment packte Vöðmaður seinen Arm. Ein Riss durchzog den Schnee. Krachend öffnete sich eine tiefe Furche, knisternd zu beiden Seiten über die Ebene, bis sie das Sichtfeld verließ.

Björt seufzte schwer und sprach: »Ich bat die Götter, für uns zu entscheiden. Sie haben entschieden. Wir müssen uns zu viert durch diese Thursenschar kämpfen!«

»Einfach wird es nicht!«, antwortete Finar. »Seht, dort beim Weg! Sie haben uns bereits entdeckt! Sie ziehen ihre Waffen, heben die Schilder, setzen sich in Bewegung!«

»Ich will nicht gegen die kämpfen. Fliehen wir besser!«, fuhr es aus Vöðmaður. Er lief mit großen Schritten davon. Es brachte ihm wenig. Die Feinde mussten, im Unterschied zu ihm, ihre Marschgeschwindigkeit nicht an die Möglichkeiten der Menschen anpassen.

»Dort! Eine schwache Schneebrücke!«, rief Finar einen Augenblick später. »Dort hinüber werden uns diese schweren Riesen gewiss nicht folgen!«

»Wir haben keine Wahl«, antwortete Björt »Los, Ekkert, erst du, dann Finar und dann du!«

Schon überstieg der Jüngste das Reifgebilde. Auch Finar hielt der Schnee gut stand. Ihr folgte der Hochgewachsene. Seine schlimmen Vorahnungen wogen zu schwer. Krachend verschwand hinter ihm der ganze Schnee bis auf zwei Vorsprünge in der Schwärze der Spalte. Björt, der Letzte, schien verloren! Finar machte den Bogen schussbereit. Ein Dutzend Pfeile hatte sie. Diesmal würde sie keinen mehrmals verwenden können, weil die Ziele allesamt auf der anderen Seite der Spalte heranströmten. Sie hoffte darauf, dass Váli vielleicht doch noch irgendwo im Hintergrund verweilte. Immerhin hatte er sein Ziel, Loki, verfehlt.

Inzwischen dachte sich Björt, dass er, wenn er schon sterben musste, vorher wenigstens sein Glück versuchen konnte. Er holte Anlauf, rannte, sprang.

Er wollte es schaffen … Er schaffte es, er hatte es geschafft!

Seine Hände versuchten, Halt im Eis zu suchen. Etwas Schnee regnete an seinem Gesicht vorbei. Von oben nahte Vöðmaður's Hand. Die Luft begann zu knistern. Seine Wahrnehmung verblasste.

Es hatte nur eine Fingerbreite gefehlt!

Der Schock saß tief. Ein Fingerbreit hatte gefehlt. Nun war Björts Schicksal besiegelt. Ein dumpfer Hall löste sich in der Tiefe. Auf der anderen Seite der Spalte kamen die Muspellbrüder zum Stehen. Deren Schwerter senkten sich. Ihr blanker Hohn füllte die Luft. Ahnten sie, dass Vöðmaður ihre Sprache verstand, oder war das egal?

»… Zu spät ist's für euch, einen anderen Weg einzuschlagen! Myrkviðr, der Dunkelwald, wird euch zum Grabmal werden! An unserer Heerstraße werden wir aus euren Gebeinen einen Denkstein errichten. Die Zeit wird Mímirs Söhne schnell vergessen …«

Immer wirrer wurde der Lärm der zahllosen, durcheinandergerufenen Phrasen. Diese verschmolzen in den heranschäumenden Schneewogen zu einem wirren Gedröhne, das sich irgendwo in der Dämmerung verlor.

Mit der Dunkelheit begann Útgarðs gefährliche Nachtkälte, die Gegend zu überschweben. Darin wurde ein böser Traum immer mehr zur Wirklichkeit: Björt, der sie nach Útgarðr geführt hatte, war weg. Die Reise hatte ihren Sinn verloren.

Vöðmaðurs Bemerkung riss die anderen aus den schwarzen Gedanken: Es war überfällig, einen Lagerplatz zu richten, wenn sie nicht erfrieren wollten.

König Fróði

Þagalt ok hugalt skyli þjóþans barn ok vígdjarft vesa;
glaþr ok reifr skyli gumna hverr, unz sinn bíþr bana!

Schweigsam und vorsichtig sei des Fürsten Sohn, und kühn im Kampf. Heiter und wohlgemut erweise sich jener bis zum Todestag!

Eine gefühlte Ewigkeit später breitete sich das Morgenrot am wolkenbehangenen Himmel aus. Gespenstisch durchschwebte weißer Nebel den nur wenige Schritte entfernten Waldrand. Gleich der Gedanken, die die Köpfe durchstreiften, quoll er auf, zerfiel, bildete sich neu.

»Wie weiter?«, durchhallte Finars Stimme die Umgebung. »Mögen wir im Herzen auch erleichtert sein, dass wir den Helvergr nicht betreten müssen. Es wird schwierig, einen neuen Sinn zu finden.«

Vöðmaður blickte ihr entgegen. »Ich weiß nur, dass wir zusammenbleiben müssen. Sonst hat der Totendrache Niðhöggr ein leichtes Spiel!«, meinte er.

»Wir sollten den Járnviðr betreten! Wir sind darin sicherer als hier«, sprach Ekkert. »Mag der Wald unseren Seelen auch drohen, er wird uns nichts antun!«

»Nein, der Wald nicht! Aber die Angrboða!«, warnte Vöðmaður.

»Falls es sie wirklich gibt!«, antwortete Finar.

»Der Wald will uns zum Grabmal werden, brüllten die schwarzen Kämpfer«, sprach Vöðmaður. »Sie warnten uns vor der Riesin, weil auch sie sie fürchten! Vielleicht hätten wir uns den qualvollen Tod erspart, hätten wir gestern gekämpft!«

»Nicht der Wald – Útgarðr wird uns zum Grabmal werden!«, hielt Finar ihm entgegen. »Ekkert hat recht. Wir sollten den Wald betreten. Wenn wir am Waldrand entlangschreiten, sind wir geschützt und werden vielleicht eines Tages die Grenze von Miðgarðr wieder erreichen.«

Vöðmaður hob seinen Knüppel. »Vielleicht! Heute jedenfalls nicht! Heute müssen wir kämpfen!« Vor seinen Augen lösten sich einige Thursen aus der Morgendämmerung. »Sie werden ihre Leben opfern, um ihren Herren zu gefallen!«

Die rostigen Waffen, die sich vor ihm erhoben, beeindruckten ihn wenig. Er kannte die Kampfkunst dieser Riesen und würde auch ohne Björts Hilfe siegen, wie er es schon unzählige Male in seinem Leben getan hatte. *»Wie viele von euch habe ich bereits erschlagen!«*, schrie er. Dann machte er sich daran, sein Können zu beweisen. Immerzu wusste er die ihm entgegenfahrenden Schläge abzuwehren. Er deutete sie rechtzeitig und setzte ihnen viel entgegen. Dennoch dauerte es lange, bis sich auch der Letzte der Thursen mit dem Eis des Untergrunds verband. Als es endlich soweit war, konnte er seinen Sieg jedoch nicht auskosten. Finar lag abseits der Kampftoten und hielt sich den Bauch. Unter ihr verfärbte sich der Schnee dunkel. Pulsartig spritzte das Blut aus ihr hinaus. Er schlug die Hände vors Gesicht. Von Ásgarðr war nun ein Wunder zu erwarten.

Am Himmel zeichnete sich ein Spalt Morgenröte. Darum herum glitzerte die Umgebung je nachdem, wie das Licht einfiel, zauberhaft auf. Erst mit der Zeit erkannte man die scharfen Kanten, die, egal wo man hinschaute, zum Himmel hinauf strebten. Die Röte verglomm und wurde weiß und grau. Dazwischen blieb der Untergrund düster. Ein Zittern erfasste diese Schatten. Eine Hand. Empfindungsmatt tasteten Finger durch die starre Welt. Sie spürte die Kälte nicht, als sie den Schaft des Schwertes fasste. Die Kraft, etwas zu bewegen, besaß sie nicht. Noch nicht. Björts Geist erwachte. Er löste sich vom Kampf gegen den Todesdrachen Niðhöggr. Doch wozu?

Von oben rauschte ein lautes Scheppern heran. Die Eiswände der Spalte stöhnten auf. Sie klirrten und brachen. Der glitzernde Himmel donnerte hinunter. Björts Wahrnehmung glitt in den Kampfkreis

Svartálfaheims, an die Stelle zurück, an der der Totendrache ihn wieder empfing. Björt war von Niðhöggr wenig beeindruckt. Er hatte schon manches Mal gegen ihn gekämpft und kannte seine Heimtücke genau. Mit bloßen Fäusten stellte er sich ihm abermals entgegen. Seine Wut löste sich im gleißenden Rot der lichtdurchflutenden Augenlider auf.

Warm und schön war es dort. Behaglichkeit. Jene, die ihm mit dem Abschied von den Alben abhandengekommen war. Für einen Augenblick war er sich sicher, Oberons Anwesenheit zu spüren.

Aus dem Rauschen, in dem er sich so geborgen fühlte, wurden Stimmen. Aus allen Richtungen schwelten sie heran. Björt versuchte, sie zu fassen, doch sie waren in einer Sprache, die er nicht verstand. Endlich öffnete er seine Augen. Helles Licht durchbohrte seine Gedanken. Unscharf erkannte er dies und das. Die Leute um ihn herum waren alle hochgewachsen. War er bei den Riesen?

Sein Haupt kippte zur Seite. Ein Hochsitz zeichnete sich unweit von ihm ab. Eine wunderbare Frau schien darauf zu sitzen. Prickeln durchfuhr seine Seele, als er von ihrer Aufmerksamkeit getroffen wurde. Da wurde es still. Nur ihre Stimme rauschte zuckersüß heran: »Mit der Rüstung unserer Freunde, mit der Waffe unserer Feinde. Wer bist du? Freund oder Feind?«

»Nie könnte ein einfacher Mann eine solche Waffe tragen! Nie einen solchen Harnisch! Zu fragen, wer er ist und was er will, erübrigt sich! Niemand würde ihm trauen!«, schallte es heran.

»Suchst du den Zweikampf, Fremder? Willst du dich mit Fólkvangs Einheriern messen?«, rief einer in der anderen Richtung. »Nur zu! Frîjas Männer trachten danach, sich zu beweisen!«

»Gerðr alleine gebührt das Wort!«, erschallte die Stimme des Herolds. »Herrin des Rats! Du riefst uns nicht, weil du unseren Ratschlag wolltest, sondern weil du die heilige Rune werfen willst!«

Die glänzenden Augen über dem Hochsitz blickten noch eine ganze Weile in den Saal, bis darin einzig das Schweigen herrschte. Dann endlich nickte die Schöne und sprach:

»Drei weltliche und eine göttliche Rune darf der Kundige fragen, um sich ein Urteil in wichtigen Dingen zu bilden. Lange überlegte ich, lange zögerte ich, doch dann war mir, dass es richtig sei.

Als ich sie das erste Mal warf, zeigte sich mir Jera. Ich fragte sie, ob man diesem Mann trauen darf. Da sie mir ihren Rat verweigerte, warf ich die Runen ein zweites Mal. Diesmal zeigte sich mir die Rune Naudiz. Doch auch sie blieb auf einer Kante stehen und wollte mir nicht sagen, von welchem Zauber der Mann beschützt wird. Als Drittes warf ich Eiwaz. Mit ihrer Hilfe wollte ich mir den Rat der Toten holen. Auch ihre Antwort war eine andere als jene, die ich mir wünschte.«

»Die Runen wollen es diesmal nicht sagen«, rief einer im Saal.

»Mir sagten sie genug!«, antwortete Gerðr. »Dass Jera und Naudiz keine Auskunft gaben und dass mir der Rat der Toten versagt blieb, bedeutet, dass er unmöglich ein Mensch sein kann! Ich habe euch Zeugen hierher gerufen, um vor euren Augen eine letzte, eine göttliche Rune zu werfen.«

Sie erhob sich, fasste in den Runenbeutel und hauchte leise:

»Als Erstes fragte ich die Menschen, als Zweites die Zauberer, als Drittes die Toten. Antwort aber gab mir niemand! Nun will ich die vierte, die göttliche, werfen. Mag der Gott der Runen, Óðinn, mir die Antwort weisen.«

Sie hob die Hand und öffnete sie. Siebzehn Mal rieselten die Runen in den Beutel zurück. Eine nur verfehlte ihn. Es klimperte vor dem Hochsitz. Die hohe Gerðr sank zwischen den Leuten auf die Knie. »Es ist die fünfzehnte«, schallte ihre Stimme weit herum. »Peþro! Sie bedeutet, dass wir uns Rat bei unseren Freunden holen sollen!« Gerðs Stimme festigte sich: »Oberon ist der Wahrheit kundig!

Phol!«

Kaum war der Name des Boten ausgesprochen, setzte sich das Saaltor in Bewegung. Ein stattliches Pferd mit stolzem Reiter bahnte sich seinen Weg durch die Reihen.

Bedächtig durchschwebten weiße Nebelsträhnen die Luft. Darüber zeigte sich dann und wann die Sonne in Útgarðs tristem Himmelsgewölk. Doch vermochte sie das Gemüt von Ekkert und Vöðmaður nicht aufzuhellen. Finar kämpfte gegen ihr Schicksal. Noch wurde ihr Körper von Wärme durchflossen! Das von Ásgarðr geforderte Wunder war jedoch bislang ausgeblieben.

Vöðmaðurs Blicke fassten Ekkert. Er sprach: »Hörst du das Heulen? Riesige Wolfsrudel durchstreifen die Gegend. Meine Vorväter berichteten mir darüber. Nur gab es einen großen Unterschied zu heute. Diese Rudel fürchteten die Riesen, weil sie in großer Zahl hier lebten. Einen einzelnen Riesen aber fürchten sie nicht. Sie mieden uns bisher nur, weil Gritturvelgs Schatten über uns schwebte«, hallte es aus dem reifstarren Bart. »Ich möchte es dir lieber verschweigen, Kleiner, aber das viele Blut, das die Todgeweihte an diesem Tag verlor, wird Fenrirs hungernde Nachfahren herlocken. Dann wird es schlimm. Ich will es von dir hören: Sollen wir uns wirklich für eine dem Niðhöggr Geweihte opfern… oder wollen wir unser Glück hinter dem Waldrand suchen?«

»Solange ihr Herz schlägt, will ich warten!«, antwortete Ekkert.

»Das Wunder, das wir uns von den Asen erhofften, blieb bisher aus. In dieser Welt regieren weder die Götter noch die Alben«, sprach Vöðmaður. »Was uns bleibt, ist die Hoffnung, dass Gritturvelgr auf seinem Rückweg aus Ásgarðr diese Gegend überfliegt. Vielleicht könnte der Riesenadler uns helfen, aber Finar nicht mehr …«

»Die Alben!«, fuhr es aus Ekkert. »Vielleicht können wir dem Totendrachen doch noch etwas entgegensetzen! Erinnere dich: Als wir bei Jättiläin am Feuer saßen, erzählte er uns, was er über Finars Bogen wusste. Dass man sich damit weit ins Feindesland vorwagen könne, ohne die Verbindung mit den Alben zu verlieren. Geradezu weissagend fügte er dem hinzu, dass uns das vielleicht einmal das

Leben retten würde! Wenn es so ist, wie er sagte, besitzt der Bogen die Kraft, die wir für Finars Errettung brauchen.«

Vöðmaður nickte. »Ich hielt es für Geschwätz, darum habe ich es wieder vergessen«, sprach er und hob den Bogen aus dem Schnee. »Und nun? Wie soll das gehen?«

»Wir werden es herausfinden!«, antwortete Ekkert. »Stütze du Finar aufrecht. Ich schließe ihre Faust um das Bogenholz.«

»Wie sonst!«, nickte Vöðmaður und hob die Besinnungslose auf ihre Beine.

Geschickt lenkten Phols Fäuste die Zügel, als Jalks Hufe die farbenprächtigen Auen der Albenheimat durchtrabten. Ein schelmisches Grinsen zierte Oberons Mund, als er den Götterboten herannahen sah. »Sommer um Sommer warst du verschollen! Schon dachte ich, du hättest uns vergessen!«, rief er dem nahenden Boten entgegen. Phols Hand überfuhr die blonden Mähnensträhnen, als sich der Pferdenacken senkte. »Ich wäre schon gekommen. Jalkr schätzt die Kräuter auf euren Äckern. Leider bestimme ich meine Ziele nicht selber. Es sind die Wanenherren, die es für mich tun. Wohin sie mich schicken, dorthin eile ich. Meistens nur, wenn es wichtig ist!«

Oberons Gesichtszüge verzogen sich. »Und was ist heute wichtig? Raus mit der Sprache: Was bedrückt die Wanenschar?«

»Sie haben einen Mann an der Grenze aufgegriffen. Er war mit einem Schwert aus Muspells Schmiede bewaffnet. Wohl wäre das ein Grund gewesen, sein Leben zu beenden, doch rettete ihn die Tatsache, dass er einen Harnisch trug, der aus eurer Schmiede stammt«, sprach Phol und nahm seinen Beutel vom Gurt. Oberons Gesicht verzog sich, ehe Phol weitersprach: »Jetzt ist dir das Lachen vergangen! Kannst dir wohl denken, warum die Wanen mich schicken: Gerðr beschloss, die Runen zu befragen. Dreimal tat sie dies, ohne

Antwort zu bekommen. Dann warf sie Pe … *dings*. Schlauer wurden sie dadurch aber nicht!«

»Pedings …«, Oberon durchfuhr mit der Hand seinen Bart und überlegte schwer, »… noch nie gehört!«

Scheppernd krachte das besagte Schmiedestück währenddessen vor seine Schuhe. Der Albenkönig hob es, um es zu prüfen.

»Nie hätte ich gedacht, dass man einen unserer Harnische auf diese Weise zurichten kann«, meinte er. »Dass ein Albenschmied ihn formte, ist aber gewiss. Das nur für die Alben sichtbare Siegel des Schmieds prunkt genau an der richtigen Stelle. Takorauta ist sein Name.

Fast würde ich meinen, dass ich den Träger kenne … doch das Schwert …« Er blickte streng. »Ich verstehe die Sorge der Wanen. Dieses Rätsel muss schleunigst gelöst werden! Folge mir! Der Urðsbrunnen soll uns die Wahrheit zeigen!«

Phols Hände griffen nach den Zügeln. Nüstern hoben sich aus den Kräutern. Das Pferd folgte dem in Richtung des Waldrands schreitenden Alben. Der sprach indessen weiter: »Für mich ist es so oder so schwer vorstellbar, dass Vanaheim gegenwärtig etwas von den Muspellbrüdern zu befürchten hat. Du weißt doch selbst, wohin die Männer des Dämons ziehen: In die Bucht der Toten. Nach Niðafjöll, zum Knochenschiff. Dies gilt den Asen und nicht euch.«

»Sollten die Muspellbrüder die Schlacht in Ásgarðr gewinnen, werden auch die Wanen keinen Grund zum Feiern mehr finden«, entgegnete Phol. »Du weißt, wo Fólkvangs Einherier stehen werden, wenn es zur großen Schlacht kommt. Sie werden an der Seite ihrer Brüder aus Walhall kämpfen. Sollte der Muspellkönig siegen, reichen hundert seiner Söhne, um Vanaheim zu erobern.«

»Nie werden Surtis Männer in Ásgarðr siegen!«, lachte Oberon. »Phol, von dir sagt man sich, dass du Surtis Schiff mit eigenen Augen sahst! Es müsste mindestens doppelt so groß wie Fróðis Schiff Skíðblaðnir sein, um genügend Muspellbrüder zur Schlacht zu bringen!«

»Es ist doppelt so groß!«, fuhr es aus Phol. »Dazu sieht es genauso aus wie Fróðis Schiff, weil der Muspellkönig Skíðblaðnirs Baupläne gestohlen hat.«

»Mag Naglfar auch das größte der beiden Schiffe sein – Skíðblaðnir ist das bessere! Nie wird ein Schiff über mehr Magie als Skíðblaðnir verfügen!«, schwor Oberon. »Was hilft Naglfars Größe, wenn es Windstill ist? Der Windadler Hræsvelgr steht mit uns im Bund! Starke Zauber muss sich die Mahr von Muspellheim noch erdenken, bevor Surtis Schiff den Fjord der Toten verlässt!«

»Und wenn diese Zauber längst erdacht sind?«, fuhr es aus Phol.

»Vertraue auf die Klugheit von Fróðis Zwillingsschwester. Óðinns Gemahlin Frîja ist nicht zu Unrecht die Göttin der Weisheit. Sie sieht weder Ásgarðr noch Vanaheim in Gefahr«, sprach Oberon und betrat Jalkr voraus den Wald. »Sähe sie es anders, würde sie die Einherier nach Útgarðr entsenden, damit sie auch dort die göttliche Ordnung durchsetzen.«

»Ich dachte immer, dass die Einherier die Weltenscheibe nicht mehr betreten können – weil sie darauf doch bereits gestorben sind«, hallte Phols Stimme durchs Geäst. »Seltsam ist es, weil es nur für die Guten gilt. Den Muspellkönig hingegen schert es wenig, ob er seine Leute durch die Welt der Lebenden oder die der Toten schickt.

Oberon blickte über seine Schulter. »Útgarðr könnten die Einherier wohl betreten. Es ist keine Welt der Lebenden. Auch in Muspellheim könnten sie vermutlich kämpfen. Ich glaube, es gibt keinen Ort, der dem Leben ferner ist, als Muspellheim.«

»Über Muspellheim kann ich nichts sagen. Auch wenn ich sonst alle Gegenden der Welten sah, in Muspellheim war ich nie und nie hörte ich jemanden darüber sprechen, wie es dort sei. Niemandem von uns ist es je gelungen, Muspells Heimat zu betreten«, sprach Phol.

»Einen gab es, der davon wusste«, antwortete Oberon. »Unlängst sah ich einen Adler, der seine mächtigen Federn in Richtung Ásgarðr schlug. Er schwebte in den Winden, durchschnitt die weiße

Himmelgischt und wähnte sich dabei, dem goldenen Ziel beständig näher zu kommen. Ich kann nicht sagen, was dann passierte, doch weiß ich, dass der Adler nicht mehr lebt. Der Feind hat verhindert, dass Óðinn etwas über ihn erfährt.«

Phol wunderte sich sehr. »Ein Adler? Das kann doch nicht sein. Doch wenn du es im Urðsbrunnen sahst, ist es wohl war. Was sahst du denn noch?«

»Vieles, das wichtiger ist als ein toter Adler«, antwortete Oberon. »Der Muspell wird den Baum in Brand setzen. Wenn Yggdrasil brennt, wird alles Göttliche seine Bedeutung verlieren.« Er atmete tief. »Schlimmes Unheil naht. Die Angst ist bei uns in allen Gassen zu spüren. Wir bringen in Sicherheit, was uns unentbehrlich ist. Diese Insel und der Friede, der darauf herrscht, sind verloren.«

Ein Schimmer begann, sich in seinem Gesicht abzuzeichnen. Er stammte von der sich verfärbenden Sonne, die sich in einem Gewässer spiegelte.

»Das Feuer!«, stoß er aus. »Die anspruchslose Flamme. Wer hätte gedacht, dass sich eine solche Gefahr aus den Funken, die seit Anfang der Zeit jedes göttliche Þing erhellen, entwickelt! Niemand sah etwas Schlechtes darin.«

Phol nickte. »Das Feuer wuchs. Es wurde zum Dämon – zu Surti, den Óðinn sogar zum Wunschsohn machen wollte. Er denkt, sein Hunger nach Zerstörung sei sein Recht, die Weltenscheibe sei sein ureigenes Erbe …« Vom Flackern des Wassers geblendet, hielt er die Hand vor seine Augen.

Vor ihm schob Oberon das letzte Astwerk zur Seite. Von der Spiegelung des Wassers berauscht, stieg Phol aus dem Sattel. Dessen Zügel bewegten sich in diesem Schimmerlicht noch ein wenig hin und her, ehe Jalks Kopf nach hinten schwenkte. Was hier geschah, interessierte es nicht. Das Pferd suchte lieber die Stellen im Wald, an welchen die besten Kräuter wuchsen. In diesem Augenblick sank die Sonne in den Wald hinunter. Das Astwerk wurde mit göttlichem Licht durchflutet.

»Nach deinem Ritt wirst du wohl durstig sein!", hallte Oberons Stimme durch die Wärme des Abends. »Koste vom berauschenden Met des Brunnens. Der Trunk wird deine Seele für das öffnen, was das Schicksal den Wanen anvertrauen will!« Silberne Wellen durchfuhren das Wasser, als sich die Trinkhörner füllten. »Bist du bereit?«

Als Finars Hand den Bogenschaft umschloss, schien die über Útgarðr hinwegbrausende Luft zu erstarren. Die Schneeflocken hielten mit ihren Bewegungen ein, das ganze Umfeld verschmolz zu einem einzigen Bild. Die Räder der Zeit hielten mit ihrem Streben ein. Was blieb, war eine allumfassende Ruhe und zwei Augenpaare, die sich Wege durch den bewegungslos gewordenen Schneeschleier suchten. Auf einmal schien etwas in der Weite draußen aufzuflackern. Lichtwesen, die näherkamen.

Vöðmaður fasste nach seiner Keule und drohte grimmig. Er staunte nicht schlecht, als er erkannte, dass diese Wesen sich nicht davon beeindrucken ließen. Sie beachteten ihn kaum. *Ihn! Den Riesen!* Stattdessen machten sie sich daran, Finar zu untersuchen. Von der anderen Seite nahte der Totendrache.

»Die Seele ist noch im Körper!", durchrauschte eine Stimme die Geräuschlosigkeit.

»Nicht mehr lange. Die Walküren haben die göttlichen Hallen bereits verlassen! Sie sollen sie nach Fólkvangr bringen!«

»Zu den Wanen?«, fuhr es aus Ekkert. »Für die Qual, die ihr widerfuhr, hat sie Walhall verdient!«

Vöðmaður versuchte Ekkert zu beruhigen: »Die Einherierhalle Fólkvangr sei nicht schlechter als Walhall, heißt es.«

Die Lichtwesen öffneten das Gewand, schoben das herausquellende Gedärm in den Bauch zurück, heilten die Muskeln, nähten die Wunde, flößten ihr Atem ein und füllten ihr Gesicht wieder mit Farbe. Als ein tiefer Atemzug in Finars Kehle verschwand, war all dies vorbei. Da füllte sich die Ebene wieder mit dem grauen Schneesturm. Die Lüfte rauschten und Wolfsgeheul schallte wieder von hier und da heran. Es war, als sei dies alles nicht geschehen. Finar lag noch immer in der gleichen Blutlache, doch atmete sie wieder.

»Wartet! Sagt uns doch wenigstens, in welche Richtung wir wandern sollen und was unsere neuen Ziele sind!«, rief Ekkert.

»Weg sind sie! Und auch wir sollten schnell verschwinden, bevor die Wölfe oder Thursen kommen. Auf einen weiteren Kampf können wir uns nicht einlassen«, meinte Vöðmaður. »Die Thursen werden uns nicht folgen. Für sie sind wir zu unbedeutend. Anders verhält es sich bei den Wölfen. Sie haben Hunger. Angrboðas Gebiet werden die Wölfe allerdings auch nicht betreten«, sprach er, während er Finar zum Waldrand hinübertrug. »Dies wagen sie nur, wenn sie von Angrboðas Sohn Fenrir angeführt werden. Und für ihn sind wir ebenfalls zu unbedeutend.«

Bis die hereinbrechende Nacht die Wanderung zu erschweren begann, zog sich ihre Spur in die finstere Welt des Eisenwaldes. Da fand Ekkert, der gefährliche Waldrand liege nun weit genug hinter ihnen. Doch Vöðmaður, der Finar die ganze Zeit über getragen hatte, gab sich unzufrieden. Dazu grollte sein Magen. »Mir wäre es recht, wenn wir noch viel weiter wären! Noch immer höre ich das Wolfsgeheul. Andererseits sollte uns der Wolfsgott doch einen einzelnen der Graufelle herschicken! Sein Fleisch spendete uns für einige Tage Kraft. *Wolfsgott! Hörst du mich? Schicke uns einen, bevor der Funke, der hier unten für euch brennt, erlöscht!*«, rief er in die Richtung, in der er Ásgarðr vermutete.

»Dein Wunsch wird sich nicht erfüllen! Die Wölfe meiden diesen Wald!«, hauchte Finar zahm.

Endlich kam sie wieder zu sich!

Ekkert nickte. »Das verstehe ich. Auch wenn man die Wälder in Miðgarðr Wolfsheimat nennt, zaudern hier die furchtbaren Fleischgierer. Sie ahnen wohl, dass am Ende der Fährte Vöðmaðurs Riesenkeule auf sie wartet!«

»Sie fürchten sich nicht vor Vöðmaður, sondern vor Angrboða!«, flüsterte Finar.

Vöðmaður wollte kaum glauben, was er da hörte. »Am Morgen hattest du doch gezweifelt, dass es Angrboða wirklich gibt. Wie kommt es, dass du nun anders denkst?«

Finars Stimme erstarkte. »Ihr werdet es mir nicht glauben. Ich glaube es ja selber nicht. All das, was seit meiner Verwundung geschah, was ich erlebte. Und ich weiß nicht, ob es Traum oder Wirklichkeit war. Seither war ich zu schwach, um mit meinen Fingern zu zittern, doch hörte ich alles. Jedes eurer Worte brannte sich in meine Seele ein. Deine Warnung vor den Wölfen, Vöðmaður, ließ mich erschaudern. Vor meinem geistigen Auge sah ich die Bestien. Tiere, die einen Wolf Miðgarðs mit einem Bissen verschlingen könnten. Sie folgten uns. Sie rochen mein Blut, sie leckten es. Ich sah, wie sie am Waldrand auf und ab liefen und sich nicht weiter trauten. Seither weiß ich, dass die Angstmacherin des Waldes Wirklichkeit ist.«

»Vielleicht verzauberten dich diese seltsamen Wesen, die dich gerettet haben«, folgerte Ekkert. »Sahst du sie denn auch?«

»Es war also wirklich!«, antwortete Finar. »Rauschhaft wird mir, wenn ich daran denke. Meine Seele fühlte sich in diesen Momenten so frei wie noch nie. Als die Kälte ihre Kraft verlor und jedes Geräusch verstummte, da dachte ich auf einmal, dass das Sterben vielleicht auch etwas Schönes hätte. Ich hatte keine Schmerzen mehr, fühlte mich gut und ließ alles geschehen. Als ich die Augen öffnete, bemerkte ich ein Wesen, das schon einige Zeit neben mir zu warten schien. Da dachte ich mir, dass meine Geschichte nun zu Ende sei. Das Gefühl hatte nichts Schlechtes. Es war Behaglichkeit und Sicherheit. Ich konnte mir in diesem Augenblick nicht vorstellen, dass es irgendwo etwas Schöneres gäbe, und wünschte mir, dass es so blieb. Kaum war dieser Gedanke zu Ende gedacht, spürte ich, wie das Leben wieder durch meinen Körper in alle Richtungen floss. Das Wesen verschwand im Sturm, der die Ebene füllte und Útgarðs Kälte kehrte mit einem Schlag zurück.«

»Man kann es sich kaum vorstellen, so außergewöhnlich wie das war«, antwortete Ekkert. »Ich bin froh, dass du zurückgekehrt bist. Zu dritt können wir besser siegen, falls uns die Angrboða auflauert. Wir müssen uns auf den Kampf mit ihr gut vorbereiten. Wenn wir es nicht geschickt anstellen, merken die Wölfe draußen, dass die Unholdin fällt, und dann wird es schwer, weiterzukommen. Sag, hast du etwa auch gesehen, wo sich die Angstmacherin des Járnviðrs befindet?«

»Die Angrboða ist nur ein einzelnes Ungeheuer in einem gewaltig großen Wald. Wir können mit Zuversicht hoffen, dass sie uns nicht begegnet«, sprach Vöðmaður. »Der Tag war anstrengend. Über den Wipfeln des Waldes wird es Nacht. Wir sollten uns ausruhen.«

Jalkr hob seine Nüstern aus dem Gras, da Phols Pfiff das Abendrot durchrauschte. Schon fassten starre Reiterhandschuhe nach den Zügeln, so schwang sich der Bote auf den Sattel. Der Wallach setzte sich in Bewegung und trabte die ganze Nacht hindurch dem Tor von Vanaheim entgegen. Als der Schimmer des Morgens das Nachtblau des Himmels durchbrach, waren die Gärten, inmitten jener die Wanen Þing hielten, erreicht.

Zahllose Augenpaare erfassten den nahenden Boten. Befremdet stellten sie fest, dass Phols Gesicht, anders als sonst, nicht mit Frohsinn, sondern mit Besorgnis gezeichnet war. Phols Augenflackern konnte Gutes oder Schlechtes bedeuten und manch einer dachte wohl daran, die Kehle des Gefangenen mit dem eigenen Messer durchzuschneiden. Ein einziger blickte Phol die ganze Zeit über gelassen entgegen. Es war Fróði, der auf dem Hochsitz thronend noch lange das Fell des Ebers Gullinbyrsti kraulte, ehe er endlich das Wort ergriff: »Was soll die Unruhe? Phols Nachricht kann so schlimm nicht sein. Armer Vetter. Was wühlt dich so auf, dass dein Kopf zu glühen scheint?«

Phol fasste in seinen Beutel. »Der Gefangene …«, schallte es zwischen seinen Barthaaren hervor, »man reiche ihm, was man ihm nahm! Und noch vieles mehr, wenn ich sage, was ich im Urðsbrunnen sah!«

»Was denn?«, kam die Antwort. »Was sahst du im Schicksalsbrunnen?« Fróðis Laune änderte sich. Es schien, er werde ungeduldig.

Phols Blick stach ihm entgegen. »Den Grund, warum mich Gerðr zu den Alben schickte! Lange wusste außer Óðinn niemand die Antwort auf dieses Rätsel. Das Blut ist golden, nur das Fleisch ist menschlich. Darum überlebte er bisher jeden Kampf.«

Eine große Ergriffenheit breitete sich zwischen den Höflingen aus. Jedes Auge fand sich auf Fróðis Gesicht, in welchem die Strenge jäh verflogen war. Ihm, dem Zwillingsbruder der weisen Frîja, war bisher in jeder erdenklichen Situation eine saubere Lösung eingefallen. seine Finger kraulten sich durch Gullinbyrstis goldenes Fell, ehe er nach einiger Zeit sprach: »Er weiß es doch selbst nicht. Wie sollten wir es dann wissen?

Nun wird alles schlüssig. Er ist nicht aus Zufall hier und es ist unsere Aufgabe, dafür zu sorgen, dass er am Ende des Weges die Jenseitsbrücke Gjallarbrú überschreiten kann!« Er lachte auf. »Herrlich! Einen solchen Plan würde man von Óðinn nie vermuten.«

Er neigte sich zu Gullinbyrstis Ohr und hauchte: »Freund Goldborste: wecke den Kerkermeister! Der Gefangene soll unverzüglich vor meinem Hochsitz erscheinen!«

Schon als sich das erste Rot des Morgens hinter den Fensterbögen abzeichnete, kehrte Gullinbyrsti mit Björt an seiner Seite zum Þingkreis zurück. Misstrauisch suchte er von Anfang an die Scheinheiligkeit in den Gesichtern: Er fand sie nicht. Bevor er auch nur einen missmutigen Gedanken zu Ende denken konnte, ergriff Fróði das Wort und sprach: »Schweigsam und vorsichtig sei des Fürsten Sohn. Und kühn im Kampf. Heiter und wohlgemut erweise er sich bis zu seinem Todestag!«

Björt blickte dem nicht unbedingt jugendhaft wirkenden Mann fragend entgegen.

»Er meint, dass schlimme Zeiten die Oberwelt beherrschen«, sprach die wunderschöne Frau, die neben ihm saß. »Es ist nicht einfach für ein friedliebendes Volk, Groll fernzuhalten. Darum ist Vorsicht an die Stelle der Freigiebigkeit gerückt! Misstrauen war uns zu anderen Zeiten fremd. Nun begleitet es uns an allen Gelagen, wie zu anderen Zeiten der Skaldenmet!«

»Skaldenmet? Was soll das sein?«

Fróðis schallendes Gelächter füllte den Garten bis weit hinaus. »Der Met der Götter, was denn sonst? Hat dir der Allvater denn etwa nie etwas über seine legendären Gelage erzählt?«

»Als Úlfheðin sind meine Taten zwar dem Asenhäuptling geweiht, dieser aber begegnete mir in meinem Leben nie. Darum weiß ich nichts von den Gelagen, die in Ásgarðr stattfinden. Wohl aber erinnern mich eure Worte daran, dass lange nichts mehr meine Kehle benetzte. Sagt, habt ihr vielleicht etwas Trinkbares für mich?«, fragte Björt.

»Bringe einer etwas zu trinken!", hallte Fróðis Stimme durch den Garten, ehe sie gemäßigt weiterfuhr: »Die Skalden sind die Meister der Dichtkunst. So gut sind sie, dass wir Götter ihnen das Reisen nie erlaubten. Darum ist es keine Schande, wenn du nicht weißt, was Skaldenmet ist.« Er lachte auf. »Wir selber haben die Skalden doch auch noch nie so richtig gesehen, denn sie verstecken sich bei Tage. Erst in den Nächten, im schönen Licht der großen Feuer, wenn triefendes Wildfleisch sich über den Flammen dreht und die Trinkhörner ihre Runden machen, wenn jeder Geist gelassen ist und niemand mehr an Kummer denkt, dann treten sie aus den Schatten. Dann füllen sie die Hallen mit ihren frohen Gesängen, worauf sich jedes Herz an ihren Künsten labt! Doch kaum wird Skinfaxis Feuermähne über den Bergen sichtbar, verschwinden sie! Ja! So geht es hier fast jede Nacht zu und her!«

Gerðr neben ihm lächelte. »Du wirst dich fragen, wie es möglich ist, dass man die Skalden nie bei Tage sieht! Ich will's dir sagen: Der Skaldenmet bewirkt, dass jeder zum Skalden wird, der davon trinkt!«

»So ist es!«, fuhr es aus Fróði. Er reichte Björt ein Trinkhorn, dessen Inhalt in einem Zug in der durstigen Kehle verschwand.

»Wanen seid ihr also! Unbeschreiblich ist das Glücksgefühl in meiner Brust, weil ich euch durch Zufall fand! Der Riese Jättiläin hat mir von euch erzählt. Gute Zauberer seien bei euch nicht nur Gäste!«

»Gute?«, fragte Fróði. »Die Besten! Wie können sie dir helfen?«

»Ob sie sich das Schwert ansehen könnten?«, fragte Björt. »Viel Schlechtes hörte ich darüber.«

»Einem Muspellbruder die Waffe zu stehlen, diese Dreistigkeit muss man besitzen«, lachte Fróði. »Gewiss. Mögen unsere Zaubermeister ihr Können daran testen! Dich aber will ich ermahnen, weil du das Schwert genommen hast! Es ist nämlich wahr, was Freund Jättiläin darüber sagte. Manche Muspellwaffen tragen schwere Flüche. Diese könnten dich schlecht beeinflussen oder ihn krank machen! Gerade du solltest dein Lebensglück nicht auf diese Weise beeinflussen.«

»Wann können sie damit beginnen?«, wollte Björt wissen. »Ich muss, so schnell es geht, wieder zu meinen Gefährten zurückkehren.«

»Was soll die Hast? Unsere Zauberer werden sich dein Schwert ansehen. Vielleicht werden sie den Geist der Waffe nicht binnen einer Nacht besänftigen können. So schnell wird aus Schwarz nicht Weiß! Genieße die Zeit. Sie ist dir gleichermaßen wie deine Reise zur Gjallarbrú vorbestimmt. Möglicherweise möchten die Alben, dass du hier noch einmal zur Ruhe kommst und deine Seele auf den Rest des Weges vorbereitest. Du wirst früh genug zu deinen Gefährten zurückkehren.« Nun nahm auch Fróði einen bedächtigen Schluck aus dem wiedergefüllten Trinkhorn. »Du siehst erschöpft aus. Vielleicht möchtest du dich erstmal etwas ausruhen«, fuhr er fort. »Soll einer ihn in die Halle bringen, die man vorbereitete!"

An diesem Tag war im Járnviðr nichts Bewegendes geschehen. Das Licht hatte die Waldschatten währenddessen kaum zu durchbrechen vermocht. Dazwischen hatte sich Vöðmaður s Schuhwerk den anderen voran den Weg durch das Unterholz gebahnt und als es über Angrboðas Heimat wieder eindunkelte, waren sie so weit vorangekommen, dass das letzte Wolfsgeheul verstummt war. Da fand Vöðmaður etwas anderes, was ihm in der Welt seiner Vorfahren nicht gefiel. »Die Bäume stehen eng, das Unterholz besteht aus Messern und ist voller Stolperfallen. Es ist eiskalt und ich habe einen solch gewaltigen Hunger, dass ich einen Ochsen verdrücken könnte.«

»Vielleicht finden wir irgendwo eine Hütte, in der es etwas Essbares gibt«, wähnte Finar. »Oder ist der Járnviðr tatsächlich so leer, wie man es vermuten könnte?«

»Wohl soll es einige Kultstätten darin geben. Sindris goldener Palast beispielsweise«, antwortete Vöðmaður. »Von dort sind die Stollen, die Sindris Söhne durch den Waldboden trieben. Wohl sind Sindris Zwerge für ihre Bierlust bekannt, aber ob sie ein Fass vergaßen, als Surtrs Söhne sie vertrieben?«

»Wir sollten zu Jättiläin zurück«, sprach Ekkert. »Wie wünschte ich mir, Gritturvelgs Gefieder über den Bäumen rauschen zu hören! Er könnte uns leicht die Richtung weisen.«

Finar nickte. »Ohne ihn würden wir den Weg zum guten Riesen niemals finden.« Ihre Blicke schweiften ins schwarze Astwerk. Sie sprach: »Mich dünkt, es dämmert bereits. Vielleicht werden wir am Þing der Träume auf neue Einsichten treffen.«

»Dies meine ich auch! Wir sind genug gewandert!«, antwortete Vöðmaður und ließ sich an einer guten Stelle nieder. Bald drangen seine Schnarchgeräusche weit in den Wald hinaus. Auch Ekkert musste nicht lange warten, bis er vom Schlaf übermannt wurde.

Finar allerdings fand keine Ruhe. Ihre Erinnerungen tauchten zu den Ereignissen zurück, die sie nach ihrer Verwundung durchlebt hatte. Sie versuchte, sich so gut wie möglich zu erinnern. Ihre Gedanken drehten sich hin und her und wurden fassbar. Immer mehr

Einzelheiten rückten in das Bewusstsein zurück. Auch seltsame Worte, die sie nicht verstand, schallten in ihrem Herzen so lange wieder und wieder, bis ihre Lippen sie formten:

»Albien kansan miekalla on suuri lauseparsi.
Sille vannoimme valan, sille vannomme valan, sille lupaamme rauhan ..."

Was bedeutete dies? Die Sprache klang vertraut. Auf der Albeninsel hatten sie so gesprochen. Dieser Geistesblitz brachte ihr eine tiefe Ruhe. Ihre Augenlider wurden schwerer. *Endlich!*

Sie döste ein – nur kurz – da fuhr sie wie von einem Messer gestochen wieder auf! Eine Hand hatte sich auf ihre Schulter gelegt. Ihre Finger tasteten über den Boden und suchten nach Ekkerts Dolch. Ihr Blick stach in die Nacht. *»Was willst du?*", wisperte sie.

»Du hast mich gerufen! Nun bin ich hier!«, kam die Antwort.

»Habe ich das?« Die Hand fand, was sie suchte.

»Hat dein Herz nicht längst erahnt, dass ich einer der Alben bin?«, fragte die Stimme. »Nun weißt du, was der Spruch bewirkt. Behüte ihn in Zukunft besser. Sonst wird er seine Wirkung verloren haben, falls ihr vier dereinst wirklich Beistand braucht!«

»Drei sind wir noch!«, berichtigte Finar. »Der, der uns nach Útgarðr führte, ist vor unseren Augen in eine bodenlose Spalte gestürzt. Er kann nicht mehr leben!«

»Wenn du meinst ...« Die Stimme des Alben wurde leiser.

»Warte!«, fuhr es aus Finar. »Was sollen wir in diesem Wald? Gib uns ein Ziel! Antworte!«

»Was meinst du?", rauschte Vöðmaðurs schlaftrunkene Stimme heran.

»Nichts! Ich habe wohl nur geträumt!«, seufzte Finar wehmütig.

Angenehm war die Wärme, in der Björts Geist in seinen Körper zurückfand. In der Kammer herrschte Dunkelheit. Von draußen verteilte sich der Schimmer des tiefblauen Himmels über den ganzen Boden. Vor dem Fenster thronte der Mond im Zenit und darum herum glitzerten unzählbar die Sterne.

Björt hatte nur kurz geschlafen und nun versuchte er, dieses Bild für lange Augenblicke zu genießen – bis sich sein Geist von den letzten Zügen des Schlafes löste. Da gebar seine Seele eine tiefe Unruhe: Es war ihm nicht vergönnt, all das Schöne, mit dem die Wanen scheinbar ihre Besucher verwöhnten, zu genießen, während seine Gefährten in Útgarðr herumirrten. Diese Einsicht floss wie brennendes Öl durch seine Brust.

Nicht weit davon entfernt, saßen Fróði und die anderen Wanen noch immer in den sommerlichen Gärten Vanaheims. Alle lauschten gespannt, was der Wanenhäuptling zu berichten hatte. Er war gerade von einer seiner Reisen zurückgekehrt und schmückte seine jüngsten Erlebnisse bis in die kleinste Kleinigkeit mit blumigen Worten aus. Niemandem fiel auf, dass er plötzlich leiser wurde. Eine Ahnung war in ihm aufgekommen und wollte ihn nicht mehr in Ruhe lassen. Seine Stimme verstummte nach und nach. Die Aufmerksamkeit der Zuhörer wandte sich anderen Mündern zu. Am Ende bekam nur Gerðr mit, dass er die Runde verließ. Sie folgte ihm und als sie ihn eingeholt hatte, sprach sie so lange mit ihm, bis sie herausbekam, was ihn quälte.

Tief blickte der Wanenherr in die funkelnden Augen seiner wunderbaren Frau. Er fuhr mit der Hand durch sein ergrautes Haar, haderte noch lange mit seinen Worten und antwortete schließlich, dass es ihm kühl ums Herz geworden sei, weil er an Óðinns Jüngsten gedacht hatte. Der sei offenbar noch nicht reif genug für die Rolle, die man ihn in Vanaheim aufdrängte.

»Er wird versuchen, zu seinen Gefährten in den Járnviðr zurückzukehren«, ahnte Gerðr.

Fróði blickte etwas hilflos drein. »Er ist schon weg. Ich mache mir Sorgen. Was, wenn er eine gefährliche Richtung einschlägt? Die Grenze zu Svartálfaheimr ist im Dunkeln leicht zu überschreiten. Im Dunstkreis der bösen Alben werden wir nichts mehr für ihn tun können. Wir müssen ihn davor bewahren! Wer weiß jetzt Rat, wen soll ich fragen?«

»Nicht so laut, Liebster! Sahst du denn nicht, dass Óðinns Lieblingstochter Sága drüben im Kreis sitzt? Sie darf davon nichts erfahren. Ich weiß, was zu tun ist! Ich werde das schlechte Schicksal von ihm fernhalten«, flüsterte Gerðr.

Fróði schaute verwundert. »Soll ich dir ein Pferd richten lassen, damit du mit ihm reden kannst?«

Gerðs Augen leuchteten auf. »Im Kreis erblickte ich einen, der über die Fähigkeit verfügt, ihn zur Umkehr zu bewegen!« Sie zögerte etwas, weil sie wusste, was ihre nächsten Worte verursachen würden: »Zwischen den Höflingen sitzt einer, der mir noch einen Gefallen schuldet. Der verkleidete Loki.«

Fróðis entspanntes Gesicht versteinerte in einem winzigen Augenblick. Hastig drehte er seinen Kopf in Richtung des Feuers und wollte mit einem schlimmen Gezeter beginnen, da fiel ihm Gerðr gerade noch ins Wort: »Du weißt genau, dass er auch viel Gutes tat! Er wird mir diese Gefälligkeit erweisen. Er hat nicht vergessen, wer ihn gerettet hat, als Þor ein Kopfgeld auf ihn aussetzte, das so hoch war, dass jeder nach seinem Leben trachtete. Wie lange habe ich ihn vor Víðars Schwert und Óðinns Speer beschützt. Niemand hat ihn unter meinem Rock gesucht«, setzte sie dem glühenden Kopf entgegen.

»Gut, versuche es. Aber ich will damit nichts zu tun haben und den Gast noch im Morgenrot vor meinen Augen sehen!«, zischte Fróði, ehe er sich wieder in den Kreis des Wanenadels begab. Dort drehte sich das Gespräch natürlich um das noch wenig bekannte Gesicht am Hofe. Nun, da der Fremde als Óðinns jüngster Sohn erkannt war, wussten viele noch etwas beizufügen.

»Ich erinnere mich, als Óðinn einst um die schönste Rose aus meinem Garten bat!«, hörte man eine der Frauen. »Ob er sie seiner Mutter brachte?«

»Oder einer anderen!«, schallte Fróðis Stimme heran. »Er brauchte Miðgarðr nur zu betreten und schon lagen ihm die Menschenweiber zu Füßen!«

»Ich weiß, dass er vor einigen Sommern Nacht für Nacht nach Miðgarðr hinunterritt. Vielleicht suchte er dort die Ruhe, die in Ásgarðr niemals herrscht«, hallte es aus der Nachtdunkelheit.

»Óðinn ritt damals aber ausschließlich in abgelegene Gegenden. Einmal nur wurde er von einem Menschenweibchen gesehen«, gurrte eine Nachtigall, die in einer Birke saß.

»Nicht nur, dass er gesehen wurde – er zeugte dabei scheinbar gleich seinen Nachkommen!«, staunte Fróði. »Sága, hehre Asin. Rette die Ehre deines Vaters! Was geschah in der Nacht, als die Menschenfrau Óðinns Glanz erblickte?«

Sága lächelte. »Einmal erzählte er mir tatsächlich von ihr. Ein blutjunges Ding aus niederstem Stand.« Eine Eule erhob sich aus dem Geäst und ließ sich auf ihrer Schulter nieder.

»Kann doch nicht sein!", rief Fróði, der seinen Groll vergessen zu haben schien. »Nicht einmal eine Fürstentochter! Da erfährt man wieder Sachen!"

»Schande allen Asen!", rief einer der Zwerge, der, seit er aus Sindris goldenem Palast geflohen war, scheinbar nichts anderes tat, als auf einem Stein zu sitzen und sein Axtmesser zu schleifen.

Sanft strichen Ságas zarte Finger durch die Daunen, ehe sie ergänzte: »So lasst mich doch erzählen! Er hat ihr nichts getan. Sie hatte sich verlaufen. Er hat sie getröstet und zu ihrer Sippe zurückgebracht ...«

»Dann geschah das ewig Gleiche, was eben geschieht, wenn eine Menschenfrau Óðinns Antlitz angesichtig wird!«, fuhr Fróðis Vater Njörðr dazwischen. »Sie verfiel ihm im ersten Moment!«

Die Eule auf Ságas Schulter erhob sich in die Luft und wurde von der Nacht verschlungen.

»Er hat sie scheinbar wieder getroffen«, folgerte Fróði.

»Menschenweiber!«, zürnte der Sindrissohn. »Schlimmes hörte ich darüber. So sollen sie Surtrs Brut austragen! Wenn das stimmt, haben die Welten ihnen eine schlimme Krankheit zu verdanken!«

»Und ich hörte, dass das arbeitseifrige Sindrisvolk nun bei Surtr wohnt, damit diese Brut auch unübertreffliche Waffen und Rüstungen bekommt!«, setzte Njörðr ihm entgegen.

Der Zwerg lachte, innerlich von diesen Worten tief getroffen, scheinheilig auf. »Was ihr wieder denkt! Menschenweiber sollen Surtrs Nachkommen gebären? Dies hat der Feuerdämon doch nicht nötig. Erbeutete er in unserem Palast doch geheimste Schriften, in welchen so manches Zauberwerk beschrieben ist!« Sein Axtmesser verfärbte sich von seinem Eifer glutrot.

»Wie auch immer! Mir scheint, dass Óðinns göttlicher Plan bisher aufgegangen ist!«, sprach der Wanenhäuptling. »Was schaust du so kritisch, Sága? Die Geheimnistuerei war wichtig, weil es den arglistigsten der Feinde zu täuschen galt! Darum ahnte niemand etwas davon! Nun aber, da das Geheimnis gelüftet wurde, wird es dem einen oder anderen scheinbar etwas klarer. Wer weiß etwas? Wer will erzählen?«

»An eine Schwangere erinnere ich mich, die in der Trauer um ihren vermissten Geliebten ihr Kind nicht zur Welt bringen wollte. Als es dann trotzdem kam, legte sie es in einen Korb, den sie der Obhut des Flusses übergab«, hallte es heran.

»Schon wusste der gütige Ägir davon«, ergänzte Njörðr. »Er schickte seine Töchter den Fluss hinauf, um das Kind zu retten!«

»Weil sie aber nur erschwert gegen die Strömung des Flusses ankamen, kam ich ihnen zuvor!« Die vom Feuer erhellten Gesichter wandten sich um. Der Nachtvater Nórr zeichnete sich im Schein der Flammen ab. Hinten im Garten schnaubte Hrímfaxi, das Pferd, das den Wagen des Mondes zog. »Im vom Mondschein durchflochtenen

Wasserschimmer bemerkte ich das kleine Wesen, das in seinen Tränen aufgelöst im Korb lag. Ich barg es und versuchte es zu trösten, erzählte ihm viel Lustiges und auch viel Schönes, doch das Kind kam nicht zur Ruhe. Da brachte ich es zu meiner Frau. Sie pflegte das Kind, bis ihr klar wurde, dass ein Menschlein auf unserem Hof in Útgarðr kein gutes Leben haben kann. Es ist in der Heimat der Reifriesen nämlich sehr gefährlich und Kàra konnte ihm die Welt nicht zeigen. Der Junge musste nach Miðgarðr zurück, ehe er sich an etwas erinnern konnte. Da legte ich den Bengel in einer warmen Sommernacht vor das Tor eines Fürstensitzes. Dort wurde das Kind als Geschenk der Götter genommen. Tage zuvor hatten sie einen jungen Mann an die Hel verloren.«

»Nun weiß ich weiter!«, hallte Phols Stimme durchs aufflackernde Licht. »Oft sah ich Óðinn als Wanderer verkleidet durch die Pforte jenes Hofes schreiten. Ich lauschte am Gemäuer und hörte die Stimme des Allvaters am Feuer drinnen viel Weises über die Welten erzählen. Selbst mich ergriffen seine Worte, wie muss es dann erst dem Knaben ergangen sein? Óðinn war es auch, der den jungen Mann zu den Úlfheðnar wies. Ich staunte sehr, als ich ihn in voller Stärke gegen die Thursen kämpfen sah. Dass er mehr als ein Mensch ist, wusste ich damals ja nicht. Jetzt, wo ich es weiß, ist mir klar, warum er immer besser als alle anderen war und jeder noch so tödlichen Gefahr trotzen konnte!«

Fróðis Sorge war nicht unbegründet. Björt war aufgebrochen und kam, während die Sterne ihre Spuren bedächtig über seinen Kopf hinwegzogen, der Welt der Schwarzalben immer näher.

Da löste sich eine Eule aus der Dunkelheit. Sie flatterte über ihn hinweg, landete im Geäst am Wegrand und schaute den nächtlichen Wanderer mit goldfunkelnden Augen an. Als Björt sie bemerkte, kam sein Vorwärtsdrang für einen Augenblick zur Ruhe. Er hauchte:

»Sorglos bist du, kleiner Freund! Als gäbe es nichts, wovor du dich zu fürchten bräuchtest! Ahnst du etwas von deinem Glück? Weißt wohl nicht, dass es Länder gibt, in welchen kein Frieden herrscht! Wie gerne säße ich jetzt an deiner Stelle. Doch ich muss wieder nach Útgarðr zurück!«

Die Eule verschloss ihre Augen für einen kurzen Augenblick zu einem Spalt und gurrte: »Dieser Weg führt aber nicht nach Útgarðr!«

Björt schaute ihr verblüfft entgegen. Er grinste. »Eben war mir, als hättest du gesprochen!«

»Es ist nicht mehr weit bis Svartálfaheimr. Von dort kommst du nicht mehr zurück«, kam die Antwort.

Verdutzt musterte Björt den seltsamen Vogel. Dieser drehte den Kopf lustig zu allen Seiten. Er grinste und meinte dann: »Das ist nicht wahr, kleine Eule. Im Land der Schwarzalben kämpfte ich schon oft.«

»Großes erzählte Fróði im Kreis der Wanen über dich! Ja, du warst in Svartálfaheimr. Du kämpftest nicht nur einmal gegen den Niðhögg'. Jedes Mal, wenn dir in der Schlacht ein Schwertschlag misslang, holte der Totendrache dich auf sein Kampffeld. Tatsächlich gäbe es wohl wenig Grund, sich zu sorgen, Schwertloser. Nur wirst du diesmal nicht gegen den Todesdrachen kämpfen, sondern gegen die schlimmsten Kreaturen deiner Vorstellungskraft. Die Schwarzalben können jede Form annehmen und werden sich direkt deiner Ängste bedienen. Du wirst Dämonen gegenüberstehen, die du nicht besiegen kannst, und die Götter können dir diesmal nicht beistehen. Es gibt für dich nur einen Weg nach Útgarðr und der führt über den Palast der Wanen. Anders als mit Fróðis Billigung kannst du nicht zurück!«

Während dieser Worte brachte der Wind das Geäst zum Rauschen. Die Schatten bewegten sich. Die Konturen der Eule wurden vom Mondlicht überstrichen. Björt war es für einen Augenblick, als kenne er das Antlitz. »Loki?«

»Ich habe dir bewiesen, auf welcher Seite ich stehe«, fuhr dessen Stimme heran.

»Was willst du? Immer wieder warnte man mich vor dir. Dir traue ich nicht, weil du mal auf dieser und mal auf der anderen Seite stehst. Auch wenn du dich offensichtlich in der Zwischenzeit mit den Göttern versöhnen konntest und wieder Zutritt in ihre Länder hast: Jetzt, wo wir erledigt haben, worum du uns batest, sind wir einander nichts mehr schuldig!«, fuhr es aus Björt.

»Mein Plan, mich mit meinen Brüdern zu versöhnen, ist fehlgeschlagen. Der Adler Gritturvelgr hat Ásgarðr nie erreicht«, antwortete Loki.

»Nenne die Götter nicht deine Brüder!«, zischte Björt. »Du warst nur ein Wunschsohn Óðinns. Einen Wunschsohn kann man aufnehmen und verstoßen, wenn man sich irrte!«

»Ich bin noch immer Wunschsohn Óðinns«, sprach Loki. »Gewiss habe ich in Ásgarðr viele Feinde, doch Óðinn selbst hat mich nie verstoßen. Hätte er es, könnte ich mich an keinem Ort der Weltenscheibe sicher fühlen. Ich bin nicht gekommen, weil ich dir etwas schulde. Ich kam, weil ich Fróðis Frau Gerðr etwas schulde. Ich soll dich von einer Dummheit abhalten und fragen, warum du mit der Gastfreundschaft der Wanen gebrochen hast. In Gerðs Namen ermahne ich dich, dass du das sichere Gebiet bald verlassen wirst. Ich soll dich zurückbringen. Vertraue nicht mir, vertraue dem allseits beliebten Wanenhäuptling. Er wird es richten, dass du deinen Gefährten bald wieder begegnen wirst! Komm nun! Folge mir!«

In Fróðis Geist hatten Gerðs Worte lange nachgehallt und seine Zweifel hatten ihn die ganze Nacht nicht verlassen. Immerhin schwor Gerðr auf Loki als Problemlöser und der war seit Balders Tod bei den Göttern extrem unbeliebt. Die Sorgen, die seinem Herz keine Ruhe gönnten, führten dazu, dass er die ganze Nacht nichts anderes mehr tat, als hinter den hohen Fenstern des Þingsaals auf das Aufglühen des neuen Tages zu warten. Groß war seine Freude, als er gegen Morgen die ersehnte Gestalt näherzukommen glaubte. Da konnte er sich nicht mehr halten und lief ihm weit entgegen. Noch vor dem Stadttor hallte Björt eine schallende Stimme entgegen und ermahnte ihn, dass es unschicklich sei, das göttliche Gastrecht auszuschlagen.

»Es traf uns tief, dass du einfach gegangen bist«, fuhr es aus seinem Mund. »Dazu hast du dich sinnlos in Gefahr gebracht! Wenn dir nun etwas geschehen wäre? Mächtige Vorwürfe hätte ich mir anhören müssen, weil ich in der mir nachgesagten Weisheit nicht daran gedacht hatte, dass du so handeln würdest. Du weißt vielleicht nicht, dass es bei Hofe gewisse Regeln zu befolgen gibt. Nun, was hast du ein Glück, bei uns Gast zu sein! In unseren Sälen warten viele Schriftstücke darauf, von deinem Verstand verschlungen zu werden!«, lachte er.

Björt räusperte sich. »Die Absicht, mich zu unterweisen, zeugt vom Edelmut deines Volkes! Warum aber soll ich Höfling werden, wenn es meinem Herzen doch einzig nach Kämpfen ist? Das Wissen, das ich dazu benötige, beherrsche ich. Wir leben in einer Zeit des Kampfes, auch wenn man in dieser Welt scheinbar nicht viel davon merkt!«

»Die schlechte Zeit wird einmal zu Ende sein. Ihr wird ein langer Friede folgen«, hallte Fróðis Stimme in die sich mit Wärme füllende Stadt hinaus. »Dann wird es dir von Nutzen sein, auch über anderes als über den Schwerthieb Bescheid zu wissen!«

»Möge dieser herrliche Morgen der Vorbote dieses Friedens sein!«, hauchte der von den Sonnenstrahlen tief in der Seele bezauberte Björt. »Wäre ich ein Wane, könnte ich diesen Liebreiz Tag für Tag genießen. Morgen für Morgen würde mich Skinfaxis Mähne wecken. Ich würde sie bis zur Mitte des Tages auskosten und einzig dem Rauschen der Bäume lauschen …

Als ich ein Kind war, erzählte mir ein Wanderer, dass das Blätterrauschen in den Welten der Götter als eigene Sprache verstanden würde. Ich würde so lange zuhören, bis ich sie verstehen würde. Bisher aber vermag ich noch nichts zu deuten.«

»Ich schon!«, meinte Fróði. »Du wirst es nicht glauben, nun reden sie gerade über dich!« Er schmunzelte. »Sie hegen große Hoffnungen, dass du den Taten der Angstverbreiterin Angrboða Einhalt gebieten wirst. Und dass mit dir endlich wieder Eintracht zwischen die Sippen der Hölzer zurückkehrt.«

Björt lachte auf. »Ich glaube dir kein Wort!«

Da musste sich Fróði doch sehr wundern. Bisher hatte noch nie ein Gesprächspartner sein Wort infrage gestellt. Doch fiel ihm ein, dass Björt möglicherweise auch davon nichts wusste. Er klopfte ihm freundschaftlich auf die Schulter und erklärte, dass das angewurzelte Volk sehr weise sei und die Zukunft bislang oft richtig gedeutet hätte. Frohsinn durchrauschte seinen Bart, während die beiden in eine offene Wandelhalle traten. »Mir ist klar, dass du vieles von dem, was in dieser Welt geschieht, noch nicht verstehen kannst. Darum sollten wir die Zeit, in der unsere Kundigen dein Schwert beschauen, gut nutzen«, sprach er.

»So bringe mir bei, wie ich mit drei Gefährten durch ein Feindesheer schreiten kann. Sonst werden wir den Auftrag der Alben vielleicht gar nicht erfüllen können«, sprach Björt.

Fróði wirkte auf einmal nachdenklich und meinte: »Muspellbrüder sind verfluchte Molche. Es wird immer schwieriger, sie zu bekämpfen. Meine Spione berichten mir fast täglich Neues: glänzendere Rüstungen, schärfere Schwerter, grimmigere Gesichter. In der Nacht habe ich über alles nachgedacht und tatsächlich ist mir etwas eingefallen. Ich kann dir den Weg zur Gjallarbrú nicht ersparen, zumindest aber kann ich dir jemanden an die Seite stellen, der sich gut mit der Kampfkunst der Muspellmänner auskennt. Es ist einer, der unseren Einheriern das Streiten beibringt. Sein Name ist Jääkarhu. Er ist kein wirklicher Wane und sehnt sich manchmal in sein altes Leben zurück. Er ist ein guter Mann, der Taktik und Geschick seiner

Feinde stets einzuschätzen weiß. Er wird euch bei dem, was euch bevorsteht, mit seinen Instinkten sehr nützlich sein.«

»Nicht nur seine Instinkte. Seine Waffe auch!«, lachte Björt. »Die göttliche Schmiedekunst ist unübertreffbar. Von deiner Waffe beispielsweise hörte ich, dass sie sogar von alleine kämpfe! Von solchen Zauberkünsten kann der König von Muspellheim doch nur träumen! Solche beherrscht er nicht.«

Fróði nickte, während er vorwärtsschritt. »Du hast mein Schwert Sumarbrander vorzüglich beschrieben. Nun, wo du es sagst, fällt mir auf, dass ich meinen Diener längst hätte fragen müssen, wohin er es gelegt hat. Ich habe es ihm nämlich geliehen, als er nach Jötunheim ritt, um für mich um die Hand der Gerðr anzuhalten.

Es stimmt, das Schwert ist einzigartig. Etwas Gleichwertiges ist nicht mehr zu bekommen, weil die Hochmeister der Schmiederei, Sindri und Brokkr, tot sind. Nun, wo ich darüber rede, beginne ich, mich wieder über das Verdrängte zu sorgen. Von Sindris Söhnen fehlt nämlich jede Spur, seit der Muspell den goldenen Palast eroberte.«

Noch ruhte das Gewölbe, in welches die Wandelhalle mündete, im friedlichen Schlaf des jungen Tages. Dies änderte sich nun. Fróði wies Björt zur Mitte des Saales zu einem Tisch, auf welchem zahlreiche bedeutungsvolle Schriftleder warteten. »Hier. Alles, was du wissen solltest. Lese und merke es dir. Wenn du damit fertig bist, werden unsere Zauberer den Fluch von deinem Schwert genommen haben. Schon am Abend kannst du wieder in Útgarðr sein!«

Björt schritt mit dem ersten der Leder in der Hand zum Fenster, um es im Tageslicht von allen Seiten zu betrachten. Lange versuchte er, einen Sinn in den darauf sichtbaren Zeichen zu deuten. Doch wie sehr er sich auch bemühte, es gelang ihm nicht. Hilflos suchte er Fróðis Augen.

»Was denn?", fragte dieser. »Beherrscht man in den Menschensippen die Runenzeichnung etwa nicht?«

»Loki verhieß uns, dass Runen göttliche Zauberkraft auf sich trügen! Wie könnte ich sie also verstehen?«, fragte Björt.

Fróði verzog sein Gesicht. »Scheinbar hat euch Loki nur die halbe Wahrheit erzählt! *Ihm ist schon dies hoch anzurechnen!* Man kann sich mittels Runenzeichen auch Wissen übermitteln. Die einzelnen Zeichen lassen sich aneinanderreihen, sodass ein paar davon immer ein Wort ergeben, welches man dann *lesen* kann. Solchermaßen aneinandergereihte Runenzeichen zu deuten, kann ein Mann mit etwas Klugheit lernen. Das kann durchaus gewisse Vorteile bringen. Heiler beispielsweise können sich ihr Wissen übermitteln, Fürsten Kontakt zueinander halten. Möglichkeiten, die man sich kaum vorstellen kann, tun sich damit auf! Runen *werfen* und damit zaubern können allerdings nur die Götter und die Scharlatane.«

»Einst hörte ich von Herrschern, die ihre Töchter in diesem und jenem unterrichten ließen. Bestimmt lernten sie auch das Runenlesen. Mit einer solchen reise ich. Sie begleitet mich, aber eigentlich will sie zu den weisen Frauen von Landdísastein, hat sie mir anvertraut«, antwortete Björt.

»Zu den Schicksalsfrauen?« Fróði lachte. »Für Menschen sind sie Gestalten, die in den Träumen erscheinen. Von ihnen kann man nicht aufgenommen werden. Mit Göttern und Alben sind sie allerdings freundschaftlich verbunden. So nähten sie zum Beispiel Skíðblaðnirs magisches Segel! Nie musste ich bisher auf Wind warten.«

»Von deinem Schiff hörte ich! Kannst du mich denn damit nicht zur Gjallarbrú bringen?«, fragte Björt.

Zaghaft durchstieß ein freudloser Wortschwall die Lippen des Wanenkönigs: »Ich kann momentan das Kostbarste der Schiffe nicht über das Feindgebiet hinweg steuern, denn ich träumte letzthin schlecht von der Zukunft. Ich glaube, dass der Eisenwald demnächst etwas von uns einzufordern gedenkt!«

Seine Stimme verstummte, als sein Blick aus dem Fenster schwebte. Blendend grell füllte Skinfaxis Licht bald jede Ritze in seinem von der Sonne gegerbten Gesicht. Als Björts Aufmerksamkeit dem Augenmerk des Wanen folgte, begann sein Herz zu drücken. Sein Blick traf den Rand des Gebirges, in dessen Richtung er in der Nacht unterwegs gewesen war. Beschämt glaubte er, Fróðis stillen Vorwurf zu erkennen. Wie hätte er denn ahnen können, wie sehr er sich täuschte.

Fern seiner Befürchtung lag die Wahrheit irgendwo auf dem Weg dorthin, in einer hinter dem von wirrem Gestrüpp verborgenen, verlassenen Schmiede. Dort harrte in einem verrußten Schmelztiegel Muspells Schwert den Taten der wanischen Meister entgegen. Von Fróðis Geist begleitet, schoben diese just in diesem Moment das morsche Tor zur Seite. Flammen begannen, aus der Asche aufzulodern. Ruß fiel aus dem Rauchfang. Die Glut kehrte nach langer Zeit in das alte Gemäuer zurück.

Der boshafte schlechte Schwertgeist konnte die Absicht der Eintretenden nicht erkennen, doch er ahnte, dass sie ihn seiner Heimstätte berauben wollten. Ohrenbetäubend füllte sich die Halle mit hellem Eisengekreische. Es durchrauschte die Werkstatt bis in die hinterste Ritze. Die Zauberkundigen waren davon wenig beeindruckt. Offenbar lag nur ein schwacher Fluch auf diesem Eisen. Sie hätten mehr erwartet und es würde ihnen leichtfallen, ihn zu beseitigen.

Ein seltsamer Wortschwall durchrauschte das Getöse. Wäre er von Menschen gesprochen, wäre er sinnlos verhallt. Doch es waren Münder von Magiern, die diese Worte voller Zauberkraft sprachen, welche, in unsere Sprache übersetzt, etwa Folgendes bedeuteten:

»Schlimmes tatst du, Kind der Berge,
Aus deinem Herzen kam nur schlechter Rat!
Kühnheit hättest du, strahlende Waffe,
Hättest du Klugheit nur gehabt.
Muspells Einfluss verblasse,
Fróðis Zauber vertreibe ihn,
Das Schlechte muss dem Guten weichen …«

Darunter rauschte das Feuer aus den Steinen. Die Hitze hatte die alte Schmiede ausgefüllt. Alles glühte und dampfte. Seltene Kräuter lösten sich aus ihren Händen. Sie rieselten wie Schneeflocken auf die inzwischen dampfende Waffe hinunter. Viele verglühten in der Luft. Andere aber legten sich als schwarze Punkte auf den rot aufleuchtenden Stahl.

Endlich begann der Zauber zu wirken. Das Gekreische wurde leiser, Surtrs Macht schien zu erlöschen. Als letzter Versuch, dagegen aufzubegehren, sammelte sich eine zähe Flüssigkeit im Schmelztiegel. Sie zerschmolz zu einer Masse, einer Suppe, die aufquoll und in die Luft spritzte.

»Sinnlos!«, durchrief eine kernige Stimme den Raum. »Du kannst dich nicht mit uns allen anlegen!«

Da wurde es still und so leise, dass man das Knistern der Flammen hören konnte. Für die Zauberer galt es, die Beschwörung zu Ende zu sprechen:

»Freudlos gehe nun, schlechter Geist,
Fahre heim, dein Fürst versprach dir Linderung!
Beuge dich vor Fróðis Zauber: Deine Macht hast du entbehrt!

Schlimmer Geist! Du bereitest deinem Herrn nur Schande! Ohne Waffe bist du hilflos! Weiche aus unserer Welt. Darin halten sich nur unsere und keiner deiner Freunde auf!«

Gemächlich zog Gevatter Nórr den Saum seines schwarzen Mantels über den Eisenwald hinweg. Dahinter kündigte die Dämmerung den Tag an. Nicht das kleinste Licht davon vermochte durch das Geäst hinunterzustechen. Endlich wich Vöðmaðurs Schnarchen einem Schmatzen, das alsbald in eine grollende Stimme mündete. Er wollte wissen, ob denn nun jemand am Þing der Träume erfahren hätte, in welche Richtung die Reise weiterging.

»Zur Gjallarbrú!«, hallte die Antwort aus Finars Kehle.

»Zur Gjallarbrú?« Vöðmaður wollte kaum glauben, was er gerade gehört hatte. »Zuerst zweifelst du an der Angrboða, danach warnst du uns vor ihr. Gestern sagtest du, es sei sinnlos, ohne Björt zur Jenseitsbrücke zu wandern, nun willst du doch dorthin?«

»Dann haben wir wenigstens ein Ziel!«, hauchte der aus dem Schlaf gerissene Ekkert.

»Nun? Wie ist es zu deinem Gesinnungswechsel gekommen?«, fragte Vöðmaður.

»Du hast nach dem Traumþing gefragt. Dies ist meine Antwort«, antwortete Finar. »In der Nacht erschien mir ein Albe, der mir weismachen wollte, dass Björt trotz allem noch lebe! Sollte es wahr sein, müssen wir zur Brücke, weil er früher oder später dort auftauchen wird!«

»Wunschtraum! Björt ist vor unseren Augen in eine bodenlose Eisspalte hinuntergestürzt. Er ist tot!«, fuhr es aus Vöðmaður. Begierig blickte er in Richtung Ekkert, der kniend sein Bündel zusammenschnürte. Dieser schwieg. Vöðmaðurs Gesicht füllte sich mit Ernst. »Zur Gjallarbrú? Warum auch nicht? Wenn wir den Weg finden … leicht wird's nicht!« Auch wenn er vieles über diesen Wald wusste, er konnte die Richtung, in welcher der Jenseitsfluss seine Schwärze durchbrach, nur erahnen. Er erhob sich. Unter seinem Schuhwerk knirschte das Eis. Es war ein Wunder, dass sich etwas in dieser Kälte vorwärtsbewegen konnte. Weit über den Köpfen rauschten die Winde, doch vermochten sie, das starre Astwerk nicht zu bewegen. Dieses Rauschen lockte die Seelen in die Gedankenwelten hinaus. Sie wurden von einem Luftseufzer in die Wirklichkeit zurückgeholt. Ein Pfeil prallte an einem Baumstamm neben Ekkerts Kopf ab. Er blieb eine Handbreit neben Finars Gesicht, in einem anderen Baum, stecken. Scharf bohrten sich die Blicke in die umliegenden Schatten. Finars Bogen spannte sich. »Es sind zwei!«, hauchte sie. Ihr Pfeil durchstach das Geäst. *»Jetzt noch einer!«*

»Der gehört mir!«, rief die grollendste der Stimmen. Der Gegner ergriff die Flucht. Vöðmaðurs Schuhwerk durchbrach das Gehölz. Vier, fünf Schritte, da hatte er ihn fast eingeholt.

»Nicht!«, rief Ekkert. »Er wird uns zu seinem Lager führen!«

»Will's hoffen. Die gute Möglichkeit ist nun vorbei«, kam die Antwort. Arg grämte es den Hochgewachsenen, dass er den Knilch nicht hatte erschlagen dürfen. Der gewann schnell an Vorsprung und glaubte sich bald in Sicherheit.

Es war einfach, jedoch kraftaufwändig, jenem Schatten durch den Wald zu folgen.

Endlich.

Vöðmaður duckte sich ins Unterholz. Auch Ekkert und Finar. Auf einer Lichtung vor ihnen zeichnete sich ein Lager ab. Im schwachen Licht, das durchs Geäst hinunterfiel, erkannten sie fünf Gestalten. Diese bereiteten Vöðmaður wenig Sorge. Bang wurde es ihm allerdings, da er dahinter die Konturen einer riesenhaften Stiergestalt deutete, die an die Bäume gekettet war. Nirgends im Wald bewegte sich auch nur ein Zweig, doch das Geäst über dem Untier schwankte arg. Möglicherweise hatte es sie längst gewittert.

»Warte noch mit deinen Pfeilen«, hauchte er in Richtung Finar. »Dort! Ein Stier aus Jötunheim. Dem ist danach, uns auf das Gehörn zu nehmen. Er ist so feindselig, dass sich selbst die Asen vor ihm in Acht nehmen müssten. Der würde nur lachen, wenn er deinen Bogen sähe. Sein Leder lässt sich selbst durch ein Schwert nur schwer anritzen. Ich muss ihn angreifen, bevor die Thursen uns bemerken. Wenn sie ihn von der Kette lassen, haben wir verloren. Wenn er aber erstmal in Rage ist, werden sie nicht wagen, sich ihm zu nähern. Sie wissen nur zu gut, dass er dann nach allen Seiten ausschlägt und keinen Unterschied mehr zwischen Freund und Feind macht«, flüsterte er und machte sich davon.

Es war, wie er es vorausgesagt hatte. Als der Kampf begann, war weit herum nichts mehr sicher und die Thursen wagten nicht, sich zu nähern. Stattdessen boten sie Finars Pfeilen ein vorzügliches Ziel. Im Kampflärm fiel einer nach dem anderen.

Finar schoss in schneller Folge. Zwei bis drei Pfeile brauchte jeder Gegner, ehe ihre Kräfte versiegten. Finar war gut in dem, was sie tat, doch einer der Pfeile verfehlte sein Ziel. Er prallte an einer Rüstung ab und durchschoss die Gegend derart ungünstig, dass er am Ende in einem Glied der Kette steckenblieb. Die Erde bebte in der gesamten Gegend, als sich der riesige Stier auf seine Vorderfüße fallen ließ. Die kaputte Kette durchschlug den Wald. Die Bäume darüber schwankten nicht mehr lange. Es hallten die Schläge, es krachte im Holz. Nun war es vorbei mit dem leichten Zermürbungskampf. Es wurde ernst.

Die Esche duldet Unbill

Askr Yggdrasil drýgir erfiþi meira an menn viti;
hjǫrtr bítr ofan, en á hliþu fúnar, skerþir Niþhǫggr neþan!

Die Esche Yggdrasil duldet Unbill, mehr als die Menschen wissen: Der Hirsch weidet oben, hohl wird die Seite. Unten nagt Niðhöggr!

Liebliche Düfte hoben Björts Geist in ein sagenhaftes Hochgefühl. Der Wohlgeruch entstammte der Blütenpracht, inmitten welcher er an Fróðis Seite das rotverfärbte Sonnenpferd am Horizont beobachtete. Er glaubte, inzwischen zu wissen, dass der leutselige Wanenkönig, der den ganzen Tag jeder seiner Fragen eine sinnreiche Antwort gegeben hatte, der edelste der Götterschar sein musste.

Aus den schimmernden Lüften löste sich ein in Eisbärenfelle gehüllter Mann. Ein äußerst furchteinflößender Krieger, der, wie sein Dienstherr schwor, jeden einzuschüchtern vermochte, der seine Erscheinung nicht gewohnt war: Gewaltig zeichnete sich die Brust des Übergroßen hinter den Eisbärenfellen, in die er sich gekleidet hatte. Muskelhart deutete sich der Bauch darunter noch bis in seine äußerste Faser an. Starke Hände umklammerten auf der einen Seite Björts Schwert und Harnisch – auf der anderen seine eigene Waffe, ein schwerer Streitkolben. Ein Schaudern durchfuhr Björts Herz, als sein Augenmerk auf die blauschimmernden Augen traf. Wie musste es erst einem gehen, der ihn als Feind sah?

»Dies ist Jääkarhu! Er soll an meiner Stelle den Dienst an der Sache erfüllen!«, sprach Fróði. »Er ist in Kampf und Rat recht gut. Einzig zum Zaubern fehlt ihm das Talent, weil er weder Gott noch Albe ist.« Er blickte etwas strenger in Richtung Björt. »Deine Zeit als Gast neigt sich dem Ende zu. Wie ich versprach, kannst du das Land noch im Sonnenuntergang verlassen.«

Björt seufzte auf. »Mir fällt nichts ein, mit dem ich mich für deine Gastfreundschaft bedanken könnte!«

»Deine Dankbarkeit ist mir für dieses Mal genug – zumal ich weiß, dass sich unsere Wege schneller als du denkst wieder kreuzen werden«, kam die Antwort.

In der Ferne schlug ein Pferd ungeduldig seine Hufe in den Kies.

»Da hörst du es! Mein Albenhengst freut sich auf den versprochenen Trab. Jääkarhu! Zäume den Heißblütigen doch endlich auf!«

»Komm Herr!«, grollte Jääkarhu Björt entgegen. Fróði nickte ihnen zum Abschied zu.

Kurz darauf fuhr Jääkarhus Hand durch die Mähne eines übergroßen Pferds. Er zog ihm sein Zaumzeug an und band ihm den Sattel auf. Dann half er Björt hinauf und setzte sich hinter ihn. Schon jagten sie über die Felder. Björt sah nicht hinunter, doch er hatte das Gefühl, dass die heißgewordenen Hufe die Erdgebundenheit verlassen haben mussten – als rauschten sie in ihrem lautlosen Trab durch die Winde der aufkommenden Dämmerung.

Es war stockfinster, als der Hengst den Járnviðr erreichte. An der Stelle, an der seine Bewegungen endlich versiegten, gor der Geruch des Waldes scheinbar so schwerfällig wie sonst nirgendwo. Nachdem die beiden hinuntergestiegen waren, klopfte der Weißbefellte stolz auf den Pferdehintern. Dieser kam in Bewegung. Doch nach kurzem Trab stoppte das Pferd und begann zu scheuen.

Ohrenbetäubender Lärm brachte die Herzen zum Rasen. Ein Zittern durchfuhr die schwarze Welt. Eine riesenhafte Ungestalt zeichnete sich darin ab, stieß mit ihren Hörnern in Richtung Pferd und traf es dabei so heftig. dass es tot zusammenbrach.

Schäumend fuhr Jääkarhu dem Widersacher entgegen. »Du hast Fróðis Albenross getötet! Nun musst du es mit mir aufnehmen!" Sein Streitkolben durchfuhr die Luft. Doch die Kampfhitze erlosch augenblicklich wieder. Der Angreifer war im dichten Wald verschwunden.

»Komm!«, schrie Jääkarhu. »Wir müssen Fróðis Pferd rächen!«

Trostlos hallte indessen Björts Stimme durch die Dunkelheit: »Es ist nur meinetwegen gestorben!«

Jääkarhu wandte sich um und rief: »In diesem Krieg müssen alle Sippen Opfer bringen. Dabei haben wir Wanen bisher noch am wenigsten bezahlt. Seltsam dünkt mich aber, dass dieser Hengst seinen Mörder nicht gewittert hat! Er stammt doch aus den Ställen der Alben. Dies ist vielleicht kein gutes Zeichen. Komm nun! Sonst entkommt die Bestie!« Seine Worte verstummten. Der Wind hatte sich gedreht. Die Dunkelheit füllte sich mit Streitlärm. »Mich dünkt, deine Gefährten kämpfen in der Nähe!« fügte er dem hinzu.

Jääkarhu stieß durch den engen Baumstand vorwärts. Egal wie breit die Schneise war, die das Ungetüm durch Angrboðas Gebiet gestoßen hatte, es war nicht einfach, das Labyrinth von Baumstümpfen und Unterholz zu durchqueren. Der Járnviðr kämpfte auf der Seite des Feindes. Endlich. Ein markerschütterndes Krachen rollte weit zu allen Seiten hinaus. Letzte Bäume knickten, Äste fielen, der grauenhafte Lärm fand ein Ende. Schlagartig verstummte alles, nur schwere Atemgeräusche durchbrachen die Stille. Im Mondlicht erkannte man einen bebenden Berg von Fleisch. Im Hintergrund ein Schrei, der ihn an Vöðmaður erinnerte. Björt schritt zum dampfenden Ungetüm und rammte sein Schwert wohl zehnmal durch den Schädel des Stieres.

»Ich glaube, ich sehe einen Wiedergänger! Dort drüben! Einer, der wie Björt aussieht!«, waren die Worte, die Vöðmaður in Richtung seiner Gefährten rief.

»Dies ist kein Wiedergänger. Björt lebt. Genau, wie ich es in meinem Traum sah!«, rief Finar. »Vorsicht, Björt! Hinter dir! Ein Eisbär!«

»Ein Eisbär?«, Björt lachte auf. »Der wird euch nichts anhaben, dieser Eisbär. Er heißt Jääkarhu und ist ein Mann aus Fróðis Gefolge! Seit ich ihn sah, weiß ich, dass unsere harte Zeit leichter wird. Ich kann mir nicht denken, dass einer unserer Feinde ihn nicht fürchtet!«

»Ein Wane? Kann er auch heilen?«, fuhr es aus Finar. »Ekkert hat es nämlich schwer erwischt, als er in seinem Jugendmut dem Gehörn des Stiers zu nahekam! Dort! Er liegt in seinem Blut und ich weiß nichts, was ihm Linderung verschaffen könnte!«

Jääkarhu schaute in die Richtung, in die Finar wies. »Noch scheint der Todesdrache zu zögern! Doch mit der Nacht wird es schwierig, ihm das schlechte Schicksal zu ersparen. Mal schauen, was ich machen kann!«, sprach er, als er den bebenden Jungen erfasste. Er begann, ein Feuer zu entzünden. Als dieses genug Licht erzeugte, meinte er: »Der Schleim der Wunden gefällt mir nicht. Im Blut ist Gift. Schon färben sich die Blutadern schwarz. Meine Heilkünste sind begrenzt. Am ehesten könnte jetzt ein Albe helfen. Auf Alvíss‘ Volk können wir jedoch hier nicht hoffen, weil wir zu tief im Feindgebiet sind.«

»Die Alben boten uns ihre Hilfe an!«, erwiderte Björt. »Nur … wie können wir mit ihnen in Kontakt treten?«

»Ich weiß es vielleicht«, antwortete Finar. Jääkarhu schaute ihr neugierig entgegen. »Seltsame Worte muss man hierfür sprechen! Ich wusste sie noch in der Nacht!«

»Natürlich!«, hallte ihr Jääkarhus Stimme entgegen. »Erst jetzt sehe ich, dass du einen Albenbogen trägst! Damit ist uns die Gunst der Alben gewiss! Worauf wartest du?«

»Bis zum Morgen konnte ich an nichts anderes denken! Doch nun … *Alben … kann … mie … källa* … Warum tue ich mir auf einmal so schwer damit?«

»Alben kansan miekalla on suuri lauseparsi!”, murmelte Jääkarhu. »*Sille vannoimme valan, sille vannomme valan, sille lupaamme rauhan!* ... Los! Worauf wartest du? Wiederhole, was ich sagte! Aus meinem Mund bringt es nichts!«

»Alben kansan miekalla on suuri lauseparsi! Sille vannoimme valan, sille vannomme valan, sille lupaamme rauhan!”

Lange horchte jeder diesen Worten nach. Sie erwarteten viel, doch die Nacht verstrich und nichts geschah. Als das Morgenlicht den Himmel über den Tannenwipfeln überflutete, wollte es Jääkarhu beinahe nicht glauben, dass Ekkert den Kampf gegen Niðhöggr noch immer nicht verloren hatte. Trotz des Lochs in seiner Brust schlug sein Herz noch immer. Dies bewies, dass es eine Möglichkeit geben musste, ihn zu retten. Doch so sehr er darüber nachdachte, ihm fiel nichts ein.

»Dass die Schicksalsfrauen seinen Tod nicht in dieser Nacht bestimmten, kann bedeuten, dass er für Óðinns Pläne noch gebraucht wird«, folgerte auch Björt, als er ihm über die Schulter schaute.

»Oder Óðinn versucht zu verhindern, dass er den Heldentod stirbt«, rauschten Vöðmaðurs Worte heran. »Vielleicht soll er am Gift verenden, um uns nachher zur Gjallarbrú zu führen ...«

Sanft knirschte der Schnee im Waldesinneren. Finar nahm einen Pfeil aus ihrem Köcher und zog den Bogen auf. »Still! Es naht etwas!«

Auch Vöðmaðurs Keule hob sich. Ein Wesen von menschlicher Statur löste sich aus der Waldschwärze. Seine Keule glitt wieder zu Boden. »Ein Albe? Endlich!«

Das Morgenlicht, das das Geäst durchbrach, offenbarte eine Gestalt, deren Augen nur müde in die Lichtung hinausstarrten. Finar rief ihr entgegen: »Diesmal bist du nicht umsonst gekommen! Mein Gefährte kämpft mit dem bösen Drachen. Hilf ihm! Schnell! Der Wane meinte, nur ein Albe könnte ihn noch retten.«

»Er ist nicht der Grund, warum ich hier bin ...«, antwortete die Gestalt.

»Traurig treffen mich deine Worte. Noch nie habe ich einen von euch so bedrückt reden gehört!«, sprach Jääkarhu. »*So hilf ihm! Los!* Und sage uns, was bei euch nicht stimmt! Schon in der Nacht hatte ich ein schweres Gefühl, wenn ich an Alvíss' Volk dachte!«

Der Albe griff in seine Tasche. Lange prüfte er seine Kräuter, hob einige hoch, ließ andere fallen. »Du hast recht. Ein schwerer Sturm ist über der Insel angebrochen«, sprach er dabei. »Surtrs Truppen entstiegen dem Meer und schonten kein Fleisch, dass ihnen vor die Augen kam.«

Ekkert stöhnte sanft.

»Dass dieser Tag früher oder später kommen würde, wusstet ihr alle. Warum habt ihr das Land nicht längst verlassen?«, fragte Jääkarhu.

»Am Tag, an dem Muspells König dem Baum Yggdrasil schaden kann, ist es um die Weltordnung geschehen«, antwortete der Albe. »Wenn die Gesetze der Götter erlöschen, werden wieder die Gesetze der Urzeit gelten. Dann wird man nur noch schwer leben können, weil es dann kein Land mehr geben wird. Weder Steine noch Gras noch ein Himmel darüber. Nur Nebel, wohin man sieht.«

»Die heilige Esche schützt sich doch selbst«, sprach Fróðis Gefolgsmann. »Und selbst, falls dies nur ein Mythos ist, was ist mit Þor? Soviel ich weiß, versprach er an mehr als einem Þing, den Baum mit seinem Leben zu verteidigen!«

Im aufkeimenden Morgenlicht konnte man das blutbespritzte Gesicht des Alben mehr und mehr erkennen. Er nickte. »Als sich Muspells Getreue gegen Morgen zurückzogen, erkannte ich Þor mit seinen Söhnen und Wunschsöhnen. Sie machten sich daran, die Esche aus der Erde zu heben. Sie werden wohl noch immer damit beschäftigt sein und den Baum am Ende aufs Idafeld tragen. Danach werden nicht mehr die Alben, sondern die Götter über das Weltenschicksal wachen.«

Ekkert stöhnte auf, weil der Albe für einen Moment etwas zu fest auf die Wunde drückte.

Jääkarhu verzog sein Gesicht. »Dann bleibt ja nichts, was euch auf eurer Insel hält! Ihr solltet sie bis zum Abend verlassen. Dann nämlich wird der Thurse erneut angreifen. Das weiß ich, weil ich schon viele Male gegen ihn gekämpft habe.«

Der Albe nickte. »Wir werden die Insel verlassen. Davor wird jedoch noch ein Þing stattfinden.«

»Viele von euch werden unnötig sterben«, warnte Jääkarhu. »Niemanden werden sie verschonen. Sie werden so lange kämpfen, bis die Insel im Meer versinkt. Flieht besser und haltet euer Þing an einem anderen Ort ab. Wie wäre es mit Fróðis Hallen?«

Ekkerts Augenlider zitterten. Da wandten sich die Blicke des Alben von ihm ab und er sprach: »Für euch, Männer, habe ich Gutes zu vermelden: Ekkert wird schnell genesen. Dann könnt ihr tun, was euch gefällt. Anderes für dich, Finar. Ich muss dich fragen, ob du an meiner Seite am Þing erscheinen willst oder dein weiteres Leben lieber an der Seite deiner Gefährten verbringst!«

»Es ist nicht einfach … nachdem der Wane sagte, dass es die Alben vielleicht nicht mehr lange gibt«, antwortete Finar. Neben ihr begann Vöðmaður laut zu lachen. »Doch! Es ist einfach! Du gehst zum Þing und wir kommen mit! Dann kämpfen wir an der Seite der Alben, wenn der Thurse aus dem Meer steigt. Und ich kann sehen, ob Björt log oder nicht, als er so großartig von Fróðis Gefolgsmann sprach! Was meint ihr? Auch wir wollen unseren Spaß, oder nicht?«

»Wir schworen Einigkeit! Also kämpfen wir einig«, setzte Björt diesen Worten nach.

»Lasst mich nicht zurück!«, hauchte Ekkert.

Damit hatte der Albe nicht gerechnet. »Nicht, dass wir auf eure Hilfe verzichten wollten, doch wie wollt ihr in unsere Heimat kommen?« Seine Stimme erstarkte: »Nach dieser Nacht verfüge ich nämlich über zu wenig Kraft, euch alle hinzubringen!«

Da musste Jääkarhu nicht lange überlegen. »Ihr Alben habt doch die guten Rösser! Schickt uns nur zwei davon, dann kommen wir, um das Þing zu beschützen.«

»Als wir die Gefährdung unseres Landes erkannten, haben wir damit begonnen, die wertvollen Güter in unsere Notburg zu bringen. Darum weiden die edlen Pferde längst nicht mehr auf unseren Äckern«, antwortete der Albe. »Es wird mir etwas einfallen!«, versprach er und fasste Finars Hand, um mit ihr in den abtauenden Morgennebeln zu verschwinden.

»Was bleibt uns anderes, als hier zu warten?«, rief Björt den beiden nach, ehe auch er sich durch die Schatten entfernte, um einen großen Brocken Fleisch vom toten Pferd zu schneiden.

Zauber durchfocht die weißen Dünste, durch die Finar dem Alben folgte. Immer zäher legten sich die Nebel um ihre Beine. Bald konnte sie nichts mehr sehen, doch hörte sie, dass das Schneeknarren unter dem Schuhwerk dem Laubrascheln wich. Die Luft wurde mit der Zeit sehr heiß und war mehr und mehr mit schwerem Rauch und Asche durchsetzt. Schlimmes war im Gebiet der Alben zu erwarten. Als der Nebel wich, durchstieß der Dolch der schlechten Vorgefühle Finars Brust: Das liebreizende Land, die Stadt, die ganze Insel lag in Trümmern. Rußgeschwärzt ragten nur noch Fragmente der einstigen Pracht da und dort in dem von Schwärze durchzogenen Himmel. Aus der mit Blütenpracht durchsetzten Welt war ein roter Sumpf geworden. Es schien, dass das Licht, das sich vormals von hier aus über die Welten gelegt hatte, ein für alle Mal erloschen war.

Schwer getroffen fasste Finars Blick die Esche Yggdrasil, aus deren Astwerk an einer Stelle Funken schlugen. Sie stammten vom Schlachtenstifter, vom Feuerdämon, dem König Muspellheims, der gekommen war, um sich ein Bild von der Zerstörung zu machen. Als Þor dem Wurzelwerk entstieg und ihm mit dem Hammer drohte, verließ er aber die Gegend, als sei er in Wahrheit der König der Feiglinge.

Die Erde bebte. Das Geäst darüber wankte gewaltig, da Þors Söhne beständig an den Wurzelsträngen der Esche rüttelten. Nicht mehr lange, dann war der mächtige Wurzelstock von den starken Asen aus den Tiefen gerissen. Danach war die Insel wertlos. Sie war von Surtr der Rán versprochen.

Finars Führer hielt mit seinem Laufschritt ein. Er wandte sein Haupt in ihre Richtung und sprach: »Es ist bestimmt, dass Yggdrasils Erzittern das Ende Ragnaroks einleitet. Die weisen Frauen

Landdísasteins haben den Untergang des göttlichen Zeitalters lange vorausgesehen. Sie verrieten allerdings nicht, ob dies das Ende oder ein Neuanfang bedeutet. Dass die Asen den Baum nach Ásgarðr bringen, verschafft uns vielleicht Zeit, doch am Ende wird niemand die Erfüllung der Weissagungen verhindern können.« Seine Stimme versiegte. Er atmete tief, ehe er ergänzte: »Sollte Das Ende Ragnaroks nur das Ende der alten Götter sein, wollen wir Alben im Neuanfang, der darauf folgt, einen guten Platz einnehmen und unbedingt verhindern, dass die lebensfeindlichen Kräfte, die diesen Krieg angezettelt haben, die neuen Götter bestimmen. Es ist darum wichtig, dass wir das Þing noch in Einigkeit auf dieser Insel halten können, und jedes Schwert, das mithilft, diesen Plan zu ermöglichen, ist wertvoll. Darum ab mit dir, unter die Krieger.«

Als dies gesagt war, entfernte sich der Albe und wusste noch lange nicht, wie er die vier Männer aus Útgarðr in dieses Land bringen konnte. Nach einer Antwort suchend wanderte er durch Schutt und Asche, durchstieg die Ruinen der Stadt und watete durch die Blutsümpfe dahinter, bis er die Stelle erreichte, an welcher die Baumeister zu Beginn der albischen Zeitrechnung einen Wehrturm errichtet hatten. Über die lange Zeit, die er seither sinnentfremdet in den Himmel ragte, war er über und über von Grünzeug überwuchert und hatte bis vor Kurzem als Stallung der Albenpferde gedient. Der Albe wunderte sich. Ihm war, als würde der Pferdegeruch noch immer sehr streng durch die Efeublätter schweben. Er hörte ein Schnauben und Klappern und dachte wohl, er täusche sich. Wie stutzte er, als er durch die Türöffnung blickte. Es war kein Traum. Im Inneren des Turms rieben sich die Pferdefelle aneinander. Weil es in den Bergen zu dieser Zeit nichts anderes als Schnee zu fressen gab, waren sie zurückgekehrt. Dies war nicht gut, wohl aber die Lösung des einen Problems.

Scharf durchstachen Jääkarhus Blicke den frostklirrenden Wald. Sein Augenspiel stoppte abrupt, als der Járnviðr von Bewegung durchfahren wurde. Hufgeklapper. Die Gesichtszüge des Weißbefellten entspannten sich. Seine donnernde Stimme beendete die innere Einkehr seiner Gefährten: »Auf mit euch! Zwei Albenpferde nahen! Schlimm muss es für sie sein, die Angrboða zu wittern. Sie wollen den Wald so schnell wie möglich wieder verlassen!«

Die längst Reisefertigen erhoben sich. Je zu zweit bestiegen sie die Pferde und stoben einen Augenblick später dem Waldrand entgegen. Sie wollten die Schlacht, die zur Nacht hin begann, nicht verpassen.

Jääkarhu klopfte dem Rappen das eiskalte Fell warm, während er am Ziel der Reise wieder hinunter stieg. Seine Hände durchstrichen die Mähne. Der äußerst tierkundige Wane erfuhr mit dieser Berührung viel. Er hatte dem Schwarzbefellten in diesem Augenblick so tief ins Gemüt geblickt, dass er verstand, warum dessen Geist so unruhig war. Sorgenfalten zeichneten seine Stirn. Er besprach etwas mit Vöðmaður, bis dieser sich zu Ekkert wandte und meinte, dass er eine schöne Aufgabe für ihn hätte: »Es mag wohl sein, dass in dir die Kampfvorfreude höher als in uns anderen lodert, doch stand es in der Nacht zu schlimm um dich. Es ist besser, wenn du dich in diesem Kampf noch im Hintergrund hältst. Selbst der Heilkunst der Alben muss man nämlich etwas Wirkungszeit zugestehen. Der Niðhögg‘ soll dir nicht schon wieder drohen! Besser, du bleibst hier beim Turm. Die Rösser brauchen nämlich auch Schutz, weil sie trotz ihrer Stärke das Kämpfen nicht gewohnt sind!«

Ekkert missbilligte diese Worte. Er wäre gerne mitgegangen. Er begriff jedoch, dass einer, der schon so oft gekämpft hatte, wohl über ein Gespür darüber verfügte, wer siegen konnte und wer nicht. Insgeheim musste er sich auch eingestehen, dass er sich etwas schwach fühlte. In der Nacht, die sich bereits am Himmelrand abzeichnete, konnte man nicht auch noch auf ihn aufpassen.

Während die anderen damit begannen, ihren Spaß zu haben, füllte sich Ekkerts Zeit mit Ereignislosigkeit. Ihm war langweilig. Er beobachtete das schwankende Geäst des Weltenbaumes, das über ihm den Himmel formte. Als er dem lange genug zugesehen hatte, betrat er den Turm, in dem die unruhigen Pferdenüstern schnoben, und versuchte, die Tiere zu beruhigen, doch es machte keinen Sinn. Sie spürten das Zittern der Gräser viel mehr noch als er. Sie hörten den Schlachtlärm früh, während Ekkert ihn erst viel später vernahm. Erst dann, als der Boden grollte, stöhnte und von Furchen durchtrieben wurde. Als er abermals nach draußen blickte, schien ihm, dass Yggdrasil verschwunden war.

Von diesem Augenblick an wurde das Land von Feinden überrannt. Óðinns Mädchen, die Walküren, machten sich daran, das Tuch der Schlacht weiter zu weben. Es zitterte, was zittern konnte. Selbst die Bäume schwankten im Ungemach, das sie umgab. Über Ekkerts Kopf lockerte sich das Mauerwerk. Steine lösten sich und donnerten an ihm vorbei, bis er die Besinnung verlor.

Der Turm war weit hinuntergebrochen, die Luft mit Waffenklirren erfüllt. Schlachtgeruch: Schweiß, Blut, Innereien und Kot. Ekkert fand sich in der Dunkelheit wieder. Da und dort rauschte Feuer in den Himmel. In dessen Licht bekämpften sich jene, die sich das Leben nicht gönnten. Panisch bewegten sich die wenigen überlebenden Pferde darum herum. Sie stellten sich auf, schlugen nach jedem Schatten aus und gaben Geräusche von sich, als würden sie schreien. Draußen lösten sich Wesen, deren Umrisse scheußlichen Ungeheuern glichen. Ekkert fuhr die Gewissheit wie ein Blitz durch das Herz: Seine Aufgabe war es, die Pferde zu verteidigen. Nun konnte er seinen Gefährten beweisen, dass er ein ganzer Mann war! Ihm kam zugute, dass er in seinem alten Leben schon viele Thursen beobachtet hatte. Mit bemerkenswertem Mut griff er an. Wendig wie ein Aal schlug er sich durch die Reihen, um da und dort zuzustechen. Dies waren die gleichen Gegner, die er schon als Waldmensch vor sich gehabt hatte. Er wusste nur zu gut, wie ein Waldthurse kämpfte und wie er starb. *Endlich!* Der Staub der Schlacht senkte sich, als der Tag anbrach. Das sich erhebende Sonnenpferd zeigte, dass von Surtrs Kriegsvolk nur die Schwerverwundeten geblieben waren. Um die musste man sich nicht mehr kümmern. Sie starben von alleine. Das war das Schöne, was man sah. Sonst entdeckte man nichts Gutes, wenn man über die Insel blickte. Nichts war von der Heimat der Alben geblieben. Den Verteidigern offenbarte sich nichts anderes als ein vom Meer umwundener Kraterrand. Kurz noch konnte man in dessen Tiefen die Schwarzalben erkennen, die sich als schwarze Schlangen um die Gedärme der Gefallenen rankten. Mehr und mehr sanken sie in den aufbrodelnden Teer hinab. Vielleicht war es mehr als ein Gerücht, dass die Schwarzalben zu Stein erstarrten, wenn sie vom Sonnenlicht getroffen wurden.

Nach und nach überstrich der neue Tag Vöðmaður s kampfgezeichnetes Gesicht mit Licht. Ihm, der mit Jääkarhu und Björt die ganze Nacht hinweg immer wieder in Bedrängnis geraten war, war das Lachen inzwischen vergangen. Daneben befand sich auch Finar, die den verdrossenen Ekkert schon früh herannahen sah. Als er zwischen seine Gefährten trat, bekundete er mit missmutiger Stimme: »Selbst deine kleine Aufgabe war mir zu groß, Vöðmaður. Nur ein einziges Pferd hat die Nacht überlebt! Die anderen sind tot.«

Vöðmaður versuchte, ihn aufzumuntern: »Viel Übles geschah, seit wir hier ankamen! Viel verlor das Volk der Alben! Froh ist der, der sein eigenes Leben retten konnte!«

»Betrauere nicht die toten Tiere. Freue dich über jenes, das dank dir noch lebt!«, hallte es von hinten heran. Ekkert drehte sich um. Wie hätte er auch erkennen sollen, dass niemand anderes als der Albenkönig an ihn herantrat. Er hatte ihn ja noch nie gesehen.

Anders erging es Björt. Der sprach sogleich in unterwürfigem Ton: »Es ist wohl schlimm, dass die meisten deiner Pferde nun auf den Auen ihres Totenreichs weiden. Noch schlimmer dünkt mich aber, dass ich nicht verstehe, warum du, Oberon, keinen Schmerz bei diesem Gedanken zu empfinden scheinst. Kamst du, um Ekkert zu trösten? Im Klang deiner Stimme kann ich erahnen, dass viel mehr dahintersteckt.«

»Ja, viel mehr. Surtrs Überfall ist gescheitert, weil dieses eine Ross überlebte«, antwortete Oberon. »Du bist zweimal auf einem unserer Pferde geritten, du solltest doch zumindest ahnen, dass diese Tiere magisch sind. Doch dies ist eines unserer Geheimnisse …«

»War!«, hallte ihm Jääkarhus Wort entgegen. »In dieser Sache hat der Feind trotz der ganzen Geheimnistuerei zu viel gewusst! Und wenn einer es weiß, wissen es alle!

Du kannst es also sagen, Albe. Besonders nach dieser Nacht, in der wir für euer Fortbestehen kämpften. Ekkert macht sich schlimme Vorwürfe, weil er nicht verhindern konnte, was nicht zu verhindern war! Oder soll ich für dich reden? Das Schicksal dieser Pferde ist eng mit jenem der Alben verbunden! Die Thursen wurden gezielt geschickt, um deren Leben zu beenden.«

Oberon nickte. »Dass dieses eine Pferd überlebte, bedeutet uns alles. Wäre es anders, würde die Albensippe diesen Krieg nicht überstehen.

Es ist eine lange Geschichte. Der Urvater der Pferde gab uns den Auftrag, diese Tiere zu schützen. Der Lohn dafür ist, dass wir, dank einem Zauber, trotz unserer schwachen Panzerung Muspells Schwerter nicht so sehr wie Menschen fürchten müssen. Hätten Surtrs Männer Erfolg gehabt, wäre dieser Zauber von uns gewichen und wir wären so sterblich wie die Menschen geworden. Darum war deine Hilfe so unschätzbar wertvoll für uns.

Nun, Ekkert, wie können wir dir dafür danken? Gibt es etwas, was dein Herz begehrt – einen Wunsch, den wir dir erfüllen können?«

Ekkert überlegte nicht lange. »Ich ließ meinen Dolch im Rücken meines Gegners stecken. So gib mir eine neue W…« Sein Wort brach ab. Nun hatte er endlich verstanden. Dieser Mann war Oberon. Oberon! Der König der Alben. Dies war vielleicht nicht der richtige Ton, mit welchem man sich mit einem König unterhielt.

»Was denn?«, lächelte ihm Oberon entgegen.

Ekkert räusperte sich. »Ich hätte so gerne eine anständige Waffe! Alle meine Weggefährten besitzen eine kräftige Wehr: Neben starken Armen auch etwas Anständiges für Hieb oder Stich. Nur ich musste mich mit dem zufriedengeben, was ich aus den toten Pranken der Feinde stahl. Lange träumte ich von einem eigenen Schwert. Vielleicht eines aus euren Lagern?«, platzte es aus ihm heraus.

Oberon nickte, durchfuhr mit seiner Hand den Bart und meinte dann: »Gewiss hast du dir neben einem guten Schicksal auch eine gute Waffe verdient! Zu schwer aber läge dir eines unserer Schwerter in der Hand. Ein Albenschwert ist nämlich niemals ein Geschenk. Es ist eine Fügung, eine Bestimmung.

… Gerade fällt mir ein, dass ich um die Waffe weiß, die die Schicksalsfrauen *dir* bestimmten! Sie wartet auf dich. Du sollst sie aus einem Born unter Yggdrasils Wurzelstock heben.«

Björt blickte scharf in Richtung Oberon und antwortete zweifelnd: »Mir ist, als sei Yggdrasil von Þor und seinen Söhnen gerade nach Ásgarðr gebracht worden! Das Land hinter den goldenen Wolken ist nicht so einfach zu erreichen.«

»Was habt ihr ein Glück, dass Yggdrasils Wurzelstock nach wie vor die Weltenscheibe ist!«, sprach Oberon. »Keine Bange! Ich werde dafür sorgen, dass Ekkert den Eingang zur Burg des Quellenkönigs Källandi findet! Der wird dir die Waffe geben, die dir das Schicksal vorbestimmte.« Seine Augen stachen derweilen in die Weite hinaus. »Habt Vertrauen, alles wird sich fügen.

Ich muss mich nun verabschieden«, sprach er, ehe er davonschritt.

Brennend stachen die Blicke von überall her in die Richtung des Königs, als dieser eine geeignete Stelle bestieg, von der aus er sein Wort an alle, die in dieser Schlacht für das Albvolk gekämpft hatten, richten konnte:

»Hört ihr das Grollen? Unser Land versinkt! Es ist vom Feind der Rán versprochen!

Nie werde ich schwerere Worte sprechen, nie wird es mich erbarmungsloser im Herzen stechen als am heutigen Þing, an dem ich euch befehlen muss, eure Heimat zu verlassen.

Der Feind glaubt, in dieser Nacht einen Sieg errungen zu haben! Doch der Krieg beginnt erst heute. Der Muspellkönig wird uns fürchten, weil wir ihm mit unseren Mitteln antworten. Mit legendärer List und Tücke werden wir nicht damit warten, uns zu rächen. Mehr denn je werden wir von heute an Surtis Vorhaben durchkreuzen. Er wird sich bald wünschen, uns in Ruhe gelassen zu haben!

Wir brechen nun zu unserer Notburg auf. Leider verfügt sie nicht über ausreichend Platz, um alle, die es verdient hätten, aufzunehmen, und es ist bereits beschlossen, wer mich von euch dorthin begleiten wird. Für die anderen wird es nicht bitterer. Noch ehe Nórr am Abend seinen Schlitten besteigt, wird Fróðis Schiff am Ufer anlegen und sie ins Land der Wanen bringen.«

Unruhe brach unter den Wartenden aus. Jeder glaubte sogleich zu wissen, ob er sich im Tross der Alben oder in jenem der Wanen von diesem Ort entferne. Auch Finar sehnte sich in ihrer neuen Aufgabe danach, die Notburg der Alben zu sehen. Doch sie sollte sich vorerst an anderer Stelle beweisen. Die Alben konnten sich jetzt nicht um die Ausbildung einer Neuen kümmern. Finar blieb nichts anderes, als mit den anderen auf Skíðblaðnir zu warten.

Die Zeit verging. Viel zu lange blieben Himmel und Wasser um die Insel herum von jeglichen formfesten Schattenwürfen unberührt. Währenddessen sank die Insel unaufhaltsam immer weiter in das Meer hinunter und das Vertrauen in das göttliche Versprechen begann zu schwinden.

Doch Fróði hatte in seinem ganzen Leben sein Wort noch nie gebrochen. Das Schiff, das in seiner Größe imstande war, die gesamte Wanenschar mitsamt Gesinde und den Einheriern in sich aufzunehmen, nahte. Noch vor Anbruch der Dämmerung strömten die Wartenden an Deck. Nicht lange, da füllten sich die magischen Segel mit

Luft. Skíðblaðnir erreichte Vanaheim kurz bevor sich der Himmel rot verfärbte.

Kaum hatte das Schiff Berührung mit dem Land, begann es, sich zu leeren. Als sich am Ende auch Björt und seine Getreuen von den Schiffsplanken lösten, erschallte Fróðis Stimme vom Schiffskastell her hinunter: »Keine drei Nächte ist es her, Björt, als ich dir sagte, dass sich unsere Wege schneller, als du denkst, wieder kreuzen! Besucht mich bei Sonnenaufgang in meinem Palast! Bis dahin wird mir eingefallen sein, wie ihr zum nächsten Ziel eurer Reise kommt!« Danach stieg er als Letzter von Bord. Vergnügt wallte sich der Götterbart, während er sich daran machte, das beste der Schiffe wie ein Tuch immer wieder zusammenzufalten, bis es so klein war, dass er es in seinem Beutel verstauen konnte. Als er sich diesen an den Gürtel gebunden hatte, machte er sich auf den Weg in seinen Palast.

Nachdem sich sein Umriss in der Abenddämmerung verlor, dauerte es nicht mehr lange, bis sich die Weltenreisenden aufs warme Moos gelegt und ihre Augen geschlossen hatten. Eine Nacht in Frieden und Wärme war viel wert in dieser Zeit und niemand wusste, an welchem Ort und wann man sich wieder so geborgen fühlen würde, wie unter den flüsternden Laubbäumen des Wanenreiches.

Ein Rascheln ging durchs taufeuchte Gras. In der noch dunklen Luft darüber bewegte sich ein schnaubender Nüsternton. Schnappend suchten sich graue Lippen durch die besten Kräuter der Weide. Es roch nach Pferd. Dies reichte, um Björt aus dem Reich der Träume wieder in die Wirklichkeit zurück zu bringen. Er öffnete seine Augen und erkannte zunächst nur einen den Tag ankündenden roten Strich am Horizont. Neben seinem Kopf knarrte Leder. Jemand sank dort auf seine Knie und stupste ihn mit der Hand an: Phol war gekommen, um die Gäste an Fróðis Tafel zu holen.

Während der Wanenkönig die Gesandten Miðgarðs herzerfreut empfing, begann Skinfaxis Leuchtkraft, den Palast bis in den hintersten Winkel zu durchfluten. Innig trafen diese Bilder Finar tief ins Herz. »Wie gerne wäre ich in diesem Land geboren«, hauchte sie. »Alles scheint darin so anmutig und friedlich, als würde der Sommer hier niemals zu Ende gehen!«

Wohlwollend trafen Fróðis Blicke die vom goldenen Licht erhellte, von Morast und vergorenem Kampfblut gezeichnete Frau, die das aufgetragene Mahl so gierig verschlang, als hätte sie seit Beginn des Fimbulwinters nichts mehr gegessen. Er antwortete: »Auch bei uns wird der Sommer enden! Schon werden die Ernten eingetragen! Es sind diesmal sehr gute Ernten!«

»Wie ist es möglich, dass ihr die Feindschaft des Muspellkönigs von dieser Welt fernzuhalten vermochtet, während jede andere Gegend der Weltenscheibe so darunter litt?«, fragte sie. Da schien Fróðis frohes Mienenspiel für einen Augenblick zu erstarren. Sein Augenmerk schwebte zu den Fenstern hin, um in die Weiten des Landes dahinter zu gleiten. Dazu durchfuhren seine Finger wie stets den Bart, ehe er antwortete: »Wir haben wohl rechtzeitig Vorkehrungen getroffen …« Sein Gesicht erhellte sich wieder. »Wie kannst du denn sagen, dass jede andere Gegend der Weltenscheibe unter der Wut des Muspellkönigs leidet? Das ist nicht wahr. Es gibt Gegenden jenseits des Gletschers, in denen bis heute Frieden herrscht. Sie wurden verschont, weil sie bedeutungslos für Surtis Pläne sind. Genauso verhält es sich mit Vanaheim. Wir sind nur ein Nebenziel. Er wird uns vorerst nicht angreifen, weil seine Söhne zu sehr danach trachten, auf dem Idafeld in Ásgarðr zu kämpfen.«

»Dann verstehe ich nicht, warum Surtrs Männer die Albeninsel angriffen«, bemerkte Björt.

»Hast du denn dort Muspellbrüder kämpfen sehen?«, wollte Fróði wissen. »Diese Schlacht war zu unwichtig. Surti wollte keinen seiner Söhne darin verschwenden. Es kämpften nur Verbündete – Bergriesen und andere Thursen. Die Alben haben Surti mit ihrem Sieg einen Gefallen getan. Ich habe nämlich den Eindruck, er will sich diesen Bündnissen schon lange entledigen. Er wird keine Thursen in Ásgarðr kämpfen lassen und fürchtet wohl, dass die Bergriesen am Ende den Muspellbrüdern noch in den Rücken fallen könnten. So sehr vertraut er ihnen.

Trotz der vielen Verluste gewann Surti viel in dieser Schlacht. Es ging ihm neben den Albenpferden noch um etwas anderes: Er wollte sehen, auf welchem Weg Þors Männer Yggdrasil nach Ásgarðr bringen. Er braucht dieses Wissen, denn das Schiff, das die Muspellbrüder nach Ásgarðr bringen soll, verfügt über zu wenig Magie, als dass es die Erdgebundenheit verlassen könnte.«

»Du scheinst tatsächlich so weise zu sein, wie man es von dir sagt«, erkannte Björt an. »Nun habe ich eine Frage, die mich schon lange quält, und wenn einer die Antwort kennt, dann bist es wohl du. Sage mir, warum haben die Götter die Menschen nicht beschützt, als Surtrs Heere die mittlere Welt überrannten?«

»Wir konnten nichts mehr für sie tun, weil sie die Bindung zu uns Göttern verloren hatten«, antwortete Fróði. »Ich kann es den Menschen nicht verdenken. Sie hörten ja nur die von den Geschichtenerzählern verfälschten Göttersagen und vieles von dem, was sie hörten, war in ihren Augen sinnlos und roh. Um ein Beispiel zu nennen: Das Ende der Urzeit, als Mímir Óðinn befahl, Ymir zu erstechen. Ein grausamer Mord am Anfang der Geschichte! Dabei hätten sie besser von der Opferbereitschaft Ymirs gehört. Der Urriese gab seinen Leib, damit die Götter daraus die Weltenscheibe formen konnten. Sicheres Land gab es davor nirgends, nur Kälte und Nebel überall. Wäre Ymir noch am Leben, hätte sich niemals etwas so Schönes wie Miðgarðr entwickelt. Dann hätte es wohl nie einen einzigen Menschen gegeben. Dafür vielleicht etwas anderes, wer weiß.«

Gullinbyrstis lautes Schmatzen zauberte das Lächeln in den Bart des Wanenkönigs zurück. Der goldene Eber legte seinen Kopf seitwärts auf die Tischplatte und versuchte, mit seiner Zunge gierig die Reste des Essens zu fassen.

»Wie ich hörte, wollt ihr zu Källandis Burg. Ich habe Hræsvelgr gebeten, euch dorthin zu tragen«, sprach Fróði munter weiter. »Von dort aus geht es in Richtung Helvergr. Dies wird nicht einfach. Mir scheint, als würde es im Járnviðr von Tag zu Tag gefährlicher. Gestern berichtete mir Phol, dass ein von Fenrir angeführtes Wolfsrudel in diesem Wald gesichtet worden sei. Vielleicht muss ich den Windadler Hræsvelgr darum bitten, euch auch zum Rand des Waldes zu bringen, damit ihr dort den Weg betreten könnt.«

»Warum nicht gleich zur Gjallarbrú?«, wollte Ekkert wissen.

»Die Aue vor der Jenseitsbrücke ist ein tiefes Moor. Hræsvelgr würde bis zum Hals darin versinken«, kam die Antwort.

Björt blickte Fróði konfus entgegen. »Groß mag die Gefahr im Wald wohl sein, nur kann ich mir schwer denken, dass sie am Rand kleiner ist. Das Heer, das wir dort erspähten, sah jedenfalls nicht aus, als würde ihm das Warten zu lang werden. Nie werden wir dort den Helvergr betreten. Fast rechne ich mit besseren Überlebensaussichten, wenn wir uns den Wölfen stellen!«

Fróði nickte. »Ich werde sehen, was ich tun kann …«, seine Worte wurden von einem lauten Rauschen übertönt. Ein Sturm brach an. Wild zischten die Lüfte durch alle Säle des Palasts und brachten alles durcheinander, was nicht angebunden war. »… eure Weiterreise will jedenfalls nicht länger warten!«, hörte man seine Stimme noch. Er erhob sich von der Tafel und spazierte seinen Gästen zur Stelle voran, an welcher Hræsvelgr für gewöhnlich zu landen pflegte.

Gegen den mächtigen Adler, der dort seine Federn reckte, schrumpfte Gritturvelgr in den Erinnerungen zu einem frisch geschlüpften Küken. Hoch in den Wolken schimmerte das stolze Augenpaar zweier glitzernder Sonnen gleich. Der Schatten verbarg die ganze Stadt unter sich. Darunter wartete ein furchteinflößender Krieger, der seinen Blick dann und wann zum Schnabel des Windadlers hinaufschweifen ließ. Fróði nickte ihm entgegen und sprach: »Hræsvelgr hat vor Kurzem einen schweren Schicksalsschlag erlitten. Einer, der ihm sehr nahestand, wurde von unseren Feinden getötet.

Nun hatte er seine Vorbehalte, ehe er einwilligte, euch zu tragen. Gerade im Járnviðr fühlt er sich ganz und gar nicht sicher. Er war erst einverstanden, als ich ihm versprach, eine Leibwache mitzugeben. Er heißt Kaldgrand und ist einer der Wenigen, die nicht einmal die Angrboða zu fürchten haben.«

Weit reckte der Windadler seine Schwingen über die Stadt. Als er sich in die Luft hob, wurde das ganze Land von einem gewaltigen Herbststurm heimgesucht. Zügig peitschten die Winde auch über die Köpfe jener, die sich in seinem Gefieder verbargen. Der Ritt war allerdings schnell vorbei. Schon nach wenigen Flügelschlägen erblickte man den Járnviðr. Dort, auf einer Lichtung, markierte ein hoher Fels die Stelle, an welcher eine Grotte zu Källandis Burg hinunterführte.

Die Lüfte, die unter dem herunterschwebenden Adler hervorpreschten, trafen den Boden mit harter Willkür und vermochten gar, die nur oberflächlich verwurzelten Föhrenstämme weit herum abzugrasen. Als das große Tier zur Ruhe kam, blieb einzig Kaldgrand im Gefieder sitzen. Die anderen stiegen hinunter und machten sich daran, im Felsen die besagte Grotte zu finden.

Schnell verschwand die Umgebung wieder im ewigwährenden Flockenspiel von Útgarðs Winter. Der hohe Fels zerschmolz zum Schatten, der sich im grauen Schleier nur dann und wann abzuzeichnen vermochte. Von dort hörte man Jääkarhus Stimme: »Da! Das Loch, das wir suchen!«

»Hier komme ich gut durch", hörte man Ekkert daneben. »Auch Finar und Björt könnten es schaffen.«

Frostklirrend brachte Björts Antwort Ekkerts Herz zum Erstarren: »Du wirst den Weg alleine gehen. Wir werden hier auf dich warten!«

»Ich soll alleine in diese Grotte steigen?«, fuhr es aus ihm. Er tat sich unglaublich schwer damit, zu verstehen, warum ihn die Schicksalsfrauen alleine da hineinschicken wollten. Doch Björts Antwort war unmissverständlich: Niemand wusste, wie schreckhaft der Quellenkönig war. Sie mussten behutsam vorgehen. Sonst bestand die Gefahr, dass Ekkert ihn vielleicht niemals sah. Am Ende tat Ekkert, was von ihm erwartet wurde und stieg in die Grotte.

Wasser drückte durch die Nähte seiner Schuhe, als er eine Tropfsteinhöhle erreichte. Friedlich plätscherte es durch die Düsternis. In der Ferne aber grollte es, als krache dort ein breiter Wasserfall in die Tiefe. Vorsichtig bewegte er sich vorwärts. Lange sah er kaum etwas. Dann begann irgendwo ein Licht zu schimmern. Dieses gab die matte Umgebung erst bruchstückhaft, dann immer ausgeprägter preis. Ekkerts Augen versuchten, den Ursprung des Schimmerns auszumachen. Es fiel aus einer Nebenhöhle. *Dies musste die Burg des Quellenkönigs sein!* Nun, so nahe am Ziel, verlor er jede Furcht.

Er hatte mit seiner Ahnung recht. Hinter einem Durchgang eröffnete sich ein monumentales Gewölbe. Er staunte sehr. Er hatte noch nie etwas Vergleichbares gesehen: Überall, wohin er auch sah, glitzerte und glänzte es. Er verschloss seine Augen zu einem Spalt und versuchte, im aufbrodelnden Licht etwas anderes als Bewegung zu erkennen. Ein von einem Kristallgarten umringter gewaltiger Born sog scheinbar gewaltige Mengen von Wasser aus der Tiefe.

»Was will *Er* hier?«, rauschte es durch die heraufquellenden Wassermassen. »*Er* soll verschwinden!«

»Ich …«, hauchte Ekkert.

»Bringt *Er* mir ein Geschenk?«

»Ein Geschenk? Nein!«

»Dumm, dass *Er* nicht daran dachte, mir etwas zu bringen!«, brauste das aus der Tiefe fahrende Wasser. »Seit alters her ist es doch Brauch, mir schöne Dinge zu bringen! Weiß *Er* das denn nicht? *Gaben* sollen Källandis Auge erfreuen! Lange hat niemand mehr etwas meinen Quellen dargebracht. Da ließ ich dickes Eis darüber wachsen. Das haben die Menschen nun davon. Jetzt müssen sie ihre Gaben zum Urðsbrunnen bringen, wenn sie etwas opfern wollen.«

»Der Urðsbrunnen. Das Schicksal. Gerade das schickt mich zu dir …« In Ekkerts Augen verfing sich der Glanz. »Der Albenkönig versprach mir das Schwert, das mir vorbestimmt sei. Du sollst es mir geben.«

»*Du* bist das?«, gurgelte der Born, *»Die Waffe, die Surtrs Schicksal besiegeln will, soll dir bestimmt sein?* Einen Helden hätte ich erwartet. Kein Kind!«

»Ich bin kein Kind! Und es wird kein anderer kommen, um sie zu holen!«, entgegnete Ekkert.

»Was weißt du denn über Surtis Schwert Surtalogi? *Du* wirst dich ihm entgegenstellen?«, rauschte es durch die Tiefe. »Es ist das Schwert, mit dem der König aus Muspellheim den Weltenbrand entzünden wird. Es ist in der Lage, einen Gott zu töten. Meine Waffe ist ihm ebenbürtig. Ich habe sie geschmiedet, als Miðgarðs Seherinnen immer öfter vor der Zukunft warnten. Mit Þors Hammer Mjǫllnir schlug ich sie. Nur damit wurde genug Kunst und Magie erzeugt, um sie genügend zu schärfen.

Verdrießlich stehst du, Wicht, heute vor mir und willst mir weismachen, der Albenkönig habe gesagt, dass du es bist, der diese Waffe Surti entgegenhalten wird? Ich zweifle. Surti! Der Erzfeind des Lebens wird dein Gegner sein! Wenn du den Feuerdämon nicht besiegst, sind die Werke der Götter verloren.«

»Mir ist bange! Was? Ich soll mich gegen einen Dämon stellen, den selbst die Götter fürchten?

Warum wies der König der Alben gerade mich hierher? Warum trug der König der Winde mich, warum bestärkte mich der König der Wanen im Glauben, dass mir genau diese Waffe bestimmt sei?

Ich wollte keine Waffe, mit der ich den Hauptfeind der Götter bekämpfen kann. Ich wollte nur eine, mit der ich meine Freunde unterstützen kann. Behalte sie, Quellenkönig! Heute bleibe ich waffenlos!«

Unerwartet kam das, was der Quellenkönig darauf antwortete: »Sollte es wirklich von den Schicksalsfrauen bestimmt sein, kannst du dich nicht dagegenstellen. Immerhin kann niemand den Weg durch den Eisenwald zufällig finden. Keiner, dem es nicht bestimmt ist, kann meine Burg betreten. Komm. Die Waffe selbst kennt die Wahrheit und wird mir zeigen, ob du der Richtige bist«, gurgelte es aus dem aufsteigenden Quellpilz, ehe der Born zu einem Rinnsal zusammenschmolz.

Ekkert hatte keine Zeit mehr, sich weiter dagegen zu sträuben. Ein Rinnsal umschloss sein Schuhwerk, quoll in einem Augenblick zu einem Fluss auf, erfasste seine Beine. Er rutschte aus und fiel hin. Es zog ihn durch die Dunkelheit davon. Als die Fahrt stoppte, versiegte das Wasser augenblicklich. Alles, was blieb, war die feuchte Höhlenluft. Weit vorne zeichnete rötlicher Schimmer die Felswände. Ekkert kletterte ihm entgegen. Als er eine weite Halle erreichte, stutzte er, weil er glaubte, diese Gegend zu kennen. Doch nicht aus der Realität, sondern mehr wie aus einem Traum.

»Diese Halle liegt an der Stelle unter Yggdrasils Wurzelstock, von der aus man jeden Punkt der Weltenscheibe in einem Augenblick erreichen kann!«, gurgelte es von unten.

»Dummer Källandi! Dies ist geheim!«, hallte es aus dem Gestein wider. »Du musst es als Geheimnis für dich behalten. Nie darf jemand davon erfahren. Surti darf nicht wissen, dass es eine Möglichkeit gibt, jede Gegend der Weltenscheibe innerhalb eines Tages zu erreichen. Sonst wird er den Krieg gewinnen.«

Gehaltlos waren diese Worte an Ekkerts Gehör vorbeigerauscht. Er war zu sehr in seinen Gedanken versunken. »Jetzt weiß ich's! Dies ist Svartálfaheimr!«, fuhr es aus ihm. »Vor Kurzem kämpfte ich hier gegen Niðhöggr. Den Todesdrachen vermag ich heute aber nicht zu erblicken. Er wird wohl gerade eine Schlacht anzetteln. Auch vor den bösen Zwergen muss man sich nicht in Acht nehmen. Wie ich hörte, nahm der Feuerdämon sie gefangen …«

Svartálfaheims grässliches Licht spiegelte sich auf der Wasserlache, die Ekkert voraus über den dampfenden Boden floss. »Wenn *Er* doch nur recht hätte! Die Verfluchten leben in ihrer Heimat frei und erdenken sich immer wieder üble Sachen, um Källandi zu ärgern«, hallte es von dort.

»Von meinen Gefährten hörte ich aber, dass der Palast der Zwerge zerschlagen sei. Surtr habe sie gefangengenommen. Meine Gefährten wissen es von Fróði selbst!«, fuhr es aus Ekkert.

»Fróði meinte die Sindrissöhne. Die Nachkommen von Sindri und Brokkr!«, kam die Antwort. »Die, die hier leben, sind andere Zwerge. Es sind die Maden, die in Ymirs Leichnam entstanden. Die lichtscheuen Schwarzalben haben von Surti wenig zu fürchten. Niemand kann sie knechten.«

Ekkert bekam es mit der Furcht zu tun, als er die Bedeutung von Källandis Worten erfasste. Er starrte in die rötlich schimmernde Welt hinaus. In der brodelnden Leere begann er auf einmal, die Wesen zu erkennen, die er aus seinen schwersten Träumen kannte. Verstört folgte er der dahinsprudelnden Wasserlache, bis diese zwischen einigen Felsen zu versickern schien. Kurz hatte er Angst, dass der Quellenkönig in der Hitze verdunstet war. Doch bald erkannte er, dass dort ein versteckter Felsspalt in die Tiefe hinunterführte. »Meine Schatzkammer!«, rauschte Källandis Stimme heran.

»Waffenkammer ist wohl treffender!«, hallte es aus Ekkerts Mund, während er in das Innere der Kammer hinunterstieg. Zahllos glänzten dort die schönsten Schwerter, Äxte und Lanzenmesser zwischen allerlei Gerümpel. Hochmut überkam ihn, als er den Quellenkönig fragte: »Welches dieser fürstlichen Schwerter ist denn nun für meine Hand?«

»Du willst eines der schönen Schwerter. Doch die sind nur fürs Auge und nicht fürs Fleisch!«, sprach das schimmernde Wasserwesen, das sich in beinahe menschlichen Formungen aus dem Untergrund erhob. »Die schönen Schwerter bedeuten nichts anderes als Last auf langen Märschen. Sie können Surti mit ihrer Schönheit nicht blenden, denn ihm und seinen Männern bedeutet Anmut nichts. Dort, das bläuliche Funkeln an der Wand! Diese Waffe schmiedete ich für die Heldenhand!«

»Ich soll eine Lanze gegen Surtrs Feuerschwert erheben?«, fuhr es dem Quellenkönig entgegen. »Lanzen sind die Waffen der Vorhut, der schwachen Kämpfer – jener Krieger, die eine Schlacht nicht überleben müssen!«

»Þor rühmt sich, die beste aller Waffen zu besitzen. Gegen Surtalogi kann er seinen Hammer Mjǫllnir aber nicht erheben! Du kannst mir glauben: Diese schlichte Lanze ist es, wovor sich Surti zu fürchten hat«, kam die Antwort.

Ekkert sank enttäuscht auf seine Knie und fasste die einfache Pike. Gerade wollte er sein Missfallen erneut in Worte fassen, doch als sich seine Faust um den Schaft schloss, wurde er vom Waffengeist befangen. Von einem Augenblick auf den anderen war er von dieser Waffe überzeugt. Sie lag wie für ihn gemacht in seiner Hand. Nie zuvor hatte er sich stärker gefühlt. Großer Stolz durchströmte den ehemaligen Waldläufer.

Der Quellkönig staunte: »Wahrhaftig! Seitdem ich sie aus dem Feuer hob, schimmerte sie nie in solchem Glanz! Du bist der Richtige!«

»Anderes schimmert gleichermaßen!«, hauchte Ekkert. »Was ist dies daneben? Ach! Nur ein Teller!«

»Er gehört dazu! Es ist der Schild, der dich vor Surtalogis Hieben beschützen kann!«, hallte Källandis Stimme durchs Gestein.

»Dieser kleine Teller soll ein Schild sein? Ich glaube, es wäre eher Zufall, wenn ich damit einen Schlag abwehrte!«, sprach Ekkert, während er mit seinen Fingern die Schlaufe umfasste. Da begann die Luft, in weitem Umkreis zu flimmern. Ein wahrhaft imposanter Rundschild wuchs um das kleine Blech herum.

»Nun kann ich an der Seite meiner Freunde kämpfen und muss mich nicht mehr verstecken, wenn wir einem Gegner begegnen!«, rief er begeistert. »Wie kann ich dir dafür danken?«

»Komm nun! Ich muss zurück. Ich muss neues Wasser aus den Quellen ziehen, ehe die Brunnen versiegen! Das Wasser steht mancherorts bereits so tief, dass man trockenen Fußes durch meine Säle schreiten kann. Das ist für Källandi gefährlich«

Herrin der Toten, Herrin der Lebenden

Ósnjallr maþr hyggsk munu ey lifa, ef viþ víg varask,
Hel gefr hǫnum engi friþ, þót hǫnum geirar gefi!

Der unwerte Mann meint, ewig zu leben, wenn er vor den Gefechten flieht. Die Hel gönnt ihm am Ende doch keinen Frieden! Obwohl er den Speer sparte!

Rastlos legte sich Nórrs schwarzer Mantel über den Járnviðr. Darunter fegten schwere Schneegestöber von allen Seiten beständig über das Land hinweg. Grässlich umgarnten sie die ganze Nacht hindurch die Pelze, unter welchen sich Ekkerts Gefährten im Schlaf rankten – doch vermochten sie, deren Frieden nicht zu brechen. Als sich Skinfaxis Morgenschimmer durch die Schneeflocken andeutete, hörte man Björts Stimme im Sturmrauschen: »Auf mit euch! Ekkert kehrt zurück! Er wird uns vieles zu erzählen haben!« Da reckten sich die Felle. Die Geister kehrten aus den Traumwelten in die Wirklichkeit zurück, um herauszufinden, ob es sich lohne. »Nichts für euch!«, hallte es heran. »Nichts darf ich erzählen!«

Finars traumglänzende Augen fingen das wenige Licht, das imstande war, das Schneetreiben zu durchbrechen. »Die Lanze in deinen Händen will uns etwas anderes sagen«, murmelte sie. »Warum willst du uns deine Erlebnisse vorenthalten?«

Erschöpft ließ sich Ekkert auf seine Knie nieder. »Ich versprach es dem Quellenkönig! Nie darf einer, der es nicht redlich meint, Wahres über die Welt unter unseren Füßen erfahren. Ich muss, was ich darüber weiß, für mich behalten.«

»Uns kannst du aber doch davon berichten! Jeder von uns würde eher sterben, als auch nur ein Wort davon ans falsche Ohr zu tragen!«, antwortete Vöðmaður.

Ekkert zögerte. Endlich nickte er und wollte gerade mit dem Erzählen anfangen, da fiel ihm Jääkarhu gerade noch ins Wort: »Es ist unklug, das Wort zu brechen, das du einem König gabst. Halte dich besser an dein Versprechen, sonst wird dir niemand mehr vertrauen. Behüte das Geheimnis in deinem Herzen. Es scheint mir, je weniger darüber wissen, desto kleiner ist die Gefahr, dass der Falsche davon erfährt.«

In diesem Augenblick brach ein Getöse an. Ein Sturm. Die über die Nacht gefallene, mannshohe Schneeschicht verstob zu allen Seiten. Von oben hörte man Kaldgrands Donnerstimme: »Auf mit euch! Hræsvelgr wird euch an den Rand des Waldes bringen. Dort wartet Muspells Heer darauf, dass ihr ihm das Fürchten lehrt!« Ein gewaltiger Flügel löste sich aus dem grauen Himmel und bot den Gefährten die Möglichkeit, auf den Adlerrücken zu steigen.

»Wir werden vielleicht ein zu großes Opfer bringen«, ahnte Björt.

»Zweifle nicht, Úlfheðin! Die Götter haben ihr Urteil gefällt!«, rief Kaldgrand von oben herab.

Die Krieger, die Björt kurz darauf am Rand des Járnviðrs erkannte, stimmten ihn aber alles andere als zuversichtlich. Surtrs Truppen Kopf an Kopf und Schwert an Schwert. In keinem der frostgrauen Gesichter schien auch nur eine Wimper zu zucken. Derweilen senkte sich Hræsvelgr zur Stelle hinunter, von der aus sich der Vorstoß ereignen sollte.

Kaldgrand löste sich als Erster aus dem Adlerschatten. Der Stiel seiner Kampfaxt stöhnte unter dem Druck seiner kraftgefüllten Wanenfäuste. Muspells Getreue hatten ihn bereits zu sehr gereizt. Als Jääkarhu ihn ermahnte, dass er mit seiner Aufgabe breche, falls er mitzukämpfen gedenke, fuhr er ihn an, dass er einem Kriegsvolk angehöre, in welchem der Kampf gegen die Götterfeinde als das Höchste der Taten gelte: »Als Anführer der Einherier verlöre ich doch mein Gesicht, wenn ich nicht an eurer Seite kämpfte. Meine Krieger würden mich für einen Feigling halten. Wenn ich uns anschaue, habe ich sowieso den Eindruck, dass in der Gegenwart des

Feindes nur einer wenig zittert, nämlich ich. Was ist mit euch? Bin ich denn der Einzige, dessen Herz lacht? Wie wollt ihr ohne mich siegen?«, fuhr es aus ihm, während sich der Hræsvelgr hinter ihm wieder in die Lüfte erhob.

Da kam Bewegung in die Feindesschar. Es blitzte und blinkte, als die Schwerter gezogen wurden. Das Getöse vermengte sich mit Niðhöggs Röhren. Am Himmel richteten Óðinns Mädchen ihre Webstühle und mochten nicht mehr warten, die Webschiffchen durch die Bahnen der Krieger zu jagen. Ein Heer gegen Sechs. Es war unvermeidlich, dass sie das Tuch der Schlacht nicht in jener Farbe woben, die Kaldgrand gefiel. »Meine Axt ist heiß! Sie will in eurem Blut kühlen!«, rief er der Feindesmeute entgegen. »Ich werde euch bekämpfen, wie es sich für einen von Frîjas Helden geziemt. Seit ich denken kann, ersehnte ich mir nichts anderes, als euch alle in den Bodengrund zu schlagen!«

Schon schlug er sich neben Jääkarhu und Vöðmaður eine eigene Bahn durch die Gegnerschar. Daneben durchstach Björts Schwert den Schlachtennebel und Ekkert versuchte, die Grenzen seiner neuen Waffe auszutesten. Etwas dahinter spannte Finar ihren Bogen. Pfeile um Pfeile durchstachen die Luft. Ein ganzes Heer von Riesen gegen Sechs. War diese Herausforderung zu meistern?

Kräfteraubend verstrich die Kampfzeit. Noch kam es nur bei den Gegnern zu Verlusten. Die Kräfte wichen und die Zahl der Feinde schien sich kaum zu verkleinern. Die Zuversicht schrumpfte, als zu all dem noch der Hall eines fremden Kriegshorns heranrauschte. Der Ton brachte allerdings nur vier der sechs Kämpfer zum Erschaudern. Kaldgrand und Jääkarhu lachten sich entgegen. Sie kannten das Signal, das jenseits der brodelnden Masse geblasen wurde. Die Banner von Frîjas Einheriern lösten sich aus dem Nichts. Lärm brauste an den Rändern des Schlachtfelds auf. Da änderten sich die Gewichte im Walkürenwebstuhl endlich. Die Garne des Tuchs wechselten ihre Farben, weil sich in der Schlacht die Kräfte verschoben. Kaldgrand staunte: Vanaheims Krieger brachten eine große Veränderung. Nun gefiel ihm das Schlachtschicksal besser. Doch auch die herannahenden Einherier taten es sich nicht leicht damit, sich durch die Feindesmasse zu schlagen. Auch sie mussten sich den Sieg verdienen. Erst spät versiegte auch der Lärm der letzten Zweikämpfe.

Als die Schlacht vorbei war, war Frîja zwischen den Gefallenen zu erkennen. Zauberhaft hob sie einen Erlenstab in die Höhe und sprach einen Segen, worauf sich die erschlagenen Einherier wieder erhoben und mit ihren Brüdern nach Vanaheim zurückmarschierten.

Nur einer, dem es anders bestimmt war, blieb auf dem Schlachtfeld. Der furchtloseste der Wanen, Kaldgrand, zögerte, seinem Heer zu folgen. Während der fallende Schnee die Fußspuren unter sich begrub, versank er in Gedanken: Seine Krieger, die Einherier, waren ihm zu Hilfe geeilt. War diese Schlacht etwa derart bedeutsam gewesen, dass sogar die weisesten und zukunftskundigsten Götter plötzlich mit ihrem Wort brachen und die Einherier außer Landes schickten? Was bedeutete dies? Durfte er in diesem Fall auch mit seinem Wort brechen?

Er blickte Björt und den anderen nach, die in diesem Augenblick den Helvergr betraten. Wehmütig streifte sein Augenmerk auch in die Richtung, in der die Halle Fólkvangr lag, dann fasste er den Entschluss, der sein Leben in jeder Einzelheit verändern sollte, und folgte den Spuren der Wenigen in Richtung des Jenseitsflusses.

Auf dem Weg, der bis anhin den Toten vorbehalten gewesen war, zeichneten sich die Spuren der fünf Lebenden gerade noch ab. Diese hatten inzwischen ein beträchtliches Stück darauf zurückgelegt. Sie ahnten nicht, dass sich der Feldherr entschieden hatte, dafür zu sorgen, dass ihr Begehr einen guten Abschluss fand.

Weit zog sich der Helvergr als schwarzer Strich schnurgerade durch den unheiligen Wald. Undurchdringbar verhinderte das kahle Astwerk der knorrigen Föhren beidseits des Weges seit geraumer Zeit jede äußere Einflussnahme. Ihre Nadelarme senkten sich hinunter und legten sich da und dort sogar auf den verhängnisvollen Weg. Am

Ende schien es, als wolle der Wald ihn geradezu überwuchern. Lag dies vielleicht daran, dass in Miðgarðs Dörfern niemand mehr an Alter oder Krankheit starb?

Was die Zukunft auch bringen wollte – noch war der Helvergr der Weg der Toten und nicht jener der Lebenden. In den Winden, die darüber wehten, lag die Ruhe und Kälte der an Alter und Krankheit Gestorbenen, und es war deren Frieden, der die fünf Voranschreitenden wie eine kalte Sehnsucht zu umgarnen begann. Dies war kein guter Frieden, sondern ein unruhiger, unzufriedener. Es war der Frieden der Verlierer, der bitter die Körper zu durchfließen begann. Er legte sich wie ein Schlummer über die Gedanken und begann, die Wirklichkeit zu verschleiern. Die Winde trugen indessen Trugbilder der Zukunft heran: Gleißendes Sonnenlicht brachten Niðafjölls Berggipfel wie Kristalle zum Glitzern. Dort – der Palast der Totenkönigin. Zu dessen leuchtender Pforte schwebte die goldene Brücke Gjallarbrú. Fünf Seelen verloren sich immer mehr in diesen Trugbildern. Ihre Herzen begannen, in kalter Zufriedenheit zu schwelgen. Alles andere wurde bedeutungslos. Dies war der Weg der Toten, die Lebenden konnten sich nicht gegen die Einflüsse, die darauf herrschten, wehren.

Anders erging es Kaldgrand. Ihm konnten diese Einflüsse nichts anhaben, denn er musste den Tod der Kranken und Alten nun wirklich nicht fürchten. Er hatte sich schon lange gedacht, dass es wohl nicht einfach für die Menschen war, doch hätte er nie gedacht, dass sich auch Jääkarhu vor diesem Einfluss in Acht zu nehmen hatte. Als er ihn sah, machte er sich gerade um ihn die größten Sorgen. Sein Augenglanz hatte sich sehr verändert. Mit strengen Worten ermahnte er ihn, dass Surtrs Verbündete diese Niederlage nie auf sich sitzen lassen würden. Längst hatte sich irgendwo eine Nachhut gebildet. Bereits hatte diese den Helvergr betreten und diesmal würden sie auf wenig Gegenwehr stoßen. Es machte nicht den Eindruck, als würden seine Ermahnungen fruchten.

Fäulnisgeruch holte Björt aus der Traumwelt zurück. Muspells Gestank stach wie ein Schwert durch seine Lunge. Schlagartig klarte seine Wahrnehmung. Doch die Bilder blieben vorerst unscharf. Dort! Eine Person, die er nicht gleich erkannte. Er ergriff das Schwert, war kampfbereit. »Dich kenne ich doch! Du bist der Adlerreiter! Was tust du hier?«

Kaldgrands Gesicht verzog sich, ehe es schallend zu lachen begann: »Ihr habt großes Glück, dass das Schicksal entschied, mich an eure Seite zu stellen. Euer Leben retten tu ich! Schau, meine Axt ist von Innereien der Muspellbrüder verziert. Längst ist der Dreck daran hartgefroren!

Ihr habt lange geschlafen. Ich hoffe, ihr seid nun munter genug, um die letzten Schritte zu tun.«

Björts Blicke fassten die mit schwarzem Eis verzierten Axtmesser. Dann stießen sie auf die vielen Kadaver, die, von diesen zerschlagen, den Wegrand zierten.

»Als ich damit fertig war, erkundete ich das letzte Stück des Weges. Es ist nicht mehr weit«, fuhr Kaldgrand fort. »Bald stehen wir im Moor, hinter dem sich der Brückenkopf der Gjallarbrú befindet.« Er machte sich daran, die anderen aufzuwecken und wartete nicht lange, ehe er sich allen voran davonmachte. Der Helvergr zog sich ein schönes Stück in die Weite und wollte das natternverseuchte Moor an dessen Ende noch vor dem Einbruch der Dämmerung durchwaten. Endlich versank das Schuhwerk in einer nach allerlei Giften stinkenden Suppe. Allen voran stieß sich der Stiel von Kaldgrands Kampfaxt beharrlich durch die schwarze Brühe, um den Untergrund nach Untiefen abzutasten. Die aufkeimende Dunkelheit gab die Sicht auf eine zerschlissene Hängebrücke frei. Streben, Kanten, Seile lösten sich aus dem grauen Nebel über einer Schlucht. Unten floss der rote Gjöll, der Fluss, der das Blut der Verstorbenen zum Schicksalsbrunnen zurückbrachte, von wo es von den Schicksalsfrauen wieder den

Neugeborenen zugewiesen wurde. Von der Totenwelt Niðafjöll, die auf der anderen Seite begann, sah man allerdings nichts.

Björt war ernüchtert. Im Gegensatz zum Mythos, den man sich davon erzählte, schien die Brücke in Wirklichkeit altersgrau und schäbig. Nass und morsch erweckten die Bretter keinen Funken Zuversicht in ihm. Sie wurden von verwitterten, zerschlissenen Seilen über der Schlucht gehalten. In seiner Vorstellung sollte die Brücke der Toten, auch wenn sie nicht unbedingt golden sein musste, doch zumindest einen soliden Eindruck machen. Er zweifelte schwer, als Kaldgrand ihn darauf hinwies, dass dieser Weg die einzige Möglichkeit sei, die Weisung der Alben zu erfüllen und zur Burg der Totenherrin zu gelangen. Fróðis Gefolgsmann versuchte, ihn zu beruhigen: »Es ist wahr, in Miðgarðr würde kein Mann von klarem Verstand eine solche Brücke betreten. Hier am Grat zwischen Leben und Tod gelten aber andere Naturgesetze. Hier ist sie gut, so gut, dass selbst Óðinn und Hermóðr darüber ritten, um mit der Hel zu verhandeln.« Er lachte auf und ergänzte: »Nun wird sich herausstellen, ob die Alben dich tatsächlich schickten oder ob du nur ein gewaltig guter Lügner bist!«

»Wie, Lügner?«, fragte Björt. »Was habe ich denn behauptet?«

»Hast du es denn wirklich nicht gemerkt, als Fróði dich wie ein Edler hofierte? Es war, weil er dich für einen Bruder hielt. Es wäre das erste und einzige Mal, dass er sich irrte. Falls es so wäre, würdest du im Gjöll ertrinken. Da es aber nicht sein kann, werden die Seile halten«, antwortete Kaldgrand. Er zwinkerte ihm entgegen, ehe er hinzufügte: »Schau, ich bin gewiss fünfmal so schwer wie du. Ich werde dir beweisen, dass deine Angst unbegründet ist und vor dir über die Brücke steigen.« Er stellte seine Axt an den Pfeiler. Schon schwankte das Bauwerk. Die Planken stöhnten arg, doch keine von ihnen zerbrach.

Björt schluckte leer. Was wurde hier von ihm erwartet?

»Vorhin erblickte ich die Augen des Wachhunds Móðguðr. Zweier roter Sterne gleich leuchteten sie am nächtlichen Himmel!«, murmelte Kaldgrand durch die einzig vom leisen Flussmurmeln durchbrochene Geräuschlosigkeit Niðafjölls.

»Sei besser ruhig, ehe uns der schlimme Wolf entdeckt! Mit Niflheims Wächterin will ich mich lieber nicht anlegen!«, hauchte es von der Stelle her, an der sich Björts Konturen abzeichneten.

»Sie hat uns längst erfasst! Die Sinne eines solchen Tieres kann niemand täuschen!«, stellte Kaldgrand klar und fuhr in erstarkter Stimme fort: »Ich bezweifle, dass die Móðguðr so gefährlich ist, wie man ihr nachsagt. Sie wacht ja hinter der Brücke, die niemanden durchlässt, der auf dieser Seite nicht willkommen ist! Sie wartet auf uns, um uns zu Hels Burg zu führen«, sprach er und machte sich daran, den steilen Aufstieg so schnell wie möglich hinter sich zu bringen. Björt musste sich sputen, dem Schritt des Wanen zu folgen.

Die Luft wurde vom Seufzen der Fallwinde einer Felswand durchdrungen. Das zähnefletschende Knurren eines Bluthunds bettete sich darin ein. Schauder umgriff Björts Seele. Schwertgroße Reißzähne fuhren ihm entgegen. Von ohrenbetäubendem Lärm umgeben, fiel die schreckliche Wolfsgestalt vor ihm auf ihre Pranken. Doch das Knurren verstummte. Der Wolfskopf nickte nur. Die Móðguðr zeigte Respekt, als würden sich drei Wesen des gleichen Standes an diesem Ort treffen.

»Die Brücke machte vorhin Geräusche, als würde sie von einem ganzen Heer von Toten überquert! Nun seid ihr es statt der Seelen«, rauschte es aus der Hundekehle.

»So lass uns durch! Wir wollen hören, was uns deine Herrin zu sagen hat!", forderte Kaldgrand barsch.

»Ihr seid Wesen aus Fleisch und Blut, wie wollt ihr durch eine Felswand treten«, bemerkte die Móðguðr.

»Wohl ist es möglich!«, entgegnete Kaldgrand. »Wie war es denn, als Hermóðr heranritt, um mit deiner Herrin über Balders Seele zu verhandeln? Vor ihm tat es Óðinn. Dies kannst du nicht leugnen!«

»Es gibt ein graues Pferd in Ásgarðr, das ist übernatürlich und kann diesen Berg überspringen! Auf eine andere Weise ist der Rand von Hels Heimat für Lebende nicht zu überwinden«, antwortete die Móðguðr.

»Dann rufe deine Herrin! Sie möge zu uns hinauskommen!«, forderte Kaldgrand. »Wie können wir sonst mit ihr reden?«

»Die Hel kann ihren Saal so wenig verlassen, wie ihr ihn betreten könnt! Doch sie kann durch mich sprechen!« Kaum war dies gesagt, ermatteten die roten Augen. Die Atemwolken verstarben über der Hundeschnauze. Die Móðguðr schien den Geist ihrer Herrin in einem letzten Atemzug in sich einzusaugen. Der Wachhund wurde zur Königin Niðafjölls, zur Herrin der Toten, zur tristen Jungfer, in deren Umkreis sich jedes Wesen elend fühlte. Und das war nicht alles. Björt zuckte zusammen. Es hatte sich einen Augenblick lang der schwärzeste der Schatten über ihm abgezeichnet.

»Der Totendrache wohnt in diesen Bergen«, sprach die Hel mit Móðguðs Zunge. »Seine Erscheinung sollte euch wenig schrecken. Dass ihr ihn sehen könnt, beweist, dass ihr ihn nicht zu fürchten braucht. Seit dem Tag eurer Geburt habe ich diese Begegnung vorausgesehen. Heil euch, Helden! Das Unheil kann endlich gebrochen werden.« Als sie Björts innersten Wunsch erkannte, diese Gegend so schnell wie möglich zu verlassen, stellte sie fest: »Deine Seele will dich warnen – und sie hat recht: Kein Lebender sollte zu lange auf der Seite des Todes verweilen. Die Rückkehr ins Leben wird mit der Zeit immer schwieriger. Ich setze deiner Angst entgegen: Die Begegnung mit mir wird schneller vorbei sein, als es ihr lieb sein wird!«

»Dass jene, die den Totendrachen sehen, ihn nicht fürchten müssen, glaube ich kaum. Wenn es so wäre, würden wohl wenige Krieger, die ich in meinem Leben traf, heute zwischen den Einheriern stehen! Viele von ihnen schworen mir, den Totendrachen da und dort gesehen zu haben«, sprach Björt.

»Sie logen«, sprach Kaldgrand dazwischen. »Was die Alte sagt, stimmt: Ein Sterblicher kann den Todesdrachen nur auf dem Kampffeld Svartálfaheims erblicken!«

Móðguðr nickte. »Bedenke, wie oft kamst du von jenem Feld in Svartálfaheimr zurück? Fragtest du dich nie, warum sich deine Kriegswunden jedes Mal nach kurzer Zeit wieder schlossen? Hast du nie den Gedanken erwogen, dass an dir etwas anders sein muss? Denkst du, du seist nur ein Mensch, der von den Schicksalsverteilerinnen mit übermäßigem Glück ausgestattet wurde? Ich will's dir sagen, *Mensch,* in deinem Rücken schwankt ein Bauwerk, das kein Mensch im Leben überqueren kann!«

»Dann bin ich tot und habe davon wenig gemerkt«, antwortete Björt.

»Es gibt Wesen, die die Gjallarbrú lebend überschreiten können. Doch anderes als menschliches Blut fließt durch ihre Glieder. Wie bei dir. Dein Blut stammt vom Allvater!«, sprach Kaldgrand.

»Die Wahrheit war in deinem bisherigen Leben gut verborgen«, sprach das Wolfsmaul. »Erst jetzt, da du diese Brücke zum Tod unbeschadet überschritten hast, wird dir klar, dass dein menschliches Äußeres nur eine Hülle ist. Dein Herz strahlt golden. Es ist der Schein, den ich das letzte Mal bei Hermóðr sah. Nicht Váli, sondern du bist Óðinns jüngster Sohn.«

»Dies glaube ich nicht!«, fuhr es aus Björt.

»Erinnerst du dich, dass du, als du noch ein Kind warst, oft von einem weisen Mann namens Skilfingr besucht wurdest?«, fragte die Móðguðr. »Dieser Skilfingr wusste auf jede deiner Fragen eine Antwort. Ein einziges Mal versagte seine Stimme – nämlich als du ihn fragtest, wer deine wahren Eltern seien.«

»Da antwortete er mir, dass ich Derartiges nicht fragen solle …«, Björts Stimme wurde leise.

»Skilfingr war in Wirklichkeit Óðinn, der sich vergewisserte, dass du eine unbeschwerte Kindheit hattest«, ergänzte der Wolf.

»Dass du selber ahnungslos warst, zeugt von der Vollkommenheit von Óðinns Plan. Hätte nur einer davon gewusst, hättest du in Miðgarðr harte Feinde gehabt«, fuhr Kaldgrand dazwischen. »Es ist doch einleuchtend, dass dies niemand wissen durfte. Nur auf diese Weise konntest du ungestört zur Waffe heranreifen. Zum Mann, der das Siegerheer in Richtung Muspellheim führen wird!«

»Ein Heer? Mit der Handvoll Männer, die wir haben?«, Björt bemühte sich, nicht zu lachen. »Wie können wir ein Heer formen, wenn doch alle Männer gefallen sind? Wenn wir beim Rekrutieren in dieser Geschwindigkeit weiterfahren, werden die Krieger an Altersschwäche sterben. Oder wirst du, Hel, am Ende die Pforten deines Reiches öffnen und deine Untertanen für unsere Sache entbehren? Ich hätte wenig Hoffnung, dass Niðafjölls Armee der Feiglinge gegen die Feinde der Götter siegt! Hel, wie kann ich denn sonst zum Sieg der Asen beitragen?«

»Nauþug sagþak, nú munk þegja!«, hauchte es aus der Schnauze der Móðguðr, ehe ein Beben ihr Fell durchfuhr und ihre Augen wieder den alten Glanz zurückbekamen.

»Schweigen willst du? Schweige nicht! Antworte!«, rief Björt zur Hundsschnauze hinauf. Doch die Hel hörte ihn nicht mehr, und die Móðguðr starrte teilnahmslos in die Weite.

Von kalter Wehmut getroffen, wandte sich Björts Gesicht in Richtung Kaldgrand. Ein tiefer Seufzer löste sich aus seinem Bart, ehe er sprach: »Tief im Herzen hatte ich immer gehofft, ich sei erleichtert, wenn ich die Antwort wüsste, die mir Skilfingr verheimlichte.«

»Vielleicht siehst du es anders, wenn wir den Dunstkreis des Todes wieder verlassen haben«, wähnte Kaldgrand. »Jede Seele fühlt sich diesseits der Brücke bedrückter als auf der Seite des Lebens. Komm! Wir müssen zu unseren Leuten zurück. Das Kriegsheer, das wir brauchen, um gegen Surtrs Männer zu siegen, mobilisiert sich nicht von selbst. Einfach wird's nicht, aber im Land hinter dem Jötengletscher soll es ja noch Sippen geben, die Surtrs Häscher bisher nicht erreichten!«

Niemand bemerkte, dass das alte Seilgeflecht der Gjallarbrú wieder sanft zu schaukeln begann. Es war inzwischen tiefe Nacht. Schwarz vermochte sich das Moor unter seinen vom Mondlicht erhellten Ausdünstungen kaum noch abzuzeichnen. Feurig stachen die Blicke in die andere Richtung. Von dort nahte Ungemach. Muspellbrüder, oder was auch immer. Die schwere Luft war mit Brodeln erfüllt, als würde diese von einer ganzen Armee durchwatet. Die Unruhe wog schwer. Die Waffen waren längst geführt.

Jääkarhu war an eine Stelle getreten, welche er im Kampf für vorteilhaft hielt. Kühn sah er aus. Er imponierte Vöðmaður gewaltig, als er, seinen Streitkolben umklammernd, zu Nórrs Mantel aufblickte. Doch auch er haderte mit der Zukunft. Der hohe Schutz der Götter war der Stelle fern, weil dieser Truppe der Führer fehlte. Er wusste nicht, dass Björt und Kaldgrand bereits wieder nahten.

Derweilen suchte Finars Pfeil ein erstes Ziel. *Dort, ein seltsamer Schatten!* Die Bogensehne entspannte sich. Nichts. Es schwappte nur die stinkende Brühe über die natternverseuchte Böschung hinauf.

Vöðmaður senkte sich auf seine Knie. Sein Blick versuchte, all das Gerümpel zu deuten, das sich vom bebenden Schlammgrund gelöst hatte. Das meiste davon war nur Geäst. Wenn es sich bewegte, waren es Schlangen. Da und dort tauchte ein altes Rüstungsstück auf und wieder unter. Auch Stücke, über die er sich keine Vorstellungen machen wollte, sah er dann und wann. Offenbar hatten sich auch von Maden zerfressene Leichen vom Grund gelöst. Ihm war, dass über die Zeit gar viele Scheinhelden den Brückenkopf der Gjallarbrú gesucht hatten …

Jäh riss ihn ein eiskalter Schrecken aus seinen Gedankengängen in die Wirklichkeit zurück. Eine Hand schoss aus der Sumpfbrühe und erwischte seinen Knöchel. Wild versuchte er, sich der Umklammerung zu entreißen. Unbändig fuhr seine Keule nach dem hartnäckigen Feind, der sich aus der Suppe löste, *»Will doch nur helfen!«*, rauschte es heran.

»Källandi?«, rief Ekkert verwundert. Die Hand erschlaffte. Vöðmaður stolperte nach hinten. Brackwasser spritzte weit herum.

»Der Lärm von Surtrs Männern dröhnt noch durch den Felsen hindurch und ist noch in meinen Sälen zu hören. Es sind zu viele. Ihr werdet sterben. Doch müsst ihr noch am Leben bleiben.«

»Dann sage uns, was wir tun sollen?«, schallte Kaldgrands Stimme von hinten heran. »Sollen wir unsere Gefährten über die Brücke tragen?« Jääkarhu fuhr herum. »Endlich seid ihr zurück!«

»Ich werde euch hinunterziehen! In meinen Grotten seid ihr in Sicherheit!«, drang es aus dem Mund des Quellenkönigs, ehe sich dessen Schein wieder im giftigen Wasser auflöste.

»Zwischen die Moorleichen? Niemals!«, fuhr es aus Vöðmaður.

»Wenn es der Weg ist, den sich die Hohen für uns erdachten…«, antwortete dagegen Kaldgrand. »Wir dürfen hier nicht sterben – dies habe ich auf der anderen Seite der Brücke verstanden. Was willst du denn machen? Vorwärts, rückwärts, seitwärts – wohin du auch schaust, blickst du dem Tod entgegen! Es gibt nur eine Möglichkeit: Wir müssen diesem seltsamen Kerl vertrauen! Komm, Großer! Es ist keine Zeit mehr, darüber zu sprechen!«, rief er und trat den anderen voran. Nach wenigen Schritten sank er hinunter.

»Es liegen mir bereits jetzt zu viele Leichen in diesem Moor! Darum fällt es mir so schwer, einem Wesen zu vertrauen, von dessen Existenz wir bis vor Kurzem nichts wussten!«, rief Vöðmaður ihm nach. Es kam keine Antwort. Die anderen wateten an ihm vorbei. Er blickte ihnen nach. Das Heer der Feinde war inzwischen nahe. Er konnte bereits einige Konturen erkennen. Er musste sich endlich überwinden, doch seine Bedenken wichen nicht. Nur vier, fünf Schritte, da wurden seine Nasenlöcher mit Teer umspült. Etwas zog ihn hinunter, er konnte sich nicht wehren. Seine Füße stachen in den Grund. Er rutschte durch die Erde und fiel am Ende durch ein schwarzes Loch.

Wasserwogen schwappten über seinen Kopf hinweg. Er tauchte auf, atmete tief ein und öffnete die Augen. Unweit von ihm klatschten Wellen an die Felsen. Er versuchte, etwas in der Dunkelheit zu fassen. Ein leichtes Schimmern drang von irgendwoher heran. »Muss zurück, Wasser aus den Quellen ziehen«, durchfuhr eine Stimme die Höhlenwelt. Das Wasser entschwand in der gurgelnden Tiefe.

Bedeutungslos verrieselte die Zeit. Inhaltslos versickerte sie gleich dem Wasser in den Spalten der Felsen und plätscherte irgendwo draußen mit den Rinnsalen durch die Schwärze davon. Die sechs Gefährten atmeten tief. Sie schliefen und wurden erst durch das Rauschen von Källandis zurückschießendem Wasserkleid in die Wirklichkeit zurückgerissen. »Ihr habt nun genug geruht. Nun sollt ihr wieder an die Oberwelt zurück!«, zischte die herannahende Flut.

»Suchen die Muspellbrüder denn schon nicht mehr nach uns?«, brummte Jääkarhu verschlafen. »Dies glaube ich kaum. Ich kenne die Brüder gut genug!«

»Du musst uns an eine andere Stelle führen, Källandi. Eine, an der noch Friede herrscht«, hauchte Ekkert.

»Friede?«, Vöðmaður's Stimme brauste auf. »Frieden haben wir uns noch nicht verdient! Der Krieg ist nicht vorbei. Er hat doch noch nicht einmal angefangen.«

»Das stimmt«, antwortete Kaldgrand. »Der wahre Krieg wird allerdings in Ásgarðr stattfinden.«

»Dann müssen wir also nach Ásgarðr, um in der Schlacht für die Götter einzustehen!«, sprach Vöðmaður.

»Wenn du auf dem Idafeld mitkämpfen willst, musst du Einherier werden. Eine andere Möglichkeit gibt es nicht«, setzte Jääkarhu ihm entgegen.

»Dann verstehe ich nicht, warum uns der Quellenkönig gerettet hat. Wenn wir im Kampf gestorben wären, wären wir jetzt Einherier!«, kam die Antwort.

»Unser göttlicher Auftrag ist ein anderer!«, meinte Kaldgrand. »Die Hel sagte, dass wir uns ein Kampfheer suchen und damit durch Muspellheim ziehen sollen. Nur wenn wir Surtis Burg und das Orakel darin zerstören, sind die Werke der Götter noch zu retten.«

»Ein Kampfheer? Wenn es sonst nichts ist!«, meinte Finar bissig.

»Surtrs Wache wird sich totlachen, wenn wir ihr ohne Heer entgegentreten«, setzte ihr Jääkarhu entgegen. »Wir müssen Surtis Orakel finden. Wenn wir es zerstören, wird der Dämon seine Macht verlieren. Danach wird den Einheriern das Siegen leichtfallen. Schaffen wir es nicht, wird es schwieriger.«

»Schwieriger? Für die Einherier?«, lachte Björt auf.

»Spotte nicht! Nach den Weissagungen aus Landdísastein wird tatsächlich nur eine der Welten Ragnarokr überstehen. Welche, weiß niemand«, antwortete Kaldgrand. Seine Stimme erstarkte, als er dem hinzufügte: »Heil dir, Källandi! Du bist doch auch ein Zukunftskenner! Darum bringe uns an einen Ort, an dem es uns wohlgesinnte Wesen gibt, damit wir in Ruhe die Kriegsvorbereitungen treffen können!«

Brodelnd umfasste das Wasser die sechs Gefährten und riss sie mit, als es als quirliger Strom einen der Höhlengänge hinunterschoss. Weit in der Erdentiefe verlor es seine Kraft wieder. Das Wasser versickerte, der Quellenkönig verschwand.

Kaldgrand tastete sich den anderen voraus. Manches Mal wurde es dem Hohen zur Qual, sich durch die engen Löcher zu pressen. Als Gott hatte er einen gewissen Eigenglanz, der auf dem feuchten Stein abfärbte. Dies brachte wenigstens etwas Licht in die Unterwelt. Gegen anderes half dagegen kein wanisches Zauberstück. Endlich umschwebte klare Nachtluft seine Nase.

Vor den Augen tat sich eine nächtliche Gegend auf. Darüber war der Himmel noch sternenbehangen. Doch der Horizont begann, in diesem Moment rot aufzuglimmen. Das Glimmen wurde zur Glut, die immer greller aufleuchtete. Der Himmelrand loderte auf. Diese Pracht! Aus tiefster Seele staunten sie und blickten dem Zauber gebannt entgegen. Ein greller Feuerschwall zeigte sich: Skinfaxi mit dem Sonnenwagen. Das Licht, das von ihm herunterfiel, zeichnete jede Ritze des Bodens. Eine sich sanft bewegende, glitzernde Fläche machte die Erhebung, auf der sich die Beobachter befanden, zu einer von der Brandung umspülten Insel.

Nun dämmerte es Jääkarhu endlich: Dies waren Kriegerhelme. »Wir sind in Fólkvangr! Dies ist Frîjas Saal!«, fuhr es aus ihm. »Ihr wolltet in Ásgarðr kämpfen? Die Götter scheinen es uns zu gestatten! Wir sind in der Halle der wanischen Einherier!«

»Wir sollen und können nicht unter den Einheriern kämpfen«, antwortete Kaldgrand. »Vielleicht meinte der grundgütige Källandi nur, dass wir unser Heer aus dieser Halle holen sollten. Da missverstand er den Sinn der Einherier aber. Keiner von ihnen wird uns folgen. Sie können nicht in der Welt der Lebenden kämpfen.«

Über dem Himmelrand wurde das weiße Lichtpferd Skinfaxi zum kleinen Punkt, den man nicht mehr betrachten konnte, weil das Licht zu sehr in die Augen stach. Darunter kam Bewegung auf. Befehle erschallten, Männer stürzten einander entgegen, Schwerter begannen mit ihrem täglichen Spiel. Langweilig. Die Blicke lösten sich davon. Ein kleiner näherkommender Punkt am Himmel forderte dagegen Aufmerksamkeit. Ein Pfiff von dort. Er stammte von einem riesenhaften Falken.

Finar misstraute der Erscheinung. Sie hatte als Kind oft Geschichten gelauscht, in welchen die Falken die Boten der schlechten Völker waren. Was die Raben für Óðinn bedeuteten, waren die Falken für seine Gegenspieler. Sie konnte nicht verstehen, warum ihre Gefährten in dieser Erscheinung keine Gefahr witterten. Ausgiebig musterten jene das näherkommende Federkleid. Dessen braune und weiße Daunen kosteten jeden noch so kleinen Windhauch aus. Sie trugen einen eigenartigen Glanz zwischen sich. Zahlreich schimmerten die Stellen auf, als bestünde das Fleisch darunter aus Gold. Jääkarhu beruhigte die Bogenschützin. Niemals würde der Feind seine Tiere so gut pflegen!

Kaldgrands Wortschall riss Finar aus ihren Gedanken: »Heil dir, Frîja, die du kamst, um uns die Weisung der Höchsten zu erteilen!« Er drehte sich zu seinen Gefährten, ehe er verkündete: »Neigt eure Häupter, Freunde! Die Falkin ist die Herrin Fólkvangs, die Gemahlin Óðinns, der Weisheit und Schönheit höchste Vollendung! Källandi führte uns nicht zufällig hierher!«

Finar errötete wie ein kleines Mädchen. Indessen durchstieß Jääkarhus Jubel das Firmament. Als er sich wieder beruhigt hatte, sprach er: »Keine Angst. Freigebig vergibt sie dir die Vorbehalte, die du den Falken gegenüber hegst, denn sie verfügt über die tiefste Kenntnis jeder Denkart, jeder Kunst, jeder Vergangenheit sowie jeder Zukunft!«

Auch Ekkert, Vöðmaður und Kaldgrand waren von dieser Erscheinung ergriffen. Einzig Björt gab sich unflätig und rief in Richtung Jääkarhu: »Gute Worte, Eisbär! Dann möchte ich eines aber wissen. Wenn es tatsächlich so ist, dass Óðinns Frau die Zukunft von allen am besten kennt, warum verhindert sie dann das vorhergesagte Götterschicksal nicht?«

Das Falkengesicht schien aufzulachen. »An dieser Frage merkt man, dass du tatsächlich der Sohn meines Mannes bist! Die Schlacht zwischen den Göttern und Riesen ist unvermeidlich. Je eher sie anbricht, umso besser ist es, denn danach wird ein langer Friede anbrechen!«

»Björts Vorbehalte scheinen mir nicht unbegründet. Er meint, dass du vielleicht viel Schlimmes verhindern könntest!«, antwortete der feinsinnige Jääkarhu. »Deine Worte zittern jedenfalls leicht. So, als seist du selbst nicht siegessicher. Warum müssen die Welten dafür bezahlen, dass dein Mann dir deinen unseligen Lieblingsschmuck stehlen ließ? Deinen Groll gegen den Allvater kannst du behalten, aber wenn die Götter diesen Krieg nicht gewinnen, werden die Überlebenden sagen, es sei gewesen, weil du deinen Mann nichts mehr verrietst. Darum meine auch ich, dass du uns mit deinem Wissen besser unterstützen solltest.«

»Schlimmes muss man sich unter euch Männern darüber erzählen, wenn nun schon der Gefolgsmann meines Bruders sich erdreistet, mir Ratschläge zu geben!«, lachte es unter dem Falkenkostüm hervor. »Mein Hader gegen Óðinn ist längst verflogen. Ich verschweige dem alten Dieb schon lange nichts mehr. Einfach mache ich es ihm allerdings nicht. So sage ich ihm nichts mehr direkt, sondern weise ihn stets zu den Orten, an welchen er die Lösungen auf seine Rätsel selber finden kann. Dies tue ich nicht, weil ich noch Groll gegen ihn hege, sondern weil davor immer zu viele Ohren meine Ratschläge hörten. Wir können Surti nur besiegen, wenn wir verhindern, dass sein Spion unsere Absichten erfährt. Dazu müssen wir tun, womit er nicht rechnet.«

»Herrin der Geweihten, wenn du Óðinn weist, so weise auch uns«, sprach Björt diesmal etwas unterwürfiger als vorher. »Wir sollen ins Land des Feindes, dorthin wo weder Mensch noch Tier lange überleben kann. Wir brauchen ein Heer, das uns begleitet.«

Strahlend schön landete der riesenhafte Falke, ehe Frîjas sanfte Stimme entgegnete: »Die Auserwählten der hohen Sippen treffen sich jeden neunten Tag im Geäst der Esche. Von uns Asen ist es Þor, den Óðinn jedes Mal zum Weltenbaum schickt. Ihn traf ich heute. Er erzählte mir, wohin euch eure Zukunft führt.«

»Lass mich raten, was er sagte: Nichts!«, unterbrach Vöðmaður. »Es stimmt gewiss, was die Lästerer über den kernigen Asen sagen. Dass er stark in den Armen, doch schwach in seinen Einfällen sei.«

Frîja schmunzelte. »Zu viel Falsches erzählt man sich bei den Menschen! Der Starke hat seine Aufträge immer klug erfüllt. Als seine Anwesenheit bei der Esche wichtiger wurde, versuchte Surti, ihn zu hindern. Von da an schickte er dem stets auf dem gleichen Weg zum Rat fahrenden Kraftprotz seine furchteinflößende Thursen entgegen. Die Schlägereien mit ihnen hielten ihn immer wieder davon ab, die Þingstätte rechtzeitig zu erreichen. Dadurch sank der Einfluss der Asen und er erlangte den schlechten Ruf, der ihm nun anlastet. Er hat den Spott nicht verdient. Seine Worte sind klug wie meine.

Er sagte, dass ihr hinter den großen Gletscher reisen sollt. Im Hochland fernab der Küste gibt es Ländereien, die über genügend freie Männer verfügen, um euch in eurem Kriegszug gegen Muspellheim zu unterstützen.«

»Und wie gelangen wir dorthin?«, hallte es aus Jääkarhus Bart. »Selbst wenn uns die Wanen Pferde borgen, dauert ein Ritt über den Gletscher sehr lange. Wir würden viel Zeit versäumen und uns in sinnlose Gefahr begeben. Surtr würde doch gerade uns bekämpfen!«

»Wohl versäumt ihr nur einen einzigen Tag, weil ihr den Sattel von Phols Pferd unter euren Hintern spüren werdet!« Die Flügel rauschten auf. Der Falke erhob sich in die Weiten der vom Waffengesang knisternden Luft. Jääkarhu senkte seinen Blick noch einmal wehmütig auf die sich in schlimmster Wucht bekämpfenden Einheriern hinunter.

»Kommt ihr?«, rauschte Phols Stimme heran. Es roch schlagartig streng nach Pferd.

NIÐAFJÖLL

Ráþ þú mér nú, Frîja, alls mik fara tíþir, at vitja Muspellzheimr;
Forvitni mikla kveþk mér á fornum stofum viþ enn Surtr!

Berate mich nun Frîja, da mich nach Muspellheim zu fahren gelüstet, um mich mit Surtr zu streiten. Denn groß ist meine Neugierde bezüglich der Vorweltlehre!

Den ganzen Tag peitschte der Fahrtwind die klirrende Kälte des Fimbulwinters in die frostgrauen Gesichter. Eis versiegelte die Bärte und verband die Kleidung darunter zu einer harten Hülle. Schwer war es, dies zu ertragen, der Ritt auf dem Riesenpferd war außerordentlich hart. Einzig Phol gab sich davon wenig beeindruckt, während er Jalkr durch die schneebeladenen Böen lenkte. Jalkr gehorchte ohne Wenn und Aber und es schien, der Winter hätte dem Pferd gar nicht hart genug sein können. Vielleicht war es ihm aber auch recht, als der Bote die Zügel endlich wieder straffzog und die Hufe zum Stillstand kamen.

Der Bote lachte höhnisch, als er die eisverzierten Gestalten hinter sich erblickte. »Der Ritt war für euch tatsächlich etwas hart, doch dafür sind wir schnell zum Ziel gekommen! Es ist noch nicht Abend und ihr habt noch genügend Zeit, das gute Lager für die harte Nacht zu finden.« Phol zog mit einer Hand die Zügel um. Mit der anderen wies er in eine Richtung. »Wandert dorthin. Damit sich das Schicksal bald erfüllen kann. Denkt immer daran, dass vieles von dem, was euch widerfahren wird, von den Göttern gerichtet ist. Mit ihrem Segen durchquert ihr das Land. Nun, gehabt euch wohl, und auf ein Wiedersehen in Vanaheim!« Ein letztes Mal wurde das schneeflockenumgarnende Windrauschen von Jalks Räuspern durchbrochen. Danach verschwand das mächtige Pferd in den Spielen der heranrauschenden Schneewehen.

»Wir müssen Phols Fingerzeig folgen, ehe uns der Fimbulwinter den Marsch verhindert!«, hallte Björts Stimme durch die heranschäumenden Winde.

»Keine Sorge, Asa Björt! Wir haben einen exzellenten Kenner des Schneewetters an unserer Seite! Jääkarhu nämlich, der aus der Heimat der Eisbären stammt!«, antwortete Kaldgrand.

»So ist es«, bekannte der Weißbefellte. »Mein Blick ist imstande, den Schneefall bis weit hinaus zu durchstechen.« Ein Zucken durchfuhr seinen Bart. »Kommt! Bevor ihr am Boden anfriert! Etwas, was ich mir ansehen will, befindet sich nur einige Hasensprünge von hier entfernt«, sprach er und machte sich den anderen voran auf den Weg.

Er hatte nicht zu viel versprochen. Kurze Zeit später erspähten auch die anderen die Konturen eines Gemäuers, das sich durch den Schneeschleier abzeichnete. Im Gegensatz zu ihm bekam es Björt allerdings mit Argwohn zu tun. Er umfasste den Griff des Schwertes und meinte: »Wir sollten lieber vorsichtig sein. Die Sicht ist schlecht. Vielleicht hat sich Phol auf seinem Ritt verirrt.«

Jääkarhu lachte auf. »Phol soll sich verirrt haben? Dafür, dass du aus Óðinns Lenden stammst, hast du aber wenig Vertrauen in die Götter und ihre Gesandten!«

Da durchdrang eine fremde Stimme das Windtosen. »Was fürchtet ihr? Die Reifriesen kommen erst zur Nacht hin. Kommt herein, in meinen den Göttern geweihten Bau, Weltenwanderer! Ihr werdet von mir schon längst erwartet!«

»Fróði sei mit dir, Fremder! Sag, welcher der Hohen kündigte uns an?«, fragte Kaldgrand und bückte sich, um durch die schmale Öffnung zu gelangen. Drinnen flackerte ein Feuer und erhellte ein schelmisch wirkendes Bartgesicht. Ein Schmunzeln durchzog seine Gesichtszüge. »Ich bin ein geistiger Mittler zwischen Volk und Göttern. Darum kann ich vieles erahnen, ehe es geschieht! Nennt mich nicht Fremder. Irmin heißt man mich, wo man mich kennt!«

»Kraft und Stärke wünsche ich dir, Irmin!«, antwortete Finar, als sie sich in den Kreis niederließ. »Weißt du denn auch, warum die Götter uns schickten?«

Irmin nickte. »Mit eurem göttlichen Auftrag wird es wohl möglich sein, dem Fürsten einige Kampfmänner abzuschwatzen. Dies muss sich allerdings noch bis zum Morgen gedulden. Hier, in der Gegend über dem Jötengletscher, herrscht der Fimbulwinter nämlich besonders hart. Es gibt viele Reifriesen, die mit der Abenddämmerung das Land durchstampfen. Ihr Sturm wird zur Nacht hin für jedes Lebewesen gefährlich. Ihr müsst nahe am Feuer bleiben, bis am Morgen die tödliche Kälte wieder aus der Gegend verschwindet.« Er legte noch etwas Feuerholz nach.

Der beißende Rauch, der den Flammen von da an entstieg, brachte den Geistern Müdigkeit. Sie konnten ihrem Schlafbedürfnis nicht lange widerstehen. Nach diesem harten Ritt war es ihnen nicht zu verdenken. Auch Irmin machte es sich gemütlich, um seinen Gästen ans Þing der Träume zu folgen.

Wie Irmin vorausgesagt hatte, verließen die mordlüsternen Reifriesen die Gegend im Morgengrauen wieder. Als sich die feuerrote Mähne des Sonnenpferds in die Berggipfel bettete, brauchte man sich vor ihnen nicht mehr zu fürchten. Mehr und mehr legten sich die umliegenden Gebirge in eine warme Glut. Bald war auch Irmins Hütte davon umstrichen. Das Licht des jungen Tages durchzeichnete den Rauch, der darin in die Höhe strebte, und holte die Träumenden aus dem Schlaf.

Irmin legte noch etwas Reisig in die stellenweise bereits kühle Asche. Neben den aufknisternden Flammen nagten die Weitgereisten wenig später am Dörrfleisch, das er ihnen anbot. Nach und nach wurden die Gespräche des Abends weitergeführt, Wichtiges und Unwichtiges gesagt. Björt beispielsweise wollte wissen, wie groß die Heerschar des Fürsten denn sei und mit wie vielen Kämpfern sie wohl rechnen konnten.

»Möglicherweise wird der Fürst euch einige Männer bieten. Vielleicht wird's fürs Erste reichen, doch viele müssten auf eurer Reise noch zu euch stoßen«, antwortete Irmin.

»Die Götter sandten uns, weil niemand in ihrem Kreis um unsere Erfolgsaussichten bangt!«, sprach Ekkert. »Schau dir diese Waffe an! Sie ist für das Herz des Muspellkönigs bestimmt!«

Irmin zögerte einen Augenblick. »Es ist jedenfalls nicht einfach, an euren Erfolg zu glauben.

Mir scheint, du weißt recht wenig über den Muspellkönig. Sein Name ist Surtr, was in der Sprache unserer Vorväter *der Schwarze* bedeutet. Sie gaben ihm diesen Namen, weil er überall, wo er durchwanderte, nur Asche hinterließ. Surtr ist kein Wesen aus Fleisch und Blut. Er ist ein Feuerdämon. Sein Leib besteht aus brodelnder Hitze. Deine Waffe ist gut, kleiner Ekkert, doch frage ich mich, gibt es überhaupt eine Waffe, die man gegen *ihn* erheben kann? Er wohnt im Land, das heißer als die Sonne sein soll. Dort lodern Feuer an jeder Stelle. Die Gebirge glühen in der Hitze und selbst das Wasser brenne, hörte ich. Möglicherweise ist es unmöglich, ein Heer zu formen, das dort siegreich sein kann. Nur schon die Waffen müssten das bei Weitem übertreffen, was die Schmiede heute zu formen imstande sind …« Seine Stimme mäßigte sich. »Aber wer bin ich denn, dass ich so rede. Ihr könnt zumindest hoffen, dass der Großfürst anders denkt.«

»Er muss! Die Götter sind mit uns«, schwor Björt. »Sie gaben dir die Aufgabe, uns zu sagen, in welcher der Richtungen der Fürstenhof liegt.«

»Es ist weit und schwierig.« Irmins Blicke lösten sich aus dem Feuer. Ein Lächeln durchrauschte seinen Bart. »Ich werde euch dorthin führen. Ihr werdet die Stadt ohne mich kaum finden.

Ohnehin gibt es auch für mich Gründe, diese Gegend zu verlassen. Ich lebe in einer Gegend, in der es schon lange nichts mehr zu leben gibt. Kein Mensch lebt außer mir noch hier. Hunger und Reifriesen haben alle vertrieben. Und nun machen sich die Flammen doch tatsächlich daran, mein letztes Feuerholz zu verspeisen. Wenn ich hierbliebe, wäre ich morgen tot.

Machen wir uns auf den Weg. Ich kenne ein geeignetes Lager, das wir bis zur Nacht erreichen können.«

Kurz darauf war Irmins den Göttern geweihtes Bauwerk verlassen. Eine lange Wanderschaft nahm ihren Anfang. Viele Tage führte sie über die Höhen und Kanten des Berges, ehe es wieder ins flachere Land hinunter ging. Als dieses erreicht war, durchsetzte ein eintöniges Grollen beständig die Luft und lockte die Wanderer zu einem Fluss, dessen Lauf, so versprach es Irmin, zur Fürstenstadt führte. Nur mühsam kam das frostmorsche Schuhwerk voran. Da durchfuhr auf einmal ein Schauer Finars Herz. Einen kurzen Augenblick hatte sie geglaubt, einen Schatten im eisüberzogenen Unterholz ausgemacht zu haben. Hart schloss sich ihre Hand um den Bogenschaft. Die andere griff in den Köcher.

Da!

Der Boden knirschte. Rascheln durchdrang das Geäst. Vielleicht eine Räuberbande? Scharf schweiften Finars Blicke durch die Konturen des Wäldchens. Die Bogensehne spannte sich.

Dort!

Nun hob auch Björt sein Schwert. Kampferwartend durchschritt er das Astwerk in die Richtung, in die Finar zielte. Sein Schlagarm verlor an Kraft. Ein alter Greis kauerte am Boden. Dieser hatte sich auf ein seltsames Spiel mit einer Schlange eingelassen. »Hier kniet ein Irrer, der den Winterschlaf der Goldhüterinnen stört!«, hallte Björts Stimme durchs Geäst. Der Fremde zuckte während dieser Worte nicht einmal mit den Wimpern. Er fasste das kältestarre Tier, hielt es in seinen Händen, schaute ihm in die Augen und flüsterte seltsame Worte. Erst als der Goði Irmin auf ihn zu trat, schaute er auf.

»Dieser Mann ist kein Unbekannter in dieser Gegend«, sprach dieser. »Weit herum erzählt man sich, dass die lange Zeit, die er abseits von allen lebe, seinen Geist verwirrt habe! Er ist ein Sonderling. Ein Wilder.«

Grimmig verschloss der Alte die Augen zu einem Spalt. Aus seinen bebenden Lippen strömte ein angsteinflößendes Knurren.

Kaldgrand ließ sich davon nicht beeindrucken. Er trat auf ihn zu und knirschte: »Warum störst du den Winterschlaf der Schlangen? Sie haben dir nichts getan!«

»Nimm dich besser in Acht! Ich beherrsche den Seiðr besser als die meisten von euch Wanen!«, zischte es ihm entgegen.

Irmin lachte auf. »Meine Güte, Mirénde! Zwar weiß ich, dass du dich mit allerlei Zauberei auskennst, aber dass du uns gleich mit schlechter Verzauberung drohst …«

Ein drohendes Knurren rollte zwischen den Lippen des Alten hervor, ehe der Goði weitersprach: »Genug! Lass deine Possen sein! Du wirst meine Gefährten nicht mehr lange damit narren können! Du weißt so gut wie ich, dass uns die Vorsehung der Götter an dieser Stelle zusammenführte. Du sollst ihnen die Pforten des Fürstenhofes öffnen!«

»Ich bin zum Giftsammeln von meiner Hütte hinuntergestiegen, und nicht weil es die Götter von mir wollten«, murrte der Alte. »Nun aber, da ich schon mal hier bin, kann ich euch auch helfen, wenn ihr unbedingt wollt. Meint aber nicht, dass Hilfsbereitschaft ein Merkmal der Zauberergilde sei!« Er erhob sich. »Es gibt Zauberer, von denen man sich besser fernhalten sollte!«

»Dies beantwortet Kaldgrands Frage nicht!«, fuhr es aus Jääkarhu. »Warum quälst du die Schlange? Der Winter ist schon hart genug für sie!«

Der Zauberer blickte dem Weißbefellten ernst entgegen und sprach: »Bedenke, wie lange jetzt schon Winter herrscht. Die Schlangen haben längst Hunger bekommen. Ich bewahre sie vor dem Hungertod und bekomme im Gegenzug ihre Gifte, die ich für meine Tränke brauche.« Er verzog sein Gesicht. »Wen bringst du mir da, Goði? Drei Menschen, einen Thursen und zwei Wanen? Letzteres überrascht mich sehr! Was suchen zwei Seiðrkundige so weit abseits ihrer Silberheimat?«

»Der Seiðr ist auch bei den Wanen Frauensache, darum verstehen wir beide nur wenig davon!«, bekundete Kaldgrand. »Das eine oder andere brachte mir Frîja aber bei!«, warnte er, ehe er wissen wollte: »Wie kommt es, dass du uns erkanntest und scheinbar viel von unserer Heimat weißt?«

»Ich bin älter als die meisten Eiben. Zeit meines Lebens habe ich das Hochland schon oft verlassen«, bekundete Mirénde. »Ihr glaubt mir kaum, wenn ich euch sage, wie oft ich bereits in Njörðs Burg Nóatún nächtigte. Wie oft feuerte ich Þor und Loki an, als sie noch gemeinsam gegen die Thursen kämpften, ritt mit Óðinn um die Wette und saß bei Fróðis Trinkgelagen. Lange ist es her. Es war noch in der Zeit, in der man nach Vanaheim und Ásgarðr reiten konnte.«

»Die Geschichten eines Greises. Mögen sie stimmen oder nicht, sie sind für uns nicht von Belang«, meinte Björt. »Unsere einzige Aufgabe ist, gegen den König von Muspellheim zu kämpfen.«

Mirèndes Augen kniffen sich zusammen. »Surti!«, fuhr es aus ihm. »*Was wollt ihr Helden?* Den Feind der Götter besiegen? Hegt ihr denn keine Furcht vor dem qualvollsten der Tode?« Er blickte in Richtung Irmins. »Du hast recht, Goði: Niemand anderes als die Götter haben uns hier zusammengeführt. Sie wissen, dass ich mit Surti noch eine Rechnung offen habe.

Nun mögt ihr euch fragen, wie es denn sein kann, dass der Dämon euch junge Krieger nicht fürchten soll, dafür aber diesen alten Mann, der vor euch steht. Dies ist, weil ich seit unzählbaren Jahren an nichts anderes denke, als daran, wie ich den Dämon besiegen kann.

Vor langer Zeit hatte dieses Land schwer an Reifriesen zu leiden. Nacht für Nacht fielen sie vom Gletscher her in die Dörfer ein. Es war die Pflicht der Hohen, diesem Leid ein Ende zu setzen. Damals wurde das Land oft von Surtis Gefährtin, der Hagazussa Sinmara durchreist. Sie wurde wohl von ihrem Herrn geschickt, um bei den hiesigen Bergriesensippen neue Krieger anzuwerben. Viele Male übernachtete sie im Fürstenhof und erfuhr in dieser Zeit von der Hauptsorge der Herrschenden, der immerwährenden Kühle der Reifriesen. Eines Tages bot sie ihnen ihre Hilfe an und begann, davon zu erzählen, dass sie imstande wäre, ein Feuerwesen zu beschwören.

Als sie diese Beschwörung gesprochen hatte, blieben die Reifriesen tatsächlich lange fern. Doch dafür stand das halbe Land in Flammen. Da war es an mir, für Ruhe zu sorgen und ich schwor, diesen Brand, Surtis Brand, ein für alle Mal zu löschen. Diesen Schwur verband ich mit meinem Leben. Erst, wenn es vollbracht ist, kann ich sterben. Glaubt mir, das Alter wurde mir inzwischen trotz aller Zauberei eine große Last. Darum werde ich mit all meinen Kräften dafür sorgen, dass euer Vorhaben schnell gelingt!«

Irmin freute sich außerordentlich, als er dies hörte. »Deine Worte bedeuten viel. Nun, da du das Anliegen unterstützt, überlege auch ich, ob ich mit euch ziehen soll.«

»Die Pläne sind in allen Einzelheiten erdacht und du wirst deine Rolle darin bekommen«, antwortete Mirénde. »Vorerst aber wirst du zu deinem Tempel zurückwandern. Der liegt nahe am Gletscher, in einer Gegend, die sich vorzüglich als Sammelplatz eines Heeres eignet. Bereite dort alles vor. Ihr anderen folgt mir zu meiner Hütte. Wir werden den Goði zu gegebener Zeit wieder treffen.«

Irmin war einverstanden. Während der alte Greis den anderen vorauslief, marschierte er in die andere Richtung, um etwas Holz zu suchen und sich dann auf seine Rolle in der Geschichte vorzubereiten.

Gegen Abend erreichten die Gefährten eine Hütte. Beständig rauschte von draußen Fimbuls eisiger Atem die ganze Nacht durchs morsche Gebälk. Als sich die Dunkelheit mit dem Morgenlicht vermengte, frischte der Wind noch auf. Er erfasste die Feuerstelle und spielte so lange mit der Glut, bis sie verstarb.

»Zauberer, hast du am Þing der Träume erfahren, was du wissen wolltest?«, durchdrang Kaldgrands Stimme die Dunkelheit.

Miréndes Bart begann zu beben. »Ich habe in dieser Nacht nur wenig geschlafen. Statt zu träumen, habe ich mir vieles durch den Kopf gehen lassen. Beispielsweise, dass die weisen Frauen von Landdísastein schon vieles sagten und dass das meiste davon eingetroffen ist. Es könnte schwer werden, ihren Prophezeiungen entgegenzuwirken.

Danach erschien mir auch Surti vor meinem Geist. Furchtbar ist sein Feuer in der Zwischenzeit gewachsen. Unser Feldzug wird nicht einfach. Keines unserer Schwerter verfügt über die Schärfe, um das Fleisch eines Muspellbruders anzuritzen. Unsere Rüstungen sind zu schwach, um deren Schläge abzuhalten.«

»Vielleicht weißt du nicht, wie zäh unsere Waffen sind!«, unterbrach Ekkert. »Meine Lanze zum Beispiel ist geschaffen, um gegen Surtr selbst zu stechen. Mein Schild hält Surtalogis Schlagkraft aus!«

Miréndes warmer Blick streifte anerkennend über Ekkerts Gesicht. »Ein guter Anfang! Es wird allerdings schwer, dem breiten Gefolge, das wir benötigen, solche Waffen zu besorgen.« Seine Worte kamen ins Stocken. »Dazu werden wir auf jeden Fall viel Magie benötigen. Ich muss ein Þing der Zauberer einberufen.«

Kaldgrand nickte. »Das wäre gewiss kein Nachteil! Die Muspellbrüder kämpfen roh und hart. Wenn unser Plan gelingen soll, werden wir nur schon gegen Surtrs Stadtwache eine gewaltige Gefolgschaft brauchen. Deine Zauberei ist vielleicht ein guter Anfang.«

»Dies klingt nach viel Arbeit für dich, jedoch wenig für uns!«, sprach Finar.

Miréndes Blicke vergruben sich im allerletzten Aufglühen der Asche, ehe er antwortete. »Es bleibt auch für euch viel zu tun. Ihr werdet beim Fürsten vorsprechen und dann zu Irmin reisen …«

Ein Krachen durchbrach seine Worte. Das vom Sturm durchfahrene Gebälk über seinem Kopf begann zu knarren und zu stöhnen. Ein Brausen umschlug die Gesichter. Alles füllte sich mit Weiß. Der Fimbulwinter hob das Dach in den Himmel hinauf.

»Es scheint, dass die von ihren Sehnsüchten geknechteten Reifriesen einen Sturm auf ihre verlorene Heimat Jötunheim planen«, fuhr es aus Mirénde. »Wir müssen bis zum Abend die Stadt erreichen!«

Verwegen blickte Jääkarhu weit durch die hart übers Land fahrenden Schneeböen. Es hatte durchaus seinen Vorteil, wenn man in einem solchen Wetter einen Sohn Útgarðs an seiner Seite hatte: Für ihn war es ein Leichtes, den blutrünstigen Reifriesen auszuweichen. Den ganzen Tag wurde er, den anderen voraus, von flockenbeladenen Winden umschlungen. Gerade noch vor Anbruch der Dunkelheit begannen sich die Dachstühle der Stadt in den Schattierungen des Schneefalls abzuzeichnen. Der Atem des Fimbulwinters umwehte die eisstarren Beinkleider der Wächter, die ihren sinnlosen Dienst vor dem Stadttor halten mussten. Mirénde seufzte, wie er jedes Mal seufzte, wenn er sie sah. Diese Männer verfügten nicht einmal ansatzweise über die Kräfte, einen Reifriesen von seiner allfälligen Absicht abzuhalten. Er grüßte sie, wie er es jedes Mal tat, wenn sie für ihn die Flügel des Stadttors aufschoben. Dahinter hieß er seine Wegbegleiter, zu warten, und machte sich alleine davon, um dem Herren des Landes Besuch und Anliegen dieser Ankömmlinge anzukündigen.

»Sonderliche Geschichten, die du mir über die Wanderer erzählst, die das Tor zu meiner Stadt durchschritten. Sind sie denn wahr?«, hallte es bald darauf durch die Prunkhalle des Fürstensitzes. Der feine Mann auf dem Hochsitz strich sich mit der Hand mehrfach durch seinen Bart, ehe er in gelösterem Ton weiterfuhr: »Hätte es mir ein anderer als du erzählt, ich hätte es wohl niemals geglaubt, dass mir die Ehre gebührt, die Helden von morgen zu beherbergen. Was wollen sieben – nein, acht – Mann gegen den legendenumwobenen Feuerdämon? Mein schallendes Gelächter würde diesen Raum füllen, wenn sie nicht vom besten der Männer angekündigt wären. Die Götter haben dich aus einem guten Grund an ihre Seite berufen.« In keinem anderen Augenblick betraten die Helden den Raum. Der Fürst blickte ihnen fragend entgegen, ehe er ergänzte: »Niemand anderes als ihr sollt vollbringen, was unmöglich ist!« Ergriffen seufzte er: »Meine Seele erbebt im Wissen um die große Aufgabe, die noch vor euch steht! Sie erzittert, da sie um den Hass weiß, der in den Reihen der Muspellbrüder auflodert. Der sei so verbissen, dass sie sich bei der kleinsten Unstimmigkeit untereinander gegenseitig umbrächten.«

»Gute Späher stehen in deinem Dienst, wenn es ihnen gelungen ist, eine solche Auskunft zu beschaffen!«, staunte Jääkarhu.

»Kein Späher wäre dazu in der Lage«, antwortete der Fürst. »Niemand kann sich unerkannt zwischen Surtrs Männern bewegen. Es sind Muspells ehemalige Krieger, von denen wir von den Zuständen in Surtrs Feldlagern erfuhren.«

»Ihr habt Muspellbrüder gefangen?«, fragte Kaldgrand. »Seid vorsichtig! Verrat passt nicht zu Muspells Männern! Sie sind ihrem Herrn bis zum letzten Atemzug loyal ergeben.«

»Nicht Muspellbrüder. Thursen. Er hat sie vor langer Zeit angeworben, als er noch Verbündete brauchte. Jetzt aber, da in der mittleren Welt kaum noch Menschen leben, benötigt er sie nicht mehr und will sich ihnen entledigen«, antwortete der Fürst. »Sie haben in Muspells Kriegslagern arg zu leiden. Von dort sind einige geflohen und haben uns ihren Dienst angeboten.

Nun blickt ihr zu hart zu mir hinüber. Euer Misstrauen verstehe ich wohl, doch ich bin gewiss nicht naiv ...«, er zögerte, ehe er weiterfuhr: »Man könnte ihr Wissen doch für euren Feldzug nutzen!«

»Niemals!", unterbrach Vöðmaður. »Einem, der für Surtr kämpfte, werde ich niemals vertrauen!

Glaube mir, Fürst: Die sind wie Hunde! Ihrem Herrn hörig und treu ergeben lassen sie sich von ihm ohne Ende verprügeln. Doch würden sie sich eher töten lassen, als ihm abzuschwören!«

»So ist es!", warnte Kaldgrand. »Sei auf Hinterlist gefasst!«

»Unterschätzt diese Möglichkeit nicht! Man prüfte die Gesinnung dieser Thursen streng und genau!«, hallte es aus Miréndes Hals.

Der Fürst nickte. »Arglistig stellten meine klügsten Männer ihnen viele Fragen und Fangfragen. Sie hatten nie das Gefühl, dass einer von ihnen unredlich antwortete. Der Feuerdämon hat ihnen zu viel versprochen, als er seine Pläne entwarf. Mittlerweile hat er aber genügend Muspellbrüder. Diese sind ergebener und stärker. Bessere Kämpfer kann sich kein Kriegsfürst wünschen!

Ich verstehe, dass sie sich euch erstmal beweisen müssen, aber bei uns ist ihr Schicksal noch nicht bestimmt! Bedenkt: Ihr braucht jeden Mann und viele kann ich hier nicht entbehren. Auch dieses Land bedarf des Schutzes.«

»Schutz vor wem? Den Reifriesen?«, Mirénde blickte etwas spöttisch zu ihm hinüber. »Du weißt so gut wie ich, dass Surtr aus diesem Land verbannt ist. Du hast vor ihm wenig zu befürchten!«

»Meine Vorväter schworen den Göttern, dass unsere Kämpfer nicht auf fremden Feldern sterben! Dies hat dem Land einst viel Glück gebracht!«, hallte es aus dem Fürstenmund. »An der Stelle meiner Männer würden die Thursen mit euch ziehen!«

»In dieser Zeit müssen alle Völker Opfer bringen und mir scheint, dein Volk sei bisher noch gut davongekommen!«, fuhr es aus Mirénde. »Auf der Borke der heiligen Esche las ich einst von einem Bund zwischen den Sippen! Auch du hast dich danach zu richten. Du hast deine Macht von den Hohen! Sie gaben sie dir nicht ohne Grund! Erfülle deine Pflicht! Oder willst du etwa, dass ich deine feige Ausrede zum Þing der Zauberer trage? Sollen sie und die Götter wirklich erfahren, dass du den Feind aller Menschen mit nur wenigen deiner Soldaten bekämpfen willst? Dann hast du ihre Gunst verspielt!«

Ein langer Seufzer entfuhr der Fürstenkehle. »Verstehe mich doch! Unsere Erde darf niemals wieder brennen! Doch die Scharlatane warnten, dass das Feuer zurückkehren wird. Das Volk hörte ihrem dummen Geplapper zu lange zu …« Seine Worte kamen ins Stocken. Er fasste sich und sprach: »Sei nicht voreilig, Mirénde! Ich will meine Entscheidung überdenken. Ich werde euer Anliegen morgen im Rat besprechen. Wir werden wohl doch auf einen guten Teil der Krieger verzichten können.«

»Dieses Angebot nehme ich an!«, antwortete Mirénde.

Der Fürst schaute auf. »Längst ist es draußen Nacht geworden. Das schale Licht des Feuers will mir scheinbar verhehlen, wie erschöpft ihr in Wirklichkeit seid. Meine Diener werden sich um euch bemühen. Man wird euch gute Schlafplätze zuweisen.«

In unermesslicher Härte wütete ein Sturm über dem Járnviðr. Grollend trieben grässliche Himmelswogen über Angrboðas Gebiet hinweg. Doch vermochten sie keinen einzigen der gefrorenen Föhrenwipfel auch nur zum Erzittern zu bringen. Auch die darunter herrschende, geisterhafte Ruhe wurde nicht von der kleinsten Bewegung durchfahren, als dieser Tag zu seinem Ende kam. Dunkelheit überdeckte die wenigen erhellten Stellen des Waldbodens. Der Schatten von Nórrs Mantel legte sich vom Osten her über den Wald. Er überwand das Bett des Gjöll, um sich auch über der Welt der Toten auszubreiten und beherrschte am Ende selbst das kleine Gebiet, das der König des Muspellvolks in Niðafjöll beanspruchte. Die einbrechende schwarze Zeit wollte in ihrer Härte ein weiteres Mal selbst das Knarren des Treibeises zum Verstummen bringen.

Nichts anderes erwartete der Fuhrmann, der den schwarzen Mantel hinter sich herzog. Schweißüberzogen glänzte das Fell des Nachtpferdes vor seinen Augen. Nórr freute sich bereits. Sein Dienst war bald vorbei, dann würde er endlich seinen Hof ansteuern können. Schon war er im Geiste dabei, seiner Frau Kàra von der ereignislosen Nacht zu berichten …

Jäh wurde er aus seinen Gedanken gerissen.

KzzzzzzzzzzzzzZZZZZZZZZZZZZzzzzzzzzz.

Er zog die Zügel. Hrímfaxi schnaubte. Die Bewegung des Wagens, die Fahrt des Mondes, erstarrte am Himmel. Zaudernd schweifte des Fuhrmanns Augenmerk über die Kante des Gefährts. Nie hätte er gedacht, dass die Söhne des Dämons den Frieden einer harten Fimbulwinternacht einmal doch zu durchbrechen vermochten. Schauder durchrieselte sein Gemüt. Jetzt, da der Fahrtwind versiegt war, vermochte er es klar und deutlich zu vernehmen: Niðafjölls Fjord schien zum Leben erwacht zu sein. Lärm rauschte immer lauter heran. Der Lärm der Muspellbrüder – ein Freudengesang. Dazu immerzu das seltsame Geräusch. Immer weiter: *ZZZZZZZZzzzzzzzzzzzzzzz.*

Immer schneller, gefährlicher dröhnten die knarrenden Winden. Dicke Taue bewegten sich hin und her. Die Ösen und Löcher, durch die die Seile führten, wurden durch diese Gewalt zerrissen. Es knarrte fürchterlich, ehe die Seilgeflechte aufplatzten, durch die Lüfte peitschten und alles, was sie trafen, zerschnitten und zerschlugen. Zu allen Seiten schlugen Gerüste hinunter. Mit grauenhaftem, ohrenbetäubendem Stöhnen setzte sich ein Schatten in Bewegung. Naglfar! Surtrs Schiff glitt erst schwerfällig, dann immer schneller über die unter seinem Kiel aufstöhnenden Baumstämme in Richtung Meer. Das dicke Eis zerbarst von dieser Wucht getroffen. Zur Welle geformt rauschte es in die Weite, ehe es wieder erstarrte.

Der Steuermann, ein Thurse namens Hrymr, betrat das Schiffskastell. Mürrisch blickte er auf die Masse der Muspellbrüder hinunter, die die Brüstung in diesen Momenten überstiegen. Als sich kaum noch Männer außerhalb des Schiffes befanden, gab er das Zeichen, woraufhin sich überall in den Masten die Taue lösten. Segeltücher fielen knatternd durch die schwarze Luft hinunter. Davon getroffen, brauste die Luft als Sturm in alle Richtungen davon. Muspells Männer wurden von Hochmut durchrieselt: Alles war von Bewegung erfüllt. Einzig Hryms Seele erstarrte. Gram umfasste sein Herz. Sein Blick wanderte über das Tuch hinauf. Nichts! Nur da und dort eine weiche Delle, die in diese oder jene Richtung wanderte. Zu allen Seiten des Schiffs wurde alles vom Wind zerschlagen. Die ganze Landschaft veränderte sich. Indessen schien kaum ein Lüftchen die himmelfüllenden Segel zu berühren. Ein schlechter Zauber! Vielleicht ein Seiðr! Der grausame Thurse fluchte grauenhaft.

Der Kamm der Berge

Hǫfum erfiþi, etki eyrindi, mara þraut óra á meginfalli;
Urþum síþan Sæmorn vaþa; þá vas oss synjat Sváfnis dóttur.

Unsere Rosse keuchten auf dem Kamm des Gebirges. Zum Unglück musste man durch den Sæmorn waten. Doch war uns Sváfnirs Tochter fern.

Wach beobachtete der Fürst das wunderbare Schauspiel, das ihm das aus den Bergen steigende Himmelspferd Skinfaxi bot. Herrlich war das Licht, das nach und nach das aufgewühlte Gewölk durchstieß. Sein Blick streifte den leeren Stuhl, der neben dem Fenster stand. Mirénde war längst aufgebrochen, um das Þing der Zauberer rechtzeitig zu erreichen. Davor hatte er noch lange dort gesessen und die beiden hatten sich alles Mögliche vom Herzen geredet. Frohmut legte sich in seine Augenwinkel, als er daran dachte. Der alte Zauberer verfügte über die Gabe, jede noch so einschneidende Nachricht auf eine Weise auszusprechen, dass sie niemandem einen Nachteil zu bedeuten schien.

Derweilen kam Bewegung ins Türholz. Die Gesandten der Küste wandelten inzwischen wieder im Land jenseits der Träume. Nach und nach setzten sie sich in den Kreis um den Hochsitz. Als niemand mehr fehlte, durchschwebte die Fürstenstimme die rauchige Luft: »Über die Nacht saßen Mirénde und ich noch lange zusammen. Jedem meiner Bedenken gab der Freund ein gutes Gegenwort, bis ich am Ende nichts mehr sagen konnte. Bereits wies ich meine Knechte zur Stelle, an der der euch bekannte Goði ein Kriegslager errichtet. Meine Boten sind unterwegs, um in allen Siedlungen Waffenträger einzufordern. Sie werden so wie ich, jeden Mann, der entbehrlich ist, an eure Seite schicken.« Er atmete tief, ehe er fortfuhr: »Die andere Sache, um die mich euer Fürsprecher bat, kann ich aber nicht erfüllen. Auch wenn er mir weiszumachen versuchte, dass es nichts Größeres für einen Herrscher gäbe, als sich mit seinen Taten unsterblich zu machen, werde ich euch auf eurem Weg nicht begleiten.« Er schaute auf. »Der alte Mann, der vor euch sitzt, wird eurem Sieg von hier aus entgegenharren. Er ist kein Kriegerfürst und eignet sich darum nicht für den Kampf. Doch sein Geist wird mit euch ziehen.

Damit ihr wisst, dass mehr als warmer Atem diese Worte umgarnt, habe ich euch als Geschenk gute Rösser vorbereiten lassen. Sie sollen euch an meiner Stelle den geforderten Dienst erbringen und euch schnell zu euren Siegen tragen. Und solltet ihr trotz meiner Wünsche am Ende doch unterliegen, werden sie euch zu euren Ahnen in die Anderswelt bringen. Nun, bereitet euch auf die vor euch liegende Reise vor. Die Zeit ist knapp, falls alles so geschehen soll, wie es Mirénde in der Zukunft sah!«

»Sollten wir denn nicht auf seine Rückkehr warten?«, fragte Björt.

»Der Weg ist einfach und ihr könnt darauf vertrauen, dass der Zauberer zur rechten Zeit wieder zu euch stoßen wird«, sprach der Fürst und begann sogleich, die Route zu beschreiben.

»Die Götter werden dir deine Gastfreundschaft vergelten. Wir werden die Erinnerung daran noch lange in unseren Herzen tragen«, sprach Björt zum Abschied.

Gleißend legte sich Skinfaxis Sonnenglanz über das weiße Land. In der Ferne bezeugten die langen Schatten den niederen Stand des Sonnenpferdes. Nicht lange dauerte dessen tägliche Fahrt über den Himmel. An den Abenden verschwand es früh im Gebirge. *Dies sei wenig, könnte man meinen.* Doch wies das helle Pferd den Gefährten geradewegs zur Stelle, an der sie Mirénde wieder treffen sollten – zu einer Festung, die sich bereits im Grenzgebirge befand.

Der weißen Kugel am Himmel zu folgen, war allerdings alles andere als einfach. Morgen für Morgen wehten die Winde rauer. Der Schneefall verschleierte die Sicht mal mehr und mal weniger. Der Ritt war bald trostlos, mühsam und gehaltlos, weil irgendwann alles gesagt war, was gesagt werden wollte.

Eines Morgens waren die Vorläufer des Felsengebiets endlich fassbar. Was freute sich Björt, als er die ersten Findlinge im zahmen Spiel der Schneeflocken deutete. Das Ziel kam näher.

»Dem, welchem der Sattel über den langen Ritt unbequem geworden ist, eine gute Nachricht: Zur Nacht hin soll es endlich wieder Anderes geben, auf das wir uns setzen können!«, rief er. »Seht dort! Der Weg zur Festung, in der wir Mirénde wiedertreffen sollen.«

Ekkert horchte auf. Ein Rumpeln dröhnte aus den Felsen. Ein Steinschlag? Einer, der zu keinem Ende kommen wollte? Es war ihm je länger, je mehr er das Grollen vernahm, als stamme dieses Geräusch von Hufen, die wild auf den Steingrund des Weges schlugen. »Hört ihr das auch?«, fuhr es aus ihm. »Ist es denn möglich? Schickt uns Mirénde etwa ein Geleit entgegen?«

Vöðmaður war von Anfang an misstrauisch. »Mich warnt ein ungutes Gefühl. Mir ist, als würde hier etwas nicht stimmen.«

Finar, die am besten von allen sah, versuchte die kleinsten Bewegungen im Schneewetter zu deuten. »Schwarzes Eisen. Große Männer. Sind wir etwa bereits wieder in Muspells Einflussgebiet?«

Nun blieb auch Kaldgrand, der wegen seiner riesenhaften Größe neben seinem Pferd ging, stehen. Zur Sicherheit zog er seine Waffe hervor und sprach: »Auch ich glaube mich zu erinnern, dass Mirénde gesagt hat, dass die Muspellbrüder das Land hinter dem Gletscher selten betreten. Vielleicht sind es nur irgendwelche Unholde. Wer weiß, was sich hier herumtreibt.« Seine Faust umschloss den Stiel der Axt immer härter. Schlimme Geräusche begannen, die Luft zu durchsetzen. Sie seufzte hell und eiskalt auf.

»Als Freunde kommen die kaum!«, zischte Jääkarhu.

Ein gefährlicher Sturm brach an und was auch immer Mirénde gesagt hatte, er trug in den Muspellschmieden gehärtete Schwerter in seinen Böen. Ihr Schimmer traf als Erstes die Seelen der Pferde. Sie begannen, gewaltig zu scheuen. Finar und Ekkert hatten große Mühe, sie wegzuführen und zu beruhigen.

»Seid ihr bereit?«, rauschte Jääkarhus Stimme durch die in Erwartung brodelnde Luft. Sein Blick fasste Vöðmaður, der seinen Prügel nervös umklammerte. »Hast du etwa Angst?”, lachte er.

Gebieterisch hob Kaldgrand daneben seine Axt zum Himmel und sprach: »Befürchte nichts! Es sind nur Hunde! Beißen können sie, zu anderem fehlt ihnen das Geschick.«

»Mag sein, dass meine Haut empfindlicher auf Schwertschläge reagiert als deine!«, kam die Antwort. Kaldgrand fing an, seine Streitaxt so wuchtig zu drehen, dass die Luft in der Erwartung der Ereignisse zu glühen begann. Davon unbeeindruckt kam das schwere Streitwerkzeug der Muspellbrüder näher. Es zerschnitt ebenfalls die Luft. Wo es auf den Untergrund traf, sprühten Funken weit über den Schnee hinweg.

Von Björts Schwert aufgeschlitzt, fiel der erste Angreifer zu Boden. Wie ein verrotteter Beutel hielt seine Haut die Innereien nicht länger zurück. Einer der Schädel barst unter der Schlagwucht von Jääkarhus Kolben. Doch danach war es mit den einfachen Siegen vorbei. Das Kampfgewühl wurde unerbittlich. Waffengesang. Die Luft war von einem Moment auf den anderen mit unerträglichem Fäulnisgeruch geschwängert.

Ekkert stand etwas weiter hinten an Finars Seite bei den Pferden. Sehnsüchtig blickte er den Kampfgebären seiner Vorbilder entgegen. Finar hielt ihn zurück. Auch wenn er offenbar eine starke Waffe besaß, sollte er sich mit diesen Riesen nicht anlegen. Dafür fehlte ihm die Kampferfahrung. Doch er verstand das nicht. Der Kampflärm füllte ihn mehr und mehr mit Stolz. Immer dringlicher wünschte er sich zwischen seine Kampfbrüder. Immer unerbittlicher fesselte das Getöse seinen Geist. Viel Hochmut begann die junge Seele mit süßlichen Stimmen zu umgarnen. Von der Härte des Kampfes blieben einzig die Siege, die Helden, das Versagen der Feinde. Ein Fluch ergriff Ekkerts Geist. Mehr und mehr verfiel er ihm. Surtrs Einfluss zielte aus der Totenwelt hinaus direkt auf die schwächste Stelle des Gegners. Seinem Versprechen von Heldentum, Ruhm und Ehre war dieser nicht mehr lange gewachsen. Die unerfahrene Seele reagierte offen auf die versprochenen Heldentaten. Auch er wollte seinen Beitrag zum Sieg erbringen! Er wollte doch auch etwas zu erzählen haben, wenn ihn einer nach seinen Taten befragte!

Finars Blick ließ nur einen kurzen Moment von Ekkert ab – schon stach dessen Lanze zwischen die Männer. Die Falle schnappte zu. Als hätte es genau auf diesen Augenblick gewartet, fuhr das schärfste der Gegnerschwerter unverzüglich aus den Schatten. Der Schnee wurde weit hinaus mit Blut verspritzt.

Wohl sahen die Männer die Not ihres Bruders, darum kümmern konnten sie sich jedoch nicht. Zu stark war die Wehr, die ihnen entgegenschlug. Erst als die Waffen zur Ruhe kamen, senkte sich Björt mit sorgenzerrissenem Gesicht zu Ekkert hinunter. Dort hauchte eine verblassende Stimme letzte Worte: »Meine Seele ist nicht stark genug, um schon wieder gegen den Niðhöggr zu kämpfen. Sollte ich heute nach Walhall gerufen werden, kann ich den Einheriern zumindest von *einer* Heldentat berichten."

»Ja, das kannst du!«, hauchte Björt. Er hob den Sterbenden auf seine Arme und blickte in Richtung Jääkarhu. Der war zwar kein Heiler, verfügte jedoch über ein ordentliches Wissen, wenn es um die Versorgung von Verwundeten ging. Er machte sich unweigerlich daran, die Wunde notdürftig zu versorgen. »Dieser Schnitt wäre schon bei einer normalen Waffe gefährlich gewesen«, hauchte er, als er sich die Wunde lange genug angeschaut hatte. »Eine Muspellwaffe ist jedoch zusätzlich mit Gift beschlagen. Ich fürchte, Ekkert zeigt meinem ohnehin beschränktem Können unüberwindbare Grenzen auf.«

»Dann müssen wir ihn schnellstens zur Festung bringen! Dort wird es wohl bessere Heiler geben! Solche, die sich mit derartigen Verwundungen auskennen!«, fuhren Kaldgrands Worte heran.

»Wenn wir Ekkert aufs Pferd heben, reißt die Wunde, die ich mit meiner Salbe versiegelt habe. Dann ist es vielleicht um ihn geschehen«, mahnte Jääkarhu. »Aber was sollten wir sonst tun? Hier warten und hoffen, dass Mirénde erscheint?«, fragte er mehr sich selbst als die anderen. Er nickte. »Der Zauberkundige müsste doch auch hier vorbei, wenn er zur Festung will! Die Götter werden es gefügt haben, dass er dort nicht bereits angekommen ist!«

Kaum hatten diese Worte seinen Mund verlassen, rauschte ein klarer Wind heran. Jääkarhu konnte es kaum glauben. Es löste sich ein einzelnes Pferd aus den Furchen des Hanges! Kurz danach stieg Mirénde flink aus dem Sattel. Gewissenhaft untersuchte er die Wunde, blickte dann tief in Jääkarhus Augen und sprach: »Deine Salbe wirkt gut. Wunder zu vollbringen, vermag sie jedoch nicht. Ja, ein Wunder wäre jetzt vonnöten. Euer Jüngster ist dem Tod sehr nahe und ich kann nicht versprechen, dass ich ihn heilen kann.« Er fasste in seinen Beutel und holte eine Phiole daraus. »Wenn ich ihm diesen Trunk einflöße, wird er zumindest die nächsten Tage überstehen. Dies scheint wenig, doch ist es viel, denn bis dahin wird mir möglicherweise eine Lösung eingefallen sein!«

»Woher diese Muspellbrüder kamen, möchte ich wissen!«, fuhr es dahinter aus dem nicht unversehrt gebliebenen Vöðmaður. »Mir ist, als hätte jemand von euch gesagt, dass die Plage Surtr diesen Ländern bisher ferngeblieben sei!«

»Alles ändert sich in dieser Zeit«, sprach Mirénde und zuckte mit seinen Schultern. »Diese Muspellbrüder müssen durch die Grenzflüsse geschwommen sein.« Seine Hand bemühte sich, das Gefäß mit dem Heiltrunk so lange an Ekkerts Lippen zu pressen, bis der ganze Inhalt zwischen den krampfhaft verschlossenen Zähnen verschwunden war.

Kaldgrand nickte. »Mirénde hat recht. Nichts darf uns überraschen.« Seine Augen wandten sich von Ekkert ab. »Uns bleibt hier nichts zu tun. Wir können Ekkert am besten helfen, wenn wir noch vor dem Einbruch der Nacht durch die Portale der Festung reiten.«

»So ist es«, sprach Mirénde. »Die Kälte, die danach hier draußen herrscht, kann nicht förderlich für seine Gesundung sein.«

Da wurden die Pferde hastig bestiegen. Eins, zwei, lag auch Ekkert über einem der Pferderücken. Der Ritt begann, doch der Weg war weit. Früh waren Hrímfaxis erste Schatten in den Mulden zu erkennen. Björt war ungeduldig. Es schien ihm, dass man dem Ziel der Reise nur viel zu langsam näherkam.

Endlich. In der Ferne flackerte ein schmaler Lichtschimmer auf. Er formte dort die Zinnen einer Festung. Ein schweres Tor unterbrach den Weg. Wuchtvoll schlug Mirén des Stock an das Portal. Da füllte sich an einer unscheinbaren Stelle eine kleine Luke mit Licht. »Mirénde bringt die Gesandten der Götter!«, erschallte eine vom Wind umspielte Stimme. Die Torflügel schoben sich zur Seite. Lodernd erhellten einige Fackeln im Inneren des Torhauses eine prunkvolle Rüstung. Die bartumrahmten Lippen darüber formten sich froh. »Ihr seid lange überfällig! Beinahe dachte ich, euch sei etwas zugestoßen!«

Mirénde verneigte sich kurz, wandte sich zu seinen Gefährten und sprach: »Dies ist Sannur. Er wurde vom Fürsten erwählt, um von dieser wichtigen Festung aus das Land gegen die Reifriesen zu verteidigen. Von hier aus ist es bis zum Jötengletscher nicht mehr weit.«

»Dies ist der Grund, warum ich mich sorgte«, antwortete der glänzende Mann. »Die Reifriesen sind in dieser Gegend recht angriffslustig. Ein Glück, dass sie euch in Ruhe gelassen haben!«

»Die Reifriesen haben uns nicht behelligt …«, sprach Björt. Er wies auf Ekkert, den Sannur offenbar noch nicht gesehen hatte.

»Wer … was ist geschehen?«, fuhr es aus Sannur.

»Muspellbrüder«, antwortete Mirénde.

»Muspellbrüder?«, fragte Sannur. »Zwar berichteten mir die Händler, dass in den Hängen schreckliche Unholde ihr Unwesen treiben – aber Muspellbrüder?

Hätte ich ihnen doch geglaubt! Ich hätte euch ein Geleit entgegengeschickt! Ich bedaure zutiefst, dass ihr den Preis für mein Versagen bezahlen musstet. Doch seid frohen Mutes. Die Kräfte, die euch auf eurem Weg begleiten, sind stark. Ihr könnt hoffen, dass die Götter den Tod dieses Mannes verhindern.

Wachen! Kümmert euch um ihn!«

Mirénde nickte. »Derweilen will ich euch erzählen, was am Þing der Zauberer beschlossen wurde«, sprach er. Während er erzählte, dauerte es nicht lange, bis Sannurs Augen aufleuchteten. »Bei den Göttern, das könnte gelingen!«, fuhr es aus ihm, als die Worte zu einem Ende gekommen waren. »Und ich lasse es mir nicht nehmen, anstelle eures Verwundeten mit euch zu reiten!«

Mirénde blickte seinen Gefährten triumphierend entgegen. In ihren Augen war die Freude jedoch verhalten. Längst zeichnete sich darin schwere Müdigkeit ab.

»Der Kampf und alles, was danach geschah, ließ meinen Geist heute zu sehr ermatten«, seufzte Björt. »Deine Diener sollen mich zu Ekkert führen. Neben ihm will ich bis zum Morgen warten, damit er sich nicht einsam fühlt.«

»Er ist nicht einsam. Ich sehe doch eure Geister bei ihm!«, antwortete Sannur.

Im schwachen Schein eines Fettlichts ließ Björt seinen Blick die halbe Nacht lang über Ekkerts Gesicht streifen. »Ich werde der Asin Eir opfern, damit sie dir Linderung verschafft!«, seufzte er in die schwere Stille, die sich um den fieberbebenden Leib gelegt hatte. Seine Augen senkten sich. »Im ersten Morgenlicht werden wir weiterreiten, doch du wirst hierbleiben, bis es dir besser geht. Der Feldherr dieser Feste, Sannur heißt er, wird so lange deinen Platz einnehmen. Doch keine Angst, du bleibst nicht alleine hier. Ich werde nur zum Schein mitreiten. In Wirklichkeit werde ich hierbleiben. Meine Seele wird bei dir sein, bis du wieder zu uns kommst.«

»Er kann dich nicht hören, Herr!«, hauchte eine zarte Stimme. Im fahlen Licht des Raumes formte sich eine Frauenhand, die sich zu Ekkerts Gesicht hinuntersenkte, um ihm mit einem Stück Stoff den kalten Schweiß von der Stirn zu tupfen.

Von tiefstem Schmerz getroffen, erhob sich Björt und trat nach draußen in die Nacht. Am Himmel waren die ersten Anzeichen der Morgendämmerung auszumachen. Der Burghof darunter war bereits mit allerlei Geräuschen gefüllt. Auch wenn man sich schwer damit tat, etwas zu erkennen, musste man nicht lange rätseln. Es waren Soldaten, die Pferde und Wagen beluden.

»Steigt auf, wir reiten los!«, hallte Finars Stimme aus der Höhe. »Es sind bis auf Mirénde alle da.«

»Der Zauberer ist schon aufgebrochen, weil er sich noch um einiges kümmern will. Sein Tatendrang ist ungebremst, seit er sich bei einer wichtigen Angelegenheit weiß", ergänzte Sannur.

»Du willst tatsächlich mit uns reiten, bis Ekkert wieder zurückkommt?«, fragte Vöðmaður. »Wer wärmt dir in dieser Zeit den Hochsitz in dieser Festung?«

Sannur lachte auf. »Nicht nur ich, nein, viele meiner Männer begleiten euch. Im Gegensatz zu mir werden sie auch dann noch für euch kämpfen, wenn ich längst wieder in dieser Festung bin. Soldaten, die die Festung bewachen, bleiben genug! Mein Stellvertreter ist bereits unterwegs und wird vermutlich schon morgen hier eintreffen.«

Björt bestieg das Pferd und nahm dankbar das Bündel mit Nahrung entgegen, das man ihm reichte. Dann blickte er Sannur entgegen und fragte: »Was meinst du, wann wird es Ekkert besser gehen?«

»Magst wohl nicht warten, bis du mich wieder los bist?«, grinste Sannur. »Die Götter wissen um die Zukunft und um die Rollen, die ich und Ekkert darin erfüllen werden. Sie werden ihn rechtzeitig retten. Mirénde trifft sich heute erneut zum Þing mit seinesgleichen Zauberern. Unter ihnen befindet sich manch guter Heiler. Einem von ihnen wird wohl eine Möglichkeit einfallen, wie die junge Seele aus der Zwischenwelt zu holen ist!« In diesen Augenblicken brach das Morgenrot die Schatten der Zinnen. Ein roter Schimmer legte sich auf die Dächer. »Abmarsch, Männer!«, befahl Sannur. »Wir wollen heute noch ein weites Stück in Richtung Grenze schaffen!«

Das Geleit kam in Bewegung. Es durchreiste den ganzen Tag das eisige Land, doch übertraf es die Erwartung des Heerführers nicht. Nur mühsam zeichneten die Karren ihre Spuren in den Schnee.

Früh füllten sich die Felsen der umliegenden Gebirge mit Skinfaxis rötlichem Abendschweif. In den Nachtschatten, die danach aufkamen, waren viele Reifriesen gesichtet. Doch als die Nacht durchritten war, fassten Finars Augen das Ziel am Horizont. Es lag unter einem grauen Schleier. Darüber Feuerrauch, der in das Gewölk aufstieg. Finar freute sich. »Die Stelle, an der Irmin alles für das Kriegslager vorbereitet, kommt näher! Bald werden wir unsere Hände über einer neuen Feuerstelle wärmen!«, fuhr ihre Stimme in Richtung Björt, der neben ihr ritt.

»Die Ruinenstadt liegt direkt am Grenzwall, hinter dem der Gletscher und damit Surtrs Einflussbereich beginnt«, hallte Sannurs Stimme von hinten heran.

»Surtrs Einflussbereich hat sich wohl verschoben. Wir wurden wirklich von Muspellbrüdern angegriffen«, setzte Björt ihm entgegen.

»Surtis Gemahlin, die Zauberin Sinmara, hat sich offensichtlich wieder einmal eine List ausgedacht. Aber die Gefahr ist überschaubar. Sonst würde ich davon wissen«, antwortete Sannur.

»Das hoffe ich. Gegenwärtig würde es uns wohl schwerfallen, gegen einen Angriff zu siegen«, sprach Finar. »Obwohl schon Soldaten im Lager sind? Ich kann es mir schwer vorstellen. Viel Arbeit liegt vor uns. Werden wir am Ende überhaupt genügend Kämpfer für den Kriegszug nach Muspellheim zusammenbringen? Mögen uns die Götter beistehen!«

»Das werden sie«, antwortete Sannur. »Und nicht nur sie! Gerade darum wurde dieser Ort gewählt. Irmins Stadt wurde von den Reifriesen zerschlagen. Viele Menschen erfroren. Ihre Geister wirken noch heute. Und weil die Toten um die Zukunft wissen, werden sie uns vorteilhaft gestimmt sein. Ihr werdet sehen!« Ein Lächeln durchrauschte seinen Bart. »Dort! Schaut doch! Mich dünkt, in jedem Moment erkenne ich mehr und mehr Spuren! Kommt! Reiten wir zu einer Stelle, von der aus wir einen Überblick über das entstehende Kriegslager haben!« Die Zügel in seinen Händen begannen sich zu wallen. »Komm, Schwarzer! Zeig, was du kannst!«

Der Schnee verstob unter den Hufen, als Sannurs Pferd den anderen voran weggaloppierte. Auf einem Hügel, etwas oberhalb der ersten Ruinen, kamen die Pferde wieder zum Stehen. Auch Vöðmaður, Jääkarhu und Kaldgrand, die aufgrund ihrer riesenhaften Körpergröße zu schwer für einen gewöhnlichen Sattel und darum zu Fuß unterwegs waren, traten aus dem Hintergrund heran.

»Die Schicksalsfrauen müssen Miréndes Kriegspläne in den Nachtträumen verbreitet haben!«, staunte Finar.

Björt stutzte, als auch er auf Irmins Heimstadt blickte: »Noch ist es keine neun Tage her, dass wir an diesen Ort gewiesen wurden, und schon sind dem Ruf so viele gefolgt! Wisst ihr, was das bedeutet? Dies ist erst die schmale Vorhut der Männer, die uns unterstützen werden!«

»So soll es auch sein, denn noch reichen diese Männer nicht einmal für eine Vorhut«, fand Jääkarhu. »Wir werden wohl noch lange warten müssen, bis wir nach Muspellheim aufbrechen.«

»Aber der Anfang ist getan!«, antwortete Kaldgrand. »Und schaut: Dort unten stehen nicht nur fromme Krieger. Allerlei andere Kreaturen erblickt man da und dort. Nicht nur aus Miðgarðr, sondern auch aus den acht anderen Welten stammen sie.«

»Wir sollten aber achtsam sein. Es werden nicht nur uns wohlgesinnte Wesen ihren Dienst anbieten!«, schallte Irmins Stimme heran. Der Goði hatte den Kriegszug schon im ersten Morgenflimmern herannahen sehen und war herbeigeeilt, um ihn zu empfangen.

»Davon hörten wir«, antwortete Vöðmaður. »Der hiesige Fürst ist den Thursen, die ehemals beim Feind Dienst leisteten, leider wohlgesinnt. Wir anderen denken aber auch, dass der Feind auf diese Weise versucht, sich in unsere Reihen einzunisten.«

Jääkarhu nickte. Er hob seine Nase und sog einen tiefen Atemzug der vom Grenzland heranschwebenden Luft in sich auf. »Die Winde verraten es mir. Nicht wenige Thursen befinden sich in der Gegend. Denkt daran, dass wir beschlossen, diesen Wesen niemals zu trauen. Wir waren uns einig, dass die ehemaligen Krieger aus Muspells Reihen niemals für uns kämpfen sollen!«

»Die Thursen, vor denen dir graut, lungern nicht vor dem Kriegslager herum, sondern sind bereits darin«, antwortet Irmin. Jääkarhu riss die Augen auf und wollte gerade seine Waffe ergreifen, da hielt ihn Sannur gerade noch zurück: »Mäßige dich. Der Fürst wies sie zu diesem Lager.« Jääkarhu schaute dem Feldherrn messerscharf entgegen. Dieser zeigte sich davon unbeeindruckt. Wut keimte auf. Irmin konnte gerade noch dazwischentreten und Schlechtes verhindern, indem er sprach: »Sie sind nicht frei, sondern befinden sich in einem der wenigen Gebäude, das dem beharrlichen Angriff der stärksten Reifriesen bisher immer gewachsen war. Ein guter Kerker.«

Finar zuckte mit ihren Schultern. »Wir sollten tatsächlich versuchen, durch sie an wichtiges Wissen zu gelangen. Du sprichst doch ihre Sprache, Vöðmaður. Vor dir werden sie möglicherweise ihre wahre Absicht nicht verbergen und uns vielleicht sogar die eine oder andere Schwachstelle in Surtrs Wehr verraten.«

»Du unterschätzt Surtr, wenn du denkst, dass er so etwas nicht vorausgeahnt hätte!«, mahnte Björt. »Sie würden uns mit falschen Auskünften zu beeinflussen versuchen!«

»Wir müssen ja nicht alles glauben«, antwortete Finar. »Außerdem könnten wir Vöðmaður von weitsichtigen Alben, die Wahres und Unwahres erkennen, begleiten lassen.«

»Irmin, hast du denn auch Alben unter den Ankömmlingen erblickt?«, fragte Kaldgrand. »Wir könnten sie jedenfalls gut gebrauchen. Dann würde es auch jedem Aufwiegler schwerer fallen, das Lager zu betreten.«

Irmin schüttelte den Kopf.

»Nach dem, was auf der Albeninsel geschehen ist, zweifle ich nicht daran, dass uns Oberon von seinen Leuten schickt«, schwor Finar. »Mögen sie in den wenigen Tagen diese Gegend noch nicht erreicht haben, bald werden auch sie in diesem Gefolge stehen!«

»So ist es! «, sprach Jääkarhu. »Und auch ich habe Gutes zu verkünden! Auch aus Útgarðr ist eine Schar Eisbären hierher unterwegs.«

Kaldgrands Bart begann zu zucken. »Ein guter Vorteil – deine Brüder! Sie verfügen über vorzügliche Sinne. Sollten wir beschließen, Surtrs Schiff in Niðafjöll anzugreifen, werden die Eisbären uns übers weglose Grenzgebirge Undir Miðgarði nach Útgarðr führen!«

Björt blickte etwas irritiert auf. »Du nennst die Eisbären deine Brüder? Schweigsamer Jääkarhu, dein Äußeres erinnert mich manchmal an einen Bären, aber …«

»*Jääkarhu* ist in der wanischen Sprache das Wort für Eisbär!«, erklärte Kaldgrand. »Sag es ihm, Großer! Deine Gefährten wollen so gerne wissen, warum du um die Geheimnisse der weißen Bären weißt!«

Jääkarhu hustete. »Es ist kein Geheimnis und ich dachte, ihr hättet es längst erraten. Ihr wisst, dass ich kein Wane bin. Ich stamme aus der Gegend, in welcher schon vor dem Fimbulwinter Tag für Tag ein stattlicher Berg von frischem Schnee fiel. An der Seite einer Eisbärin verbrachte ich die erste Zeit meines Lebens. Ich verließ ihren Schatten, als ich nicht mehr auf sie angewiesen war, und wanderte dann, von meiner Neugier getrieben, bis zum Rand von Angrboðas Gebiet. Dort gefiel es mir sehr gut, weil es von Zeit zu Zeit etwas zu entdecken gab.

Wie ich zu den Wanen kam, ist schnell erzählt: Eines Morgens wurde ich von einem grässlichen Lärm geweckt. Da sah ich einen *Wanen*, der alleine gegen fünf gefährliche Reifriesen kämpfte. Aus Langeweile half ich ihm, bis die Angreifer das Interesse am Kampf verloren und davonzogen. Von den Göttern wusste ich damals noch nichts. Dies sollte sich nun aber ändern. Ich hatte Fróðis Lieblingsdiener Skírnir gerettet. Daraufhin wurde Phol nach mir ausgeschickt. Er überredete mich, zu einem Þing nach Vanaheim zu kommen. Dort wurde ich zu Fróðis Wunschsohn und eine schöne Zeit begann für mich. Meine alte Heimat ließ mich jedoch nicht los. Beharrlich drängte mich die Sehnsucht wieder an die Oberwelt. Als du, Björt, eines Tages im Wanenland auftauchtest, bestimmte Fróði, dieser Sehnsucht entgegenzukommen. Ich sollte dich bei deiner Aufgabe begleiten …« Seine Worte brachen ab. Er blickte scharf durch die graue Luft und sprach: »Gleich wird ein Schneegestöber anbrechen. Es ist an der Zeit, unser Lager zu richten.«

Björt hob seinen Blick. Der Himmel war bedeckt, doch beinahe windstill. Weit und breit waren keine Schneeflocken auszumachen. Dennoch. Jääkarhu sagte so etwas nicht von ungefähr. Er ließ seine Zügel locker. Das Pferd folgte den anderen in und durch die Stadt. Kaum war Irmins Bau erreicht, löste sich ein schweres Winterwetter aus der starren Luft.

Schwere Tage brachen übers Land. Manches Mal konnte man im Schneenebel, der sich darüber ausgebreitet hatte, keine drei Schritte weit sehen. Als sich das Wetter eines Nachts endlich wieder besserte, eröffnete sich ein sternenklares Firmament über dem Land. Doch vermochte sich kaum etwas von dessen Licht in die Ruinenstadt hinunterzulegen. Licht brachten indessen die zarten Feuerfunken, die inzwischen hier und dort aus den windgeschützten Stellen in die Luft hinaufgriffen.

Vieles geschah in dieser Zeit. Die Plätze und Gassen füllten sich mit Leben. Trotz der widrigen Umstände erhob sich nach kurzer Zeit Zelt an Zelt. Bald übten die Schwerkämpfer. Die Handwerker arbeiteten. Es vereinigte sich an diesem Ort das Wissen und die Erfahrung vieler Sippen. Dies, daneben viel Gutes, aber auch Schlechtes wurde am täglichen Þing besprochen. Allem voran stand die Sorge um Ekkert, von Mirénde fehlte meistens auch jede Spur. Mochten Irmin und Sannur die freien Plätze im Rat besetzen, missfiel dies den Räten immer mehr.

»Auch wenn wir von Mirénde in dieser Zeit nicht viel sehen, er arbeitet daran, dass wir im Krieg, der vor uns steht, siegen werden«, schwor Sannur. »Ohne den Zauberer würde es um ein Vielfaches schwerer. Und was Ekkert betrifft: Die Tage vergehen und wir erfahren auch nichts Besorgniserregendes über ihn. Wer weiß, vielleicht ist er schon morgen genesen.«

»Du hast recht«, sprach Finar. »Wir sollten uns doch lieber freuen, dass sich alles gut zu entwickeln scheint. Schaut doch nach draußen. Großartiges spielt sich dort ab!«

Björt nickte. Seine Blicke vergruben sich in der Glut, die sich um das Þingfeuer breitgemacht hatte. »Es ist eine seltsame Ruhe, die sich über alles gelegt hat«, meinte er. »Der Krieg vor uns scheint so weit entfernt, dass ich die Männer bereits ermahnen musste, sich nicht an den Frieden zu gewöhnen. Ich verstehe es nicht. Längst müsste doch Surtr von uns wissen. Warum gönnt er uns diesen Frieden?«

»Der Feuerdämon ist aus diesen Ländern verbannt. Mirénde sagte, er könne die Grenze nur überschreiten, wenn ihm jemand das Grenztor von innen öffne«, erwiderte Irmin.

»Zum Beispiel einer der Bergriesen, die im Kerker darauf warten, dass wir unsere Meinung über sie ändern«, sprach Finar. »Nicht nur ich – auch ihr denkt doch, dass Surtrs Fahnenflüchtlinge zu einem anderen Zweck in unserem Lager sind.«

»Wenn sie wirklich so gefährlich sind, frage ich mich, worauf sie warten«, wandte Björt ein. »Warum bleiben sie so ruhig und duldsam und stellen sich uns nicht entgegen? Immerhin könnten sie die Eisenketten nur schon mit ihren knisternden Blicken sprengen.«

»Stattdessen machen sie einen jämmerlichen Eindruck und geben vor, vor uns Angst zu haben«, hallte es aus Vöðmaðurs Hals.

Sannur wunderte sich. »Du warst bei ihnen?«, fragte er.

»Nicht nur er«, setzte ihm Björt entgegen. »Ich habe ihn begleitet.«

»Und? Was habt ihr herausgefunden?«, wollte Kaldgrand wissen.

»Sie wissen einiges über Surtrs Pläne. Doch sie werden uns nichts verraten, ehe wir ihnen nicht vertrauen«, antwortete Björt.

»Ich kann's mir denken!«, antwortete Irmin. »Wir werden ohne ihr Wissen auskommen müssen.«

»Sollen sie daran ersticken!«, setzte Vöðmaður diesen Worten nach.

»Warum habt ihr nicht auf die Alben gewartet?«, wollte Sannur wissen. »Wenn es so ist, wie Finar vermutet, wird es doch nur noch wenige Tage dauern, bis Oberons Getreue hier auftauchen. Sie hätten aus den Worten vielleicht etwas Wertvolles herausgehört.«

»Hätten sie nicht«, sprach Vöðmaður. »Soviel ich weiß, sind die Alben der Sprache der Bergriesen nicht mächtig.«

Björt nickte in Richtung Vöðmaður und sprach: »Es befinden sich übrigens seit Kurzem einige Alben im Gefolge. Ich habe mich bereits mit ihnen unterhalten. Als Erstes wollte ich wissen, warum wir so lange auf sie warten mussten. Ob denn ihre Zauberei nicht mehr wirke. Ihre Antwort ließ mich erschaudern. Die Notburg der Alben ist in Bedrängnis. Der Albenkönig braucht seine Männer selber, auch wenn wir gerade ihre Hilfe gut hätten gebrauchen können.«

»Ich bin dafür, dass ihr die Gefangenen noch einmal aufsucht. Und zwar in Begleitung der Alben«, empfahl Finar.

»Nein!«, fuhr Kaldgrands Stimme dazwischen. »Keiner unserer Männer darf denken, dass wir mit ihnen verhandeln. Sonst könnte es zu einem Aufruhr kommen. Wir dürfen das Vertrauen unseres Heeres nicht aufs Spiel setzen. Die Meinung der Männer ist gemacht. Es ist die unsrige. Wir werden nicht an der Seite dieser Bergriesen in den Krieg ziehen.«

»Es stimmt. Jeder sähe sein Schwert gerne in einem ihrer Rücken«, sprach Björt. »Wer kann es ihnen verübeln? Es waren die Thursen, die den Muspellbrüdern voran Miðgarðr entvölkerten.«

»Vielleicht sollten sie trotzdem die Möglichkeit erhalten, uns ihre Gesinnung zu beweisen! Dies aber nur, um den Männern zu beweisen, dass es auch Hoffnung in einer unsicheren Zeit gibt!«, mischte sich unerwartet Mirénde Stimme ins Gespräch.

»Anderes ist jetzt wichtiger«, antwortete Björt. »Zum Beispiel Ekkert!«

Mirénde nickte. Während er sich in den Þingkreis setzte, schien es für den Bruchteil eines Momentes, als hätte sich das Gesicht unter seinem Bart mit Sorgenfalten überzogen. »Ich habe ihn in der

Zwischenzeit an einen Ort bringen lassen, an dem die Energien besser wirken. Seine Heilung ist nicht einfach. Doch viele Zauberer, darunter auch solche, die sich mit schwarzer Magie auskennen, befassen sich damit.« Er blickte so tief ins Feuer, dass sich seine Gedanken darin zu verlieren drohten. »Leider ist es so, dass die Muspellbrüder ihre Klingen vor jedem Kampf mit schweren Giften benetzen. Ekkerts Herz ist davon so arg zerfressen, dass er wohl längst in Walhall weilen würde, wenn das Weltenschicksal nicht auf ihn angewiesen wäre.« Er schaute auf. »Nun aber lasst mich von den Fortschritten hören, die hier im Kriegslager gemacht werden!«

»Trotz der kurzen Zeit, die bisher verrann, hat sich hier alles besser entwickelt, als wir es erwartet hatten«, antwortete Björt. »Der Tatendrang ist ungebremst. Die Krieger harren bereits dem Aufbruch entgegen. Sie werden nicht müde dabei, sich neue Waffenhiebe auszudenken. Sie ahnen nicht, dass sie es trotz ihres Eifers schwerhaben werden, gegen Muspells Härte anzukommen.«

»Auch von den Handwerkern weiß ich nur Gutes«, ergänzte Irmin. »Pfeilmacher- und Gerberwerk wird zwischen den Zelten erstellt. In den Feuern der Schmiedemeister formten sich bereits allerlei Waffen. Jeder soll die Waffe bekommen, die ihm am besten liegt. Sag, Mirénde, du wirst all dies doch noch bezaubern, sonst wird es im Kampf gegen den Muspell keinen großen Nutzen bringen.«

»Es wird geschehen, was ich versprach«, antwortete Mirénde. »Anderes bereitet mir heute Sorgen. Es sind die Geschichten, die sich fernab von hier, in den Lagern unserer sicher geglaubten Verbündeten, abspielen. Als ich ankam, sprachst du gerade davon, Björt. Dass bei den Alben etwas nicht stimmt, ahnte ich schon lange. Nun bitte ich dich, erzähle, was dort geschah.«

»Scheinbar griffen die Muspellbrüder und ihr Gefolge das Land an, in dem sich die Notburg der Alben befindet«, antwortete Björt. »Mit tödlichem Eifer bekämpften sie alles, was dort lebt. Ihr Sieg schien unvermeidlich. Schon wollte auch Oberon seine Männer zur Schlacht schicken, da geschah etwas, was sich niemand erklären kann. Surtrs Heerscharen zogen sich in die Wälder zurück. Die Späher, die ihnen folgten, sahen sie in die Richtung der Wetterberge marschieren.«

»Für welches böse Zauberstück sie sich dort wohl zusammenrotten?«, fragte Mirénde mehr sich selber als die anderen.«

»Weiß Surtr nicht, dass die Burgen in den Wetterbergen uneinnehmbar sind?«, fuhr es aus Kaldgrand.

»Und wozu? An Gold und Prunk der Stätte kann es nicht liegen! An der Macht der Wetterfürsten wohl auch nicht. Als Schöpfer des Fimbulwinters beherrscht Surtr die Wetter doch bereits«, ergänzte Jääkarhu.

»Der Fimbulwinter ist ein übler Fluch, doch gänzlich regiert er die Wetter nicht«, setzte Kaldgrand dem entgegen. Da fiel es ihm wie Schuppen von den Augen: »Surti will den Windadler! Sein Horst befindet sich innerhalb der Wetterfestung! Er braucht seine Kräfte, wenn er das große Schiff in Niðafjöll auslaufen lassen will.«

Mirénde blickte dem Wanen ernst entgegen. Ein Rauschen füllte den Raum. Seine Augen erfassten das Þingfeuer. »Für Surtr ist es wohl nicht unmöglich, Hræsvelgs Willen zu brechen«, seufzte er. Die Flammen loderten ein letztes Mal auf. Dann neigten sie sich zu Boden und verstarben. Die Glut der Feuerstelle durchrieselte den Raum. Wind schlug von draußen durch alle Ritzen des Bauwerks herein. Über dem Lager keimte ein gewaltiger Sturm auf. Mit der Behaglichkeit war es zu Ende.

Der Fimbulwinter beendete die Kriegsvorbereitungen für viele Tage. Draußen durchstreiften die unaufhaltsamen Reifriesen das Lager und töteten, auf wen sie trafen. Den Kämpfern blieb nichts anderes, als zusammenzurücken. Sie mussten die Wärme, die die Feuer nun für sich behielten, in den geisthaltigen Säften suchen, die als einzige Flüssigkeiten der Kälte trotzten. Auch Björt trank, als er dann und wann die Männer besuchte, hier und da über den Durst. Vom heiteren Geist befangen, führte er danach oft überschwängliche Gespräche über diese oder jene Angelegenheit. Dabei erfuhren die

Zuhörer oft viel Gutes – aber auch solches, das ihnen missfiel. Als Björt eines Abends über die Thursen im Kerker sprach, antwortete einer seiner Trinkbrüder, dass man die wahre Gesinnung dieser Kostgänger wohl leicht zum Vorschein bringen könne, wenn man ihnen die Aufgabe gebe, nach Jötunheim zu schleichen und von dort mit einem frisch abgeschlagenen Muspellschädel zurückzukehren. Danach sei wohl klar, auf welcher Seite die Gefangenen stünden. Diese Worte waren in diesem Augenblick für Björt so schlüssig, dass er schwor, eine solche Probe in die Wege zu leiten, sobald es das Wetter zuließ.

Als neun Tage später der Sturm endlich schwächer wurde und wieder anderes als das Trinken Gewicht bekam, strömten die Männer durch das Lager und forderten die Geltung des Asenwortes. Da war schnell klar, dass es geschehen musste, da sonst die Götter viel an Ansehen verlören. Am Þing wurde einzig noch besprochen, dass zwei Läufer dem Riesen durch die Kältesteppe folgen sollten, damit der Thurse bei seiner Rückkehr niemanden mit Lügengeschichten verblenden konnte.

Heiss gärt es in Surtrs Seele!

Vaska fjarri, folks oddviti! gær á morgin grams aldrlokum;
þó telk sløgjan Sigmundar bur, es í valrúnum vígspjǫll segir.

Ich war nicht fern, Führer des Schlachtkeils! Manch ein Held sank durch mich hindurch; Doch nenne ich dich schlau, Sigmunds Erbe, dass du die Kampfrunen der Schlacht uns weihtest.

Ohrenbetäubend rauschten die schneevollen Lüfte über die eisstarren Felder. Grau in Grau fegten sie von überallher in Richtung der Jötengletscher. Alles, was diese Kraft erfasste, wurde weit durch die Falten des Landes gezogen, ehe es davon ins Firmament hinaufgesprüht wurde. Dort, in der Höhe, wich die Kälte, je mehr das Gewölk dem heißen Weltenrand entgegenstrebte. Aus dem Frost wurde Dunst. Aus den zum Boden sinkenden Schneeflocken wurde zum Himmel strebende Asche. Darunter nicht mehr Schnee, sondern glimmender Sand. Ein rotbrodelndes Gewirr überschwebte Surtrs Heimat. Der Winter war hier fern. Es herrschte eine für jedes Wesen Miðgarðs tödliche Hitze.

Muspellheim. Von den Feuern des Dämons gezeichnet. Abseits jeglicher göttlichen Einflussnahme war das Land eine einzige Flammenbrunst. Was darauf geschah, konnte man von Óðinns Hochsitz Hliðskjálf aus nur erahnen.

Seinem Unvermögen überdrüssig hatte der Asenhäuptling seine Aufmerksamkeit schon lange nicht mehr dem Muspellland zugewandt, wenn er auf seinem Stuhl in Walhall saß. An diesem Tag hätte er besser in jene Richtung geblickt:

An der Grenze zum Flammengebiet begann es an einer Stelle zu rumoren. Tosend fiel dort ein rußschwarzes Portal in den Wüstensand. Wuchtvoll wirbelten viele feuergezeichnete Stürme von dort aus über die Wüstendünen. Weit im Inneren Miðgarðs spürte man sie noch. Dahinter zeichnete sich eine riesenhafte Kreatur ab. Ein brennendes Wesen, das sich in Bewegung setzte. Einen Augenblick wäre dieses von Hliðskjálf aus gut zu erblicken gewesen, ehe es von der Schwärze, die ihm wie ein Schleier folgte, aufgeholt und vereinnahmt wurde.

Eine seltsame Nacht legte sich über die Grenze zur Menschenwelt. Wohl blickte manch ein Gott von seiner Arbeit auf, als sich die Dunkelheit über die Welt der Menschen ausbreitete, doch nur Grinsen zeichnete die Bärte, da jeder dahinter einen Schabernack Nórrs vermutete.

Einzig dem Windadler Hræsvelgr kam dies merkwürdig vor. Er versuchte einige Male, den schwarzen Mantel zu verblasen. Dies verursachte aber nicht mehr, als dass manches Mal ein Lichtschimmer durch die jäh angebrochene Nacht flackerte. Niemand vermochte zu ahnen, dass dieses Glimmen den Namen Surtrs trug. Der Todfeind der Asen hatte die unergründlichen Tiefen seines Reiches verlassen, um sich ein Bild seiner zukünftigen Widersacher zu machen.

Surtr hohnlachte, während er unter seinem Mantel heranrauschte. Diese aufsässigen Possenreißer! Ihr kleiner Aufstand würde bald zu einem Ende kommen! Bereits nahte ein Stoßtrupp über den Gletscher. Keine noch so dicke Mauer, und schon gar kein in Miðgarðr geschmiedetes Schwert, würde die Muspellbrüder davon abhalten, ihrem Vater zu gefallen. Óðinns Gegenwehr kam viel zu spät, um das Schicksal der Götter noch abzuändern.

Lodernd umgarnten die aus den Glutbecken schwelenden Feuer den Rauch bis weit hinauf. Sie vermochten, die jäh aufgekommene Nacht nur wenig zu erhellen. Es war Tag, doch kein anderes als das Flammenlicht zeichnete sich auf ihren Gesichtern ab. Die Männer waren beunruhigt. Schlimmste Vorahnungen peinigten die Geister.

Hatte der Fenriswolf etwa die Sonne gefressen? Immerhin hatte der eine oder andere schon davon gehört, dass dies von den weisen Frauen von Landdísastein vorhergesagt war. Manch einer, der sich davor gewaltig stark gefühlt hatte, begann sich nun zu fürchten. *Ragnarokr! Weltuntergang!* Was mochte als Nächstes geschehen?

Die Fäuste bebten. Die Waffen erhoben sich. Schwertstahl durchstach die Luft. Die Schützen bestiegen das Grenzgemäuer. Selbst Finars Pfeil zielte weit hinaus. Zahllos versuchten die Augen in der Schwärze vor der Mauer etwas zu fassen. Doch entdeckten sie nichts. Nur dann und wann einen vom Wind geformten geisterhaften Schatten, der augenblicklich wieder verschwand.

Die Zeit wurde lang. Finars Augen ermüdeten. Ihr Blick senkte sich und wandte sich dann nach hinten. Sie erkannte Jääkarhu, der hinter ihr neben Mirénde stand. Sie war etwas verwundert, da sie in deren Stimmen weder Furcht noch Angriffslust deutete. Von Jääkarhus kühlem Blick erfasst, begann auch sie sich zu beruhigen: Wenn ein leibhaftiger Eisbär und ein kluger Zauberer keine Gefahr witterten, dann gab es wohl wirklich nicht viel zu befürchten. Als ihr der Weißbefellte lange genug entgegengeschaut hatte, wandte sich dessen Bart wieder in Richtung Mirénde, um sein Gespräch fortzusetzen. »Was das Wolfsheulen bedeutet, fragst du? Nun – wie unsere Männer vermuten auch die Graufelle, dass sich in der angebrochenen Nacht die Weissagung der weisen Frauen endlich erfülle und die freudlose Zeit endlich anbräche!«

»Was besagt diese Weissagung?«, fragte Finar.

»Die des Fenriswolfs?«, fragte Mirénde. Sein Augenglanz hatte seine Regsamkeit verloren. »Nun, die Wölfe denken, dass die Dunkelheit daher rühre, dass der Fenriswolf sein Lebensziel endlich erfüllt und die Sonne verschlungen hätte!«

»Dumm sind sie, weil sie sich den Sieg ihres Vorvaters über die Sonne ersehnen!«, lachte Jääkarhu. »Dies würde wohl auch ihren Untergang bedeuten! Ich glaube nicht, dass …«, Falten zeichneten sich auf Finars nachtumwundener Stirn. »Ihr spottet, als ob die schlimmen Weissagungen der weisen Frauen nicht eintreten könnten! Was aber, wenn doch? Immerhin haben sich viele der Vorzeichen erfüllt!«

»So ist es!«, hallte Vöðmaðurs Stimme aus dem Hintergrund. »Zuerst würde ein verheerender Winter kommen. Da stöbe Schnee von allen Seiten. Frost herrsche gewaltig, die Winde messerscharf. Der Fimbulwinter nämlich. Danach geschehe, was die schrecklichste Zeit einläuten würde: Der große Wolf frisst die Sonne. Und seinen Sohn den Mond, worauf das Gestirn vom Himmel fiele!«

»Beruhigt euch!«, unterbrach Mirénde. »Noch ist es nicht soweit. Dies wird eine einfache Sonnenfinsternis sein, wie sie wohl alle paar Winter einmal vorkommt! Es ist nicht das erste Mal, dass sich die Wölfe gebärden, als sei das Ende der Zeit gekommen!«

Jääkarhu blickte dem Zauberer hart entgegen. »Auch wenn du uns beschwörst, dass Fenrirs Nachkommen sich irren, wollen die Wölfe ihren schlechten Vorfahren deutlich am Himmel erkannt haben! Und auch ich sah ein seltsames Flackern in der Nacht!«

»Der Fenriswolf flackert nicht. Er bevorzugt die Schatten«, antwortete Mirénde. »Vielleicht entfachte jemand dort ein Feuer? Immerhin erreichen uns noch immer täglich neue Kampfwillige. Jääkarhu, du verfügst über die beste Nase. Vermagst du, in jener Richtung Feuerrauch auszumachen?«

»Wie denn? Der Wind treibt die Lüfte von uns weg«, antwortete Jääkarhu. Dennoch saugte er einen tiefen Luftzug in sich ein. Er räusperte sich. »Etwas Gestank schwebt von dort aber schon heran. Mich erinnert er eher an verdorbene Eier als an Feuer.«

»Schwefel?«, fragte Mirénde. Seine Stimme verstummte schlagartig. Es fuhr ihm wie ein Blitz durch den Kopf: *»Surti!«*

In diesem Augenblick verschwand die Nacht so schnell wie sie gekommen war.

Surtr hatte der Grenzmauer lange genug entgegengeschaut. Ein Rauschen ging durch den aus Schatten gewobenen Mantel. Knisternd begann dieser, sich durch Miðgarðs Täler zu ziehen. So schnell wie möglich wollte der Dämon nun auch das Schiff in Niðafjölls Fjorden sehen.

Er sputete sich. Er fürchtete das Augenpaar des Wächters Heimdall, welches ihn, wenn er zauderte, wohl früher oder später erblickte. Dann würde der Ton des Gjallarhorns den Asen unmissverständlich verkünden, dass Muspellheims König Miðgarðr durchquerte. Er musste den Einflussbereich der Götter verlassen, ehe auf Þors Gehöft Thrúðheimr die Kriegsrösser bestiegen wurden.

Tatsächlich versuchten Heimdalls Augen vom Zinnenkranz der Himinburg aus, diese seltsame Nacht zu durchstechen. Er bemühte sich sehr, doch gelang es ihm nicht. Als der Tag danach wieder anbrach, strich sein Blick beflissen über jede noch so unbedeutende Steinkante. Er wanderte über die Schatten von Miðgarðs Tälern und traf schließlich auf das Heerlager, in welchem die Muspellbrüder mit ihren Bundesbrüdern der Erstürmung der Wetterfestung entgegenharrten. Seine Augen verengten sich zu einem Spalt, als er die matte Düsternis zu deuten versuchte, die auf den angrenzenden Hängen lag. Seine Ohren, die dazu imstande waren, das Gras auf den Feldern wachsen zu hören, füllten sich mit den Geräuschen des Windes, der durch die Steine hinunterrauschte. Heimdall stutzte. Es hörte sich an, als hätte der Wind auf seinem Weg allerhand Gefieder durchstreift.

»Falken«, zischte der Wächter. In diesem Augenblick durchfuhr Bewegung die Schatten. Heimdalls Gehör füllte sich mit den Geräuschen der unzählbaren Flügelpaare, die sich vom Gestein erhoben. Achtungsgebietend stiegen dort Heerscharen von Falken in die Lüfte, um über die eisfunkelnden Bergwipfel zu fliegen. Heimdalls Bart füllte sich mit goldenem Glanz. Sein Mund verformte sich zu einem verächtlichen Lachen. Muspells Späher würden ihren Sinn nicht erfüllen! Es gab keinen Weg, der durch den Hang hinauf zur Burg der

Wetterfürsten führte. Hochgefühl durchrauschte seine Seele. Lange würde der Dämon seine gefiederten Kundschafter forschen lassen, ehe er sich die Wahrheit eingestehen würde. Dies war ausgezeichnet. Heimdall dankte dem Schicksal dafür. Er, der Wächter, der alles Üble von Ásgarðr abhalten musste, verstand es nämlich vorzüglich, das zu tun, wofür Surtr das Feingefühl fehlte. Ihm fiel es nicht schwer, in den Gemütern der Wesen zu lesen. Er sah, dass die Feindeskrieger längst damit begonnen hatten, mit ihrer Aufgabe zu hadern. Ihr Lebenssinn war das Kämpfen und nicht das Warten. Ihr Lebensziel war die Schlacht. Darin zu sterben war die höchste Vollendung ihrer Leben. Bald schon würde ihr Blut kochen, weil sie die lange Zeit nicht ertrugen. Schon kam es zu Rangeleien. Ob der Feuerdämon überhaupt ahnte, dass diese Verdrossenheit ein in Vorfreude brennendes Heer auch zu lange foltern konnte? Heimdall setzte sich zwischen die Zinnen. Er dachte, dass ihm wohl bald ein gutes Schauspiel geboten würde. Zeit verstrich.

… Jäh wurde der Wächter aus seinen herrlichen Gedanken gerissen. Ein Pfiff durchschwelte das Dachgestühl unter der Himinburg. Einer der Falken löste sich darin – doch es war keiner von Surtrs Verbündeten. Dazu glänzte er zu sehr. Er schwebte heran und landete nur eine Handbreit von Heimdall entfernt. Frîjas Stimme drang aus seinem Schnabel: »Nicht mehr lange musst du warten, Getreuer. Heute noch wird deinen Augen etwas geboten!«

Heimdall konnte nichts darauf antworten. Schon war Frîja aus den Zinnen ins Gewölk hinuntergesprungen. Seine Blicke folgten ihrem Schatten. Schon schwebte sie über dem feindlichen Lager. Er bewunderte den Mut der schönsten aller Frauen, als das Federgewand zwischen den Zelten der blutrünstigen, gewaltherrlichen Muspellbrüder zur Ruhe kam.

Einige Zeit geschah dort nichts. Dann begann die Luft zu brodeln. Es kam zu Streiten zwischen den wahren- und den Wunschsöhnen Surtrs. Die Stätte des Feindes überzog sich mit einer für die Thursen tödlichen Gischt. Die Waffen kreuzten sich. Es schien, Muspells Gunst sei ihnen gegenüber gewichen.

Heimdalls Augen begannen zu leuchten. Sie fassten den goldenen Schimmer des göttlichen Falken, der über dem Gemetzel seine Kreise zog. Er lachte laut, da er verstand, dass Frîja gerade das angezettelt hatte, was schon lange überfällig war. Die Krieger zerfleischten sich gegenseitig. Die Kraft des Feuerdämons verringerte sich von selbst!

»Ränkevoll bist du, Frîja!«, jauchzte er. »Du hast den Muspellbrüdern die gefälschte Botschaft gebracht, dass die Thursen insgeheim Pläne schmiedeten, ihnen in den Rücken zu fallen.«

Surtr ahnte nichts von dem, was in Miðgarðr geschehen war. Und hätte er davon gewusst, hätte es ihn wohl wenig belastet. Frîja war ihm sogar entgegengekommen.

Kein einziger Thurse stand unter den Masten des Knochenschiffs. Keiner war in Niðafjöll.

Die Thursen hatten Surtr wohl am Anfang viel gebracht. Sie hatten ihm in der Welt der Lebenden, in Miðgarðr, sehr geholfen. Doch waren sie kein Teil des Planes, nun da es in Richtung Ásgarðr ging, denn sie konnten das Land der Toten, in dem sich das Schiff befand, nicht betreten. Der Dämon war ihnen überdrüssig. Sie waren zu Ballast geworden. Nur die Muspellbrüder konnten die Helden des Idafeldes werden.

Surtrs Herz füllte sich mit Hochmut, als seine Blicke über das Deck des Schiffs schweiften. Noch immer waren die Muspellbrüder daran, Mann nach Mann, das große Schiff zu besteigen, und ihr Zug schien noch lange nicht abzureisen. Dies war bestimmt ein Mehrfaches an Soldaten, als Óðinns Halle Walhall zu beherbergen imstande war. Der Sieg war sicher.

Oder würde es etwa doch nicht so einfach?

Der Seelenfrieden schwand für einen Augenblick dahin. Zweifel legte sich über das Gemüt, als die Erinnerung an die Schlacht um Bifröst vor seinem geistigen Auge auferstand:

Jötunheim … der tauende Schneenebel … Þors Hunde, die nackt oder nur mit einem Bärenfell bekleidet über die Brücke hinunter nahten …

Sicher: Dies war keine wirkliche Niederlage gewesen, weil am Ende auch kein Gegner, sondern nur Þor und sein Diener überlebt hatten. Jedoch war es auch kein Sieg. Muspells Heerschar war ebenso wie die Berserkerschar krepiert. Der Dämon begann sich einzureden, dass diese Schlacht nur eine Probe, ein Vorspiel der wichtigen Schlacht auf dem Vígríðfeld gewesen sei. Doch er vergaß dabei eines: Þors Männer waren nur Berserker gewesen. Menschen. Die Gegner aus Ásgarðr, die Einherier, waren um ein Vielfaches stärker als Menschen. Immerhin: In Surtrs Schmiedestätten hatte man Lehren aus der Schlacht um Bifröst gezogen. Die Rüstungen der Krieger waren verbessert und nachgebessert worden. Und es schien schon jetzt, als würden sie mit jedem Krieger, der an Deck trat, jeden Tag ein bisschen glänzender.

Es war wahr. Fast täglich verbesserte sich die Qualität der Panzer, die in Muspellheim geschmiedet wurden. Dies war möglich, weil Surtrs Männer Sindris Palast erobert und jeden, den sie in die Finger bekamen, versklavt hatten. Das Volk der stolzen Sindrissöhne war nicht mehr frei. Es litt und starb in Surtrs Gefangenschaft. Es wurde gefoltert, wenn es nicht täglich besseres Rüstzeug fertigte.

Surtr fiel noch tiefer in seine Gedanken. In seiner Vorstellungskraft erreichte er die von den Reifriesen geformte Stadt Jötunheim. Auch wenn deren Bierhalle dort Tag und Nacht mit Kostgängern gefüllt war, beheimatete sie seit der Schlacht gegen die Berserker keine feste Besatzung mehr. Sie war nun zum Durchgangslager verkommen. Im Geist sah er seine Männer, die von überallher dorthin kamen und danach in diese Richtung, zu Naglfar, strebten. *Die Schlacht in Ásgarðr!* Es war das Lebensziel eines jeden Bruders, sich mit den Einheriern zu messen. *Und wie …*

Stolz erfüllte Surtr, als er die widrigen Umstände sah, in denen sich die schwarzen Krieger durch den Fimbulwinter kämpften. Seine Augen füllten sich mit Freude, als er auch jene erblickte, die er ins Hochland geschickt hatte, um jenes Heer hinter dem Gletscher zu erledigen. Wie groß war deren Widerwille gewesen? Nun hatte sich dies vermutlich geändert. Demnächst würden sie die Stadtmauer erreichen.

Der Dämon setzte sich in Bewegung. Er wollte deren Triumph über seine Feinde mit eigenen Augen bezeugen. War er darauf gefasst, die Vorhut seiner Männer, trotz allem zaudernd, hinter dem Schneevorhang zu erblicken?

Gram erfüllte seine Seele, als ihm der über das Land fegende Schnee die vermeintliche Wahrheit offenbarte. Er tat sich schwer mit dem, was er sah. Es schien, als müssten seine Kämpfer gegen das schwere Wetter arg ankämpfen! Wie wollten sie denn in der großen Schlacht bestehen, wenn ihre schweren Rüstungen nun schon derart mit den Winden schwankten?

Surtr schäumte. Aufbrausend wollte er diesem feigen Treiben seiner Söhne ein Ende setzen. Doch seine Wut wich, als er näherkam. Unter den gifttriefenden Schwertern lagen die schändlich zugerichteten Leichen zweier Menschen und eines Thursen. Er trat dazwischen und hob einen der Köpfe in die Höhe. Im eisharten Gesicht erkannte er den Plan, den seine Feinde, diese Wichte gehegt hatten. Übermut durchstach seine Brust. Er würde ihm seinen eigenen entgegensetzen:

Er schob die beiden Köpfe in seinen Beutel. Dann ritzte sein Messer tief durch die Haut des toten Thursen. Stück für Stück hob er Fleisch, Knochen und Innereien aus dieser Hülle und zog sich die leere Haut über. *Warum war er nicht eher darauf gekommen, dieses Land, aus dem er verbannt war, verkleidet zu betreten?* Man würde ihm Tür und Tor öffnen und der Zauber, der ihn draußen hielt, war gebrochen. Dann würde er endlich auch das Land hinter dem Gletscher erobern.

Während er sich träge in Bewegung setzte, hatte Surtrs Vorhut die Gegend, in welcher man bei klarer Luft die Grenzmauer bereits ausmachen konnte, bereits erreicht.

Doch das Wetter war alles andere als klar. Ein gewaltiger Sturm fegte über die Gegend. Dahinter stand diesmal aber nichts anderes als Fróðis ausgeklügelter Plan:

Er, der weiseste der Männer, hatte verfügt, dass ausgerechnet zu dieser Zeit Jääkarhus Brüder diese Gegend durchwanderten. Der Geruch der Muspellbrüder verbreitete sich in den heranbrausenden Lüften zu allen Seiten. Er lockte die Eisbären und machte sie angriffslustig. Die Überlegenheit der weißen Bestien, die aus dem mit Schneeflocken durchsetzten Sturm heraus angriffen, hätte nicht größer sein können. Davon überrascht, unterlagen die in Körper und Gewicht weit Überlegenen, ohne auch nur ein einziges Schwert erhoben zu haben. Muspells Vorhut wurde zerfleischt. Doch dahinter nahte das Hauptheer unverdrossen und die weißen Bären hatten eine andere Aufgabe, als sich in Gefahr zu bringen. Sie waren von Fróði geschickt, um den göttergefälligen Männern einen Weg über das Grenzgebirge nach Útgarðr zu ermöglichen, falls es notwendig wurde.

Surtr bewegte sich derweilen in seiner Hülle auf jene Weise vorwärts, die jeden Beobachter hinters Licht geführt hätte. Schwer fiel ihm diese mühsame Beschäftigung. Um ihn herum füllte sich der mit Skinfaxis Lichtschimmer durchsetzte Sturm mit der Zeit mit den scheppernden Geräuschen mächtiger Harnische und schlagbereiter Schwerter. Zwar schien sein Plan, die Mauer vor den Brüdern zu erreichen, fehlgeschlagen zu sein, dennoch durchdrang Stolz sein Herz, als er die Konturen seines Kampfvolks erkannte. Die ganze Gegend war auf einmal mit dem kalten Schimmer der riesenhaften Muspellbrüder gefüllt. Dazwischen der Feurige in der jämmerlichen Verkleidung. Keiner der Muspellbrüder ahnte, dass ihr König zwischen ihnen in Richtung des Schlachtfeldes schritt. Und der ahnte nicht, wie tief die

Thursen zwischenzeitlich in der Gunst der Muspellbrüder gefallen waren. *Schon machte sich das Kampfgetöse breit!* Es dauerte zu lange, bis er endlich verstand.

Unter der dicken Haut des Thursen erkannte er erst spät, dass die Schwerter auf ihn einschlugen. Von der Wucht der Schläge getroffen, sank die Thursenhaut in den Schnee hinunter. Wutentbrannt grienten die Brüder darüber. Heftig schlugen sie immer wieder auf das wehrlos wirkende Wesen nieder: Sie wollten den Kriegsgeistern vor der Schlacht ein Opfer bringen und merkten in ihrer Raserei nicht, dass statt Blut Feuer aus den Wunden schlug.

Flammen überzogen die lederne Haut. Sie wuchsen zur Gestalt des Dämons heran. Als Hammerschlag erfasste dessen Wut das Umland. Die Kriegsschar erstarrte in dieser unvorstellbaren Energie. Sie wurde zu Schatten. Ehe auch nur einer darin einen letzten Gedanken fassen konnte, zerbröselte er zu weißer Asche. Surtrs Plan war an seinem Jähzorn gescheitert. Weder die Verkleidung, noch ein einziger Mann war ihm für den großen Angriff geblieben. Er würde das letzte Land, das ihm seine Grenzen aufzeigte, doch noch nicht betreten können.

»Was für ein grelles Licht blitzt dort im Schneegestöber?«, fuhr Finars Stimme ins Grenzgebiet hinaus.

»Vielleicht das, wovor ich warnte. Die Sterne lösen sich vom Himmel und donnern nach Miðgarðr hinunter«, hallten ihr Vöðmaðurs Worte entgegen.

Der Goði lachte: »Der Zauberer weiß die Weissagungen vermutlich besser zu deuten als der Thurse Vöðmaður, der die Religion der Menschen nur darum kennt, weil er als Knecht einem Menschenfürsten diente. Es war der Dämon, der gekommen ist, um sich die Kriegsvorbereitungen anzusehen.«

Sannurs Blick durchstach den Wintersturm, ehe er darauf antwortete: »Mag sein. Allerdings verfolgt er eine merkwürdige Kriegstaktik, wenn er sich auf eine solche Weise verrät!«

»Vielleicht ein Missgeschick ...«, Irmins Stimme erstarkte. »Noch wird Miðgarðr von den Göttern beherrscht und ihre Feinde haben darin einen schweren Stand!«

Sannur zuckte mit den Schultern. »Möglicherweise befahl Surtr in dieser Nacht einen Angriff auf uns und Þor schickte ihm die Berserker entgegen. Der starke Ase wird wohl wissen, dass wir noch nicht dazu imstande sind, gegen Surtrs Männer zu bestehen. Uns fehlt es noch an vielem. Die Waffen müssen noch mit einem Zauber versehen werden, sonst stechen sie den Muspellbrüdern recht hilflos entgegen. Daneben hat Ekkert das Lager noch nie betreten.«

In der Ferne löste sich ein Röhren. Ein glimmendes Geschoss durchbrach die Luft und verfehlte die Mauer nur um ein Haar.

»Sie greifen an!«, rief Finar verschreckt. Sie machte ihren Bogen schussbereit und lauschte in die Stille hinaus.

Nichts.

Nach einer Weile wandte sie den Kopf herum. Ihre Blicke fassten einen Punkt, welcher so hell glühte, dass man ihn noch weit durch den Schleier des Schneefalls hindurch erkannte. Das Geschoss hatte ein Loch geschlagen. Sie erkannte Vöðmaður, der hinunterstieg. Als er nach einiger Zeit wieder hinaufkam, hob er zwei verkohlte Menschenköpfe in die Luft.

Schon hörte man im Lager einige der Krieger wähnen, was dies wohl bedeute. Es wurde immer klarer: Der ausgesandte Thurse hatte sein Wort gebrochen und seine Verfolger getötet! Da begann die Wut überzuschäumen. Eine Meute formte sich, um das Leben der gefangenen Thursen zu beenden. Die Hohen hielten niemanden davon ab. Sie wollten nichts verhindern, denn sie waren derselben Meinung. Jenseits des Tumults hörte man Björts Stimme: »Kommt! Wir treffen uns zum Þing!«

Die Orakel der Mächtigen

Ósviþr maþr vakir of allar nætr ok hyggr at hvívetna,
Þá es móþr es at morni kømr, allt es víl sem vas.

Der unweise Mann durchwacht die Nächte, und sorgt sich um alle Sachen. Matt ist er, wenn der Morgen kommt, der Jammer wahrt wie er war.

Das Land, in dem Ekkert seit geraumer Zeit gefangen war, war durch und durch mit Licht gefüllt. Einen einzigen Schatten gab es darin. Der gehörte dem Niðhöggr, der fieberhaft nach ihm suchte. Dem Todesdrachen war es schon lange bestimmt, Ekkerts Lebensfäden durchzubeißen. Er hatte nicht vor, unverrichteter Dinge in seinen Saal Náströnd zurückzukehren.

Auf der anderen Seite stand die Macht der Zauberer. Diese hatte Ekkerts Leib die ganze Zeit am Leben halten können. Doch der befand sich im Zustand absoluter Teilnahmslosigkeit. Mit dem Schwert, das aus dem Nichts gefallen war, hatte jede Handlung geendet. Nichts hatte in der Welt zwischen Leben und Tod Bedeutung.

Aus der Leichtigkeit dieses Seins löste sich der junge Geist. Die weisen Frauen fanden wohl, dass es für ihn nun an der Zeit war, wieder ins Leben zurückzufinden. Er hatte ja seinen Lebenssinn noch nicht erfüllt. Nach langem Schlaf rissen sich seine Augenlider auf. Die Erinnerung an die Zwischenwelt erlosch, als er das Bewusstsein wiederfand. Fimbuls Kälte umgarnte den Körper. Ein schmerzhafter Stich in seiner Brust. Empfindungslose Finger ertasteten ein Loch zwischen den Rippen. Seine Wahrnehmung zerriss sich wieder.

Knapp zwanzig Schritte davon entfernt saß ein Mann an einer Feuerstelle. Tief in seinen Gedanken gefangen, ahnte er nichts davon, dass der beinahe tote Körper des Jungen kurze Zeit wieder mit Leben gefüllt gewesen war. Sein Blick wandte sich zu seiner Hand, die ein faustgroßes Stück Fleisch umfasste.

Miréndc löste sich aus der Dunkelheit und setzte sich neben ihn. »Es sieht nicht gut aus. Muspells Gift hat dieses Herz zu lange durchflossen. Ich kann höchstens versuchen, ihm ein anderes Herz einzunähen!«, sprach der Heiler.

Miréndes Blick wurde mit Leidenschaft durchsetzt. »Überragend stark müsste der Spender sein, denn die Aufgaben, die Ekkert bestimmt sind, sind gewaltig! Fast glaube ich, dazu gereiche kein gewöhnliches Männerherz – wir müssten einen der Asen opfern! Doch wer erklärt den Göttern, dass sie noch einmal einen aus ihren Reihen verlieren müssen?«

»Besser wir fragten Fróði, ob er uns seinen Eber gäbe! Der könnte reichen!«, hielt der Heiler dem entgegen. »Eber nämlich haben ähnliches Fleisch wie Menschen. Ich verfüge über genug Erfahrung, um Gullinbyrstis Herz in Ekkerts Brust einzunähen!«

»Wir dürfen Fróðis Gunst nicht verspielen, indem wir ihm eine Frage stellen, auf die wir uns die Antwort denken können. Nie würde der Wanenkönig seinen besten Freund opfern! Eher sollten wir Óðinn nach einem seiner beiden Wölfe fragen. Wäre Ekkert denn gerettet, wenn ich dir das Herz von Geri oder Freki brächte?«, hallte Miréndes Stimme durch die Höhle.

Der Heiler senkte seinen Blick. »Ein Wolfsherz ist vom Fleisch her anders! Es verträgt sich nicht mit Menschenblut!« Es verging eine Weile, ehe er dem hinzufügte: »Es gibt noch ein anderes Tier – oder besser gesagt gleich derer vier. Ich brauche einen der Hirsche, die zwischen Yggdrasils Wurzelsträngen äsen! Einen solchen musst du mir lebend in diese Höhle führen. Mit dessen Herz bekäme Ekkert die Kraft, sein Schicksal zu erfüllen!«

Mirénde atmete tief.

»Es wird außerordentlich schwierig werden, einen davon herzuschaffen. Þor und seine Söhne haben die Esche aufs Idafeld gebracht. Dazu kommt: Seit Bifröst zerschlagen ist, kann man von Miðgarðr aus nicht mehr nach Ásgarðr gelangen. Selbst wenn ich unter den Muspellbrüdern auf Naglfar reiste, wäre es nicht zu erfüllen. Dann würde ich nicht rechtzeitig zurückkehren.«

»Und wenn du Fróði um einen Platz auf Skíðblaðnir bätest?«, fragte der Heiler. »Immerhin wird das Schiff mit den wanischen Einheriern noch vor Naglfar in Ásgarðr anlegen, wenn die Wanen ihre Bündnispflichten erfüllen. … Nein. Auch dies dürfte zu spät sein. Du musst Finar und deine anderen klugen Gefährten fragen, was sie von diesem Rätsel halten! Zaudere nicht! Mache dich auf den Weg.«

Ernüchtert starrte Vöðmaður ins schwache Flackerspiel des Þingfeuers und fragte sich, was das denn solle. Warum hatte Björt zum Þing gerufen, wenn nun alle, statt zu reden, lieber schwiegen? Worauf warteten sie? Mit der Zeit wurde ihm die auf diese Weise sinnlos verrieselnde Zeit zu teuer. Da stand er auf und meinte, dass er doch lieber zur Jagd aufbrechen würde, statt hier nur herumzusitzen.

Jääkarhu blickte ihm nüchtern entgegen. »Gedulde dich noch einen Augenblick. Mir ist, als wäre Mirénde hierher unterwegs, um uns Wichtiges mitzuteilen«, sprach er. »Doch es ist wahr, auch mir ist es zu ruhig hier. Dabei gibt es so vieles zu besprechen. Beispielsweise, wie die jüngsten Ereignisse zu deuten sind. Ich kann euch sagen, was ich darüber denke: Der Dämon hat den Thursen getötet, um seinen Körper als Verkleidung zu nutzen. Wäre es ihm gelungen, damit die Wächter zu täuschen, hätte er den Bann gebrochen, der ihn auf der anderen Seite hält.«

Kaldgrand blickte streng. »Wir müssen vorsichtig sein. Unser Feind habe das Verkleiden von Loki gelernt, erzählt man sich unter den Göttern.«

»Und der Gott des Krieges lehrte ihn, seine Gesinnung zu verbergen«, fügte Jääkarhu hinzu.

»Ich frage mich schon, wie wir einen, der alles, was er beherrscht, von den Göttern lernte, bekämpfen können«, seufzte Finar.

Björt nickte. »Das ist wahr. Auch ich zerbreche mir den Kopf darüber.«

»Wir haben ja noch Zeit, uns etwas einfallen zu lassen«, sprach Finar. »Bis wir das Heer marschbereit machen, wird noch viel geschehen. Mirénde muss ja noch alle Waffen magisch härten, damit sie gegen Surtrs Krieger besser standhalten.«

»Sollten die Muspellbrüder davor angreifen, haben wir einen schweren Stand«, wusste Sannur.

»Ein Mittel dagegen wäre, die Männer aufzuteilen. So verlören wir bei einem Angriff nur einen Teil des Heeres«, schlug Jääkarhu vor.

»Sie werden nicht angreifen«, antwortete Björt. »Jääkarhu, sagtest du nicht letzthin, dass dir die Raben berichtet hätten, dass alle Muspellbrüder in Richtung Útgarðr unterwegs seien?«

»Vielleicht zum Knochenschiff!«, fuhr es aus Finar.

»Es ist schwierig, dies zu besprechen, zumal in diesem Þingkreis zwei Löcher klaffen«, wandte Jääkarhu ein. »Ja, ich hörte von den Raben, dass die meisten der Muspellbrüder nur nordwärts schreiten. Aber nicht alle. Seltsam. Mich würde Miréndes Meinung interessieren. Ohne seinen klugen Rat wage ich daraus keine Schlussfolgerung ziehen. Und dann Ekkert. Der ist zwar jung, aber vielleicht verschaffte ihm seine Begegnung mit dem Niðhögg‘ einige Ansichten, die uns bisher fernbleiben.«

»Draußen klappern Hufe. Ein Mann springt ab. Ich schätze, auf Mirénde werden wir nicht mehr warten müssen«, bekundete Finar. Noch ehe ihre Stimme verstummte, zeichnete dieser sich tatsächlich im Eingang ab. Er nickte und sprach: »Keine Angst, bald wird auch Ekkert wieder in diesem Kreis sitzen. In der Nacht sprach ich mit dem Heiler, der an seiner Seite weilt. Endlich kann seinem Schicksal etwas entgegengesetzt werden. Davor gilt es jedoch noch, ein Rätsel zu lösen. Weil ich dabei alleine nicht weiterkomme, wurde dieses Þing einberufen.

Es ist schwierig. Als Ersatz für Ekkert will Niðhögg' einen der unter Yggdrasil grasenden Hirsche. Wisst ihr vielleicht, wie man in dieser Zeit aufs Idafeld gelangt?«

»Es gibt einige Alben im Lager«, sprach Kaldgrand. »Zwar wissen diese den direkten Weg zum Weltenbaum nicht, wohl aber, wie man zu Oberon gelangt. Mittels der Magie, der sich die Alben bedienen, kann man die Notburg der Alben innert Tagesfrist erreichen.« Er blickte begierig zu Finar hinüber.

»Darüber weiß ich nichts!«, antwortete sie, ehe sie sich erhob. »Ich werde sie fragen!«

Der Zauberer nickte, wandte seinen Blick den anderen zu und bemerkte: »Ein schlechtes Gefühl ummantelt meine Brust, seit ich diesen Raum betrat! Fast wähne ich Niðhöggs Schatten zwischen euch! Gut möglich, dass der alte Drache das Þing belauscht, um den ihm versprochenen Ekkert endlich zu finden. Spürt ihr es auch?«

Unablässig knisterte die Luft. Ungnädig wie eh und je verteilte das Feuer seinen Atem über dem brennenden Land. Das Spiel der Winde flimmerte an diesem Tag besonders hell. Es wurde vom Häuptling der Muspellbruder durchschritten.

Das Portal schlug nach innen – in die rußschwarze Burg, deren Pracht Óðinns Walhall in den Augen der Hiesigen um ein Vielfaches überbot.

Diesmal war dem König nicht nach Jubel und Frohsinn. In seinem Gemüt brannte stattdessen das ungewohnte Feuer der Niederlage. Diese Glut wurde von einem großen Rätsel genährt. Er verstand nicht, warum die eigenen Männer seine Pläne vereitelt hatten.

Seine Augen verschlossen sich zu einem Spalt, als er die kreischende Stimme durch das Flammengrollen hindurch vernahm: »Ich habe dir davon abgeraten, zu lange in Miðgarðr zu verweilen. Das

Land gehört noch immer den Göttern. Es wird von ihnen noch zu stark beeinflusst!«

»Sei still!«, zürnte Surtr. »Der Einfluss der Asen ist in Miðgarðr gebrochen! Die mittlere Welt ist beinahe menschenleer. Niemand huldigt dort noch den alten Göttern! Heimdalls Erbe ist erloschen!«

»Heimdalls Erbe ist nicht erloschen! Ansonsten müsstest du mir erklären, aus welcher Asche sich die Kriegsmacht erhob, gegen die du deine Männer schicktest«, erwiderte die Stimme. »Wenn alle tot sind, warum rollte Oberons Schädel nie durch diesen Saal? Ich ermahne dich, Surti, so lange noch eine einzige Sippe den alten Göttern huldigt, hast du allen Grund, Miðgarðr zu fürchten! Lasse dich nicht mehr so arg von deiner Kriegswut leiten. Du bringst sonst deine Erfolge in Gefahr. Bedenke, bald wird Naglfar ablegen. Deine Söhne werden auf dem Idafeld siegen. Dann erst wird das Zeitalter der Götter beendet sein.«

»Du langweilst mich. Die Krieger, die ich sah, sind nicht in der Lage, die Haut meiner Söhne mit ihren Waffen auch nur anzuritzen.

Oberons Schädel müsste ich zwischen den Leichen auf der Albeninsel suchen. Die Alben sind Geschichte. Nein! Halt! Eine Handvoll Alben erblickte ich tatsächlich, als ich ins Lager meiner Feinde spähte. Es sind genau die, die noch verhindern werden, dass Naglfar ins Meer sticht … zusammen mit den Menschen, die meine Kämpfer in der Schlacht wie ein Schwarm lästiger Fliegen umschwirren werden«, spottete Surtr.

»Und gegen wen kämpften deine Söhne, ehe du sie in die Wetterberge schicktest?«, fragte die Stimme. »Das Orakel warnte dich. Die Alben sind nicht Geschichte. Wer außer ihnen könnte die Falken dazu bringen, mit gefälschter Nachricht deine Krieger gegeneinander aufbringen? Nur darum wurdest du angegriffen!«

»Die Falken stehen mit uns im Bund!«, murrte Surtr. »Es sei denn …«, die Augen des Dämons füllten sich mit schneeweißer Glut, »… nicht die Alben, sondern die verächtliche Frîja mischte sich in unser Spiel!« Seine Stimme schwoll wie ein schlimmes Unwetter an, als er seinen Blick in Richtung Ásgarðr richtete und rief: »Einen Rat gebe ich dir, törichte Frîja: Besser wäre es für dich, du mischtest dich nicht in die Angelegenheiten der Männer! Bedenke, Strahlende: Wenn dich meine Getreuen in die Finger bekommen, werden sie dich ärger schänden, als es die Schwarzalben Alfrigg, Dvalinn, Berlingr und Grerr taten, während sie dir deinen Lieblingsschmuck Brísingamen schmiedeten. Dann ist es um deine legendäre Schönheit für immer geschehen!«

Ein grässliches Lachen erschallte. Schwach bebte die rußige Wand an der Stelle, von der es kam. Schatten formten sich zur Gestalt eines dürren Lotterweibs. Die Halle begann, nach Fäulnis, Schweiß und Blut zu stinken. Kaum zu glauben, dass die Gestalt, unter deren aschgrauem Kleid sich überall Maden, Käfer und Würmer abzeichneten, die den schlimmsten Zaubereien mächtige, abtrünnige Albin Sinmara war.

Surtr schnob. »Du wusstest, dass es Frîja war, die meine Söhne zu ihrem lästigen Handeln aufstachelte. Darum haben nicht sie mich verraten, sondern du!«

»Gib Acht! Die verächtliche Frîja scheint sich in unser Spiel zu mischen!«, hallte eine zuckersüße Stimme heran. »Mit diesen Worten warnte ich dich immer wieder! Gleichwohl meiner anderen Warnungen blieb dieser Ratschlag ungehört, denn du hörst nur, was du hören willst! Wärst du, großer Kriegsherr, bedachtsam statt aufbrausend gewesen, hättest du mich vielleicht einmal gefragt, auf welche Weise ich von Frîjas Absicht erfahren habe. Wohl viel Gram hätte es dir erspart, hättest du gewusst, dass im Kerker dieser Festung einer sitzt, der die Antworten auf vieles kennt!«

Surtr schaute gelangweilt auf. »Los! Erzähle mir mehr! Bringe mich zum Lachen. Dazu brachtest du mich lange nicht. Welches hehre Wesen sich wohl in meinen Kerkern befindet? Ein König? Kaum. Ein Ase? Ich frage mich, welcher der Asen vermisst wird? Hast du etwa Balder aus Niflheim geraubt?«

»Es ist der Ase, den niemand vermisst!«, knirschte Sinmara.

»Loki?« Tosendes Gelächter brach aus Surtrs Hals.

»So ist es!«, bestätigte das ekelerregende Weib.

Das Lachen versiegte augenblicklich.

»Deine Kämpfer überwältigten ihn in der Schlacht, bei welcher die Alben ihre Heimat verloren. Seither haust der ausgestoßene Ase in den von Sindris Schmiedegesängen durchdrungenen Katakomben dieses Bollwerks und treibt mit den Wächtern Schabernack!«

»Und wenn schon! Lokis Worte bedeuten mir nichts! Der Hinterhältige hat uns doch bewiesen, dass er nicht auf unserer Seite steht!« Surtr zog sein Flammenschwert aus der Scheide. »Er muss sterben! Dass du mir seine Gefangenschaft verhehltest, hat ihm nur einige Tage geschenkt!«

»Bedenke, dass es ihm misslang, sich mit seinen Brüdern zu versöhnen!«, knurrte Sinmara Surtr hinterhältig entgegen. »Er sucht nach neuen Freunden!«

Trist zeichnete sich Skinfaxis Schimmer im Schneefall ab. Finar wäre in dieser grauen Suppe kaum auszumachen gewesen. Doch ihre Hände führten die Zügel eines mächtigen Schattens, eines Pferdes, dessen Hufgeklapper für jeden weitherum hörbar war.

Inmitten der umherschwebenden kalten Körner flackerte ein Licht auf. Dies war das Feuer, an dem die Handvoll Alben saß, die Oberon ins Kriegslager geschickt hatte. Von dort spähten ihr die Augenpaare schon früh neugierig entgegen, doch Finar war nicht gekommen, um die Gespräche des Vorabends fortzusetzen. Dazu war nun keine Zeit. Sie musste so schnell wie möglich herausfinden, wie sie durch die Nebel zur albischen Notburg kam, damit sie Oberon oder der mysteriösen Albenmutter Alvíss ihr Anliegen vortragen konnte. Die Alben gaben ihr bereitwillig Antwort und der Zauber war bald ausgiebig erklärt. Doch wie sie ihre Fragen auch stellte, sie erfuhr nichts darüber, wie sie, die noch keine Albin war, durch den besagten Nebelzauber hier- oder dorthin gelangen konnte. Sie verzweifelte. Warum wurde ihr die Antwort vorenthalten? Es musste diesem angeblich weisen Volk doch klar sein, dass diese Umstände kein Zaudern duldeten. Da machte sie ihrem Ärger Luft. Sie umfasste den Schaft ihres Albenbogens und sprach:

»Schwer sticht die Einsicht in mein Herz, dass ihr Alben wohl doch nicht so schlau seid, wie ihr zu sein vorgebt. Nie trafen mich Worte so hart wie eure. Dumm sind sie. Und trotzig. Sie beleidigen mich. Ihr wisst sehr wohl, wie ich vor Oberon treten kann. *Warum sagt ihr es mir nicht?* Vöðmaður hatte recht, als er sagte, es seien nur die Schwachen von euch in diesem Lager, weil Oberon die Wichtigkeit dieses Feldzugs verkenne. Was kann man da noch sagen. Hier, nehmt diesen Bogen zurück! Er verblendete meine Seele zu lange. Ich werde mich mit einer anderen Waffe dem unvermeidlichen Schicksal stellen. Keiner soll mich mit einer aus euren Reihen verwechseln.«

Verschmitzt glänzten die Augen des Alben, dem Finar am nächsten stand. Verspielt versuchten sie, Finars trüben Blicken entgegenzuwirken: »Hörst du deine Worte? Bitterkeit ist ein schlechter Ratgeber! Kommt dann die Ernüchterung, wirst du uns danken, dass wir Alvíss‘ Geschenk nicht zurückgenommen haben! Warum sollten wir dir die Antwort denn verwehren? Es ist wichtig, dass du von der Albenmutter Rat bekommst, denn sie weiß ihn. Doch, auch wenn du es dir noch so sehr wünschst, kannst du unsere Wege im Nebel nicht betreten, denn du bist noch keine von uns.«

Hinter dem Feuer erhob sich einer und bestieg das Pferd. Kurz darauf rauschte dieser in die Ferne. Lange vermochte man noch, seiner Stimme zu lauschen, die den Albenzauber in einer der alten Sprachen von sich gab. Der ganze Nebel schien davon durchdrungen zu sein:

»Riesen des Wetters!
Den Bund sollt ihr in mir erkennen, den ihr einst mit Alvíss schwort!

Worte voll der Zauberkraft, Worte von den Zauberherren,
Die geritzt sind in Yggdrasils Borke,
Heil, der sie sprach, heil, der sie weiß, heil, der sie ritzte.
Auf den Berg bringt mich, Luftadlers Schwingen, hinauf hebt mich, zu Alvíss‘ Burg.
Leiht mir, ihr Wetterbeherrscher, eure Taten, damit ich unvermittelt dort sein kann.«

Mehr und mehr seiner Worte durchwoben den vom lichtgrauen Schatten geprägten Schneefall. Endlich begannen diese sich aufzulösen. Das Blau des Himmels zeichnete die milchige Luft und nach und nach wurde das albische Bauwerk dahinter sichtbar. Da begann das Pferd zu traben. Als ob es von alleine um die Stelle wüsste, an die es den Reiter bringen sollte, durchrauschte es die Nebelgegend und danach das Haupttor der Albenburg. Von seltsamem Zauber gezogen, erreichte es die schönste Halle. Dort stand eine Frau und machte den Eindruck, sie hätte schon lange gewartet. Warm war der Blick, der den vom Pferd steigenden Boten fasste. Die Stimme, die ihn willkommen hieß, durchrauschte die vom Fimbulwinter verzierte albische Stuckatur der Burg wie ein Frühlingswind. Der Albe wollte sogleich das Wort ergreifen, doch ließ er es, weil seine Seele ahnte, dass die Albenmutter Alvíss schon alles wisse. »In einem Orakel sah ich einen jungen Krieger durch die Zwischenwelt irren«, sprach sie. »Aus tiefstem Herzen sehnt er sich in die Welt der Lebenden zurück! Seit heute weiß ich, dass er nicht vergebens hofft. Der graubärtige Zauberer wird ihm helfen!«

»Der Zauberer kann dem Niðhöggr für Ekkert einen anderen Leichnam bieten. Einen der vier Hirsche, der im Geäst der Weltenesche weidet«, durchdrang die Stimme des Reiters die betörende Halle. Hinter der Albenmutter erhob sich ein Hirschgeweih aus dem Zierwerk. »Nicht den geringsten, sondern den edelsten der Hirsche werden wir dem Totendrachen opfern. Damit er um die Bedeutung dieses Tausches weiß und Ekkert anschließend für immer in Ruhe lässt«, hauchte Alvíss.

Lange starrte der Albe der Pracht des Tieres entgegen. Endlich riss er seine Gedanken aus der Schwärmerei heraus. Er musste sich beeilen! Er löste einen der Zügel vom Zaumzeug, um das Tier damit zu binden. Als der Hirsch seine Absicht erkannte, senkte er sein Geweih kampfbereit.

»Du wirst deine Kräfte verschwenden, wenn du dich mit ihm anlegst!«, warnte Alvíss. Der hochgewachsene Hirsch wandte seinen Kopf und senkte die Nüstern zu Alvíss' Füßen. Er schnaufte und ließ sich von ihr liebkosen. »Reite mit der Nachricht zurück, dass der Hirsch unterwegs sei. Er wird sich einzig von mir seiner Bestimmung zuführen lassen! Beeile dich – bevor der Zauber draußen nachlässt!« Sie wandte sich zum Tier herum und flüsterte: »Der Tod wird dir ein neuer Anfang sein! Stark wirst du in einem neuen Leben den Alben gute Dienste leisten und ein Teil von dem werden, was die Welten erretten wird. Du sollst es nicht vergebens tun, doch kannst du erst Dank erwarten, wenn die große Feindschaft gebrochen ist!«

Der Hirsch begann, mit seinen Hufen zu scharren, worauf sich die feine Musterung des Bodens regte. Die Ornamente schoben sich zur Seite und gaben eine Treppe frei, die steil hinunterführte. Unten, im rohen Felsbehau der Schatzkammer des Quellenkönigs, erlosch die Pracht der Albenburg. Källandi kam, um der Albenmutter den Weg durch seine schwarze Welt zu weisen.

Ein Brausen durchfuhr den glanzlosen Saal des Dämons. Es nahm der Stätte ihre Schwärze und formte ein erhabenes Blendwerk daraus. Betörend war das Zierwerk, das sich an den ascheweiß gezeichneten Wänden abzuzeichnen begann: Pracht und Größe, die seiner Meinung nach Óðinns Halle ebenbürtig war. Dazwischen thronte der Dämon auf einem edlen Hochsitz, der Óðinns Hliðskjálf ähnelte, und machte den Anschein, als wäre er der größte Herrscher von allen, um Lokis Seele zu schmeicheln. Durch das Knarren des Portals scheinbar aus den Gedanken gerissen, füllte sich sein Gesicht mit sagenhaftem Liebreiz.

»Loki! Bruder! Nun sehe ich dich vor mir und glaube es noch immer nicht! Wie ich mich freue! Sinmara: Der Ase, mit dem ich so viele gute Geschichten erlebte, steht in meinem Saal!«

Loki lachte ihm entgegen. Doch in seinem Lachen lag viel Spott und Hohn: »Mit billigen Worten willst du mich verblenden? Glaubst du, ich erkenne deine faulen Zauber nicht? Was willst du, Scheinfreund? Dumm bist du, wenn du denkst, dass ich mich für eine Scheinfreundschaft opfern würde. Hättest du dir dieses ganze Saalblendwerk erspart, ich hätte dir eher vertraut.«

»Scheinfreundschaft? Nein. Ich biete dir an, dich von den wirklichen Scheinfreundschaften zu lösen!«, erwiderte der Dämon. »Loki, ich fand deinen Edelmut schon immer bemerkenswert! Du trachtest stets nach dem Guten und führst deine Gefährten immer wieder aus den schwierigsten Situationen. Wurde es dir jemals gedankt? Nein! All deine Heldentaten waren von allen immer schnell vergessen, wenn es darum ging, dir eins auszuwischen! Immer warst du von deinen Scheinbrüdern gehasst und heute sogar aus deiner Heimat verstoßen. Die Asen haben dir nie über den Weg getraut. Sie sind wohl eifersüchtig, weil du Óðinns Gunst genießt, obwohl du kein wirklicher Ase, sondern nur ein Wunschsohn ihres Vaters bist. Ich weiß wohl, wovon ich spreche. Es erging mir ähnlich, damals, als ich, genau wie du, um Óðinns Gunst nicht buhlen musste. Doch ich verließ die Stadt der Götter, weil ich die Wahrheit in den immer feurigeren Augen erkannte.

Höre: Nie würde ich behaupten, dass ich auf meinen Wegen auf diesen Thron nichts Schädliches tat. Doch es hat sich für mich gelohnt. Während du dein Leben auf der Flucht verbringst, beherrsche ich mein eigenes Land und die ganze Weltenscheibe. *Ist diese Wahrheit nicht bitter?* Denke darüber nach, während du dich als mein Gast durch diesen Palast bewegst!«

»Surti! Ich beobachte dein schädliches Treiben seit jeher genau! Das glühende Herz in deiner Brust wird sich nie von etwas anderem als von Hinterhalt und Mord ernähren!« zischte Loki. »Wie kannst du von mir Gefolgschaft erwarten? Ich werde in dir immer nur einen Feind des Lebens sehen. Einen, der nach nichts anderem trachtet, als alles zu vernichten!«

Surtr machte auf einmal einen jämmerlichen Eindruck. »Zuweilen hegte ich tatsächlich solche Pläne. Ich fürchte, dies liegt an der Schwere dieses Landes. Die schwefelgelbe Luft, die Himmel und Horizont zu jeder Tageszeit verschleiert, macht mürbe und martert jedes Wesen. Dies stiehlt mit der Zeit den Liebreiz aus jedem Auge. Das ist wohl der Grund, warum Muspellheims Bewohner so hart und grausam geworden sind! Hier können nur die Starken überleben – und ich bin deren König.« Sein Blick senkte sich reumütig. »Die Rohheit dieser Welt soll sich aber endlich ändern! Darum schlage ich vor: Vereinigen wir unsere Kräfte für das Gute und gegen unseren Hauptfeind Þor, der dich mehr als jeder andere hasst! Es ist kein Zufall, dass wir die gleichen Feinde haben!«

Loki lachte auf. »Du willst mir ein Bündnis vorschlagen? Wie lange ist es her, da jagtest du mich durch alle Welten, weil es mir gelungen ist, dir deine Geheimnisse zu entlocken!«

»Warum hast du sie denn nicht nach Ásgarðr gebracht?«, fragte der Dämon. »Du hast mich nicht verraten, du hast nur deine Scherze mit mir getrieben.«

»Bestimmt«, antwortete Loki gelangweilt. »Surti, ich verhöhne dich, weil du nichts anderes als Gewalt und Krieg kennst. Deine einzigen Verbündeten sind Sinmara und Niðhögg‘. Dies wird sich heute nicht ändern, denn du konntest es mir nie verhehlen: Du säst und erntest nur für dich! Ich werde niemals dein Verbündeter sein! Lieber gehe ich in die dunklen Kerker zurück und warte dort auf die Ewigkeit!«

Surtr ließ sich von diesen Worten nicht aus der Ruhe bringen. »Wie sollte ich mich denn mit dem Niðhöggr verbrüdern?«, fragte er. »Niemand kann sich mit dem Niðhöggr verbünden! Er kommt und geht, wohin er will, und nimmt sich, wen er will. Wohl ist er dann und wann in diesem Land. Heute ist er hier und morgen findet er vielleicht das Idafeld reizvoller. Eingeladen war er nie!

Groß sind deine Worte, Loki: *Saat und Ernte!* Sprechen wir doch mal über Saat und Ernte deiner alten Freunde: Waren es nicht die Asen, die Ymir erstachen? Führte denn nicht eine andere Tat zur tiefen Feindschaft zwischen den Thursen und den Göttern? Brachten etwa die Thursen den Frieden in die Urzeit? Wie viele Unschuldige fielen Þors jähzorniger Eitelkeit zum Opfer? Mordeten seine Knechte, die Berserker, weniger? Hast du mit Óðinns lüsterner Frau, die weder Mann noch Weib verschmäht, nicht auch schon genächtigt? Was wollte sie dafür? Bis in die Nacht hinein könnte ich über die Götter lästern.

Du weißt, woher ich diese Worte habe. Es sind deine. Sie entstammen den Spottreden, die du damals in Ägirs Halle gegen die Götter richtetest. Nicht minder als die Götter damals triffst du heute mich, weil du mir vorhältst, nur Krieg und *den Niðhögg'* in die Länder hinauszusenden.«

Surtr schaute auf. »Es ist nicht wahr, dass ich veranlasste, Miðgarðr mit Krieg zu überziehen. Doch die Schuld trifft mich wohl, weil ich nicht verhindern konnte, dass sich meine hungerleidenden Untertanen nach einer neuen Heimat sehnen. Tief in meinem Herzen wünsche ich mir, sie wären hiergeblieben. Dieses Land wird, wie du selber weißt, von allgegenwärtigen Mängeln beherrscht, die ich alleine nicht beheben kann. Wie fühlte ich mich vom Glück getroffen, als ich erfuhr, dass ich mit dem großen Loki darüber sprechen kann. *Du könntest doch meinen Söhnen Liebreiz und Güte lehren!* Dann wird ihre Heimat besser als heute. Alle werden zurückkehren, weil sie hier geboren sind, und in Miðgarðr wird Friede eintreten, so wie es sich die alten Götter wünschen. Dabei musst du zunächst gar nicht viel tun. Hilf mir nur dabei, mit Fróði und Hræsvelgr zu sprechen, damit endlich Wind und Regen durch die Ähren dieses Landes rauschen. Ich brauche dich dazu, denn über die Pfade nach Vanaheim und zur Wetterburg weiß ich nichts.«

»Meister der Feuer, du warst einst mein gelehrsamer Schüler! Aber auch ich lernte von dir und weiß, dass du niemals über ein grünes Land herrschen willst!«, spottete Loki.

»Ich werde dir niemals beweisen können, dass ich es ehrlich meine!«, resignierte Surtr.

»Ich sah mit eigenen Augen die vielen Gefangenen. Ich hörte mit eigenen Ohren das Gejammer der unzählbaren vom Hunger gemarterten Gemüter. Sindris unfreie Söhne schuften an deinen Feuern. Sie schmieden Rüstungen statt Pflüge! Du lässt sie sterben, als seien sie lästige Fliegen! Auf diese Weise handelt kein zukunftsplanender Herrscher.«

»Zu lange hocktest du in meinem Kerker. Die Ausdünstungen der Pilze, die dort unten überall wuchern, vermögen jedem irgendwann die Sinne zu trüben. Wie du an dir selbst erfuhrst, handle ich unverzüglich, wenn ich höre, dass jemand dort zu Unrecht sitzt!«, seufzte Surtr.

»Gleichwohl will ich dir sagen, was geschehen muss, damit ich vielleicht darüber nachdenke, den Bund mit dir einzugehen«, fuhr Loki unbeeindruckt fort. »Lasse Sindris Söhne und die anderen Gefangenen nach Hause ziehen! Sie sind unschuldig!«

»Ausgestoßener Ase, besser du schweigst, als dass du mich weiter mit deinen Schmähworten überschüttest. Das Gastrecht hat der Schalk verschmäht, darum, Wachen, führt ihn in die Unfreiheit zurück!«, zischte der sich erhebende Dämon. Der Zauber verflog, als er den Raum verließ. Alles verformte sich in eine grauenhafte Feuerhöhle.

Tief hing das Gewölk am Himmel, doch ließ sich am Ende des Tages der vom Fenriswolf getriebene Sonnenwagen gut darin erkennen. Als die Feuer in den Wolkenburgen endlich erloschen, breitete sich die Dunkelheit augenblicklich im Kriegslager aus und auch das Þingfeuer begann zu schrumpfen. Was davon übrig blieb, war am Ende einzig noch die rotleuchtende Glut, von welcher aus dann und wann schlanke Flammen die Luft durchloderten. Diese knisterte auf. Das letzte Licht fiel in sich zusammen und rollte in alle Richtungen davon.

Vöðmaður hustete. Seine raue Stimme vermochte, die Wartenden aus den Gedanken zu holen: »Unser Holzvorrat schwindet dahin!«

»Das Schicksal will, dass wir endlich weiterziehen«, antwortete Björt. »Hat denn Finars Ritt zum Albenlager etwas bewirkt?«

»Will's hoffen!« Ächzend hob Mirénde sein steifgefrorenes Gewand. »Mich jedenfalls kitzelt es in der Seele. Als sei etwas Gutes hierher unterwegs.« Er verließ die Stätte, trat ins Gewirr der Schneeschatten hinaus und marschierte weit, ehe er eine Stelle bemerkte, über der sich ein Lichtschimmer in den Schneeverwehungen abzeichnete. Dort blieb er stehen und spähte zwischen den vom Himmel schwebenden Schneekörnern hindurch. Jäh durchfuhr seltsames Gepolter die Nacht. Er fuhr herum. *Was war das?*

Waren die heranbrausenden Windseufzer etwa von scharrenden Hufklängen genährt gewesen? Plötzlich: Ein Schnauben in der Dunkelheit. Das Nüsternräuspern eines Hirschs! Ekkerts Rettung war nahe. In den Schatten der Nacht zeichnete sich ein außergewöhnliches Geweih ab.

»Was du verlangtest, das bringe ich dir", durchseufzte eine Stimme die Luft.

Miréndes Augen leuchteten vor Freude, als er das Flattern des Gewandes, das über dem Rücken des Hirschs schwebte, bemerkte. »Um ein einziges Wesen weiß ich, das dazu imstande ist, eines der göttlichen Tiere nach Miðgarðr hinunter zu locken!«, rief er. »Viel hörte ich von dir, Mutter der Alben. Folge mir! Damit Ekkerts Drangsal endlich zu einem Ende kommt, ehe Niðhögg‘ ihn doch noch findet!«

Mirénde schritt zu einem verlassenen Turm voran, der wohl seit Menschengedenken den schwersten Stürmen trotzte. Alvíss stutzte. Abgelegen war es hier schon, doch nie hätte sie gedacht, dass ein einsames Gemäuer reichen würde, um jemanden vor dem Niðhöggr zu verstecken. Der Zauberer lächelte ihr zu und sprach: »So einfach ist es natürlich nicht. Das Versteck, in dem Ekkert liegt, ist Ásgarðr näher als der Weltenscheibe.« Er hob seine Hände. Er zauberte. Das schneeverzierte Mauerwerk begann, zu knattern und sich zu bewegen. Es formte sich ein Durchlass, die Luft wurde zu einer Treppe, die die Schwärze der Nacht in den Himmel hinauf durchstieß. Mirénde eilte über diese Stufen voran. Alvíss und der Hirsch folgten ihm. Von unten begleitete sie ein unheilschwangeres Tosen. Als Mirénde dieses vernahm, traf sein um Fassung ringender Blick kurz auf Alvíss. »Niðhöggr! Der Schurke hat aus der Unsichtbarkeit heraus unser Þing belauscht. Er ist mir gefolgt, um sich den ihm versprochenen Leichnam doch noch zu holen! Zu unserem Glück ist es nicht mehr weit!«

Kaum war dies gesagt, kam die Treppe zu ihrem Ende. Mirénde stieg auf eine weite, wie die Oberfläche eines Sees anmutende Ebene. Alvíss dahinter verspürte keine Furcht. Dieser Boden trug sogar das Gewicht der göttlichen Denkmäler – der Sterne, die durch dieses nächtliche Gefilde rollten.

»Dort drüben ist das Versteck, in welchem Ekkert auf die Heilung wartet. Er befindet sich im Inneren des Sterns, der einst Balder gehörte«, fuhr es aus Mirénde. »Schnell! Der Seelenfresser naht begierig!«

»Es genügt, wenn du dem Heiler zur Hand gehst. Ich werde mich dem Todesdrachen entgegenstellen. Im Gegensatz zu dir habe ich vorm Herrn von Náströnd kaum etwas zu befürchten!«, antwortete Alvíss.

Einen Augenblick später streckte Niðhöggr seinen Kopf durch den Einlass zur Sternenebene. Schon stellte sich ihm Alvíss kühn entgegen. Doch da geschah Unerwartetes: Dem Drachen war es allem Anschein nach nicht danach, sich mit ihr anzulegen. Er spürte nämlich, dass der Hirsch tot zu Boden glitt. Dessen pochendes Herz füllte die Faust des Heilers, während Miréndes Finger nach den richtigen Adern in Ekkerts Brust suchten. Danach durchfloss das Leben den jungen Körper wieder. Mit dem Atem, der durch seine Nase rauschte, verlor der Drache das Verlangen, Ekkerts Lebensfäden zu durchbeißen. Seine Wut kühlte schneller ab, als es Alvíss für möglich gehalten hätte. Er war mit dem Opfer zufrieden.

Heiß brodelten die Flammen im Thronsaal des Dämons. Lodernd schwollen sie durch jeden noch so versteckten Winkel des Bauwerks und auch im von Katakomben durchzogenen Felsen darunter war die röstende Hitze an diesem Tag so unbeschreiblich, dass sie sogar einigen der Sindrissöhne zu viel wurde. Die Glut schwelte nicht nur von oben hinunter, sie keimte auch im felsigen Untergrund auf. Sie entstammten der Halle, in welcher das Orakel des Dämons leuchtete. Dort befand sich auch Loki und schien sich auf einmal schwer mit seinem Schicksal zu tun. Vor den Augen des Dämons schwankte er benommen und gab vor, sich in dieser lebensfeindlichen Umgebung nur schwer bei Besinnung halten zu können. Surtr starrte dem ausgestoßenen Wunschsohn Óðinns überdrüssig entgegen. Er war von dieser jämmerlichen Inszenierung grämlich getroffen. Er wusste nur zu gut, dass man Loki nicht so einfach schaden konnte.

»Gedenkt Loki, den Narrentanz noch lange aufzuführen?«, grollte es aus seinem Rachen. »Meine Stimmung erhellst du damit nicht, du Schäkerer. Mir ist nicht nach Späßen zumute!« Er senkte seinen Blick. »Es war ein guter Witz von dir, mich zu ermahnen, dass Unschuldige in meinen Kerkern säßen. Von schlechtem Gewissen getrieben, überprüfte ich jeden der Gefangenen, um alle Schuldlosen unverzüglich in ihre Heimat zu entlassen. Was aber stellte sich mir entgegen? Gesindel, wie es niemals Schlimmeres gab! Gestalten, die vormals auf Knien durch meine Hallen rutschten, um sich mir als Überläufer anzubieten. Feiglinge allesamt, die ihrem Volk kampffaul den Rücken kehrten, statt für ihren König einzustehen! Mut und Ehrgefühl erblickte ich nirgends! Wie enttäuscht bin ich von dir! Du wolltest, dass ich ehrlose Molche in die Freiheit entlasse!«

»Die Enttäuschung steht dir ins Gesicht geschrieben, Surti! Sie langweilt mich zu Tode. Du erhoffst dir zu viel, wenn du denkst, mein Herz damit erweichen zu können. Mein Wort ist so beständig wie das eines Asen: Erst wenn sich nur noch die Ratten in deinem Kerker tummeln, werde ich mir überlegen, ob du dich in Zukunft auf meinen Einfluss verlassen kannst!«

Surtr seufzte. »Du verlangst von mir, Banditen freizulassen! Der Friede, den ich mir für die Weltenscheibe ersehne, wäre von Beginn an zum Scheitern verurteilt! Verbrecher hängt man meines Wissens an die Bäume!« Ein überraschend zaghafter Blick traf den ausgestoßenen Asen. »Würde ich dich nicht genau kennen, kluger Loki, würde ich deinen Verstand anzweifeln, dir verächtlich entgegenlachen und die Sache vergessen. Leider aber weiß ich nur zu gut, dass du in deinem Leben nie eine Sache tatst, die nicht gewissenhaft berechnet war. Mit deiner Forderung wolltest du mir schaden, doch du erwogst meinen Scharfsinn nicht! Mir scheint, dir sei das erste Mal ein Plan misslungen: Dein Wort, Laufeyjarson, gilt bei mir noch wenig!«

Als Surtr seine Augen zusammenkniff, zog einer der anwesenden Muspellbrüder hinter ihm einen schweren Dolch aus seinem Gurt.

Loki lachte. »Willst du mich nun zur Strafe mit dem Eisen kitzeln?«

Härte keimte in Surtrs glutroten Augen auf. »Fürwahr! Das Wort eines Asen lässt sich nicht brechen! Darum wirst du diese Halle nicht als Ase, sondern als Muspellbruder verlassen«, sprach er und hohnlachte. »Als mein Blutsbruder kannst du dann die Gefangenen selber befreien! Dies ist mein Willkommensgeschenk!«

»Wohl wenig bedeutete der abtrünnigen Sinmara ihre Heimat, wenn sie dir für so wenig Gegenleistung die Geheimnisse der Alben verriet. Viel mehr musst du bieten, um an die Geheimnisse der Götter zu kommen!«, fuhr es aus Loki. »Ein Narr wäre ich, wenn ich die Gunst Vanaheims und Wetterheims gegen eine Heimat in der Einöde Muspellheims eintauschen würde!

Du fragtest, für wie dumm ich dich halte?

Kühn türmt sich der große Feuerdämon vor mir auf. Statt mich zu ächten, bietest du mir den Blutsbund an! Dabei solltest du erzittern, weil du doch wissen müsstest, dass ich dich auch als Blutsbruder immer betrügen werde! Du bietest einem Verräter zu viel Macht!«

»Wenn es so ist, warum zögerst du? Wenn du den Bund nicht fürchtest, so gehe ihn ein!«, antwortete Surtr. »Deinen hämischen Bemerkungen kann ich entgegensetzen, dass du mich niemals hintergehen wirst, wenn du erst einmal die Wahrheit erkannt hast. Wenn du begriffen hast, dass ich tatsächlich nur mit Fróði sprechen will, um mir den Rat für die Aussaat zu holen – dass ich Hræsvelgr wirklich bitten will, mir Regen vom Meer her zu treiben. Wenn du verstehst, dass ich dich brauche, um Frieden unter meinen Söhnen zu verbreiten, dann wirst du mir ohne Widerwillen helfen!« Er fasste den Dolch. »Komm, Ausgestoßener! Damit zwei Geächtete dieses Land zum Erblühen bringen!«

Weder der kleinste Schmerz trübte die weißglühenden Dämonenaugen noch tropfte der Wundtau aus dem dämonischen Flammenkleid, als er die Klinge durch seine brennende Hand zog. Sie glühte weiß, als er sie an einen seiner Söhne weiterreichte. Loki fürchtete den Schmerz dieser Glut. Es brachte ihm nichts. Der Aalglatte konnte sich aus dem Griff des Kerkermeisters, der ihn von hinten festhielt, nicht ansatzweise befreien. Sie zogen ihm das Messer über den Arm.

Seltsam. Statt dem Schmerz der stechenden Hitze durchfuhr einen Augenblick später grausame Eiseskälte seinen Leib. Die Wunde verfärbte sich grau statt schwarz. Loki zuckte. Das Messer fiel aus der Hand des Dieners. Metallisch hallte es durchs Gewölbe, als der vom goldenen Blut übernetzte, dampfende Glutsporn auf dem Untergrund aufschlug.

Ein letzter guter Funke schoss durch Lokis Gedanken, ehe ihm Muspells Gift durch die Blutbahnen rauschte und nach Herz und Seele griff. Danach begann sich sein Geist tiefschwarz zu verfärben. Das schelmenhafte Gesicht wurde von einem gräulichen Schimmer überzogen. Der Glanz verschwand aus den Augen. Hämisch stachen sie nun Surtr kalt und grausam entgegen.

»So will ich mein Versprechen erfüllen«, grollte die Stimme des Dämons verschlagen. »Als mein Verbündeter sollst du nun jedem, dem du willst, die Freiheit schenken.« Sein Mund verformte sich zu einem Grinsen. Als Herr der schwarzen Gedanken wusste er um die Antwort, noch ehe sie gedacht war.

»Ich werde in die Kerker steigen, um den Sindrissöhnen das Schuften zu lehren! Ihre Schmiedefeuer sollen aus den Leichen der anderen Gefangenen lodern. Das Schmiedewerk soll in Blut gehärtet werden. Niemand entweiche diesen Hallen!«, zischte Loki.

»Bruder! Heute befreite ich dich aus dem Bann der Asen. Morgen biete ich dir die Gelegenheit, dich für ihre Häme zu rächen. Längst sind die Pläne erdacht. Vieles ist vorbereitet«, fuhr Surtrs Stimme durch die Halle. »Meine Männer harren dem Kampf auf dem Vígríðfeld entgegen. In einem der Fjorde Niðafjölls wartet der Steuermann Hrymr begierig darauf, das Kriegsschiff in Richtung Ásgarðr zu lenken. Doch hängen Naglfars Segel, trotz all der Stürme, starr wie Eis aus den Segelbäumen hinunter. Dies wird sich jetzt endlich ändern. Weise meinen Männern die Wege zur Wetterfestung, und Ásgarðr wird innerhalb von neun Tagen fallen! Mit deiner Hilfe werde ich Hræsvelgr gefangen nehmen.«

»Die Festung lässt sich nur durch die Luft erreichen!«, antwortete Loki. »Wenn du den Weg durch die Wolkenlabyrinthe hinter dir hast, ist die Burg jedoch schnell eingenommen. Von den durch den Fimbulwinter arg geschwächten Wetterfürsten ist keine Gegenwehr zu erwarten!

Dein Kriegsplan ist gut. Längst habe ich ihn entschlüsselt. Nur etwas stört mich daran! Es ist der Thurse Hrymr. Auf den kann man sich, trotz seines riesigen Hasses auf die Götter, nicht verlassen!«

»Falls sich Hrymr nicht bewährt, kannst du ja das Schiff in deine alte Heimat steuern!«, entgegnete Surtr. »Nun aber erkläre mir endlich den Weg durch die Hochnebel. Wenn es so einfach ist, werde ich die Wetterburg selbst erobern und meinen Kriegern Seile aus den Zinnen werfen!«

Auf dem feuerumringten Throngestühl harrte Surtr frohgemut. In kalter Voraussicht schimmerte sein Augenglanz. Die Mundwinkel darunter zuckten in Zukunftserwartungen:

Nun, mit Loki an seiner Seite, würde nicht einmal mehr Frîja dazu imstande sein, seine Pläne zu durchkreuzen.

Geschwister sah man die Sippe brechen

BrøÞr munu berjask ok at bǫnum verÞask, munu systrungar sifjum spilla. Hart`s í heimi, hórdómr mikill, mun engi maÞr ǫÞrum Þyrma.

Brüder befehden sich und fällen einander, Geschwister sieht man die Sippe brechen. Der eine schont den anderen nicht mehr.

Dann und wann loderte eine einzelne Flamme aus der Asche. Dies reichte bei Weitem nicht, die alte Hütte aufzuwärmen. Die Þingteilnehmer versanken während der Nacht mehr und mehr in die Felle, in die sie sich kleideten, doch schliefen sie nicht, sondern redeten lebhaft. Erst als sich am Himmel draußen Skinfaxis Morgenschimmer abzuzeichnen begann, wurden die Worte seltener. Dabei hatte keiner bemerkt, dass in der Zwischenzeit Mirénde dem Nichts entstiegen war und den vor sich hindämmernden Ekkert an den Þingkreis gelegt hatte.

Finar war die Erste, der die Vollständigkeit des Kreises auffiel. Ihr Raunen formte sich zu Worten. *»Schaut! Ekkert! Endlich!«* Davon geweckt, war Vöðmaður schnell auf den Beinen und schaute, ob er es denn tatsächlich war.

»Wache auf, Ekkert! Du hast lange genug geschlafen!«, rauschte es aus seinem Bart. »Wir haben uns viel Wichtiges zu erzählen! Die Männer draußen drängen, Muspellheim so schnell wie möglich zu erobern!«

»Lasst ihn! Er ist noch zu erschöpft«, antwortete Mirénde. »Du hast aber recht, Thurse! Mir scheint, es gäbe viel zu erfahren!« Seine Augen stachen in die Richtung, aus welcher ihm Finar müde entgegenblickte. »Wie ich sehe, bist du endlich aus dem Albenlager zurück! Da ich dich vor meinem Aufbruch nicht mehr sah, vermute ich, dass du dich dort gut unterhalten hast. Was erfuhrst du? Was gibt es Neues bei Alvíss' Söhnen?«

Von der anderen Seite stach Kaldgrands Augenmerk scharf durchs aufkeimende Dämmerlicht. »Das wollte ich auch schon lange wissen! Alvíss' Volk hält sich nämlich sehr bedeckt. Bald werde ich Vöðmaður's Befürchtung teilen, dass von den Alben wohl wenig zu erwarten sei!«

»Es gibt einen guten Grund für ihre Zurückhaltung«, setzte Finar ihm entgegen. »Die Alben vermuten, dass Surtr glaubt, er habe das Albengeschlecht zusammen mit der Insel bis zur Machtlosigkeit hin vernichtet. Sie vermuten, dass er denkt, dass es nur noch da und dort vereinzelte Alben gäbe, die seine Häscher noch nicht erwischt haben. Dies wollen sie zu unserem Vorteil nutzen.«

»Die Alben sind so weise, dass man ruhig darauf vertrauen kann, dass es stimmt, was sie vermuten«, sprach Sannur. »Ihre Zurückhaltung wird sich uns noch als sehr nützlich erweisen.«

»So ist es!«, antwortete Finar. »Sie haben bereits viele der zukünftigen Ereignisse richtig gedeutet und wissen wohl, wo es zu den wichtigen Schlachten kommen wird, die wir ohne ihre Unterstützung nicht meistern können. Dort wird dann jeder Mann, den Oberon nicht an seiner Seite braucht, zu uns stoßen.«

»Ob sie dann auch magisch gehärtete Waffen tragen? Sonst werden sie uns wohl wenig helfen«, sprach Vöðmaður kleinlaut.

»Die Stärke der Alben ist nicht ihre Kampfkraft, sondern ihre List. Sie ist es, wovor sich Surtr in Acht nehmen muss. Diese wird ihn mit unglaublicher Härte treffen, wenn die Alben unerwartet auf dem Kampffeld erscheinen«, sprach Björt.

»Der Zeitpunkt wird aber gut gewählt sein. Ist er vorbei, wird Surti das Land, in dem sich die Notburg der Alben befindet, erneut angreifen lassen. Damit sie ihm nicht noch einmal ins Handwerk pfuschen können«, wähnte Kaldgrand.

»Sicher ist es in der Notburg aber nicht mehr. Wenn die Muspellbrüder aus den Wetterbergen zurückkehren, wird dort kein Stein mehr auf dem anderen bleiben. Die Alben sollten das Gebiet verlassen, wenn sie unentdeckt bleiben wollen«, seufzte Jääkarhu.

»Wenn Surtr wirklich nicht weiß, dass es noch eine ernstzunehmende albische Kraft gibt, sollten wir besser nicht mehr darüber reden«, fand Björt. »Wir können nicht wissen, ob es Surtr in der Zwischenzeit gelungen ist, Spione in unseren Reihen zu platzieren. Von uns sollten sie nicht erfahren, dass das Volk der Alben noch immer existiert.«

»Surtr ist es nicht gelungen. Sonst hätte ihm einer davon das Tor in der Mauer geöffnet und der Bann, der ihn draußen hält, wäre gebrochen«, antwortete Sannur. »Ihm muss doch inzwischen klar geworden sein, dass die Zeit, in der er uns noch leicht hätte schaden können, bald vorbei sein wird!«

»Mögen die Alben über diese oder jene außergewöhnliche Fähigkeit verfügen, von uns kennt niemand die Denkweise des Feindes so gut, dass wir wagen könnten, daraus Schlussfolgerungen zu ziehen«, warnte Jääkarhu. »Wir dürfen uns nicht in Sicherheit wiegen. Wer weiß, vielleicht werden wir noch heute angegriffen. Von den Eisbären weiß ich jedenfalls, dass kampfhungrige Muspellbrüder mit rußschwarz kriegsbemalten Gesichtern die Gegenden über und unter dem Gletscher durchstreiften.«

»Dann müssen wir jetzt auch ohne Ekkerts Zutun handeln!«, bestimmte Björt. »Die Götter haben verfügt, dass sich heute neun Heerführer an dieser Stelle treffen. Auch wenn vom einen noch wenig zu erwarten ist, müssen wir nun die Kriegsvorbereitungen treffen. Teilen wir das Heer auf, damit wir von verschiedenen Stellen ins feindliche Gebiet vorrücken können.«

Mit Lokis Klugheit war viel gewonnen. Fast alle der verbliebenen Rätsel lösten sich auf und die Schlacht in Ásgarðr rückte in greifbare Nähe. Der Windadler wäre bald gefangen und danach würde niemand mehr das Aufknistern von Naglfars Segeltüchern verhindern können.

»*Niemand?*« Dies eine Wort ließ Surtrs Gedankenwelten in sich zusammenstürzen. Augenblicklich vermochte Sinmara, den Geist des Dämons aus den schneedurchwobenen Gefilden Niðafjölls in die hitzeschimmernde Welt zurückzuziehen.

»Schweige, alte Gauklerin! Ich befürchte nichts! Diese Wesen, die sich hinter der Mauer auf ihren *Kriegszug* vorbereiten, bedeuten nichts!

Der Boden Jötunheims stöhnt unter dem Gewicht der Muspellbrüder. In der Bierhalle vertreiben sie sich die Zeit mit Waffenschleifen. Sie werden schon verhindern, dass sich ein feindlicher Kriegszug diesem Gebiet nähert. Vorerst befinden sich genügend Kämpfer in Niðafjöll auf dem Schiff.«

»Die in Miðgarðr Verbliebenen sind unzufrieden, denn ihre Herzen sehnen sich nach dem Kampf auf dem Idafeld«, antwortete Sinmara.

»Ihre Unzufriedenheit ist längst der unbändigen Wut gewichen! So angriffslustig, wie sie heute sind, könnte sich das übelste Ungeheuer Svartálfaheims nicht mit ihnen anlegen«, rauschte es aus der dämonischen Kehle. »Denkst du, dass sich diese Meute halten lässt, wenn der Feind über den Jötengletscher hinunterstreift? Sie würden diese Schlacht auch einarmig meistern. Zum Lohn werden diese Männer später auf Ásgarðs Idafeld in der ersten Reihe stehen!«

Surtr stand auf. Der schwarze Mantel legte sich um seine flammende Brust. Danach verließ er die Halle in Richtung der Brücke Sotkubru, die einem morschen Aste Yggdrasils glich. Jenem eben, der die beide Welten Muspellheim und Miðgarðr miteinander verband. Muspellheim vergaß die Spuren des Dämons schnell – nicht jedoch Miðgarðr. Als an diesem Abend Nórr über den Himmel ritt, waren die Wetterberge vom Licht eines Burgbrandes gezeichnet.

Muspells Herr hatte die Wetterburg nicht aufgesucht, um mit den Wetterfürsten Met zu trinken. Kurz nachdem er den Saal betreten hatte, wurde dieser von Hitze und Glut beherrscht. Höhnend starrte er noch eine Zeit lang in die Gesichter der einstmals so kühnen Gebieter. Die stark gealterten Helden spürten die hitzebrodelnden Lüfte nicht. Ihre ermatteten Augen verkannten Surtrs Flammenlodern. Die alterstauben Ohren vermochten das Knistern nicht zu vernehmen.

Zum Hohn setzte sich der Dämon auf den freien Hochsitz. Zwischen Fasolt, den Herbst, und die Fee des Frühlings, Ôstara. Hämisch blickte er dem Geist des Sommers entgegen und schaute danach noch lange hin und her. Kalter Schauer durchlief sein Herz. Warum war dieser eine Stuhl, auf dem er saß, leer? Erst jetzt fiel es ihm auf: Es saßen nur drei der Wetterfürsten an der Tafel. Der Vierte, Vindsvalr, fehlte! Fahl wurde es um Surtrs Gemüt, als der Stuhl unter ihm zu Asche wurde. Vom Herrn des Winters fehlte jede Spur! *Na und?* Surtrs Mundwinkel verzogen sich zu einem Grinsen. *Welche Großtat konnte man von einem Zittergreis, dem es zudem an jeglichen Verbündeten fehlte, erwarten?*

Der Dämon erhob sich. Wenig später fielen Seile aus den Zinnen. Sie waren von einem tiefen Wispern begleitet:

»Söhne, kommt! Will Sieg nun haben!
Sollt die harten Schäfte fassen!
Blutige Schilder sollt ihr tragen,
Wachet Krieger, wachet …«

In den Tälern unter der Burg kam ein gewaltiger Sturm auf. Es machte den Anschein, als wolle der Fimbulwinter seine Macht noch einmal beweisen. Er, der alte Fluch, der durch Sinmaras niederträchtige Zauberei entstanden war, spürte wohl nach der langen Zeit, in der er die Welt geknechtet hatte, dass sein Ende bald kommen würde.

Für die Muspellbrüder war es hart, die aufbrausenden Lüfte zu durchsteigen. Erst in der Morgendämmerung zogen sich die ersten über den Zinnenkranz. Ein arges Rollen durchbrodelte von da an den schweren Feuerrauch. Sie machten sich daran, das Zerstörungswerk ihres Vaters fortzusetzen. Wie es ihr Ruf voraussagte, würden sie keinen Stein auf dem anderen lassen. Was Sindri und Brokkr in langer Zeit sorgfältig aus dem nackten Felsen gemeißelt hatten, war schnell zerschlagen.

Skinfaxis Licht vermochte, die rußgefüllte Luft am Morgen kaum zu durchbrechen. Nachdem der Feuersturm zu seinem Ende gekommen war, war es so nahe am Nest des Windadlers ungewöhnlich windstill geworden. Die Kraft der Schwingen, die zu jeder anderen Zeit die mit Asche gefüllte Luft innerhalb eines einzigen Augenblicks in alle Richtungen geschlagen hätte, blieb fern. Surtrs Krieger wussten nicht, was dies bedeutete. Erst als sie den Horst des Adlers von Nahem sahen, verstanden sie, dass der Hræsvelgr dort nicht auf sie gewartet hatte.

Tief ernüchtert war das flammende Wesen, das sich alsbald Herr der Welten nennen wollte. Sein Blick schweifte über den Boden der Muspellfeste. Der war so schwarz wie seine Gedanken. Die Muspellbrüder hatten den Adler nicht gefangen nehmen können. Hræsvelgr war ausgeflogen. Aber wohin? Der Dämon bildete sich für einen Augenblick ein, das heranschwelende Gelächter aus Ásgarðr zu hören.

Eine liebreizende Stimme entschwebte der Leere: »Bedenke, Kummervoller, schweres Heimweh wird den Adler quälen. Er wird in einigen Tagen zurückkehren.«

Surtr erkannte: Sinmara hatte wohl recht gehabt, als sie ihn vor dem Einfluss der Götter gewarnt hatte. »Ich fühlte mich dem Ziel so nahe«, sprach er. »Es ist nicht nur der Adler. Bitterer traf mich, dass mir, dem zukünftigen Weltenbeherrscher, mit einem Schlag nichts anderes von meinen Plänen geblieben ist, als deine dumpfe Mahnung, dass man sich von den Göttern vielleicht doch in Acht nehmen muss.«

»Was fürchtest du die Götter, wenn du gute Verbündete an deiner Seite hast?«, Sinmaras Stimme erstarkte: »Eine davon will dir heute verkünden, dass Naglfars Segel gar nicht auf die Kräfte des Adlers angewiesen sind. Es gibt andere Möglichkeiten, sie mit Luft zu füllen.«

Surtr schaute der fahlen Mahr müde entgegen. Deren Augen blitzten auf.

»Warum denkst du, dass die, die den leibhaftigen Fimbulwinter schuf, nicht auch zu anderem in der Lage ist? Ich werde dir ein neues Geschöpf erschaffen. Fimbulwinters Bruder Fimbulthul. Ein magischer Wind wird Ásgarðs Gestade erzittern lassen, wenn er dereinst Naglfars Schatten durch die Nacht schieben wird.«

Surtrs Blick füllte sich mit Neugier. »Dann lasse uns nach Niðafjöll fahren! Naglfar soll so schnell wie möglich in Ásgarðr sein. Damit die Schlacht endlich beginnt!«

Sinmaras Gesichtszüge verzogen sich. Dahinter kam ein zartes Jungfrauengesicht zum Vorschein. Eine sinnliche Stimme rauschte silbern durch den Raum. »Den Fimbulwinter erschuf ich in sechs mal zehn langen Wintern. Nun kann ich das neue Wesen nicht in sechs kurzen Nächten vollenden!«

»Lasse deine Spiele! Spare dir deine faulen Zauber. Dein männermordendes Garn wirkt auf mich nicht!«, fuhr Surtr in alter Stärke auf. »Bedenke, dass mich dein gespielter Liebreiz zwischen den Schenkeln wenig juckt. Ich, der Vater einer ganzen Armee, bin wohl zu mehr imstande, als ein morsches Lotterweib zu besteigen. Gehe nun! Du weißt, was ich von dir erwarte!«

Surtr traf, worauf er zielte. Sinmaras jugendliches Mienenspiel erschlaffte augenblicklich. Das Gesicht wurde grau und von den Falten des Alters durchzeichnet. Doch die nun wieder spröden Lippen knirschten wider Erwartung nicht verdrossen, sondern verzogen sich zu einem Lachen: »Nichtswürdiger Surti, du solltest mich vielleicht besser behandeln. Du bist auf mich angewiesen. Du selber taugst doch nur zu schwachen Zaubern. Ohne mein Wissen kannst du deine Pläne ganz vergessen. Deine Feinde werden schnell triumphieren, wenn du nur auf die Ratschläge der ungeduldigen Flammen angewiesen bist.«

»Ich will dir zeigen, wie minderwertig meine Zauber sind!«, zischte Surtr. »Deine Freiheit nimmt dir nun mein Wort! Elende! Verleumderin! Weiche in deine Küche und kehre erst wieder, wenn dein Zauber vollendet ist!« Die Lüfte um Sinmara brausten auf. Mit lautem Zischen fuhr Surtrs Schwert Surtalogi aus der Scheide. »Ich bin nicht mehr auf dich angewiesen, denn ich habe nun Loki. Er gibt mir bessere Ratschläge als du!«, fuhr es aus seiner Kehle.

»Lokis Wissen ist möglicherweise nur dann von Nutzen, wenn man es vorsichtig abwägt«, lachte es ihm hämisch entgegen. »Wir vermuten, dass dein schwarzer Zauber ihn auf unsere Seite gezogen hat. Mag es sein oder auch nicht. Was, wenn er es war, der Hræsvelgr vor seiner Gefangennahme warnte?«, sprach Sinmara, ehe sie die Halle verließ. Kaum war sie gegangen, hörte man Lokis Stimme: »Wie kommt's, Surti, dass mir eben war, als hättest du meinen Namen genannt?«

»Loki! Bruder! Wie ein Lichtstrahl erhellst du heute mein Gemüt! Als hättest du gewusst, dass ich Rat in einer Sache brauche«, hallte Surtrs Stimme durch die herunterrieselnde Asche. »Nun hast du die Worte der Intrigenschmiederin selbst vernommen. Sie meinte, ich sollte mich besser vor dir in Acht nehmen, statt dir zu vertrauen. Du, der du mir so dienstbar und wertvoll bist! Wie verhöhne ich den Rat der Alten! Der hat mir in letzter Zeit wenig gebracht! Da bevorzuge ich doch deinen jungen, frischen: Der Hræsvelgr war nicht in seinem Horst! Sag, wo mag er sein?«

Loki starrte dem Dämon scharfsinnig entgegen und zuckte dann mit seinen Schultern. »Ist er in Miðgarðr, frage die Winde, aus welcher Richtung sie kommen! Falls sie es dir nicht verraten, wird er in Vanaheim sein. Er hat dort viele Freunde!«

»Dann werden meine Söhne doch zuerst Vanaheim angreifen«, schnaubte Surtr. »Du wirst ihnen den Weg dorthin weisen!«

Loki machte einen jämmerlichen Eindruck. »Nach Vanaheim? Der Wanenherr hat mir, zur Strafe für meine Scherze, die ich in seinem Land trieb, meine gesamte Kenntnis um die wanischen

Geheimnisse genommen!« Seine Stimme wurde schwächer, ehe er ergänzte: »Naglfar muss auslaufen! Der grobe Hrymr tobt doch jetzt schon, weil er sich drei Tage in Geduld üben musste. Wie willst du ihm mitteilen, dass die Muspellbrüder das Schiff wieder verlassen sollen? Der grobe Thursenklotz würde in seinem Zorn dein halbes Heer zerschlagen. So ist der feine Herr, den du dir in Jötunheim angeworben hast!«

»Vielleicht war der jähzornige Hrymr tatsächlich eine schlechte Wahl«, bekannte Surtr. »Du aber bist eine gute! Du bist berühmt für deinen Umgang mit Worten. *Du* wirst dem Thursen beibringen, dass er sich noch eine Weile in Geduld üben muss!«

»Wie du willst. Ich werde mich mit dem Narrenkönig unterhalten«, seufzte Loki.

Wenn auch mit dem Abmarsch zugewartet werden musste, so standen diese Tage umso mehr unter dem Zeichen der Vorbereitung. Jeden Morgen erwachte die Betriebsamkeit zwischen den Zelten früh. Schon während sich das erste Tageslicht am Himmel abzeichnete, kreuzten sich die ersten von Kampfglut erhitzten Waffen im Übungskampf. Man prägte sich die letzten Kniffe, bläute sich noch einmal die Abwehr der harten Muspellhiebe ein. An den Abenden wurden die Klingen dermaßen gründlich poliert, dass sie beinahe schon durch ihren Glanz Wunden zu schlagen vermochten. Hiernach erzählten Vöðmaður oder einer der Wanen bis in die Nacht hinein immer wieder von dem, was es über List und Tücke der Feinde zu wissen gab.

Als Ekkerts Geist endlich wieder in die reale Welt zurückkehrte, bekam er wenig Zeit, das, was in der Zwischenzeit geschehen war, zu begreifen. Diese Regsamkeit, diese Krieger. Es war schwer, dies alles zu erfassen. Es herrschte Aufbruchsstimmung. Schon wurden die Habseligkeiten auf die Schlitten geschnürt.

Lange schritt der Genesene ziellos herum. An einer Stelle auf der Mauer bemerkte er Finar und Björt, die verwegen über die Weiten des Jötengletschers hinausstarrten. Von Weitem waren ihre Worte im Gesause des Windes kaum zu verstehen: »… Siehst du es auch, dieses seltsame Ding, das dort heranschwebt? … gerade so, als wäre es vom Feind gesandt.«

»… Je länger ich es anstarre, desto mehr meine ich, es sei der Adler Gritturvelgr, der uns scheinbar besuchen will«, antwortete Finar.

»Du meinst, wir sehen den großen Adler endlich wieder?«, durchbrach Ekkerts Stimme das Windgebrause. »Wie lange wollte ich ihn schon fragen, wie es denn in Ásgarðr war.«

»Ja! Und ebenso würde ich gerne wissen, warum sich die Asen, nachdem sie durch Lokis Nachricht von Surtrs Plänen erfuhren, noch immer nicht in den Krieg einmischen! Noch sah ich kein Banner der Asen in unserem Heer …«, Björts Worte versiegten. Er fuhr herum: »Ekkert! Wie freue ich mich! Endlich bist du von deiner Reise durch die Zwischenwelt zurückgekehrt!«

»Eine lange Zeit scheint vergangen. Vieles hat sich getan. Ich kann kaum glauben, dass uns inzwischen ein solch großes Kriegsheer seine Treue schwor«, sprach Ekkert. »In Ásgarðr staunt man vielleicht so sehr darüber, dass man es nicht für nötig hält, uns Unterstützung zu schicken.«

Finars Blick hielt währenddessen an diesem mysteriösen Punkt am Himmel fest. Sie starrte dem fliegenden Etwas, das beständig näherkam, gebannt entgegen und sprach schließlich: »Es könnte gewiss Gritturvelgr sein. Und es scheint mir, als ob ein Reiter auf dem Adlerrücken sitzt. Vielleicht einer der Männer aus Ásgarðr, der uns die Pläne der Götter näherbringen will.«

»Er käme jedenfalls rechtzeitig ans letzte Þing, das wir in diesem Lager halten werden«, antwortete Björt. Seine Augen fassten den schwarzen Punkt. »Nein, dies ist nicht Gritturvelgr! Wohl eher Hræsvelgr – der noch größere Adler, von dem uns Gritturvelgr erzählte.«

Immer stärker umfuhren die heranrauschenden Winde die drei wartenden Krieger. Sie brausten mit der Zeit derart auf, dass man selbst sein eigenes Wort kaum noch verstand. Im Lager kippten die Wagen. Manch eines der Bauwerke war der Belastung nicht mehr gewachsen. Ein ohrenbetäubender Sturm. Alles füllte sich mit dem weißen Dunst des aufgewirbelten Schnees. Als sich darin endlich die zur Ruhe kommenden Adlerschwingen abzeichneten, wurde es mit einem Mal windstill.

»Es ist Hræsvelgr! Und ein Hoher sitzt auf seinem Rücken!«, rief Jääkarhu. »Senkt die Waffen, Männer! Es ist nichts Gefährliches!« Neben ihm durchbrach Kaldgrands Donnerstimme die gespannte Stille. »Vindsvalr!«, fuhr es aus ihm. »Was gibt es denn so Wichtiges, dass der *Windkühle* dem letzten Þing vor unserem Feldzug beiwohnen will?«

Als später der Vater der Nacht seinen Wagen über das wolkige Himmelszelt leitete, war das allerletzte Astwerk zum Þingfeuer geschichtet. Die auflodernden Flammen vermochten jedoch kaum, Wärme auszustrahlen. In Vindsvals Beisein war es so kalt, dass der Tau, der sich bislang von jedem Feuer aus den Ritzen des Steinwerks hatte locken lassen, noch eisiger als zuvor erstarrte. Unübertreffbar hart vermochte dieses Eis sogar da und dort Teile des Mauerwerks abzusprengen. Die klirrende Luft formte selbst die Haare der Felle zu scharfen Spitzen. Es schien geradezu, als ob das, was der frostkühle Gast mit seinen Augen traf, augenblicklich zu Eis erstarrte.

Tiefweißer Atemnebel stieß aus Kaldgrands Kehle, als er das Þing mit dem Schwur auf die Götter eröffnete. Alsdann durchbohrte sein warmer Blick das Feuer und seine kältetauben Lippen formten die Worte: »Alt bist du geworden, Herr Winter. Es dünkt mich, dass sich, seit Sinmaras Fluch das Wetter bestimmt, das Alter bei euch Unsterblichen das holt, was ihr ihm so lange vorenthalten konntet!«

Vindsvalr blickte auf und etwas Frohsinn durchrauschte seinen Bart, ehe seine altershelle Stimme erwiderte: »Seit einiger Zeit ist es mir, als hätte sich die schlechte Entwicklung umgekehrt. Meine Knochen tragen sich wieder leichter und das Taubheitsgefühl weicht aus den Fingern. Wenn ich mein Gesicht ertaste, ist mir, als hätten sich viele der Falten wieder geglättet. In meinem Herzen spüre ich den alten Trieb, der mich zur Arbeit ermahnt. Als wolle die natürliche Winterzeit nun doch noch beginnen.«

»Deine Worte bekunden nichts Schlechtes«, bemerkte Mirénde. »Sie besagen, dass der Fimbulwinter seine Kräfte verliert!«

Björt schaute auf. »Wenn schon … was bringt er uns, der Wechsel vom magischen zum gewöhnlichen Winter?« Er zuckte mit den Schultern. »Etwas wärmer wird's wohl werden.«

»Mögt ihr euch die Wärme auch noch so ersehnen, ich kann den natürlichen Zyklus nicht durchbrechen!«, antwortete Vindsvalr. »Geduldet euch! Bald wird auch Ôstara in der Wetterburg erstarken!«

»Schön und gut, doch ich muss euch ermahnen: Mag der Frühling auch die Macht jedes Winters brechen, kann ich nicht glauben, dass Surtrs Sinmara nicht schon längst Ungemach dagegen ausgebrütet hat!«, setzte Kaldgrand dem entgegen.

»Vor Sinmara hege ich momentan wenig Furcht. Eher vor Surtrs Heer, das in den Tälern unter unserem Bollwerk lagert«, antwortete Vindsvalr.

»Warum?« Jääkarhu lachte auf. »Ich beginne eher, an Surtrs Geisteszustand zu zweifeln. Er, der Feuermann, der sich eines eigenen Orakels rühmt, müsste doch wissen, dass kein Weg zu euch hinaufführt!«

»Vielleicht ist gerade dies der nächste Zauber der Sinmara. Ein Zauber, der Surtrs Söhnen den Sturm auf die Wetterfeste ermöglicht«, mahnte Kaldgrand.

»Was will er da?«, fragte Vindsvalr. »Weiß er denn nicht, dass er uns nicht töten kann?«

»Er will den Adler!«, sprach Jääkarhu. »Den braucht er, weil das Knochenschiff nicht ohne Wind ins Eismeer stechen kann!«

»Hræsvelgr sollte auf jeden Fall in diesen Ländern bleiben! Auch du, Vindsvalr, musst nicht zurück, wenn du nicht willst. Im Schimmer deiner Augen wage ich zu deuten, dass dir dies wohl gefällt!«, sprach Mirénde.

Vindsvalr senkte seinen Blick. »Meine Augen schimmern wegen etwas anderem. Nicht unbedingt wegen etwas Gutem. Es ist der Grund, warum ich mich auf Hræsvelgs Rücken setzte.

Hörtet ihr ihn denn nicht – den Spottgesang des Feindes? Es ist nicht die gleiche Prahlerei, wie vor einer normalen Schlacht. Mögt ihr den Göttern auch geschworen haben, stark und mutig zu kämpfen, weit werdet ihr nicht kommen. Ihr kommt gegen die Muspellbrüder nicht an. Eure Lanzen werden keine Wunden schlagen, eure Schwerter die Panzerungen nicht einmal anritzen, die Pfeile werden die Muspellbrüder niemals treffen. Der Feind muss nicht fürchten, auch nur eine einzige der Schlachten zu verlieren, denn es gibt nichts Härteres als das, was in Muspellheim und seinen Schmieden entsteht. Besonders jetzt, da der Dämon Sindris Söhne gefangen nahm. Darum kam ich zu diesem Þing: Ich kenne die Antwort, die ihr braucht.

Lange ist es her, als dies geschah: Als sich die unvermeidbare Zukunft in den Köpfen der weisen Frauen immer deutlicher abzuzeichnen begann. Eines Winters luden die Hohen Sindris Volk zu einem Þing in Yggdrasils Astwerk. Seither wissen sie, was sie im Fall einer Gefangennahme zu tun haben: Jedes Schmiedewerk, das in Surtrs Schmiede entsteht, weist einen bestimmten fehlerhaften Punkt auf. Eine kleine, unscheinbare Schwachstelle nur, die man mittels Zauberei aufbrechen kann. Ich kenne den Zauber, der die Waffen dafür schärft.«

Mirénde konnte nur staunen. »Wir Zauberer wussten, dass es eine Schwachstelle gibt. Doch kamen wir nicht dahinter, was es ist. Darum konnten wir nicht selber dagegenwirken.«

»Endlich! Holt die Männer! Das Letzte, was uns vom Aufbruch abhält, wird beseitigt!«, fuhr es aus Irmin.

»Ungeduld dient unserer Sache wenig, Goði! Besser wir warten auf den Morgen«, antwortete Mirénde. »Es gibt noch anderes, was wir von Vindsvalr erfahren sollten.«

Björt nickte. »In den letzten Tagen haben wir die Krieger unter den Heerführern aufgeteilt. Sag, was denkst du, Vindsvalr, ist es wirklich das Beste, von drei Stellen aus in das von Surtr beeinflusste Gebiet vorzudringen? Was sahst du auf deinem Flug? Wo sind gute Lagerstellen für die Nächte? Wo bauen die Feinde ihre Hinterhalte?«

Vindsvalr blickte zum Feuer nieder. In diesem Augenblick lösten sich die Flammen auf. Die Asche darunter erkaltete augenblicklich. Alles überzog sich mit hartem Reif, ehe er darauf Antwort gab.

Rauschend umgarnten die durch Niðafjöll fahrenden Winde Surtrs stolzes Knochenschiff. Gewaltige Eisberge vermochten diese Kräfte zu bewegen. Doch nicht das Schiff. Noch immer hatte nicht der kleinste Windhauch dessen mittlerweile eisgezeichnetes Segeltuch berührt. Die vor dem Rumpf aufgebrochene Eisdecke war längst wieder zusammengewachsen und hatte das Schiff über sich hinweggehoben.

Die Hitze des Steuermannes war längst abgekühlt, doch wartete der schlimme Riese noch immer stramm hinter der mächtigen Ruderstange. Nicht weniger als an den vergangenen Tagen dachte er, dass die Fahrt nach Ásgarðr demnächst beginnen würde. Grimmig blickte er in die heranschäumenden Schneeverwehungen hinaus und fasste eine nahende Gestalt, die eher einem schwarzen Aal als einem Muspellbruder glich. Ein abgrundtief hasserfülltes Grollen verließ den Rauschbart des selbsternannten Reifriesenkönigs, als er nicht mehr leugnen konnte, was er von Anfang an vermutet hatte: Es war Loki, der kurz darauf unbeschwert durch die Reihen der auf Deck wartenden Muspellbrüder schritt. Hryms tiefblaue Augen verschlossen sich. Argwohn durchfuhr seine Brust. Der Mund grollte verbittert: »Was hat *er* hier zu suchen?«

Nun war Hrymr ein furchteinflößender Thurse von riesenhafter Statur und imponierender Muskelmasse, der selbst von Surtrs hasserfüllten Armee Gehorsam einzufordern vermochte. Im Vergleich zu ihm wirkte der schmächtige Ase geradezu kümmerlich. Dennoch wagten Hryms Augenwinkel keinen Augenblick geringschätzig zu zucken. Er kannte zu viele der Geschichten, in welchen dieser Schönling den legendären Þor auf Reisen begleitet und unterstützt hatte. Zwar waren sie alle nur Erzählungen, doch falls sie auch nur einen Kern Wahrheit trugen, war diese kümmerliche Gestalt ihm in Stärke und Streitkunst um ein Vielfaches überlegen.

Hrymr versuchte zu vermeiden, dass sich ihre Blicke trafen. Er starrte geradezu durch Loki hindurch ins Heer hinunter und hoffte noch lange, dass ihm einer daraus zu Hilfe eilen würde. Sein Stolz, für diese Sache zu stehen, begann zu versiegen. Keiner der Muspellbrüder wollte kommen.

Diese Verräter! Hatten sie etwa nicht erkannt, wer das Schiff betreten hatte? Ohne ihre Hilfe war die geballte Faust hinter seinem Rücken wohl das Einzige, was er seinem Todfeind entgegenzusetzen vermochte. Da begann er zu zürnen und sparte dabei nicht an Hohn und Spott. Wenn er schon sterben sollte, dann wenigstens nicht ohne Grund:

»Der Waldtroll Laufeyjarson! Wie lachte man in der Bierhalle Jötunheims immer über den Asen, den niemand als Freund haben will! Viel hörte ich über dich, Loki, nun stehst du vor mir. Viel sah ich in meinem Leben, doch eine größere Eiterbeule als dich erblickte ich nie! Ich kann nicht sagen, warum dich Surtis Männer am Leben ließen. Was soll's. Dann bleibt eben mehr für mich! Mein Schwert sehnt sich nach deinen Gedärmen. So ziehe deines endlich, damit sie sich kreuzen! Was sehe ich? *Du hast ja gar keines!* Das wird ein leichter Kampf!«

»Wische dir den Geifer aus dem Bart, ehe du mit deinem Schicksal schäkerst! Gegen dich komme ich auch ohne Waffe an!«, spottete Loki. »Glaubst du wirklich, Quengler, dass ich bei deinem Anblick auch nur einen frohen Gedanken hege? Meine Faust sehnt sich danach, dir alle Knochen zu brechen. Nur etwas hindert sie daran. Es ist, weil du bei Surtr noch immer Gunst genießt! Dies kann sich aber schnell ändern. Sagt man sich doch von mir, ich sei ein großer Redner. Und es ist wahr! Ich könnte dem Dämon mit wenigen Worten klarmachen, dass er nicht auf dich angewiesen ist. Auch durch meine Hand kann Naglfar nach Ásgarðr finden.«

Hrymr lachte auf. »So sage es ihm! Sage ihm, dass mir das Warten hier zu lang wird und dass ich dieser Geschichte überdrüssig bin. Ich kehre aus freien Stücken in meine Burg unter dem großen Gletscher zurück! Sage ihm aber auch, dass ich nicht der Einzige bin, der das Warten ungemütlich findet! Auch die Muspellbrüder drängen, weil sie ihren Lebenssinn erfüllen wollen! Siehst du die Schatten in den Segeln? Schon musste ich Unruhestifter in die höchsten Masten hängen! Und wenn du denkst, dass ich damit die Ruhe wiederhergestellt hätte, lasse dir sagen: Täglich hänge ich neun neue dazu!«

»Überlege dir gut, was du tust! Vergiss nicht, mit wem du dich eingelassen hast! Du kannst dieses Schiff nur in Ásgarðr lebend verlassen. Brichst du dein Wort, wird Surtr dich überall finden. Magst du seine Söhne auch mit deinem Imponiergehabe im Joch halten, gegen den Dämon selber fehlt dir die Kraft! Du wirst deine neunköpfige Mutter erst wieder schwängern können, nachdem du auf dem Schlachtfeld in Ásgarðr standst!«

Surtrs neuer Bundesbruder wirkte angeekelt. Dann aber durchblitzte ein gütiger Glanz seine Augen. »Du musst dich noch etwas gedulden, *Hrímþurs* ! Unerwartetes hat Muspells Pläne durchkreuzt. Der Adler war nicht in seinem Horst. Doch wir bekommen ihn schon noch. Bis dahin wird aber vielleicht noch einige Zeit verstreichen!

Nun habe ich getan, worum mich Surtr bat. Du hast erfahren, was du erfahren solltest. Lasse mich dem noch etwas hinzufügen, Nichtsnutz. Ich hoffe von Herzen, dass du dich Surtis Befehlen widersetzt!«

»Sei achtsam, Schlange! Egal wie du dich bei Surtr stellst, mein Vertrauen gewinnst du nie …«, zischte Hrymr. Loki aber hörte seine Worte nicht mehr. Er war bereits dorthin zurückgeschritten, von wo er gekommen war: In den Sturm, der um das Schiff herum alles zum Erzittern brachte.

Hatte Nórr auch den ausuferndsten Schlachten Miðgarðs stets eine Frist des Friedens zu bringen vermocht, an der Grenze zu Muspellheim endete diese hohe Kunst. In Surtrs Heimat gab es weder Tag noch Nacht und schon gar keinen Frieden. An den Flammen, die aus den Löchern und Erdspalten schlugen, lebte beständig nur Groll und Hader auf.

Dennoch vermochte man auch dort wahrzunehmen, zu welcher Zeit Skinfaxi und zu welcher Hrímfaxi über Miðgarðs Himmelszelt trabte. Zur Nacht nämlich kehrten die heißen Stürme aus allen Gegenden von Muspells Land zum Zentrum zurück. Zum alleserfassenden Sog geformt, verschwanden sie in Muspellheims Katakomben, rauschten an deren Ende durch Surtrs Palast und in dessen Mitte ins brodelnde Gewölk darüber hinauf. An diesem Schauspiel ergötzte sich der Dämon allnächtlich. Es nährte seine über den Tag abgeflauten Lebensgeister. Es lud seine Wut auf. Zum Morgen hin wurde diese selbst für seine Vertrauten geradezu lebensgefährlich.

Egal zu welcher Tageszeit, Sinmara spürte diese Wut an diesen Tagen ganz besonders. Wieder und wieder litt die Leidgeplagte schweren Kummer, als sie in ihrer Zauberküche den donnernden Wortschwall aus Surtrs Mund vernahm. Der beinhaltete jedes Mal dasselbe: *»Was ist, du altes Lotterweib? Meine Geduld ist am Ende! Noch immer spüre ich kein Lüftchen vom versprochenen Zauber! Mein Schwert, Surtalogi, sehnt sich nach deinem Hals! Spute dich, Zauberin!«*

Eines Morgens war es anders. Da erschien der Dämon, um ihr mitzuteilen, dass sich die Zeit, die er ihr gegeben hatte, zu Ende neigte: »Du hast versagt und mich verraten! Du weißt, was dem Verräter blüht!«

»Wenn es dir zu langsam geht, beseitige mich doch! Worauf wartest du? Bin ich weg, kannst du ohne mein Gemecker tun, wonach dir ist!«, antwortete Sinmara. »Was willst du mit dem Wind? Was willst du mit dem Heer? Du hast doch den Weltenbrand! Tue doch, was die weisen Weiber prophezeiten! Stecke das brennende Schwert in Miðgarðs kalte Erde! Es ist zu früh. Du würdest den Göttern damit eine vorzügliche Komödie bieten! Unter der baumhohen Schneeschicht des Fimbulwinters werden es die Flammen schwer haben, mehr als einen Moment zu brennen.« Sinmaras Blick wurde härter. »Was rede ich? Der große Denker hat bereits vergessen, was ich sagte, denn er hört nur, was er will.« Sie zuckte zusammen, da Surtr sein Schwert aus der weißglühenden Scheide zog. Doch er bedrohte sie damit nicht. Stattdessen hauchte er ergriffen: »Wie schön sie doch ist – Surtalogis Funkenglut. Nie schufen die Schwarzalben etwas Schöneres. Wann ist die Zeit gekommen, für diese Leistung zu bezahlen? Weißt du es selber, Schwert? Wann soll ich dich in Miðgarðs brache Erde stecken, und den Weltenbrand entzünden, damit deine Schöpfer endlich wieder an die Oberwelt steigen können? Hat die Alte recht oder will sie vor Óðinns Leichnam verglühen?

Am Traumþing führte ich ein Zwiegespräch mit dem Waffengeist«, sprach er gedankenverloren. »Er beschwor, dass der Weltenbrand zu meinem leibhaftigen Bruder heranwachse, der am Ende Yggdrasils Borke erklimmt. Und das nicht nur, weil es die Schwarzalben so wollen.«

»Narr! Im Weltenbrand wirst auch du die Kontrolle über alles verlieren!«, fuhr es aus Sinmara. »Sei nicht töricht. Auch du wirst danach ein Verlierer sein! Was den Plänen der Schwarzalben entspringt, richtet sich am Ende gegen jeden, der nicht in Svartálfaheimr wohnt!«

»Was nach Óðinns Tod mit den Welten geschieht, interessiert mich nicht. Was danach kommt, ist mir einerlei«, antwortete Surtr.

»Wozu dann die Muspellbrüder, das Knochenschiff, die Vernichtung der Menschen – wenn du danach doch nicht über die Welten herrschen willst?«, zischte Sinmara.

»Im Gegensatz zu dir fürchte ich die Schwarzalben nicht! Sie sind nur Maden, die in Ymirs Leichnam entstanden sind. Es kümmert mich nicht, wenn diese Maden heute denken, dass die Weltenscheibe ihr ureigenes Erbe sei. Mir ist, als wolle ich ihre Pläne gar nicht verhindern. Wir haben verschiedene Ziele«, antwortete der Dämon. »Naglfar, die Krieger, die Schlacht. All das brauche ich. Wenn der Weltenbrand nach Ásgarðr greift, muss Óðinn auf dem Kriegsfeld stehen, sonst kann es sein, dass er überlebt. Der Häuptling der Asen muss in den Flammen sterben. Dann aber ist mein Sinn erfüllt. Ich bin ein Dämon. Ein Fluch. Ich bin der schwarze Gedanke, der in Ymir entstand, als er seinen Mörder Óðinn vor sich sah. Mein Lebenssinn ist zu rächen, was zu rächen ist. Wenn Óðinns Gestalt zwischen den Flammen zu einem schwarzen Klumpen zusammenschmilzt, ist er erfüllt. Dann verliert mein Feuer seinen Sinn.«

»Einen großen Plan hast du für das kleine Ziel entwickelt, Kluger. Viel Zeit hast du dafür gebraucht. Zumindest ist der, der Óðinn zu seiner Tat angestiftet hat, der Göttervater Mímir, schon lange tot«, erwiderte Sinmara.

»Mímir zu töten, war keine Kunst. Die Götter dachten damals noch, dass niemand ihnen schaden könne. Danach wurde es schwieriger. Mímirs Nachfolger Óðinn war vorsichtiger. Und er holte sich die klügste der Frauen an seine Seite. Es bedarf viel Planung und Taktik, wenn man Frîja täuschen will. Nur wer alle wichtigen Künste unübertreffbar beherrscht, kann die Allwissende besiegen. Darum kann sich erst jetzt erfüllen, was sich seit dem Ende der Urzeit erfüllen soll.

Als mit Ymirs Tod die Urzeit beendet war, herrschte eine sternenlose, allumfassende Nacht. Darin gab es einen einzigen Schimmer. Eine wärmespendende Flamme, die alles, was sie traf, mit wohltuendem Licht umhüllte – mich. Ich erleuchtete Ymirs Leichnam, als die

Götter daraus die Weltenscheibe schufen. Ich war der Mittelpunkt von jedem Þing. Ich war beliebt. Am Ende wollte mich mein Todfeind Óðinn sogar zu seinem Wunschsohn machen.

Niemand merkte indessen, dass ich die Gespräche zu beeinflussen begann. Mit meiner Wärme erhitzte ich die Gemüter. Ich warf manch schlechtes Licht in die Gesichter, säte Zweifel und Uneinigkeit. Sie zerstritten sich. Schon während Ásgarðs Bau brach ich die Eintracht der Brüder. Als die Stadt vollendet war, verließ die Hälfte der Götter die Sippe, um eine zweite Stadt zu bauen. Eine schlimme Krankheit, der Neid, brach daraufhin aus. Nach jedem neuen Bauwerk in Vanaheim etwas mehr. Am Ende stand der Krieg. Vanaheims Denkmäler stürzten wieder ein. In Ásgarðr brannte Óðinns Halle Walhall dreimal ab. Doch die Gewalt war sinnlos. Niemand starb. Die Götter konnten sich gegenseitig nicht verletzen. Magst du nun spotten, dass der opferlose Krieg wohl ein Fehlschlag gewesen war, kam doch alles so, wie ich es plante:

Am Ende schlossen sie Frieden und tauschten als Friedensgaranten Geiseln aus. Bei den Verhandlungen brachte ich die Asen dazu, den schönen Hœnir nach Vanaheim zu schicken. Mímir sollte ihn begleiten. Doch Mímir kam nie nach Vanaheim. Er versteckte sich im Wurzelwerk einer Esche am Wegrand. Die Wanen schickten indessen den Häuptling Njörðr sowie dessen Kinder, das Zwillingspaar Frîja und Fróði, nach Ásgarðr. Da danach jeder Wortführer fehlte, gab es niemanden, der eine Verhandlung leiten konnte, und man wurde sich von da an nie mehr einig, wer im Rat das letzte Wort hatte. Kein anderer als Fróði oder Frîja hatte das Talent dazu. Da riet ich Hœnir, sich so lange einzuschmeicheln, bis sie ihn, den Gefangenen, zum neuen Häuptling wählten. Doch auch ihm fehlte die Veranlagung. Er ritt vor jedem Þing zu Mímir und ließ sich von ihm die Zukunft weissagen. Irgendwann keimten Zweifel am WanenÞing auf. Im Geheimen beschlossen die Rater, dem Asen zu folgen, und entdeckten den Verrat. Sie schickten einen Riesen, um den Fürsprecher der Asen zu köpfen.«

»So klug bist du nicht. Der wahre Täter war rasch gefunden«, lachte Sinmara.

»Der Plan war von Anfang an so tiefgründig, dass er selbst im Nachhinein von der abtrünnigen Albin Sinmara nicht gedeutet werden kann«, triumphierte Surtr. »Mir war klar, dass die Wanen den Asen den schimmligen Schädel des Alten zukommen lassen würden. Ich wusste natürlich, dass Óðinn ihn mit Zauberkräutern bestreichen würde. Auf diese Weise wieder zum Leben erweckt, war ich als Mörder schnell genannt. Dies war wichtig, denn sonst wäre ich niemals zu meiner Macht gekommen. Sie verbannten mich nach Niðafjöll, in jene Bucht, in der nun Naglfar bereit liegt. Dort boten mir die Schwarzalben das Schwert. Mit dessen Kraft fand ich den Weg zu den Lebenden zurück und eroberte das Land, das sich jenseits des göttlichen Einflussbereichs befindet. Die Schwarzalben halfen mir, meinen Plan fortzuführen, und schmiedeten mir Surtalogi. Im Gegenzug interessiert es mich wenig, welche Pläne sie mit der Weltenscheibe haben, nachdem ich mit Óðinn fertig bin und der Bann, den sie in der Erde hält, gebrochen ist.«

Die Mühlen der Kriegsschwestern

Hvar hefr, hilmir! hildi vakþa – eþa gǫgl alin Gunnar systra?
Hví s brynja þín blóþi stokkin, hví skal und hjǫlmum hrátt kjǫt eta?

Wo hast du, Fürst! den Kampf erweckt – wo hast du die Vögel der Schlachtschwestern gefüttert? Wie ist dir die Brünne mit Blut bespritzt, wie aßt ihr die Gedärme aus den Schalen unter den Helmen?

Von überallher durchbrach klirrendes Geschäpper den Morgenschimmer. Über die Nacht hatte sich die Kunde verbreitet, dass sich endlich einer der Zauberer um die Waffen kümmerte. Es war im ersten Tageslicht nicht einfach, den Kreis zu entdecken, der etwas abseits der Zelte in den Schnee gezeichnet war. Als es heller wurde, sah man darin die zahllosen Waffen und es wurden mit der Zeit immer mehr. Die zukünftigen Kampfhelden sammelten sich an einer geeigneten Stelle, um dem Zauber beizuwohnen. Ihre Neugier auf ein Spektakel wurde zunächst bitter enttäuscht.

Lange sah man nur einen alten, wenig einnehmenden Greis zwischen den Schwertern und Lanzen entlangschreiten, sich hier und dort bücken und etwas verrücken. Schon machte sich Überdruss breit. Der eine oder andere bereitete sich im Geist darauf vor, den magischen Kreis zu durchbrechen und seine Waffe wieder an sich zu nehmen. Als sich am Ende auch der Letzte fragte, ob denn das schon alles gewesen sei, schien endlich etwas zu geschehen:

Der alte Greis erhob seine Hände. Mit diesen Bewegungen entstieg eine für alle spürbare Energie aus dem Feld. Die Wolkendecke darüber brodelte auf. Beißende Kälte fiel daraus hernieder. Als sie die Reihen der Wartenden durchfuhr, ergrauten die Gesichter. Die Finger rieben sich so arg wie nie an den Gewändern warm. Schon waren die Bärte zu Eisklumpen verschmolzen. Angst ging um, dass auch das Blut gefrieren würde.

Ein Raunen verließ Vindsvals Mund. Die Winde trugen den tiefen Kehlenhauch weit übers Land. Selten verstand einer der Anwesenden eines der Worte. Nicht nur, dass der Wind sie zur Unkenntlichkeit verstümmelte, sie waren auch noch in einer der alten Sprache gesprochen:

»… Fürsten, Freie, Knechte und Sklaven. Von den Wanen, den Thursen, den Bergvölkern, den Menschen und den Vierbeinigen. Sie werden erfüllen, was sie versprachen …«

Da frischte ein ungewöhnliches Windgetöse auf.

»Mein Wort für die zahllosen Münder, die hinter mir schweigen! Meinen Schwur für die Männer, welchen das heilige Versprechen auf der Zunge brennt. … sie schwören – bei Schildes Rand und Schwertes Schlag, bei Bogens Seil und Beiles Stiel – dass sie nicht zu früh zur Ruhe kommen. Ich bürge dafür: Erst in den heiligen Götterhallen, in Valhǫll oder Fólkvangr, werden diese Kämpfer Ruhe finden.«

In diesen Augenblicken löste sich ein weißes Ungewitter in den Bergen. Lärm schwebte heran. Sturm erhob sich vom Feld. Die Schneeverwehungen griffen zwischen die Beine der Wartenden, erhoben sich über die Köpfe hinweg und ließen die Sicht dermaßen schrumpfen, dass niemand erkennen konnte, was sich im Inneren des Zauberkreises abspielte.

Als Vindsvals Beschwörungen zu Ende kamen, verlor jeder Wind seine Kraft. Die Schneeflocken flogen nicht mehr zu allen Seiten übers Land hinweg, sondern rieselten geradewegs und kraftlos hinunter. Eine allgegenwärtige Ruhe trat ein. Diese war nur kurz, dann wurde sie von den ersten Trittgeräuschen durchbrochen. Die Männer eilten von allen Seiten heran. Ihre Blicke schwenkten hin und her. Jeder wollte sein Streitwerkzeug so schnell wie möglich in den Fäusten spüren.

Von frischem Mut gestärkt floss Entschlossenheit und Härte durch die Herzen. Manch einer versuchte, dem Spender dankbar entgegenzublicken. Von Vindsvalr aber fehlte jede Spur. Vielleicht war er auf den Winden wieder nach Hause geritten.

Längst hatte sich das Heer daran gemacht, die Habseligkeiten zusammenzupacken. Nun, da der Zauber endlich gesprochen war, kam der Aufbruch in greifbare Nähe. Doch noch war der Zeitpunkt ungünstig – in der Ferne fuhren schwere Stürme über den Gletscher. Der Fimbulwinter lebte noch einmal in seiner alten Stärke auf. Er tat sich jedoch schwer damit, die Gemüter der Wartenden abzukühlen.

Letztendlich wurde die Ungeduld beendet. Nach Vindsvals Empfehlung sollten sich nicht neun, sondern drei Heeresgruppen in Marsch setzen: Eine Vorhut, ein Hauptheer und eine Nachhut. Nur die Vorhut sollte sich vor den Augen der Späher nicht verbergen. An dessen Kopf ritt Björt in gespielter Arglosigkeit. Daneben Kaldgrand und Jääkarhu. Ihnen voraus die Eisbären. Ihre Instinkte waren in diesem Schneeland über dem Gletscher unerlässlich.

Der Weg führte über die sich im tiefen Schnee kaum abzeichnende alte Handelsroute über den Jötengletscher in Richtung Küste. Von Zeit zu Zeit vermochten sie, das tief unter dem Eis grollende Wasser zu hören. Es stammte vom Fluss Örmt, der der Zunge des Gletschers entgegenfloss. Er bewegte sein Geschiebe kraftvoll bis zur Reifriesenstadt Jötunheim hinunter. Und dahinter noch zur Stelle hin, an welcher die Frauen aus Landdísastein die Mühlen der Kriegsgeister das erste Mal zum Rattern bringen wollten.

Während Skinfaxis Schweif den Rand des Gebirges mehr und mehr abzeichnete, ertrank das letzte Licht der Sterne im tiefen Blau des Himmels. Allesdurchdringend entstieg das Licht der roten Sonne den Felsen. Alsbald erhellte es das ganze Land und lockte Vanaheims Bewohner sanft aus ihren Träumen.

Der König der Wanen, Fróði, musste nicht aus dem Schlaf geholt werden. Er war die ganze Nacht durch die Gärten von Álfheimr gewandelt und mochte nun, da Skinfaxis Glanz die Beete überflutete, kaum aufblicken. Er spürte die aufkeimende Wärme nicht, denn er war zwischenzeitlich ein alter Mann geworden. Sein kerniges Gesicht war gerade in der letzten Zeit vom ganzen Gram stark gealtert. Er litt arg und war darum kaum noch wiederzuerkennen. *Wie ließ sich das scheinbar unvermeidliche Schicksal nur aufhalten?*

Schauder durchlief seinen Geist, als sein gealtertes Gehör das Hufgeräusch von Phols vorbeitrabendem Pferd schwach vernahm. Der Bote würde wie jeden Tag durch Miðgarðr reiten und am Abend mit einem Korb voller schlechter Neuigkeiten zurückkehren. Welche Leiden er dabei wohl wieder erblickte? Die Sorge legte sich noch tiefer in die Falten seines Gesichtes. Es war übel.

Von hellem Licht der aufgehenden Sonne getroffen hörten seine Gedanken dann doch für einen Augenblick mit dem Kreisen auf. Er öffnete seine Hand und blickte hinunter. Seine Aufmerksamkeit traf den goldenen Apfel, den er umklammerte. Er streckte diesen weit vor sein Gesicht und versuchte damit spielerisch, die über dem Horizont schwebende Sonne zu verdecken. Sein Blick traf auf die seit Tagen bewegungslosen Wolken. Ein heißer Stich durchdrang sein Herz. *Noch immer kein Wind.* Was war nur mit Hræsvelgr geschehen? Hatten die plappernden Höflinge etwa doch recht? War der Adler wirklich von Surtr gefangen worden?

Lange würde sich das Volk nicht mehr darüber hinwegtäuschen lassen, dass die Flügelschläge des Windadlers ausblieben. Bereits beklagten sich die Bäume über die starre Luft um sie herum. Wenn nun noch lange kein Windhauch mehr durchs Blätterdach rauschte, würden sie wohl absterben. Und dann? Spätestens dann würden die Bauern von den Fruchtbarkeitsgöttern Antworten fordern. Manch einer würde möglicherweise zu zweifeln beginnen, ob die Wanen die Macht über Fruchtbarkeit und Wachstum noch immer in den Händen hielten. Danach würde es dem einen oder anderen auffallen, dass die Einherier Tag und Nacht an der Grenze wachten und dass Skíðblaðnir in diesen Tagen mit Kriegsgütern beladen wurde. Sie würden sich fragen, warum Phol an den Abenden kaum noch in den Schenken zu sehen war. Und warum die Männer, die zum Frondienst einberufen wurden, von einer neuen Halle berichteten, die es ins Grenzgestein zu schlagen galt.

Nun legte sich das altbekannte Lächeln wieder in seine Mundwinkel. *Er würde dem Volk wie immer eine gute Antwort bieten!* Der mit legendärer Weisheit gesegnete wusste nur zu gut, dass die Schicksalsfrauen eine der neun Welten dazu bestimmt hatten, Ragnarokr zu überdauern. Und alles deutete darauf hin, dass diese Welt Vanaheim hieß.

Fróðis Augen fassten den Apfel erneut. Zufriedenheit spiegelte sich in seinem Gesicht. Er zog das Obst zu seinem Mund und biss ein herzhaftes Stück ab. Noch während das saftige Fruchtfleisch durch seine Kehle hinunterrann, verschwanden die grauen Haare auf seinem Haupt. Sein Gesicht glättete sich. Es formte sich in das zurück, das man in Vanaheim mit dem höchsten Mann verband. Mit einem Male wogen die Sorgen des Wanenherrn weniger. Vielleicht hatte er zu lange keinen Apfel aus Iðunns Garten mehr gekostet.

In Jötunheims Biersaal war das rauschende Fest der Muspellbrüder längst versiegt. Verdrossenheit beherrschte die Seelen. Der Honigmet war aufgebraucht und mit jedem Schluck Firnmet, der wässrig fad die Gurgeln der Muspellbrüder hinunterrieselte, wurde der Unmut größer.

Dabei stand es ums künftige Kampfglück gar nicht schlecht. Eine in Zahl und Kraft weit unterlegene Gegnerschaft nahte über die alte Handelsroute. Doch die Aussicht auf eine leichte Schlacht vermochte die grimmigen Herzen nur wenig aufzuwärmen. Seit der Met versiegt war, war die trunkene Euphorie verflogen. Die Nüchternheit, die aufgekommen war, trug Neid und Missgunst auf jene, die in Niðafjöll auf ihren Aufbruch warteten.

Schwerer Schmerz zerriss die Gemüter, als die Pranken der Starken das grobe Rüstzeug festzurrten. Es nagte die Sehnsucht in den Herzen. Der Sinn des Lebens eines Muspellbruders war nicht, sich mit weit unterlegenen Gegnern zu messen. Der Sinn hieß mit Namen Idafeld. Die Schwerter lechzten danach, in das Einherier- und nicht in das Menschenfleisch einzustechen. Der Kampfgeist war an dieser Stelle fern. Dennoch wagte niemand, seine Zweifel zu zeigen. Pflichttreue war das Lebenselixier eines Muspellbruders. Surtr, der, während die Ersten der Kämpfer ihre schweren Schwerter fassten, in der Hitze seines Thronsaals saß, bestrafte jeden, der auch nur einen abtrünnigen Gedanken hegte, mit dem Tod.

Für Surtr gab es in diesen Augenblicken keinen Grund, an der Loyalität auch nur eines einzigen seiner Männer zu zweifeln. Erwartungsvoll löste sich der feurige Dämonsblick aus dem Saalgebälk. Er rauschte an Sinmaras Gesicht vorbei und stach in Richtung Loki. »Erfreuliches kann ich dir vom Knochenschiff berichten«, sprach dieser. »Dessen Segel füllen sich. Wenn nicht mit Wind, dann mit den leichenstarren Kriegern, die Hrymr täglich an die Masten hängt!«

Surtr lachte kühn auf. »Ich kenne deine Meinung über Hrymr. Trutzig halte ich ihr entgegen: Es scheint, als bewähre er sich als Häuptling! Beherzt führt er die Arbeit aus, die ich ihm gab! Jeder, der zum Verräter wird, verdient es, an den höchsten Mastbaum geknüpft zu werden.« Sein Augenglanz wurde kühler, als er hinzufügte: »Für Ásgarðs Einherier reichen die, deren Herzen beständig bleiben – zumal Hrymr nach Niðafjöll zurückfahren wird, um eine Nachhut zu holen.«

»Bedenke, auch die Götter verfügen über ein zweites Heer! Auch sie werden sich den Muspellbrüdern auf dem Vígríðfeld entgegenstellen!«, warnte Loki.

»Was soll sich denn der große Muspellherr vor dem Kriegsheer der friedliebenden Bauern fürchten?«, zischte Sinmara Loki entgegen. »Jeder weiß doch, dass Fólkvangs Einherierheer das Schwache der beiden Heere ist. Es heißt doch, dass Óðinn sich für Walhall immer die besseren Krieger aussucht und die schlechteren nach Vanaheim schickt. Ihr Feldherr, Väterchen Fróði, ist ein Weiberheld. Bieder, fast schwächlich, kann er nichts anderes, als herumzureisen und sich beliebt zu machen. Aus Furcht vor der Gefahr hat er Fólkvangs Einherier auf Zurückhaltung eingeschworen. Fürwahr – diese haben bisher auch nichts anderes gelernt, als sich zu verstecken.«

»Die Einherier gehorchen aber Óðinns Frau Frîja und nicht Fróði!«, fuhr es aus Surtr. »Als dümmster Taugenichts würde ich in die Geschichte eingehen, erwartete ich von Fróðis Zwillingsschwester nichts. Frîja ist weit klüger als Óðinn und hat mich schon zu oft zum Narren gehalten!«

»Nicht nur sie!« Lokis lachendes Mienenspiel brach derb zusammen. »Fróði sei nichts anderes als ein Herumtreiber? Keiner, der dem Wanenhäuptling schon einmal begegnet ist, wird dies behaupten. Mag Fróði manches Mal schwächlich wirken – er ist genauso klug wie seine Zwillingsschwester. Der knorrige Mann hat in fast allen neun Welten Verbündete und findet trotz seines knorrigen Äußeren jede Nacht eine schönere Bettgefährtin als der strahlende Þor. *Kennst du Fróði etwa zu wenig, Sinmara? Ich glaube kaum!*«

»Fällst du mir in den Rücken, Sinmara?«, fuhr es aus Surtr.

»Mag ich mich vielleicht in den Worten vergriffen haben, wer redet dir denn ein, dass deine Männer den Kampf gegen die Einherier zu fürchten haben?«, fragte Sinmara. »Wie lange planten wir diesen Feldzug? Alles haben wir unzählige Male hinterfragt. Jede Kleinigkeit ist durchdacht. Alles schien gut vorbereitet. Seit der Wolfsvater durch deine Hallen schreitet, ist deine Entschlusskraft jedoch versiegt. Du bist wankelmütig geworden.

Hätte ich dir etwa nicht vom Gefangenen namens Loki Laufeyjarson erzählen sollen? Ich hätte nie gedacht, dass dich der gefallene Ase so schnell mit seinen Reizen umgarnt und gefangen nimmt. Ich hatte auf das Gegenteil gehofft. Darauf, dass *du* ihn beherrschst!

Ist es denn tatsächlich möglich, dass wir bei unseren Plänen die Hälfte des Feindheeres vergessen haben, so wie es dir dieser Schalk mit seinem Schlangenblick weismachen will? Einzig Hræsvelgr entglitt unserer Vorausberechnung. Und dies war offenbar Zufall, denn der Adler wurde wieder über den Wetterbergen gesichtet! Hätten ihm die weisen Frauen Weisungen gegeben, wäre er wohl dort geblieben, wo er sich versteckte. Bereits überwältigten ihn unsere Krieger. Er wurde mit einem Gift betäubt und ist nach Niðafjöll zu jener Stelle unterwegs, von wo aus er Naglfars Segel mit Wind füllen wird.«

Was leuchteten Surtrs Augen. »Fast hätte ich an euch gezweifelt!«, fuhr es aus ihm. »Auf mit dir, Loki! Es gibt Arbeit! Der ungeduldige Hrymr soll erfahren, dass er nicht mehr lange auf das Auslaufen warten muss.«

»Botengänge!«, zischte Loki. Sein Augenmerk erfasste den Dämon. »Du botst mir einen Platz an deiner Seite. Seither benutzt du mich als Boten!«

»An diesem Tag ist die Reise nach Niðafjöll nicht mehr zu schaffen«, antwortete Surtr trocken. »Brich trotzdem auf. Verbringe die Nacht in der Wetterburg und befiehl dem dortigen Häuptling, er soll mit seinen Männern wieder zu den Wehrmauern zurückkehren, von welchen sie gekommen sind. Der letzte von Menschen regierte Landstrich an der Küste muss fallen.«

»Was willst du dort, wenn unsere Truppen bald in Ásgarðr stehen werden?«, fuhr es aus Loki.

Surtr hohnlachte. »*Darum* benutze ich dich als Bote: Du redest zu viel und denkst zu wenig!

Am Land liegt mir tatsächlich nichts. Doch dort befindet sich eine Burg, die den Alben gehörte. Nun denke ich, dass die Alben auf ihrer Insel gefallen sind, doch Sinmara will mir immerzu weismachen, dass ich mich irre. Dem muss ich auf den Grund gehen. Einzig die Albenlist ist noch dazu imstande, meinen Zielen entgegenzuwirken!«

»Hast du den Weltenbrand entzündet, ist das Schicksal der Alben einerlei«, antwortete Loki. »Auch das gefährliche Feindesheer, das über den Jötengletscher naht, wird sich im Weltenbrand in Rauch auflösen! Entzünde ihn endlich, den Brand, der alle deine Feinde vernichten wird.«

»Meine Entscheidung ist gefällt«, fuhr es aus Surtr. »Das klägliche Heer, das über den Jötengletscher schreitet, braucht den Brand nicht zu fürchten. Es wird meinen Männern, die in Jötunheim auf einen Marschbefehl warten, einen guten Zeitvertreib bieten. Heute haben meine Helden den Biersaal in Richtung des Schlachtfelds verlassen, um Kriegsvorbereitungen zu treffen. Bald wird dieses unwichtige Geplänkel vergessen sein. Danach erst werde ich den Weltenbrand entzünden und somit jede Erinnerung an die Werke der Götter auslöschen.«

»Das kleine Heer deiner Feinde wird kläglich scheitern!«, bekannte Loki. »Immerhin hast du ja schon einmal eine ganze Heerschar deiner Helden zur Mauer geschickt. Immerhin vermochten sie zwei oder drei deiner Feinde zu töten.«

Einige Tage waren vergangen und die befürchteten Angriffe der Muspellbrüder waren ausgeblieben. Dafür mehrten sich die nächtlichen Überfälle der Reifriesen, weil diese in ihre Heimatstadt zurückdrängten. In den Heeren, die sich über den Gletscher bewegten, herrschte große Unruhe. Angst vor der Zukunft war in jedem der Herzen spürbar.

Einzig dem Heer, welches allen voran als Vorhut unterwegs war, erging es anders. Dessen Heerführer, Björt, Kaldgrand und Jääkarhu, ließen sich von keiner Furcht beirren. Warum auch? Sie folgten den weißbefellten Bestien, die sich durchaus mit Muspellbrüdern anlegen konnten. Die Eisbären, die sie über den Gletscher hinunterführten, erkannten die Reifriesen immer früh genug und überdies im gefährlichsten Sturm noch jede noch so kleine Gletscherspalte. Sie waren aus ihrer Heimat viel mehr Gefahr und massiv schlechtere Witterung gewohnt.

Derweilen sorgte Vindsvalr dafür, dass Surtrs Späher in den Unwettern, die über sie hinwegzogen, nur das sahen, was sie sehen sollten. So blieben die hinter der Vorhut marschierenden beiden anderen Heere, die auf dem Weg zu dieser ersten Schlacht die leichten Pfade mieden, vorerst unentdeckt. Die Muspellbrüder, die auf dem Feld unter dem Gletscher ihre Kriegsmühlen vorbereiteten, mochten sich gar nicht so richtig auf die bevorstehende Schlacht freuen, weil sie nur von einem Drittel ihrer Gegnerschaft wussten.

Knarrend zogen im mittleren Heer Irmins ergraute Fäustlinge das Zaumzeug stramm. Sein Seufzer durchbrach das Grollen der marschierenden Kriegsmacht – doch wurde er von niemandem wahrgenommen.

Wortlos ritten Finar und Vindsvalr an ihm vorbei. Dahinter schwelte, durch den Schneefall gedämpft, Miréndes Stimme heran: »Das Wetter wird demnächst besser, weil der Jötengletscher die Decke über uns ausfüllen wird. Komm! Weiter! Nach Jötunheim ist es nicht mehr weit!«

»Sind wir denn so weit vom Weg abgekommen?«, fuhr es aus Irmin. »Wendet, Krieger! Wir müssen zurück! Zum Gelage Jötunheims sind wir gewiss nicht eingeladen! Wir müssen zur Schlacht und nicht in die Reifriesenstadt!«

»Weise hat uns Vindsvalr zu dieser Gletscherhöhle geführt. Er weiß, dass das Gelage in Jötunheim zu Ende ist«, antwortete Mirénde. »Dort ist das Waffengeklirr verstummt. Es ist so ruhig, dass wir dort dem Knurren der leeren Pferdemägen lauschen werden. Die kampftollen Muspellbrüder sind uns vorangezogen und erwarten uns auf dem von den Walküren erwählten Feld vor dem Gletscher. Warte nicht. Wir müssen uns beeilen. Die Reifriesen wollen die Plätze der Muspellbrüder im Biersaal wieder einnehmen. Wir müssen die Stadt schnell durchqueren, wenn wir unseren Schwur erfüllen wollen. Oder willst du die gute Schlacht verpassen und stattdessen gegen die Unbesiegbaren kämpfen?«

Wie von Mirénde angekündigt, wichen die Schneeflocken nach und nach aus dem Blickfeld. Ihrer statt füllten sich die Lüfte mit immer tristeren Grautönen auf. Mit der Zeit wurde das Geklapper des Heeres vom Geräusch der nähergekommenen Gletscherflüsse durchsetzt. Dessen arges Dröhnen stach wie eine dumpfe Vorahnung auf die kommende Zeit in die Seelen ein. Manchem der Krieger schien es, als löse sich das Brausen des Wassers geradezu im Donnern der nahen Schlacht auf …

Jäh wurde Finar aus ihren Geisteswelten gerissen. Pochendes Blut füllte ihren Kopf und schärfte ihre Sinne. Was waren das für seltsame Geräusche? Waffenlärm? Es schien, als habe Mirénde ungewöhnlicherweise unrecht gehabt!

Ungut begann es in den Gletschertiefen zu grollen. Die Krieger griffen nach ihren Waffen. Der Zauberer versuchte, sie zu beruhigen. Es konnte zwar sein, dass die Späher der Muspellbrüder sie in der Zwischenzeit entdeckt hatten, doch warum sollten sie so dumm sein, sich in dieser Welt, in der sich unzählbare hervorragende Möglichkeiten für Hinterhalte boten, mit Waffenlärm anzukünden? Er schaffte es nicht. Die Krieger waren zu unruhig und er war der Einzige, der keinen Angriff befürchtete. Er musste es ihnen beweisen, bevor sie Unbedachtes taten.

Finar wollte ihn davon abhalten – doch für ihn war es keine Tollkühnheit, als er sein Pferd in die Richtung steuerte, vor der sie gewarnt hatte. Einen Augenblick später hörte sie sein Rufen: »Am Þing besprachen wir andere Routen! Keine führte so nahe an der Reifriesenstadt vorbei, Kaldgrand!«

»Kaldgrand?« Die Sehne von Finars Bogen fuhr leer durch die Luft zurück.

Mirénde's Lachen erschallte. »Finar, mir ist, dass keiner dieser Männer sein Schwert gegen dich schlagen wird!«

»Zum Kämpfen kommt ihr noch genug! Der Muspell ist uns auf den Fersen!«, fuhr es aus Kaldgrand.

»Dann müssen wir die Reifriesenstadt schnell durchqueren, sonst sind wir im Nachteil«, antwortete Mirénde. »Die Muspellbrüder kennen Jötunheim. Wir nicht.

Erzähle indessen: Was ist geschehen? Warum ziehen Björt und Jääkarhu nicht mehr an deiner Seite? Sie sind doch nicht gefallen?«, fuhr es aus ihm, während sich die Heere zu durchmischen begannen.

»Halb so schlimm! Wir wollten den Hinterhalt einiger Muspellbrüder umzingeln. Aber sie haben uns zu früh entdeckt. Sie griffen meine Gruppe an und ich wollte nicht ohne die anderen kämpfen, weil wir unterlegen gewesen wären. Da befahl ich Flucht. Diese Krieger haben anderes verdient, als in einem sinnlosen Gemetzel zu sterben.«

Mirénde nickte. Sein Blick traf Finar, die aus der grauen Welt der Gletscherhallen zum Tor der Gletscherstadt hin starrte. Er überlegte einen kurzen Augenblick und ergänzte dann: »Zieht ihr voran. Ich werde zu Björt und Jääkarhu reiten. Wir treffen uns auf dem Schlachtfeld. *Vorwärts, Grauer!*«, ertönte seine Stimme über die Mähne des Pferdes hinweg. Einen Augenblick später verschwand sein Umriss im gedämpften Schimmer zwischen den Gletscherformungen.

Der Sturm über dem Gletscher vermochte die dritte Heeresgruppe nur so lange zu hemmen, bis Sannur die Zeichen der alten Schmugglerpfade gedeutet hatte. Danach war das mit Rissen und Spalten gezeichnete Gebiet schnell durchwandert. Das Gebirge dahinter war weniger gefährlich. Nichtsdestoweniger war die Wanderung mühevoll und verlangte viel von seinen, Ekkerts und Vöðmaður's Kämpfern ab. Mehr als nur einmal folgte einem Gebirgskamm eine tiefe Schlucht und manch scharfkantiger Fels setzte der Hoffnung auf einige unbeschwerte Schritte ein jähes Ende.

Wenigstens würde es etwas für die Bäuche geben, dachte Sannur, als er die zahllosen Wildläufe am Boden unter sich bemerkte. Jeden Abend schickte er Bogenschützen, um den Fährten zu folgen. Zu selten aber durchschoss einer ihrer Pfeile die Luft. Das gute Jagdglück, mit welchem sich ein Heer hätte ernähren können, blieb aus.

Vom Leid der Männer betrübt, opferte Vöðmaður sein vor Hunger störrisch gewordenes Pferd. Er hatte ja aufgrund seines riesenhaften Wuchses ohnehin nie auf seinem Rücken reisen können.

Endlich kam der Tag, an welchem sich der Höhenzug, mal steil, mal mild, in die weiße Tiefebene hinunterneigte. Vor den Augen offenbarte sich das Land, auf welchem die Mühlen der Schlachtgeister auf das Zusammentreffen der nahenden Kriegerscharen warteten.

Sannur stoppte sein Pferd. Sein Blick durchstach die klare Luft weit hinunter. Er staunte. »Seht ihr die dunklen Flecken dort? Mir scheint, das Tauwetter habe eingesetzt. Es wird auch Zeit, würde ich meinen!«, zwinkerte er in Richtung Ekkert. Seine Augenlider verengten sich, als er mit ernsterer Stimme fortfuhr: »Will trotzdem hoffen, dass es nicht zu schnell warm wird. Damit das Eis über den Gletscherflüssen nicht einbricht, wenn wir es überschreiten.«

Ekkert seufzte. »Im Gegensatz zu deinem, ist meinem Geist jedes Hochgefühl fern. Alle meine Sinne sind geschärft …«

»So wie dir, gefällt auch mir etwas ganz und gar nicht!«, fuhr es aus Vöðmaður. »Oder kennt ihr etwa noch ein anderes Gebirge, in dem es derart windarm ist? Ich kann mich jedenfalls nicht erinnern, in den letzten Tagen auch nur einen einzigen Lufthauch gespürt zu haben. Immerzu schweben gleichgeformte Wolkenburgen über uns! Wie langweilig mag es fürs Himmelspferd Skinfaxi sein, wenn es Tag für Tag immer durch die gleichen Hallen traben muss! Man könnte beinahe Fenrirs Gerissenheit dahinter vermuten! Vielleicht hat der Himmelswolf mit dem Windadler einen Pakt geschlossen.«

»Der Windadler ist hinter der Grenze in Sicherheit!«, sprach Sannur und blickte auf. »Hræsvelgr steht mit uns im Bund! Vielleicht hat er in unserem Land noch keine gute Stelle gefunden, von wo aus er die Winde befehligen kann, und vernachlässigt darum seine Pflicht. Lasst euch nicht von Ängsten schwächen, sonst habt ihr in der Schlacht wenig zu lachen!«

»Ich meinte etwas anderes«, unterbrach Ekkert. »Vieles hörte ich in den letzten Tagen. Einmal sagte einer, er glaube zu wissen, dass der leibhaftige Fimbulwinter in dieser Gegend eine Burg bewohne. Nun entdecke ich mitten auf der Ebene diesen grauen Punkt und je mehr ich hinschaue, desto mehr erkenne ich, dass es eine Burg ist.«

Sannurs Blick folgte Ekkerts Fingerzeig. »War …!« Ein Lächeln durchrauschte seinen Bart. »Es war eine Burg. Jedoch nicht die aus den Geschichten der Männer. Es ist eine andere, von Menschenhand erbaute. Diese Ruine ist übrigens der Treffpunkt, an dem wir uns morgen mit den anderen Heeren wiedervereinigen.«

Ein erstauntes Raunen fuhr aus Vöðmaðurs Kehle. »Eine Burg so nahe bei der Jötenstadt? Der Fürst hatte wohl ständig gegen die kalten Frostgestalten des Gletschers zu kämpfen! Fast würde ich sagen, dass nur ein Narr an einer solchen Stelle seine Burg errichtet!«

»Es war eine Zollstation. Das Land darum herum war fruchtbar und von den Herren, die dort herrschten, erzählt man sich nichts Schlechtes«, antwortete Sannur. »Es war in der Zeit, als sich die Reifriesen noch an die Naturgesetze hielten. Erst im Spätherbst, wenn die Flüsse zufroren, verließen sie ihre Stadt und im Frühling kehrten sie immer wieder zurück. Jeder konnte sich darauf vorbereiten. So war es schon immer gewesen und alle dachten, es würde sich niemals ändern. Dann aber kam einer, der über die Kraft verfügte, diese Regeln anzufechten: Nicht etwa der Fimbulwinter, wie man vermuten könnte, nein. Surtr.

Im Gegensatz zu den Menschen, die in ihm möglicherweise eine Gottheit sahen, blickte ihm der König der Reifriesen von Anfang an misstrauisch entgegen. So schnell wie möglich schickte er ihm seine Krieger entgegen. Da wurde das Land zum Kriegsgebiet zweier mythischer Kräfte. Wer konnte, floh. Es war von Anfang an klar, dass niemand diesen Winter überlebte. An dessen Ende gab der Schnee eine giftdampfende Moorlandschaft frei. Der Fimbulwinter kam viel später. Tatsächlich kann man es den Männern nicht verdenken, wenn sie sich erzählen, dass der Fimbulwinter die Burg vor Jötunheim in Besitz nahm, doch es ist nicht wahr.«

»Schade. Ich freute mich darauf, Fimbuls Heimstatt zu zerschlagen«, fuhr Vöðmaður dazwischen.

»Deine Wut wird in den vor uns liegenden Taten schon nicht zu kurz kommen!«, hauchte Sannur gedankenverloren. »Dort! Seht ihr diese Schatten? Ob es unsere Freunde oder Feinde sind? So oder so. Die Kriegsgeister erwarten uns.«

»Der Gletscher und seine zahllosen Ritzen und Höhlen imponieren mir gewaltig«, fuhr es aus Björt. »Dort! Ob dies dort vorne schon der Eingang zur Reifriesenstadt ist? Nein. Zu ruhig ist es hier. Aber vielleicht könnten wir hier auf Kaldgrand und seine Kämpfer warten.«

»Warten?«, fragte Jääkarhu. »Wir können nicht mehr warten. Die Mühle des Krieges ist zu nah. Die Muspellbrüder haben den Biersaal bereits verlassen. Wir müssen ihren Spuren folgen. Unsere Feinde stehen schon auf dem Schlachtfeld und bauen an ihren Hinterhalten. Jeden Augenblick, den wir noch warten, schenken wir ihnen. Komm! Kaldgrand wird den Weg schon alleine finden.«

»Die Männer sind erschöpft! Sie haben seit dem Aufbruch wenig gerastet und sorgen sich um die Gefährten aus Kaldgrands Heer!«, hielt ihm Björt entgegen.

»An die Erschöpfung müssen sie sich gewöhnen! Gerastet wird, wenn die Arbeit getan ist! Kaldgrand ist der beste Feldherr in unseren Reihen. Er wird wohl ...«, Jääkarhus Worte verstummten abrupt. Seine Augen schlossen sich zu einem Spalt. »Das kann doch nicht ...«, fuhr es aus ihm. »Fast scheint es mir, als sei dies dort Miréndes Mähre!« Ein Lachen rauschte zwischen seinen Lippen hervor. »Er ist nicht blutverschmiert, er floh nicht aus dem Kampf. *Was gibt's unter dem Gletscher, Mirénde?*«, rief er dem Reiter entgegen.

»Nichts Gefährliches!«, rauschte Miréndes Ruf heran. »Kaldgrands Heer hat sich mit meinem vermischt. Einig schreiten sie nun durch Jötunheims kalte Hallen und treiben auch die letzten der Muspellbrüder aus dem Biersaal aufs Schlachtfeld hinaus, falls sie noch einen finden. Das ist aber nichts für mich. Muspellbrüder fürchten sich vor graubärtigen Männern wenig und mir scheint, ihr könnt mich an eurer Seite besser gebrauchen.« Das Pferd stoppte einige Schritte von Jääkarhu entfernt.

Björt lachte auf. »Eine große Vorhersehungsgabe wohnt in dir und du kenntest gewiss genug Finten, um eine ganze Horde Muspellbrüder alleine hinauszutreiben«, antwortete er.

»Natürlich hätte ich meine Mittel. Doch große Zaubereien bedürfen viel Energie. Erst wenn es keine andere Möglichkeit mehr gibt, werde ich zaubern«, sprach Mirénde. »Außerdem hatte ich nicht den Eindruck, dass es den Männern missfiel, als sie endlich ihre Waffen zogen.«

»Wie freue ich mich, dich zu sehen, alter Mann! Mit dir zusammen wird es gewiss eine tolle Schlacht!«, rief Jääkarhu, ehe sich sein Augenmerk vom Gletscher abwandte und in die weite, vom Schicksal bestimmte, Flur hinausstreifte. Sie begann nur einige Schritte entfernt. Ein Lächeln rauschte durch sein Gesicht. »Lustig wird's bestimmt! Vorhin sagte ich bereits zu Björt, was mich in der Nase kitzelt. Dass das bunte Glitzern hier und dort leicht entzündbares Pech ist. Wenn es weiter draußen genau so ist, werden wir viel Freude haben!«

Björt nickte. »Von den Muspellbrüdern heißt es doch, dass sie den lodernden Feuerschein gewaltig fürchten, weil sie in jeder Flamme die Wut ihres Vaters brennen sehen.«

Mirénde räusperte sich. »Vielleicht. Dies hörte ich auch schon. Jedoch wurde an den Feuern im großen Lager viel erzählt. So oder so ist das Pechfeuer ein Vorteil. Ich glaube nämlich nicht, dass die Schlacht jeweils zur Nacht hin unterbrochen wird, wie es sich gehört. Die Muspellbrüder scheren sich nämlich nicht darum, ob Mond oder Sonne am Himmel steht. In ihrer Heimat gibt es vielleicht keine Tageszeit, so wie wir sie kennen. Vor der Schlacht bieten diese giftdampfenden Löcher allerdings eher unseren Feinden als uns Vorteile, weil möglicherweise einige der mit Gerümpel beladenen Wagen darin stecken bleiben werden. Kommt! Wir sind spät dran. Wenn wir uns nicht beeilen, wird die Schlacht ohne uns beginnen.«

Scheppernd durchtrat die breite Kämpferschar Jötunheim. Es schien, als wollten die Kriegstollen das Kriegsfeld vor dem Gletscher so schnell wie möglich betreten. Unzählige Schritte waren noch durch all die Hallen zu tun, ehe die Männer am Ende die Weitläufigste der Hallen, die legendäre Bierhalle, durchquerten. Bereits füllte sich das Eis bis in die hintersten Tiefen des Gletschers mit dem Glanz des immer tiefer fahrenden Sonnenwagens. Es war Abend geworden.

Als die Männer die Gletscherzunge endlich verließen, fiel keinem von ihnen auf, dass einer aus ihrer Mitte fehlte. Der Herr des Winters, Vindsvalr, war im großen Saal verblieben, um alles für die Rückkehr der Reifriesen vorzubereiten.

Draußen war Tauwetter angebrochen. Die Sonne hatte die Luft über den Tag hinweg mit etwas Wärme aufzufüllen vermocht. Dies kam in einem schlechten Moment, dünkte es Kaldgrand. Er freute sich wenig darüber, denn er wusste etwas, was die anderen vielleicht nicht ahnten: Noch musste das Heer hinter ihm die vereisten

Gletscherflüsse überqueren. Wenn diese schon am Tauen waren, würde es vielleicht schwer.

»Mir wird es wohl wenig schaden, wenn der Untergrund einbricht, aber für jene, die sich vor dem Tod mehr zu fürchten brauchen, wäre es gewiss kein Spaß«, seufzte er in Richtung Irmin, der neben ihm ritt.

Irmins Faust zog sanft am Zügel. »Deine Sorge ist unbegründet. Das Eis hat deinem Gewicht bisher gut standgehalten. Das schwächer werdende Grollen will's mir verraten, wir haben die meisten Flüsse überschritten. Die Götter werden es schon richten, dass keiner von uns im tödlichen Wasser verschwindet. Mögen dafür die Muspellbrüder, die euch seit der Handelsstraße verfolgen, dafür darin untergehen.«

»Die Verfluchten!«, zischte Kaldgrand. »Aber mir scheint, wir hätten über den Tag hinweg einiges an Vorsprung gutgemacht!«

»Vielleicht stimmt es, was man sich über die Muspellbrüder erzählt, nämlich dass sie zur Nacht hin stärker als am Tag seien?«, fragte Finar. »Sie werden uns zur dunklen Zeit, zusammen mit Fimbuls Kälte, bald wieder eingeholt haben.«

»Es macht keinen Unterschied. Das Schicksal ist vorbestimmt. Das Schlachtfeld ist in wenigen Schritten erreicht«, antwortete Kaldgrand. »Seht ihr das Schimmern dort und dort? Dies sind Hrist und Mist und Skeggjölð und Hilðr. Lange könnte ich die Namen all der Walküren aufzählen, die ich dort erblicke. Eine harte Nacht erwartet uns.«

»Ich vermisse Mirénde an unserer Seite. Gerne hätte ich gewusst, was ein Zauberer Surtrs Männern entgegenzusetzen vermag!«, antwortete Finar.

Kaldgrand nickte. »Zauberkraft wäre gewiss nicht schlecht!«

»Dazu bereitet mir noch anderes Sorgen«, ergänzte Finar, deren durch den Albenzauber geschärftes Sehvermögen weit durch den anbrechenden Abend stach. »Wo bleiben unsere Verbündeten nur?«

»Die Götter werden die Heere schon zusammenführen«, antwortete Irmin. Sein Pferd kam wieder in Bewegung. »Woran ich zweifle ist jedoch, ob das, was wir von den Alben erwarten, eintreffen wird. Was ist mit ihnen, Finar? Am Þing sagtest du, dass ihr Lager unweit des Schlachtfelds gerichtet sei. Doch weit und breit erblickte ich bisher nichts.«

Finar seufzte auf. »Als ich mit den Alben sprach, haben sie mir die Einzelheiten ihrer Kriegspläne nicht verraten«, sprach sie.

»Auf die Alben ist Verlass!«, schwor Kaldgrand. »Wenn es aber stimmt, was du am Þing erzählt hast, werden wir in der vor uns liegenden Schlacht jedoch wenig von ihnen sehen. Dann werden sie sich noch so lange wie nötig vor den Blicken von Surtrs Spähern hüten. Doch mit ihrer klugen Unterstützung ist trotzdem zu rechnen. Sind sie denn nicht für ihre Wahrsagekunst bekannt? Vieles auf unserem Weg wird durch ihren Einfluss gerichtet sein.«

Finars Augenmerk traf auf eine Gesteinsformation in einiger Ferne. »Ein seltsamer Fels dort«, hauchte sie. »Bei diesem tiefen Sonnenstand könnte man beinahe meinen, es sei eine Burg.«

Kaldgrand nickte. »Es ist eine Burg! Und dazu der uns vorbestimmte Lagerplatz. Es ist die alte Zollburg, von der ich an den Gelagen Vanaheims schon einiges hörte. Gewiss ein guter Ort, um auf unser Schicksal zu warten. Die fahrenden Händler, die einstmals durch diese Gegend zogen, schworen, dass das dicke Ringgemäuer sogar den Reifriesen ihre Grenzen aufzuzeigen vermochte! Dies war jedoch vor dem langen Winter. Wie gut das alte Bauwerk die Feinde heute noch abhalten kann, darüber weiß ich nichts. Aber wir werden es bald wissen.«

Kurz darauf offenbarte das letzte Licht des Tages dem den Burghof überquerenden Kriegsvolk ein erstaunlich solides Gemäuer. Jeder, der etwas davon verstand, staunte nicht schlecht. Der harte Zahn der Zeit hatte den Fugen und Steinen kaum zugesetzt.

Während die einen diese Baukunst noch lange bewunderten, durchschritten die anderen die feudalen Zierbögen der Säle, um darin die Spuren der alten Herren zu deuten. Sie fanden reichlich Prunk, Gold und anderes in dieser Zeit wertlos gewordenes Gerümpel.

»Diese Gegend scheint verflucht. Nicht einmal Plünderer haben sich hierher getraut!«, hörte man Finars Stimme. »Gold und Silber fand ich in rauen Mengen.«

»Ich entdeckte Wertvolleres!«, schallte es aus Irmins Hals. »Prall gefüllte Vorratskammern! Korn, Fleisch und Met fand ich in großen Mengen. Als wäre dies alles für uns hierhergebracht worden.«

»Vielleicht haben die Alben in dieser Sache ihre Finger im Spiel«, wähnte Finar. »Man soll die Nahrung verteilen. Nur den Met nicht. Den heben wir uns für die Siegesfeier auf!«

Draußen dröhnte Kaldgrands Feldherrenstimme über die Köpfe hinweg: »Kämpfer! Die Schlacht wird sich nicht mehr lange vermeiden lassen! Sie wird noch in dieser Nacht beginnen! Wir müssen Kriegsvorbereitungen treffen! Bogenschützen: Auf in die Zinnen! Die anderen: Durchströmt die Türme und Säle und reißt alles Brennbare von dort heraus! Wir werden ein mächtiges Feuer entzünden – so mischen sich wenigstens keine Reifriesen unter die Angreifer und unsere Verbündeten wissen auch in der Nachtfinsternis, wo wir sie erwarten!«

Die Nachtschwärze entschwebte den Senken, den windgeformten Falten des tauenden Schnees. Das ganze Land wurde davon überflutet. Es ergab sich dem bevorstehenden Unheil, als hätte es gefährliche Nächte schon tausendfach erlebt. In den Wolken darüber konnte sich das Tageslicht noch eine Weile halten. Dort konnte man eine schnurgerade dem Gewölk entgegensprießende Rauchsäule weit herum erkennen. Erst viel später schlugen die Funken darin weiter und weiter in die Nacht hinauf. In ihrem Licht konnte Finar auf dem Feld draußen hier und dort Bewegung erblicken. Kriegerscharen nahten. Verbündete und Feinde. Finar stutzte. Ihr schien es, dass die mit Pech arg geschwärzten Muspellbrüder vorerst lieber in der Ferne blieben. War es denn tatsächlich so, wie sie es vermutet hatte, dass die schwerbewaffneten Riesen den Lichtschein der wallenden Flammenbrunst mieden? Dann mochte das Feuer noch bis zum Morgen brennen.

Jedenfalls war es so, dass die emporlodernde Flammenpracht jenen, die für die Götter standen, noch etwas Zeit verschaffte. Doch sie konnten unmöglich bis zum Morgen mit dem Kämpfen warten. Auch wenn das Siegen dann vielleicht leichter gefallen wäre, das Feuer in den Seelen loderte in jedem der Haudegen zu heiß. Man wollte auf den Feind losgelassen werden. Die Unruhe war sehr gut spürbar. Immer mehr brodelte der Kampfmut.

Als Finar dies begriff, durchstach ihr Blick ein weiteres Mal das nächtliche Feld.

Wo standen die Muspellbrüder? Wo lohnte sich der Angriff? Es gab nicht mehr viel zu sehen. Der Tag erlosch. Die pechverschmierten Gesichter verschwanden. Sie starrte auf die andere, vom Mondschimmer mehr erfüllte Seite. Dort! War das nicht Miréndes schimmernder Mantel? Hinter ihm bebte das Feld. Er schwebte Björts und Jääkarhus Gefolge voraus!

Finar hörte Kaldgrand mäßigende Worte über die brodelnden Kriegerköpfe rufen. Dessen Erfolg blieb aus. Der Lärm der Vorfreude wurde so groß, dass alles andere verstummte. Sie bekam mit, dass in diesem Augenblick das Tor durchstoßen wurde. Aber von innen. Rotglitzernd floss das Meer der Eisenhelme aufs Schlachtfeld hinaus.

Die Webstühle der Walküren begannen aufzustöhnen, als Niðhöggr über die Köpfe hinwegflog. Er stob zum Rand des Feldes, um auch den Muspellbrüdern Angriffsmut zu bringen. Finar sah rote Punkte in den Himmel hinauf- und wieder hinunterstechen. Auf dem Feld rauschten Funken aus den Pechgruben. Ein heilloses Getöse brach an. Das Schuhwerk der Muspellbrüder brachte die Erde zum Erbeben. Ehe der Walzstein der Kriegsmühle mit seiner Fahrt begann, donnerte ein Teil der Gletscherzunge in die Flüsse hinunter. Von dort rauschten Flutwellen heran. Viele der Feuer wurden davon wieder gelöscht.

Die ersten Schwerter kreuzten sich. Schon sanken die ersten Waffen kraftlos ins Moor hinunter. Gewalt zerriss die Leiber darüber. Aus den Bäuchen spritzten Innereien. Fleischfetzen durchregneten die Luft – bei Muspellbrüdern und ihren Feinden gleichermaßen. Der helle Waffengesang, das Kampfgebrüll war von Knackgeräuschen durchmischt. Dies stammte von den Schädeln und Leibern, die unter dem Schuhwerk der Feinde zerbarsten. Schon wurde das Brunstgebrüll der Kämpfer leiser. Erschöpfung machte sich breit. Dabei hatte die Schlacht doch erst begonnen. Es roch entsetzlich nach Blut und Kot.

Als sich der über Nacht entstandene Sumpf der Innereien endlich mit Morgenlicht füllte, schien es, als hätten sich die Reihen der Muspellbrüder kaum gelichtet. Endlich erreichten die noch ausstehenden, unverbrauchten Kriegerscharen von Ekkert, Vöðmaður und Sannur das Schlachtfeld. Auch sie kamen, um Óðinn im Kampf zu imponieren.

War der Kampf schon in der Nacht beinahe unübertreffbar hart gewesen, kam er doch erst am Tag so richtig in Fahrt. Dem Sonnenpferd folgte Hrímfaxi. Einmal, zweimal, viele Male. Manches Mal hatte es für die Göttergefälligen dabei den Anschein gemacht, Óðinn hätte die Feinde bevorteilt, doch dann sah man den Erfolg endlich. Finar hatte in der Zwischenzeit jedem, der am Ziel der Götter zweifelte, davon erzählt, dass der Allvater gute Gründe hatte, das Kriegsglück manches Mal dem Feind zuzuschieben. Nun, da scheinbar selbst er um Ásgarðs Zukunft zu bangen begann, holte er die stärksten Helden in sein eigenes Heer nach Ásgarðr. Endlich kam das Räderwerk der Schlachtenmühle zum Stillstand. Dieser Sieg war hart verdient und der Friede kam nicht so schnell in die Seelen zurück. Noch lange sah man einige der erschöpften Sieger über das Leichenfeld schreiten und in der Mattheit ihrer Erschöpfung ihre Waffen hier und dort in den Untergrund rammen. Spät verglomm das Feuer der Vergeltungssucht. Den Kriegern war einige Tage Rast gegönnt. Erst als die letzte Glut im schwarzen Schutt erlosch, ließen die Feldherren alles für den Aufbruch vorbereiten.

Die rote Schlange

Fjǫlþ ek fór, fjǫlþ ek freistaþak, fjǫlþ of reyndak regin:
hverir ráþa æsir eignum goþa, þás sloknar Surta logi?

Viel erfuhr ich, viel versuchte ich, viel der Götter Wahrheit. Welcher der Asen waltet des Göttererbes, wenn Surtrs Lohe losch?

Ein letztes Mal stieg Björt an diesem Morgen in den Zinnenring der Burgmauer und blickte gedankenverloren in die sich auflösende Nacht hinaus. Etwas war anders: Seit Tagen war der Himmel über dem Horizont bewegungslos gewesen. Doch nun schien der rote Strich, der den Morgen ankündigte, zu brodeln! Ob er sich die Sorgen bezüglich des Windadlers umsonst gemacht hatte?

Etwas warnte ihn: Ihm war der Friede dieses Sonnenaufgangs nicht ganz geheuer.

Tatsächlich. Mit der Zeit begann die Luft aufzuseufzen. Dieses Geräusch … war kein Wind! Es war etwas Unnatürliches, ein Dröhnen, das zu einem Rauschen anschwoll. Der Himmel füllte sich damit. Er erzitterte. Dieses Zittern, das schnell näherkam!

Björt stolperte nach hinten. Ohrenbetäubend schwirrte die Schwärze über seinen Rücken hinweg. Er bückte sich, hielt sich den Kopf. Etwas hatte ihn messerscharf erwischt. Er versuchte, hinaufzublicken. Sein Augenmerk versank einen kurzen Moment im Himmel. Die Schwärze glänzte, als sei sie mit brodelndem Pech durchzeichnet. Was war das? Pfeile?

Eher *Rabenschnäbel*!

Bei Óðinn! Der Himmel schien von Rabengefieder gezeichnet. Dennoch blieb alles ruhig. Totenstill. Kein Gekrächze, nur die Geräusche der Flügel. Fast so, als wären diese Tiere selbst nicht mehr am Leben.

»Unheimlich verhaltet ihr euch, ihr Kriegsgewinnler«, hauchte Björt, als er wieder aufrecht stand. »Warum kommt ihr erst heute an die Festtafel der Kriegsschwestern? Dazu schweigt ihr? Ist das Feld denn so gewaltig groß, dass ihr euch nicht um die besten Plätze zu streiten braucht?«

»Vermisst du ihr Gezänke?«, hallte Jääkarhus Stimme heran. »Vielleicht wollen sie dem Schlachtverlierer nicht verraten, dass er seine Krieger umsonst schickte. Das ist gut für uns!«

»Warum sollten sie uns verraten? Immerhin sind die Raben Óðinns Federvieh. Sagtest du nicht einmal, dass sie allwissend seien?«, fragte Björt.

»So etwas sagte ich nie«, entgegnete Jääkarhu. »Sie verfügen allerdings über eine vorzügliche Beobachtungsgabe.«

Björts Gesicht wurde in diesem Augenblick vom ersten Licht der aufgehenden Sonne gefüllt. »Vielleicht sind die Raben von Óðinn geschickt, um das Feld zu reinigen, damit sein Pferd Sleipnir nicht über die Toten hinwegtraben muss, wenn er das Schlachtfeld unseres Sieges besichtigt«, wähnte er.

Jääkarhu gab sich Mühe, seiner Kehle so etwas wie einen Lacher zu entlocken. Doch es misslang. In kernigem Ton durchfuhr seine Antwort die Luft: »Da kennst du deinen Vater schlecht. Je blutiger eine Schlacht ist, desto lieber reitet er danach übers Leichenfeld. Besonders nun, da sich die Zeichen zu unseren Gunsten verändern und er sieht, dass wir in Miðgarðr tatsächlich etwas bewirken!«

»Nachdem wir Surtrs Gefolge trotz seiner zermürbenden Gewalt den Sieg verweigerten, wäre jede andere Folgerung doch blanker Hohn«, antwortete Björt. »Die Veränderung ist, dass Surtr einen Großteil seines Heeres verlor. Wenn es nicht so ist, haben die Götter fürwahr viel von ihm zu befürchten.«

Jääkarhu schaute ihm eindringlich in die Augen: »Die Schlacht, die diesen Krieg entscheiden wird, findet nicht in Miðgarðr, sondern auf dem Idafeld statt. Und dies war nur Geplänkel dagegen. Es wird schlimm werden. Vielleicht wird Walhall, wie zu Zeiten des Wanenkrieges, erneut in Flammen stehen. Sorgen mache ich mir deswegen aber kaum. Die Einherier sind den Menschen in Stärke und Schlagkraft um ein Vielfaches überlegen. Sie werden siegen!

Nichts kann mir meine Zuversicht nehmen, nun, nach der Schlacht, in der man einen von Óðinns Söhnen endlich wieder an der Seite eines Wanen kämpfen sah! Seit dem Beginn des Wanenkrieges geschah dies nämlich nicht mehr. In der Zeit, die seither verronnen ist, konnte nicht mehr zusammenwachsen, was im Krieg zerbrochen war. Zu arg stand es um die Gemüter, als sich die Asen und Wanen danach wieder in Ruhe ließen …«

»Erzähle mir nichts davon!«, unterbrach Björt. »Der alte Streit soll das Freundschaftsband zwischen uns nicht gefährden.«

»So ist es! Besser du erzählst ihm von den Großtaten und nicht von den Versäumnissen der Götter!«, hallte Mirèndes Stimme durch die letzte Dunkelheit. »Das Wissen darum würde ihm in der Zukunft eher von Nutzen sein!«

»Mirènde! Wie lange hast du uns schon belauscht?« fuhr es aus Björt.

»Seit ich Jääkarhu bat, mit dir zu reden. Er sollte dich mit seinem Wissen um die alten Göttertaten belehren, um deinen Erfahrungsschatz zu erweitern«, antwortete Mirènde. »Das ist aber nicht alles. Wichtiger ist mir, dass ich dich hier mit einem Zeugen treffe. Mir ist nämlich, als gäbe es etwas zwischen uns zu klären. Björt, ich will dich als Freund nicht verlieren. Mir scheint, als hegtest du Groll gegen mich?«

Björt blickte streng. »Ich kann es dir sagen: Viel Leid sah ich in der Schlacht. Ein Meer aus Blut versickerte im Boden. Markerschütternde Schreie im furchtbaren Gemetzel. Da fragte ich mich, was ein Zauberer in unseren Reihen sucht, wenn er seine Zauberkunst nicht zu unseren Gunsten einzusetzen imstande ist!«

»Denkst du etwa, mir sei es über den Kampf hinweg langweilig geworden?«, fragte Mirènde. Er schmunzelte: »Glaube mir, auch ich habe mir die Ruhe verdient.

Es gibt in einer Schlacht für einen Zauberer auch anderes als zu versuchen, die schwer beeinflussbaren Waffengeister mit Magie zu lenken. Dies tun die Walküren für Óðinn und die Dämonen für Surtr schon genug.

Die Zauberei bedarf viel Energie. So viel, dass es mir auf unserer Reise nur zweimal gestattet sein wird, einen großen Zauber anzuwenden. Dies sagte mir die zukunftswissende Alvíss, als ich mit ihr an Ekkerts Krankenstätte saß.«

Björts Blick versank im roten Streifen am Horizont. Der Anblick des sich aus dem Gebirge erhebenden Sonnenpferdes ließ ihn seinen ganzen Gram vergessen. »Unsere Reise wird für alle nicht einfach werden«, hauchte er.

Auf dem Feld unten überzog sich das Rabengefieder mit dem Glanz des Tages. Rötliches Licht durchflutete das, was von der Burg noch geblieben war. Es legte sich als Glut in die Gesichter der marschbereiten Kriegerschar. Es war an der Zeit.

Knarrend setzte sich das Schuhwerk in Bewegung. Das klirrende Rüstzeug stimmte das lange Marschlied an. Es ging geradewegs in den Fimbulwinter, der nach der heißen Schlacht wieder in voller Härte aufzuleben schien.

Arg begann die bewegungslose Kälte immer mehr auf die Gemüter zu drücken. *Was war mit Hræsvelgr?* Von der Kraft des Windes fehlte nach wie vor jede Spur. Die Schneekörner fielen schnurgerade zur Erde nieder, bis sie eines Tages versiegten. Das Wetter wurde besser. In der Ferne konnte man dann und wann die tiefe Schwärze eines Waldes erblicken. Dieser Wald, so behauptete Kaldgrand, sei ein Ausleger des Eisenwaldes. Der habe von Útgarðr her das schier unüberwindbare Grenzgebirge Undir Miðgarði nämlich an einigen Stellen überwuchert. Da kam endlich wieder Tatendrang in die Augen der Helden zurück und keinem sah man mehr an, dass er möglicherweise insgeheim am Erfolg des Kriegszuges gezweifelt hatte. Kühn blickte jeder in die sich ihm eröffnende Weite des Landes. Der eine oder andere erfasste die Wildläufe, die sich über den Feldern abzeichneten. Bogenschützen machten sich daran, den Fährten zu folgen.

Auch Kaldgrand lenkte seine Blicke forschend über die Schneedecke hinweg, bis sie Ungewöhnliches entdeckten: »Seltsam dünkt mich diese Fährte dort! Ich kann sie mit keinem mir bekannten Wildtier in Verbindung bringen! Kannst du das vielleicht, Finar? Nie sah ich eine ähnliche Zeichnung im Schnee!«

Scharf stachen Finars Augen in sein Gesicht. »Willst du mich etwa prüfen? Das ist doch einfach. Es war eine Ziege!«, kam ihre Antwort.

»Eine Ziege?«, Kaldgrands Hand durchfuhr seinen Bart. »Das dachte ich zuerst auch! Doch dann fiel mir auf, dass das Vieh auf zwei statt auf vier Hufen gewandert sein muss«, sprach er. »Schau! Dort drüben, wo die Fährte die Richtung ändert. Da kann man es gut erkennen!«

»Du hast recht«, bemerkte Finar. »Die Spur ist tief. Das Tier scheint schwerer als ein Stier gewesen zu sein. Vielleicht ein verkleideter Thurse, der uns von einem Versteck hinaus übel nachstellen will.«

»In diesem Ödland gibt es keine guten Verstecke für einen Riesen«, antwortete Kaldgrand. »Aber beim Gedanken an einen als Ziegenbock verkleideten Thursen fällt mir nur ein Name ein! Bitterkeit durchfährt meine Seele, wenn ich daran denke, dass der selbstherrliche Loki Laufeyjarson das Land durchstreifen könnte. Seine Schäkereien fehlen uns gerade noch! Es ist wohl besser, wir machen uns auf Unvorhersehbares gefasst!«

»Du sprichst so abschätzig über ihn. Doch ich bin mir nicht sicher, ob Loki für oder gegen uns ist!«, antwortete Finar.

»Wenn er dir womöglich übel mitgespielt haben mag – für uns tat er nur Gutes. Er hätte uns leicht vom Hals haben können, wenn er das gewollt hätte. Warum sollte er sich jetzt plötzlich gegen uns wenden? Ohne seine Hilfe hätten wir Útgarðs Meer wahrscheinlich nie überquert …«

»Er hat euch vielleicht nur aus Langeweile geholfen. Damit er seinen Spaß hat – wer weiß. Ich kenne Loki eine Ewigkeit länger als du und ich sage, es ist besser, dem Verstoßenen nicht zu trauen!«, mahnte Kaldgrand.

»Merkwürdig ist es dennoch«, sprach Jääkarhu. »Jeder weiß doch, dass der ehemalige Wunschsohn Óðinns zu den scharfsinnigsten Denkern gehört. Sollten dies tatsächlich seine Spuren sein, will ich nicht verstehen, warum der Vogelfreie arglos über ein Feld schreitet, auf dem ihn der Wächter Heimdall von seinem Turm aus leicht erblicken kann.«

Neben ihnen zogen sich die Zügel zweier Pferde stramm. Hoch auf dem Sattel blickten nun auch Ekkert und Mirénde zu den seltsamen Läufen hinunter.

Der Zauberer vermochte in den Spuren nichts zu deuten. Anders Ekkert. Ihm stach dieser Anblick tief ins Herz. Leise stieß es aus ihm, was niemand erahnen konnte: »Warum er sich nicht vor den Blicken der Asen fürchtet? Weil er ihnen abtrünnig ist! Er muss sich vor Heimdalls Augen nicht mehr verbergen, weil er den Asenbrüdern abschwor. Er ist nun von Surtrs Zaubern geschützt. Die Götter können ihn nicht mehr so einfach erblicken.«

Kaldgrand blickte ungläubig zu ihm hinüber. »Wie kommst du darauf?«, hallten ihm seine Worte fast spöttisch entgegen. Ekkert errötete. Seine Blicke versanken im Untergrund. »Ich kann es nicht erklären. Vergesst es. Mir war gerade, als habe ein anderer mit meiner Zunge gesprochen.«

»Das würde ich auch meinen! Es ist besser, das schnell zu vergessen!«, hielt ihm Kaldgrand entgegen. »Ich kenne Loki seit einer Ewigkeit. Er bewirkte nur eine einzige absonderlich schlechte Tat in seinem Leben. Danach schwor er vor Þor und seinen Söhnen, nie und nimmer wieder derart Abartiges zu tun! Dieser Schwur gilt, weil Loki in seinem Herzen gar nicht so schlecht ist, wie man es ihm nachsagt! Er hat in Wirklichkeit nämlich kein böses Gemüt, sondern treibt aus seiner Natur heraus nur gerne Schabernack. Nie würde er sich als Surtrs Verbündeter gegen das Leben stellen!«

»Bedenkt besser, was der Junge sagt!«, fuhr es aus Mirénde. »Dass Loki den Asen abschwor, kann durchaus sein, denn er ist ja kein Ase, sondern nur Óðinns Wunschsohn. Er kann jetzt, da ihn die Asen lange mieden und ihm Unheil und Tod schworen, gleichwohl als Wunschsohn Surtrs Gunst genießen.«

»Dann ist es möglicherweise eine Botschaft an uns«, wähnte Finar. »Wenn er tatsächlich zu den schärfsten Denkern gehört, hätte er im Voraus gewusst, dass wir nun hier stehen und darüber beraten. Was hat er uns damit sagen wollen? War es nur eine Warnung, dass er in diesem Krieg nun gegen uns steht?«

»Was sollte ihm das bringen?«, fragte Kaldgrand. »Wenn er gegen uns stünde, wüsste er, dass wir geschwächt sind. Dann hätte er ein Kriegsheer mitgenommen. Einen zweiten solchen Ansturm von Muspellbrüdern hätten wir heute nicht überlebt!«

»Vielleicht will Surtr nicht noch mehr seiner Krieger an uns verschwenden«, antwortete Mirénde. »Es scheint mir nämlich, dass gerade ein anderer, ein unbesiegbarer Gegner das Spielfeld der Götter betritt. Riecht ihr den feinen Rauch? Er erinnert mich an eine der Weissagungen der zukunftswissenden Frauen, die davor warnten, dass der Dämon eines Tages die Weltenscheibe in Brand setzen würde. Damals dachte ich, es sei nur ein Gleichnis. Doch nun bin ich mir nicht mehr so sicher. Besser, wir rechnen damit, dass uns bald ein großes Feuer aus den Wäldern entgegenschlagen wird.«

»Es ist nur Schein!«, antwortete Finar. »Damit sich die Luft mit Rauch füllen kann, braucht es doch Wind. Doch mich dünkt, dass Hræsvelgs Flügelschlag den Himmel schon lange nicht mehr regiert.«

Kaldgrand blickte in die Wolken hinauf. »Das hat sich endlich geändert.«

Zwar hatte Surtr den Triumph seiner Männer in dieser bedeutungslosen Schlacht nicht mit eigenen Augen gesehen, doch zweifelte er keinen Augenblick daran, dass die Muspellbrüder gesiegt hatten. Immerhin hatte er seinen *Bruder* geschickt, um davon Zeuge zu werden. Dieser, Loki, wollte ihm von der Niederlage nicht berichten. Zumindest vorerst würde er die rauschhafte Stimmung in Muspells Palast nicht zerstören.

Einmal schien der abtrünnige Ase dem Stänkerer seinen Hochmut zu gönnen. Er ergötzte sich geradezu an der Begeisterung, in der sich der feurige Dämon suhlte. Lügen musste er dabei nicht, denn Surtrs Gedanken drehten sich an diesem Tag um Wichtigeres als um die Krieger von Jötunheim. Dessen Bekundungen handelten von nichts Geringerem als von der Tatsache, dass Hræsvelgs Schwingen nun endlich zu Muspells Gunsten schlugen! Die Segeltücher des Knochenschiffs hatten sich endlich mit Wind gefüllt. Naglfar hatte die Totenbucht bereits verlassen und war in Surtrs Gedankenwelt schon eine weite Strecke durchs Eismeer gefahren. *Vielleicht kämpfte der Steuermann Hrymr bereits gegen die reißende Strömung, die das Wasser weit draußen über den Tellerrand der Weltenscheibe riss.* Dies war kein Kinderspiel. Hrymr würde dieser Gewalt mit all seiner Stärke entgegenwirken müssen. Nur schon deshalb war er als Steuermann die bessere Wahl als der schmächtige Loki. Er verfügte über Körperkraft und Geschick, das Schiff an der rechten Stelle wieder in Richtung des Festlands zu drehen, damit es von der Drift in den unscheinbarsten der Fjorde gezogen wurde. Es gab nur dieses eine Tor zwischen der Weltenscheibe und Ásgarðr. Für ein Schiff, das nicht über Skíðblaðnirs Zauberkräfte verfügte, war es die einzige Möglichkeit, das Meer von Ásgarðr zu erreichen.

In der Vorstellung des Dämons war diese Fahrt bereits Geschichte. Er sah die siegestrunkenen Muspellbrüder durch Ásgarðs Ruinen steigen. Inmitten der Leichen stand er selber und blickte höhnisch auf Óðinns Kadaver hinunter …

Surtrs Gedankenspiele kamen ins Stocken, da Loki sich bemerkbar machte. Dessen Gesicht füllte sich mit einem breiten Lachen. »Deine Pläne scheinen aufzugehen. Du stecktest das Flammenschwert in Miðgarðs Boden, wie ich es dir riet, und auch der Windadler tut, was du von ihm verlangst. Alles wird sich erfüllen, so wie wir es wollen – trotz der Glut, die Sinmara dagegen versprüht.«

»Glaubst du denn selber, Loki, dass das zitternde Flämmlein, das Surtalogi irgendwo im Fimbulwinter zu entfachen vermochte, eines Tages Ásgarðr niederbrennen kann?«, fragte Sinmara. »Sei vorsichtig, Surti, sonst werden sich deine Pläne bald im Nichts auflösen. Ich glaube nämlich, dass dein neuer Bruder im Herzen einer von Óðinns Männern geblieben ist!«

Eine feurige Pranke umfasste Surtalogis Griff. Der Glutglanz des Dämons widerspiegelte sich in Sinmaras Augen. Ihre Seele erstarrte, doch nichts passierte. Surtrs Wut löste sich so schnell auf, wie sie aufgelodert war. »Mag dein Wissen über dieses und jenes auch beträchtlich sein, so muss ich doch bemängeln, dass du nur wenig über Feuer zu wissen scheinst!«, fuhr seine Stimme ihr entgegen, während das Schwert wieder in die Scheide hinuntersank. »Noch brennt der Weltenbrand nur schwach. Und fürwahr, es ist erbärmlich, wie sich die Flammen im schwächsten Wind zum Boden hinunterneigen. Doch ist das Feuer bereits gewachsen. Keine neun Tage, dann wird es Miðgarðr bis zu seinem nackten Felsengrund hinunter abbrennen. Mächtig werden die Flammen danach immer weiter ins Gewölk hinaufschlagen, bis der Funke am Ende aufs Idafeld überspringt. Zu diesem Zeitpunkt muss in Ásgarðr die Schlacht angebrochen sein. Óðinn muss mit seinen Söhnen am Schlachtrand sitzen. Nur dann wird er seinem Schicksal nicht entkommen. Wenn der Weltenbrand seinen Hochsitz umzingelt, wird er endlich seine Schuld bezahlen.«

»Dann wird die Urzeit endlich wieder anbrechen und dein Sinn ist erfüllt!«, hohnlachte Loki. »Auch um deine Getreuen, Surti, musst du dich dann nicht mehr kümmern, sollten es einige überleben. Der Weltenbrand wird sie vernichten. Er wird sie dafür bestrafen, dass sie selbst in der leichten Schlacht gegen die Menschen unterlagen. Ja, du hörst es richtig! Ich bin vom Heldenmut deiner Männer enttäuscht. Die Einherier werden sich vor Lachen die Bäuche halten, wenn sie sie vor Ásgarðr erblicken.«

»Warum hast du nicht eingegriffen?«, fuhr es aus Surtr.

»Weil die Asen nicht wissen sollen, dass Loki Laufeyjarson auf deiner Seite kämpft!«, kam die Antwort. »Zwar muss ich Heimdalls Blick weniger als vorher fürchten, doch die Raben hätten mich erkannt. Huginn und Muninn hätten mich verraten.«

»Es gibt keine Raben mehr nach diesem langen Winter«, zischte Sinmara. »Wie alle Vögel fielen sie zu Eis erstarrt vom Himmel. Nur die Falken flogen hoch genug, um der Kälte des Fimbulwinters zu entgehen!«

»Und doch kamen sie zur Schlacht, die schwarzgefiederten Brüder. Es war für sie ein Festgelage. Sie haben sich die Bäuche an den Kadavern der Muspellbrüder vollgeschlagen«, fuhr es aus Loki. »Ich war mit ihnen dort. Als Rabe verkleidet habe ich das Feindeslager erkundet. Dort sah ich die vom Blut deiner Männer besudelten Kämpfer. Weißt du, was sie taten? Sie schlugen sich die Bäuche voll! Während unsere Männer Schnee leckten, trieben sie ihre Zähne in Fleisch. Offenbar hatte jemand in der alten Zollburg Vorräte für sie angelegt.«

»Du bist ein guter Geschichtenerzähler, Loki!«, lachte Sinmara. »Getreuer Gemahl, erwache, bevor Ásgarðs Freund dich vernichtet! Töte Loki, sonst wirst du die Schlacht gegen die Götter verlieren! Bist du außerstande dazu, so lade seinen Trachter Váli zum Gelage ein! Der einzige Pfeil in seinem Köcher ist dem Herzen des abtrünnigen Asen bestimmt!«

Lokis schallendes Gelächter durchbrach den Raum. »So sei es, Surti! Lade den Asen zu deinem Gelage, weil Sinmara es empfiehlt! Was glaubt die dumme Ziege, würde geschehen, wenn einer der Götter zu deinem Gelage kommt? Wohl würde er kommen! Mit Þor und dessen Söhnen im Gefolge! Du hast genug Giftpfeile verschossen,

Sinmara. Du musst hier niemandem beweisen, dass du immer meine Feindin warst.«

»Wenn deine Beobachtungen so richtig waren, warum hieltst du sie uns denn so lange vor?«, fauchte Sinmara ihm entgegen.

»Zumindest verschweige ich sie nicht!«, zischte Loki. »Gerade wollte ich noch erwähnen, wen ich auf meinem Rückweg sah ...«, ergänzte er verschlagen.

»Ich war daran, den Fimbulthul zu erproben, und hatte keine Ahnung davon, dass sich einige Tagesmärsche von mir entfernt Freunde und Feinde die Köpfe einschlugen«, entgegnete Sinmara.

»Einige Tagesmärsche? Du standst so nahe an der Burg, dass du wohl die Läuse in den Bärten unserer Feinde hättest zählen können!«, entgegnete Loki. »Als ich dich zur Rede stellen wollte, warst du verschwunden. Als ich dich suchte, entdeckte ich Merkwürdiges. Der Schnee war hinter dem Schlachtfeld nicht nur von deinem, sondern auch von anderen Schuhwerken niedergetrampelt. Ich bückte mich, um daraus zu lesen, und wollte es nicht glauben: Solcherlei Schuhabdrücke hatte ich schon oft gesehen! Es war Albenschuhwerk! Abtrünnige Albin, erzähle doch, warum du schwiegst? Wirfst du mir etwa Verrat vor, um von deinem eigenen abzulenken? Surti, lade doch Alvíss zu deinem Gelage ein, nur um zu schauen, ob sie in deiner Gemahlin den Freund oder den Feind erkennt.«

Surtr fuhr auf. Seine gute Stimmung war gebrochen.

»Denkst du noch immer, die Alben seien tot, nur weil sie sich zurückhalten?«, fuhr es aus Loki. »Ich würde fast meinen, deine Kämpfer hätten ihre Niederlage ihrer List zu verdanken! Oder versagten sie etwa wegen des neuartigen Rüstzeugs, das sich Sinmara fortwährend erdenkt? Ich erblickte zwischen den Gefallenen kein unverbeultes Eisenkleid. Die Schwerter der Feinde schienen die Begegnung hingegen gut überstanden zu haben.«

Feurig schaute Sinmara ihm entgegen. »Heiß schlagen die Flammen aus den Feuern, umzüngeln die Tiegel, überziehen das Eisen mit ihrem Glanz. Was soll mein Zauber denn bewirken, wenn währenddessen das Feuer in den Herzen der Schmiede kühl bleibt? Ich kann die Sindribrüder nicht genug zur Arbeit treiben, weil Loki nicht tat, was er versprach!«

Surtr tobte. »Tief erschüttert bin ich. Nicht nur meine Männer, auch ihr habt mich verraten!« Weißglimmend fuhr das Flammenschwert in die rauchschwangere, hitzeflimmernde Luft hinaus. »Seid achtsam! Beide! Noch weiß ich nicht, wer von euch der echte Freund und wer der Feind ist!«

Abend für Abend durchstieg Oberon das von Zinnen gekrönte Gemäuer der albischen Notburg, um von dort aus das Umland zu beobachten. Oft hatte er diesen beschwerlichen Weg hinter sich gebracht, ohne etwas Unerwartetes zu erblicken, und es schien zuerst, dass sich das auch dieses Mal nicht ändern würde. Dass die Muspellbrüder nach und nach aus den Bergen zur Grenze zurückkehrten, überraschte niemanden. Das war lange vorausgesehen. Die Männer der hiesigen Jarle hatten sich gut darauf vorbereitet und erwarteten sie am Waldrand.

Doch … diesmal war noch etwas anderes. Oberon blickte angestrengt zum schwarzen Wald hinunter. Hinter den Muspellbrüdern nahte etwas. Eine Kreatur, die niemand erwartet hatte.

Das Unterholz des Waldes begann, sich mit rotem Licht zu füllen. Ein Knistern durchdrang das Föhrengeäst. Aus Schnee und Eis formte sich Wasser. Es zerrann und verdampfte. Dahinter glühte das Unterholz. Die Hallen der Wolfsheimat füllten sich mit schwerem Branddunst. Eine Feuerkreatur, die danach trachtete, die Zinnen der Albenburg und alles davor und dahinter zu umklammern.

Oberon seufzte. Noch lag am Fuß der Grenzmauern tiefer Schnee. Die rote Schlange würde sich vielleicht nicht allzu schnell durch die weiße Pracht kämpfen. Doch am Ende wurde ihr niemand Einhalt gebieten können. *Es war der Weltenbrand!*

Seine Blicke durchstreiften den eindunkelnden Himmel. Nun glaubte er zu wissen, warum ihm in der letzten Zeit gewesen war, als seien viele Sterne verblasst. Das Firmament war heller geworden, weil sich die Prophezeiungen der weisen Frauen erfüllten.

Einige Pfeile durchschossen die aufgekommene Dämmerung. Sie erhoben sich über die Baumwipfel, erreichten gewaltige Höhen, bevor sie sich drehten und auf die Muspellbrüder hinunterregneten. Es war einerlei, wie viele davon trafen. Es war ein sinnloser Kampf, bei dem es am Ende keine Überlebenden geben würde. Oberon tat sich schwer damit, es zu verstehen. Warum opferte der Dämon sein eigenes Heer? Der Weltenbrand würde sie, genauso wie alles andere, verschlingen. Gegen die rote Schlange half kein Zauber, kein Schwert, keine Rüstung. Jeder Kämpfer, der vor oder hinter ihr kämpfte, würde zu Asche zerfallen.

Unten im Tal gab es aber noch ein Volk, in dem sich niemand als Held beweisen wollte: Bauern, Jäger, Holzfäller und ihre Familien. Sie sollten ein anderes Schicksal haben, als von der Schlange gefressen zu werden. Oberon machte sich daran, die Treppe wieder hinunterzusteigen. Die Jarle erwarteten ihn zum allabendlichen Þing.

»Das Land ist verloren! Es muss dem Schicksal überlassen werden«, hallte seine Stimme kurz darauf durch den dunklen Saal. »Was bleibt uns außer der Flucht? Nichts wird sich vor dem gierigen Rachen der roten Schlange retten können!«

Trist blickten die ausgemergelten Jarle vom kargen Mahl auf. »Wenn dies tatsächlich der Weltenbrand ist, wird uns überall das gleiche Schicksal erwarten«, sprach einer.

Oberon kratzte mit einem Messer den Schimmel vom harten Brot. »Willst du etwa bleiben? Im Gegensatz zu dir will das Volk aber leben. Als Jarl ist es deine Pflicht, alles dafür zu tun.«

»Und wohin gedenkt er zu ziehen?«, wollte einer wissen.

Oberon blickte auf. »Als König der Alben war ich an manchem Þing der Götter zugegen und kenne die Weissagungen zum Weltenbrand«, sprach er mit vollem Mund. »Ich weiß, dass eines der Länder ihn unbeschadet überstehen wird. Ich kenne den Namen, doch darf ich ihn nicht nennen, denn der Feuerdämon wird in der Zwischenzeit wohl nicht mehr daran glauben, dass er uns Alben vernichtet hat und ich muss wieder vorsichtig sein, wenn ich über ein Geheimnis spreche. Haltet euer Volk an, die Marschvorbereitungen zu treffen!«

Gefahrdrohend brodelte das Gewölk des Weltenbrandes gewiss erst über fernen Ländern, doch verbreiteten seine schwarzen Dünste noch bis weit ins winterweiße Gebiet hinein Unbehagen. Lange beobachtete Vöðmaður mit zusammengekniffenen Augen die seltsame Fahrt des vom Sonnenpferd gezogenen, hellen Punktes, bis dieser hinter den schwarzen Schwaden verschwand. »Heute dünkt mich, will uns die Sonne um einen Teil des Tages betrügen«, schallte seine kernige Stimme durch die jäh aufkommende Nacht.

»Der Tag ist tatsächlich noch nicht so alt, wie es uns der Himmel weismachen will! Vielleicht sollten wir dies als Fingerzeig der Götter deuten«, kam die Antwort aus Finars Mund. »Eine lange Nacht als letzte Gelegenheit, noch einmal im Frieden zu rasten. Wer weiß, was morgen ist. Surtrs Wut kann uns jederzeit treffen. Der Dämon weiß, dass er die Schlacht verloren hat. Er wird sein Heer verbessern.«

»Mir graut, wenn ich daran denke«, seufzte Irmin.

Mürrisch grollte es in Vöðmaðurs Kehle. Er haderte mit Irmins Besorgnis. »Schlimm ist es, wenn ein Kriegsführer schon vor der Schlacht am Kampfsieg zweifelt!«, fuhr es aus ihm. »Týrs Segen ist mit uns. Vergesst das nicht. Damit werden wir das Kriegsglück behalten!«

»Schau sie dir doch an, die Hungernden, die unseren Schatten folgen! Sie brauchen mehr als Rast!«, hallte ihm Irmins Stimme beherzt entgegen. »Ihre Bäuche wollen Kraftnahrung! Fleisch! Seit Tagen haben sie nichts als Schnee gegessen! Gleichwohl knurren auch die Bäuche der Zugtiere und Pferde. Auch sie leiden jeden Tag mehr.«

»Darum habe ich den Kämpfern mein Ross geopfert, als es noch etwas Speck auf den Rippen hatte«, antwortete Vöðmaður. »Und ihr? Eure Tiere leiden an Hunger. Ihr solltet ihr Leiden jetzt beenden, solange sie noch etwas Fleisch an den Knochen tragen. Am Ende brechen sie von selbst zusammen und bleiben als Knochensäcke liegen.«

»Die Vorstellung, das Geschenk eines Fürsten zu verspeisen, wirkt frevelhaft. Doch keiner von uns will, dass sein treues Reittier an Erschöpfung stirbt, und Nahrung können wir ihm nicht bieten«, stöhnte Finar.

Irmin verzog sein Gesicht. Er haderte zunächst schwer mit dem Gesagten. Schließlich fasste er sich ein Herz. Da klopfte er auf das Fell, durchfuhr mit seiner Hand die glänzende Mähne des liebgewonnenen Gefährten und sprach: »Glück hast du, Schwarzer, dass du den Sinn unserer Worte nicht erahnst. Auch du wirst das Schicksal deiner Brüder teilen.« Er blickte auf und rief: »Schaut! Dort im Schnee! Sind dies nicht Mauern, die sich im schwachen Licht abzeichnen? An einer Stelle, an der einst Menschen wohnten, müssen gute Geister wirken. Wir sollten unser Lager dort richten!«

Bald war ein vom Fimbulwinter hinuntergeschlagenes Mauerwerk erreicht. Es war eine Ruine, die den nicht mehr gar so kalten Luftzügen, die vom Meer her das Land überströmten, wohl schon seit langer Zeit trotzte. Kurz darauf war sie von Zelten gesäumt. In den Schatten der da und dort noch mannshohen Gebäudereste fand sich Feuerholz. Bald schlugen daraus die Flammen in die Dunkelheit hinauf. Die Stimmung besserte sich, als sich die Luft mit Fleischgeruch füllte. Doch die wenigen Ochsen und Pferde, die an diesem Abend ihr Blut in den Schnee hinaus spritzten, vermochten die Esslust des Heeres nur geringfügig zu befriedigen.

Während sich in der Weite draußen das Nachtpferd vom eingetrübten Himmelrand löste, wurde an einem der Feuer Þing gehalten. Guter Rat war nun gefordert, denn Angrboðas gefährlicher Wald, der Járnviðr, würde dem Heer schon am nächsten Morgen den direkten Weg zum Meer verstellen. An den Kreaturen, die darin lauerten, sollte niemand seine Kräfte verschwenden. Die Marschrichtung musste geändert werden.

»Es ist nicht zu früh, uns zu entscheiden, in welche Richtung wir marschieren wollen«, sprach Finar. »Zieht es uns direkt zu Surtrs Burg oder ist es besser, zuerst das Schiff Naglfar am Auslaufen zu hindern? Aber auch unsere Freunde in der Albenburg benötigen Hilfe. Wenn Surtr herausfindet, dass sich darin noch immer Leben befindet, wird er sie angreifen. Er denkt sich bestimmt, dass ihm jetzt nur doch die Albenlist seine Pläne vereiteln kann. Es ist so, wie er denkt. Auch wir brauchen diese List. Sonst wird es möglicherweise noch schwerer für uns.«

»Mir scheint, wir hätten die Krieger, um diese drei Ziele gleichzeitig anzugreifen«, antwortete Sannur. »Wir könnten in drei verschiedene Richtungen marschieren, wie wir es auf dem Weg nach Jötunheim taten. Oder denkt ihr, unser Heer sei zu arg geschrumpft, als dass wir es noch dritteln könnten? Bedenkt: Nicht nur wir, sondern auch Surtrs Schläger hätten an drei Orten gleichzeitig zu kämpfen.«

»Was wissen wir vom Feindesheer? Wie viele haben wir erschlagen? Wie viele erwarten uns noch?«, fragte Björt.

»Die meisten von ihnen schickt er nach Ásgarðr.« Kaldgrand blickte auf. »Wenn wir auch nicht viel wissen, so dies: Die Mehrzahl von ihnen steht in Niðafjöll. Dann viel weniger in Surtrs Heimat und in den Wetterbergen.«

»Das stimmt! Warum sollten Surtrs Helden in Muspells Palast warten, wenn doch die große Schlacht in Ásgarðr stattfindet?«, bemerkte Jääkarhu. »Der Palast ist Nebensache. Ich glaube, wenn Surtrs Lebensziel erfüllt ist, ist ihm seine Heimat einerlei.«

»Du vergisst eine Sache«, antwortete Sannur. »Wo, wenn nicht in Surtrs Stadt, befindet sich das Orakel, das dem Dämon Macht verleiht? Ist es zerstört, verliert er den Krieg. Darum werden seine Männer noch dort sein.«

»Gewiss wäre Muspellheim der richtige Ort, an dem unsere Krieger kämpfen sollten. Vielleicht ist es in Niðafjöll aber dringender«, unterbrach Björt. »Vielleicht ist es dem Feind ja inzwischen gelungen, den Adler gefangen zu nehmen. Oder warum bläst der Wind denn sonst aus der ungewohnten Richtung? Dann haben wir wohl noch wenig Zeit, durch Útgarðr zu marschieren, wenn wir verhindern wollen, dass Muspells Männer in Richtung Ásgarðr auslaufen.«

»Falls Hræsvelgr Surtr gehorcht, ist das Schiff bereits ausgelaufen«, sprach Mirénde. »Es kann sinnlos sein, unsere Männer durch den Eisenwald zu schicken.«

»Und warum sandten uns Útgarðs Götter die Eisbären?«, wollte Jääkarhu wissen.

Sannur nickte. »Damit sie uns über das Grenzgebirge führen«, sprach er. »Hört, ich halte es nach wie vor für das Beste, das Heer wieder in drei Teile zu gliedern. Eines davon würden die Eisbären nach Niðafjöll führen. Eines marschierte zu den Alben und eines in Richtung Muspellheim, um das Orakel Surtrs zu finden.«

Kaldgrand nickte und auch die anderen waren damit einverstanden. Miréndes Blick stach tief in die Glut des Þingfeuers, ehe er sprach: »Dann gilt es nun, die Talente richtig zu verteilen.

Dich, Sannur, sähe ich mit deinen Getreuen am ehesten im Glutland, weil du die Länder, die es bis dorthin zu durchqueren gilt, kennst. Irmin würde wohl am besten den Alben Unterstützung bieten. Mich will die Vorsehung in Útgarðr sehen, da man dort möglicherweise am ehesten jemanden braucht, der sich mit Zauberei auskennt.«

»Ich will nach Muspellheim«, sprach Björt. »Óðinns Sohn will sich zum Zeitpunkt, an dem Surtr in Ásgarðr gegen die Götter kämpft, durch den feindlichen Palast schlagen!«

»Ich mit Björt!«, rief Ekkert.

Mirénde nickte zufrieden. »Dann wäre das Erste wohl bestimmt!«, sprach er. »Weiter weiß ich, wer Irmin zu den Alben begleiten will! Finar mit ihrem Gefolge! Wer noch?«

»Da auch die wanischen Talente an verschiedenen Stellen besser von Nutzen sein werden als an einem Ort und Jääkarhu in Útgarðr kämpfen will, wohl ich!«, antwortete Kaldgrand.

»So ist es!«, bestätigte Jääkarhu. »Wie groß wird Surtrs Entsetzen sein, wenn wir sein Schiff am Steg zerschlagen! Er ahnt ja nicht, dass uns meine Bärenbrüder durchs Grenzgebirge führen!«

»Das Feuer ist schon am Verlöschen. Ob ich noch einmal Holz nachlegen soll?«, fragte Irmin.

»Spare es. Wir werden es an anderer Stelle besser brauchen«, antwortete Kaldgrand. »Nórrs Mantel hat nun den letzten Winkel des Himmels überdeckt und das Kriegsglück erwartet von uns, dass wir vor der wichtigen Zeit, die bei Tagesanbruch beginnt, noch schlafen!«

Noch in dieser Nacht wird Gutes geschehen

Fjǫlþ ek fór, fjǫlþ ek freistaþak, fjǫlþ of reyndak regin:
Hvat lifir manna, þás enn mæra líþr fimbulvetr meþ firum?

Viel habe ich erfahren, viel habe ich versucht, viel an Wahrheit gefunden:
Welche Männer leben noch, wenn der vielbesungene Fimbulwinter verschwand?

Früh zeichnete sich am Morgen Skinfaxis Mähne im Gebirge ab. Doch über den roten Felsen blieb der Himmel lange düster. Erst spät konnte man wieder weiter als bis zum nächsten Zelt blicken. Als es soweit war, war das Marschgepäck bereits gerichtet und jeder einzelne der Kämpfer wusste, in welcher der unzählbaren Himmelsrichtungen seine Zukunft lag.

Eindringlich erschallten noch die Worte des Goði über die Köpfe. Irmin beschwor der Einheit der Männer die Zukunft der Kampftoten als Einherier und verwies auf die reich gedeckte Tafel in Walhall. Ob es etwas brachte? Man hatte den Eindruck, dass sich Mut und Entschlossenheit seit der vergangenen Schlacht geschmälert hatten. Die kalte, entbehrungsreiche Reise hatte die Männer bis tief in die Herzen hinein abgekühlt. Zu hoffen war, dass es nicht so blieb.

Doch nicht jeder grollte mit der bevorstehenden Zeit. In Vöðmaðurs und Jääkarhus Köpfen beispielsweise hatte es niemals zweifelnde Gedanken gegeben. Die beiden teilten die Unruhe des Kriegsvolks gewiss nicht, als sie, den Eisbären folgend, als Erste ihren Männern voran in Richtung Eisenwald strebten. Kurz davor schwenkte der Zug in Richtung Útgarðr, dem Waldrand nach zum Grenzgebirge, das die Welt der Menschen von der der Thursen und Dämonen trennte.

Die Schneeebene, die unter dem Schuhwerk brach, lag diesseits des Waldes bis weit hinaus glatt und weiß. Nichts zeichnete sich darauf ab. Keine Läufe, keine Unebenheiten, nichts. Erst als der halbe Marschtag vergangen war, waren hier und in der Weite die Konturen einiger Nadelbäume im vorüberschwebenden Schneefall zu sehen. Sonst weit und breit nichts.

Kaum war Vöðmaðurs Rücken in die Unkenntlichkeit der Ferne hinabgesunken, machte sich das zweite Kampfheer, die Gefolgschaft von Ekkert, Björt und Sannur, auf den Weg. Schwierig war es vom ersten Augenblick an, doch hart wurde es erst gegen Abend. Da füllte sich die Luft mit entsetzlicher Härte. Als würden gerade die, die in Richtung Glutland unterwegs waren, beständig von lebensfeindlicher Kälte begleitet – als wolle der leibhaftige Fimbulvetr höchstpersönlich verhindern, dass sie Surtrs brennendem Reich auch nur einen Schritt näherkamen. Er musste alles geben. Die größte Bitterkeit war für die Männer, die über den Gletscher der Eisriesen hinuntergewandert waren, nichts Ungewöhnliches mehr. Doch lästig war es, als die Bartgeflechte in den reifgrauen Gesichtern einmal mehr erstarrten, und jeder verfluchte die eisfrische Luft. Niemand war imstande, sich vorzustellen, dass man sich in Surtrs Heimat genau diese Kälte wieder herbeisehnen würde. *Die Wärme. Die Hitze.* Es nahte die Zeit, in der sie sie verfluchen würden.

Surtrs Heimat. Bisher hatte sich in den Reihen der Krieger niemand gefunden, der etwas darüber zu erzählen wusste. Es schien Ekkert geradezu, als sei Surtrs Land noch nie zuvor von einem Menschen betreten worden. Selbst der vielwissende Sannur, der etlichen Weissagungen kundig war und auch sonst fast alles zu wissen schien, konnte fast nichts darüber erzählen.

Als Sannur genug von Ekkerts Fragerei hatte, begann er, sich das Land des Feindes auszumalen und dann davon zu erzählen: »Surtrs Welt ist vermutlich sehr gegensätzlich zu dieser hier. Statt weiß ist der Boden glühend rot und von Rauchschwaden überzogen. Nirgends kann man darauf Gräser und Bäume ausmachen, stattdessen überall nur Flammen. Mögen in unserer Welt die Schneeflocken das Sichtfeld zieren, dort ist es die weiße Glut, die in alle Richtungen schwebt. Sie steigt und sinkt und entzündet alles, was sie berührt. Überall brennen die Feuer und nichts, was nicht von dort ist, kann lange sein, ohne dass es verbrennt. In den Städten vermute ich, dass zu jeder Zeit Funken aus kohleschwarzen Hütten schlagen. Die Ungeheuer, die darin wohnen, werden sich wenig daran stören. Sie sind nichts anderes gewöhnt und haben auch noch nie von anderem gehört.« Er seufzte verwegen, als hätte er schon oft davon erzählt. »Es wird sich noch herausstellen, ob wir überhaupt fähig sind, es zu Surtrs Palast zu schaffen.«

»Ein tolles Land! Niemand, der anderes kennt, will dort wohnen. Doch auch wenn es niemand haben will, müssen wir es erobern«, murrte Björt.

Ekkert blickte besonders finster. »Nette Zukunft. Aus deinen Erzählungen kann man vermuten, dass jeder Schritt durch Surtrs Land für einen Menschen tödlich sein kann. Jedenfalls wird sich dort niemand mehr einen Finger abfrieren! Das Schlottern sind wir dann los.«

»Dafür werden wir hier schon bald noch viel mehr schlottern«, hauchte Sannur. »Nicht mehr lange, und die Nacht kommt. Der Schnee wird bereits grau. Die Männer sollen die Zelte richten.« Seine Hand fuhr durch den festgefrorenen Bart. Die Augen darüber blickten Ekkert warm entgegen.

»Wie die Zukunft auch sein wird, nun müssen wir uns den Gefahren dieses Landes stellen. Hörst du nicht, wie seltsam die Lüfte seufzen? Reifriesen. Mir scheint, als wären es heute mehr denn je!«

Ekkert schaute kühn in die heranrauschenden Schneeverwehungen hinaus. »Dumm sind sie, die Eisriesen! Statt uns zu bedrohen, sollten sie uns doch dankbar sein! Der gemeinsame Feind wird dank uns wohl nicht nach Jötunheim zurückkehren!«

Grob rauschte Kaldgrands Stimme in Richtung der Krieger: »Auf mit euch! Das Albvolk benötigt Hilfe! Die Götter wollen uns kämpfen sehen, wenn die Muspellbrüder durch die Hallen der Albenburg stürmen!«

Die matten und glänzenden, die braunen und hellen Rüstungsgegenstände wurden von einem Scheppern durchrieselt. Mürbe machte sich auch der dritte Kriegszug daran, dem von den beiden anderen in den Schnee getretenen Pfad in Richtung Járnviðr und dann dem Waldrand nach in Richtung Muspellheim zu folgen. Leicht trugen die Männer an der Unbeschwertheit dieses ersten Wegstückes. Sie genossen es geradezu, weil jeder wusste, dass es damit bald vorbei sein würde.

Ein weites Stück hatte sich der verfluchte Eisenwald an dieser Stelle über Miðgarðr gelegt. Dahinter zeichnete sich der alte Handelspfad unter dem Schnee ab. Lange folgten sie ihm, bis ein Gebirge die Weitläufigkeit des Landes unterbrach. Der Pfad wurde undeutlich. Er führte in Richtung eines Hanges und schlängelte sich dann daran hinauf. Doch wo nur?

Finar blickte dem steilen Gebirge scharf entgegen und ihr Geist folgte dabei jeder der möglichen Routen. Jede davon verlor sich aber irgendwo unter den Formungen des Schnees. Der ganze Berghang war derart von Lawinenabgängen gezeichnet, dass es so oder so nirgends einfach werden würde. Ihr Seufzer war kaum zu überhören, als sie mit ihrer Hoffnung am Ende war.

Neben ihr lief Irmin, der wohl die gleichen Gedanken hegte. Er sprach: »Der harte Fimbulwinter hat dem Gebiet arg zugesetzt. Überall hat seine Kälte die Felsen abgesprengt und die Abbruchstellen durch Lawinenabgänge versiegelt. Fast scheint mir, als seien alle Routen, die sich uns anbieten, vom hungrigen Niðhöggr in den Untergrund gebahnt, um uns in seine Falle zu locken. Möge uns der Gott des Winters die Stelle weisen, an welcher anderes als verärgerte Berggeister auf uns wartet. Sie werden uns keinen Irrweg verzeihen.«

»Wir sollten einige Kundschafter bestimmen«, erschallte Kaldgrands Stimme im Hintergrund. »Wenn wir genug schickten, wird einer von ihnen den Weg schon finden.«

»Die anderen würden wir vielleicht opfern …«, entgegnete ihm Finar.

Kaldgrand blickte ihr verdutzt entgegen. »Das ist doch besser als ein ganzes Heer!«, setzte er ihr entgegen. »Willst du lieber auf bessere Zeiten warten?«

»Es wird nicht einfach werden, Männer zu finden, die sich weder vor Lawinentretern noch vor Wölfen fürchten«, antwortete Finar. »Habt ihr es denn noch nicht bemerkt? Die Tapferkeit ist aus den Blicken gewichen! Will hoffen, dass sie wieder aufflammt, wenn die Burg der Alben in Sichtweite kommt.«

»Die Zuversicht scheint auch aus deinem Herzen gewichen zu sein!«, entgegnete ihr Kaldgrand. »Dies ist erst der Anfang des Gebirges, hinter dem sich irgendwo das Land der neun Jarle versteckt.«

Irmins Blick verlor sich indessen in den Furchen und Schatten der Hänge vor seinen Augen. »Diese verfluchten Lawinentreter«, knirschte er. »Seit dieses Gebirge in Hörweite kam, donnerte darin so viel Schnee hinunter, dass ich dahinter einen Fluch vermute! Nun, der Schnee, der im Talkessel liegt, kann uns wenigstens nichts mehr anhaben.«

»Hätten wir das Gebiet doch zwei Tage früher erreicht«, sprach Kaldgrand und bemerkte: »Dort! Der Wind bläst schweres Gewölk heran. Es wird sich über Nacht alles wieder mit Schnee auffüllen.«

Auch Finar blickte dem Fingerzeig des Wanen nach. »Da der aufkommende Luftzug bald unsere Worte zerschlagen wird, sollten wir uns daran machen, unser Lager zu richten«, sprach sie.

Der Zeitpunkt war gut gewählt. Während die ersten Winde des von Kaldgrand angekündigten Ungewitters von den Bergkämmen her Óðinns Banner zu umspielen begannen, suchte das Kriegsvolk bereits in den Zelten Wärme.

Draußen hörte man Kaldgrands Haarpracht noch lange durch das schwere Wetter schlagen. Der Wane lauschte den vorbeisausenden Lüften, weil er vieles darin zu deuten vermochte. Barsch hörte man seine Stimme später durch die aufgekommene Dunkelheit schallen: »Meine Hoffnung, dass wir das Ziel rechtzeitig erreichen, schwindet jedenfalls, weil uns dieses Wetter wohl einige Tage aufhalten wird.«

»Der Fimbulwinter will verhindern, dass wir den Alben helfen! Wir müssen seinem Willen trotzen!«, hörte man Finars Stimme. »Wir müssen unseren Plan erfüllen und die Zelte morgen wieder abbrechen! Wir können es, weil die Götter auf unserer Seite sind!«

»Wir können diesem Sturm nicht trotzen!«, setzte Kaldgrand ihr entgegen. »Die nächsten Tage tun wir keinen Schritt in Richtung Berggrat. Die Alben werden mit ihrer Schlacht warten müssen, wenn wir sie unterstützen sollen. Das Einzige, was wir nun tun können, ist, einige Männer zu Erkundungen auszuschicken. Leicht wird es für keinen. Auch nicht für den, der uns die Antwort bringt!«

Die Alben aber hatten nicht gewartet. Oberon hatte die Krieger in die Dörfer geschickt, um den Aufbruch in die Wege zu leiten – das war schon Tage her. Bei der Albenburg und der Gegend darunter vermochte die rote Schlange niemanden mehr zu ängstigen. Ragnarokr, das Ende, war angebrochen. Gespenstisch durchwob der Rauch des Weltenbrandes die Luft der für immer verlassenen Dörfer.

Einzig Alvíss und Oberon waren in der Albenburg geblieben. Dazu ein Pferd, ein Schwert und Schild. Im Burghof angebunden, schien das edle Tier die näherkommende Gefahr besonders gut zu wittern. Panisch flatterten die Nüstern. Der Brand war Schicksal, doch er nahte in diesen Augenblicken nur langsam. Ihm voraus eilten allerdings die von ihrer tödlichen Wut getriebenen Muspellbrüder. Gut möglich, dass sie in den nächsten Augenblicken durch das offene Burgtor strömten …

Das gute Tier riss seinen Kopf zurück, doch der Strick, mit dem es festgebunden war, hielt. Alvíss Stimme rauschte sanft von oben heran: »Keine Sorge! Der Dunst des Weltenbrandes liegt wie eine Decke über dem Land! Nie werden die Muspellbrüder die Umrisse dieser Burg auch nur erblicken.«

Unweit von ihr zeichnete sich Oberon in den von giftigen Dünsten umwundenen Zinnen ab. »Die Schätze brachten wir in die Grotten darunter. Ist es dort denn sicher? Oder wird der Weltenbrand das Gestein zum Schmelzen bringen?«

»Mag der Weltenbrand nach allem gieren, dort hinunter gelangt er nicht! Darüber wird er aber alles fressen, wie sehr es auch hofft und bangt!«, kam die Antwort.

Oberon blickte Alvíss scharf entgegen. »Im Moment mag die Schlange zahm sein und den Schnee nur langsam vor sich herschieben. Doch dies wird sich ändern. Wird der Weltenbrand den Zug am Ende einholen? Muss man denn gar um das Volk der Jarle bangen? Einst hörte ich eine Weissagung, die besagte, dass sich Alben und Schlange noch auf diesem Weg in die Augen blicken werden.«

»Keine Sorge. Das Volk der Jarle wird das Meer erreichen. Der Herr des Meeres, Ägir, ist ein Menschenfreund. Er wird ihnen den Weg zu den Wanen freigeben. Die Schlange wird sich dort die Zähne ausbeißen. Das Meer vermag sie nicht zu durchschwimmen«, antwortete Alvíss.

»Mag die rote Schlange am Rand des Meeres zurückbleiben, Im Wasser lauert eine andere. Die Miðgarðschlange Jörmungandr. Sie leidet an argem Hunger. Ihre Giftzähne werden den härtesten Schiffsrumpf durchbeißen«, warnte Oberon.

»Zweifle nicht. Du kennst die Weissagungen«, sprach Alvíss. »Auch die, die besagt, dass diese Menschen dem Land der Wanen bestimmt sind!«

»Jene Weissagungen bekunden nur, dass es ein Land gibt, das Ragnarokr überstehe. Nichts weiter«, antwortete Oberon. »Nur Fróði sagt, dass alles darauf hindeute, dass dieses Land Vanaheim sei. Er wird den neuen Frieden aber selber nicht erleben, denn er weiß, dass er im Kampf auf dem Idafeld fallen wird. Mag Fróði noch so weise sein, kein Weiser kann voraussehen, was nach dem eigenen Tod geschieht. Das Land, das Ragnarokr übersteht, kann ebenso gut das Land hinter dem Gletscher sein!«

»Fróðis Zwillingsschwester Frîja wird den Krieg allerdings überleben«, hielt Alvíss ihm entgegen. »Als ich vor dem Winter zum Gelage bei den Wanen eingeladen war, lauschte ich einem Gespräch des göttlichen Geschwisterpaars, worin Fróði beschloss, sein Land zu vergrößern. Die neue Halle trägt den Namen Gimlé, was in der alten Sprache *der vom Feuer geschützte Ort* bedeutet. Diese Halle wartet auf nichts anderes als auf das Volk der Jarle. Von dort aus werden die Menschen nach Ragnarokr Miðgarðr wieder bevölkern.«

Ein Lächeln huschte über ihr Gesicht. Sie wies auf das schnaubende Pferd und sprach: »Für uns gibt es derweilen anderes zu tun. Dieses Pferd wird Vindsvalr die Rückkehr in seine Burg ermöglichen. Ich werde es ihm bringen. Du bleibst hier und hütest unser letztes Erbe, bis ich zurückkehre.«

Höhnisch lachte es durch den Flammensaal. »Meinem Verstand wollte ich nicht trauen, als ich das feindliche Kampfheer in Richtung Undir Miðgarði ziehen sah! Dorthin tragen diese kopflosen Esel ihre verbeulten Helme? Nach Niðafjöll? Wo doch das Knochenschiff längst abgelegt hat! Sie haben wohl doch nicht so große Denker an ihrer Spitze! Mögen sie die erste Schlacht auch gewonnen haben, die zweite verpassen sie. Nun kann ich sie getrost vergessen. Der Weltenbrand wird sie verschlingen – wie du es vorhergesagt hast, Bruder Loki!«, rauschte es durch die von Flammen durchwobene Burg.

Surtrs Blicke legten sich zufrieden in den Saal hinunter. Sie trafen Sinmara, die ihm entgeistert entgegenstarrte. »Verspotte unsere Feinde besser nicht. Sie müssen mächtige Zauberer sein, wenn sie sogar dich zu täuschen vermögen«, fuhr sie ihm entgegen. »Was du auch immer sahst, es war nur Schein. In Wirklichkeit machten sich unsere Widersacher unlängst daran, die Pässe in Richtung der Ländereien der neun Jarle zu überqueren.«

Lokis Gelächter durchschallte den Saal. *»Wenn es so einfach wäre!«* Sein Gesicht wirkte mit einem Mal todernst. »Verwirrt blickt ihr in meine Richtung. Ihr liegt beide richtig. Dies ist die Arglist unseres Feindes, und der habe auch ich noch etwas beizufügen: Mit meinen eigenen Augen sah ich das Heer auf direktem Weg hierher. Was soll's. Ob da oder dort, unsere Feinde werden so oder so am Ende vom Weltenbrand gefressen.

Oder sind sie etwa nicht gar so dumm, wie wir es wollen? Offensichtlich nicht. Wir sollten besser damit rechnen, dass sie vom Weltenbrand wissen und ihre Männer nicht in aussichtslose Kämpfe schicken. Sie haben das Heer aufgeteilt – noch mehr – sie wussten, dass wir schnell dahinterkommen. Dies ist nämlich die eigentliche Täuschung! Die Wahrheit ist, am Ende haben sie alle das gleiche Ziel. Nur die Wege dorthin sind verschieden. Sie wollen sich in dieser Stadt wieder treffen, denn sie wissen, dass sie, nur wenn sie dein Orakel zerstören, etwas zum Kampfgeschehen in Ásgarðr beitragen können.«

Ein Beben durchfuhr Surtrs Gestalt, ehe Loki fortfuhr: »Beruhige dich, Surti. Am Ende wird keiner davon sein Ziel erfüllen. Wie sollen sie denn dem Weltenbrand entkommen? Mit ihrer Zauberei? Der Weltenbrand ist ein Schwarzalbenzauber und somit über allen Maßen mächtig und ich vermute, dass sie das nicht wissen.

Nur die, die direkt hierher unterwegs sind, haben diesen Zauber nicht zu fürchten. Doch ihnen stellt sich bald die erste Schwierigkeit entgegen: Die Ruinen der alten Grenzfestung – wie hieß sie noch – Skugginótt. Ich glaube, gehört zu haben, dass das alte Gemäuer nicht gar so verlassen sei, wie man vielleicht denken könnte. Glaube mir, dort wird den Helden das Überleben schwerfallen. Und wenn nicht – sollten nicht alle sterben, stehen sie im Land der Hexen, Landdísastein. Diese bekämpfen jeden Waffenträger. Selbst die Muspellbrüder haben Probleme, das Land zu durchreisen.«

»Warum sollten die weisen Frauen, die bisher alles so treffend voraussagten, nicht wissen, wer für und wer gegen sie kämpft?«, wollte Sinmara wissen.

»Die Zeit, in der ich meine Gegner nur als Narren sah, ist zu Ende«, entgegnete Surtr. »Du lachst mir zu viel, Loki, wenn du erwähnst, dass sie Skugginótt passieren müssen. Seit ich weiß, dass die Albensippe nicht vernichtet ist, graut mir vor der Albenlist, und diese Feste wurde in der Vorzeit von den Alben erbaut. Alvíss' Volk kennt jeden Winkel des Gemäuers und jeden Geheimgang. Nicht nur, dass dieses Heer die Feste ohne Widerstand durchqueren könnte, die Alben könnten dort in ihrer weisen Voraussicht auch ein Nahrungslager eingerichtet haben.«

»Und wenn? Dann gilt es für deine Männer halt noch, einige Kämpfer zu erschlagen«, fuhr Loki unbeirrt fort. »Die anderen vernichtet der Weltenbrand. Es gibt kein Mittel, deinen feurigen Bruder zu überlisten. Nicht einmal von den Alben. Selbst die Mutter der Alben floh aus der letzten Burg. Es gibt keine Hoffnung, dass eines der Denkmäler der alten Götter den Brand übersteht. Am Ende wird bis auf den Felsen hinunter das ganze Land zu Asche verbrannt sein. Nur deine dir treu ergebenen Söhne wird man da und dort noch durch den Flammenrauch schreiten sehen.«

Jähzorn durchfuhr den Dämon. Aufbrausend brüllte er in die Tiefen des Saales hinaus. »Warum sollte der Weltenbrand gerade sie verschonen! Am Ende sollen die Muspellbrüder wie alles andere verbrennen. Doch noch ist es zu früh! Für diesen Krieg wurden sie geschaffen!

Hole mir die, die sich noch in Miðgarðr befinden, Loki. Sie sollen nach Hause. Muspellheim beschützen, statt den Dunst des Feuers nach Gegnern abzusuchen. Was ist? Auf mit dir!«

»Wie denn? Soll ich sie mit bloßen Fäusten zur Schlacht treiben? Soll ich ihnen zeigen, wie man mit baren Händen würgt? Mehr als das habe ich nicht zu bieten, Surti. Du erwartest, dass ich deine Söhne aufs Schlachtfeld führe. Doch bin ich als dein Bruder bisher schwertlos geblieben!«

Sinmara hohnlachte. »Reiche ihm das Flammenschwert, damit er dir den Hals aufschlitzt!«

»Wie ich das stete Gift der Sinmara vermisste! Seit wann kann man mit einem Schwert einen Dämon töten?«, lachte Loki. »Da hätte ich andere Mittel. Bedenke, dass ich über starke Kinder verfüge. Meinem Sohn Fenrir hätte Surti nichts entgegenzusetzen. Im Magensaft des großen Wolfs, dessen Lebensziel es ist, die Sonne zu fressen, wäre der kleine Dämon längst abgekühlt. Dazu meine Tochter, die Miðgarðschlange. Sie wäre so lange durch die Katakomben dieser Festung geschlängelt, bis sie das Orakel, dem er seine Macht verdankt, gefunden und verschlungen hätte.«

Der Flammenthron verlor sich in der Weißglut des auflodernden Dämons. Die Hitze seiner Wut war unbeschreiblich.

»Dachtest du etwa ernsthaft, Surti, dass der Fenriswolf, der Óðinn am allermeisten von uns allen hasst, in diesem Krieg nicht auf unserer Seite kämpft?«, fuhr ihm Loki entgegen. »Der große Wolf wird mit all seinen Söhnen und Söhnessöhnen auf dem Idafeld erscheinen. Und auch die Miðgarðschlange. Sie hasst Þor gleichermaßen wie er sie!«

»Dann auf mit dir! Unterrichte den Wolf und die Schlange, dass die Schlacht um Ásgarðr bald beginnt! Auch auf die Hilfe deiner Tochter Hel sind wir angewiesen. Sie muss dafür sorgen, dass Balder in Niflhel bleibt. Erscheint er doch beim Kampf, steht es möglicherweise trotz allem schlecht um unsere Pläne«, fuhr es aus Surtrs Kehle.

Loki zuckte mit den Schultern. »Vielleicht wäre es besser, wenn Fenrir und Jörmungandr schon vor der großen Schlacht für uns kämpften. Warum sich deine Söhne auch immer als Versager bewiesen, in den neuen Rüstungen, die sich Sinmara in der letzten Zeit ausdachte, werden sie in den nächsten Kämpfen strahlender sterben!«

»Du hast lange genug geredet, nun schweige!«, zischte Surtr. »Mein Herz vermagst du heute nicht mehr zu entzücken, denn ich dachte vorhin einen Augenblick zu lange an deine sinistere Tochter Hel. Hier, nimm diese Feuerpeitsche als Waffe und treibe auf deinem Weg zur Jörmungandr die Muspellbrüder in Richtung Waldesrand. Sie sollen den Frieden bei unseren marschierenden Feinden ordentlich stören!«

Von Eisbärenfährten umgeben, zeichneten sich Vöðmaðurs und Jääkarhus Spuren nur ein kurzes Stück über dem Feld ab, ehe sie von der Welle des aufschäumenden Schnees, die dem Kriegsheer vorausglitt, verschlungen wurden. Weit waren sie in der Zwischenzeit dem Waldrand nach in Richtung Útgarðr gelangt.

»Das Grenzgebirge blieb meinen Augen bisher verborgen. Wann werden wir Miðgarðr endlich verlassen und durch Útgarðs Felsen hinuntersteigen?«, hörte man Vöðmaðurs Stimme.

Jääkarhu zuckte mit den Schultern. »Ich kenne den Weg über das Gebirge nicht. Die Eisbären bestimmen die Route. Versuche lieber, an etwas anderes zu denken.«

Vöðmaður nickte. »Gut, dann denke ich an etwas anderes. Nämlich daran, wie es wohl wäre, wenn einige der Männer uns Surtrs Verbündete aus dem Eisenwald hinaus vor die Füße trieben. Es sollte geschehen, um uns die Langeweile zu vertreiben. Ich bin das Warten leid. Ich will meinen Mut wieder beweisen.«

»Blutversessen bist du«, hohnlachte Mirénde.

»Was soll ich denn tun? Der Geist meiner Waffe beißt mich vor Langeweile in die Finger. Was muss ich ihm versprechen, damit er mir weiterhin treu zur Seite steht und meine Keule nicht verlässt?«, fragte der Hochgewachsene.

»Mag sein, dass auf deiner Waffe ein übler Fluch liegt!", ahnte Jääkarhu und wurde mit einem Mal sehr ernst. »Sei gewarnt, Sterblicher. Wir werden nicht an leichte Gegner geraten! Surtrs Männer können gewaltig blutgierig sein. Sie werden dir keinen Fehlschlag verzeihen.«

»Du wirst es nicht glauben, aber auch ich habe schon gegen Muspellbrüder gekämpft«, erwiderte Vöðmaður barsch.

»Sei nur vorsichtig. Der heutige Tag ist mir nicht geheuer«, mahnte Jääkarhu. »Mir ist, als würden uns seit dem Morgen Niðhöggs Augen aus dem Eisenwald heraus beobachten. Ich schätze, der Totendrache wird auch ohne Hilfe der Bären bald einen Kampf anstacheln. Spürt ihr die Spannung in der Luft denn nicht?«

Mirénde hob ein rostiges Schwert aus dem Gurt und sprach: »Heute Morgen kratzte ich Týrs Runen auf den Griff der Waffe eines erfrorenen Kämpfers. Dreimal die Zeichen, gleichwohl auf beide Seiten und aufs Stichblatt. Nun muss ich noch die richtigen Worte sprechen und der Runenzauber des Kriegsgotts beginnt zu wirken.«

In diesem Augenblick wurde der Járnviðr von allerlei Geräuschen durchfahren. Das Kriegerblut kam davon in Wallung. Es wurde ernst! Harsch stachen erste Waffen in Richtung der Gefahr und zurück, doch sie durchstachen nur den grauen Schneeschimmer.

»Týr ist ein Leitstern, gut hält er seine Treue über den Nebeln der Nacht. Er versagt niemals!«, hallten Mirréndes Worte in einer merkwürdigen Sprache über die Helme. »Týr rufe ich! Týr beschütze uns im aufkommenden Kampf!«

Eine Schlacht war mit diesen Worten nicht zu vermeiden. Die Luft füllte sich mit Blutgeruch, nachdem die Muspellbrüder den Wald verlassen hatten. Er wurde schlimm. Das Waffengeklirr steigerte sich auf dem Feld ins Unermessliche. Es wurde Abend,

Nacht und erst am Morgen, als sich am Rand des Himmels Skinfaxis heller Nüsternnebel abzeichnete, ließ sich Surtrs Gesindel wieder ins Gebiet der Angrboða zurückdrängen. Wie ersehnten sich die Krieger danach Ruhe und Frieden, doch die Hohen bestimmten Marsch statt Rast. Sie wussten, hinter dem Rand des Járnviðrs sammelten die Muspellbrüder neue Kräfte und würden mit der Abenddämmerung erneut aus dem Unterholz treten. Es war besser, diese Gegend so schnell wie möglich zu verlassen.

Über den Tag verkam jeder Schritt zum Kraftakt gegen die Launen eines mit schwersten Sturmwinden durchwobenen Wetters. Laut brauste und krachte es im Wald. Týrs Zauber mochte möglicherweise gegen die angreifenden Feinde wirken, doch gegen den verheerenden Fimbulvetr zeigte er sich bedeutungslos. Dazu kam, dass die ganze Anstrengung sinnlos war. Als es dämmerte, begannen sich die Waffen mit vollster Härte wieder zu kreuzen. Abermals das gleiche harte Spiel.

Über den von Blut gezeichneten Häuptern versiegte der Schneefall. Erhaben ragten die Baumkronen am Waldrand in die Höhe. Der schwere Sturm schadete dem Eisenwald wenig. Dies nagte am Kampfmut der um sich schlagenden Kämpfer. Der Wald lockte mit dem teuren Versprechen von Zuflucht und Schutz.

»Ob die Herrin des Waldes, die Angrboða, durch den Schlachtenlärm vertrieben oder angelockt wird?«, fuhr Vöðmaðurs Stimme in Richtung Mirénde. »Lange denke ich's mir nun schon. Wenn wir im Unterholz Deckung suchten, könnten wir den Feind vielleicht empfindlicher angreifen!«

»Auch wenn wir es durch den Dunst der Schlacht nicht erahnen, der Eisenwald wartet nur darauf, dass wir ihn betreten. Er ist eine hinterhältige Falle! Wir würden vom herunterrieselnden Astwerk begraben«, antwortete der kämpfende Zauberer.

»Es ist bitter. Es kann so nicht weitergehen: Unsere erschöpften Krieger bekämpfen ein übermächtiges Feindesheer«, knirschte Jääkarhu. »Die besten Männer holt sich Óðinn an seine Tafel! Auf diejenigen, auf die er verzichtet, wartet der Erschöpfungstod. Jeder weiß, dass einer nach dem Erschöpfungstod ins Reich der Feiglinge, Niflhel, verbannt wird. Darum stürzen sich alle geradezu in die Feindesschwerter. Ich ermahne dich: Niflhel ist nicht das, was wir diesen Männern versprachen! Wenn du nicht von den Seelen der Verdammten heimgesucht werden willst, denke dir etwas aus! Dieses Heer will in Niðafjölls Fjorden kämpfen!«

Mirénde nickte. »Ich werde die Schicksalssteine um Rat bitten! Haltet mir den Rücken frei, solange ich die Runen werfe!«

Vöðmaður bestieg einen riesenhaften Kadaver, von dem aus er den mächtigen Wurzelstock am Waldrand, unter dessen Schatten der Zauberer verschwand, gut einsehen konnte. Er lauschte Miréndes seltsamen Worten, konnte darin aber keinen Sinn erkennen. Mit der Zeit wurde es langweilig. Sein Blick erhob sich aus der Tiefe und schwebte weit ins Astwerk hinauf. Lautkrachend löste sich dort in diesem Moment ein Eichenprügel. Der Schreck schoss dem Hochgewachsenen durch Mark und Bein. *»Mirénde! Obacht!«* Vöðmaður schlug sich die Hände vor das Gesicht. Laut rauschte es im Geäst. *Nein, welch ein Unglück!* Als er wieder hinzusehen wagte, erkannte er erleichtert, dass Mirénde nichts geschehen war. Prüfend blickte dieser auf den Ast in seinen Händen.

»Eine Eichel …?

… Eine Eichel!«

Miréndes Lachen schallte in den Wald hinein. Seine Hand verschwand im schwarzen Holzgewirr. Die andere schlug mit dem Stock ein Loch in den Boden. »Was wiesen mir die Toten mit der Fruchtbaum-Rune und die guten Waldgeister mit dieser kleinen Frucht? Ein guter Baum wird daraus erwachsen. Er soll seiner Zähheit wegen Þor geweiht sein. Mit Þor legt sich keiner unserer Feinde an!«

»Hat dich der Holzprügel etwa doch getroffen?«, schallte Vöðmaðurs Stimme zu ihm hinunter. »Eichen brauchen viele Sommer, um zu wachsen! Wie soll uns dies heute von Nutzen sein?”

»Das Kriegsvolk verliert die Zuversicht!«, rief Jääkarhu dem Zauberer entgegen. »Es wird Zeit! Beeile dich besser. Zeige, was dir die Waldgeister anboten!«

»Mit der Fruchtbaum-Rune gelten die Gesetze des Wachstums nicht mehr!«, sprach der Zauberer. »Mögen sich die Muspellbrüder in ihrem Kampfrausch siegreich fühlen, sie ahnen nicht, was in der Erde bereits seine Wirkung entfaltete.« Lachend erhob er sich und trat mit frischem Mut in den Kampf hinaus, um sich in Schlagkraft und Härte gegen Óðinns Feinde zu beweisen.

Jääkarhu und Vöðmaður schauten ihm ungläubig nach. Im Tumult vermochten sie nicht zu spüren, dass der eisstarre Boden zu zittern begann, weil er bereits von schnellwachsenden Wurzeltrieben durchfahren wurde. Schon erhob sich der Eichenspross aus der Schneedecke. Schnell wachsend fuhr der Trieb dem Himmel entgegen und überragte mit seiner Höhe bald den Járnviðr. Als das durch die Wolken schimmernde Mondlicht auf die Knospen traf, öffneten sie sich und überzogen den ganzen Baum mit silberglänzendem Licht.

»Dies sei Þors heilige Eiche! Sie ist gewachsen, um gegen die Feinde der Götter zu stehen! Þor wird sie beschützen! Krieger: Stellt euch unter das Blätterwerk! Genießt den Frieden, der darunter herrscht! Noch in dieser Nacht wird Gutes geschehen!", hörte man Miréndes Stimme über die Lichtung hinweg rauschen.

Vöðmaðurs Blicke trafen die kämpfenden Muspellbrüder. Einige Zeit geschah dort nichts Besonderes. Dann machte sich Unsicherheit unter Surtrs Männern breit. Nach und nach sanken die Waffen. Immer mehr von ihnen ergriffen die Flucht. Das eigene Kriegsheer nahte und stellte sich unter das silbern glimmende Astwerk. Vöðmaðurs Augen suchten den Verheißer dieses Friedens. Doch von Mirénde fehlte auf einmal jede Spur.

Seit dem Anbruch des Fimbulwinters hatte das Throngestühl von Jötunheim leer der Zukunft entgegengeharrt. Während der Zeit, in der die Muspellbrüder über Jötunheim geherrscht hatten, war um es herum viel geschehen, doch nachdem der König gestorben war, hatte es niemand gewagt, den höchsten der Sitze in Jötunheims Biersaal zu besteigen. Dies änderte sich am Tag, an dem die von den Eisbären geführten Heere die Stadt nach Feinden absuchten. Vindsvalr war in Jötunheim geblieben, weil er wusste, dass ein leerer Königssitz die Reifriesen nie und nimmer in ihre Heimat zurück zu locken vermochte. Seither saß der *Windbeherrscher* auf dem Eisgestühl und starrte der Gletscherpforte entgegen.

Wenn auch die ganze Zeit über nichts geschehen war, langweilig war es ihm dabei nicht geworden. Die anmutige Ruhe, der stets gleiche rauschende Atem des Gletschers, tat seiner Seele gut. *Und nicht nur ihr.*

Vindsvalr starrte auf seine Hand. Vormals hatten sich darauf zahllos die Adern und Knochen abgezeichnet. Nun lag wieder straffe Haut darüber. Sogar die Altersflecken waren verschwunden. Er schaute zwischen seinen Fingern hindurch und erkannte sein Spiegelbild unter sich auf dem Eis. Von dort blickte ihm ein strahlendes Augenpaar entgegen. Rege wallte sich darunter ein mit Strähnen durchzogener, grauer Bart, der mit jedem Augenblick dunkler zu werden schien. Als würde sich der Aufenthalt in Jötunheim wie ein Heiltrunk auf Körper und Geist auswirken.

Etwas aber beunruhigte ihn immer mehr. Warum kehrten die Reifriesen nicht endlich von ihren Wanderungen zurück? Im Räderwerk des natürlichen Jahreszeitenzyklus war die Frühlingszeit längst angebrochen. *Der Frühling … Sanft stach ein Schmerz in sein Herz.*

Zäh verschlossen sich seine Augen. Seine winterkalten Hände legten sich still darüber. Es war längst an der Zeit, dass der Frühling kam. Ein Gedanke wurde immer klarer: Wenn sich das Tauwetter endlich gegen den Fimbulwinter durchsetzte, konnte nur Ôstara die Knospen der Pflanzen zum Treiben erwecken. Einzig sie konnte verhindern, dass sich Miðgarðr in einen blütenlosen Sumpf verwandelte. Nur würde die Frühlingsfee die Wetterburg kaum verlassen, solange er fernab verweilte. Es war vielleicht doch nicht seine Aufgabe, hier auf die Reifriesen zu warten. Er wurde eher in der eigenen Burg erwartet.

»Hræsvelg'!«, hallte seine Stimme durch die Hallen. »Die Zeit ist gekommen! Bringe mich zurück!«

Er horchte dem Grollen der Gletscherflüsse. Wie sehr wünschte er sich, es würde von Hræsvelgs Geflatter durchbrochen. Es geschah nicht.

Dennoch. Etwas nahte. Silbern hallte Geklapper durch die Säle. Der Hufgesang eines ungewöhnlichen Pferdes. Was konnte das bedeuten?

»Auf den Adler kannst du lange warten. Er hat sich in Geist und Körper von uns entfernt«, rauschte Alvíss' Stimme aus der Entfernung in Richtung der von Firn geformten Verzierungen des Throns. Sie stieg aus dem Sattel, ehe sie dem Pferd voraus den Saal betrat.

Ein ungläubiges Raunen drang aus Vindsvals Kehle. »Was muss in der Zwischenzeit Schreckliches geschehen sein, wenn sich der hohe Hræsvelgr nicht mehr mit uns verbunden fühlt?«

Alvíss schaute durchs Zierwerk des Throngestühls zu Vindsvalr auf und sprach: »Kein Wort kann solchermaßen Schreckliches treffend beschreiben. Hræsvelgr wurde gefangen. Er dient seinem neuen Herrn. Der Dämon hat den Windadler verflucht.

Besäße ich weniger Verstand, würde ich dir raten, nicht zurückzukehren. Der Feind hat eure Burg nämlich gebrandschatzt. Doch die Vorsehung will es anders. Sie schickt mich, um dir dieses Pferd zu bringen. Es ist nach Sleipnir das Beste. Das letzte aus dem Gestüt der Alben.«

»Unsere Burg in Trümmern? Was ist mit Ôstara, was mit Fasolt? Nun verstehe ich, was meine Freude in der letzten Zeit trübte: Meine Heimatburg, meine Brüder!

Was soll ich mit dem Pferd? Ich benötige nur das Schwert, das am Sattel hängt. Bringe mich mit dem Albenzauber zurück. Und magst du nun denken, ich sei nur ein alter Mann, der schwer an diesem Schwert zu tragen hätte, bedenke, selbst Surtr verfügt nicht über die Macht, mich zu töten! Wenn es möglich wäre, hätte er es getan«, dröhnte es durch die Gletschertiefe.

»Ich kann nicht zaubern. Die Zukunftsfurcht hat meine Gedanken eingenommen. Es braucht wenig und meine Zukunftspläne lösen sich in Rauch auf. Auch unter unserer Burg frisst die rote Schlange. Wo sie gegrast hat, blieb nur noch Asche auf dem nackten Felsen! Es ist der Weltenbrand.

Hier das Pferd. Damit wirst du die Überreste eurer Festung früh genug sehen. Gehe nun. Reite. Ôstara kann sich nicht ohne deine Hilfe aus den Trümmern befreien«, antwortete Alvíss. »Danach reite nach Útgarðr und befreie auch den Adler. Hier – ein Zaubertrank. Den brauchst du dazu!«, sprach sie und wies auf die bläulich schimmernde Phiole, die neben dem Schwert an den Sattel geknüpft war.

Vindsvalr strich mit seinen kalten Händen über das glatte Fell des Pferdes, das ungeduldig mit den Hufen klopfte. »Dann danke ich dir und der Vorsehung für dieses heißblütige Tier. Für Schwert und Schild am Sattel und auch für den Zaubertrunk!«, sprach er und bestieg den warmen Rücken. »Komm! Feuriger! Eilen wir, um das zu tun, was getan werden muss!«

An der Stelle, an der sich Björt an der Seite von Sannur und Ekkert ihrem Ziel entgegenschlugen, herrschte indessen tiefster Winter. Immerwährend fiel der Schnee. Winde brausten heran. Düster war das Land tagein tagaus. Nie sah man weit und nichts ließ darauf hoffen, dass sich dies bald ändern würde.

»Diese Winterhärte raubt mir den Verstand«, fuhr es aus Björt. »Allmählich zweifle ich, dass wir tatsächlich in Richtung Glutland marschieren. Es ist wie in Útgarðr. Mit dem einzigen Unterschied, dass uns die Reifriesen scheinbar meiden. Trotz deiner Ermahnung griff uns bisher keiner an.«

»An Kampflust fehlte es den kalten Riesen nie. Jedoch gehörte dieses Land früher den Alben. Möglicherweise ist deren Einfluss noch nicht ganz erloschen«, wähnte Sannur und deutete in den Schneevorhang hinaus. »Bald werden wir dort die Ruine einer geschichtsträchtigen Burg erblicken. Einer Albenburg, die ihre Baumeister mitten auf dem Weg platzierten, der von Muspelheim nach Útgarðr führt. Sie liegt an einer Stelle zwischen unbezwingbaren Felswänden, die sich wie eine Grenzmauer zum Meer hinunter und ins Gebirge hinauf ziehen. Kannst dir denken, dass Surtr viel dafür gab, sie zu zerstören. Wie auch immer, nicht nur den Muspellbrüdern, auch uns bleibt kein anderer Weg, wenn wir nach Muspellheim wollen. Davor liegt noch Landdísastein.«

Björt antwortete: »Seit du mir sagtest, dass wir Landdísastein durchqueren werden, fragte ich mich, wie groß wohl der Widerstand sei, auf den wir dort stoßen werden. Miðgarðs Geschichtenerzähler erzählen nichts Gutes darüber.«

Sannur zuckte mit den Schultern. »Vielleicht sind es nur Geschichten.

Nun, da die Krieger Landdísasteins scheinbar nicht einmal den Muspellbrüdern etwas entgegensetzten, ist wohl wenig von der legendären Wut zu erwarten. Wenn nicht, müssen wir bis zur Küste hinunter. Einst hörte ich, dass es dort noch einen zweiten Weg nach Muspellheim gäbe. Ich kann nicht sagen, dass es wahr ist. Ich zweifle daran, seit man mir weiszumachen versuchte, dass dieser von menschlichem Auge nicht erblickbar sei.«

»Was zweifelt ihr?«, wollte Ekkert wissen. »In Landdísastein wohnen doch die weisen Frauen, die man befragt, wenn man die Zukunft wissen will. Sind sie so klug, wie man ihnen nachsagt, kennen sie unsere Absicht. Und wenn nicht, haben die Alben für uns bereits verhandelt. Ich sage euch, sie werden uns in Ruhe lassen.«

»Die Alben, die sich irgendwo im Land um uns herum verstecken?« Björts Blicke durchwanderten die Weiten des Schneewetters. »Seit Finar nicht mehr an unserer Seite wandert und uns nicht ständig die Treue der Alben beschwört, sind die Alben in mir zum Hirngespinst geworden. Ich glaube nicht, dass dort draußen irgendwo einer von Oberons Männern steht.«

»Hast du denn nie den Winden gelauscht?« fragte Ekkert. »Das Land um uns herum ist beständig mit Schlachtenlärm gefüllt! Es ist der gleiche Radau, den ich vor dem Gletscher hörte.

Um uns herum wird gekämpft. Ich glaube, die Alben halten uns die Reifriesen vom Hals …!« Sein Wortschwall brach ab. Er starrte tief in die graue Landschaft. »Dort! Mir ist, als zeichne sich dort der Umriss eines hohen Turms ab!« Er wurde von einem dumpfen Hornton unterbrochen.

»Das Horn der Alben? Ein schreckliches Grunzen. Es wurde wohl schon lange nicht mehr geblasen«, spottete Björt. »Kommt! Mir scheint, unsere Freunde erwarten uns zum Gelage!«

Sannur seufzte auf. »Eher die Kriegsschwestern!«, warnte er. »Dieser Ton stammte nicht aus dem Albenhorn, sondern aus dem Horn eines Feindes. Vielleicht will uns das Schicksal an dieser Stelle prüfen, ob wir in Willen und Tatkraft die Härte besitzen, durch Muspellheim zu reisen.«

»Dann werden wir bald sehen, ob Ekkert recht hatte und uns die Alben tatsächlich unterstützen«, brodelte es zwischen Björts frostblauen Lippen hervor. Eine graue Eisschicht begann, die Haut der Krieger zu überdecken, als sie sich daran machten, das Trümmerfeld, das sich vor die Ruine gelegt hatte, zu überqueren.

»Wo sind die Feinde? Ich sehe sie nirgends«, knisterte Sannurs Stimme. »Seid nur vorsichtig. Eine schlimme Vorahnung umklammert mein Herz!«

Ekkert nickte. »Seltsames sah ich, als ich vorhin meine Augen schloss. Da flackerte der höchste der Türme noch lange durch meine Augenlider. Mir war, als würde von ihm aus eine seltsame Energie ins Umland fließen. Vielleicht werden wir hier von Stärkerem als von Reifriesen erwartet.«

»Möglicherweise sitzt ein mächtiges Wesen auf dem alten Albenthron.« Sannurs Worte wurden immer unverständlicher. Seine Lippen vermochten sich in der zwischenzeitlich aufgekommenen, unglaublichen Kälte kaum noch zu bewegen. Björt erging es nicht besser. Er drehte sich zum Gefolge und versuchte zu rufen: *»Männer! Uns erwartet eine verlustreiche Nacht!«*

Kraftvoll umfasste er den Schaft des Schwertes. Hatten die Krieger diese Worte auch kaum verstehen können, die Geste verstanden sie. Hinter ihm grollte die Schar. Es klirrten die Bärte, die Harnische stöhnten, die Waffen stachen in die Luft. Kurz triumphierten die Herzen noch, ehe sie in Angst erstarrten. Als Nórrs Kufenschlitten den Rand des Himmels durchbrach, sah Björt die Walküren. Er verstand nicht, warum sie ihr Flechtwerk nicht beginnen wollten. Durch die aufkeimende Dunkelheit sah man den Boden von unzählbaren Spuren gezeichnet. Jeder ahnte, von wem sie stammten: Die grauen Riesen, die sie verursachten, waren im Schneesturm, der sie umwehte, kaum sichtbar. Zu kämpfen war sinnlos. Sie waren der Schneesturm und ließen sich wie ein Schneesturm bekämpfen. Jeder, der sein Schwert zog, hatte nur schon Mühe, in dieser Kälte bei Besinnung zu bleiben. Die Männer verließen das Feld rückwärts. Dies war keine Feigheit, sie hatten keine Wahl. Je näher sie dem Turm kamen, desto schlimmer wurde es nämlich. Zahllos erloschen die Lebenslichter. Dabei schaffte es keiner der Helden, einen Reifriesen anzugreifen. Diese Schlacht bestand die ganze Nacht hindurch aus nichts anderem als Furcht. Für den Großteil des Heeres lohnte sie sich nicht, es schrumpfte arg. Erst als sich die Felsen am Morgen mit dem Aufflackern des Tages füllten, verloren die Reifriesen ihre Lust am Töten.

»So wie es aussieht, haben die Reifriesen diese Schlacht ohne eigene Verluste gewonnen. Wir müssen uns beeilen, diesen Ort hinter uns zu lassen, ehe das Horn im Turm das nächste Mal ruft«, hauchte

Björt. Seine Stimme festigte sich: »Kämpfer! Helden! Setzt euch in Marsch!«

»Siehst du denn nicht, dass du als Ase als Einziger noch fest auf deinen Beinen stehst?«, setzte ihm Ekkert entgegen. »Nur du wärst imstande, die Ruinen zu durchqueren. Es ist darin so kalt, dass allen anderen das Blut gefriert.«

»Dann müssen wir uns einen anderen Weg suchen«, entgegnete Björt. »Doch wo? Wohin man sieht, nur steile Felsen. Es sind die Grenzmauern, die Surtrs Heeren Einhalt geboten. Wir müssten zur Küste hinunter und hoffen, dass es diesen unsichtbaren Weg, von dem Sannur sprach, gibt, und dass wir ihn finden.«

Sannur räusperte sich. »Nun, die Alben haben diese Burg gebaut. Sie haben wohl einige Geheimgänge offengelassen. Die Schwierigkeit daran ist, dass wir sie in kurzer Zeit finden müssen. Diese Mauern vermitteln mir jedenfalls nicht den Eindruck, als seien sie durchlöchert.«

»Ich ziehe mein Schwert und marschiere meinetwegen alleine zum Turm«, fuhr es aus Björt. »Wenn ich den dort wartenden Dämon, der das Horn blies, erschlage, ist alles andere schnell geschehen. Dann wird die Kälte weichen und die Reifriesen werden nicht wiederkehren.«

»Alleine kommst du kaum in den Turm«, antwortete Sannur. »Von außen macht die Ruine zwar einen guten Eindruck, doch ist sie baufällig und alles Holz ist verfault.«

»Dann müssen wir den Riesenkönig aus dem Turm locken!«, antwortete Björt. »Ist er erst mal draußen, kann ich ihn überwältigen!«

»Dieses Wesen ist vielleicht so mächtig wie ein Dämon, wie Surtr, nur kalt statt heiß. Wir sollten den anderen Weg nach Muspellheim suchen!«, sprach Ekkert. »Wenn wir in der Nacht auch so viele Männer verloren haben, dass ich daran zweifle, dass wir dort etwas bewirken können«, fügte er hinzu.

Sannur blickte Ekkert gedankenverloren entgegen, ehe er nickte und sprach: »Lange zerbrach ich mir den Kopf darüber, ob das, was uns vom Þing bestimmt wurde, überhaupt möglich ist. Wir müssen Muspellheim angreifen und es wäre besser gewesen, wenn uns alle Krieger begleitet hätten. Nur in Muspellheim können wir etwas zum Sieg der Asen beitragen. Dort ist Surtrs Schwachpunkt, das Orakel des Dämons. Zerstören wir es, wird er seine Macht verlieren. Unsere Aufgabe zu erfüllen klingt schwer. Jeder Kluge hätte eine große Wachmannschaft dort versammelt. Vielleicht gehört Surtr nicht dazu. Vielleicht würde das Orakel nach seinem Sieg in Ásgarðr sowieso sinnlos werden. Darum glaube ich, dass nur wenige Muspellbrüder dort warten.«

»Mir wäre trotzdem lieber, wir hätten unsere Krieger wieder«, entgegnete Ekkert. »Würde doch nur Mirénde in unseren Reihen marschieren. Er würde es genauso sehen und wüsste einen Zauber, mit dem er die gefallenen Krieger wieder zum Leben erweckte.

Als ich auf unserem Weg einige Zeit neben ihm her ritt, habe ich ihn ausgefragt. Wie dir, Björt, hat er auch mir gesagt, dass er auf diesem Feldzug nur zweimal einen großen Zauber sprechen könne. Doch wo, wenn nicht hier, wäre einer vonnöten?« Seine Augen blickten entgeistert an Sannur vorbei, weit in Richtung Útgarðr. Ein Lächeln huschte über sein Gesicht.

»Mirénde! Der Umhang, der uns dort entgegenfliegt – das Bartgeflecht, das kenne ich!«, fuhr es aus ihm. Björt schaute verdutzt und blickte dann in die Richtung, in die Ekkert wies. Von dort hallte eine Stimme heran: »Kaum zu glauben, dass ihr tatsächlich die Vermessenheit besitzt, die Streitmacht der Unsterblichen anzugreifen.«

»Zu viele Männer bezahlten unser Unwissen mit ihrem Leben«, antwortete Ekkert und deutete zum höchsten Turm der Ruine. »Dort oben sitzt der Riesenkönig, der die Reifriesen hierherlockte!«

Mirèndes Augenmerk folgte Ekkerts Fingerzeig. Er nickte. »Grauenhaft! … Auf den ersten Blick jedenfalls.« Seine Augen wanderten zu Ekkert zurück. »Seien wir froh, dass wir diesem Wesen nicht schon früher begegnet sind. Die wechselhafte Energie, die der Turmwarte entströmt, zeigt mir nämlich, dass diese Kreatur heute nur noch alt und müde ist. Sie lässt sich wohl durch Zauberei vertreiben.

Hört – reden können wir später. Für diesen Zauber benötige ich Morgenlicht und bald wird die Sonne höher stehen, als dafür gut ist.«

Kaum waren Ekkert, Björt und Sannur etwas zurückgetreten, begannen die Lippen, hinter dem weißen Bart zu erzittern. Seltsame Worte in einer seltsamen Sprache füllten die in diesen Augenblicken klare Luft. Einem Gesang ähnlich erhoben sie sich bis ins schwere Gewölk darüber:

»Wind nennt man euch bei den Menschen. Weher bei den Asen! Rauscher bei den Wanen! Heuler bei den Schwarzalben! Brauser bei den Thursen! Böe bei den Alben! Hinstürmer in Niðafjöll! Funkenwerfer in Muspellheim! Die Sindrissöhne nennen euch Seufzer und die Skalden Flitzer und Raser, Blaser und Träger, Weiner und Winsler! Aus Kristall seid ihr geritzt! Ihr, Söhne des Windes, die ihr allmorgendlich rotgolden aus den Bergen schwebt und über den Tag hin zum Weltenrand fliegt, wo ihr mit Sternenglanz beladen in die Nacht hinaufflackert oder mit den Wasserfällen am Tellerrand in die Unendlichkeit hinunterbraust! Entsteigt den Rädern des Himmelwagens! Vereinigt euch, um den Zermalmern eurer Tempel Vergeltung zu bringen! Bringt Miðgarðr den Frieden zurück, ihr Kinder der großen Adlerfedern!«

Während dieser Worten senkte sich das rotgoldene Morgenlicht vom Himmel auf die Ebene hinunter. Miréndes Stimme hörte man aufbrausend noch weit durch die rote Luft hindurch:

»Ich beschwöre den Kampf, ihr Geister der Lüfte, die ihr nun zur Erde kamt,
Wir werden die Taten des Muspells vergelten, damit der Sturm wieder zur Ruhe kommt!
Hebt eure kristallenen Schilder zur Wehr, um unseren nahen Feind zu blenden!«

Ein Luftrauschen beendete den Wortschwall. Das Lichtspiel auf der Ebene vermochte, alle Schatten aus der Gegend zu vertreiben. Das Land flackerte als Spiegel des Himmels. Es war ein fesselndes Farbenspiel, in dem es keine Langeweile gab. Der Untergrund erzitterte. Der Boden begann zu gurgeln, als wäre er nicht von Eis, sondern von Moor überzogen. Die Krieger warfen sich die Arme vors Gesicht. Das lichtweiße Pferd Skinfaxi hatte sich aus dem Himmel gelöst, trabte durch die Felsenhänge hinunter und über die Ebene an ihnen vorbei. In den Winden, die es hinter sich her zog, erhoben sich menschenähnliche Kristallgestalten. Für einen Moment glaubte Björt, dass sich das ganze Feld mit beinahe durchsichtigen Wesen füllte. Panisch zogen die Krieger ihre Schwerter, um sich gegen einen schlechten Zauber zu schützen. Sie blickten in die Gesichter ihrer Spiegelbilder. Einmal, zweimal, tausendmal, um sie herum füllten sich die ganzen Felder mit Soldaten. Das Land stöhnte unter dem Gewicht der Krieger. Gewaltiger Lärm durchfuhr die Ruine. Der Sturm in Richtung Turm begann.

Dort tat sich auf einmal etwas. Ein riesenhaftes Wesen stürzte sich über das Dach ins Gemäuer hinunter und machte sich davon. Das Zauberritual schien gelungen.

Das Feld trug noch bis zum Abend den silbernen Glanz der zahllosen Schwertschneiden und Rüstungen, die sich zum Schein bewegten. Dies brachte dem Heer die Ruhe, die es verdient hatte. Die mordlüsternen Bergriesen, die der Lärm angelockt hatte, flohen lieber in die Täler zurück, statt gegen eine riesige Armee zu kämpfen. Es war mit einem Mal so warm geworden, dass man auch keinen Reifriesen mehr zu fürchten brauchte. Als sich der Zauber in der Dämmerung des Abends auflöste, schlief die Ruine endlich den Schlaf eines alten Gemäuers und machte den Anschein, als ob sie niemals etwas Schlechtes in sich getragen hätte. Der Schnee begann, sich ringsum aufzulösen.

Der Silberglanz des Mondes hatte sich die ganze Nacht hindurch zwischen die jungen Eichenblätter genistet. In der Ruhe, die von dort aus noch bis weit in den Eisenwald hinein herrschte, war den Männern noch lange in den Morgen hinein Rast gegönnt. Gleichwohl schien dieser Friede nicht das einzige Zauberwerk dieser Nacht gewesen zu sein. Mit dem Sonnenpferd Skinfaxi, das sich am fernen Himmelsrand abzeichnete, bettete sich Wärme in die Luft. Es war einer dieser Augenblicke, an dem man dachte, dass der Frühling nun endlich anbreche.

In Vöðmaðurs Augen spiegelte sich das Farbenspiel des Himmels von Anfang bis Ende. Es berührte ihn. Das Wolkengarn am blauwerdenden Himmel war noch lange damit gefüllt. Er prägte sich jede noch so winzige Kleinigkeit ein. Inständig rauschte die Erinnerung an Miréndes Worte durch seinen Geist – *dass in dieser Nacht Gutes geschehen werde.* Sollte der harte Winter nun wirklich zu Ende gehen? Als das Spiel am Himmel endlich zu Ende war, schweiften die Blicke des Hochgewachsenen zwischen den noch ruhenden Männern. Er würde den Zauberer danach fragen. *Mirénde?*

Erst viel später hörte er dessen Stimme irgendwo abseits der Schlafenden. Er führte ein Zwiegespräch mit Jääkarhu. Dieser hatte ihn angefahren, dass es ungehörig sei, das Heer ohne Nachricht zu verlassen.

Mirénde ließ sich dadurch nicht aus der Ruhe bringen. Als der Weißbefellte fertig war, antwortete der Zauberer, dass er in der Nacht zu den beiden anderen Heeren gewandert sei: »Zunächst war ich bei den Männern, die in Richtung Albenburg unterwegs sind. Von einem schlimmen Sturm umzingelt, sitzen sie seit Tagen vor unwegsamem Gebirge fest. Einzig ihre Kundschafter sind etwas weiter in Richtung der Albenburg gekommen. Viele davon sind jedoch erfroren.«

»Der Verlust von Spähern dünkt mich wenig, wenn ich bedenke, wie viele unserer Männer in der Zwischenzeit gestorben sind«, rauschte Vöðmaðurs Stimme heran.

»Jeder Tote, der nicht im Kampf starb, ist ein Toter zu viel«, entgegnete Mirénde. Er schaute Vöðmaður tief in die Augen. »Wenn du denkst, dass es unsere Männer am schlimmsten traf, will ich dir vom Heer, das nach Muspellheim marschiert, erzählen. Es musste das Gros seiner Kämpfer sinnlos den Reifriesen opfern und keiner ihrer Toten wird Walhall von innen sehen. Das Heer ist so arg geschrumpft, dass die Überlebenden am Sinn ihrer Aufgabe zu zweifeln beginnen.«

»Vielleicht sollten einige von uns die Marschrichtung ändern!«, antwortete Vöðmaður. »Noch ist es nicht zu spät!«

»Nein. Unter ihnen marschiert Óðinns Sohn. Er muss endlich lernen, dass er übermenschliche Kräfte besitzt«, entgegnete Mirénde. »Wir haben eine andere Aufgabe mit anderen Herausforderungen. Vor uns geht der Weg durch Útgarðr. Es wird auch darauf einfach. Nur schon, bis wir dort sind, kann noch viel geschehen. Seit Tagen harre ich darauf, die Route zu erblicken, auf der uns die Bären über das Gebirge Undir Miðgarði hinwegführen wollen. Kommt, es ist Zeit, endlich aufzubrechen!«

Kaum war dies gesagt, kam Bewegung zwischen die Kämpfer. Der Boden begann, unter dem zähen Schuhwerk zu knarren und wenig später zu gurgeln. Braun und nass legte er sich am Ende um die Knöchel der Schwerbeladenen. Es war tatsächlich viel wärmer geworden. Am Himmelsrand konnte man das Grenzgebirge bald erblicken. Undir Miðgarði wandelte sich über den Tag von einer Legende zur Wirklichkeit: Senkrecht ragten die Felsengebilde weit hinauf. Die Gipfel stachen wie Dolche in die schwarzen Wolken. *In die schwarzen Wolken?* »Wir sollten uns beeilen«, wähnte Vöðmaður, als sich seine Blicke daraus lösten. »Wo sich auch immer der geheime Weg der Bären hinaufwindet, es zieht ein Unwetter auf. Dies wird uns den Aufstieg erschweren …«

»Dies ist kein Unwetter. Es ist Qualm«, entgegnete Mirénde. »Der Weltenbrand kommt näher. Er wird die Weltenscheibe mit Feuer überziehen.«

»Die Unruhe riss mich aus den Träumen. Als ich die Augen aufschlug, glaubte ich, für den Bruchteil eines Augenblicks Miréndes Gestalt in Nacht und Sturm zu erkennen«, hauchte Finar matt, als sie sich zu Kaldgrand ans Feuer setzte.

»Ich sah ihn auch. Der Zauberer war tatsächlich hier«, antwortete der Wane.

»Heil ihm! Er kam, um den Sturm, der uns zu lange an diesen Ort gebunden hat, zu brechen! Es ist ihm gelungen! Horcht! Die Winde sind verstummt!«, fuhr es aus Irmin.

Kaldgrand nickte. »Wir müssen den unverzüglichen Aufbruch befehlen!«, sprach er.

Finars Blick stach durch einen Spalt im Zelttuch in den aufhellenden Morgen hinaus. »Ich traue dieser Ruhe nicht! Hört ihr das Brausen nicht? Der Sturmherr dreht lediglich eine Runde um die Gipfel. Er wird bald zurückkehren.«

»Wir können nicht mehr warten«, entgegnete Irmin. »Zu viele Marschtage haben wir bereits versäumt. Oder wollt ihr, dass man sich dereinst erzählt, dass der wichtigste Krieg verloren worden sei, weil wir mit unseren Männern zu spät zur Schlacht erschienen?«

Finar schaute ihm leer entgegen. »Was ist mit den Kundschaftern? Noch fehlt von ihnen jede Spur.«

»Die, die noch leben, werden zurückkehren, ehe wir aufbrechen«, antwortete Kaldgrand. »Dies weiß ich von Mirénde, der vermutlich zukunftswissend ist.«

Ein Brausen ging durch den Zelteingang. Finar konnte ihr Lächeln nicht verkneifen, als sie einen der zurückkehrenden Kundschafter vor sich sah.

Draußen herrschte Aufbruchsstimmung. Der Kriegszug war nicht mehr aufzuhalten. Die Luft war klar, wenn auch von einzelnen Schneeflocken durchwoben. Nun schien der Weg, den die Kundschafter entdeckt hatten, so offensichtlich, dass Kaldgrand sogar die

Hoffnung hegte, die verlorene Zeit schnell wieder gut zu machen und bereits bei Anbruch der Dämmerung das Gebirge überwunden zu haben. Für ihn, den Riesen, war es tatsächlich ein Kinderspiel, den anderen voraus, den tiefen Untergrund aufzubrechen. Selbst das Geröll, das vom Berg hinuntergebrochen war, das nun unter dem Schnee das Fortkommen erschwerte, zerbröselte unter der Wucht seiner Schritte zu Kies.

So schnell, wie es sich der Wane gewünscht hatte, ging es dann aber doch nicht. Erst gegen Abend war die Passhöhe in Sichtweite.

Kaldgrand war unzufrieden. Das Ziel war nicht erfüllt und über den Wolken sah er den Sturmherrn, der seine Winde zu einem grauen Schleier zusammen wob. Als dieser mit gewaltiger Härte heranfuhr, brauste die Luft entsetzlich auf. Der Schneefall verwuchs zu einer Wand. Die Sichtweite reichte kaum noch zum Vordermann. Das Weiterkommen wurde arg und es ging nicht lange, da brach auch noch die Dämmerung ein. »Beeilt euch! Wir können erst auf der anderen Seite des Passes Lager richten!«, hörte man seine Stimme noch.

»Bedenke, dass wir Menschen diesem Wetter nicht so viel wie du entgegenzusetzen haben!«, fuhr ihm Finar entgegen. »Dieser Sturm ist für uns gefährlich! Er ist so schwer wie das, was ich in Útgarðr erlebte. Dazu ist er verzaubert. Vorhin bemerkte ich eine Gestalt und es stach mir schwer ins Herz. Es war Sinmara – die abtrünnige Albin, von der ich mir nicht sicher war, ob es sie wirklich gibt. Niemand anderes als sie will uns vom Überqueren des Passes abhalten.«

»Hättest du mich gefragt, ich hätte dir schon gesagt, dass es Sinmara wirklich gibt!«, hallte es aus Kaldgrands Hals. »Ich fürchte aber, der Hunger bemächtigt sich bereits deiner Sinne. Die alte Zauberin kann nicht in der Nähe sein. Sie würde es nicht wagen. Solange es die Burg der Alben gibt, gehört dieses Land nämlich den Alben und Sinmara hat Alvíss‘ Wut sehr zu fürchten.«

Kaldgrands Wortschwall wurde vom Sturm unterbrochen. Er hatte jetzt an anderes als an Sinmara zu denken. Mit der anbrechenden Dunkelheit wurde es auch für ihn ungemütlich. Die Schneewände, die von allen Seiten heranrasten, wurden immer dichter. Die meisten Krieger hatten nach Kurzem jede Orientierung verloren. Nun wurde von ihm erwartet, dass er die Leute zusammenhielt und führte, weil er über den legendären wanischen Orientierungssinn verfügte. Viel Zeit verging und eine tiefe Erschöpfung legte sich auch in seinen Kopf. »Wie wollt ihr denn gegen die Stürme der Muspellbrüder gerüstet sein, wenn ihr schon vor einem solchen Lüftchen erzittert?«, hörte man seinen Ruf wie aus einer anderen Welt. »Kommt! Rafft eure Kräfte zusammen! Noch wenige Schritte, dann ist der Wirkungskreis des Sturmes gebrochen! Schaut: Über euch taut das Gewölk. Tiefblau glänzt der Himmel darüber. Noch nicht einmal Sterne kann man darin erblicken. Männer, ich bin zufrieden. Dort vorne glimmt ja noch das allabendliche Sonnenfeuer am Rand der Welt.«

Die letzten Windböen umgarnten nun auch Finars Gestalt und bald starrte sie in Richtung des rot brodelnden Horizonts. »Diese Farben, dieses Flackern. Ein seltsames Abendrot! Aber vielleicht irre ich mich ja. Es ist lange her, seit ich das letzte Mal einen Sonnenuntergang beobachtete.«

Da blickte Kaldgrand noch einmal angestrengt in die Ferne. »Jetzt, wo du es sagst! Beinahe dünkt es mich, als stünde dort das Land in Flammen.«

»Es ist das Abendrot! Was sollte es sonst sein? Warum sollte das Land der Alben in Flammen stehen? Solche Possen mute ich nicht einmal Surtr zu!«, erwiderte Irmin.

Wohl würde ihm die nahende Zukunft eine schreckliche Antwort vor Augen bringen.

Zu dieser Zeit war das Abendglimmen über Miðgarðr tatsächlich längst verglüht. Skinfaxis Mähne machte sich in diesen Augenblicken bereits daran, das Gebirge auf der anderen Seite der Weltenscheibe wieder zum Erleuchten zu bringen.

Es gab allerdings nur ein einziges Augenpaar, das diesen Glanz erblickte: Das von Heimdall. Er wurde an jedem Morgen auf diese Weise für seinen pflichttreuen Wachtdienst in Walhall belohnt. Das rote Licht füllte die Wächterrüstung. Es füllte rundum das Zierwerk von Óðinns Hochsitz Hliðskjálf, wanderte nach unten, umrauschte sämtliche Formungen des Saals und durchflutete die Halle bis in die hintersten Winkel.

Heimdall stützte sein mit krausem Barthaar umwundenes Kinn auf den Knauf seines Schwertes und genoss den kurzen Augenblick. Gleich würde das Getöse der Einherier anbrechen und damit war bis zur Nacht hin kein feindlicher Eindringling mehr in dieser Halle zu erwarten.

Als der Augenblick vorbei war, erhob er sich vom Hochsitz und stieg hinunter. Schon durchbrachen seine flinken Schritte den Morgentau auf dem Idafeld. Wie sonst auch wollte er die ersten goldenen Sonnenstrahlen von der Warte seines Wachturms aus genießen. Diese ersten Momente des Tages waren seine wohlverdiente Pause. Schon kurz danach musste sein Augenmerk das Gewölk durchstechen und alles erfassen, was sich darunter seit dem Anbruch der Nacht verändert hatte.

Kaum war dies geschehen, füllte sich sein Gesicht mit Gram. Er hatte Surtrs Schiff erblickt. Noch vor Tagen hatte Óðinn mit seinen Söhnen zusammen über das schlaffe Segel gelacht. Nun, *er* hatte nicht mitgelacht. Und wenn, dann wäre ihm das Lachen jetzt vergangen. Zu hart umschäumten die Meereswogen dessen Bug. Die Hoffnung, dass der Riese Hrymr das Knochenschiff doch noch in eine falsche Strömung lenken würde, schwand. Die Muspellbrüder kamen, und es schien, dass sie nichts mehr aufhalten würde.

Er musste Óðinn erneut davon in Kenntnis setzen. Doch erst am Abend. Es wäre sinnlos gewesen, vor dem Ende seiner Wache hinunterzusteigen. Der Asenhäuptling hätte ihn nicht empfangen. Der hatte viel zu tun: Tag für Tag brachte er seinem Heer das richtige Kämpfen bei. Alle mussten ihren Dienst gleichermaßen erfüllen.

Endlich. Als sich sein Rücken mit dem Rot der Abendsonne füllte, wandte er seinen Blick in Richtung Walhall, und es schien für einen, der die Kräfte der Götter nicht kannte, als stünde der göttliche Wächter sogleich an der Stelle, die seine Augen gefasst hatten.

Schlimm ging es noch zu dieser späten Tageszeit in der göttlichen Halle zu. Blutdürstend kämpften die Rabauken auf dem mit Innereien überfluteten Boden. Wie kleine Kinder vor ihrem Vater buhlten sie mit ihrer ungehaltenen Zerstörungswut um Óðinns Aufmerksamkeit. Nirgends gab es einen verbitterteren Kampf zu sehen. Dies war der Grund, warum sich Óðinn nicht vor Surtr fürchtete: Es konnte nirgends härtere Krieger geben.

Der Kampflärm versiegte augenblicklich, als sich das Abendrot zwischen die von den Fehlschlägen angeritzten Säulen legte. Blutverschmiert lösten sich die Kampfsieger von den Leichenbergen, um Tische und Bänke herbeizutragen. Auch ihre Opfer erhoben sich nach und nach wieder, denn auf Óðinns Segnung hin verschlossen sich alle Wunden. Arme, Beine und Köpfe wuchsen wieder an, das Blut floss bis auf den letzten Tropfen zurück. Alle standen sie wieder, freuten sich und lachten miteinander. Keiner war schlechter, keiner besser als der andere. Es gab jeden Tag andere Sieger.

Froh sah der einäugige Mann auf Hliðskjálf, dass alles so geschah, wie es geschehen sollte. Erst danach bemerkte er Heimdall. Seine Worte rauschten sogleich ungestüm über die verbeulten Helme der Einherier heran:

»Noch gleitet Surtis Fünfmastschiff über Útgarðs Schären und Riffe. Doch wird es bald Ásgarðs Meer erreichen. Das Deck ist mit Soldatenhelmen gefüllt. Dazu das aus dem Schiffsbauch schwelende Getöse. Es schallt noch ärger als aus dieser Halle. Eine gewaltdürstende Kriegerschar wartet darauf, über dieses Land zu strömen! Wir hätten besser auf die Weissagungen aus Landdísastein hören sollen.«

Valföðr Óðinn schmunzelte dem Wächter verschmitzt entgegen: »Da werden sich die Einherier freuen, wenn sie das Vígríðfeld bald betreten dürfen! Vergiss nicht, mein Sohn, dass ich von diesem

Hochsitz aus nicht nur alle Welten, sondern auch Surtis Schiff Naglfar erblicken kann . Ich sah das Gleiche wie du. Deiner Sorge will ich abermals antworten: Möge der von den Schicksalsfrauen vorausgesagte unausweichliche Kampf endlich beginnen, so ist er beizeiten vorbei! Wir werden in einer einzigen Schlacht viel Böses vernichten, danach wird das Zeitalter des Friedens endlich wieder anbrechen. Es muss geschehen. Die Welten müssen endlich von Surtis Hass gereinigt werden.

Schade, getreuer Heimdall, dass du immer zu beschäftigt warst, um an unserem Þing zu erscheinen. Sonst wüsstest du, wie die Männer darüber denken.« Sein Blick schweifte in die Ferne, ehe er ergänzte: »In gewisser Weise hast du aber recht. Da hätte ich tatsächlich besser auf die weisen Frauen hören sollen. Zum Beispiel hätte ich nie gedacht, dass es Surti tatsächlich jemals gelingt, den großen Adler gefangen zu nehmen. Damit sind meine Zukunftsberechnungen arg durchkreuzt. Ich hoffte nämlich, es würde noch etwas Zeit vergehen, ehe das Knochenschiff naht. Nun fehlt mir einiges an Zeit, in der ich plante, den Einheriern auch noch die letzten Kampfschläge beizubringen.« Sein Gesicht erhellte sich. »Bleibe trotzdem ruhig, Asa Heimdall. Dies hat nämlich auch einen heiteren Teil: Falls Naglfar tatsächlich mehr Krieger aufs Idafeld bringt, als die Einherier erschlagen können, haben wir Götter am Ende der Schlacht auch noch etwas zu tun. Surtrs Angriff wird misslingen, weil ihm die Männer fehlen, die auch uns Hohen ans Leben können. Darum bleiben wir gelassen!«

»Wenn du es sagst, will ich's glauben!«, antwortete Heimdall. »Auf die leichte Schulter nehmen kann ich es dennoch nicht. Erst heute erblickte ich im Grenzgebiet zu Landdísastein eine Heerschar rauer Muspellriesen. Surti ließ seine Männer in der letzten Zeit immer besser ausrüsten. Diesmal war es für mich, als rollten wahre Findlinge durch die Schluchten. Schon der Schimmer dieser Panzerung ist so abschreckend, dass ich niemals mein Schwert gegen eine solche schlagen wollte.«

Óðinn schaute dem Wächter tief in die Augen: »Sahst du diese Rüstungen auf Naglfar? Ich jedenfalls nicht. Dieses neuartige Rüstzeug kümmert mich kaum. Darüber zu lachen wage ich allerdings auch nicht, weil ich nicht verstehe, was der Dämon damit bezwecken will.

Ich bin gespannt, was mir Loki berichten wird, wenn er endlich wieder hier auftaucht. Er ist mit den weisen Frauen besser als jeder andere befreundet und kennt darum vielleicht die Antwort.«

Was knisterte Heimdalls Blick, als er den Namen seines Todfeindes hörte. »Loki! Diesen niederträchtigen Dieb und Mörder werde ich wohl nur noch einmal auf dem Idafeld erblicken!«, fauchte er.

Óðinn seufzte. »Dein Hass auf meinen Wunschsohn trifft mich sehr. Solange ich lebe, werde ich nicht dulden, dass einer meiner Söhne die Ehre seines Bruders in Frage stellt. Auch wenn er vom Blut her ein Thurse ist – zweifelst du an ihm, so zweifelst du an mir. Lokis Leben bleibt trotz Balders Tod für jeden seiner Brüder unantastbar. Die einzige Ausnahme ist Váli. Der darf anders denken, denn ihn zeugte ich aufgrund meines Rachewunsches.«

»Dann will ich dir mal eine Wahrheit über deinen Wunschsohn berichten!«, fuhr es aus Heimdall. »Wie erfreut war mein Gemüt, als ich vor einiger Zeit den Muspellbrüdern zusah, wie sie ihn gefangen nahmen und nach Muspellheim verschleppten. Ich dachte, der Halunke bekäme endlich, was ihm zustünde. Doch der Wortgewandte hat es auch bei Surtr geschafft, sich aus allem herauszureden. Dein Schützling, Óðinn, steht jetzt zwischen den Muspellbrüdern. Ich sah ihn auf Naglfar. Er ist ohne Wenn und Aber zum Verräter geworden. Mit ihm haben wir einen Feind, der dieses Gebiet besser als manch ein anderer Ase kennt. Trage mein Wort für mich ans nächste Þing: Jeder, der ihn sieht, muss ihn erschlagen!«

Óðinn dachte für einen kurzen Augenblick scharf nach. Seine Gesichtszüge wurden dabei kein bisschen düster. Er schmunzelte und sprach: »Eben erinnerte ich mich an die Nächte, in welchen ich mit Loki und den anderen schäkernd an den Feuern saß, und hatte einen lustigen Gedanken: Bisher konnte man bei Loki jeweils bis zum Ende nur sehr schwer erraten, auf welcher Seite er wirklich stand. Warum sollte sich dies in der Zwischenzeit geändert haben? Vielleicht haben wir mehr an ihm, als du dir jemals zu erträumen wagst!«

»Ist dein Wort, dass Loki am Ende doch für uns stehen könnte, alles, was du Surtrs Plänen entgegenzustellen vermagst?«, fragte Heimdall. »Óðinn, von dir sagt man sich, dass du alle Arten der Zauberkünste vorzüglich beherrschst. Doch scheint es zu viel für dich, einem Schiff mit Zauberkraft etwas entgegenzustellen!«

Óðinn blickte Heimdall freudig entgegen. »So ist es! Meine Güte! Meine zaubermächtigen Gedanken werden das Portal zwischen Útgarðs und Ásgarðs Meer verschließen. So kann ich doch noch etwas Zeit gewinnen und den Einheriern noch alles beibringen, was ich wollte, während Surtr einen anderen Weg zur Schlachtbank suchen muss!« Er nickte Heimdall verschmitzt entgegen. »Du aber, beruhige dich in der Zwischenzeit. Ich weiß etwas, das dir helfen wird: Heute Abend wollte ich früher als sonst auf dem allabendlichen Gelage auf dem Feld Valaskjálf erscheinen. Da sich die Einherier aber nicht gerne ohne mich betrinken, habe ich einen guten Ersatz für mich gefunden. Du sollst an meiner Stelle dem Fest beiwohnen. Im Wein, den man dir reicht, wirst du deine Gedanken um die Weltenordnung noch weit in den Morgen hinein zur Seite schieben können!«

»… Surtrs Angriff wird misslingen, weil dem Dämon die Verbündeten fehlen, die auch uns Hohen ans Leben können …«

Hätte Heimdall an diesem Abend, statt sich zu betrinken, seinen Dienst auf dem Wachturm pflichtgetreu erfüllt, hätte er sich wohl zusammengereimt, dass sich dies nun zu ändern begann.

Eisiger Gischtregen überfiel Loki, als er die Stelle in Útgarðs Gestanden erreichte, an der die Miðgarðschlange zu nächtigen pflegte. Nicht einmal für den schmächtigen Aal war es einfach, durch die vereisten Felsspalten zum krachenden Meer hinunter zu gleiten. Dennoch hörte man dessen süßliche Schurkenstimme bald weit über den krachenden Wellenformungen: *»Jörmungandr! Ich bin es! Vater!«*

»Der Vater verstieß seine Tochter schon lange«, hallte es aus den Wellen wider. Gischt spritzte auf. In der hin und her wogenden Tiefe eines felsenumrahmten Lochs formte sich das Wasser zu einer Fontäne. Ein Natternkopf schoss in den Himmel. Sturzbäche lösten sich aus Schuppen und krachten ins Meer zurück. Schlangengift benetzte den von Nässe gezeichneten Vater. Darüber ein Zischen: »Eine elende Ratte sollte vor der hungernden Schlange besser fliehen!«

»Eine einzelne Ratte wird den Hunger dieser Schlange nicht stillen können. Doch die Ratte kam, um sie zum Rattennest zu führen!«, kam die Antwort.

»Kaum öffnet sich dein Mund, hört man nur Lügen und Verrat!«, fauchte das Untier. »Was willst du? Bedenke deine Worte gut, sonst findest du dich zwischen meinen Kiefern wieder!« Der aufgerissene Schlangenrachen senkte sich bedrohlich über Lokis Haupt hinunter.

»Ich biete dir an, dich an den Asen zu rächen!«, rief Loki den gifttriefenden Schlangenzähnen entgegen. Jörmungands Mund verschloss sich. Der Kopf legte sich ins Wasser zurück. Der schier unendlich lange Körper glitt in die Schwärze des Meeres hinaus.

»Wie lange ersehne ich mir den Kampf mit Þor!«

Loki erschrak. Der Natternkopf hatte sich hinter seinem Rücken aus der See gehoben.

»Allerdings wäre ich eine Närrin, würde ich dir blindlings folgen. Zu gut warst du einst mit Þor befreundet. Vielleicht willst du mich deinem Kampfgefährten zur Versöhnung bringen«, schallte es heran.

»Es ist lange her, seit ich mit Þor zusammen die Götterfeinde in Angst und Schrecken versetzte. Seither hat sich vieles verändert«, kam die Antwort.

»Und nun kamst du zu mir, um mit mir zusammen nach Ásgarðr zu fahren und die Asen ins Unglück zu stürzen«, zischte die Schlange.

»Früher nannten sie dich den schlausten der Schlauen. Heute muss dir deine dumme Tochter sagen, dass wir zu zweit nicht gegen die Einherier ankommen.«

»Mit dir zusammen?« Schallend hallte Lokis Gelächter durch den Fjord. »Wie wuchs die Zahl der Götterfeinde fast in jedem Land. Warum sollte ich mit dir alleine nach Ásgarðr reisen? Gewaltige Heere werden über das Idafeld marschieren.

Hörtest du die laute Gischt denn nicht? Ein Schiff ist nach Ásgarðr unterwegs. Dieses heißt Naglfar und ist größer als Fróðis Skíðblaðnir. Es gibt kein Schiff, in dem mehr Männer Platz finden, und es wird nicht nur einmal hin und zurück fahren. Es gehört Surti und ich soll dir von ihm sagen: Wir brauchen dich, weil du in den Weissagungen der Schicksalsfrauen die Einzige bist, die Þors Leben beenden kann. Bist du dabei?«

Jörmungandr zischte bedrohlich. »Surti ließ die Uferburgen Miðgarðs stürmen. Seither leide ich an Hunger, weil keine Schiffe mehr in See stechen. Ich hasse ihn, doch Þor hasse ich noch mehr. Ich werde neben dem Schiff auftauchen, wenn es sich Ásgarðs Gestaden nähert!«, versprach die Schlange, ehe sie in der schwarzen Brandung verschwand.

Heimdall war in Walhall noch immer mit Trinken beschäftigt, als Loki an ihm vorbei in den vom Abendlicht durchzogenen Himmel stieg. Das Sonnenpferd war bereits hinter den Horizont verschwunden, als er die Sternenebene betrat. Schon hörte er Fenrirs schwere Atemzüge. Jedem anderen wäre beim Anblick des großen Wolfs, der sich in den Weiten draußen abzuzeichnen begann, das Blut in den Adern gefroren. Loki hingegen wich nicht von der Stelle. Er stellte sich seinem Sohn geradezu in den Weg.

Entsetzlich fletschte der Wolf die Zähne, als ihm Lokis Stimme entgegenrief: »Heil dir, Fenrisúlfr! Ich bin es, dein Vater!«

Der Wolf knurrte und drohte, spie Gift und Galle und rief seinem Vater entgegen: »Verschwinde! Du kannst mich nicht vergessen machen, dass du nichts für mich tatest, als die Asen mich verbannten. Du bist nie für mich eingestanden und stehst auch heute nicht für mich ein.«

»Am Þing, an dem man deine Verbannung beschloss, hatten die Götter alle deine Fürsprecher auf Reisen geschickt«, schwor der Schmächtige.

Fenrir heulte erbärmlich und fletschte abermals seine Zähne. »Du hast mich nicht vermisst, als du auf deinen Hof zurückkehrtest. Ich durchschaue dein Spiel, Verräter! Nun, da du nicht mehr zum Þing in Ásgarðr geladen bist, musst du dich mit einer Großtat beweisen. Dies hast du wohl. Heute, da ich der Sonne zu nahe kam, störtest du meine Jagd. Ich hätte sie heute gefressen! Nun weiche von hier! Gehe hinunter und verkünde deinen Scheinbrüdern, dass du verhindert hast, dass der Fenriswolf die Sonne verschlang!«

»Es schmerzt mich, wenn ich es dir sagen muss: Du kommst der Sonne jeden Abend gleich nahe. Nie einen Schritt näher, nie einen weiter entfernt. Auf diese Weise wirst du deinen Lebenssinn nie erfüllen«, antwortete Loki. »Es hat sich viel verändert, seit du aus Ásgarðr verschwandst. Ich habe dich auf meinem Hof nicht vermisst, weil ich ihn selber verlassen musste. Meine Scheinbrüder haben mir den Tod geschworen.

Viele Sommer und Winter dauerte meine Flucht. Ich kam erst in Muspellheim wieder zu Rast. Dort hörte ich deren Häuptling über dich in die Runde lästern: Dass du in deinem Herzen wohl ein Welpe geblieben seist und deinen Lebenssinn wohl nie erfüllen würdest. Ich herrschte ihn an, dass er dir doch helfen solle, denn die Muspellbrüder hassen die Sonne gleichermaßen wie du! Er antwortete, dass er den Überfall nach Ásgarðr plane. Und wenn dir so viel daran liege, könntest du in den Reihen der Muspellbrüder stehen. Töte Óðinn! Du hast die Macht dazu! Mit seinem Leben wird auch die Sonne verlöschen. Ich frage dich: Bist du dabei?«

Ein lautes Heulen durchdrang das Gestirn. Der Fenriswolf erhob sich und sprang mit einem Satz nach Miðgarðr hinunter. Nie wieder würde er dem Lauf der Sonne folgen.

Mit Lokis Sohn betrat ein Wolf Miðgarðr, der den kümmerlichen Rest des Kampfheeres, welches vor den Ruinen der alten Albenfestung gegen die Reifriesen gekämpft hatte, mit einem Bissen hätte verschlingen können. Doch an der Grenze zu Landdísastein ahnte niemand, dass diese Gefahr über Nacht stark zugenommen hatte – auch wenn es Zeichen gegeben hätte, die ein Weiser hätte deuten können. Hätte ein solcher zum dunkelblauen Firmament hinaufgeschaut, hätte er wohl bemerkt, dass das Pferd mit der roten Mähne nun nicht mehr vom Fenriswolf gejagt wurde. Es zögerte seinen Himmelssprung an diesem Morgen seltsam lange hinaus.

Björt beschäftigte anderes, als er auf seinem Nachtlager erwachte. Er freute sich und mochte nicht an Schlechtes denken. Das Tauwetter, das durch Miréndes Zauberei entstanden war, hatte das Land nämlich bisher nicht wieder verlassen.

»Ich würde glauben, es sei nur eine Täuschung, wenn das Gezwitscher nicht wäre, das seit dem ersten Aufflackern des Morgens den Himmel füllt«, sprach Sannur. »Das fliegende Volk, das über den langen Winter in Yggdrasils Astwerk ausharrte, ist nicht einfach so zurückgekehrt. Es ist Frühling!«

»Das fliegende Volk will wissen, dass wir siegen werden«, erwiderte Björt. »Ich hingegen fragte mich die ganze Nacht, ob es denn noch sinnvoll ist, mit den verbliebenen Männern in Richtung Muspellheim vorzurücken.«

»Es bleibt uns doch keine Wahl«, kam die Antwort.

»Vorneweg müssen wir marschieren und sollten nie nach hinten blicken. Dann werden wir in Surtrs Land vielleicht vergessen haben, wie wenig vom einstmals großen Heer geblieben ist«, erwiderte Ekkert. »Bewirken wir etwas, wenn es sinnlos ist? Die guten Männer sind in Walhall. Wenn sich nicht der Himmel über uns öffnet und die Helden nicht von dort zurückkehren, ist alles verloren.«

Seine Worte verstummten, als sich der Himmel mit dem Licht des Sonnenpferds überzog. Einen Augenblick lang hoffte er, dass sich das Wunder, um das er gebeten hatte, erfüllte. Gewölk und Erde füllten sich derweilen mit Skinfaxis rotleuchtender Mähne. Das Rot wurde zu Gold, das Gold löste sich auf. Nichts geschah. Von der Verstärkung fehlte jede Spur.

Dies war der erste Tag, der gnädig und nicht grausam anbrach. Als Björt den Aufbruch befahl, wusste es jeder: Sie war endlich gekommen, Ôstara, die Frühlingsfee. Die erste Wärme nach dem langen Winter tat jedem Herz und jeder Seele gut. Es fiel niemandem auf, dass nun, nachdem der Fenriswolf den Himmel verlassen hatte, das Sonnenpferd auf einer eigentümlichen Bahn durch die Wolkenburgen trabte. Die Blicke wanderten nicht durch die weißen Himmelsschleier, sondern über den Erdboden in die Weite. Dort, wo der Schnee bereits gewichen war, verfingen sie sich im Grün und erwarteten die sich entfaltende Blütenpracht. Doch sie hofften vergebens. Die Wärme verwandelte das Land erstmal in ein Moor. Unter dem gurgelnden Schuhwerk löste sich nur Fäulnis. Bald entschwebte Leichengeruch jeder Ritze des Landes. Er stammte von den Opfern des Krieges und des Winters. Viel Zeit verschwand im Nichts. Ihre Stille war einzig vom Gurgeln des Marschs gefüllt. Die Männer waren in sich gekehrt. Erst gegen Abend kehrte das Leben zurück und hier und da ließen sich Stimmen vernehmen. Darunter auch die von Ekkert, die weit über die Helme des Kriegsvolks hinwegrauschte: »Schaut, dort! Welch ein abartiges Aas! Was dieses Vieh wohl im Leben war? Mir scheint, die Kälte wolle von dort nicht weichen!«

Sannur erstarrte. »So etwas habe ich noch nie gesehen! Abartig sticht mir sein Blick noch nach dem Tod entgegen.«

»Möglicherweise die Kreatur, die Mirendes Zauber aus dem Turm vertrieb«, hallte Björts Stimme aus dem Hintergrund. »Mich friert es jedenfalls auf die gleiche Weise wie in der Kälte vor dem Albenturm. Schaut euch doch um. Eure Nasen dampfen wie zur härtesten Fimbulwinterzeit! Vielleicht ist es der Fimbulwinter persönlich.«

»Meinst du? Das Wesen, das aus der Ruine floh?«, fragte Ekkert. »Hat der Zauberer etwa tatsächlich den alternden Fimbulwinter getötet? Dann ist der Winter wohl wirklich vorbei!« Er blickte Björt verträumt entgegen. Dann aber an ihm vorbei, zum Horizont. Dort bewegte sich der Untergrund.

»Erblicktest du die Mädchen auf dem Feld?«

Sák valkyrjur vítt of komnar, gǫrvar at ríþa til Gotþjóþar:
Skuld helt skildi, en Skǫgul ǫnnur, Guþr, Hildr, Gǫndul ok Geirskǫgul.

Ich sah Walküren von weither kommen, bereit zu reiten, zum Götterrat;
Skuld hielt den Schild, Skǫgul war die andere, Guþr, Hildr, Gǫndul und Geirskǫgul.

Ein Ruf erschallte: »Kriegszug aus den Bergen!«

Björt spähte angestrengt in die vom Späher gewiesene Richtung. »Vielleicht das Kampfvolk aus Landdísastein? Welche Farben? Wie sehen die Banner aus?«

Der Späher zuckte mit seinen Schultern. »Das Abendlicht verfälschte die Farben. Der Wind verblies die Banner. Wie ein silberner See glitzerten Helme. Ich vermochte nicht zu deuten, ob es Freunde oder Feinde sind! Schon bald werdet ihr sie mit eigenen Augen sehen!«

Der Wind verschlang Björts Worte, als er mehr seufzte als sprach: »Vielleicht ist es ja, wie wir es uns wünschen, und unsere Toten kehren von Walhall zurück.«

»Noch wissen wir nicht, ob die Nahenden für oder gegen uns stehen. Falls du dich irrst, wird keiner von uns den Morgen erleben!«, unterbrach Sannur. Er zog sein Schwert. »Bereiten wir uns besser vor. Wenn wir kämpfend sterben, werden uns die Walküren zu Óðinn führen, und wir können als Einherier unseren Sinn erfüllen.«

Es wurde nun schnell schwieriger, den nahenden Kriegszug zu deuten. Der Tag schien in wenigen Augenblicken zu erlöschen. Es schien, dass die Sonne viel zu früh ins Feuer des Horizonts heruntersank. Es wurde stockdunkel und vom Mondpferd Hrímfaxi fehlte noch lange jede Spur. Als es sich endlich aus dem Himmelrand erhob, stöhnte das Land bitter auf. Derweilen hatten alle Fäuste die Waffen gefasst und waren bereit, augenblicklich loszuschlagen. Einzig Björts Schwertspitze wies noch immer in Richtung Boden. »Mir scheint, als führe das näherkommende Heer die Waffen nicht!«, meinte er.

Ekkert stutzte. »Seltsam! Die Toten aus Walhall sind es jedenfalls nicht. Doch scheinst du recht zu haben. Sie kommen nicht, um mit uns zu kämpfen«, sprach er. »Wer kann das sein? Die Krieger aus Landdísastein?« Er stützte sich auf seine Lanze und starrte angestrengt über die schwarze Ebene hinweg. »Beinahe würde ich meinen, es seien Alben! Die Brustpanzer gleichen jedenfalls deinem, Björt.«

»Heil euch! Mein Name ist Eläin! Unsere Rüstungen sind mit dem gleichen Blut wie eure bespritzt!«, rauschte es aus der Ferne heran.

»Heil dir Eläin! Was verschlägt die Alben in diese Gegend?«, hallte es aus Sannurs Hals.

»Alvíss schickt mich und hinter mir die Hälfte der Streitkraft, die euch bis anhin die Thursen vom Hals hielt«, kam die Antwort.

»Aus welchem Grund blieb die andere Hälfte in den Wäldern? Ist denn von den Thursen noch so viel zu erwarten?«, fragte Sannur.

»Der Feind weiß von euren Plänen. Jötunheim füllt sich mit kriegsbemalten Muspellbrüden. Sie sollen euch in den Rücken fallen«, antwortete Eläin.

Kaldgrand seufzte auf. Das Himmelsdach war bis zum Rand von Schwärze durchflutet. Darunter glühte ein Strich, mal rot, mal gelblich. Was er bis vor Kurzem nur befürchtet hatte, war in ihm zur Gewissheit geworden: Der Weltenbrand fraß sich über das Albenland. Er nahte. Kein Heer würde dies beeinflussen können.

Hinter ihm verließen Irmin und Finar das Zelt. »Seltsam. Der Himmel sollte längst hell sein«, hörte man die Stimme des Goði. »Was wohl einer, der sich der wanischen Weisheit rühmt, von dieser Sache denkt?«, setzte Finar dem nach.

Kaldgrand räusperte sich. »Der könnte dieses Rätsel sogleich lösen. Es wäre Tag. Doch der Himmel ist voller Brandwolken. Ich befürchte, die Welt vor uns steht in Flammen.

Der Weltenbrand macht unseren Marsch sinnlos. Wir können den Alben nicht mehr helfen. Längst ist ihre Burg bis auf die Grundmauern niedergebrannt.«

»Dein Wort als Dolch durch mein Herz!«, fuhr es aus Finar. »Es kann nicht sein! Die Burg ist die letzte Zufluchtsstätte der Alben und das Land darunter gehört noch den Menschen!«

»Du weißt, dass ich zuweilen als Trostspender wenig tauge, doch mich dünkt, es wäre schlimmer, wenn ich die Wahrheit verhehle«, antwortete Kaldgrand. »Doch sei unbesorgt. Die Alben werden die Menschen nach Vanaheim geführt haben. Fróði rühmte sich stets damit, ein großer Menschenfreund zu sein.

Nun müssen wir auf uns schauen. Die rote Schlange wird uns fressen, wenn wir uns ihr entgegenstellen. Nicht einmal die Götter verfügen über die Macht, dafür zu sorgen, dass uns ein Pfad durchs Feuer offen bleibt.«

»Was, wenn du dich trotz deiner Weisheit täuscht?«, fragte Irmin. »Wir müssen uns mit eigenen Augen davon überzeugen, dass die Albenburg zu einem Haufen verkohlter Steine zusammenfiel. Ich würde mich sonst in jeder Nacht meines Lebens fragen, ob es nicht vielleicht doch etwas gegeben hätte, das wir hätten retten können!«

Kaldgrand seufzte und zuckte mit den Schultern. »Wenn es euch so wichtig ist.

Nun, da wir Wanen die Hitze besser als ihr Menschen aushalten, schlage ich vor, dass ich euch vorausmarschiere. Finde ich keinen Durchgang zwischen den Flammenwänden, gibt es aber kein Wenn und Aber. Dann müssen wir zurück!«

Kaum war dies gesagt, verschwand sein Umriss in der Dunkelheit. Da strich Irmin Finar aufmunternd über die Schultern und sprach: »Die Götter gaben uns den Auftrag, den Alben zu helfen, aus diesem Grund wird er einen Weg finden.«

Der hochgewachsene Wane gab sich redlich Mühe, Finars Erwartungen zu erfüllen. Seine Augen suchten gewissenhaft nach dem Weg durch die Hitze. Der Marsch fiel sogar ihm entsetzlich schwer. Viel Zeit verstrich währenddessen.

»Sapperlot! Verwirrt dieser Brandgestank etwa meine Sinne?«, fuhr seine Stimme auf einmal weit durch die flimmernde Luft. »Was sucht ein Reiter im Flammenwald?«

In seinem Blickfeld durchstob ein kühler Sturm die flimmernde Luft. Die Umrisse eines vor Jugend und Kraft strotzenden Mannes, der auf einem schweißglänzenden Pferd saß, lösten sich dort. Er grüßte ihn, als hätte er schon viele Male mit ihm getrunken, mit den Worten: »An einer seltsamen Stelle treffen wir uns wieder!« Das Pferd kam zum Stehen.

»Man erkennt dich kaum wieder, Vindsvalr!«, grollte Kaldgrands Stimme durch die aufgekommene Kühle. »Als ich dich das letzte Mal erblickte, starrtest du altersblind in meine Richtung!«

»Was habe ich ein Glück, dass die Hel Stänkerer wie mich nicht haben will! Darum werde ich wohl nicht an Altersschwäche sterben!«, lachte der Winterherr. Stolz hob er seine muskelumwobene Faust in die Höhe. »Schau, das Fleisch der Jugend ist zurück! Endlich kocht wieder Kraft in meiner Brust! Ich bin nicht länger ein Schatten, ich bin wieder ein Herr! Weißt du, was dies bedeutet? Es bedeutet, dass sich Niðhöggr am Leichnam des Fimbulwinters labt!«

»Du lachst so herrlich! Möge dieses Lachen nicht vergehen, wenn du in den Trümmern deiner Heimstatt stehst! Mir scheint nämlich, der Weltenbrand verschone kein noch so trutziges Bauwerk!«, antwortete Kaldgrand.

»Diese Zeit fordert von allen Tribut!«, antwortete der Winter kühl. »Ja, die Burg ist zerschlagen. Und wie! Ich durchritt die Trümmer, die das Wettergebirge zu allen Seiten zeichnen. Wie hoffte ich, ich fände eine Stelle, von der aus man die Burg erreichen kann. Doch es gab keine. Ich kann mich nicht, wie es Alvíss befahl, zuerst um die Befreiung der Wetterfürsten kümmern. Nun reite ich zum Hræsvelgr, damit er mich in die Festung hinaufträgt.« Vindsvalr hielt eine schimmernde Phiole in die Höhe.

»Die Albenmutter gab mir diesen Trunk, der die Gefangenschaft des Adlers beendet. Leider hat sie mir nicht verraten, in welcher Gegend er gefangen gehalten wird. Darum ist es ausgezeichnet, dich hier zu treffen. Sag, Wane, weißt du etwas?«

Kaldgrand blickte bestürzt. »Dass der Windadler gefangen ist, ahnte ich. Sonst hätte uns das Sturmwetter wohl nicht für Tage in den Bergen gefangen gehalten! Ich denke, er soll Surtrs Knochenschiff nach Ásgarðr leiten. Dies kann er nur von Niðafjöll aus machen. Du musst ihn finden, ehe das Schiff Ásgarðr erreicht! Du alleine kannst die große Schlacht verhindern!«

Vindsvalr lockerte den Zaum, damit das Pferd augenblicklich in Bewegung kam. Kaum war er verschwunden, begann die Hitze, dem Wanen wieder entsetzlich zuzusetzen. Er fluchte laut.

Es knirschte unweit hinter ihm. Er wandte seinen Blick: Das Heer nahte. In der unerträglichen Hitze glühten die Eisenteile der Rüstungen und verursachten Brandmale. Dieser Auftrag war zäh. Unter dem Schuhwerk loderten die Gräser auf. Viele der Männer hatten es bereits mit der Angst zu tun bekommen. Kaldgrands Stimme dröhnte über ihre Köpfe hinweg: »Aus welchem Grund die Götter uns auch immer bei der Albenburg sehen wollten, die Flammenwände stellen sich ihren Wünschen entgegen! Der rote Irrgarten ist tödlich! Hat einer darin auf unsere Hilfe gewartet, ist er jetzt Asche. Gleichwohl wären wir Asche, hätte uns der Sturm nicht so lange in den Bergen gehalten.«

Vöðmaður war der Erste, der den glatten Fels des Grenzgebirges mit seinen Händen durchfuhr. Sorgfältig suchten seine Augen über den glatten Stein nach oben. Nicht die kleinste Ritze war in der Felswand zu erblicken. Selbst der beste Kletterer würde hier auf ein Wunder warten müssen – wie sollten dann Eisbären dieses Gebirge überqueren! Er drehte sich zu den anderen. »Ich sagte doch immer, dass Undir Miðgarði eine unüberwindbare Grenze zwischen der Welt der Dämonen und der der Menschen sei. Útgarðr ist von hier nicht zu erreichen«, fuhr es aus ihm. Ein Seufzer drang aus seiner Kehle, als er daran dachte, dass diese Grenze ihren Sinn bisher wohl unzureichend erfüllt hatte. Sie hatte nicht verhindert, dass Útgarðs Wesen Miðgarðr überfallen hatten. Dafür stellte sie sich nun jenen, die in Óðinns Auftrag unterwegs waren, in den Weg. Miréndes Worte rissen ihn aus seinen Gedanken: »Immerhin haben es die Eisbären ja schon einmal irgendwie geschafft, das Gebirge zu überqueren. Wir werden das Gebirge in fünf oder sechs Tagen überwunden haben.«

»Fünf oder sechs Tage? Mir ist, meine Brüder wüssten um einen schnelleren Weg!«, fuhr es aus Jääkarhu. Er lachte auf.

»Wir können von unserem hungernden Gefolge nicht verlangen, dass sie den Aufstieg schneller schaffen. Sonst werden wir viele Männer an die Erschöpfung verlieren«, antwortete Vöðmaður.

»Der Weg führ nicht über das Gebirge hinweg, sondern darunter hindurch«, sprach Jääkarhu. »Zwar habe ich das Loch noch nicht erblickt, doch wird mein Bart beständig von den Lüften durchstrichen, die andere als Miðgarðs Gerüche in sich tragen.«

»Eine Höhle! Natürlich!«, fuhr es aus Mirénde. Er senkte sich auf die Knie und schob mit seinem Arm hier und dort den Schnee zur Seite. Nun war es auch ihm, als könne er die Luft der Eisbärenheimat riechen. Er atmete einen tiefen Zug. »Tatsächlich! Doch eine gute Nachricht tragen diese Lüfte nicht. Es herrscht in diesen Tagen Schneesturm über Útgarðr!« Er seufzte missmutig. »Jetzt, da mir war, dass der Frühling endlich anbreche, muss der alte Mann in den harten Winter zurück. Nun denn, so müssen wir wenigstens unsere dicken Winterpelze, an die wir uns so gewöhnten, nicht zurücklassen.«

»Dies ist kein Höhleneingang, sondern ein winziges Loch!«, murrte Vöðmaður. »Wir werden unsere Köpfe tief einziehen müssen«, sprach er in Richtung Jääkarhu. »Will hoffen, dass es drinnen besser ist!«

»Die Eisbären, die uns führen, sind wohl auch etwas größer als Schneehasen«, kam die Antwort. »Komm! Das Heer drängt. Es will wissen, wie der Berg von innen aussieht.«

Während sich über Undir Miðgarði Nórrs Mantel auszubreiten begann, schwelten darunter Schrittgeräusche einer Kriegerschar durch die Schwärze. Nur da und dort flackerte dazwischen etwas Licht, denn abkömmliches Brennmaterial war ein rares Gut. Nur wenige Fackeln erhellten die Wände. Oft ließen sich die Finten des Weges schlecht erkennen. Sie hatte nur den Zweck, dass in diesem Labyrinth keiner der Männer den Rücken seines Vordermanns aus den Augen verlor.

Vöðmaður fluchte. »Wenn ich gewusst hätte, dass unser Weg in dieser schwarzen Gegend mündet, hätte ich unseren letzten Feuern wohl etwas mehr Holz entbehren können! Nun haben wir kaum mehr als das, was wir am Leibe tragen, was wir einer Fackel noch opfern könnten! Wir müssen die Höhle durchschritten haben, bevor die Funken verglühen.«

»Hüte dich davor, deine Felle zu verbrennen! Du weißt genau, dass du in Útgarðr noch um jeden Fetzen froh sein wirst«, warnte Jääkarhu. »Und von dir, Zauberer, erwarte ich, dass du, noch bevor sich unsere Kämpfer die Helme am Felsendach verbeulen, einen deiner Zaubersprüche zum Besten bringst.«

»Welcher der Helme ist noch nicht verbeult?«, antwortete Mirénde. Er konnte Jääkarhus Erwartungen nachvollziehen, doch war es ihm nicht möglich, in dieser Dunkelheit die Runen um Rat zu fragen.

»Ein großes Geschenk bringe ich dir heute. Fenrir und Jörmungandr werden für dich kämpfen! Sie wollen an deiner Seite die Zeit der Götter beenden!«, durchhallte Lokis Stimme die Weiten des Flammensaals. Sein Lachen erstarrte. »Bruder, was ist mit dir? Warum weichen deine Augen meinen Blicken aus?«

»Du sahst Vindsvalr, jung und stark, im Schutt unter dem Wetterberg auf dem Ross der Alben sitzen. Schlauer Loki, du kannst mir nicht weismachen, dass du nichts von seinen Plänen ahntest. Naglfar ist noch weit vom Asenstrand entfernt und du lässt zu, dass der Mann, der imstande ist, Hræsvelgs Gefangenschaft zu beenden, in Richtung des Weltenbrands davonreitet? *Bruder?* Wärst du mein Bruder, hättest du Mann und Pferd getötet. Ich weiche deinem Augenspiel aus, Bruder, weil ich deine einnehmenden Schlangenblicke fürchte. Sinmara hat recht. Du standest nie für mich. Du bliebst mein Feind. Du gehörst zu den Asen. Ich konnte deine Seele nie für mich gewinnen. Wie schäme ich mich meiner Worte, mit denen ich dich überschwänglich anpries. Arg trifft mich die Einsicht: Du, Vater der Weltenschlange, bist nämlich selbst eine Natter, die mich einzuwickeln versucht.«

Loki lachte auf. »Heller Dämon, hat Sinmara denn tatsächlich recht, wenn sie hinter deinem Rücken sagt, dass hinter dem Feuer, das dich umgibt, nur ein kleiner Geist wohne? Natürlich wusste ich, was Vindsvalr will. Es ist nicht wichtig für uns. Hræsvelgr ist der Adler, der so gewaltig ist, dass er die ganze Weltenscheibe in drei Flügelschlägen überfliegen kann. Wie stark kann denn die Wirkung eines giftbenetzten Pfeilchens sein, das in seinem Gefieder steckt? Dem Adler schadete es wenig. Noch dazu wird diese kleine Wirkung bald verflogen sein. Dann hast du den Adler gegen dich. Es ist nicht wichtig. Vergiss ihn. Seit heute hast du Jörmungandr, die du vor das Schiff binden kannst!«

»Der Steuermann Hrymr wird die Schlange nicht leiten, denn er hasst alles, was nur entfernt mit den Asen zu tun hat«, antwortete Surtr.

»Was hält dich am Reifriesen Hrymr? Hörst du denn nicht, wie seine frechen Flüche dir entgegenrauschen?«, fuhr es aus Loki. »Der undankbare Erzlump schimpft zu viel! Zu lange konnte er seine neunköpfige Mutter nicht mehr schwängern! Du kannst dich auf seine Taten nicht mehr verlassen. Setze mich an seiner Stelle ans Ruder von Naglfar. Mir wird die Schlange aufs Wort gehorchen.«

»Hrymr ist leider nicht der Einzige, dessen Loyalität mich mit einem Schaudern erfüllt«, hallte es aus Surtrs Hals. Seine Blicke bohrten Löcher in den Boden und fanden sich dann einen kurzen Augenblick in Lokis Gesicht. »Vielleicht ist es tatsächlich so, wie Sinmara sagt, und mein Geist ist zu klein, um meine Pläne alleine zu verwirklichen. Umso mehr bin ich auf den teuren Ratschlag von Freunden angewiesen. Doch manchmal weiß ich nicht, auf welchen meiner Getreuen ich noch zählen kann. Bin ich dadurch verwundbar geworden? Loki, lange sträubte ich mich gegen den Gedanken, den Sinmara in mir pflanzte: Bist du der Grund, warum mir in letzter Zeit so vieles misslingt?«

»Und nun, weil mich Sinmara im Schutt unter den Wetterbergen sah, beginnst du an mir zu zweifeln.«

Loki grinste. »Ich sah Sinmara, noch lange bevor sie mich bemerkte, in den Ruinen der Albenburg. Was sie dort wohl suchte? Angstkranker Dämon! Du bist deinem Ziel so nahe. Was hast du noch zu fürchten? Was kannst du anderes als den Sieg erwarten? Deine Pläne werden sich erfüllen!«

»Meine Pläne …« Surtr schaute auf. »Verstehe mich, *Bruder,* Sinmara sieht manches anders als du. Sie meinte, ich solle mir doch mal durch den Kopf gehen lassen, ob sich am Ende vielleicht vieles eher um deine statt um meine Pläne rankt. Seiher fällt es mir schwer, dem Gewandtesten aller Redner zuzuhören! Du musst mir beweisen, dass du auf meiner Seite stehst. Sonst verlierst du mein Vertrauen. Du hast Glück. Etwas bietet sich dir an. Es gibt eine Sache, die du für mich erledigen sollst. Sie wird mir zeigen, wofür dein Herz schlägt: Als ich den Weltenbrand entzündete, dachte ich, dass nun das Erbe der Götter mit Flammen aufgehen würde. Nichts würde Surtalogis Kraft Einhalt gebieten. Doch ich irrte. Der Weltenbrand fraß sich bisher nur durch die menschenleeren Gegenden bis zum Jötengletscher. Daran kommt er nicht vorbei. Das Flammenschwert muss auch auf der anderen Seite des Gletschers in die Erde gesteckt werden. Du weißt, ich selber kann das Hochland nicht betreten. Du sollst es für mich tun. Dies ist die Möglichkeit, mir deine Loyalität zu beweisen. Oder log Sinmara etwa nicht, als sie behauptete, dass du das niemals tun könntest, weil dahinter noch zu viele Menschen lebten? Sollte jenes Land in zwei Tagen nicht brennen, hast du hier deine Freunde verloren«, sprach er, ehe er Loki das Feuerschwert vor die Füße warf. Da stach der Blick des Wolfsvaters so feurig ins glimmende Dachgebälk hinauf, dass eine Aschewolke daraus herunterrieselte. Von ihr ummantelt, verließ der abtrünnige Ase den Palast.

Grau war der Schatten, den man daraufhin durch die glimmende Wüste in Richtung der Menschenwelt jagen sah. Der zähnefletschende Fenrir erreichte Miðgarðr. Sein Knurren legte sich dort bald in die letzte Ritze. An einer geeigneten Stelle stieg Loki aus dessen Fell. Er würde den geforderten Treuebeweis ohne Schein und Zauber erbringen. Zwei Tage später loderten Flammen aus den Wäldern und Burgen des Hochlandes. Nichts wurde verschont. Dick bettete sich der graue Dunst bis ins letzte Tal.

Die Luft um Vindsvalr herum brodelte. Im gefährlichen Feuerlabyrinth wurde der Weg immer schlechter vorhersehbar. Dies vermochte den Reiter selbst kaum zu ängstigen, denn er fühlte sich unsterblich. Weniger gut erging es dem Pferd, unter dessen Hufen die Erde zu brennen schien. Es knisterte und knarrte das Land. Das stolze Tier verlor nach und nach seine Ruhe. Als es am Ende fürchtete, dass ihm die in der Hitze immer höher fahrenden Flammen bald jede Fluchtmöglichkeit verschlossen, begann es, mit gewaltiger Kraft zu steigen und auszuschlagen. Das Echo des Wieherns hallte tausendfach durch den Flammenwald.

Dieser Lärm war Vindsvalr einerlei. Nichts aber vermochte ihm schärfer ins Herz zu stechen, als das leise Klirren, das ihm klarmachte, dass die für Hræsvelg‘ bestimmte Phiole aus der Satteltasche entglitten war.

Es zischte über dem Boden. Dampf legte sich über die Ascheerde. Es rauschte der Wind, der lauter als alles andere wurde. Der weiße Nebel wuchs, von Vindsvals Kälte durchwoben, zu einem Schneegestöber, das das Feuer weit herum zum Erlöschen brachte.

Das Pferd setzte sich in Bewegung. Egal, in welche Richtung Vindsvalr die Zügel zog, es galoppierte dem schwarzen Gebirge entgegen, zurück, woher es gekommen war.

»Zur Wetterburg willst du?«, rief Vindsvalr. »Hast du denn vergessen, dass wir bereits nach dem Weg suchten? Man kommt dort nicht hinauf. Darum zuerst zum Windadler. Ich muss versuchen, ihn auch ohne Trunk zur Vernunft zu bringen!«

Das Pferd durchblies seine Nüstern geräuschvoll. So sehr sein Reiter die Zügel herumriss, es lief in jene Richtung weiter. Vindsvalr ärgerte sich. Doch sein Groll wich, als er die näherkommende Landschaft klarer sah. Der Weltenbrand hatte die Gegend arg verändert.

Zwar türmte sich der Schutt nach wie vor in den Tälern, doch in der unglaublichen Hitze war viel Gestein geschmolzen. Nun zeichneten sich Pfade bis nach oben. Schon überstieg das Pferd die schwarzen Felsen. Bald war die Burgruine erreicht.

Vindsvalr war von Kaldgrand vorgewarnt. Auch hatte er von unten viel gesehen und sich bereits die eine oder andere Vorstellung gemacht. Als er zwischen dem Schutt vom Pferd hinunterstieg, traf ihn die Wahrheit dennoch schwerer als erwartet.

Alles war kleingeschlagen und vom großen Feuer mit Ruß überzogen. Nichts war mehr zu erkennen – bis auf eines: Die Muspellbrüder hatten ihm, dem verschollenen Fürsten, ein höhnisches Denkmal gesetzt. An der Stelle über dem Abgang zum Kerker prunkte, verkohlt, doch unverkennbar, ein alter Hochsitz. Der Hohn der abgezogenen Feinde verfehlte seinen Zweck. Vindsvalr nahm das Denkmal nur kurz zur Kenntnis. Schnell ergriffen seine Hände die ersten Trümmer. Mit der Hilfe des Albenpferdes schaffte er bis zum Abend viele Brocken zur Seite. Nach und nach wurde die Treppe in die Tiefe frei. Es wurde jedoch viele Male Nacht und wieder Tag, bis er das Tor zum Kerker, hinter dem die anderen Wetterfürsten gefangen waren, endlich vor Augen sah.

Beständig begleitete das Geräusch der knarrenden Karrenräder den von den Alben geführten Zug der Menschen durch die zahllos gewordenen Tage. Der eisstarre Untergrund hatte sich in der aufgekommenen Wärme zu einem Moorgebiet gewandelt. Der Marsch war dadurch nicht einfacher geworden. Dazu drängte die Zeit. Das Flackern der fresssüchtigen Schlange zeichnete sich mehr und mehr am Himmel ab.

Endlich: Die Nacht, in welcher die Wanderschaft zu einem Ende kommen wollte, brach, wie alles andere Unvermeidliche, an.

Den Wächtern in den Zinnen des Bollwerks blieb der herannahende Zug nicht lange verborgen. Das Getöse der Wagenräder und das Hufgeklapper der Jarlspferde lösten die dem Morgen entgegenharrenden Männer früh aus ihrer Erstarrung. Hämisch schallten deren Begrüßungsworte aus den hohen Warten: »Töricht seid ihr, schwarze Hunde! Die Nacht will es uns auch diesmal nicht verhehlen, wer auf den Äckern vor unserer Festung herumlungert!«

»Macht auf! Neun Jarle und ihr Gefolge fordern Einlass!«, hallten herrische Stimmen von unten.

Der Häuptling der Wachen lachte schallend. »Ich trinke auf euch, ihr stinkenden Schatten! Auch wenn ihr euch Pferdehufe unters Schuhwerk bindet, auf eure Täuschung fallen wir nicht herein! Jarle wollt ihr diesmal sein? Hat euch euer Meister nicht gelehrt, dass es sich für Jarle geziemt, sich Tage im Voraus anzukündigen? Niemandem öffnen wir das Tor!«

»Dies ist nicht gerade die Gastfreundschaft, von der Óðinn berichtete, als er in Ásgarðr über diese Stadt berichtete«, kam die Antwort. »Viel riskiert ihr Wächter für das Volk! Sollten wir hier unten von Muspellbrüdern angegriffen werden, wird manch einer aus unseren Reihen vor den Allvater treten und ihn beschwören, dass diese Stadt den Schutz der Götter nicht länger verdient.«

»Der kluge Óðinn weiß, dass die Zeiten in Miðgarðr bitter sind! Er würde verstehen, dass wir die Kriegslist der Muspellbrüder in den Nächten besonders fürchten!«, hallte es von oben hinunter. »Was immer ihr sagt: Ihr werdet auf das Sonnenpferd warten müssen!«

»Schwer ist es für den Niederen, sich zwischen Óðinn und dem Fürsten zu entscheiden, weil er beide fürchtet!«, höhnte es von unten. »Willst du die Lösung? Entscheide nicht selber! Schicke den Knappen, um den Fürsten zu wecken. Ansonsten wird dich Skinfaxis Himmelssprung auf einmal nicht mehr erfreuen!«

Da schmolzen die Stimmen der Wächter zusammen. Einige Zeit verging, dann erhellte Flackerlicht die Umrisse eines weiteren Mannes zwischen den Zinnen. Schon hallte es ihm vom Feld her entgegen: »Von weit her kommen die von Alvíss Gesandten, um deine sagenhafte Freigiebigkeit zu prüfen! Misstraust du diesen Worten, gewähre wenigstens den Kindern und Frauen den Eintritt in deine Stadt! Sie darben schon zu lange jeglicher Sicherheit!«

»Verzeiht die Hemmung meiner Diener! Ihr wisst selbst, dass ihr zu einer ungünstigen Zeit um Gastfreundschaft anhaltet! Mein Herz steht euch offen, wenn ihr tatsächlich Jarle seid! Beweist es mir auf die gleiche Art, wie es Óðinn beweist, wenn er verkleidet durch dieses Land reitet«, kam die Antwort.

»Wir geben euch gerne eine Kostprobe unseres Wissens um die alten Mythen, so wie es Óðinn zu tun pflegt, wenn er von Burg zu Burg reitet! Stellt uns eure Fragen!«

»Ist euer Wissen tief, so wisst ihr dies: Einst reiste Óðinn von Ásgarðr aus zu einem mystischen Wall, der außer ihm noch nie ein Lebender gesehen hatte! Er suchte einen Durchgang, doch fand er nur eine Stelle, an der sein Pferd die Mauer überspringen konnte. Wen traf er dahinter? Welchen Zauber sprach er? Und wie wurde er begrüßt?«, hallte es aus den Zinnen.

»Ein Wecklied sang er, keinen Zauber! Mehr brauchte Óðinn nicht, um das triste Mädchen Hel zu wecken, die im geweihten Hügel zwischen den Toten schlief. Er wollte wissen, warum Balder so schlecht träumte. Die Hel erkannte den alten Helden nicht und wollte zunächst wissen, wer er sei. Sie begrüßte ihn mit den Worten: *Hvat's manna þat, mér ókunnra, es hǫfumk aukit erfitt sinni?*«

»Die gleiche Frage stellte ich Óðinn, als er das letzte Mal bei uns Einlass forderte. Ihr bringt mir die gleiche Antwort. Vielleicht habt ihr uns belauscht«, sprach der Fürst. »Wenn ihr wirklich Gelehrte seid, beweist ihr es ein zweites Mal: Einst lud Ägir die hohen Götter in seinen Saal. Loki war nicht geladen, doch er erschien trotzdem. Mit wem sprach der Ungeladene als Erstes? Wen hieß Óðinn, dem Friedensbrecher einen Platz zu weisen? Und wer vermochte, Loki das Reden zu verbieten?«

»Das weiß bei uns jedes Kind!«, schallte es vom schwarzen Feld. »Loki sprach als Erstes mit Ägirs Diener Eldir, der ihm den Zugang zum Festsaal verwehren wollte. Er redete so lange auf ihn ein, bis er ihn einließ. Kaum war er in den Saal getreten, begann er, die Verfehlungen der anwesenden Götter aufzuzählen. Da Óðinn den Frieden der Stätte bewahren wollte, hieß er seinen Sohn Víðarr, den Wolfsvater zu begrüßen und ihm Bier zu holen. Als dieses Lokis Gemüt nicht abzukühlen vermochte, riefen sie Þor, der stets von überall her herbeieilt, wenn seine Brüder ihn rufen. Er drohte Loki mit seinem Wuchthammer. Auf diese Weise endeten Lokis Spottreden!«

»Wenn es so einfach war, dass es jedes Kind weiß, weiß ich den Mythenkennern noch eine schwierigere Frage«, schallte es aus den Zinnen. »Es gab einmal einen König, der Heidrek hieß. Der schwor, jeden Gefangenen, der ihm eine unbeantwortbare Frage über die Asen stellte, die Freiheit zu schenken. Auf welche Antwort kam der König nicht? Wer stellte ihm die Frage und wie lautet sie?«

»Als Óðinn von König Heidreks Gier nach Fragen hörte, ließ er sich von ihm gefangen nehmen. Lange dauerte der Wissenswettstreit zwischen den beiden, bis Óðinn schließlich die Frage stellte, deren Antwort der König nicht wusste. Er wollte wissen, was der Asenhäuptling seinem toten Sohn als Letztes ins Ohr geflüstert hatte, ehe man den Leichnam auf den Holzstoß legte! Die Antwort kann ich nicht nennen, die weiß bis heute nur Óðinn allein!«

Zwei Torflügel begannen, knarrend auseinander zu streben. »Als ich vorhin aus dem Schlaf gerissen wurde, spürte ich, dass große Männer auf mich warten!«, hallte es von dort heran. »Doch seid gewarnt: Korn und Zuversicht sind längst von überall gewichen!«

»Von weit her kamen wir, um euch Zuversicht zu bringen. Seid euch gewiss: Die Alben werden uns retten!«, antwortete einer der Jarle. Im Schimmer der Fackeln, die das Innere des Torhauses erhellten, zeichnete sich eine Handvoll furchterregender Krieger ab. Auf der anderen Seite schepperte Zaumzeug in der Dunkelheit. Drei Jarle traten ihnen als Erste entgegen. Im Alter überboten sie die Hiesigen um ein Vielfaches, doch das Grau der Haare schien auf jedem Kopf das Gleiche zu sein. Es hatten alle schwer an ihren Rüstungen zu tragen.

Ein Lächeln zeichnete sich im Fürstengesicht. »Mein Name ist Valderir. Hätte ich vor dem Winter von euren Plänen gewusst, ich hätte trotz aller Entbehrung den edelsten Met für euch aufbewahrt! Stark habt ihr die schwere Zeit überstanden. Stark wart ihr, euer Gefolge hierher zu führen. Nun brennt es mich, zu erfahren, warum euch die Alben zum Tor meiner Stadt wiesen?«

»So reiche uns Wasser statt Met, edler Valderir. Dies genügt. Du ehrst uns genug, wenn du die Wärme deines Volkes mit uns teilst. Wir, die Heimatlosen, beneiden euch um jedes Haus!«

»Neid ist hier nicht gerne gesehen!«, sprach Valderir. »Zu viele der Helden sind inzwischen, statt im Kampf zu fallen, den feigen Weg zur Hel gegangen. Sie starben auf jene Weise, die man keinem Krieger wünscht. Walhall ist zu bedauern! Óðinns Gefolge wurde um viele harte Männer betrogen. Ich hoffe doch, dass es euren Kämpfern besser erging und nur wenige von ihnen nach ihrem Tod den Weg der Feiglinge einschlagen mussten!«

»An Kampftagen hat es ihnen nicht gemangelt!«, antwortete einer der Jarle. »Lange standen unsere Krieger an der Grenze und mussten Kühnheit und Kampfesmut beweisen. Dann aber schuf der Feuerdämon ein Wesen, das sich mit keiner Waffe bändigen lässt. Es ist eine gierige Feuerschlange, die sich über die Auen frisst. An den Stellen, an der sie damit fertig ist, blieb von Miðgarðr nichts anderes als Felsengrund.«

»Es ist der von den Schicksalsfrauen angekündigte Weltenbrand!«, ergänzte der zweite Jarl. »Nun weißt du, warum es in den Nächten nicht mehr richtig dunkel wird!«

Valderir seufzte. »Wenn es der Weltenbrand ist, wird er auch die Mauer meiner Stadt überwinden.«

»Habt ihr denn keine Schiffe mehr?«, wollte einer der Jarle wissen.

»Wenn ihr die Mythen kennt, müsst ihr doch wissen, wovor es den Seemännern graut!«, antwortete Valderir. »Die Miðgarðschlange ist so hungrig, dass sie in Sichtweite des Landes lauert. Ja, wir haben noch drei seetüchtige Schiffe. Aber keines davon würde ihren Biss überstehen. Wir wollten sie ausschlachten, weil das Holz wertvolle Wärme spendet.« Er blickte auf: »Nun, da eine Feuerschlange naht, können wir es uns wohl sparen. Ich werde die Männer fragen, ob sie lieber von einer Feuerschlange oder von der kalten Natter gefressen werden wollen.«

»Die Alben bestimmten uns den Weg über das Meer«, setzte einer der Jarle diesen Worten entgegen.

»Wenn das tatsächlich so ist, weiß ich um das Ziel der Fahrt«, antwortete Valderir. »Es gibt eine sagenumrankte Felseninsel, draußen, knapp hinter der Sichtgrenze. Diese ist so lebensfeindlich, dass nicht einmal die Sturmvögel dort nisten. Die alten Weiber meinen, dass sie ein von Wanenzaubern umgarntes Bollwerk sei. Haben sie recht, wird man von dort aus vielleicht zur Welt der Wanen finden.«

In den Augen begannen sich die Funken zu spiegeln, die in diesen Augenblicken den Himmel draußen überzogen.

»Wir müssen noch warten, ehe wir die Schiffe besteigen. Wir müssen zuerst die Wanen um Erlaubnis fragen. Danach können wir die Insel gefahrlos erreichen«, antwortete einer der Jarle. »Die Alben können mit ihren Zaubern Vanaheim bestimmt erreichen.«

»Zuerst gönnen wir uns an der Seite des wandermüden Volks etwas Ruhe. Wir haben sie uns verdient«, sprach der Dritte.

Seltsam, auf welchen Wegen das Sonnenpferd die Wolkengegenden durchtrabte. Glück hatte der, der nicht auf den strahlenden Richtungsweiser angewiesen war. Ein solcher hieß Sannur – jener, welcher nun dem Heer vorneweg auf dem Reitpferd der Alben ritt. Er, der vielgereiste Mann, hatte fast jeden Stein in dieser Gegend schon einmal gesehen. Vielleicht war nicht sein Heldenmut, sondern seine Ortskenntnis der Grund, warum ihn Mirénde für diese Richtung empfohlen hatte. Die Kühnheit war auf dieser Reise so oder so etwas gewichen. Erst nun, nachdem das Heer durch die Alben verstärkt worden war, keimte wieder Hoffnung auf. Seither schien den marschierenden Kriegern der Laufschritt so leicht wie noch nie zu fallen. Einer der Männer dort war Björt, der den anderen gerade erzählte, was er von Landdísastein zu wissen glaubte: Das Land der weisen Frauen musste ein großartiges Land sein. Sagenhaft und golden. Es war von fruchtbaren Feldern gesäumt, die so viel Nahrung trugen, dass dort nie jemand hungern musste. Wie es in Miðgarðr einst und in Ásgarðr noch immer war.

»Wie kannst du wissen, wie es in Ásgarðr ist, wenn du noch nie dort warst?«, wollte Ekkert wissen, während er an Björts Seite am im Sattel sitzenden Sannur vorbeischritt.

»Nun, auf dieser Reise werden wir das Geheimnis so oder so nicht lüften«, sprach dieser. »Siehst du Felsen dort? Jene, die wie

Wachtürme in den Himmel ragen? Dahinter beginnt eine andere Welt. Eine staubige und trockene, die nicht gegensätzlicher zu deiner Vorstellung sein könnte. Vielleicht liegen die fruchtbaren Gärten, von denen du schwärmst, ja irgendwo dahinter. Wir werden sie nicht sehen. Wir werden das furchtbare Ödland in eine andere Richtung durchqueren. In Richtung Muspellheim, wo alles in der Hitze flimmert.«

Ekkert blickte in die Weite. »Gegen Abend werden wir diese Felsen von Nahem sehen.

Wisst ihr, was ich seltsam finde? Dass uns noch niemand entgegenritt. Die weisen Frauen müssten uns doch längst Botschafter ausgesandt haben, wenn sie wirklich so weise sind, wie man es ihnen nachsagt.«

»Sie werden kommen, sonst können wir unseren Weg nicht fortsetzen«, antwortete Sannur. »Wir müssen mit ihnen verhandeln. Nur wenn sie uns unterstützten, werden wir das Gebiet ohne Verluste durchqueren. Mit der Hitze der Wüste ist nicht zu spaßen.«

Wie Ekkert richtig vorhergesagt hatte, erreichten sie die Grenze der Wüste, unmittelbar bevor Nórr das Pferd der Nacht vor den Wagen des Mondes spannte. Björt war ernüchtert. Noch immer fehlte von den Kriegsmännern der Schicksalsfrauen, mit denen man verhandeln musste, wenn man das Gebiet ohne Verluste durchqueren wollte, jede Spur. Seine Augen fassten Sannur, der sich daran gemacht hatte, einen der Felsen zu besteigen. Schon stand er oben und starrte weit ins Land. Was er wohl erblickte? Seine Stimme riss den Sohn des Asenhäuptlings aus den Gedanken: »Reiter!«

»Und wenn sie doch nicht in Frieden kommen?«, fuhr es aus Ekkert. Um ihn herum wurden die Waffen gezogen. Während Björt eines der Pferde bestieg, spannten sich die Bogen. Davor, knapp jenseits der Reichweite ihrer Pfeile, verließen Reiter das Wüstenland. Das Feld zwischen den beiden Heeren füllte sich mit Spannung.

»Große Pferde reiten sie!«, bemerkte Björt. »So groß, dass sie darauf ziemlich klein wirken!«

»Ich vermute eher, dass die Reiter nur mittelgroße Menschen sind«, entgegnete Ekkert. »Griffen sie zu Fuß an, würden wir vielleicht lachen.«

»Sie werden nicht angreifen!«, sprach Sannur. »Warum sollten sie?«

»Dann sollen sie sich zu erkennen geben!« Björt wandte sein Haupt und rief: »Männer! Die Kampfmänner der Schicksalsfrauen erwecken nicht gerade den Eindruck von großer Wehrhaftigkeit. Doch lasst euch davon nicht täuschen. Von den Einflüssen der Wüste abgehärtet, gehören sie mit Blut und Ehre bestimmt zu den Harten. Ich reite los, um mit ihnen zu verhandeln!« Sein Schwert fuhr wieder in die Scheide, als sich das Pferd in Bewegung setzte.

»Warte …!« Sannurs Ausruf bewirkte nichts. Er kam zu spät. Die Hufe unter Björt waren aus der Trägheit erwacht. Sie durchtrabten die Dämmerung in Richtung der fremden Schar, aus welcher sich ebenfalls einer der Reiter löste.

»Kampfmänner von Landdísastein! Wisst ihr denn nicht, dass wir im Auftrag der Götter reisen?«, fuhr es aus seiner Kehle, als das Gegenüber in Hörweite kam. Er riss seine Augen weit auf. Seine Seele erstarrte. Die Blicke des Heranreitenden fuhren ihm wie Messer in die Brust. Die Pferde rauschten aneinander vorbei, ehe sie zum Stehen kamen. Noch nie hatte er so etwas erlebt. Begierig drehte er seinen Kopf und versuchte dennoch, den scharfen Augen auszuweichen. »So antworte!«, fuhr es aus ihm. Unwillkürlich formten sich seine Lippen zu einem Lächeln. »Wir sind nicht hier, um mit euch zu kämpfen! Unsere Wut ist für Muspellheim …« *Was war mit ihm los? Er kannte sich selbst nicht mehr.*

Sein Geist fuhr zusammen, als ihm eine knabenhafte Stimme entgegenrief: »Schon der Weg durch unser Gebiet wird für euch so schwer, dass ich ernsthaft zweifle, dass einer von euch Helden Muspellheim je erblicken wird!«

In diesem Augenblick durchbrach Tumult das Seufzen des Windes. Zu allen Seiten legte sich Dröhnen in die Luft. Es klang so, als würde sich aus einem friedlich fließenden Rinnsal plötzlich ein reißender Fluss formen. Björt wurde ins Hier und Jetzt zurückgerissen. Er packte die Zügel streng und fasste den Schwertschaft.

»Lass es! Ihr könnt nicht siegen!«, fuhr es aus dem schwarzbetuchten Gegenüber.

Von weither schallte Sannurs Stimme: »Senkt die Waffen! *ALLE!* Wir wollen keinen Kampf!«

Die Heere vermischten sich. Als hätte ein hoher Gott einen Zauber gesprochen, schlug nirgends ein Schwert zu. Kein Waffengeklirr. Das Wutgeschrei verstummte. Am Ende war die Dämmerung nur noch von Marsch- und Hufgesang durchdrungen. Endlich glitt auch Björts Waffe wieder hinunter. Er riss die Zügel um, um sich sein Gegenüber genauer anzuschauen.

»Beeindruckend, der Mut deiner Kämpfer«, hallte ihm der Spott entgegen. »Er wird so oder so bald versiegt sein! In Muspellheim wird es schlimmer für euch, als es sich ein Lebender vorstellen kann. Keiner von euch vermag sich auszudenken, wie arg es um eure Zukunft steht!«

»Deine Worte werden keinen der Harten, den ich für unsere Sache kämpfen sah, von seiner Bestimmung abhalten! Sie wissen, dass sie vermutlich im Land des Feindes sterben werden. Jeder wird tun, was Óðinn von ihm verlangt. Für sie gibt es kein edleres Ziel, als nach dem Heldentod vor die Augen des Allvaters zu treten«, antwortete Björt.

»Ich will euch nicht abhalten. Ich warne nur. Ihr könnt nicht ahnen, was euch erwartet. Wir bekämpfen die Muspellbrüder Tag für Tag, weil sie auf ihrem Weg nach Útgarðr unser Land durchqueren. Ihre Kampfkraft wächst beständig. Stetig tragen sie bessere Rüstungen und Waffen, die kaum noch Schwachstellen aufweisen.« Zarte Hände ergriffen das Tuch, unter dem sich das Antlitz verbarg. Ein jugendliches Frauengesicht kam dahinter zum Vorschein. »Wir sind die Einzigen, die wissen, wie sie zu bezwingen sind!«

»Dann ist es vorbestimmt, dass ihr euch uns anschließt, weil wir nicht ohne euch siegen können«, vermutete Björt.

Bedächtig hatten sich die Höhlen unter Undir Miðgarði mit den Geräuschen der Kriegerschar gefüllt. Dunkel war es geblieben, doch Vöðmaður fand, dass es trotz Mirèndes Bekunden, dass ihm das Zaubern unmöglich war, etwas heller geworden sei. Immer besser erkannte er die über den Helmen schwebende Decke mit all ihren Ecken und Kanten. Mehr und mehr konnte er jedem herunterhängenden Stein ausweichen. Dafür war anderes mühsamer geworden: In jeder Höhle, die er bisher betreten hatte, war es einigermaßen warm gewesen, doch in dieser herrschte eine eisige Kälte, in der einem selbst das Atmen schwerfiel. Dazu kam noch: Auf einmal nahm er eine Reihe von unheimlichen Geräuschen wahr. Geklirre, Knattern, Gerassel von allen Seiten. Niemand außer Jääkarhu wusste, was hier alles lauern konnte. Vöðmaður grauste es. Er beschloss, ihn danach zu fragen.

»Das Wispern und Geflüster erinnert mich an die Stollen bei Sindris Halle. Was die heimatversessenen Zwerge jedoch so weit abseits von Sindris Denkmal suchen sollen, ist mir ein Rätsel«, antwortete dieser. »Kommt heraus, ihr Söhne der großen Baumeister! Es gibt keinen Grund, sich zu verstecken!«, rief er mehr im Spaß als im Ernst. Nichts geschah. Ungesehen lachte Jääkarhu verstohlen in seinen Bart hinein und marschierte weiter.

Hinter Fróðis Gefolgsmann blitzten Vöðmaðurs Augen auf. Sein Mundwinkel verformte sich. Er duckte sich. »Habe ich dich …! Ich habe einen!« Seine Stimme brach ab.

Jääkarhus Seele erstarrte. Er drehte sich um und wollte erst nicht glauben, was er gesehen hatte. Energie schoss durch seinen Kopf. Er musste seinen Gefährten von der ungeheuren Muskelkraft des Winzlings warnen. »Warte! Halt!« Zu spät.

Vöðmaðurs Freude war von kurzer Dauer. Kaum hatte sich dem Sindrissohn eine Möglichkeit geboten, stolperte der Hochgewachsene weit und schmerzhaft durch die Stollengänge.

»Komm schon, komm! Ich habe lange nichts mehr zu lachen gehabt!«, hörte man die Stimme des kniehohen Wichts.

»Beruhige dich, Starker! Wir wollen nur zum Ende dieser Höhle!«, hielt ihm Jääkarhu unterwürfig entgegen.

Mirénde kam aus dem Staunen gar nicht mehr heraus. »Ein einzelner kleiner Zwerg! Bei allen guten Göttern, habt ihr das auch gesehen?«

»Alter Mann, würdest du die guten Götter kennen, wüsstest du: Kraft ist nichts Außergewöhnliches bei Sindrissöhnen!«, spottete der Zwerg.

Jääkarhu nickte anerkennend. »So ist es. Und klug sind sie auch, die Sindrissöhne. Sie wissen, dass wir nicht in der Lage sind, gegen sie zu kämpfen. Wollen wir auch nicht. Wir wollen nur diese Höhle durchqueren. Verrate uns doch, wie weit es noch zum Ausgang ist?«

»Ich verrate nur eines, nämlich dass meine Geduld mit euch FAST ZU ENDE IST!«, schrie der Zwerg. »Verschwindet oder erlebt, was dabei herauskommt, wenn man den finsteren Myrkur reizt! Oder soll ich meine Brüder rufen? DANN SEID IHR ALLE TOT!«

»Myrkur heißt du! So! Große Worte für einen, der alleine vor einem Kriegsheer steht!«, setzte Jääkarhu dem Zwerg entgegen. »Du magst stark sein, doch gegen ein Heer kommst du nicht an. Beweise uns, dass viele Schwerter in deinem Rücken warten!«

»Du denkst wohl, ich gebe nur an!«, fuhr es aus dem Zwerg. »Wir sind drei! Dort hinten steht feuerrot und vor Wut schäumend mein Bruder Eldrauður. Dann noch die schlimmste aller Plagen: Der in allen Welten berüchtigte Kvöl! Nun? Wie steht es um euren Mut?«

»Tatsächlich ist unser Kampfmut während deiner Worte arg geschrumpft. Doch wir sind wirklich nicht hier, um mit euch zu ringen!«, antwortete Jääkarhu. »Kleiner, was suchen Sindris

Nachkommen so fern vom goldenen Palast? Gibt es hier etwa bessere Erze als unter dem Járnviðr?«, wollte er wissen.

»Mich dünkt, du seist nicht der Hellste, Weißbefellter! Da die Waffen der Götter aus dem Erz des Járnviðrs geschlagen wurden, IST WOHL JEDEM KLAR, dass es nirgends bessere Erze geben kann!«, lachte der Zwerg.

»Wenn das Járnviðr-Erz so stark ist, sollten wir vor dem Wald lagern und selber schmieden«, folgerte Mirénde.

»Das Erz ist das eine. Das andere ist die Handwerkskunst und Erfahrung, über die nur ein Sindrissohn verfügen kann. Nicht umsonst heißt es von uns, wir seien die besten Schmiede aller Völker. Niemals werdet ihr Zwergenstahl schlagen!«, hallte es durch die Höhle.

»Dann ziehen wir zu den Schmiedefeuern der Sindrissöhne. Aber wo brennen sie denn? In Sindris Palast jedenfalls nicht, habe ich gehört!«, hallten Vöðmaðurs Worte aus der Schwärze.

»Mir war soeben, als hätte ich es dort hinten soeben seltsam knistern gehört«, hohnlachte der Zwerg. Doch das Lachen versiegte sogleich. Betreten fuhr seine Stimme fort. »Schwer hast du mich mit deinen Worten getroffen, Feigling! Du kämpfst mit den Waffen einer Frau!

Die Feuer in Sindris Palast sind verglüht, weil der Muspellherr sie löschte. Er schickte seine Männer, weil ihm unsere Bauwerkskunst missfiel. Bis zuletzt schlug ich, den anderen voran, die schwarzen Bestien zurück. Erst als sich die Muspellknilche einer List bedienten, waren sie erfolgreich. Sie schickten uns eine gefälschte Nachricht, die uns drei Stärksten befahl, den Met in Sicherheit zu bringen. Kurz nachdem wir den Palast verlassen hatten, brach der Widerstand der anderen. Sie gaben auf, weil wir drei Schrecklichen nicht zwischen unseren Brüdern standen. Wir kehrten zurück, um unsere Brüder zu retten. Da hatten die Muspellbrüder bereits damit begonnen, ihre eigene Burg auf die Fundamente unserer Heimatburg zu setzen.

Nun, wenigstens war der Met in Sicherheit. Mit ihm können wir den Verlust vielleicht mit der Zeit überwinden.«

»Hätte man dich doch rechtzeitig zwischen den Metfässern gefunden – wir lebten heute in Frieden!«, platzte es aus Jääkarhu heraus.

»Andere Völker hatten schlechtere Trünke! Was hat es ihnen gebracht? Ihre Geschichten sind zu Ende, doch die Geschichte Sindris ist es nicht«, murrte der Zwerg.

»So ist es. Sindris Geschichte ist noch nicht zu Ende. Gerade darum solltet ihr Drei uns zur Schlacht nach Niðafjöll folgen. Dort könnt ihr die Ehre eurer Sippe beweisen. Und auf dem Rückweg zerschlagen wir die Muspellburg auf Sindris Feste!«, versprach Mirénde.

»Wie könntet ihr denn ohne uns gegen die Muspellbrüder siegen?«, hallte die Stimme eines weiteren Zwerges aus der Dunkelheit, »Was habt ihr ein Glück, dass gerade unser letzter Met verdunstet ist!« Zwei Schatten verließen die Höhlenschwärze und schworen ebenfalls, dem Kriegszug mit ihrer Bärenstärke zu dienen.

Mirénde freute sich darüber – wenn auch ein flaues Gefühl sein Herz umstrich. Er konnte am Anfang nicht sagen, was es war, doch schon während sich der Kriegszug in Bewegung setzte, fand er es heraus: Das Lachen unter dem eisstarren Bart versiegte. Stattdessen begannen seine Gesichtszüge zu beben. Sein Mund knirschte. Mochten diese drei Gestalten auch so winzig sein, dass ein Pferd mit Leichtigkeit zwanzig von ihnen zu tragen vermochte, ihre lauten Stimmen täuschten gewaltig darüber hinweg. Beständig rauschten ihre Streitereien dem Zug voraus. Schon keimte auch zwischen den Kriegern die Sorge auf, dass ihnen nun kein Hinterhalt mehr gelingen würde.

»Es reicht!«, zischte Mirénde. »Ein letztes Mal ermahne ich euch …«

Eldrauðurs glühende Augen fassten ihn. »DU NERVST!«

»DU AUCH!«, fuhr es aus Myrkur. »Dein Mundwerk ärgert mich schon die ganze Zeit!«

»Sindris Söhne sind den harten Umgang GEWOHNT!«, zischte ihm Kvöl entgegen.

Da war es um Miréndes letzten Nerv geschehen. Er hatte sich inzwischen einen Zauberspruch ersonnen, der die Lippen seiner Ziele mit Magie verschloss. Doch dieser misslang in der Wut, in welcher er ihn sprach. Er traf nur Eldrauður und Kvöl. Ruhe kehrte trotzdem ein. Myrkur war durch Miréndes Zauberkraft so eingeschüchtert, dass er kein Wort mehr zu sprechen wagte.

Inzwischen war das Tor zu Útgarðr so nahe gekommen, dass sich jedes Gesicht mit grauem Reif überzog. Die Luft trug nadelharte Eiskristalle, die in ihrer Schärfe tiefe Wunden in die ungeschützten Häute zu stechen vermochten. In der lebensfeindlichen Welt auf dieser Seite der Undir Miðgarði konnte man nur mit Glück und in dicken Fellen eingepackt überleben. Es war für alle bitter. Nur einer schien sich darüber zu freuen: »Schön ist es, wieder zu Hause zu sein!«, hörte man Jääkarhus Stimme.

»In Miðgarðr hat das Tauwetter eingesetzt und wir müssen hier die Heimat der Eisbären durchqueren«, klagte Vöðmaður indessen.

»Warte noch ein wenig! Die Zeit, in der jeder dort leben kann, wo es ihm gefällt, wird bald anbrechen«, kam Jääkarhus Antwort. Seine Worte wurden von den Winden zerschlagen. Sie, Fornjóts Söhne, trugen die Schneeböen nun so tief in den Berg, dass jedem der Marschierenden das Hören und Sehen verging.

Mochte in der Gegend, die Jääkarhu und Vöðmaður in diesen Augenblicken betraten, die Luft auch so kalt sein, dass sie vor der Nase gefror: An der Stelle, an der sich Finars Umriss abzeichnete, brodelte sie. Die Kriegerin haderte immer noch schwer damit, dass es kein Durchkommen in Richtung Albenburg gab. Kaldgrand musste eindringlich auf sie einreden, bis auch sie verstand, dass jede Hoffnung sinnlos war. »Die Burg gehört nun den Gestalten, die du aus den Albträumen kennst – den Schwarzalben«, schwor er. »Schwärzer als Pech sind sie, die Maden, die in Ymirs Leichnam entstanden. Sie wollen sich jetzt das holen, was sie als ihr ureigenes Erbe betrachten: Die ganze Weltenscheibe. Unsere Pflicht ist hier getan. Ihnen haben wir nichts entgegenzusetzen. Nun sollen wir an Surtrs Gelage erscheinen. Dort werden wir von großem Nutzen sein, weil der Dämon uns im Feuer sah und er darum mit uns zuletzt rechnet. Folgen wir Irmins Spuren. Weit hat er das Heer bereits durch die steilen Hänge hinaufgeleitet. Es ist klug von ihm. Er weiß, dass sich der Weltenbrand im Geröll verlangsamen wird. Komm! Die brennende Natter will uns einkreisen!«

Tatsächlich hatte das Heer mittlerweile einen guten Vorsprung. Doch das Feuer folgte ihnen. Und die Furcht, dass es am Ende kein Entkommen gab, wog in jedem der Herzen schwer. Selbst der sich an Hoffnung gewohnte Goði Irmin sah sich im roten Schlund verloren. Verzweifelt blickte er Finar und Kaldgrand entgegen, als diese durch den Dunst nahten. Er haderte schwer mit der Entschlossenheit, die er im Gesicht des Wanen deutete. »An keinem meiner Lebtage war mir banger! Wir werden nie in Surtrs Heimat kämpfen, weil die rote Schlange hinter uns Niðhöggr heißt«, rief er ihm entgegen.

»Würde es dir helfen, wenn ich dir sagte, dass uns diese Schlange bis Muspellheim nicht eingeholt haben wird?«, fragte Kaldgrand. »Sei stark, Feldherr! Bereits hat sich deine Angst im ganzen Heer verbreitet.« Er lachte auf. »Was haben wir ein Glück, dass ich an deiner Seite stehe! Meine strahlende Zuversicht lässt dein Bangen im Nichts verschwinden!«

»Ihr Wanen seid ein erstaunliches Volk«, seufzte Irmin.

»Was kann ich dafür, dass ich eine Frohnatur bin, die sich nur von guten Gedanken tragen lässt?«, hallte Kaldgrands Stimme ihm entgegen. »Ich verstehe dich. Das nahende Inferno beunruhigt deine Seele. Aber auch dein Herz weiß doch im Grunde, dass wir unseren Sinn erfüllen werden. Dabei will ich nicht leugnen, dass sich Niðhöggr die ihm Versprochenen holen wird. Doch für sie gelten die Versprechen der Götter: Walhall für jeden, der mit dem Schwert in der Hand starb, Fróðis neue Halle für die anderen. Am Ende wird sich jeder als Sieger fühlen!«

Finar nahte von der anderen Seite. »Schöne Worte. Doch gib mir auch Antwort, wie wir den Abgrund überwinden, den ich am Ende unseres Weges sah!«, durchfuhr ihre Stimme die mit schwarzen Schleiern durchzogene Luft. »Ein schönes Land erblickte ich. Doch liegt es weit unter dem Felsen, zu dem uns das Feuer drängt.«

»Siehst du, Irmin! Jetzt müssen wir nur den Pfad finden, der in dieses Land hinunterführt«, sprach Kaldgrand. Trotz dieser Worten blickte Finar bang zur nahenden Feuersbrunst. Was war der Vorteil, wenn das flammenrote Tier seine Mühe hatte, den Hang zu erklimmen? Es kam. Der Tod nahte langsamer, doch wenn kein Wunder geschah, schien das Schicksal unvermeidlich. Sie starrte der roten Schlange entgegen. Sie stutzte. Was war das? Ihr schien, als zeichneten sich tiefschwarze Schatten in ihrem Schuppenkleid ab. War dies vielleicht das erwartete Wunder? Die Rettung?

»Schwarzalben!«

Sie wurde aus ihren Gedanken gerissen. *Schwarzalben?*

Kaldgrands Stimme klang nun nicht mehr so euphorisch. »Nun wird es vielleicht doch noch ernst!«

»Schnell, Männer!«, fuhr es aus Finars Mund. »Gibt es einen Weg durch den Fels hinunter, findet ihn! Gibt es keinen, sind wir tot! Keiner von uns kann diese Kreaturen bekämpfen!«

Irmins Augen begannen, hin und her zu rollen. »Hört ihr das Stöhnen des Felsens? Sogar der Berg hadert mit seinem Schicksal!«, hauchte er, während er nach und nach die Kreaturen seiner schlimmsten Albträume vor sich erblickte. Sie zögerten nicht, ihren Kampfrausch auszuleben.

Hilflos stachen ihnen die Schwerter der Kämpfer entgegen. Bitterster Hass zeichnete jedes Augenlid. Mutig war es, doch sinnlos. Wenn das Siegen in diesem Kampf auch ausgeschlossen war, die Hoffnung auf den Einzug in die neue Heimat Walhall trieb die Kämpfer zu Höchstleistungen an. Anderes als diese Hoffnung gab es nicht. Die Gegner waren für sie Kreaturen, die den schlimmsten Erfindungsgaben ihrer Gedanken entstammten. Nichts konnte ihnen schaden.

Mit der Zeit sammelte sich die ganze Kriegerschar um den Axtkämpfer Kaldgrand. Wenn dieser auch keinem der Schwarzalben eine tödliche Wunde zu schlagen vermochte, beeindruckte er mit seinem unglaublichen Kampfmut. Für ihn war es ungleich einfacher als für alle anderen. Weil er ein Wane war, hatte er keine Albträume zu fürchten. Aus diesem Grund entkam er ihrem entsetzlichen Blendwerk. Während die Krieger um ihn herum gegen die grässlichsten Bestien zu kämpfen hatten, konnten ihm Svartálfaheims Bewohner nur als die mickrigen Maden erscheinen, die sie in Wirklichkeit waren.

Finar ächzte, als sie sah, wie einfach die Krieger um sie herum zu Tode kamen. Warum ließ es Óðinn zu, dass sich die schlimmsten seiner Feinde ungestraft durch das Volk seiner Getreuen metzeln durften? Verdrossen blickte sie in Richtung Ásgarðr und begann, hämische Worte zu rufen. Ihre Verwünschungen waren noch nicht zu Ende gedacht, da wurden die tosenden Kampfgeräusche von Wolfsgeheul durchbrochen. Zwei riesige zähnefletschende Untiere nahten und zerfleischten dabei alles, was ihnen vor die Schnauze geriet. Dahinter polterten die acht Hufe eines einzelnen grauen Pferdes über das rotglühende Moos, das zwischen den Steinen glomm. In dessen Sattel thronte ein blauummantelter Reiter. Der Speer Gungnir, der sich durch Zauber zu einer Gerte umgeformt hatte, durchschlug die Luft. Da dauerte es nicht lange, bis Ruhe einkehrte. Die Umrisse des Reiters verschwanden im flackernden Feuerdunst.

»Weg ist er, der Höchste! Nicht einmal bedanken konnten wir uns!", durchbrach Irmins Stimme die Stille nach einer Weile.

»Wofür willst du dich bedanken? Dass nur die Hälfte des Heeres gefallen ist?«, fuhr es aus Finar. »Unsere Mission ist gescheitert. Angst und Schrecken verbreiten wir mit diesen wenigen Männern nicht mehr.«

Kaldgrand lächelte verschmitzt. Im Gegensatz zu Finar wusste er, dass es nicht zu Óðinns Manier gehörte, ein gutes Werk getan zu haben, ohne danach Anerkennung zu fordern, und damit war noch vieles offen. Scheinheilig zuckte er zusammen, als sich das graue Pferd erneut im Dunst abzeichnete. Zwei schwarze Pferdenüstern schnaubten alsbald direkt vor Finars Gesicht. Darüber erschallte das Lachen des heroischen Reiters. »Fürwahr! Oft schickte ich meine Raben, um euch zu sehen! Ihr tut gutes Werk für mich! Seid euch gewiss, es wird euch vergolten! Jeder von euch wird in der goldenen Zeit nach dem Krieg den gerechten Lohn für seinen Heldenmut erhalten!« Als dies gesagt war, wandte Sleipnir seinen Kopf in die andere Richtung und Óðinns Blick schweifte wieder in die Weite hinaus.

»Warte, Ase!", rief Kaldgrand. »Für dich kämpften wir und wollen es weiter tun! Doch die Hälfte der Kämpfer ist gefallen! Damit sind wir in Muspellheim keine große Hilfe mehr! Schon denke ich, es sei besser, sich mit den Frauen in den Bergen zu verstecken und dort auf das Ende des Krieges zu warten, statt weiterhin für deine Ehre zu kämpfen! Verstehe, dass ich von dir, *Herr über Leben und Tod,* Genugtuung für dein spätes Erscheinen auf dem Schlachtfeld fordere!«

»Frech bist du, Wane!«, lachte Óðinn, während Sleipnir die ersten Schritte tat. »Zeige mir die Krieger, zu denen ich die Walküren schickte! Keines meiner Mädchen stand in diesem Hang.«

Schnell wandten sich alle ihre Gesichter, um auf die zahllosen Leichen zu deuten, die soeben noch das Feld gesäumt hatten. Was staunten sie: Es regten sich alle. Sie sahen kein Blut und auch keine Wunden. Die Opfer rankten sich wie im Schlaf. Es schien, als sei dies alles nur ein Albtraum gewesen.

Im Gegensatz zu Finar gab sich Kaldgrand davon wenig beeindruckt. Noch einmal erschallte seine Stimme in die Richtung des achtbeinigen Pferdes, das danach trachtete, endlich zu verschwinden: »Wenn du uns nun noch einen Weg nach unten zeigen könntest?"

... Da grollte es hinter den Rücken laut. Donnernd brach ein Teil der Felswand ins tiefe Land hinunter und ein Weg kam zum

Vorschein. Kaldgrand drehte sich um. Nun kam auch er ins Staunen. Hinter seinem Rücken sputete sich der Allvater. Er wollte verschwinden, ehe der freche Wane noch mehr von ihm fordern konnte.

Niðhöggr heisst der gute Freund

Veitk Heimdallar hljóþ of folgit und heiþvǫnum helgum baþmi;
Á sék ausask aurgum forsi af veþi Valfǫþrs: vituþ enn eþa hvat?

Ich weiß Heimdalls Horn verborgen unter dem himmelhohen, heiligen Baum. Er schöpft damit aus dem Wasserfall, der aus Wallvaters Pfand stürzt. Wisst ihr, was das bedeutet?

Was erinnerte noch an das Erbe der Alben – an die Verhandlungen und Zeremonien, die einst in ihrer Burg abgehalten wurden? Die heilige Stätte war zur Bedeutungslosigkeit verkommen. Nur Bruchstücke davon ragten noch aus der Asche. Die Gier des Weltenbrandes hatte all das zu zersprengen vermocht, was Sindris Meißel in Geduld und Hitze unzählbarer Sommer geformt hatten.

Dennoch hatte Kaldgrands Vermutung Unrecht gehabt. Die Burg war nicht verlassen. Zwei Gestalten standen dort in Ruß und Schutt und versuchten, im Lichtspiel des fernen Brandes das Gute zu deuten, das die Zukunft vielleicht bringen mochte.

Die eine war Alvíss. Ihr Gesicht war von Übermut gefüllt, als sie über die noch warme Asche in Richtung Oberon trat, immerhin hatte sie gerade Óðinns Pferd Sleipnir durch die hohen Wolkenburgen traben sehen. Die Zeit, in der sich auch die Götter in den Krieg einmischten, schien endlich gekommen.

Oberons Augen blitzten ihr wie Diamanten entgegen. »Während du zum Gletscher rittest, erdachte ich mir den Zauber, den wir dem Weltenbrand entgegenstellen können. Er wird uns aber nur gelingen, wenn uns Hræsvelgr, Gevatter Nórr und Ráns Töchter dabei helfen«, sprach er und begann, ihr alles genau zu erzählen.

Prickelnd traf Alvíss' Lächeln auf das durch den Staub getrübte Bartgesicht. »Der erste Schritt ist schon getan. Ich schickte Vindsvalr, um den Adler zu befreien.«

Oberons Seufzer brachte Alvíss' Stimme zum Stocken. »Der Adler wäre wohl auf unserer Seite, wenn dein Plan aufgegangen wäre. Das Pferd, auf dem er ritt, hat im Weltenbrand vor den Flammen gescheut. Die Phiole fiel aus der Tasche. Sie zerplatzte in der Glut und verlor seine Wirkung. Du musst dich selber um die Befreiung des Adlers kümmern.«

Ein leises Seufzen glitt aus Alvíss' Mund. »Dies werde ich«, sprach sie schließlich. »Und dann zu Nórr. Auch ihm sein Wort abzuringen, wird mir keine Mühe bereiten. Danach kommt aber, wovor mir graut. Wie kann ich mit der Rán verhandeln? Ihre Töchter sind doch die Wichtigsten, hast du gesagt. Nur sie sind in der Lage, den Weltenbrand bis auf die Glut hinunter auszulöschen.« Sie schaute auf. »Es muss beim ersten Mal gelingen. Uns fehlt die Zeit, um abermals zu planen. Der Brand frisst sich in Richtung Yggdrasil. Bald wird er die Borke erklimmen. Wenn das Astwerk verglüht, erlischt die Macht der Götter.«

Fenrirs Geheul gor irgendwo in den rauchenden Aschetälern auf und fuhr in Richtung des Sonnenpferdes, das sich auf seiner seltsamen Bahn über den Himmel bewegte. Als Antwort füllte dessen Wiehern den Zenit. Mit einem Schlag brach eine Nacht an, die selbst durch die hier und da noch aus der Asche lodernden Flammen weder erhellt noch erwärmt werden konnte. Zeit war keine.

Kurz noch erblickte Oberon Alvíss' Gesicht. Bitterer Ernst spiegelte sich darin. Sie verschwand. Sie eilte von einem Zauber umgarnt zur Stelle, an welcher die Schwingen des Windadlers für Surtrs Ziele schlugen.

Es dauerte nicht lange, bis sie in Niðafjöll den Adlerschatten ausgemacht hatte. Arg rauschte es von dort hinaus. Kraftvoll dröhnten die Winde Naglfars Segeln entgegen. Das Schiff kreuzte irgendwo in der Weite des Eismeeres draußen. Doch befand sich in diesem tosenden Rollen auch Unerwartetes. Eine Gestalt stand unter dem Adler.

In wilden Gesten gestikulierte der Mann mit seinen Armen und rief dazu bedeutungsschwere Worte unerbittlich und derb. Hätte Alvíss die Stimme nicht erkannt, hätte sie wohl gedacht, es sei einer von Surtrs Männern. Doch es war Vindsvalr, der den gefährlich schlagenden Federn seine gröbsten Schmähreden entgegenwarf. Beständig hielt er sich in diesem brausenden Sturm auf seinen Beinen, um dem Adler immer wieder leidenschaftlich entgegenzublicken. Vielleicht hoffte er, dieser würde sich auch ohne Zauberei irgendwann an ihn erinnern. Seine Worte wurden zahmer, als sich Alvíss' Eigenglanz in Útgarðs Nacht abzeichnete.

»Ist es denn möglich, dass der große Adler nicht mehr für das Gute kämpfen will?«, fuhr es aus ihm. »Mehr und mehr glaube ich, dass dieses Tier trotz seines stattlichen Federkleids gar nicht der Hræsvelgr, sondern ein Dämon aus Muspells Land ist!«

»Gegen Surtrs Fluch sind deine Worte wirkungslos!«, hallte ihm Alvíss' Antwort entgegen.

»Den Trunk, den du mir reichtest, verlor ich, als das Pferd durchbrannte. Nur das Wort ist mir geblieben. Warum will sich der Adler nicht an seinen Horst erinnern?«, fuhr es aus Vindsvalr.

»Es ist zwecklos, sich etwas anderes zu wünschen. Nichts außer Gegenzauber kann Surtis Zauberei entgegenwirken«, sprach Alvíss, während sie in die Daunen des Adlers fasste und sich daran machte, ihm auf den Rücken zu klettern.

Was danach geschah, blieb Vindsvals Blicken verborgen: Alvíss begann, eine Tinktur in den halbgeöffneten Schnabel zu schütten. Als diese Flüssigkeit in Hræsvelgs Magen tropfte, schüttelte sich der riesige Adlerkopf alsbald hin und her. Die Winde verstarben ringsum. Der große Adler verstand die Welt nicht mehr, als er seine ausgebreiteten Schwingen über Útgarðs Felsen erblickte. Für einen Augenblick schien es, als würde sich die Glut des Weltenbrandes in seinen Augen widerspiegeln und von dort aus als mächtiges Schimmerlicht Útgarðs Gegend überfluten. Ein Pfiff schwelte in die Weiten hinaus. Er verhieß dem Kundigen, dass der Windadler wieder frei war und auf ewig nicht vergessen wollte, welchen Dienst ihm die Alben getan hatten.

»Bald wirst du dies beweisen!«, antwortete Alvíss. Sie stieg hinunter, fasste die Zügel des Pferdes, auf welchem Vindsvalr her geritten war, und hob sich in den Sattel. Alsbald drang ungeduldiges Hufklopfen durch den Schnee und darunter noch weit durch das Felsgebirge hindurch. Es verhallte erst in der Welt, die sich unter Útgarðs Schreckensgegenden in den warmen Felsen eingebettet hatte: Vanaheim.

Es war die Nacht, in der die Verhandler aus Miðgarðr durch Vanaheims Tore schritten. Die beiden Alben waren überrascht, als sich ihnen vor der Wanenburg niemand in den Weg stellte. War es in Vanaheim denn wirklich so friedlich, dass man auf Wachen verzichten konnte?

Die Türen der Burg standen ihnen offen. Weiß fiel dahinter etwas Mondlicht durch die Fenster. Ansonsten herrschte Finsternis. Alles war davon erfasst. Stille. Bis in die Tiefen des Thronsaals war die Burg wie ausgestorben. Die Zeit drängte, doch das Wissen darum half nichts. Diese Feste schien zu dieser späten Stunde verlassen zu sein. Die Boten der Menschen lehnten sich an eine Wand. Es blieb ihnen nichts anderes, als auf den Morgen zu warten.

Als die helle Zeit endlich anbrach, schliefen sie. Ein Räuspern holte sie aus ihren Träumen. Der Saal war schon zur Hälfte mit dem Morgenlicht gefüllt. Nach und nach schob es sich weiter in Richtung eines Throns. Er war nicht leer. Fróðis Frau Gerðr hatte die Nacht über dort gesessen und sie wohl die ganze Zeit über angestarrt. Wunderbar füllte das Licht ihre Gestalt. Es stimmte, was man sich über sie erzählte: Eine schönere Frau gab es nirgends. Ihre Gesichtszüge füllten sich mit Bewegung. Als erwarte sie von den beiden Alben Linderung ihres Schmerzes, hauchte sie: »Nie hat mich der Gedanke an die Vergänglichkeit mehr beschäftigt als heute. Nacht für Nacht zeigt sich mir der hungrige Niðhöggr. Dies ist der Grund, warum ich Fróðis Thron nicht mehr verlasse: Solange ich hier sitze, kann er in diesem Land niemandem schaden.« Ihr Gesicht wirkte müde, als es seitlich mit dem roten Licht gefüllt wurde. Dies war ihrer Schönheit nicht abträglich, sondern machte sie nur noch makelloser. Ihr Blick schweifte aus dem Fenster in die Ferne und löste sich wieder daraus.

»Im Land, in das ich von hier aus blicken kann, hat noch nie einer den Mut verloren. Doch seit mein Mann Kriegsvorbereitungen trifft, sickert der Unfriede der Oberwelt auch zu uns hinunter.

Es war nur eine Kleinigkeit, mit der die Unruhe begann. Einigen Jünglingen fiel auf, dass man den allseits beliebten und trinkfreudigen Phol lange nirgends mehr gesehen hatte. Da schaute mancher genauer hin und merkte, dass die wanische Kriegerhalle leer war. Sie verstanden schnell, dass dies nichts Gutes bedeuten kann.« Sie räusperte sich und fuhr danach leiser fort: »Ihr Armen müsst euch hier meine Sorgen anhören. Dabei weiß ich natürlich, weswegen ihr gekommen seid. Doch euer Besuch gilt nicht mir, sondern meinem Mann Fróði, der draußen Skíðblaðnirs Fahrt nach Ásgarðr vorbereitet und von niemandem gestört werden will. Fróði sagte mir nicht, was ich euch antworten soll, und ich alleine vermag nichts von solcher Wichtigkeit zu entscheiden. Ich kann euch höchstens einen Ratschlag geben, so ihr einen wünscht. Bedenkt dabei: Nun, da unser Land bald schutzlos auf einen allfälligen Angriff blickt, werden wir uns ausnahmsweise eher um unsere eigenen Angelegenheiten, als um die Belange Miðgarðs kümmern.«

»Hohe Gerðr, in Miðgarðr warten Menschen, die in aufrichtiger Frömmigkeit in Richtung Vanaheim blicken. Darunter finden sich Waffenträger, die Niðhöggs Einfluss wenig fürchten. Sie können, an Stelle der Einherier, in diesem Land für Recht und Ordnung sorgen. Die Zuversicht, die sie in ihren Herzen tragen, werden Vanaheims Schatten wieder aufhellen!«, versprach der eine Bote.

Gerðs Blicke fassten die sich aus dem fernen Gebirge erhebende Sonne. »Wenn wir das Tor so lange öffnen, müssen wir neben dem Gefolge der Jarle noch Surtrs Gefolge erwarten. Darum ist es schwierig, zu beurteilen, ob ihr die Lösung seid oder ihr am Ende etwa noch mehr Ungemach bringt«, antwortete sie. »Ich fürchte, dies zu beurteilen vermag ich ohne Fróðis Klugheit nicht.«

Daraufhin fielen Worte und Gegenworte. Weiter und weiter redeten sie und es sah um die Belange der Gäste lange nicht gut aus. Gegen Abend war alles gesagt und die beiden Boten kehrten mittels Albenzauber in die mittlere Welt zurück. Die Nacht hatte sich bereits über das Land gelegt, als sie den Fürstensaal betraten. Dort waren sie und ihre Antwort sehnsüchtig erwartet:

»Weil sich Fróði für die Fahrt nach Ásgarðr vorbereitet, redeten wir mit dessen Gattin Gerðr. Schon dachten wir, eine schlechte Nachricht zurücktragen zu müssen. Da betrat der Wanenkönig doch noch den Saal. Ihn gewannen wir schnell für unsere Sache.«

»Schön und gut. Doch was ist mit der Miðgarðschlange?«, wollte Valderir wissen.

»Fróði sagte, dass sich diese in der letzten Zeit sehr ungewöhnlich verhalte. Seit Tagen habe sie ihr Loch in Niðafjölls Fjorden nicht mehr verlassen. Daraus ermaß der Zukunftsweise, dass von ihr momentan wenig zu befürchten sei!«

Valderirs Augenmerk fasste das Fenster. Unter dem Mondlicht schäumte das Meer. Brausend rollten die Wellenkämme von draußen heran. Bereits trugen sie das Abbild des lodernden Weltenbrandes. Viel Zeit war nicht mehr.

»Gut, dass unsere Zimmerleute das Erste der Schiffe bereits wieder seetüchtig machten«, sprach er. »Auf! Verbreiten wir die Kunde. Der weise Fróði bestimmt die Zeit, nach der der Fluchtweg verschlossen wird! Dies bedeutet, dass wir alle gerettet werden!«

Alvíss musste sich sputen. Die Nacht war bereits angebrochen und es würde mit der Dunkelheit immer schwerer, den Weg zu Nórrs Hof zu finden. Dabei wollte sie das Ziel unbedingt in der Nacht erreichen. Dann würde sie zuerst mit Nórrs Frau Kàra sprechen. Sie, Kàra, hatte sich nämlich um das Findelkind gekümmert, das der Vater der Nacht aus einem Fluss in Miðgarðr geborgen hatte. Damals ahnte noch niemand, dass Björt in Wahrheit Óðinns Sohn war. Da würden sie sogleich etwas zu reden wissen.

Streng hielt sie die Zügel. Gewandt bewegte sich das Pferd durch den Nebel der fallenden Schneeflocken. In der Ferne löste sich ein helles Geläut. Für den Bruchteil eines Augenblicks war am Himmel die Formung eines Pferdeschlittens zu erkennen. Dahinter schwebte, kaum ersichtlich, die Sichel des Mondes. Alvíss musste die Stelle finden, an welcher Nórrs Wagen die Erdgebundenheit verlassen hatte. Wenn sie die Spur des Schlittens zurückverfolgte, war es einfach, den Hof zu finden.

Tatsächlich konnte sie danach bald einen Lichtpunkt im brausenden Schneefall ausmachen. Das Fenster des Hauses, hinter welchem Nórrs Frau in ihr Nähwerk vertieft nichts vom hohen Besuch ahnte, der kurz darauf durch eine Ritze im Türholz den Raum betrat. Drinnen herrschte die Hitze eines mächtigen Rauchfangs, in dem zu dieser Zeit ein halber Wald brannte.

Kàra fuhr auf, als Alvíss‘ Gruß den Raum durchschallte. Ihre Miene erstarrte sogleich wieder. »Was sucht ein Mensch in dieser Gegend? Weiß du denn nicht, dass ich solche wie dich am Spieß brate?"

Alvíss grinste. »Ich kenne Nórr seit seiner ersten Fahrt und weiß darum, dass ihm mein Fleisch wenig schmecken würde!«

Kàra runzelte ihre Stirn. »Mein Mann ist beinahe so alt wie die Weltenscheibe, wie willst du ihn so lang kennen?«, fragte sie, ehe sie sich wieder ihrer Arbeit zuwandte. »Wer bist du und was willst du?«

»Alvíss bin ich. Ich kam, um Nórr etwas zu fragen.«

»Selbst die simpelsten Gemüter können sich denken, dass Nórr in der Nacht nicht zu Hause ist«, unterbrach die Riesin.

»Auch zu dir wollte ich. Um dir von deinem Zögling zu berichten. Du nanntest ihn Ihminen, was in meiner Sprache *Mensch* bedeutet. Heute nennen ihn seine Männer Asa Björt.«

»Ihminen«, rauschte es durch den Raum. Die baumstammlangen Nadeln lösten sich aus Kàras Händen, donnerten an Tisch und Stühlen vorbei und zersplitterten am Boden. Das Riesengesicht zierte sich mit einem sanften Lächeln. »Wie es scheint, ist aus dem Kind etwas Anständiges geworden, wenn man ihn heute sogar Asa nennt!«

Alvíss nickte. Während sie davon zu erzählen begann, stellte Kàra zwei mächtige Becher auf den Tisch und füllte sie mit einem Brand. Die Albenmutter kostete nur einmal davon, ehe sie nur noch Worte sprach, die man nicht mehr so recht deuten konnte. Ihr Verstand verlor sich …

… und kehrte erst zurück, als die Türe des Hauses aufgerissen wurde und Nórr mit der Morgendämmerung im Rücken eintrat.

»Spanne das Pferd ab und gib ihm Futter! Ich habe wieder viel Grausamkeiten gesehen, als ich über den Welten flog!«, rauschte seine Stimme durch Alvíss‘ Wahrnehmung. Während Kàra den Raum verließ, ließ sich Nórr auf den Stuhl fallen und rieb sich lange die Augen, bevor er seinen Gast bemerkte.

»Dich habe ich doch auch schon gesehen«, wunderte er sich. »Alvíss? Sag, was willst du in meiner kalten Heimat?« Er fasste den auf dem Tisch stehenden Becher, leerte ihn mit einem Schluck und sprach: »Vergib mir, dass ich so unwirsch eintrat und euer Gespräch störte. Ich hätte niemals Besuch erwartet.«

In diesem Augenblick kehrte Kàra zurück und stellte ihren Mann zur Rede: »Als ich das Pferd mit Stroh abrieb, bemerkte ich eine eitrige Wunde am Hinterlauf. Was ist geschehen?«

»In Miðgarðr schlagen die Flammen hoch hinauf! Ich konnte Hrímfaxi nicht höher leiten!«, kam die Antwort. »Wenn man doch nur etwas dagegen unternehmen könnte!«

Alvíss lächelte. »Aus diesem Grund bin ich gekommen. Ich weiß, wie der Weltenbrand zu löschen ist! Wenn du uns hilfst, wird es gelingen!«

»Wenn jemand das Weltenschicksal ändern kann, dann die Alben!«, fuhr es aus dem Gevatter. »Wie kann ich nützlich sein?«

»Der Albenkönig Oberon fand die Lösung. Mit deiner und Hræsvelgs Hilfe können wir Ägirs Töchter zum Flammenherd leiten. Bist du dabei?«, fragte Alvíss.

»Ich schon! Doch frage ich mich, wie du dir die Hilfe der Ägirstöchter sichern willst. Sie gehorchen einzig ihrer Mutter und mit der Rán ist nicht zu spaßen! Es gibt kein Wesen, mit dem man weniger reden kann als mit ihr«, antwortete Nórr.

»Es muss euch gelingen, ehe die rote Schlange die Berge am Rand von Miðgarðr übersteigt. Dort warten doch die Tiere aus Miðgarðs Auen auf bessere Zeiten!«, fuhr es aus Kàra.

»Es wird schon!«, beschwor Alvíss, ehe sie Nórr von ihren Plänen erzählte und ihm den genauen Weg beschrieb, den der volle Mond in der Schicksalsnacht zurückzulegen hatte, um das Wasser richtig zu ziehen.

Nórr nickte dabei stetig und gelobte, alles einzuhalten. Alsbald begann er zu gähnen, schloss die Augen und entschwebte wortlos in die Welten seiner Träume. Einen Moment später drang lautes Schnarchen durch Útgarðs schweres Wetter.

»Vielleicht wärst du enttäuscht, wenn du Landdísastein mit eigenen Augen sähst. Prunk und Glimmer sind dort fern«, sprach die Kriegerin in Richtung Björt.

»Dennoch muss Landdísastein über einen legendären Schatz verfügen. Sonst könntet ihr das Land doch verlassen und mit uns gegen Muspellheim ziehen. Euer Wissen wäre von großem Vorteil für uns.«

Hart blickte Björt in Richtung des vom aufflackernden Licht gefüllten Frauengesichts. Ihre Augen stachen tief in seine Brust. »Asa Björt, gerade du müsstest doch verstehen, dass wir nur Traumgestalten sind. Wir können dieses Land nur in den Träumen verlassen. Nur darin entfalten wir unsere Kräfte. Heilen, deuten, Ratschläge geben, richten, Kreaturen bekämpfen, die in den Menschen Albträume verursachen.«

»Wenn ihr sowieso nichts bewirken könnt, warum bewacht ihr dann euer Land?«, fragte Björt. »Immerhin weiß ich jetzt, warum die Muspellbrüder eure Grenzen nicht respektieren!«

»Du bist hart, Asa Björt!«, kam die Antwort. »In unserem Land können wir wohl verdrießlich sein! Wir haben einen großen Vorteil. Wir sind zukunftswissend und kennen darum die Schwachstelle jedes Gegners.«

»Doch egal, wie ihr kämpft, Surtr bleiben immer genug Männer, um seine Pläne zu verwirklichen«, bemerkte Björt.

»Das Schicksal können wir nicht ändern. Es ist vorbestimmt. Der Untergang der jetzigen Weltordnung ist der Preis, den die Götter für ihre schlechten Taten bezahlen müssen«, antwortete die Kriegerin.

»Wenn es so ist, werden wir in Muspellheim kaum siegen«, folgerte Björt. »Es ist ungerecht, wenn wir für die Taten unserer Götter bezahlen müssen.«

»Ob das Ende Ragnarokrs Untergang oder Neubeginn bedeutet, vermag ich nicht zu sagen. Vielleicht werden nur die Götter bezahlen und aus der Asche des Weltenbrandes werden sich andere Götter erheben«, antwortete sie. »Warum baute denn der zukunftswissende Fróði die Halle Gimlé? Um von dort die Weltenscheibe wieder zu besiedeln. Bedenke: Nur jenen unter euch, die am Sieg zweifeln, ist die Zukunft vorauszudeuten.«

Gelinde füllte sich das zarte Gesicht mit dem Schimmer des roten Striches, der in diesen Augenblicken in der Ferne draußen den Himmelsrand zu zeichnen begann. Das Augenmerk der Kriegerin fasste es. Sie sprach: »Die Nacht kommt zu ihrem Ende. Wir müssen zurück!«

Björts Blicke lösten sich aus dem Gesicht. Sie verfingen sich in den wenigen Flammen, die noch aus der Glut der Feuerstelle stiegen. Dann verschlossen sich seine Augen. »Werdet ihr uns nicht durch die Wüste führen? Wie sollen wir denn nach Muspellheim finden? Ich weiß doch nicht einmal, ob Surtrs Land direkt an dieses Land grenzt.«

»Am Ende unseres Gebiets werdet ihr zu einer Menschenstadt gelangen. Dort werden sich einige Männer eurem Zug anschließen. Sie kennen den Weg nach Muspellheim«, versprach die Stimme. »Beeilt euch. Die Zeit rennt euch davon. Das Land hinter euch steht in Flammen. Es ist der Weltenbrand, der euren Spuren folgt …«

Da stupste es zahm in seinen Rücken. Ein Pferd blies laut durch seine Nüstern. Schlagartig war dahinter alles mit harten Geräuschen gefüllt. Geklirre, Geklapper, Rauschen, Männerrufe. Björt öffnete seine Augen. Gleißendes Sonnenlicht füllte seine Sicht. Tiefblau schimmerte der Himmel. War etwa alles nur geträumt? Es blieb keine Zeit, darüber nachzudenken. Schon brach der Kriegszug ins Wüstenland auf.

Endlich versiegte der Sturm. Zwischen den Nebelfetzen kam das kalte Blau von Útgarðs Himmel zum Vorschein. Vöðmaðurs Augen suchten die Sonne. Er versuchte, wenigstens ein bisschen ihrer Wärme in sich aufzusaugen. Viel Zeit war nicht. Schon frischten die Winde wieder auf. Bald würde die Gegend schon wieder in der grauen Suppe der vorbeischießenden Schneekörner verschwinden. Der Blick des Hochgewachsenen senkte sich. Sonst weit voraus nur Schnee und Eis. Der Járnviðr, das Ziel, war scheinbar noch viele Tagesmärsche entfernt.

Hinter ihm stapfte das Heer. Es war geschrumpft. Längst war ihm aufgefallen, dass Jääkarhus Brüder gegangen waren.

»Die Eisbären hätten uns gut durch ihre Heimat führen können. Doch die Einzelgänger haben die Gesellschaft wohl nicht länger ertragen«, bemerkte Mirénde. »Wir können hoffen, dass Sindris Söhne diese Aufgabe übernehmen.«

Im Hintergrund erschallte Jääkarhus Lachen. »Na wo sind sie denn, Sindris Helden? Seit wir aus der Höhle traten, sah ich jedenfalls keinen mehr. Wir haben uns drei gute Gefährten angelacht. Genau die drei Zwerge, auf die kein Verlass ist.« Er räusperte sich. »Ein Glück, dass euch einer der Eisbären geblieben ist. Auch *ich* kenne mich nämlich in dieser Gegend aus.« Er sog die durch Útgarðr ziehende Luft in sich ein und ergänzte: »Das Ziel kommt näher! Noch ist es euren Nasen verborgen. Bald aber werdet auch ihr den Erzgeruch des Járnviðrs wittern!«

»Das Ziel.« Vöðmaður seufzte schwer. »In der Nacht erschien mir ein Alb im Traum. Er fragte mich, warum wir in die falsche Richtung marschieren. Männer, die große Schlacht wird nicht hinter dem Eisenwald, sondern auf der anderen Seite der Weltenscheibe, in Muspellheim, geschlagen!«

»Wir sollen verhindern, dass Surtrs Schiff nach Ásgarðr ausläuft. Darum müssen wir nach Niðafjöll«, antwortete Mirénde. »Dieses Ziel ist mindestens so wichtig, wie die Schlacht in Muspellheim. Siegen wir, kann der Feind nicht in Richtung Ásgarðr aufbrechen.«

»Wie willst du denn nach Niðafjöll?«, fragte Vöðmaður. »Ich stand bereits an der Grenze zum Land der Toten. Ich weiß es nicht nur vom Hörensagen, dass kein Lebender über die Brücke Gjallarbrú treten kann.«

»Es ist die uns von den Göttern zugewiesene Aufgabe. Darum wird sich uns eine Möglichkeit bieten, schätze ich«, antwortete Jääkarhu. »Wie auch immer – Niðafjöll ist Zukunft. Wir müssen uns zunächst der Gegenwart stellen: Das bekömmliche Wetter wird bald vorbei sein. Der nahende Sturm wird noch stärker als der, den wir zuletzt erlebten. So viele Reifriesen zusammen habe ich noch nie gewittert!«

»Dann sollten wir davor noch unsere Lager richten!«, fuhr es aus Mirénde. »Jääkarhu, bestimme einen guten Ort und leite alles in die Wege!«

Während sich der ortskundige Jääkarhu auf den Weg machte, blieb Mirénde stehen und ließ das ganze Heer an sich vorbeimarschieren. Sein Blick durchstach die über den Boden peitschenden Vorboten des Sturms immer tiefer. Er hatte etwas gesehen, was ihn beunruhigte. Er stutzte. Ein rotbrauner Schimmer? Er sah aus wie ein Fuchs. War es denn möglich? Tatsächlich.

Zielgerichtet sprang ihm das Tier entgegen. Auf seinem Rücken thronte ein lebhaftes Augenpaar und eine wohlbekannte Stimme rief: »Keine Angst! Diese Bestie ist in Wahrheit zahm. Sie will uns auch begleiten!«

Mirénde staunte. »Myrkur? Erst zweifelte ich an euch Sindrissöhnen. Ich dachte, ihr hättet uns wieder verlassen. Was ist mit Eldrauður und Kvöl?«

»Sie sind noch immer übel gelaunt, weil du ihre Münder verschlossest. Es ist nicht verwunderlich, wenn sie nicht neben dir marschieren wollen«, bemerkte Myrkur.

»Mein Zauber wird bald verfliegen«, antwortete Mirénde.

»Sie werden uns schon nicht abhandenkommen«, sprach Myrkur. »Sindris Söhne sind ausgezeichnete Fährtenleser. Sie vermögen die Spuren eines Heeres selbst Tage nach einem Sturm zu deuten!«

Mirénde nickte, während er sich neben dem Fuchs in Bewegung setzte. »Gute Fährtenleser seid ihr Zwerge also! Dazu weiß ich, dass ihr allerlei Zauberkram schmieden könnt und dass ihr viele der großen Bauwerke schuft. So, wie ich euch erlebte, werdet ihr jeweils große Feste gefeiert haben, wenn ihr von eurem Tagwerk zurückgekehrt seid! Doch habt ihr vermutlich nicht regelmäßig Þing gehalten. Sonst wärt ihr vielleicht vom Schicksal eines Muspellangriffs verschont geblieben.«

»Natürlich haben wir jeden neunten Tag ein Þing gehalten«, antwortete der Zwerg. »Nicht nur einmal hat uns dabei einer der Alben besucht und uns davor gewarnt, dass der Feind nach unserem Wissen trachte. Er würde angreifen und es war an uns, zu verhindern, dass die Muspellbrüder eines Tages so gute Waffen wie die Götter ihr

Eigen nennen konnten. Schwer fiel es uns nicht, uns etwas auszudenken. Als der Angriff der Riesen absehbar wurde, hatten wir an einem fernen Gestade ein Waffenlager ins Gestein gebohrt. Dorthin brachten wir unser wertvolles Geschmiede, das Rüstzeug voller Kunst und Magie. Zurück blieben nur schlechte Erze, mit Rost durchwobenes Bruchgestein, woraus sich nur fehlerhafte Panzer schmieden ließen. Jedes Schwert, jeder Schild, den man daraus fertigte, würde mindestens einen Schwachpunkt aufweisen.«

»Und wo sind diese Lager? Wir könnten eure Schwerter gut gebrauchen«, sprach Mirénde und fuhr sich mit der Hand durch den Bart. Sein eigenes Seufzen holte ihn schnell wieder aus den Gedanken: »Gehört dieser feurige Blick dort vorne nicht dem Störenfried Eldrauður? Dann fehlt nur noch einer!«

»Vor ihm solltest du dich besonders in Acht nehmen! Er wird sich grausam für deinen Zauber rächen«, rauschte Myrkurs Stimme durch den aufgekommenen Sturm.

Vöðmaður hatte mit seinen Bedenken recht gehabt, doch außer ihm ahnte niemand, dass der entbehrungsreiche Marsch nach Niðafjöll sinnlos war. Nichts konnte Naglfars Fahrt mehr verhindern. Es hatte den Fjord längst verlassen. Ásgarðr war beinahe schon in Sichtweite. Nun aber, da der Adler seine Besinnung wiedergefunden hatte, hatte es sich keinen Fußbreit mehr bewegt.

Dies war der Grund, warum Loki an diesem Tag durch den Fjord zum Loch der Natter hinunterstieg und den Schlaf der Schlange, die Kräfte für ihren Kampf gegen ihren Todfeind Þor sammelte, störte. Es gab Arbeit für sie. Kriegsvorbereitungen. Jörmungandr sollte das Schiff nach Ásgarðr ziehen.

Kurz darauf bewegte sich ihr Kopf zwischen den Wellentälern. Im Gegensatz zu Naglfar musste die Miðgarðschlange keine der Strömungen fürchten. Fröhlich jauchzte es während der Fahrt die ganze Zeit zwischen den silbernen Schlangenschuppen hervor. Doch fanden Lokis Hochgefühle ein jähes Ende. Als die Bewegungen der Schlange verstarben, erhob sich Loki und konnte es kaum glauben: Vor seinen Augen verschloss ein Portal den Durchgang zwischen den beiden Welten. Óðinns Zauber hatte es verschlossen. Wollte er daran vorbeikommen, musste er zuerst ein Rätsel lösen.

Jörmungands Leib drückte sich in die Fasern des Felsens, der sich links und rechts davon in die Lüfte erhob. Die Schlangenschuppen rasselten über den Stein. Der Natternkopf schwebte hinauf, um Surtrs Gefolgsmann eine gute Abstiegsstelle zu bieten. Dessen Blicke begannen sogleich, in jeder Felsenritze nach einem Hinweis oder einer Schwachstelle des Zaubers zu suchen. Da hallte ihm plötzlich ein schmählicher Ruf entgegen. Ein Reifriese stellte sich ihm kampffordernd in den Weg.

Der zornigen Fratze stellte Loki seine eigene entgegen. Der schmächtige Günstling Surtrs war dem kalten Gegner mindestens ebenbürtig, falls er es tatsächlich zum Kampf kommen lassen wollte. Als dieser sein Schwert zog, begann Loki zu spotten: »Schlimm muss es um die Heimat der Jöten stehen, wenn sich die Reifriesen, statt unter ihrem Gletscher, auf Berggipfeln verstecken!«

»Sollte es denn tatsächlich stimmen, was man sich über Loki erzählt, nämlich, dass er der größte Schalk von allen ist?«, erwiderte der Wächter.

»Und wenn schon. Heute ist mir nicht nach Spaß! Öffne das Tor! Ich will mit meiner Tochter nach Ásgarðr heim, um mich mit meinen Brüdern auszusöhnen und in Vaters Heer gegen die Muspellbrüder zu kämpfen«, kam die Antwort.

»Deine Reise ist sinnlos!«, fuhr es ihm spöttisch entgegen. »Jeder weiß doch, dass deine Brüder dir nur dann verziehen, wenn du an Balders Seite heimkehrst!«

»Du musst mir öffnen, weil ich ein Wunschsohn Óðinns bin!«, befahl Loki.

»Matt ist dein Augenglanz, grau deine Mundwinkel. Die Wahrheit ist: Dein Blut ist von Surtrs Gift durchsetzt. Heute bist du Surtrs Wunschsohn!«, kam die Antwort. »Schade ist's um dich, Freiheitsliebender. Unfreier als heute warst du nie. Nie wirst du von mir oder einem anderen der Wächter eine andere Antwort hören als diese: Niemals wirst du auf deinem Wurm durch dieses Portal reiten!«

»Viel lag mir daran, den Kampf zu vermeiden. Doch da du mir mein Recht verwehrst, musst du dich nun mit dem Schwert beweisen!«, fuhr es aus Loki. Der Schlag der Feuerpeitsche brachte die Luft zum Erglühen.

»Schon erzittere ich gleichermaßen vor Furcht, wie du vor Kälte schlotterst!«, lachte der Riese. »Vor deinem Glutfaden wird mir nicht bange. Wie willst du damit gegen einen Unsterblichen siegen? Ein guter Kampf steht uns bevor!«

»Mögen die Wesen Jötunheims schwer zu bekämpfen sein – für unsereiner gilt dasselbe! Nie gelang es einem von euch, einem Günstling der Götter zu schaden! Dies wird sich auch heute nicht ändern!«, schrie Loki.

Die Glut der Feuerpeitsche schlug aus dem Nichts heraus. Die Luft begann zu zischen. Unermüdlich wurde sie mit weißen Streifen durchstrichen. Gelächter schallte von allen Seiten heran. Wie sehr sich Loki auch bemühte, der Reifriese wich jedes Mal aus. Und wenn die Schnur der Peitsche Schild oder Rüstung des Reifriesen dann und wann auch gefährlich traf, so schloss sich der Spalt im Bruchteil eines Momentes wieder.

»Niemals wirst du auf deinem Wurm durch das Portal reiten!«, wiederholte der Riese.

»Dies ist noch nicht bestimmt!", fauchte Loki.

Unerbittlich zog sich der Kampf in die Länge. Die Kontrahenten ließen sich weder durch Erschöpfung noch durch Wunden zeichnen. Endlich hatte Lokis Peitschenschlag Erfolg. Der traf den Schild des Reifriesen dermaßen ungünstig, dass dieser in tausend Teile zersplitterte. In der dadurch entfachten Wut stieß der Reifriese Loki das

Schwert bis zum Anschlag in die Brust. Loki schrie. Doch kaum war die Klinge zurückgezogen, war die Wunde wieder verschlossen und der Kampf tobte weiter.

»Gib Acht, Unsterblicher! Ich werde deinen Kopf so weit über den Tellerrand der Weltenscheibe hinweg werfen, dass deine Augen nicht mehr sehen werden, durch welches Land dein Körper wandelt«, zischte der Riese. Loki lachte innerlich. Mit diesen Worten hatte ihm sein Feind verraten, wie dessen Leben zu beenden war. Da traf die Wucht des Riesenschwerts die Feuerpeitsche. Sie flog weit ins Meer hinaus und verdampfte in den Wogen. Schon freute sich der Riese, Loki mit dem nächsten Schlag zu köpfen. Doch der hatte dies in seiner Klugheit längst vorausgesehen und sich darauf vorbereitet. »Fürchtest du Lokis Waffe nicht, so fürchte seine List!«, hohnlachte er. »Dachtest du wirklich, ich verlasse mich auf Surtrs Geschenk?« Er fasste in seinen Beutel. Feinstes Salz verstob in der Luft. Wie Messerspitzen durchstachen die Körner Augen und Haut des Gegners. Das Schwert schlug klirrend in die Felsen, als dieser sich schmerzverzerrt das Gesicht rieb.

»Immer wird man sich von Loki erzählen, dass er ein schlechter Kämpfer sei!«, fluchte er.

»Lieber ein schlechter als ein kopfloser Kämpfer«, antwortete Loki ruhig, während er das durch den Kampf arg verbeulte Eisschwert aus den Steinen hob. »Was man sich auch erzählen wird, niemand kann behaupten, ich hätte es nicht auch im Guten versucht!«, schallte seine Stimme höhnisch dem Schwertschlag voraus, der herniederfuhr, um dem Gegner den Kopf abzuschlagen. Schwer hob Loki am Eisklumpen, der das Gesicht des Reifriesen auf sich trug. Weit warf er ihn in die Fluten hinaus.

Wie Jääkarhu es vorausgesehen hatte, überzog sich Útgarðr noch vor der Nacht mit einem schweren Sturm. Eine breite Heerschar von Reifriesen überschritt darin das Land. Sie witterten Opfer, doch fanden sie keine. Die Männer hatten sich rechtzeitig tiefe Löcher in den Schnee gegraben. Gemütlich war es nirgends, doch wenigstens konnten sie auf diese Art überleben.

Als in der Nacht das Tosen endlich abflaute, entstieg einer der Zwerge dem Untergrund, um sich seiner Notdurft zu entledigen und sich über Mirénde zu ärgern, der ihm den Mund verschlossen hatte. Wie breit war sein Lachen, als er merkte, dass die Nacht den Zauber gebrochen hatte. Um seine wiedergewonnene Freiheit auszukosten, begann er sogleich, herumzutoben und zu brüllen. Das Lager füllte sich mit dem Lärm seiner Worte, als er rief: »KOMMT SCHON, IHR SCHNARCHER! IHR MAULHELDEN! AUF! HEUTE ER-OBERN WIR SINDRIS PALAST ZURÜCK!«

Während sich im Untergrund ein Raunen löste, begann es in der Ferne zu knistern.

»Zauberer! Eldrauðurs Rachen ist wieder erwacht!", hallte es von irgendwoher.

»Das höre ich!«, hörte man Miréndes Stimme. »Und nicht nur ich! Zu den Waffen! Die Muspellbrüder greifen an!«

»Die Muspellbrüder?«, frage Vöðmaður. »Sind denn alle Welten derart von Surtrs Brut überflutet, dass sie uns selbst in Útgarðr aus dem Nichts heraus angreifen können?«

»Der salzige Geruch der Luft verrät mir, dass diese Brüder vom Meer her kamen!«, antwortete Jääkarhu. »Ihr Meister hat ihnen wohl geheißen, Naglfar wieder zu verlassen und uns am Rand des Járnviðrs aufzulauern.«

»Dann bleibt uns wenigstens die Überquerung des Flusses Gjöll erspart«, seufzte Vöðmaður.

»So ist es! Diese Nacht wird schwer, doch geht keiner unserer Toten darin zur Hel. Alle werden sie Óðinns Halle Walhall betreten und der Walvater wird stolz auf sie sein«, kam die Antwort.

Geisterhaft wurden die von allen Seiten heranschwebenden Schneewehen von schwarzen Umrissen durchbrochen. Der, der sie erblickte, hatte sein Leben meistens verwirkt. Den aus der Finsternis stechenden Schwertern war nur wenig entgegenzusetzen.

Der Boden wurde mit Innereien überflutet. Der Schnee begann zu dampfen, weil so viel Blut aus den Wunden floss. Es stank mit der Zeit entsetzlich nach Tod und Schlacht. Erst als sich der Rand des Horizonts mit dem Morgenschimmer füllte, konnten die wenigen Überlebenden an Gegenwehr denken.

Nun, da sich Mirénde die Wahrheit nicht mehr verhehlen konnte, fiel er mit schmerzverzehrtem Gesicht auf die Knie und rief: »So will ich es mit Zauber versuchen!

Seid ermahnt, es wird nicht leicht – zuerst für mich und dann für euch!« Er streckte seine Arme zu beiden Seiten aus, um Himmel und Erde zu beschwören. Einen Augenblick später wurden die Winde stärker. Sie wurden zu einem Sturm, zum Gegensturm, der durch die anströmenden Feindesreihen fegte und im Wald dahinter sogar gestandene Bäume zu knicken vermochte. Es war schwer, gegen diese Kräfte anzukämpfen. Die davon zu Boden geworfenen Muspellbrüder hatten Mühe, sich wieder aufzurichten. Útgarðs Eis begann, sie augenblicklich zu umwinden. Danach ging es unerwartet schnell. Die Schwerter des stark dezimierten Heeres trafen endlich ihre Ziele. Bei Skinfaxis Himmelssprung war der letzte der Angreifer tot und von glitzerndem Reif überwachsen.

In deren Mitte sank Mirénde kraftlos zusammen. Sein Lebensmut erlosch. Jeden Augenblick schien seine Haut mehr zu verblassen. Sein Blut zog sich immer mehr in die Tiefen seines Herzens zurück.

Mit sorgenverzerrtem Gesicht sank Jääkarhu neben ihm in den Schnee hinunter und wusste nicht, wie diese Entwicklung zu stoppen war. »Vieles werden wir heute verlieren!«, hauchte er, während er den Zauberer in seinen Fellumhang einbettete.

»Nichts werden wir verlieren, Jääkarhu«, wisperte der Sterbende scheinbar mit letzter Kraft. »Weißt du denn nicht, dass keiner der

Gefallenen nach Niflhel gerufen wurde? Sie werden alle auf dem Vígríðfeld in Óðinns Streitmacht kämpfen. Óðinn will auch mich unter den Seinen stehen sehen!«

»Richtig! Die toten Krieger ziehen nach Walhall! Doch nur die Kampftoten. Du aber erliegst der Erschöpfung! Du gehst zur Hel«, fuhr es aus Vöðmaður. »Stehe auf, Zauberer! Du hast deinen Dienst noch nicht vollbracht!«

»Seltsam! Mir scheint, dieses Feld werde gerade von dickstem Dunst übergriffen! Bald wird man seine eigene Hand vor Augen nicht mehr erkennen«, hallte Jääkarhus Stimme heran. »Nie zuvor erblickte ich Nebel in dieser Gegend! Was kann das bedeuten?«

Tatsächlich überkam weißer Dunst das Land und erfasste alles, was er ergreifen konnte. Darin ein Pferderäuspern. Erhaben zeichnete sich im Schatten der Umriss eines Tieres. Jääkarhu glaubte, im Sattel darüber Alvíss zu erkennen. Ehe er ihren Namen rufen konnte, löste sich dies alles wieder auf. Der Nebel, Alvíss und auch Mirénde verschwanden.

Er verstand. Ehrfürchtig schwebte sein Blick über den fernen Wald hinweg in Richtung Miðgarðr. »Die besten Heiler werden sich seiner annehmen«, hauchte er. »Wir hingegen bleiben in Útgarðr und müssen uns für den Weitermarsch vorbereiten. Leichter ist es nicht geworden, nun, da uns mehr als das halbe Heer und Miréndes Beistand fehlt.«

»Auch Eldrauður ist verschwunden«, stellte Vöðmaður fest. »Dabei wollte ich ihn nicht mehr aus den Augen lassen, damit er nicht noch mehr Unheil anrichten kann!«

Jääkarhu stöhnte leise auf: »Will hoffen, dass wir auf unserem Marsch von ihm und Kvöl nichts mehr sehen und hören werden! Nicht, dass uns einer der beiden noch einmal in Bedrängnis bringt!«

Inzwischen hatte Alvíss die Ruine der Albenburg erreicht. Zwischen den brandgeschwärzten Mauern des Thingsaals hob Oberon den sterbenden Miréndе vom Rücken des Pferdes. Von Ruß gezeichnet ächzte der Albenkönig: »Es wird nicht einfach, Niðhögg' von ihm fernzuhalten.«

»Noch fließt das Blut! Noch hat Náströnds Ungeheuer nicht gewonnen!«, antwortete Alvíss, während sie sich zu Mirénde hinuntersenkte, seinen Kopf in ihren Schoß legte, mit ihren Fingern durch seine Haare strich und leise flüsterte: »Mag Feld und Furt in Flammen stehen, dies schreckt mich wenig! Doch schlecht dünkt mich, wenn einer unserer Feldherren uns im Stich lässt, weil er nach Niflhel reisen will. Wie soll sein Gefolge durch den Schwerterwald finden, wenn er sie nicht führen will?«

»Wer ist der Feldherr, der seine Pflicht vergaß? Und wer bist du?«, hauchte es aus Miréndes Kehle.

»Du bist der Feldherr und ich bin Alvíss, die Mutter der Alben. Großes Vertrauen besteht zwischen uns! Spürst du es denn nicht mehr?«

»Alvíss? Dieser Name sagt mir nichts«, wisperten die zittrigen Lippen im weißen Gesicht.

»Auch wenn die Burg in Flammen stand, verlor ich nichts. Doch viel werde ich verlieren, wenn du, Bundesbruder, mich verlässt!«, hauchte es aus Alvíss' Mund.

»Warum vertrautest du dem Fleisch? Jedes Fleisch hat Niðhöggr zu fürchten«, hauchte der Mund des Sterbenden.

»Fleisch und Blut mag dem Niðhöggr gehören! Das Wort jedoch nicht! Der Drache vermag niemals zu löschen, was ich vor zahllosen Sommern auf Yggdrasils Borke las: *Den Menschen zum Wohle, bis der Kampf beendet ist!* Weißt du noch, wer dies ritzte?«, fragte Alvíss.

»Der Drache vermag es nicht zu löschen, aber das Feuer!« Mirénde versuchte, seine Augenlider zu öffnen. »Lange ist es her, da ging es der Esche gut. Nun aber nicht mehr, weil Miðgarðr brennt. Die Borke, auf der alles geritzt ist, wird verglühen. Im rauchenden Geäst darüber werden sämtliche Worte ungesagt und die Verbindungen zwischen den Völkern werden brechen! Es ist um das Erbe der Götter geschehen. Ragnarokr wird zu einem schlechten Ende kommen!«

»Sind das die Worte, mit welchen Niðhöggr deinen Widerstand brach?«, fragte Alvíss. »Es ist noch nicht zu Ende und was nicht zu Ende ist, ist nicht bestimmt! Wir brauchen dich. Nur du verfügst über die Erfahrung, deine Getreuen zum Sieg zu führen! Das Ende ist nur dann bestimmt, wenn du das Heer verlässt.«

»Weiß der Drache denn, dass er hungern wird, wenn der Feuerdämon den Kampf gewinnt?«, fuhr es aus Oberon. »Surti will die Weltenscheibe nach seinen eigenen Vorstellungen gestalten. Schwarz wird sie sein. Kalt und ohne Leben!«

»Noch ist Yggdrasils Astwerk feucht. Die Borke ist warm, doch glüht sie nicht«, setzte Alvíss dem zu. »Du musst Niðhögg‘ beschwören. Ohne dich ist es um alles geschehen. Sammle deine Kräfte! Nie vergisst ein Kriegsherr seinen Schwur!«

Mirénde hustete. »Alvíss? Nun erinnere ich mich.

Ja, es waren die Worte des Niðhöggr. Ihm glaubte ich, denn der Totendrache ist ein alter Freund von mir. Er hat mir zehnmal mehr Sommer als jedem anderen Menschen vergönnt. Heute kam er, um mir zu sagen, dass die Zeit auch für mich zu einem Ende kommen will.«

Die bleichen Lippen begannen, sich wieder mit Blut zu füllen. Die Worte wurden klarer, als er scherzte: »Schlimm muss es um das Schicksal der Welten stehen, wenn die Alben der Hilfe eines Toten bedürfen! Dank deiner Ermahnung hat mir der alte Niðhögg‘ noch ein letztes Menschenleben zugestanden!« Ein Schatten wich aus der Burgruine.

»Ich habe dich nur an deine Plicht erinnert!«, antwortete Alvíss.

»Wohl war es mehr!«, lächelte Mirénde verschmitzt. »Dies jedenfalls erahne ich, wenn ich in deine Augen schaue!«

Alvíss versuchte, Miréndes Blicken auszuweichen. »Ja, ich musste daran denken, dass auch du vor nicht allzu langer Zeit einen von uns gerettet hast.«

»Ich habe Finar nie gerettet«, sprach Mirénde und begann, darüber zu rätseln. »Etwa Ekkert?« Da fiel es ihm wie Schuppen von den Augen. »Er trägt ja die Waffe, die Surtr töten wird! Tatsächlich! Nicht Finar, *er* wird die Pflicht der Alben erfüllen! Dabei ahnt er nichts davon, dass er einer deiner Gefolgsmänner ist!« Ein frohes Lachen zeichnete seinen Bart. »Wie freut es mich, dass die Alben, aller Unkenrufe zum Trotze, doch an vorderster Front kämpfen!«

»Dies soll unter uns bleiben!«, mahnte Oberon. »Wir Alben können unsere List nur dann erfolgreich einsetzen, wenn sie nicht bekannt ist!«

Mirénde hob seinen Kopf aus Alvíss' Schoß. »Natürlich bleibt es geheim! Was denkst du denn von mir?« Dann wich seine Gelassenheit. Sein Blick bohrte sich noch einmal tief in die Augen der Albenmutter, ehe er bemerkte: »Gutes hast du heute geleistet! Doch frei bist du nicht. In deiner Seele sehe ich eine schwere Sorge. Nun frage ich mich, ob die Vorsehung mich an diesen Ort führte, damit ich euch vielleicht helfe?«

Alvíss seufzte schwer, ehe sie darauf antwortete: »So ist es. Ich muss zur Rán! Zur Räuberin! Ich brauche ihre Hilfe, um den Weltenbrand zu löschen. Wenn du einen Rat weißt, so sage ihn mir. Wie komme ich zu ihrer Burg? Ich muss mit ihr verhandeln.«

Mirénde überlegte einen Augenblick und sprach dann: »Wirf mich ins Meer! Ich beherrsche einen Zauber, der mich tot erscheinen lässt! Wenn die Räuberin aus den Tiefen taucht, um meine Seele zu holen, wird sie dich zu ihren Sälen hinunterführen. Gib mir davor noch etwas Zeit, mich zu erholen. Ich bin noch nicht stark genug, um diese Aufgabe zu meistern.«

»Du musst zu deinem Heer zurück! Deine Männer brauchen dich!«, antwortete Alvíss.

»Dies werde ich für Mirénde tun! Ich gehe an seiner Stelle nach Útgarðr, um das Heer zu führen«, sprach Oberon. »Nicht umsonst bezeichnet man mich seit jeher als besten Kenner des Eisenwaldes.«

»Du wirst den Männern ein gewaltiger Vorteil sein!«, erkannte Mirénde an. »Du wirst ihnen die Stelle zeigen, an der sie den Totenfluss überwinden können. Oder haben wir etwa das ganze Feindesheer schon erschlagen?«

»Eure Arbeit war wertvoll und gut. Leider ist Surtrs Schiff bereits nach Ásgarðr unterwegs. Dies waren nur die Kämpfer, die keinen Platz mehr darauf fanden«, sprach Oberon.

»Dann sollten wir uns beeilen!«, fuhr es aus Mirénde. »Wenn es so oder so zur Schlacht kommt, darf nicht noch das Feuer die Asen schwächen!«

»Du sagtest, du musst dich erholen, und auch ich muss noch anderes erledigen«, sprach Alvíss. »Ehe die Ägirstöchter die Felsen des Ufers umspülen und den fruchtbaren Schlamm und Schlick vom Grund des Meeres über dem Festland verteilen, muss ich die in Miðgarðr verbliebenen Sippen in die Halle Gimlé bringen.«

»Dies richten die weisen Frauen von Landdísastein«, wusste Mirénde. »Die Geister der guten Träume sollen den Menschen die rechten Wege weisen! Die Pläne dazu sind längst erdacht!«

Sage mir, wo sind die Hunde, die sich überall herumtreiben?

Seg mér þat, Fjǫlsviþr! es ek þik fregna mun auk ek vilja vita:
Hvat þeir garmar heita, es gǫrþum fyrir lyndi lymsku rata?

Sage mir das, Fjölsviðr, was ich dich fragen will und zu wissen wünsche:
Wie heißen die Hunde, die sich so niederträchtig hier herumtreiben?

Was gibt es Neues bei den Asen?«, hallte es aus Fróðis Bartgesicht, als er die Plattform von Ásgarðs Wachturm betrat. Heimdall, der im Zierwerk der Zinnen saß und den Tag damit verbrachte, mit seinem Schnitzmesser an einem Stück Treibholz zu ritzen, zuckte mit den Schultern. »Lang war mir bang, da ich das Schiff der Muspellbrüder durch die Meerenge segeln sah. Mehr als einmal wandte ich mich daraufhin an Óðinn und fragte ihn, warum das Portal zwischen den Welten denn nicht verschlossen sei. Er sagte es mir nicht. Ich verstand es erst, als ich dein Schiff Skíðblaðnir anlegen sah. Heil dem Asenvater. Ich hätte nie an seinen Plänen zweifeln dürfen! Er hat das Tor so spät verschlossen, weil wir ohne eure Krieger nicht siegen können!«

»Es hat sich alles gefügt und wurde, wie es sein muss.« Fróði räusperte sich. »Óðinn hat dir nichts verraten, weil er überall Spione befürchtet. Jedes ungesagte Wort ist ein gutes Wort. Selbst eine Fliege kann Surtr unsere Geheimnisse verraten.«

»Mein Vertrauen wird in dieser Zeit mehr als nur einmal auf die Probe gestellt«, sprach Heimdall. »Es ziehen Feinde aus allen Himmelsrichtungen zu unserer Stadt. Unlängst sah ich zwei kalte Riesen in den Felsen des Portals. Falls die Reifriesen an der Seite der Muspellbrüder kämpfen, wird es schwer für uns. Was weißt du darüber, mein lieber Freund? Du hast doch Freunde in allen Welten.«

Fróði schmunzelte. »Diese beiden Riesen stammen aus der Leibwache meiner Frau! Als Tochter des verblichenen Reifriesenkönigs verfügt Gerðr nämlich noch über ihr altes Gefolge. Ich selbst wies die beiden an, sich jedem entgegenzustellen, der das Portal aufstemmen will.«

»So ist das!«, fuhr es aus Heimdall. »Schon zweifelte ich an meinem Bauchgefühl, da ich Loki in den goldenen Felsen gegen einen Reifriesen kämpfen sah! Da dachte ich für einen Moment, dass der Schäkerer sich nun wieder mit uns verbrüdern wolle. Nun aber weiß ich es eindeutig: Nicht die Reifriesen, sondern Loki will an Surtis Seite zur Schlacht erscheinen!

Schon wieder verstehe ich den Allvater nicht. Er, der Zukunftswissende, verbot mir nämlich, diesen Bastard zu töten. Warum sah dies Óðinn nicht voraus? Ist der schmächtige Blender denn ein derart geschickter Betrüger?«

»Vielleicht will er es nicht wissen.« Fróði blickte Heimdall scharf entgegen. »Von uns Wanen ist bekannt, dass wir unseren Todeszeitpunkt bis auf den Tag genau wissen. Dies ist kein Segen, sondern ein Fluch. Óðinn sieht dies genauso. Vielleicht will er deswegen die Wahrheit nicht sehen. Andererseits … weiß der kluge Loki sehr wohl, dass Óðinn der einzige Freund ist, den er noch hat. Wer weiß. Möglicherweise wird alles anders, als wir es vermuten.«

»Du meinst also, dass von Loki am Ende doch noch Gutes zu erwarten sei? Und warum führt er seine Kinder, Fenrir und die Miðgarðschlange, zur Schlacht? Sei besser auf der Hut, so wie ich es bin. Diese sind ganz bestimmt keine Freunde«, antwortete Heimdall.

Fróði schaute ihm fragend entgegen.

»Auf wem ist Loki denn zum Portal geritten? Auf der Natter! Warum fährt der Sonnenwagen täglich auf einer anderen Bahn? Weil Fenrir das Sonnenpferd nicht mehr treibt!«, antwortete Heimdall.

»Genug der schlechten Kunde. Schweige nun besser«, seufzte Fróði. »Wir können noch versuchen, gegen das Schicksal anzukämpfen. Einfach wird es nicht, weil die Schlacht Ymirs Rache ist.«

Heimdall stutzte. »Ymirs Rache? Der Urriese ist doch schon lange tot. Aus seinem Leichnam schlugen wir die Welten. Warum und wie soll er sich jetzt noch rächen?«

»Einfach kann ich nicht erklären, was mir alles an den zahllosen Sommerabenden, die ich denkend in meinem Saal verbrachte, durch den Kopf ging«, sprach Fróði. »Am Ende war ich mir in einem sicher: Der Dämon Surti ist der personifizierte Hass, den Ymir im letzten Augenblick seines Lebens verspürte. Er ist Ymirs Rache und es ist seine Lebensaufgabe, das Zeitalter von uns Göttern zu beenden! Ein Glück, dass wir Kraft, Männer und Waffen besitzen, von welchen der Dämon nur träumen kann. Ich zum Beispiel habe ein Schwert, das von selbst kämpft!«, lachte er, worauf ihm ein kalter Blitz durch sein Herz schoss.

»Und das dazu noch unsichtbar ist!«, staunte Heimdall ehrfurchtsvoll.

»Mein Schwert …«, hallte es aus Fróðis Bart, »es ist … es muss … Ich hatte es meinem Diener Skírnir geliehen … damit er für mich der Gerðr imponierte! Wohl hat der Getreue es zurückgebracht, doch da ich seit jeher Kämpfe meide, hing es seither nie mehr an meinem Gurt!

Skírnir! Schnell! Hole mir mein Schwert in meinem Palast! Sonst bin ich im Kampf recht hilflos zugegen!«, rief er vom Turm zu seinem Diener hinunter, der inmitten der Einherier stand.

»Du musst dir ein Schwert von uns leihen. Skírnir kann nicht zurück. Das Tor zwischen den Welten muss von heute an verschlossen bleiben! Wenn wir es für deinen Diener öffnen, werden Loki und seine Tochter unser Land erreichen!«, antwortete Heimdall.

»Gullinbyrsti wird statt dem Schwert meine Waffe sein!«, fuhr es aus Fróði. »Seine Muskeln sind hart wie Eisenerz, die Hauer scharf wie Messer und das goldene Fell ist so dicht, dass keine Lanze den Weg in sein Fleisch findet. Und er gehorcht dazu noch besser als mein Diener. Er wird jedem den Tod bringen, dem ich damit drohe!« Der goldene Eber neben ihm gab grässliche Laute von sich.

»Man wird mich nicht durch das Portal lassen!«, schallte Skírnirs Stimme währenddessen von unten.

Da rief Fróði in Richtung Walhall: »Möge Muninn heute noch meine Anweisung zu den Wanen tragen, dass das Schwert, das von selbst kämpft, dem Alben Oberon zuzuführen ist, weil der gute Freund das Erbe seines Volkes in einer Burg ohne Wehrmauer zu verteidigen hat!«

Ein lautes Flattern durchrauschte das Himmelszelt.

Brodelnd rauschten die Flammen aus allen Richtungen zu Surtrs Burg hin. Die Hitze sog sie durch die Säle und Gänge und spie sie darüber aus den Schotten des Daches ins leuchtende Gewölk hinauf. Kaum vernehmbar erschallte darunter die Stimme des Dämons. Schwach war sie, weil sie Sinmara von Schmach und Pein berichtete: »Hörst du den Spottgesang der Asen? Zu früh erinnerte sich Hræsvelgr seiner alten Schwüre. Naglfars Fahrt ist abgebrochen. Nun bin ich froh, dass du den magischen Wind erschufst. Er soll die Segeltücher wieder füllen. Die Schlacht in Ásgarðr muss endlich beginnen.«

Der Glanz in Sinmaras Augen verblasste. Sie antwortete: »Fimbulthul entwickelt sich erfreulich und gerne hätte ich den Wind geschickt. Doch nun, da das Portal zwischen den Welten geschlossen wurde, lässt sich Ásgarðs Meer einzig durch die Adlerfedern beeinflussen.«

Scheinheilig lachte sie auf. »Was schert dich Ásgarðs Spottgesang? Der Schalk Laufeyjarson ist Fróðis Schiff durchs Tor gefolgt. Seine Schlange wird Naglfar nach Ásgarðr ziehen.«

»Es ist sinnlos, zu versuchen, mich gegen ihn aufzuhetzen! Er bot mir einen hieb- und stichfesten Treuebeweis!«, fuhr es aus Surtr. »Er reiste mit Surtalogi hinter den Gletscher und entzündete dort den Weltenbrand! Ein Verräter hätte das Schwert den Asen als Versöhnungsgeschenk gebracht!«

»Lange dauerte es, bis auch ich verstand, warum man sich von Loki erzählt, dass er der Hochmeister der Täuschung sei«, hauchte Sinmaras honigtriefende Stimme. »Auch wenn er mit unseren Männern aufs Vígríðfeld zieht, steht er doch niemals für dich. Er steht aber auch nicht für die Asen. Er steht für niemand anderes als für sich selbst. Mag der Listenreiche nun für uns ein Vorteil sein, so ist er es nur so lange, wie das Kriegsglück auf unserer Seite steht. Wendet es sich, wird er sich wieder für die Asen verrenken. Am Ende hat er das gleiche Ziel wie du. Er will der Hochgott der Welten werden. Magst du dir heute in ihm sicher sein, wird er dir nach dem Schlachtsieg wie ein schleimiger Aal aus den Fingern gleiten.«

»Dein Intrigenspiel ist mir zuwider«, fuhr es aus Surtr. »Auch wenn du dann und wann von mir denkst, selbst eine Fliege hätte mehr Gehirn als ich, ist mir von Anfang an klar gewesen, dass ich mein Ziel nur mit seiner Hilfe erreichen kann. Der Bund mit ihm bietet mir Jörmungandr mit ihrem Hass auf Þor sowie den Fenriswolf und dessen Nachkommen. Und die Hel wird dafür sorgen, dass Balder, der das Kriegsglück vielleicht noch wenden könnte, nicht doch irgendwie aus dem Totenreich entkommt. Mag er mir nach dem Sieg wie ein schleimiger Aal aus den Fingern gleiten, dies ist mir einerlei, denn nach der Schlacht erlischt mein Lebenssinn. Aus diesem Grund ist er kein Feind. Darum habe ich mehr vor dir als vor ihm zu befürchten.«

»Die Schlacht ist noch nicht geschlagen! Wenn es doch so einfach wäre!«, antwortete Sinmara. »Du vergisst, dass noch viel Unvorhergesehenes geschehen kann. Ich ermahne dich, die Asen sind nicht unsere einzigen Feinde. Sind denn die Alben schon besiegt? Ihre List hat schon manches verhindert.

Was hörte ich? Einer von ihnen, ein schlimmer Riese namens Ekkro, sei hierher unterwegs. Es ist der, der verhinderte, dass deine Männer alle Albenpferde erschlugen.«

Surtr lachte auf. »Sein Name ist Ekron Keitet Lilleunge. Seine Männer nennen ihn Ekkert.

Du verbreitest nur dummes Geschwätz. Ja, ich habe von diesem Wicht gehört. Er soll den Fimbulwinter eigenhändig erschlagen haben. Dies und jenes erzählte mir Loki. Ekron ist in Wahrheit nur ein kleiner Wurm, der im Apfel wohnt, den ich zu verspeisen gedenke: Wenig schmackhaft vielleicht, doch am Ende belanglos.«

»Du wirst bald Gelegenheit haben, ihm die Grenzen aufzuzeigen«, hallte Sinmaras Stimme durch das Flammengeknister.

»Wie schön, einmal wahre Worte aus deinem Mund zu hören«, unterbrach Surtr. »Bereits habe ich veranlasst, dass sich alle meine Männer, die sich nicht auf Naglfar befinden, auf den Weg hierher machen. Wir werden sehen, wie lange dieser *Riese* noch gefährlich ist. Er wird vom tödlichen Pfeil getroffen herniedersinken, bevor er mein Land von Nahem sieht!«

»Ich starre in die Kälte hinaus und versuche Útgarðs Riesen zu entdecken, die uns noch gefährlich werden könnten. Doch wie sehr mein Blick die graue Luft durchsticht, seit der Schlacht sah ich nur selten einen«, hallte Vöðmaður̃s Stimme in Richtung Jääkarhu. »Langweilig wurde es mir bisher dabei aber nicht. Manches Mal musste ich lange raten, was ich sehe. Dann und wann glaubte ich gar, dass Mirénde wieder naht.

Vielleicht wünsche ich mir das zu sehr.

So schlecht, wie es ihm gegangen ist, glaube ich kaum, dass er noch lebt.«

»Viele Formen in Útgarðs Wettern sind nur Trug. Dort zum Beispiel, dieser Schatten. Sieht aus wie ein Mann. Was denkst du? Doch ist es wohl nur ein Baumstumpf«, antwortete Jääkarhu.

»Wenn es ein Baumstumpf ist, so ist er recht seltsam. Das, was um ihn herumflattert, scheint mir eher ein Umhang als Geäst zu sein!«, wähnte Vöðmaður. Jääkarhu schaute genauer und fasste seine Keule kampfbereit. »Du hast recht!«

»Warte, Wane! Du könntest Oberon, den Albenkönig, treffen. Der soll nämlich an Miréndes Stelle treten, weil euer Zauberer den Alben bei einer Sache helfen muss!«, schallte es durch das brausende Wetter. Oberon löste sich aus dem Schneetreiben.

»Was freut es mich zu hören, dass es gut um Mirénde steht! Und dass ausgerechnet du an seine Stelle trittst, behagt mir gewaltig. Dein Wissen über den Járnviðr soll legendär sein!«, fuhr es aus Jääkarhu.

Als dies gesagt war, verschloss ein langes Zögern seine Kehle. Er räusperte sich etliche Male, bevor er mit gedämpfter Stimme fortfuhr: »Anders sieht es mit deinem Ruf als Kämpfer aus! Mir fällt niemand ein, der dich je im Zweikampf sah! Und deine Rüstung erst. Ein einfaches Leinentuch wird dein Leben im Gefecht kaum schützen. Ich bezweifle sogar, dass du die erste Nacht in Útgarðs Kälte überleben wirst!«

»Siehst du mich etwa schlottern?«, fragte Oberon. »Es ist doch möglich, dass den Zauberkundigen einiges an Zauberkunst innewohnt.

Auch an meiner Kampfkraft darfst du nicht zweifeln«, ergänzte er, ehe er ein silberglänzendes Schwert hinter seinem Rücken hervorzog. »Ehe ich aufbrach, ritt Phol heran und überreichte mir einen rostroten Prügel, der mich entfernt an ein Schwert erinnerte. Als meine Hände darüberstrichen, löste sich Rost und Grünspan an den Seiten und dieses blanke Schwert kam darunter zum Vorschein.«

»Fróðis Schwert, das von alleine kämpft!« Jääkarhu kam aus dem Staunen gar nicht mehr heraus. Oberon nickte. »Es ist die Klinge, die Skírnir nach Jötunheim trug, als er in Fróðis Auftrag der Gerðr zu imponieren hatte. Damit bin ich doch würdig, Miréndes Stelle in diesem Heer einzunehmen?«

»Was bleibt von meinem Argwohn, wenn dir der allweise Fróði sein Schwert anvertraute! Da brauchst du wahrhaftig weder Helm noch Schild! Mit dieser Waffe und deinem Zauberwissen bist du tatsächlich ein würdiger Vertreter von Mirénde«, erkannte Jääkarhu an. Er lachte fröhlich. »Dass Fróði sein Schwert nicht selbst in Ásgarðr braucht, bedeutet noch mehr Gutes. Er braucht es nicht, weil wir Naglfars Mannschaft erschlugen. Worauf warten wir? Führe uns durch den Wald, Oberon. Morgen schon können wir vor Sindris Palast stehen. Oder sollen wir Naglfar noch zu Treibholz schlagen?«

»Können wir nicht, weil das Schiff längst ausgelaufen ist«, antwortete Oberon. Er seufzte schwer, ehe er ergänzte: »Naglfar befindet sich bereits in Sichtweite von Ásgarðr. Die Schlacht scheint unausweichlich, doch die Götter sehen ihr nur guten Mutes entgegen. Das Schwert wurde mir gebracht, weil der zukunftswissende Fróði ohne Waffe zum Idafeld gefahren ist. Dies ist die einzige Hoffnung, dass tatsächlich noch etwas geschehen wird, was das schlechte Schicksal verhindert. Derweilen werden wir in Vanaheim erwartet. Das Land der Wanen benötigt unseren Schutz, weil die Einherier auf dem Vígríðfeld kämpfen.«

Vöðmaður lachte auf. »Vergiss es! Diese Krieger schworen alle, den Weg der Feiglinge zu meiden. Sie wollen zum Kampf! Wenn nicht nach Niðafjöll, dann zu Sindris Palast. Wenn die Muspellbrüder geschlagen sind, werden sie nach Muspellheim ziehen und die Nachhut von Björts Heer bilden. Dies und nichts anderes ist ihr Lebenssinn. Niemand ist uns hierher gefolgt, um das Schwert zur Seite zu legen und Burgwache zu schieben.«

»Steht es denn etwa auch um die Schlacht in Muspellheim so gut, dass wir uns bereits zur Ruhe setzen können?«, fragte Jääkarhu.

Oberon blickte auf. »Mir ist klar, dass die Krieger anderes beabsichtigen. Doch es scheint mir, als gäbe es von hier aus keinen Weg nach Muspellheim. Es ist wegen des Feuers, das sich über jedes Gebirge frisst. Gegen den Weltenbrand hilft kein Schwert und er kommt Tag für Tag näher.«

»Wir werden trotzdem zuerst zu Sindris Palast marschieren!«, bestimmte Vöðmaður.

Fahl zeichnete sich das Mondlicht über der rußgeschwärzten Burgruine ab. Zahm füllten sich Alvíss' und Miréndes Gesichter mit dessen blassem Glanz. Schon lange redeten die beiden und es lag, im Gegensatz zur Umgebung, viel Farbe in ihren Worten. Dann aber kamen sie zu einem Punkt, an dem Alvíss' Weisheit endete. »Mit der berüchtigten Albenlist habt ihr viel gerettet, doch der Kampf ist nicht vorbei!«, sprach Mirénde. »Hart wird es für jene, die Surtrs Land betreten. Wenn sie ihre Aufgabe nicht erfüllen und das Orakel nicht zerstören, wird der Dämon die Macht behalten und alle Schlachten gewinnen.«

»Wir können nichts tun. Unser Einfluss endet an der Stelle, an welcher der Weg zur Dämonsstadt Muspellheim berührt. Ab dort bestimmt Surtr die Gesetze. Und gerade dort wird es zur großen Schlacht kommen, die weder wir noch die Götter beeinflussen können. Die Albenlist muss Surti dann nicht mehr fürchten. Nicht einmal von zwei Seiten können sie angreifen, weil es nur einen Weg nach Muspellheim gibt!«

»Lange dachte ich so wie du, bis ich einen Rat von unerwarteter Seite erhielt. Es war mein Freund Niðhögg', der ihn mir gab«, antwortete Mirénde. »Als ich seinen Atem in meinem starren Nacken spürte, wuchs in mir die Sehnsucht, ein letztes Mal Miðgarðr zu sehen. Da entstieg mein Geist dem Körper und strebte zur Stelle hin, an dem der Weg von Norden her die Grenze zu Muspellheim berührt. Kaum hatte ich sie gesehen, löste sich in der Ferne ein Glitzern am Himmel. Dieses lockte meinen Geist übers Land hinweg und dahinter weit übers Meer hinaus. Dort sah ich so etwas wie einen Wolkenstrich, der die beiden Welten verbindet.«

»Die Sotkubru!«, stieß es zwischen Alvíss' Lippen hervor. »Ich dachte, diese Brücke sei nur eine Legende.«

»Sotkubru ist der Name des morschen Astes des Weltenbaums«, antwortete Mirénde. »Der Weg von Yggdrasils Stamm zu Surtrs Welt liegt schutzlos offen. Er wartet nur auf die Zauberworte, die ihn für die Augen der Lebenden sichtbar machen.«

»Ein zweiter Weg nach Muspellheim«, hauchte Alvíss. »Doch so ganz zufrieden macht diese Einsicht nicht. Wo sind die Männer, die ihn überschreiten?«

»Beispielsweise in den Wäldern unter dem Jötengletscher. Ich sah dort geheime Zeichen in die Baumrinden geritzt«, antwortete Mirénde. »Es waren die Zeichen der Alben, die du sandtest, um unseren Heeren die Riesen vom Halse zu halten. Dieser Schutz ist nicht mehr nötig. Alle unsere Krieger haben die Gegend verlassen.«

»Du sahst die Zeichen, als du mit deinen Männern die Wälder durchquertest. Das ist lange her. Heute sind die Verstecke verlassen. Die Alben sind auf dem Weg, um sich den Muspellbrüdern entgegenzustellen, die nun von allen Seiten zur Schlacht in Surtrs Heimat streben«, antwortete Alvíss. »Sie werden ihre Aufgabe bis zu ihrem Tod erfüllen!«

»In einer vom Feuer eingekesselten Stadt am Rand des Meeres sah ich noch andere deiner Männer. Sie starrten drei nahenden Schiffen entgegen, die schwere Stürme und Strömungen durchfahren. Die Schiffe kommen zu langsam voran. Deine Männer zweifeln. Was ist mit ihnen? Mich dünkt, sie haben recht. Sie sollen nicht nach Vanaheim. Auf sie warten andere Schiffe. Jene, die euch Alben einst von eurer Insel zur Notburg brachten.«

»Das ist der Anfang. Doch für den Sturm nach Muspellheim sind es zu wenige«, antwortete Alvíss.

»Dann hole die dazu, die Oberon durch den Eisenwald führt«, sprach Mirénde. »Die wollen alle lieber zur Schlacht als zu den Wanen. Ihre Schwerter ersehnen sich Blut und nicht Rost!«

Seit Tagen hatten die Männer an Miðgarðs Gestade beinahe nichts anderes als die Schiffe im Blickfeld, welche nahten und sich entfernten, um das wartende Volk nach und nach zu Útgarðs Tor zu bringen. Das Lichtspiel, auf dem sich die Schiffe fortbewegten, mutete an, als bestünde es aus schillernden Edelsteinen. Doch dies vermochte die Herzen schon lange nicht mehr zu verzaubern. Niemand konnte sich mehr darüber hinwegtäuschen: Dies war der Spiegel des Weltenbrandes und über ihm zog schwarzes Gewölk in alle Himmelsrichtungen. Vom Knistern der brennenden Tannennadeln durchwoben, schwebte viel glühendes Geäst darin. Bald würde dieses die Dächer der Häuser in Brand setzen.

Die Krieger der Jarle verzweifelten. Die rote Schlange nahte. Heiß verbreitete sich ihr Atem in den Gassen. Es schien, als würde sie nichts vor dem Flammentod retten können. Dieses Untier ließ sich nicht bekämpfen. Sie konnten es nicht fassen, als sie zu verstehen glaubten, dass die Alben dies scheinbar anders sahen. Verdrehte ihnen Angst und Rauch etwa die Sinne? Jene fassten tatsächlich ihr Kriegsgerät und marschierten dem Stadttor entgegen – dorthin, wo die Hitze noch entsetzlicher war! Was sollte das? Sie würden nicht überleben! Verstanden sie das denn nicht? Es musste ihre Absicht sein, im Kampf zu fallen. Vielleicht wollten sie lieber von den Walküren zu den Einheriern gebracht werden, als in Gimlé das Ende des Krieges abzuwarten. Als Untoter für Óðinn einzustehen, war wahrhaftig das hehrere Ziel, als an Fróðis Tafel zu sitzen und auszuharren.

Auf diese Einsicht hin zogen auch die Männer der Jarle ihre Schwerter. Die meisten von ihnen folgten den Alben aufs dampfende Feld hinaus.

Es war nicht einfach, der nahenden Schlange furchtlos entgegenzublicken. Im grellstem Licht loderte und rauchte sie. Alles, was sie berührte, glühte auf, brannte und flog als Asche mit den Winden davon. Doch an einer Stelle funkelte ihr Schuppenkleid weniger grell. Der schwarze Brandrauch darüber wurde von weißem Nebel verdrängt. Eine sanfte Stimme durchrauschte das Knistern:

»Männer, das Schicksal will, dass wir für unsere Schwüre einstehen. Ihr wisst, was das bedeutet, und tragt es mit Stärke: Die streitlose Zeit ist bald vorbei.« Keiner dieser Männer kannte Alvíss, doch jeder wusste, dass es ihre Stimme war, die die Krieger nun beschwor:

»Dies macht mich stolz auf meine Söhne. Gleichermaßen auf die Krieger der Jarle, die euch heute die Freundschaft beweisen und an eurer Seite zur Schlacht marschieren. Nach Muspellheim, wo uns der Feind erwartet. Unsere Aussichten sind nicht einmal schlecht: Es gibt eine Brücke zwischen Miðgarðr und Muspellheim, die heißt Sotkubru. Sie ist euch unbekannt, weil sie nur für die Toten sichtbar ist. Was Surtr nicht ahnt: Mein Zauber wird dies ändern. Wir werden den Muspellheeren in den Rücken fallen!«

»Was ist mit den Wanen?«, rief einer der Alben. »Die Gefahr in Vanaheim ist groß und Fólkvangs Einherier sind nach Ásgarðr gefahren! Man bangt dort der Zukunft entgegen. Wer sorgt dafür, dass das kriegsunversehrte Land geschützt bleibt? Mit dem Weltenbrand wird der Schnee schmelzen. Einige der Tore werden darunter zum Vorschein kommen. Auch die Wanen erwarten, dass wir unser Wort halten!«

»Sorgt euch nicht um Gimlé. Nun, da der Angriff auf Muspellheim bevorsteht, zieht der Muspellherr alle Kämpfer, die nicht auf seinem Schiff stehen, in seine Heimat zurück. Keiner von ihnen wird in Útgarðr bleiben«, hallten Alvíss‘ Worte durch den Dunst. »Wohl und fest steht mein Entschluss. Der Gefolgschaft der Jarle kann ich es nicht befehlen, doch die Meinen sollen ihm folgen.«

»Wir kommen mit!«, fuhr eine harte Menschenstimme aus den Kriegerreihen. »Wir auch!«, hörte man es von hinten. »Auf nach Muspellheim!« Tosend erhob sich Schwert um Schwert und Speer um Speer. Der Feuerdämon sollte endlich bezahlen.

In diesen Tagen gab es Hartes zu ertragen. Trockenheit und Hitze setzte jedem schwer zu. Vom kargen Gemüt der Wüste Landdísasteins blockiert, drehte sich das Räderwerk der Zeit äußerst zäh. Schädliche Geister marterten die Marschierenden, doch vermochten sie nur mit den Schwächsten ihre Spiele abzuschließen. Einfach aber war es für niemanden – und keiner konnte wissen, dass dies nur eine schwache Vorstufe der Bürden war, die in Muspellheim auf sie wartete.

Endlich schien ein Ende der Tortur absehbar zu werden. Die dürren Gräser, die da und dort zwischen den Steinbrocken zum Vorschein kamen, vermochten die Hoffnung zu erwecken, dass bereits hinter einem der nächsten Hügelzüge die verheißene Stadt zum Vorschein käme. Oder waren die Versprechen der Mädchen aus Landdísastein am Ende etwa auch nur Traum und Trug wie sie selber?

Nein, es musste so sein! Doch dies war nur Hoffnung. Björt zerrte sich aus den Gedanken. Seine Gesichtszüge verfinsterten sich, als seine Augen einen Reiter fassten, der sich in der Ferne löste und schnell näherkam. Schon schallten ihm dessen schwere Worte entgegen: »Muspellbrüder! Dort bei den Felsen! Bereits drängen die ersten, sich mit uns zu messen!«

Björt blickte in die von ihm gewiesene Richtung. Schon stieg er vom Pferd und rief: »Brüder, trinkt die letzten Wasserreserven! Es scheint, wir träfen heute auf schrecklichste Gegner!«

»Spart das Wasser fürs Muspellland! Wir werden für euch kämpfen!«, hallte es aus den Mulden.

Björt fuhr herum. *Die Frauen aus den Träumen?*

»Gehorcht besser euren Fäusten als den vielleicht vom Feind gesandten Geistern, die euch vom Kämpfen abhalten wollen!«, fuhr es misstrauisch aus ihm. Der Boden zitterte. Es knisterte und stöhnte im grauen Tal. Die sich in der Ferne abzeichnenden Feinde muteten in ihren übermächtigen Rüstungen wie Findlinge an. Der Steinstaub der Wüste hob sich zwischen ihrem Schuhwerk. Er wurde zu zähem Nebel, der, vom Wind erfasst, zum Sturm wurde. Der Kampf begann. Björt starrte ihm zu lange entgegen. Auch von ihm wurde gefordert, seinen Beitrag zu leisten. Schon sah er im Kriegsdunst die Walküren, die die Toten auf dem Feld beschauten. Es fielen so viele, dass Óðinns Mädchen nur die härtesten der Helden nach Walhall begleiten konnten.

Wo aber türmten sich die Leichen der Kampfgegner? Wo blieben die Zweikampfsiege?

Diese Muspellbrüder ließen sich keine Schwäche anmerken. Dies waren keine Lebewesen – sondern grobe Felsen, die über das Land rollten und in ihrer unbändigen Kraft alles zerstörten, was sich ihnen in den Weg stellte.

Wo waren sie denn, diese Reiterinnen, die ihre Unterstützung versprochen hatten? Immerhin hatten sie gesagt, dass sie wenigstens in ihrem eigenen Land kämpfen konnten. Sie hatten es doch gesagt – *im Traum.* Die Einsicht, dass diese, die den Kampfgeist beschworen und den eigenen Tod nicht zu fürchten brauchten, vielleicht nichts anderes als ein Wunschdenken waren, wog schwer.

Wie hätte Björt denn ahnen können, dass sie es waren, die als Geister die Winde lenkten? Der von der Schlacht aufgewirbelte Steinstaub lud sich immer verheerender mit Kies und Sand. Die Bewegungen der angreifenden Kampfmaschinen kamen ins Stocken. Die schlagkräftigste Waffe konnte nämlich nicht verhindern, dass dieser Sand die feinsten Kerben der Rüstungen durchrieselte und das von Sinmara ersonnene Räderwerk zu hemmen begann. Von den Ungetümen blieb wenig, als die Eisenmechanik versagte. Ihren Gegnern hingegen konnte dieses Brausen nichts anhaben. Die Gegenwehr wirkte endlich. Die Schwerter durchstachen die Ritzen der Panzerungen und durchschnitten das darunter verborgene Fleisch. Als das Sonnenpferd die Himmelshallen verließ, hatte die schlimme Schlacht ihr Ende gefunden. Doch die Opfer, die die Menschen gebracht hatten, um die Schlachtengeister auf ihre Seite zu bringen, waren groß gewesen.

»Wieder ist der Bestand der Kämpfer arg geschrumpft. Ich wünschte, die Reiterinnen, die wir vor der Wüste trafen, ließen sich doch noch umstimmen und kämen mit uns«, fuhr es aus Ekkert.

»Das Einzige, auf das wir hoffen können, ist, dass es die Stadt, von der sie sprachen, wirklich gibt und dass wir dort noch einige Männer finden«, setzte Björt seinen Worten entgegen.

»Falls alle Muspellbrüder solches Rüstzeugs tragen, müsste von dort ein ganzes Meer von Schwertkämpfern mit uns ziehen«, sprach Sannur. Er schaute in die Richtung des aufgehenden Mondes. »Morgen wird es wieder heiß. Die Krieger haben kein Wasser mehr. Es ist besser, die Nacht durchzumarschieren. Falls es jene Stadt wirklich gibt, müssen wir sie so schnell wie möglich erreichen«, sprach er und machte sich daran, den Weg in jene Richtung, die ihm sein Gefühl vorgab, voranzuschreiten.

Der Kriegszug bewegte sich, wie es Sannur sich wünschte. Doch das Pferd Skinfaxi entstieg am Morgen zu früh den kahlen Bergen und brachte die befürchtete Hitze. Sannur mochte es nicht sagen, doch langsam befürchtete er, dass das Ganze ein schlechtes Ende nehmen würde. Unruhe durchfuhr auch die Reihen hinter ihm, wenn auch vielleicht aus anderem Grund: Zwei Reiter mit unbekanntem Banner lösten sich aus der flimmernden Wüste. Was konnten sie im Niemandsland suchen?

Da war es mit Sannurs Zweifeln vorbei. Im Gegensatz zu den Männern verstand er, dass dies bedeutete, dass es die Stadt, von der die Reiterinnen gesprochen hatten, wirklich gab. Die Reiter mussten ihre Gesandten sein.

Einen halben Tag später ritten die Feldherren an der Spitze des Heeres durch die Gassen einer in Felsen geschlagenen Siedlung. Auf einer der Emporen zeichnete sich in der umfänglichen Menschenmasse ein weißbärtiger Mann ab. Er, der Häuptling, wies seine Diener an, die Herren des Heeres zu ihm zu führen. Er begrüßte sie mit den Worten: »In der Nacht erschienen mir Frauen aus Landdísastein und berichteten allerhand von euch. Großes gedenkt ihr zu vollbringen! Es wird nicht einfach werden.

Doch zunächst steht ihr bei uns und dies ist nicht schlecht, denn die nächste Schlacht findet vor unserer Stadtmauer statt. Große Betriebsamkeit herrscht nämlich hinter der Grenze zu Surtrs Land. Unsere Spione berichten von einem Heer, das sich dort vorbereitet. Vielleicht warten sie auf euch, schon möglich. Nur, bei der

Ungeduld, die unsere Späher in jenen Augen deuteten, scheint es mir unwahrscheinlich, dass sie sich bis zu eurem Eintreffen gedulden. Sie werden uns angreifen. Nichts ist mir in diesem Moment klarer. Darum scheint mir, wir hätten großes Glück, dass ihr gekommen seid, denn ihr verfügt über die Kampferfahrung, die uns womöglich fehlt.«

Sannur seufzte auf. »Kennst du das Rüstzeug, das die Muspellbrüder neuerdings am Körper tragen? Mit unseren Waffen ist dagegen wenig auszurichten. Aus diesem Grund ist unser Heer so arg geschrumpft. Mir scheint, dass wir die Schlacht nur dank der Frauen von Landdísastein gewonnen haben!«

»Ihr habt die Kampferfahrung und wir die Schwerter, die dieses neuartige Rüstzeugs zu durchbrechen imstande sind! Glaubt mir: Zusammen werden wir siegen!«, antwortete der Alte.

Der über dieser grünen Gegend schwebende Brandrauch machte es jedem der Marschierenden klar: Der Weltenbrand würde sich auch durch das Gefälle einer steilen Felswand nicht aufhalten lassen. Bald würde auch in diesem Land das feuchte Gras knistern und die Moore würden brodeln. Die Schwarzalben, denen man nur um Haaresbreite entkommen war, würden durch die Wälder streifen. Und gegen die schlimmsten Kreaturen, die man sich vorstellen konnte, wollte niemand ein zweites Mal kämpfen. Aus diesem Grund haderte niemand damit, als Kaldgrand das kampfmüde Heer zu großer Leistung anspornte.

Während der Tage, die nun vergingen, fiel es wohl jedem auf, dass das Sonnenpferd auf äußerst seltsamen Bahnen über das Himmelszelt trabte. Manch einer der Krieger begann, an Kaldgrands Orientierungssinn zu zweifeln. Doch für den mit der wanischen Weisheit ausgestatteten Heerführer war es kein Meisterwerk, den richtigen Weg nach Muspellheim zu finden. In den Nächten sorgte Nórr für Ordnung am Himmel und am Tag konnte er sich am Rauch des Weltenbrandes orientieren. Kaldgrand wusste, dass der Brand sie in Surtrs Arme zu treiben gedachte, also musste dieser nur hinten bleiben. Schwerer wurde es, als der schwarze Rauch den ganzen Himmel verdunkelte. Da wurde der Tag zur Nacht. Nur von Zeit zu Zeit erkannte man das Lichtflackern des Brandes am weit entfernten Horizont. Endlich drehten die Winde. Das Atmen wurde wieder leichter und es wurde heller.

Doch inzwischen hatte sich das Land verändert. Es gab kaum mehr Grünes. Alles war grau und braun geworden. Nur da und dort sah man noch einen gelben Grashalm zwischen den Steinen. Der Boden schien von Schritt zu Schritt sandiger zu werden.

»Weit kann es nun nicht mehr sein.« Finar lächelte. Ihr Blick traf Kaldgrand. Ihr Lächeln verstarb. Fróðis Gefolgsmann schien missmutig. Er umklammerte den Griff seiner Kampfaxt in einer Stärke, in welcher dieser beinahe zerbarst. »Was ist mit dir?«, wollte sie wissen.

Das Holz von Kaldgrands Kampfaxt seufzte, als er darauf antwortete: »Bevor ich mit euch gegen Surtr auszog, habe ich mich um die Einherier in Fólkvangr gekümmert. Ungezählt entschwanden die Sommer, in welchen ich nur für den Moment lebte, meine Männer in der Schlacht zu sehen. Heute werden sie das Vígríðfeld betreten. Sie werden sich ohne mich den Muspellbrüdern entgegenstellen und das tun, was ich ihnen beigebracht habe. Zwar weiß ich sie in guten Händen, Fróði führt sie zum Streit. Doch der hohe Herr, der nun sein Talent als Feldherr beweisen will, hat noch nie sein Schwert gegen einen Feind erhoben. Fróði ist wohl in den meisten Fertigkeiten kaum zu überbieten, aber ein Kampfheld ist er nicht. Und ich stehe hier, fernab vom wichtigen Streit in Ásgarðr, und kann nur hoffen, dass Fróðis Launen meinen Zöglingen keine Niederlage bescheren! Dies ist, was mich beschäftigt, und mich Tag für Tag vorwärts drängt. Mein Herz kocht. Es sehnt sich nach den Einheriern. Das, was ich immer als meinen Lebenssinn sah, wird nun ohne mein Zutun geschehen.«

Irmin schaute zu ihm hinüber. »Dein Herz wird vielleicht bald von der Schwere befreit, weil auch wir die Waffen führen werden! Riechst du den widerlichen Geruch etwa nicht? Dort! Eine schimmlige

Muspellfratze zwischen den Steinen. Die Augen sind matt, doch das Blut tropft noch aus den Wunden, so kurz ist er tot. Hier fand eine Schlacht statt und wir müssen schauen, dass uns Surtrs Streitmänner nicht in den Rücken fallen!«

Kaldgrands Augen verzogen sich arg, als seine Blicke in die Weite hinausstachen. Er hielt für einen Augenblick die Luft an und rief danach aus tiefster Brust: »Auf vieles war ich gefasst! Nur eines wollte ich nicht erblicken! Die Muspellbrüder bekämpften hier unsere Brüder! Diese Gegend ist von den Leichen der Männer gesäumt, die ich bei Jötunheim neben mir sah!« Ein wutentbrannter Schrei entfuhr seinem Bart. Er drehte sich um und rief: »Männer, die Geister unserer Brüder gieren aus der Zwischenwelt heraus nach unseren Waffen! Ungekühlt ist die Kampfeslust jener, die auf diesem Feld für unsere Sache starben! Es ist an uns, sie zu rächen, denn sie starben, weil wir diese Schlacht verpassten! Wir müssen ihren Tod vergelten!«

Die Stille hinter ihm füllte sich mit aufbrausendem Getöse.

Das Land hatte sich über den Tag hinweg so stark erhitzt, dass die Felsen am Horizont aufloderten. Björts Blicke legten sich in die Glut des Abendrots hinaus. Der Stadtherr tat es ihm nach. Dessen Gesichtsfalten erzitterten. »In dieser Nacht wird es mit der Ruhe vorbei sein«, seufzte er. Seine Stimme festigte sich. »Mir scheint, als begännen nun die harten Zeiten. Wie hatten wir Glück, dass ihr uns kurz davor erreicht habt!" Er trat, den anderen voran, auf den Altan hinaus, um das Brodeln des Horizonts noch besser zu durchforschen und Muspells Gärung so früh wie möglich darin zu deuten.

»Sie greifen aus zwei Richtungen an!«, zischte es zwischen Björts Lippen hervor. »Ich hätte nie gedacht, dass Surtr über so gute Planer verfügt. Schau: Von dort und auch von dort! Sie werden uns gleichzeitig erreichen!«

Die Blicke des Alten folgten Björts Fingerzeig. Er nickte, ehe er bemerkte: »Für Muspellbrüder tragen jene dort aber außergewöhnliches Rüstzeugs. Nie sah ich die schwarzen Brüder in Panzern, in denen sich der Lichtglanz der Sonne spiegelt! Verwegen wage ich zu denken: Möglicherweise haben wir von der Nacht doch nicht nur Schlechtes zu erwarten!«

»Ihr denkt zu gut von dieser Zeit«, mahnte Sannur. »Mag sein, dass die Muspellbrüder für gewöhnlich mattes Rüstzeug tragen. Doch bedenkt die List des Schmiedes. Dies kann sich geändert haben.«

»Dann trinkt mit mir auf das Unvermeidliche …«, sprach der Alte. Im Hintergrund lösten sich Schrittgeräusche. »Ehe der nahende Bote seinen Schleier lüftet!«

Ein Mann trat aus dem Schatten. Sein Mund senkte sich zum Ohr des Stadtherrn, bis er nickte und ihn wieder weg wies. »Es scheint tatsächlich eure Nachhut zu sein. Die Waffen, die sie tragen, sind den euren zum Verwechseln ähnlich. Ein Rätsel aber gibt es dennoch. Sie werden scheinbar von einem Riesen angeführt.«

»Der Riese könnte Kaldgrand sein!«, antwortete Ekkert.

In diesen Augenblicken füllte sich der ganze Himmel mit immer tieferem Blau und es wurde schwerer, irgendetwas zu erkennen. Nach und nach wurde es Nacht.

Ein Poltern dröhnte vom Tor her durch die Gasse. Nur einen Augenblick wirkte Óðinns Spross Björt angespannt. Der Lärm war mit Drohworten durchwachsen, die von einem Mund gebrüllt wurden, den er wohl kannte! Sein Bart verformte sich zu einem Lachen. Ekkert hatte recht gehabt. Es war Kaldgrand, der mit seinen Leuten vor der Stadt stand.

Das Poltern versiegte, als sich dahinter Surtrs Streitmacht aus der Wüste löste. Die Schlacht begann. Die Nacht füllte sich mit Bewegung. Erste Schwerter schlugen Funken. Es begann, Pfeile zu regnen. Die Feinde durchmischten sich. Darüber setzten sich die Webstühle der Walküren in Bewegung. Vom aufgehenden Mond silbergrau verfärbt, wiegte ihr Tuch grausam hin und her.

In der Zwischenzeit schob sich das Stadttor auf und jeder, der eine Waffe tragen konnte, strömte hinaus, um sich mit einem der herankommenden Feinde zu messen. Jeder Mann wollte an der Keilerei teilhaben. Nur Frauen und Kinder versteckten sich in den Häusern.

Bald schlugen sich auch Björt und seine Männer durch den tödlichen Sog der Feindschaft. Als laste das Schicksal der Welten alleine auf ihnen, schritten sie durch die nach Erz riechende Brandung, um den Niðhöggr mit einer blutigen Bresche milde zu stimmen.

Björts Schwert traf die Rüstungen in einer Wucht, als bestünden diese nur aus feuchtem Lehm. Er hielt erst inne, als er den besten Zweikämpfer der Wanen vor sich sah. Dieser, Kaldgrand, kämpfte unbeirrt weiter. Denn als er Björt erkannte, dachte er, er sähe nur ein Trugbild, das Surtrs Zauberin ihm schickte, um ihn, den Gefürchtetsten der Angreifer, zu schwächen. Als dieses aber zu begierig wissen wollte, welchem Umstand man diese willkommene Verstärkung zu verdanken hatte, verlor er seinen Argwohn: »Wir brachen ab, weil sich uns der Weltenbrand in den Weg stellte! Da entschieden wir, euch den Rücken zu stärken«, fuhr es aus ihm. Er lachte auf. Dies war zu Björts Nachteil. Er vergaß im Angesicht seines starken Freundes für einen Augenblick die Gefahr um ihn herum. Da war es geschehen! Ein rostiges Schwert fuhr aus dem Nichts herunter und beendete Björts Wahrnehmung. Sein Geist fiel in ein schwarzes Loch.

Schwach spürte er eine Hand an seiner Schulter. Sie schupste und rüttelte ihn. Mit einem Schlag füllte sich die Welt wieder mit den Kampfgeräuschen. Kaldgrands Stimme holte ihn in die Wirklichkeit zurück. »Genug gerastet!«

»Selbst ich muss in diesem Krieg bluten!«, stöhnte Björt, während er sich vom klebrigen Untergrund erhob. »Ich hatte wohl Glück! Das Schwert hat mich scheinbar nur angeritzt!«

»Die Klinge steckte bis zum Schaft in deiner Brust! Wenn du nicht Óðinns Sprössling wärst, würdest du nun von den Walküren zum Allvater geführt!«, entgegnete Kaldgrand.

»Óðinns Sprössling«, Björt richtete sich auf, um weiter zu kämpfen. Doch die Reihen der Angreifer hatten sich in der Zwischenzeit dermaßen gelichtet, dass keiner mehr in Reichweite war. Er räusperte sich, während er neben dem blutverschmierten Wanen über das lebensferne Schlachtfeld schritt und sprach: »Auch wenn ich von deiner legendären wanischen Weisheit weiß, fällt es mir schwer, anderes zu glauben, als dass ich von Kopf bis Fuß ein Mensch bin. Ich fühle mich den Asen wenig zugehörig. Von Óðinn habe ich während meines Lebens nie etwas gesehen. Warum sollte er mein Vater sein?«

»Wer, glaubst du, war der einäugige Alte, der dich während deiner Kindheit oft besuchte?«, fragte Kaldgrand. »Der Mann namens Skilfingr war in Wirklichkeit Óðinn. Er kam, um dafür zu sorgen, dass dein Leben gut verlief. Óðinn hat dich versteckt ins Spiel gebracht. Niemand wusste etwas darüber. Dabei war dein Leben von Anfang an vorbestimmt. Vom weisen Asenhäuptling und nicht von den Schicksalsfrauen, wie bei den Menschen. Die Attacke vorhin wäre für einen Menschen der sichere Tod gewesen. Ich habe es doch mit eigenen Augen gesehen, wie dein goldenes Blut in alle Richtungen spritzte. Reicht dir dies als Beweis, dass du unter dem Schutz des Asenhäuptlings stehst?«

»Ich alleine stehe unter seinem Schutz, während gesamte Kriegerheere Surtrs Streitlust unterlagen. Hätte Óðinn ihnen Heilerinnen statt Walküren geschickt, wäre mehr gewonnen gewesen«, sprach Björt. »Die Asen sind sehr eigennützig. Doch es hat ihnen geholfen. Alle außer ihnen haben in diesem Krieg geblutet.«

»Die Asen brachten mit einem einzigen Mann das größte der Opfer«, hallte Kaldgrands Stimme durch den da und dort wieder aufbrausenden Streitlärm. »Balders Tod war der größte Verlust aller Zeiten. Er zeigte auf, was bis dahin niemand wahrhaben wollte, nämlich dass auch die Götter sterblich sind. Sein Tod war der Beginn von

Surtrs Feldzug, denn erst die Lücke, die er im Þingkreis der Götter hinterließ, machte die Beschützer der Welten angreifbar. Seither verlieren sie mehr und mehr an Einfluss, also ist es falsch, wenn du sagst, dass der Krieg ihnen nicht geschadet hätte.«

»Nun verstehe ich, warum sich keiner der Asen mit Loki versöhnen will«, antwortete Björt.

»Dabei war Loki nicht bei Sinnen, als er Balders Tod verursachte. Surtr lenkte wohl seinen Verstand. Der Feuerdämon, der die Seelen der Wesen wie kein anderer kennt, wählte ihn, weil er die Asen nicht beeinflussen kann. Óðinns Wunschsohn ist nämlich in Wirklichkeit kein Ase, sondern ein Thurse. Darum hat ihm ja kein Ase je vertraut«, sprach Kaldgrand.

»Wenn ihr Wanen all das wisst, warum habt ihr euch nicht für ihn eingesetzt? Auch für euch hat Loki in seinem Leben viel getan!«, fragte Björt. Kaldgrand antwortete nicht.

Hart trotzte der Járnviðr Niðafjölls unermesslich kaltem Atem. Die Winde aus der Totenwelt umschwebten die Bäume des Eisenwaldes anmutig. Sie umtanzten sie geradewegs, als gelte es, jemandes Auge zu erfreuen.

Welches denn?

Seit Menschengedenken war jegliches dem Anmut zugetane Gemüt aus dieser Gegend gewichen. Dieser Wald war seit jeher das Herrschaftsgebiet der lebensverachtenden Unholdin Angrboða. Fern war die Zeit, in der dies anders gewesen war. Doch es hatte sie gegeben – die Zeit, in der auch in Útgarðr Wärme aufkeimte und sich die Totenkälte auf Niðafjöll begrenzte. Beinahe mochte Vöðmaður Oberons Geschichten über die Wanderungen, auf welchen er im Járnviðr gute Zutaten für seine Heiltrünke gefunden hatte, nicht glauben. Doch warum sollte der Albenkönig Unwahrheiten verbreiten?

»Die alte Ordnung wurde durchbrochen, als Óðinn über die Brücke Gjallarbrú ritt, um die Hel nach den Gründen für Balders üblen Träume zu fragen«, erklärte Oberon. »Bei seinem Rückritt wurde er von der Totenkälte umströmt, die sich danach von der Brücke aus über den vom Leben vollen Wald legte.«

Jääkarhu nickte. »Dies berichtete Óðinn uns, als er uns am Þing besuchte. Er beschwor aber, dass es in Niðafjöll noch neunfach kälter als in Útgarðr sei. Dies war doch der Grund, warum man den Feuerdämon nach seiner Gefangennahme Niðafjöll brachte. Dort sollte sein Feuer abkühlen.«

»Man konnte damit nichts abwenden«, fuhr Oberon fort. »Das Schicksal erdachten sich die Schwarzalben – die Maden, die in Ymirs Leichnam heranwuchsen. Óðinn wusste von Anfang an, dass sie die Weltenscheibe als ihr ureigenes Erbe betrachten. Er tat, was er konnte, und belegte sie mit einem Fluch, der sie zu Stein erstarren lässt, wenn sie vom Tageslicht getroffen werden. Doch dieser Fluch konnte nicht verhindern, was sie sich in ihrer Heimat ausheckten. Sie befreiten Surtr und schmiedeten ihm das Schwert, mit dem er, als die Zeit kam, den Weltenbrand endzündete. Mit dem Schwert entkam er aus der Totenwelt und mir scheint, als hätte er seither viel von Miðgarðs Unheil gesät.«

»Indessen scheint mir, dass wir von den blutigen Kämpfen verschont bleiben, seit du uns anführst!«, durchhallte Vöðmaður s Stimme das zwischen den Bäumen schwebende Schneetreiben. »Weit sind wir inzwischen durch den Wald gekommen und brauchten uns bisher vor niemandem in Acht zu nehmen. Ich weiß jedoch mit Sicherheit, dass deine Person, Oberon, den Muspellbrüdern zu wenig imponiert, als dass sie vom Kampf mit uns absehen würden.«

»Gedulde dich, Vöðmaður. Bereits sind die Lüfte von Muspells Gerüchen voll. Du wirst schon bald zum Kämpfen kommen«, sprach Jääkarhu.

»Der Grund, warum ich euch um die Hinterhalte der Muspellbrüder herumführe, ist, dass niemand weiß, wie schnell sich der

Weltenbrand übers Gebirge frisst. Uns fehlt für Geplänkel die Zeit, weil ihr noch bei Sindris Palast kämpfen wollt«, ergänzte Oberon.

»Wir werden bald dort sein!«, hörte man Myrkurs Stimme. »Würden die Bäume die Sicht nicht behindern, sähen wir den Zwergenpalast bereits! Schneller! Kommt! Es gilt das zu tun, was die Götter längst hätten tun sollen!« Er hohnlachte. »Nun wird Surtr endlich bezahlen!«

Laut vernahm man das Knistern des vom Schuhwerk gebrochenen Schnees. Die Münder darüber schwiegen. Zu gespannt harrten sie dem entgegen, was Myrkur ihnen versprochen hatte – nämlich den legendären Palast des Zwergvolkes mit eigenen Augen zu sehen.

Die Blicke durchstachen den Rand einer Lichtung. *Wo war es denn nun, Sindris goldenes Bauwerk?*

Vor den Augen formte sich ein Gefüge. Ein glanzloses Gewirr von Formungen und Verästelungen, Schatten und Halbschatten. Ein gigantischer Ameisenhaufen. Sindris sagenhafter Goldglanz war darin nirgends auszumachen.

»Zum ersten Mal sehe ich bei Tageslicht, zu welchen Leistungen Surtrs Baumeister imstande sind«, fuhr es aus Myrkur. »Was auf dem Fundament von Sindris edler Baukunst errichtet wurde, gleicht einer Fuhre Pferdemist. Euch zahlen wir es heim, ihr Verächter! Dies wird eine gute Schlacht!«

Lärm schwoll an. Zu allem entschlossen machten sich die Männer daran, das Feld zu überschreiten. Doch Muspells Schandmal erzitterte nicht gleichermaßen wie der Boden darum herum, als die kampflüsterne Kriegerschar dem schändlichen Bauwerk entgegenschritt. Es blieb alles still. Nichts regte sich. Diese Festung schien verlassen.

Vöðmaður grollte. »Genügend Arbeit!«, knirschte er. Es scheint, deine Nase, Jääkarhu, hätte sich diesmal geirrt!«

Jääkarhu wollte antworten, doch noch bevor seine Zunge das erste Wort geformt hatte, verstarb seine Stimme. Ein einzelnes, scheinbar unbedeutendes Schlaggeräusch durchbrach den aufbrausenden Angriffslärm. Von den meisten ungehört, schwelte es über die Köpfe hinweg und entschwand in der Schwärze des Waldes. Ein zweites drang aus der gleichen Ritze dieses Festungswerks. Zaghaft kündete sich das Verhängnis an. Noch eines, noch eines. Die Einzelgeräusche schwollen zu einem Hämmern an. Im Inneren der Festung begann es zu rumoren. Hatten die Muspellbrüder diesen Angriff etwa doch erwartet und sich darauf vorbereitet? Ein Falltor dröhnte und schlug krachend auf das Feld hinunter. Dahinter schwoll das Geklirr einer sich in Bewegung setzenden Feindesschar markerschütternd an.

Nun mochte Vöðmaður nicht mehr meckern. Im Gegenteil. Als er diese breite Streitmacht sah, die eigentlich für den Kampf gegen die Einherier ausgerüstet war, wurde es ihm insgeheim angst und bange. Ein viel zu kleines Heer stellte sich ihnen entgegen und es war scheinbar zu spät, einer Schlacht auszuweichen.

Doch warum trugen die herausströmenden Haudegen ihre Schwerter auf dem Rücken statt in den Fäusten? So ging man auf Reisen und nicht in eine unmittelbare Schlacht! Warum auch immer. Dies war der einzige Vorteil, der sich den Angreifern bot. Er musste ausgekostet werden, denn zu schnell konnte es sich ändern. Nur ein, zwei Handgriffe und die Schwerter waren gezogen. Schon wär es soweit.

Nur wenige der Muspellbrüder hatten dieses Versäumnis kampflos mit ihrem Leben bezahlt. Gleichwohl verfärbte sich der Schnee unglaublich schnell. Ein Nebel aus Blutdampf legte sich über das Feld und verschwand, als sich die Luft daran gewöhnt hatte. Von da an gaben beide Seiten schwere Opfer. Die Schlachtenfee tobte. Hasserfüllt schallte der Widerhall ihrer Stimme aus dem Wald: *Árás! Árás!*, der Kampfruf Surtrs. Gnadenlos zeichnete die Schlacht ihre Spuren in das Schneefeld.

»Dort! Auf der Feste! Schützen nehmen uns als Ziel!«, rief Oberon durch den roten Nieselregen, während Fróðis Schwert in seinen Fäusten eigenständig drei Muspellbrüder pro Hieb aufzuschlitzen vermochte. Im Hintergrund zogen sich die schweren Kettenglieder des Tors wieder in die Mauer hinauf. »Keine Angst. Wir werden trotz der Fernwaffen siegen!«, fuhr es aus Jääkarhus von Blut gezeichnetem Gesicht.

»Es sind scheinbar keine normalen Bogen! Schau doch! Solche Geräte sah ich vorher nie!«, rief Oberon. »Mächtig und stark sehen sie aus. Ich glaube nicht, dass unsere Rüstungen die Pfeile abhalten können. Selbst mit einem Zauber wäre uns kaum zu helfen!«

»Ich weiß eine einfache Lösung«, schallte Myrkurs Stimme von unten heran. »Gib mir ein Seil und wirf mich hinauf, Jääkarhu! Ich werde mich mit der legendären Zwergenkraft um das Gesindel kümmern.«

»Versprich mir, dass du nicht vergisst, das Tauende oben zu befestigen«, antwortete der Weißbefellte. Er fasste in seinen Beutel und hob ein Seil daraus. Kaum hatte er es an Myrkur gereicht, hob er ihn und warf ihn in die Zinnen hinauf. Schon krallte er sich an der Stelle fest, auf die Fróðis Gefolgsmann gezielt hatte.

Keinen Augenblick zu früh trat er zur Mündung des Wehrganges – sondern genau, als dieser von einigen Schützen betreten wurde. Er stellte sich ihnen entgegen und bewies, dass er mit seinen Kräften nicht angegeben hatte. Erst als sie tot waren, fiel ihm Jääkarhus Ermahnung ein. Auch die anderen wollten sich am Spaß beteiligen.

Jääkarhu war der Nächste, der sich durch die Zinnen zog. Als er Muspells Bogenwaffe sah, kam er aus dem Staunen gar nicht mehr heraus. Der mit Muspellrunen reichlich verzierte Stiel schloss sich in einem katapultartigen Mechanismus. Darin verankert ein eng geflochtenes Bogenseil, das sich – wenn auch mit etwas Kraftaufwand – hinter einen Bolzen ziehen ließ. Als dies getan war, legte er einen Pfeil in eine scheinbar dafür vorgesehene Kerbe. Er hob den Apparat und zielte. Das Seil schoss nach vorne. Ein breites Lachen zierte den Bart. Er hatte tödlich getroffen.

»Ihr habt nach Gold gesucht, nun will ich es euch sagen: Diese Maschine ist Gold für uns!«, fuhr seine Stimme in Richtung Oberon. Dessen Blicke lösten sich endlich von Fróðis Kampfschwert, das unten eigenständig weiterkämpfte, und trafen das, worauf Jääkarhu wies, ehe dieser weitersprach: »Die Pfeile, die dieses Ding abschießt, durchschlitzen die Rüstungen unserer Feinde, als seien sie geradezu dafür geschaffen. Schau! Mit einem Schuss traf ich drei Muspellbrüder hintereinander! Wenn du auch eine solche Maschine nähmst, würden wir den Kampf vielleicht verkürzen!«

Vöðmaður, der in der Zwischenzeit ebenfalls hinaufgestiegen war und sich seither auch an einer der Bogenwaffen versuchte, nickte. »Es gibt nichts, was wir sonst tun könnten. Unten steht es nicht gut um das Kriegsglück. Zu viele sind gestorben. Wenn sich das Falltor wieder öffnet, werden sich die Lücken in den Feindesreihen wieder füllen! Dann wird nicht einmal Týr unsere Niederlage verhindern können.«

»Was sagst du nun, da sogar der kriegslüsterne Vöðmaður Schlimmes voraussieht?«, fragte Jääkarhu. »Wir müssen die Krieger zu uns hinauf holen. Nur so können sie überleben!«

»Schnell, Krieger! Zieht euch zu uns in die Warten empor! Anders ist die Nacht nicht zu überleben!«, durchrief Vöðmaður den tosenden Schlachtenlärm.

Beständig rauschte ein Windzug über das grüne Feld vor der Wüste Landdísasteins. Unschuldig, als wäre es nie von Bedeutung gewesen, ob dieses oder jenes Kriegsheer die Auen durchschritten hatte, trieben die Lüfte ihre verwegenen Spiele. Längst waren die Atemzüge der Albenpferde, die auf ihrem Weg nach Muspellheim in den Halmen und Gräsern nach den besten Kräutern gesucht hatten, in der Vergangenheit verschwunden. Doch an diesem Tag verfing sich der Windhauch erneut in dicken Mähnensträhnen. Mit strengem Pferdegeruch beladen, umrauschte er die Kriegsrüstungen der dort rastenden Kämpfer. Es kreischte das Eisen, es knirschte das Leder, die Männer schauten auf – in Richtung Norden. Von dort nahte einer, früh sprang er vom Pferd. Er hatte dem Feldherrn nichts Gutes zu berichten: Die Muspellbrüder hatten Jötunheims Waffenkammern geleert. Auf ihrem Weg nach Muspellheim würden sie diese Gegend bald betreten.

Verwegenheit spiegelte sich im Gesicht des Feldherrn und spiegelte sich in den Köpfen der Kämpfer. Es war niemand anderes als der Rater Lytir, der vom Þing der Alben auserkoren war, die Alben gegen die Muspellbrüder zu führen. Dabei glänzte das Feuer der Zuversicht gerade in seiner Seele wenig. Mochte seine Gefolgschaft insgeheim hoffen, diese Gegend wieder zu verlassen, er wusste, dass es aussichtslos war. Nicht nur er – keiner derer, die am Þing gesessen hatten, rechneten damit, dass auch nur einer der Männer diese Schlacht überleben würde.

Die Krieger ahnten nicht, wie es um sie stand. Sie, die Waffenträger, durften jetzt, da es so wichtig war, keine Schwäche zeigen. Jeder von ihnen musste bis zum letzten Atemzug so mutig kämpfen, als gäbe es die Möglichkeit eines Sieges. Das Schicksal der Welten hing davon ab. Diese Muspellbrüder durften dem Kampfheer, das wohl bereits in Muspellheim stand, nicht in den Rücken fallen. Der alte Lytir war nicht ohne Grund für diese Aufgabe gewählt. Er war mehr als alle anderen motiviert, willens und fähig, dafür zu sorgen, dass auch keiner von Surtrs Gefolge dieses Feld lebend verließ. Unlängst hatte er darum Boten in die umliegenden Bergtäler gesandt, um bei den dort ansässigen Thursenstämmen Unruhe zu stiften und Streite anzuzetteln. Gelang es ihnen, die kampfhungrigen Bergriesen in die Schlacht hinunter zu locken, war viel gewonnen. Bergriesen waren von den Muspellbrüdern nicht wenig gefürchtet, denn diese hassten sie mehr als alles andere.

Lytir senkte seinen Blick in die vom Wind hin und her geworfenen Gräser. Nun hatte auch er das Knistern des Bodens gehört. Ein Ruf erschallte: »Die anderen Späher kehren nun auch zurück!«

»Was werden sie mir sagen, was ich nicht längst schon weiß?«, hauchte seine Stimme schicksalsergeben. Sein Bart wandte sich in die Richtung der Männer, die den nahenden Reitern entgegeneilten. Bald schreckte ihre Kunde auch den mutigsten der Helden auf:

»Brüder! Schwestern! Bereitet euch vor, das Opfer zu bringen. Leicht wird es nicht, doch leicht machen wir es auch ihnen nicht. Darum stärkt euch mit den letzten Vorräten. Wir brauchen nichts aufzuheben! Ist diese Schlacht vorbei, ziehen wir zu den Wanen, um an Gimlés Heldentafel zu feiern.«

Das Gjallarhorn

Surtr ferr sunnan meþ sviga lævi, skínn af sverþi sól valtíva;
grjótbjǫrg gnata, en gífr hrata, troþa halir helveg, en himinn klofnar.

Surtr fährt von Süden, mit flammendem Schwert. Vor seiner Klinge scheint die Sonne.
Steinberge stürzen, Unholde straucheln, betreten den Helvergr, der Himmel reißt auf.

Rauschhaft schlugen Surtrs Flammen ins Saalgebälk hinauf, während er begierig Lokis Erzählungen lauschte. Er schilderte, wie es dem Dämon gefiel, – in wahren und unwahren, jedoch reichlich ausgeschmückten Einzelheiten – den Kampf, den er gegen den Reifriesen gefochten hatte. Glorreich reihte sich Höhepunkt an Höhepunkt. Noch spannender wurde es, als nach dem Tod des ersten noch ein zweiter Reifriese auftauchte. Surtr war hin und weg.

»Nachdem der Kopf des Eisriesen in der Meeresgischt verschwunden war, suchte ich viele Tage in den engsten Ritzen des Felsens nach Hinweisen darauf, wie das Portal zu öffnen ist. Meine Hände drehten jeden Kiesel um und grasten das ganze Moos vom Untergrund ab. Die Suche erschöpfte mich und nach einigen Tagen kam ich nicht darum herum, mich einen Augenblick auszuruhen, und schlief ein. Darauf schien der zweite Riese gewartet zu haben. Es hat ihm jedoch nichts gebracht. Denn da ich Zeit meines Lebens oft in Bedrängnis gekommen bin, verfüge ich über das Talent, jegliche Gefahr im Voraus zu deuten. Ich spürte, als sich der Reifriese aus einer der Spalten der Felswand löste. Noch in meinen Träumen entkam ich seinem ersten Schwertschlag. Mit geschlossenen Augen wollte ich nach der Waffe greifen. Das Schwert des Reifriesen war in der Zwischenzeit allerdings geschmolzen. Die Pfütze, die sich dadurch gebildet hatte, war mit dem Erscheinen des neuen Gegners zu Eis erstarrt.«

»Und trotzdem besiegtest du ihn!«, staunte der Dämon.

»Der kalte Jöte wollte es zuerst auch nicht glauben, dass ich ihm waffenlos und ganz ohne Angst gegenüberstand«, antwortete Loki.

»Er schrie mir entgegen, dass er wohl wisse, wonach mir sei. Dass ich aber mit Worten alleine bei ihm nichts bewirke. Auch hüte er nur einen der drei Schlüssel, an einer Kette am Hals, und einzig Fróðis Wort besäße die Macht, dies zu ändern. Höhnisch fügte er dem hinzu, dass sich mein Todfeind Váli nun den Pfeil für mich sparen könne und dass nicht einmal meine Frau mir eine Träne nachweine, weil auch sie inzwischen nicht mehr an meiner wahren Gesinnung zweifle. Er erhob sein Schwert und …

Warum wich die Heiterkeit nicht aus meinem Gesicht?

Er senkte das Schwert erneut. Warum war mir selbst im Angesicht des Todes nach Lachen zumute? Ich konnte es ihm nicht mehr sagen. In diesem Augenblick begann Jörmungands Gift, auf ihn hinunter zu tropfen. Vom Hunger getrieben, hatte sie sich den Felsen hinaufgeschlängelt und verschlang den Reifriesen mit Schwert und Rüstung – zu meinem Missfallen noch bevor ich die Kette mit den Schlüsseln ergreifen konnte.

Ich schimpfte nicht, noch haderte ich, sondern dachte einen Augenblick scharf nach. Und noch während die Jörmungandr unter mir im Meer verschwand, fiel es mir wie Schuppen von den Augen: Wir brauchen gar keine Schlüssel, weil wir doch die Sindrissöhne haben! Die werden wohl wissen, wie ein solches Schlosswerk zu öffnen ist!«

»Sindrissöhne«, Surtrs Miene verzog sich leicht. »Ich brauche nun, da sich der Krieg hierher verschiebt, jeden Schmied an den Feuern! Es gibt viel zu tun! Das halbe Heer benötigt das von Sinmara erdachte, neueste Rüstzeugs. Dieses formt sich nicht von selbst.«

Da wurde Lokis Blick mit einem Mal sehr ernst. »Und schon ist die Siegeszuversicht wieder erloschen. Was befürchtest du? Diesen Ekron? Wir brauchen nicht noch bessere Rüstungen. Das nahende Heer ist geschwächt. Das Schicksal lässt sich nicht aufhalten. Die Tage deiner Feinde sind gezählt, doch nur, wenn wir das Tor zu Ásgarðr öffnen. Aber vielleicht denkst du ja insgeheim, du könnest gegen die Götter gar nicht gewinnen – wenn du schon gegen die Menschen so viel verlierst. Vielleicht soll die Schlacht auf dem Vígríðfeld ja gar nicht stattfinden. Doch du willst keine Schwäche zeigen, darum bleibt Naglfar bis zum Ende der Zeit in der Sichtweite von Ásgarðr.«

»Es ist anderes als Schwäche«, sprach Surtr. »Dieser Ekron Keitet Lilleunge, den seine Männer Ekkert nennen. *Ekron. Der Taugenichts, von dem man noch nie etwas gehört hat?* Ich habe den Namen gelesen, als ich die albische Schicksalschronik studierte. In den vergangenen Nächten, als ich alleine in dieser Halle saß, führte ich mir das Gelesene wieder vor Augen. Die Chronik der Alben berichtet von der Vergangenheit *und* der Zukunft. Weißt du, was das bedeutet?

Es bedeutet, dass Sinmara recht hatte, als sie mich vor der List der Alben warnte. Die Zukunft kann noch unerwartete Wendungen haben.«

»Unerwartete Wendungen?« Loki lachte. »Es wird nichts Unerwartetes geschehen. Doch wird es nicht so kommen, wie du es dir wünscht.

Warte doch hier auf die Hilfe, die du dir ersehnst. Es werden nur wenige der Männer, die du zurückriefst, tatsächlich zurückkehren. So wie du es wolltest, ist die Weltenscheibe und alles darauf nämlich daran, zu Asche zu werden. Die rote Schlange, die du deinen Bruder nennst, verschlingt alles, was sich ihr entgegenstellt. So auch die Männer, die in Niðafjöll als Nachhut für Ásgarðr bestimmt waren. Von denen gibt es kein Lebenszeichen mehr. Und jene, die in Sindris Palast warteten, weil du hofftest, du würdest das Portal nach Vanaheim doch noch entdecken, stürzen sich heute dem Weltenbrand entgegen. Sie gehorchten Sinmaras Boten, statt in der Burg zu warten. Lange werden sie nicht mehr leben. Mir scheint, dass am Ende Vanaheim und nicht Muspellheim jene der neun Welten sei, die den Weltenbrand überstehen wird. Weißt du, was das bedeutet? Dir fehlen die Männer, um das abzuändern, obwohl die Pfade nach Vanaheim schon in wenigen Tagen offenliegen werden. Dein Plan, die Götter und ihr gesamtes Erbe auszulöschen, ist dank der brillanten Kriegspläne deiner Vertrauten Sinmara gescheitert. Ist sie denn wirklich auf unserer Seite? Mir scheint, jeder Bastard hätte bessere Pläne entwickelt.«

Loki seufzte bitter, ehe er ergänzte »Du fürchtest dich vor Ekron. Dass er die List der Alben sei. Fürchte dich besser vor Sinmara. Sie, die abtrünnige Albin, die dich immer wieder beeinflusst, ist die wahre List der Alben. Die Wahrheit ist: Deine treue Gefährtin wurde dir von deinen Erzfeinden geschickt, um dein Handeln zu beeinträchtigen. Die Verräterin! Ohne sie hättest du schon lange gesiegt!«

Loki hatte gesiegt. Die Augen des Dämons begannen aufzuflackern. Er zog Surtalogi aus der Scheide.

»SIIIIINMAARAAAAAH!« zischte der Feuerrachen. »Heute erkannte ich die Wahrheit! Heute wurde ich dir überdrüssig!«

Ein greises Weib erschien unter dem Torbogen des Saals. »Wenn du meinst!«, entgegnete sie und war sich nicht bewusst, in welcher Gefahr sie sich befand. »Ich will dich wa …!«

Ihr blieb kein Augenblick Lebenszeit mehr. Surtrs Schwert durchschoss die Luft, senkte sich funkensprühend in Sinmaras Brust und durchstach die Wand dahinter. Von Feuer aufgespießt, blieb ihr Herz auf einen Schlag stehen. Ihre Lunge vermochte sich kein einziges Mal mehr zu heben. Der Körper erschlaffte. Von außen merkte man im ersten Augenblick nichts davon. Als würde die abtrünnige Albin noch leben, blieb sie aufrecht auf den Beinen. Einzig der Kopf nickte nach vorne. Endlich vereinnahmten die Flammen des Feuerschwerts den welken Körper. Sie schossen auf und verschlangen den Kadaver.

Loki vermochte dies wenig zu beeindrucken. Er hatte schon Schlimmeres gesehen und erlebt. Beispielsweise hatten ihn die Asen nach Balders Tod mit seinen eigenen Gedärmen in eine Höhle gefesselt. In dieser Pose hatte er fast einen ganzen Winter verbracht und sich dabei jeden Augenblick gewünscht, sterblich zu sein. Im Gegensatz zu ihm war Sinmara sterblich. Ihr Leib löste sich gerade in Asche auf. Loki genoss es sichtlich, seine Rivalin zu Asche zerfallen zu sehen. Er wandte sich zu Surtr um und begann zu schwärmen: »Endlich hast du den Schatten in deiner lichtvollen Burg beseitigt! Nun wird dich nichts mehr vom Siegen abhalten und du wirst sehen, dass Ekron nur ein kleiner Wicht ist, den man sogar besiegen kann, ohne gegen ihn zu kämpfen!« Seine Stimme erstarkte: »Der Sieg ist einfach: Die Kräfte all deiner Feinde werden versiegen, sobald Óðinns Orakel am Himmel erlischt! Darum muss die Schlacht endlich beginnen. Ich brauche nur drei Sindrissöhne. Sie werden das Portal innerhalb eines Tages öffnen. Danach wird die Miðgarðschlange Naglfar schnell an Ásgarðs Ufer gezogen haben. Die Schlacht kann morgen beginnen.«

»So sei es denn. Hole dir die Sindribrüder, die du brauchst!«, grollte Surtr.

Aus der Schwärze des Járnviðrs starrend, hatte Fenrir im abklingenden Licht des Tages wohl einige Dutzend der tödlichen Pfeilgeschosse in die Rücken der Muspellbrüder rauschen sehen. Da sich deren Gegner hinter den Scharten des Bollwerks versteckten, war ansonsten auf dem Kampffeld nicht mehr viel geschehen. Zur Mitte der Nacht öffnete sich das Festungstor erneut. Das mit Kadaver übervolle Feld füllte sich mit Muspells Männern über und über. Jääkarhu zürnte. Am liebsten wäre er hinuntergestiegen und hätte sich durch diese Masse geschlagen ... Doch eine solche Masse war selbst für ihn gefährlich. Dazu kam, dass er dem, was er sah, sowieso nicht mehr traute. Seltsam geziemten sich die kampftollen Riesen nämlich. Was geschah dort unten? Es schien, als kümmere es sie wenig, dass ihre Feinde die Festung besetzt hatten. Ihre Schwerter waren wieder auf die Rücken gebunden. Dies ließ sich in der Dunkelheit gerade noch erkennen. Sie machten sich daran, die Gegend zu verlassen! Hinter ihren Rücken erstarrte jegliche Bewegung. Nur das Getöse einer abziehenden Streitmacht war hingegen noch in den Morgen hinein vernehmbar.

Da bekam es der Wane mit der Angst zu tun. Er fürchtete, die Muspellbrüder seien unterwegs, um Vanaheim anzugreifen. Das Eis, das das Portal verbarg, konnte in der Zwischenzeit bereits geschmolzen sein. Es war ja in den letzten Tagen so warm geworden, dass viele der Männer ihre Felle irgendwo im Wald zurückgelassen hatten, und es wurde immer wärmer. »Wir müssen Surtrs Brut folgen und sie erneut bekämpfen, ehe sie Fróðis Heimat erreichen!«, fuhr es aus ihm.

Es war einfach, Muspells Spuren zu folgen. Die von ihnen gebrochene Schneise durchbrach Angrboðas Wald bis zu seinem Ende. Dahinter konnte man sie in der Weite draußen als Schatten deuten. Da begann manch einer der Männer, bang an eine bevorstehende Schlacht zu denken, denn das Heer war, seit es Útgarðr betreten hatte, stark geschrumpft. Selbst gegen ein kleines Riesenheer wäre damit schwer zu siegen gewesen. Die Heimat der Wanen ließ sich damit kaum verteidigen.

Im Gegensatz zu Jääkarhu und den anderen wusste Oberon, dass die Muspellbrüder nicht nach Vanaheim unterwegs sein konnten. Das Portal lag in einer anderen Richtung. »Das Ziel kann nur Undir Miðgarði sein!«, fuhr es aus ihm.

»Freut euch, Männer! Es geht nach Muspellheim! Zur großen Schlacht«, rief Vöðmaður. »Im Gegensatz zu hier können wir dort, an der Seite unserer Verbündeten, noch etwas bewirken!«

Oberon räusperte sich und sprach: »Nach Útgarðr werden wir nicht kommen. Siehst du den rotflackernden Streifen über dem Gebirge? Das ist der Weltenbrand! Der wird weder die noch uns verschonen. Fast denke ich, wir seien töricht, wenn wir unseren Feinden weiterhin folgten. Wir müssen unsere Marschrichtung in Richtung Vanaheim abändern!«

Jääkarhu lachte auf. »Warum verstehst du die Seelen dieser Männer nicht, Albe? Wie könntest du sie denn verstehen? Du trägst ein Schwert, das von alleine kämpft und langweilst dich während der Schlacht. Nie warst du vom echten Kampfgeist erfasst. Diese Männer wollen den Heldenkampf und nichts anderes. Will dir sagen, was geschieht, wenn du die andere Richtung befiehlst: Niemand wird dir folgen.

Du sagst, das dort vorne sei der Weltenbrand? Gut. Dann werden unsere Männer zuerst sehen, wie die Muspellbrüder darin verglühen, ehe die Wut in ihren Herzen abkühlt. Zu hart haben sie gekämpft, als dass sie nun aufgeben würden. Keiner soll ihnen nachsagen, sie hätten auch nur einem dieser Bastarde das Leben geschenkt.«

»Mir scheint, wir hätten über den Tag gut aufgeholt«, ergänzte Vöðmaður daneben. »Nun, da der erste Abendnebel aufkommt, täten wir gut daran, den bestehenden Abstand einzuhalten. Dann bleiben wir über Nacht vielleicht unbemerkt und können am Morgen angreifen! Ich hoffe, dass sie in der Nacht nicht plötzlich die Marschrichtung ändern. Sonst haben wir sie verloren!«

»Ach was! Wohin sie auch marschieren. Myrkur hat beschworen, einer solchen Spur noch nach Tagen folgen zu können«, antwortete Jääkarhu. »Wo ist er denn eigentlich, der kleine Wicht? Besser, einer der Männer trüge ihn über das feuchte Gebiet hinweg! Nicht, dass er noch von den auftauenden Moorleichen gefressen wird!«

»Abendnebel!« Myrkurs Lachen wurde von Husten unterbrochen. »Dies ist kein Abendnebel! Hier unten ist die Luft schwer und giftig. Lange hält das keine Lunge aus!«

Schlagartig brach die Nacht an. Das Gift, vor dem Myrkur gesprochen hatte, entstieg dem Boden. Es schwebte bis zu den Köpfen und darüber hinweg. Jeder der Marschierenden begann, nach Atem zu ringen. Flammen begannen, die Dunkelheit zu durchschlagen. Weit vorne flackerte der Horizont auf. Es wurde so heiß, dass sich das Land da und dort eigenständig entzündete.

»Wir hätten meiner Weisung folgen sollen!«, rief Oberon.

»Niemals!«, fuhr ihm Myrkur entgegen. »Den Schändern von Sindris Erbe folgen wir, bis ihre Taten gerächt sind! Ob wir lebend oder tot nach Gimlé gelangen, ist uns einerlei!«

Da geschah Unerwartetes. Vielen in der herben Kriegerschar war es, als hörten sie eine sanfte Frauenstimme durch das Knistern: *»Macht euch bereit, diese Gegend zu verlassen! Die nächste Schlacht findet für euch in Muspellheim statt!«*

»Vergiss es, Alvíss! Unsere Pflicht wiegt schwerer als jedes Wort – selbst wenn es von dir kommt!«, fuhr Jääkarhus Stimme durch die Hitze. »Mag sich im Angesicht dieses Infernos der eine oder andere auch nach einer anderen Gegend sehnen, die Götter gaben uns die Aufgabe, Muspells Erben sterben zu sehen. Wir haben einen langen und beschwerlichen Weg durch Útgarðr hinter uns. Der hätte sonst wohl wenig Sinn gehabt.«

»Der Weltenbrand ist weit fortgeschritten! Der Weg der Muspellsöhne führt direkt hinein! Euer Zweck ist damit erfüllt! Keiner wird das Feuer überleben!«, entgegnete Alvíss.

»Es gibt für sie wohl eine Möglichkeit! Sie könnten noch kurz vor dem tödlichen Feuer eine andere Richtung einschlagen!«, antwortete Jääkarhu. »Der Schnee ist geschmolzen, das Tor zu Vanaheim ist ungeschützt. Die Muspellbrüder können es nun nach kurzer Suche finden. Bedenke, Alvíss: Wenn Vanaheim fällt, ist das Ende allen Lebens besiegelt, denn das Wanenland ist das Rückzugsgebiet, das Ragnarokr unbeschadet überstehen soll! Darum marschieren wir weiter. Erst wenn wir Muspells Schicksal mit eigenen Augen sahen, kannst du uns nach Muspellheim bringen.«

Alvíss hatte nicht erwartet, dass sich Frîjas Feldherr Jääkarhu gegen ihr Wort stellen würde. Was wurde denn nun aus den Alben und Getreuen, die bereits zur Brücke Sotkubru unterwegs waren? Sie, die Alvíss‘ Weisung Treue bis in den Tod geschworen hatten, würden Muspellheim ohne Wenn und Aber betreten. Ohne Jääkarhus Männer würden sie dort allerdings wenig anrichten können. Sie wusste es und es war kein Fehler. Sie kannte die Zukunft. Auch wenn die für Muspellheim bestimmte Verstärkung momentan noch durch eine weit entfernte, brennende Welt marschierte, am Ende würde alles gut.

Die Alben wussten so oder so nichts von ihrer Verstärkung, als sie aus der Stadt am Meer aufbrachen, um das vom Feuer abgegraste

Land hinter der roten Schlange zu durchschreiten. Mittels der Albenzauberei war die Bucht, in der die Albenschiffe warteten, bald erreicht. Wenig später waren die farbenfrohen Kiele über die Häupter von Ägirs Töchter hinweggerauscht. Am Himmel drehten die Winde. Im Rauch des Weltenbrandes schmolz – bis auf einen blauen Strich in der Weite draußen – alles zu einer einzigen, langen Nacht zusammen. Dies erschöpfte die Krieger. Sie wurden von dieser einen Stimmung befangen, in der man sich dem Leben ferner als dem Tod fühlt. Es wurde nicht besser, als selbst das Gurgeln des Wassers, das Knarren des Holzes und das Flattergeräusch der Segel mit der Zeit zu verstummen schienen.

»Es wird so still. Meiden die Ägirstöchter das Holz der Kiele etwa? Wir sind wohl nur in einer guten Strömung, aber mir ist, als würden wir schweben«, durchbrach eine Stimme die Lautlosigkeit.

»Ein Vorteil. Immerhin wird uns kein Feind zufällig entdecken. Bis wir angreifen, wird uns niemand in der Gegend vermuten«, antwortete eine andere.

»Deine Worte beruhigen keines der Gemüter. Jedes Herz bangt vor der Zukunft. Wie sollen wir uns nur durch Muspells Gemarkungen schlagen? Niemand kann sich denken, dass wir etwas gegen die schwarzen Riesen bewirken. Siehst du das Schwert in meinem Gurt? Es zittert! Wird es überhaupt in der Lage sein, Muspells Rüstung zu durchstoßen? Das Kettenkleid vor meiner Brust bebt. Ist es imstande, mich vor Muspells hartem Hieb zu bewahren?«, seufzte jemand.

»Bedenke, wenn wir nicht siegen, bestimmt der Dämon die zukünftige Weltordnung. Die Nacht, die dann anbricht, wird niemals mehr enden. Willst du dann noch leben?«, fragte einer. »Was bleibt uns denn, als zu vertrauen? Wir, Muspells Erzfeinde, werden den schwarzen Riesen ihre Grenzen aufzeigen. Zweifle nicht. Der Feind fürchtet uns nicht ohne Grund.«

»Was ist das? Ein Schimmer am Horizont! Felsen, die glitzern, als seien sie in der Hitze zu Glas geworden. Bereitet euch auf die

Ankunft vor!«, hallte es durch die Dunkelheit. »Zwar erkenne ich die Brücke noch nicht, doch das Meer kommt zu seinem Ende.«

»Ich wünschte, es bliebe so! Am liebsten würde ich die Sotkubru nie erblicken. Nur schon der Gedanke an den morschen Ast der Esche Yggdrasil reißt meine Stimmung in die Tiefe. Aus gutem Grund ist dieser Weg nach Muspellheim für die Augen der Lebenden unsichtbar!«

In diesem Augenblick durchrauschte brodelndes Wasser die Schwärze. Laut rauschte es durch die Löcher und Spalten der Klippen, ehe es in die Gischt hinunterfloss, durch die sich die Albenschiffe mit Hræsvelgs Hilfe schoben. Schlagartig kam Lärm auf. Ráns Töchter versuchten, die Schiffe an die Klippen zu ziehen. Sie taten sich schwer damit.

Alvíss' Getreue erreichten diese äußerste Ecke Miðgarðs – die Stelle, von der aus sich die unsichtbare Brücke Sotkubru aus der noch warmen Asche hob. Grollen füllte die Luft.

Als rausche das Blut aller Gefallenen heran, überschäumte das Morgenrot die Wüste. Das Rot umfloss die Furchen des Gesteins, drang tief durch die Ritzen und Spalten und reicherte sich mit dem Geruch der Unglücklichen an, die in der Nacht gefallen waren: Schweiß, Blut, Exkremente.

Schlimmes hatten die Augen in der Kampfnacht gesehen. Oft hatten sie am Erfolg gezweifelt, doch gegen Morgen war es immer klarer geworden, dass die Angreifer geschlagen waren. Das Augenmerk des Stadtvaters hob sich über die aufkeimende Glut des Morgens hinweg. Seine Blicke überflogen den aufhellenden Himmel und trafen auf die von der Schlacht gezeichneten Feldherren, die hinter ihm Skinfaxis Himmelssprung entgegenharrten.

»Ist es faszinierend oder abstoßend, wie diese von Leichenteilen überflutete Landschaft unter dem Mantel der Düsternis hervorquillt?

Ich fürchte, wir haben uns zu sehr an diesen Anblick gewöhnt«, sprach Finar. »Wir sollten große Feuer anzünden und die Leichen darin verbrennen, sonst wird man die Luft über diesem Gebiet bald kaum mehr atmen können.«

Der Stadtvater blickte ihr entgegen und antwortete: »Das ist unnötig. In zwei Tagen werden wir diese Gegend verlassen haben.

Stechend starrt ihr mir entgegen. Ihr habt recht, ihr habt eine bessere Antwort verdient: Als ihr in dieser Nacht eure Schwerter gegen die Feinde warft, hat der alte Mann vor euren Augen sich einige Male erlaubt, auf dem Hochsitz einzunicken. Im Traum erschienen mir die Frauen von Landdísastein und meinten, dass diese Stadt ihren Sinn erfüllt hätte und es Zeit sei, eine andere Heimat zu finden. Sie sprachen von einem geheimnisvollen Portal, das zu einer Halle namens Gimlé führe. Dorthin solle ich die Frauen, Kinder und Alten führen. Gimlé? Wisst ihr etwas darüber?«

»Gimlé heißt die neue Halle bei den Wanen«, antwortete Kaldgrand. »Dann ist es also tatsächlich so. Vanaheim ist das Land, das Ragnarokr überstehen soll. Vertraut darauf. Geht dort hin, wohin sie euch weisen. Wir werden alle nachkommen, sobald wir unsere Aufgaben erfüllt haben.«

»Du sprachst nur von den Frauen, Kindern und Alten. Warum sollen sie die Männer nicht begleiten?«, wollte Björt wissen.

»Die Männer ziehen mit euch«, kam die Antwort. »Als ich durch mein Gefolge schritt, gaben sie sich von euren Taten so stark ergriffen, dass sie sich euch anschließen wollen.«

»Freut mich zu hören! Es wird trotzdem nicht einfach!«, fuhr es aus Kaldgrand. »Alle müssen sich vom Kampf erholen. Sollten die Muspellbrüder in den nächsten Tagen noch einmal angreifen, wird es schlimm für uns.«

Björt blickte ihm fragend entgegen und sprach: »Ich glaube nicht, dass wir uns davor fürchten müssen. Wir beide kennen unseren Gegner doch zu gut – nie erkannte man Feigheit in seinen Reihen. Weit und breit sind doch alle zu dieser Schlacht gekommen. Keiner ist in seinem Hinterhalt geblieben. Erst weit hinter der Grenze warten die nächsten auf uns.

»Richtig. Von dort, woher diese kamen, ist nichts mehr zu erwarten. Doch es gibt noch andere Richtungen«, antwortete Kaldgrand. »Zum Beispiel müssen wir damit rechnen, dass uns plötzlich eine Nachhut in den Rücken fällt. Surtr ruft doch alle seine Getreuen zur großen Schlacht zusammen.«

»Sollen sie kommen. Ich fühlte mich in dieser Schlacht so stark wie nie!«, antwortete Ekkert.

»Du hattest im Kampf also auch den Eindruck, dass wir trotz der überwältigenden Größe des Gegnerheeres nicht gegen die erwartete Schlagkraft ankämpfen mussten?«, fragte Sannur. »Sei nicht übermütig. Vielleicht ist Surtrs Kampfheer in der Zwischenzeit so arg geschwächt, dass wir nur gegen Kampfanfänger antraten. Doch die, vor welchen Kaldgrand warnt, die von der anderen Seite kommen, sind keine Kampfanfänger, sondern härteste Haudegen. Wir können nur hoffen, dass die Alben, die zu diesem Sinn noch in ihren Verstecken beim Gletscher blieben, etwas gegen sie ausrichten können.«

Kaldgrand räusperte sich. »Rechnen wir lieber mit dem Schlimmsten. Alvíss' Waffenträger sind von Surtrs Männern schnell erschlagen! Sie sind ihnen im Kampf weit unterlegen! Ja, Finar, ich weiß, Alben sind für ihre List berüchtigt. Aber es kann am Ende eng werden, wenn wir uns darauf verlassen, dass ihnen eine gute List gegen diese Riesen einfällt.«

Finar seufzte nachdenklich. »Es wird wohl nicht erst am Ende eng werden. Seht nur, wie das Umland aufflackert. Seit wir den Schwarzalben entkamen, wurde es von Tag zu Tag immer heißer. Es wird in Muspellheim kaum besser werden, denn von den Alben hörte ich, dass Surtrs Welt in Flammen stehe. Darum sollten wir alles zurücklassen, was irgendwie entbehrlich ist.

Brechen wir auf. Erholen können wir uns auf dem Marsch zur Grenze.«

Scharf strich der Wind durchs zitternde Gras. Rastlos rauschte er aus Hræsvelgs Gefieder, als versuche er, die Spuren der Alben in Richtung Landdísastein auszulöschen. Es war sinnlos. Schon seufzte der Boden unter dem schweren Riesenschuhwerk. Es knirschte das Leder, es kreischte das Rüstzeugs, innbrünstiges Gebrüll schallte weit über das Land – den Hinterhalten entgegen, die Lytir und seine Männer in der Zwischenzeit gerichtet hatten. Doch die ersten Gegner, auf die die Muspellbrüder trafen, waren nicht die Alben. Als Surtrs Getreue das Grenzland überschritten, lösten sich die kriegsbemalten Bergriesen aus den Schattenfalten des Landes. Tief war die Wut, die sie in sich trugen. Die Schmach, die ihresgleichen einst in Muspells Kriegslagern erlitten hatte, spornte sie an. Ihr Hass war dem ihrer Feinde ebenbürtig.

Die Muspellbrüder verkannten dies. Schmählich lachten sie ihnen entgegen. Sie glaubten, auch die Schwächen dieser Riesen zu gut zu kennen. Mochten diese auch über Körperkräfte verfügen, denen sie nichts entgegenzusetzen hatten, fehlte ihnen etwas Entscheidendes, nämlich die Waffen. Zwar gab es in den Felsen der Höhlendörfer gute Erze, doch die Bergriesen waren nicht in der Lage, diese abzubauen und zu formen. Die Erben der Urriesen fürchteten sich ja oftmals sogar vor Feuer. Wie sollten sie dann schmieden? Weder Schwert noch Dolch würde Surtrs Getreuen entgegenschlagen. Wovor sollten sie sich also in Acht nehmen?

Doch Bergriesen wussten zu kämpfen. Sie, die seit Anbeginn dieses Zeitalters die Hochtäler bewohnten, waren nie für ihre Feigheit und Friedensliebe bekannt gewesen. Die Luft füllte sich mit Getöse. Mit Poltern. Die Erde bebte. Graue Felsklötze rauschten über das grüne Land hinweg. Sie schlugen Löcher in die Erde oder rollten weit durch die Reihen der anströmenden Streitmacht. Muspellblut verklebte Gras und Stein. Schwer beschädigt schnitt manch ein Brustharnisch dem einen oder anderen die Luft ab. Wie Dornen senkten sich hier und dort Eisensplitter weit in die Innereien.

Sinmaras Rüstzeugs war schwerfällig. Wenn es einmal beschädigt war, wurde der Träger zum leichten Ziel. Dort, wo Muspells Schwerter schlugen, regnete es Funken. Die Bergriesen gaben alles, um sich für Schmach und Mord zu rächen.

Lytir sah, dass sein Plan aufzugehen schien: Seine Kriegslist bekämpfte die herannahende Feindesschar gut. Deren Kraft versiegte nach und nach, doch sie blieb gefährlich. Viel einfacher wurde es dadurch nicht und das Schicksal war bestimmt. Er haderte schwer mit dem, was die Alben erwartete, als sich die Streite immer weiter von den Bergriesen weg verlagerten: Zwar waren die meisten der Muspellbrüder verletzt und nur noch in zerschlissenen Rüstungen unterwegs, doch waren es nach wie vor außerordentliche Krieger, die mit ihren Kräften ausgezeichnet umzugehen vermochten. Hatten sie erstmal die Alben erreicht, schlugen ihre Schwerter präzise. Arglistig trafen sie immer wieder die schwachgepanzerten Beine. Wehe dem, der ihnen nicht ausweichen konnte. Mit abgehacktem Fuß wurde er zum wehrlosen Opfer.

Viel Leid geschah am Rand des Landes der weisen Frauen, doch die Hälfte davon war für die Muspellbrüder bestimmt. Die Bergriesen hatten gute Vorarbeit geleistet. Nun fanden auch die Alben Möglichkeiten, Lücken in die Feindesschar zu schlagen. Zäh schob sich der Kampf mal vorwärts, mal rückwärts über das Land und die Wüste dahinter. Arg schlugen sich die Helden, von eigenen und fremden Innereien gezeichnet. Mit Worten und Taten verschmähten sie den Niðhöggr, dessen Schatten beharrlich am Himmel schwebte. Alle Rüstungen und Schilder zerbarsten. Die Gemüter ermatteten in der roten Gischt. Überlebende gab es keine.

Fernab davon, in Útgarðr, dämpfte der Rauch des Weltenbrandes jedes Aufflackern des Sonnenlichts. Der giftige Dunst raubte jedem Sicht und Stärke. Er legte sich stechend in die Augen und Lungen. Nicht nur Vöðmaður tat sich schwer damit. Über die Nacht war das Zischen der roten Schlange laut geworden. Mehr und mehr füllten sich die sichtraubenden Ascheburgen mit dem bedrohlichen Lichtspiel. Der Boden war zu Moor geworden und schnell bis in die Tiefe hinunter ausgetrocknet. Was blieb, war Sand, in welchem hier und dort eine Teerquelle funkensprühend aufloderte.

»Seht, wie sich das Feld mit Flammen füllt! Schon kann ich den Schweiß der Muspellbrüder riechen!«, hallte es aus der staubtrockenen Kehle Vöðmaðurs. »Weiter, Männer! Schneller! Diese Hetzjagd muss ein Ende finden, ehe der Weltenbrand auch unsere Leben fordert.« Schon versengte die heiße Brunst die Bärte der Männer, bis sie stehen blieben und kaum glauben konnten, was sie vor sich sahen: Surtrs Söhne durchschritten den Vorhof des Weltenbrandes. Unbeirrt traten sie über die Glut hinweg. Über ihren Häuptern knisterte die Luft. Die kraftstrotzenden Riesen schienen die wallende Flammenbrunst vor sich nicht zu fürchten. Hofften sie auf ein Wunder?

Die Schritte von Fróðis Gefolgsmann kamen indessen ins Stocken. Mit donnernder Stimme rief er Surtrs Schar in den Rücken: »Elend seid ihr, Muspellpack! Ehre habt ihr nicht, weil ihr das Heil in der Flucht statt im Kampf sucht! All das Schlimme, das ich von euch hörte, ist erlogen! Bereits der Schimmer unserer Schwerter schlägt euch in die Flucht!«

Diese Worte trafen, worauf sie zielten: Den Stolz des Kampfvolks, das Waffen, Kampf und Stärke beherrschte und, gleich einer Horde riesenhafter, wilder Stiere, lieber alles auf die Hörner spießten, als sich Spott und Hohn gefallen zu lassen. Sie kamen zum Stehen. Hämisch brüllte eine dumpfe Stimme:

»Auch wir hörten von euren Taten! Lange haben wir uns ausgemalt, wie blutrünstig ihr wohl kämpft. Fürwahr hat uns gegraut! Gebangt haben wir, euch in die Fratzen zu sehen, bis es heute unvermeidlich wurde. Nun blicken wir euch entgegen. Was bietet sich unserer Furcht? Euer Augenglanz ist längst erloschen. Euer Blick wurde von den Entbehrungen matt. Ihr, die ihr so viele unserer Brüder erschlugt, rafft müde eure letzten Kräfte zusammen. Ihr sehnt euch nicht mehr nach dem Anfang, sondern nach dem Ende der Schlacht. Heute wurde es uns allen klar, dass nur Zauberei euch auf den Beinen hielt. Nun seid ihr erschöpft und müde, weil sich euer Zauberer gerade fernab aufhält.

Wohl gilt in allen Kriegsvölkern Zauberei im Kampf als unehrenhaft. Ihr seid wirklich das widrige Ungeziefer, für das wir euch hielten.

Ich gäbe viel dafür, den Befehlen unseres Herrn zu trotzen und euch zu geben, was ihr verdient! Doch wir sind echte Krieger. Es ist unsere Ehre, die dies verhindert. Seid aber frohen Mutes, Gaukler. Wer nicht stirbt, sieht sich auf dem großen Schlachtfeld wieder. In Surtrs Land wirken eure Zauber nicht.«

»Feigheit sage ich dem Muspell nach! Ja! Feigheit! Wäre es anders, kämpftet ihr jetzt!«, durchrauschte Jääkarhus Ruf die brodelnde Luft.

Da kam Bewegung in die Bande. Unzählbar griffen raue Pranken nach den glühenden Schwertschäften. Es begann zu klirren. Die Muspellpranken loderten auf, die Schwerter verschmolzen mit dem kochenden Untergrund.

Doch auch auf der anderen Seite wollte die Hitze die Schlacht verhindern. Die Schützen spannten ihre Bogen. Die Sehnen zischten und entschwanden in die Luft. Selbst die erbeuteten Apparate waren nicht mehr zu gebrauchen. Die Pfeile flackerten und lösten sich auf. Holzspeere entzündeten sich, Schilde knirschten. Die ersten Gewänder lösten sich in Flammen auf. Selbst Jääkarhu befand sich schnell im Heer der Waffenlosen.

Kraftvoll begann ein Sog an allem zu reißen. Er zog, was er bewegen konnte, zum Rachen der glühenden Schlange heran. Um Surtrs Männer herum wurde die Welt in Licht getaucht. Ihre Geister entwichen ins Totenreich ihres Glaubens.

»Genug gestaunt! Wir müssen zurück!«, schallte Oberons Ruf heran. »Nun habt ihr mit euren eigenen Augen gesehen, dass die Schlange die Muspellbrüder fraß. Nun folgt mir endlich, bevor wir das Schicksal unserer Feinde teilen! Alvíss wird uns außerhalb des Brandes erwarten!«

Mürbe war der alte Zauberer geworden. Durch sein Versprechen an die Ruine einer entlegenen Burg gebunden, war er den bedeutenden Geschehnissen viel zu lange ferngeblieben. Wie ein alter Greis jeglichem Ansehen, Geselligkeit und Lustbarkeit beraubt, hatte er in der ihn umgebenden Sinnlosigkeit damit begonnen, sich innerlich auf sein Ende vorzubereiten – bis Alvíss kam, um von ihm die versprochene Hilfe einzufordern. Da wachte er in alter Stärke auf und es schien ihm, als sei dies alles nur ein übler Traum gewesen.

Kurze Zeit später stand er am Ufer des Meeres und starrte gedankenverloren in die Weite des Wassers hinaus. Dumpf grollten die Fluten über seine Spur hinweg. Die Ägirstöchter rollten über das Gestein und umfassten seine Knöchel.

»Ich bin bereit«, sprach er und lächelte in Richtung Alvíss. »Beeilen wir uns. Ich will endlich wieder an die Seite meiner Männer treten!« Scharf stach sein Blick noch einmal in ihr Gesicht, ehe er Worte murmelnd ins Wasser hinaustrat. Seine Finger gruben sich in seinen Beutel. Sie griffen in die Kräuter, die er für diesen Zauber vorbereitet hatte. Danach durchfuhren ihn schlimme Qualen. Er fiel auf die Knie. Die Ägirstöchter durchfassten seinen Bart und umschlugen die bleiche Haut. Er spürte nichts mehr. Die Wellen zogen ihn vom Ufer weg ins tiefe Wasser, in eine von Bewegung durchrauschte, kühle Welt. Es war so still und alles schimmerte. Sein Leib schwebte durch das blaue Licht. Die Ferne glitzerte, als würde sie von einem silbernen Fischschwarm durchkreuzt.

Von unten fasste etwas nach dem wehrlosen Leib. Die Räuberin Rán löste sich aus der Tiefe. Lange umfasste ihre unsägliche Gier den leblos wirkenden Körper. Eine Seele konnte sie ihm damit nicht entlocken. Als sie ihren Spielen überdrüssig wurde, ritzte sie das Fleisch mit ihren Krallen und schleifte es weit über den Grund hinweg. *Nichts.* Lange dauerte es, bis sie davon abließ und mit der rauschenden Strömung davonschwebte.

Inzwischen hatte Alvíss eine geeignete Stelle an Ráns von Fischen umschwärmtem Leib gefunden, an der sie sich festklammern konnte. Die Fahrt dauerte lange und sie war ihrer bald überdrüssig. Endlich. Das schwarze Wasser füllte sich mit Schimmer. Er stammte von einer Tafel der glanzlosen Freude, der tiefbekümmerten Heiterkeit. In Ráns Palast war es allgemein dunkel, dass man daneben fast nichts erkennen konnte. Einige Stofffetzen schwebten in den Bewegungen an Alvíss' Gesicht vorbei. Auch Leichenteile. Das von Maden zerfressene Fleisch der ertrunkenen Seemänner.

Als Alvíss Ráns Gewand verließ, hoffte sie, wie jeder, der diesen Saal betrat, auf die Gunst der Totenherrin. Doch noch ehe sie sie anzusprechen vermochte, kam die Antwort, die den Saal erzittern ließ: »Schweige, Wurm! Von hier gibt es kein Entkommen!«

»Spürtest du nicht, dass etwas Lebendes deinen Saal betrat?«, wollte Alvíss wissen. »Kostgängerin bin ich nicht, sondern die Mutter der Alben, eines Volkes, das du aus den Geschichten der Seemänner kennst!«

»So! Alvíss! Die Fürsprecherin der Menschen! Es gab Zeiten, in welchen dein Name Tag für Tag an meine Ohren hallte! Du enttäuscht mich, Alvíss! Fürwahr: Hörte man die Geschichten der Männer, so müsstest du viel schöner sein. Genug geredet, nun verschwinde! Von meiner Tafel rettest du keinen! Trutzig bin ich, gleich der Hel, als sie die göttliche Bitte ausschlug, Balder, den Liebling aller, wieder zu den Lebenden zu lassen!«

»Die Ertrunkenen gehören dir! Ich kam aus einem anderen Grund!«, antwortete Alvíss. »Viel erhoffte ich mir von diesem Bittgang ...«

Ein Lachen durchdrang den Saal. »Bittgang? Hinter dir liegt der beschwerlichste Weg, der je ein Lebender auf sich nahm. Mich dünkt, Hermóðr tat weniger, um Balder zu retten! Und wofür? Für nichts! Einfältige! Alles, um das du mich bitten kannst, werde ich ablehnen. Ist dir nicht klar, dass ich niemandem helfen will und kann? Mein einziger Sinn ist es, mich um die Seelen der Ertrunkenen zu kümmern! Niemand kann mehr von mir erwarten!«

»Deine Netze blieben lange leer! Sie werden sich nicht mehr füllen, wenn du mich nicht anhörst!«, erwiderte Alvíss, ehe sie ausführlich von der brennenden Welt zu erzählen begann – dem Grund, warum kein Seemann mehr ein Boot bestieg. Was stutzte die Rán. Als Alvíss von Oberons Plan erzählte, verstand sie, dass alles darin Sinn ergab. Und dass am Ende nur das Meer über die Macht verfügte, den Weltenbrand endgültig zu löschen, worauf dann wieder Leben an die Küste käme. Es dauerte nicht lange, da wollte sie doch helfen. »Was kann ich tun?«, fuhr es aus ihr.

»Von deinen Töchtern heißt es, sie hörten auf niemandes Wort, bis auf deines!«, antwortete Alvíss. »Sie sind es, deren Hilfe ich für den Zauber brauche. Schicke sie in der Nacht, in der ich den Zauber spreche, als Springflut über das Land!«

»Meine Töchter werden kommen. Sie werden über die Ufer schlagen und alles unter sich begraben, so wie du es wünschst!«, versprach die Räuberin.

Hell flackerte der mit Feuerlicht angereicherte Nebel über Útgarðs stöhnendem Moor. Es vermochte der roten Schlange keinen Augenblick zu trotzen. Schon machte sie sich daran, zwischen Járnviðrs Bäumen aufzulodern.

Ernüchterung machte sich im beinahe waffenlos gewordenen Kriegsheer breit. War denn die ganze Jagd wirklich umsonst gewesen? Man hätte sich vieles erspart, hätten die Feldherren einmal auf einen Kriegsunerfahrenen gehört. Doch die Verdrossenheit versiegte, als auf der anderen Seite Skinfaxis rötlicher Glanz durch die milchige Luft zu schimmern begann, denn darin lag das Versprechen der Albenmutter, das Heer zur Schlacht nach Muspellheim zu holen.

Vöðmaður's Augen begannen zu glänzen, als er ihre Kontur in der Weite zu erkennen glaubte. Nicht viel Zeit verging, da ermatteten sie wieder. »Wer ist es, der uns von dort entgegenschreitet? Dies kann niemals Alvíss sein!«, sprach er verdrossen. »Der Umriss erinnert mich eher an … Mirénde?«

»Es scheint, ihr habt mich kaum vermisst«, hallte des Zauberers frohgemute Stimme heran. »Trotzdem bin ich zurück, um in der Schlacht wieder meinen Platz an eurer Seite einzunehmen!«

»Kaum vermisst?«, fuhr es aus Jääkarhus Mund. »Ich danke Týr und Þor und allen Asen, dass wir dich nicht länger entbehren müssen! Der Tod stand uns noch nie so nahe, wie in der Zeit ohne dich! Viel hätten wir für deinen Rat gegeben. Sogar der Feind hat den Zauberer in unseren Reihen vermisst! Nun aber schnell! Die Männer sind ungeduldig. Zu lange wurde ihnen Kampf versprochen! Dazu brauchen sie noch neue Waffen. Bis auf Oberons Schwert sind alle unsere Kriegsgeräte auf dieser Jagd geschmolzen!«

»Ihr alle werdet euren Beitrag zum Weltenschicksal leisten!«, wusste Mirénde. Er kniff seine Augen zusammen. Es war ihm, als hätte Oberons Schwert gezuckt.

Der Albenkönig seufzte verdrossen: »Du sahst recht. Fróðis Schwert erzitterte. Es tat es wohl, weil es meine Gedanken las!

Brüder, das Schwert will kämpfen. Doch diese Hände gehören keinem Kriegshelden. Sie sind nicht dafür geschaffen, ein Schwert zu führen. Die Kampfzeit ist für mich zu Ende. Meine Bestimmung war einzig Mirénde zu vertreten. Nun ist er zurück und ich kann gehen. Alles, was euch von mir bleibt, ist die Gewissheit, dass ich im Geiste bei euch bin, wenn ihr am Schicksalspunkt der Welten kämpft.«

Vöðmaður nickte. »Ich kann das Beben der Waffe verstehen. Sage ihr, dass ich, falls ich in Muspells Heimat falle, im letzten Atemzug hauchen werde: Es geschah, weil ich Fróðis Schwert nicht kämpfen sah! Kannst du dir nicht denken, dass diese Waffe in diesem wichtigen Krieg lieber kämpft als rostet?«

»Es wird diese Zeit furchtbar missen, auch wenn es darin von einem Mann getragen wurde, der seiner Bedeutung in keiner Weise würdig war.« Oberon lachte auf. »Darum nimm du es, Hüne! Kämpfe du fortan mit Fróðis Schwert!«

Vöðmaður stutzte und sprach: »Lieber nicht! Ich fürchte, dies würde Fróði wenig gefallen. Mit Blut und Seele bin ich nämlich Thurse. Meinesgleichen sind den Göttern feindlich gesinnt.«

Jääkarhu blickte ihn an. »Hätte dich dieses Schwert nicht längst erstochen, wenn du für die Thursen stündest?«, fragte er. »Nimm es! Du hast mit deiner Leidenschaft lange genug bewiesen, auf welcher Seite du stehst! Niemand misstraut dir hier! Du hast dir Fróðis Schwert verdient!«

»Ich höre Nórrs Kufenschlitten über den Moorboden herangleiten! Das vereinbarte Zeichen! Kommt! Schnell! Alvíss' Versprechen wird erfüllt!«, unterbrach Mirénde.

Ein riesenhafter Schlitten nahm im Nebel seine Form an. Die Stille, die sich darum herum breitmachte, wurde durch Hrímfaxis Schnauben durchbrochen. »Kommt endlich! Ich muss auf meinen Hof zurück! Das Pferd hat seine Ruhe verdient«, rief der Fuhrmann, der neben Alvíss auf dem Kutschbock saß.

Jäh kniff sich Surtrs Augenpaar zusammen, als sich Lokis schmähliche Gestalt zwischen den Flügeln des hitzeflimmernden Saalportals abzeichnete. »Mir war vorhin, als hätte ich den Schatten deines Wurms durch die Katakomben gleiten sehen! Was freue ich mich, dass mein hehrer Bruder schon von der Arbeit zurück ist!«, fuhr es scheinheilig aus dem Dämonsrachen.

»Der Bruder war nicht draußen! Er hat sich die besten Schmiede gesucht. Ihm ist nämlich, als ließen sich die Schlösser zwischen den Welten nur durch die wahren Meister öffnen!«, entgegnete Loki. »Nun komm! Alles ist für die Reise gerichtet! Die Stadt der Götter kann noch heute in Schutt und Asche versinken! Und sind die Asen Vergangenheit, werden alle deine Schlachtengegner sterben. Danach wird dein Orakel unermesslich wachsen und anstelle von Óðinns Stern den Zenit erklimmen! Was zögerst du? Vertraue mir, so wie du es tatst, als du Sinmara getötet hast!«

Ein lautes Seufzen durchkochte Surtrs Kehle. »Ein zweiter Ratschlag wäre mir nun teuer. Mich dünkt, ich habe Sinmaras Leben zu voreilig beendet!«

»Tief traf mich das heranschwelende Gelächter der Asen, als sie von Heimdalls Warte aus eine Heerschar der kraftprotzenden Muspellbrüder verglühen sahen! Sinmara ist dafür verantwortlich. Ist dies der Ratschlag, den du vermisst? Ihre Beschönigungen fehlen dir?«, Lokis Blick senkte sich. »Nun, dem setze ich hinzu, dass dir vielleicht bald auch meine Worte fehlen werden. Zu lange langweilt mich dein Zögern bereits. Jeder, der mich kennt, weiß, dass Geduld nie meine Stärke war! Beende deine Zweifel, Held! Oder du wirst auf mich und die Hilfe meiner Nachkommen verzichten!«

»Schwere Sorgen martern mich, Laufeyjarson! Steige ich auf den Schlangenrücken, wird mein Orakel ungeschützt auf das Eintreffen des Feindes warten! Das Orakel ist die Stelle, an der ich verwundbar bin, und der Feind steht schon vor diesem Land. Er kann es finden, ehe wir die Asen vernichten!«

Loki lachte auf. »Und dann? Dann sehen sie also dein Orakel! Es ist außerordentlich schwer, einem Orakel zu schaden!« Er stöhnte. »Du wirst weiterhin selber dein größter Feind bleiben. Sei gewarnt, Wankelmütiger! Ich werde nicht mehr lange warten, bis ich ohne dich nach Ásgarðr reite. Dann werden mich die Asen allerdings freiwillig durch das Tor reiten lassen, weil sie erkennen, dass ich beabsichtige, mich ehrlich zu versöhnen. Sicher wird Þor am Anfang nur mein

Scheinfreund sein, doch dies wird sich irgendwann ändern, weil ich zu viele deiner Geheimnisse weiß. Du hast mich dann gegen dich und statt dem Zeitalter der Götter wird das des Feuerriesen enden!«

Diese Worte trafen, worauf sie zielten. Wenig später stach die Miðgarðschlange mit Surtr, Loki und sechs Zwergen beladen in die schwere See hinaus. Loki war von der Fahrt bitter enttäuscht. Der beschworene Plan, Ásgarðr binnen eines einzigen Tages mit Schutt und Asche zu überziehen, war nicht einzuhalten, da die Jörmungandr der seltsamen Bahn des Sonnenlaufs folgte und bis zum Abend weite Umwege schwamm. Endlich knarrte das Schuhwerk über festem Boden. Die stolzen Sindribrüder machten sich an den Schlössern zu schaffen. Die ganze Nacht hindurch verrieten sie sich dort durch laute Kratz- und Schlaggeräusche.

Als Skinfaxis Lichtmähne den Himmel durchflutete, wurde Surtrs Beherrschung auf die Probe gestellt. Lokis Versprechen war bedeutungslos. Die Arbeit war nicht vollbracht. Erst am Abend begann die Strömung damit, das Portal gemächlich aufzuschieben. Knarrend eröffnete sich der Blick auf Ásgarðs Meer. In der Ferne schimmerte die Stadt der Götter gleich einem Berg aus reinstem Kristall. Die Nacht, die sich darüber legte, war wie immer klar und rein.

Noch hörte man der Götter schallendes Gelächter die Gefahr verhöhnen. Am trinkseligen Gelage auf dem Feld Valaskjálf wähnte jeder, dass Surti seine lächerlichen Possen wohl ewig fortsetzen würde. Vom Geist des Skaldenmets befangen, verhöhnte Þor Ásgarðs Hauptfeind wie stets in großen Worten. Nicht minder spottete Týr. Wie jeden Abend prüften die Asen, wer der Trinkfesteste von allen war.

In einem einzigen von Óðinns Söhnen war Spott und Hohn kleingehalten. Im gewissenhaften Heimdall nämlich, der sich Nacht für Nacht zwischen den Säulen Walhalls den Kopf über die Zukunft zerbrach. In der Stille auf Óðinns Throngestühl hatte sich Ásgarðs

Wachmann nie darüber hinwegzutäuschen vermocht, dass es arg um die alten Werte und Ordnungen stand.

Schwermütig blickte er zur Stelle hin, an der sich die tiefschwarzen Klippen des Portals aus dem Meer erhoben. Es überraschte ihn kaum, als er die Schuppen der langen Natter auf den Wogen des Meeres glitzern sah. Er hatte in seiner Klugheit Lokis Pläne bereits gedeutet, ehe sie im Kopf des Abtrünnigen zu Ende gedacht waren.

Laut eilten Heimdalls flinke Schritte durch die Gassen zum Idafeld hinunter. Manch einer hörte ihn. Manch einer blickte den Geräuschen nach und glaubte, den Umriss des weißen Asen über dem Wurzelstamm der Esche schimmern zu sehen. Was suchte er dort? Mímirs Trinkhorn? In den Weissagungen der Frauen von Landdísastein war nur dieses, zum Signalhorn umgeformt, dazu imstande, Ásgarðs göttliche Sippschaft in Kriegsbereitschaft zu versetzen.

Heimdall zögerte nicht, als er, vom Wurzelwerk umgeben, das Trinkhorn in seine Hände nahm. Flink zog er sein Schnitzmesser aus dem Gurt. Er beschnitt damit das Ende und formte es zum Signalhorn um. Dann setzte er es an seinen Mund. Ungelenk ziemten sich die Lippen.

Dieser erste Ton des Gjallarhorns vermochte anfangs nur träge über das Land zu hallen. Erst mit der Zeit schwoll er an, legte sich aufs Feld und rollte von dort aus zu allen Seiten über die Weltenscheibe, um selbst dem Ohr des tauben Mannes unmissverständlich zu verkünden, dass nun auch bei den Göttern die Zeit des Krieges anbrach.

Als Heimdall das Horn wieder in die Schatten des Wurzelstocks zurücklegte, war das Lachen in den Gesichtern versiegt. Aufruhr durchfuhr die Götterstadt. Þor und die anderen schickten ihre Söhne und Diener in die Waffenkammern. Die Frauen versammelten sich in Frîjas Saal. Während die Feuer auf Valaskjálf von selbst erloschen, verließen sie die Stadt in Richtung der Verstecke in den Bergen.

Bald füllte sich Walhall mit hellem Rüstungsgeklirr. Von hehrer Kampferwartung berauscht, strömten jeweils achthundert bis auf die Zähne bewaffnete Einherier aus den fünfhundertvierzig Toren durch die Großhalle zum Haupttor und dahinter direkt aufs Kampffeld hinaus. Mächtig aufgeheizt war ihr Blut, nun da sie endlich das Vígríðvöllr betraten. Kaum einer harrte der bevorstehenden Schlacht geduldig entgegen. Heimdall erhob sich im Wurzelstock. Sein Blick schwebte über die Einherierhelme hinweg übers Idafeld zum Wachturm am Rande Ásgarðs hin. Sein Gehör, das sogar die Wolle auf den Schafen wachsen zu hören imstande war, lauschte den Worten seiner Brüder, die sich in dessen Zinnenkranz versammelt hatten. Dort starrten sie nun mit bangen Seelen in Ásgarðs tiefgrollendes Meer hinaus. Ihre Augen durchforschten das Krachen der Wellen. Als der Mond die Wolken darüber endlich zur Seite schob, erschallte manch ein Jubelruf. Der Ton des Gjallarhorns war so aufbrausend gewesen, dass der davon verursachte Sturm Naglfars Segel von den Mastbäumen gerissen hatte. Das Schiff in der schäumenden Gischt war arg beschädigt und schien zu sinken. Schon hatte es schwere Schlagseite.

Vom Gesehenen berauscht, stiegen die Götter wieder hinunter und begaben sich wieder nach Valaskjálf. Nun, da sie Surtrs Kriegspläne als gescheitert wähnten, sollten die Freudenfeuer schon am Abend wieder auflodern. Die Frauen sollten zurückkehren und Óðinn dachte daran, die Einherier nach Walhall zurückzuschicken.

Heimdall seufzte verdrossen, als er die Pläne seiner Brüder erfuhr. Er bestieg den Turm, um die scheinbar verflossene Gefahr mit eigenen Augen zu deuten. Mit schlechtem Vorgefühl zögerte er noch einen Augenblick. Er wusste, dass er in der Brandung weit mehr als seine Brüder zu deuten vermochte:

Nur kurz entging ihm der Schimmer der schwarzen Schlange, die draußen durch die Wellenkämme stach. Von ihrem Rücken her schallte das Johlen des Todfeindes Loki. Der letzte Schimmer der Hoffnung verblasste in seinem Gesicht.

Der Schlangenleib umrahmte Naglfars Kiel und hob ihn wieder aus dem Meer. Darüber durchstiegen Surtr und Loki das Gebälk. Die Feinde der Götter würden das Kampffeld erreichen. Nichts würde ihn nun noch davon abhalten können.

Als Antwort auf das Gjallarhorn hörte man Lokis Bockshorn vom Meer her durch das taufrische Gras des Idafelds rauschen. Es vermengte sich mit Fenrirs Freudengeheul.

Der letzte Tag

Heimar niðr at Ginnungs niði sökkva.
Oft Alsviðr ofan fellir oft of föllnum aftr safnar.

Der Himmel neigt sich zum Ginnung nieder. Alsviðr ließ ihn schon oftmals sinken, er hob ihn aber stets wieder empor.

Trist verdunkelte der Rauch des Weltenbrandes den Himmel über Miðgarðs Rand. Als die Alben die Schiffe verließen, konnte man die über den Masten schwebenden Bannertücher gerade noch erkennen. Doch niemand schaute hin. Warum auch? Niemand merkte, dass deren Wimpel plötzlich hart ausschlugen. Die Fahnen und Segel flatterten immer stärker, bis die ersten Stricke rissen. Das Meer rauschte so laut, dass man erst spät wahrnehmen konnte, wie sehr die Luft darüber zischte. Als es endlich soweit war, war es fast schon vorbei: Die Schiffe legten sich zur Seite. Findlingsgroße Steinblöcke brachen aus den Klippen. Sie rauschten hinunter und zermalmten, was sie trafen. Ein grausamer Sturm senkte sich aufs Land hinunter und erfasste alles und jeden, der keine Deckung fand. Der Warnruf des Gjallarhorns hatte das Idafeld verlassen und drosch mit Urgewalt nach Miðgarðr hinunter. Das Dröhnen schwoll unerträglich an, ehe es wieder verstummte. Zurück blieb einzig ein eigenartiges Summen in den Köpfen, die sich aus den Falten des Felsens erhoben.

In diesem Augenblick glitt von der anderen Seite Nórrs Schlitten heran. Unzählbar verließen harte Männer Kufen und Schnitzwerk des Gefährts, um sich mit den Alben zu vereinigen. Die Stimmung dieser Krieger war allerdings bitter. Keiner konnte darüber hinwegsehen, wie arg es um die Bewaffnung stand. Jääkarhu fluchte. Nun, mit den Alben zusammen, trug wenigstens jeder Zweite eine Waffe. Ob es Sinn machte, auf diese Weise in Muspellheim einzufallen, war eine andere Frage. »Alles Holz ist verbrannt, der Schwertstahl zersprang in der Hitze. Unsere Männer haben nur noch die Fäuste, um zu kämpfen!«, fuhr seine Stimme in Richtung Mirénde. »Wofür sollte dieses Opfer gut sein? Es wäre wohl besser für uns, Alvíss' Weisung zu missachten und statt nach Muspellheim direkt nach Gimlé zu marschieren. Ich sage es nicht gerne, doch lieber gelte ich vor diesen Männern als feige, als bei den Muspellbrüdern zum Gespött zu werden!«

Mirénde blickte herum. »Ihr wolltet doch lieber kämpfen, als Gimlé zu bewachen. Warum verstummen eure großen Worte jetzt?«, hauchte er in seinen Bart. Nun, da vor seinen Augen Nórr wieder zum Himmel fuhr, füllte das bleiche Licht des Mondes alles, was sich um ihn herumbewegte. Es war tatsächlich bitter, was er sah. Keiner, der mit Nórrs Schlitten kam, trug noch eine Waffe. Keine Rüstung machte einen guten Eindruck. Das Leder hing in Fetzen, das Eisen war zerbeult. Es stimmte. So konnte man nicht gegen einen übermächtigen Feind kämpfen. Nun verstand er, was Jääkarhu meinte. »Dann werden wir das Feindesland alleine betreten! Nur Vöðmaður, du und ich!«, fuhr es aus ihm.

Vöðmaðurs Räuspern durchdrang die Nacht. »Wir haben alle gesehen, dass sich Fróðis Schwert scharf und gut durch die Reihen der Muspellbrüder schlagen kann. Doch was ist mit dem, der, im Gegensatz zu euch, dahinter die feindlichen Hiebe einer ganzen Heerschar fürchten muss?«

»Dann führe du die Krieger nach Gimlé«, antwortete Jääkarhu. »Gib mir das Schwert, das von alleine kämpft. So sind wir doch zu dritt!«

»Macht euch abmarschbereit!«, rief Mirénde den Männern entgegen. »Dieser Weg ist für euch zu Ende. Nur Jääkarhu und ich werden über die Brücke treten!«

»Wartet ...«, fuhr es zwischen Jääkarhus Kniekehlen hervor. Fróðis Gefolgsmann blickte verdrossen zu Myrkur hinunter und herrschte: »Nein, du kommst nicht mit uns! Auch wenn ich verstehe, dass du deine Brüder gerne retten würdest! Verstehe doch: Wir werden hinter der Brücke nicht die Schmieden, sondern unsere Bundesbrüder suchen. Nachdem wir der roten Schlange in die Augen blickten, sind wir ganz einfach nicht mehr gut genug gerüstet, um einen Angriff gegen Surtrs Stadt zu wagen. Die Muspellbrüder hätten schon jetzt viel zu lachen, wenn sie gute Späher hätten …«

»Ich, Myrkur, stamme von einem der großen Männer ab, deren Geschichten man sich noch heute an den Schmiedefeuern erzählt«, fuhr es ihm entgegen. »Von Sindri, der im Leben über die Gabe verfügte, die Zukunft noch weit über seinen Tod hinaus vorauszusehen. In seinem Andenken hielten wir Þing mit den Alben und holten uns mit ihrer Weisung den Rat der Runen und der Toten. Unsere Vorväter Sindri und sein Bruder Brokkr. Sie persönlich befahlen uns, genau hier unter unseren Füßen, einen Saal ins Gestein zu schlagen. Hier ist der Ort, von dem ich sprach. Hierhin brachten wir alles Wertvolle, bevor der goldene Palast von Surtrs Männern überrannt wurde. Es sind genug Waffen und Panzer, um diese Krieger auszurüsten! Schwert an Schwert und Schild an Schild! Das müsstest du eigentlich wissen. Dahinter befindet sich nämlich das Wanenportal.« Myrkur hieß ihn, ihm zu folgen und kletterte ihm voran zur Stelle in den Klippen, an der sich eine schwarze Grotte ins Felseninnere bohrte. Dort wich das Leid von Jääkarhus Seele. In der Schwärze glitzerte das schönste und schärfste Schmiedewerk, das er je gesehen hatte. Daneben Verpflegung für das ganze Heer. Nach kurzer Zeit war der Kriegsmut zurück. Auf einmal sehnte sich wieder jeder danach, sich im harten Kampf zu beweisen. Lange mussten sie nicht mehr warten. Noch in der Nacht kam Alvíss, um den Zauber der Sotkubru zu brechen.

Über den Köpfen zeigte sich Yggdrasils morscher Ast. Als bleicher Streifen hob er sich hinauf, durchstrich den Himmel und senkte sich dahinter wieder hinunter. Doch war dieser Ast nur ein kleiner Teil des göttlichen Bildes, das Alvíss‘ Zauberwort ins Sichtbare gerückt hatte: Der ganze Himmel überzog sich mit feinsten Verästelungen und goldenem Eschenlaub. Man sah zum Stamm des Weltenbaums, dessen Baumkrone die Sterne trug. Erhabeneres hatte niemals jemand je gesehen.

Ein tiefes Grollen durchsetzte das Windseufzen. Ein gellender Ungesang blutgierender Krieger. Die Waffen lechzten danach, ins Fleisch der Feinde zu treiben. Doch bald senkten sie sich wieder. Der Marsch über die Brücke dauerte zu lange. Erst am Morgen war das feindliche Land erreicht.

Die Kampfhungrigen wurden bitter enttäuscht, als sie Muspellheim betraten. Es wartete niemand auf sie. Nirgends zeichnete sich ein Kampfgegner ab. Als Hindernis stach einzig die giftige Luft den Ortsfremden wie Messer in die Lungen. Dass diese Welt nicht für Menschen gemacht war, spürte jeder vom ersten Schritt an bitter. Jene, die die Marschgeschwindigkeit bestimmten, schienen davon nicht betroffen zu sein. Nach und nach zeichneten sich die Konturen von Surtrs Stadt am Horizont ab. Das Heer teilte sich. Geradeaus und zu beiden Seiten zogen sie, um eine Schwachstelle in der Stadtmauer zu finden.

Den direkten Weg nahm Vöðmaður. Schnell führte er sein Gefolge dem Haupttor entgegen. Funkenschlagend krachte vor seinen Augen das Flammengitter des Torhauses in die Tiefe. In den Zinnen darüber ließen sich unzählbar die Muspellbrüder erkennen. Schon begann es, Glut zu regnen. Jeder hielt sich die Schilder über die Köpfe. Die Luft füllte sich mit Funken.

Myrkur lachte, als er sprach: »Diese Mauer ist schwach, sie hält uns nicht lange Widerstand! Surtr hat nämlich nie damit gerechnet, dass dieses Land dereinst von seinen Feinden durchstreift würde! Schnell werden wir auf der anderen Seite sein!«

»Dabei bist du vielleicht der Einzige, der sich auf der anderen Seite der Mauer besser fühlen wird!«, antwortete Vöðmaður. »Du wirst den Dunstkreis der Muspellschwerter wenig fürchten, weil du uns bald verlässt, um deine eigenen Pläne zu verfolgen. Wohlan,

Kampfbruder! Auf dass du die Kerker, in welchen deine Brüder gefangen gehalten werden, bald findest!«

»Fürchte dich nicht um mich. Der Himmel neigt sich zum Ginnung, zum kosmischen Urraum, nieder. *Oft Alsviðr ofan fellir oft of föllnum aftr safnar*«, antwortete der Zwerg, ehe er verschwand.

»Alsviðr ließ ihn oft schon sinken, hob ihn aber stets wieder empor«, übersetzte Vöðmaður, seufzte, nickte und verstand.

Arg lastete die Hitze auf den an den Winter gewöhnten Gemütern. Björts Gefolge hatte schwer an dieser Wüstenglut zu tragen. Mit dem Einbruch der Nacht schien es besser zu werden, weil ein Wind aufkam. Doch dieser umschlang die Beine der Marschierenden immer stärker. Aus dem Bett des leisen Säuselns erhob sich schlagartig ein urgewaltiges Grollen. Ein schwerer Sturm. Der Lärm füllte die Köpfe mit hellem Rauschen, das, selbst als die Lüfte wieder schwiegen, noch lange jedes andere Geräusch zu überdecken vermochte.

»Welch furchtbarer Lärm!«, rief Irmin, als er endlich seine eigene Stimme wieder hören konnte.

»Dies war das Gjallarhorn!«, hallte Kaldgrands Stimme heran. »Der erste Ton war nur eine Warnung. Der Feind steht vor dem Vígríðfeld und Ásgarðs Krieger machen sich kampfbereit. Für uns aber bedeutet der Ton nicht unbedingt etwas Schlechtes. Der Kriegstreiber wird nicht auf seinem Thron sitzen, wenn wir in seine Stadt einfallen!«

Ekkert blickte entgeistert in die Richtung des sich auf und ab wallenden Barts im Wanengesicht und hob seine Waffe. »Surtr muss hier sein! Diese Lanze reichte mir der Quellenkönig, damit ich damit sein Schicksal besiegle!«, rief er durch die noch immer vom Rauschen gefüllte Luft.

»Du wirst ihn vernichten«, antwortete Kaldgrand. »Du wirst diese Lanze in das Orakel stecken, das irgendwo in Surtrs Stadt versteckt ist. Dann verliert der Dämon seine Macht und die Krieger in Ásgarðr erledigen den Rest! Sollte es uns allerdings nicht rechtzeitig gelingen, wird es so kommen, wie es die weisen Frauen vorausgesagt haben. Dann werden die Sterne vom Himmel stürzen. Aus den Löchern, die dadurch entstehen, werden die Schwarzalben steigen und sich über alles hermachen, was noch lebt.«

»Kurz sind die Nächte in Surtrs Land!«, hallte Finars Stimme durch das abklingende Sausen. »Seht! Hinter dem sich wieder absenkenden Sand bricht bereits wieder der Morgen an. Prächtig, wie er flackert und leuchtet. Man könnte bei diesem Anblick doch glatt vergessen, dass uns die Hitze bald wieder zermürben wird.«

»Dieses Flackern kommt nicht vom Himmel, sondern vom Wall, der Surtrs Stadtgebiet vom Umland abgrenzt«, sprach Sannur. »Die Zukunft naht rastlos! Ich fürchte, sie will uns bei Anbruch des Tages kämpfen sehen!«

»Schade ist es um jene, die in anderen Gefilden streiten und deshalb dem großen Sieg nicht beiwohnen werden!«, meinte Björt. Irmin lachte auf »Ich kann mir nicht denken, dass wir Mirénde erst in Gimlé wiedersehen werden. Gerade ihm ist ein wichtiger Teil in dieser Geschichte vorbestimmt. Seine Hilfe ist unerlässlich, weil wir das Orakel finden müssen.«

»Auf mit euch! Der letzte Teil des Marsches liegt vor uns! Doch die Zeit ist begrenzt, weil das Gjallarhorn das erste Mal warnte!«, schallte Kaldgrands Stimme durch die Reihen. »Seid frohen Mutes, Krieger! Der Krieg wird zur Nacht hin zu Ende sein!«, rief er.

Mit dem Aufflackern des Morgenlichts war das Ziel erreicht: Eine Mauer, ein Flechtwerk aus weißen Knochen, Gerippen und Schädeln, das in der Höhe von zinnenartigen Erhebungen gekrönt wurde. Dazwischen brausten überall helle Flammen in die Höhe auf.

Früh rannten die unbeherrschten der Männer dem Wall entgegen. Seile stiegen, Haken hielten, Krieger zogen sich daran hinauf. Darüber wurden erste Feinde sichtbar. Der grässliche Lärm der Schlachtgegner begann, aus der Brüstung zu hallen: Getöse, Gedröhne,

Tobsuchtsgeschrei. Schwerter und Pfeile beendeten das schändliche Gebaren an manchen Stellen, doch leichter wurde es dadurch nicht. Bang sahen jene, die die Mauer besteigen konnten, in Richtung der Stadt am Horizont. Eine gewaltige Masse aus Hass war davor noch zu überwältigen. Der Erdboden schien beinahe zu schwach für das Gewicht dieser Streitmacht. Zäh knirschten die Schwerterschäfte zwischen den Fäusten. In den feurigen Augen funkelte der Tatendrang.

Diese Masse wurde von Bewegung durchfahren, als die Mauer, fürchterlich rumorend, an einer Stelle einbrach. Aus dieser Kerbe glitt ein donnernder Keil in die Reihen der Kampferwartenden. Die Heere begannen, sich zu durchmischen.

Gewaltig war die Brandung des Unmuts, die den Muspellbrüdern entgegenstrebte, an ihnen abprallte und blutrot in die tosende Flut zurückrollte. Wie Riffzähne stach der Eisenschimmer der Schwerter aus dieser hin und herwogenden Gischt. Wohl hatte es noch nie einen schlimmeren Kampf gegeben. Wohl blickten nun selbst die Einherier zu dieser Stelle hinunter, um sich eine Vorahnung auf die vor ihnen liegende Schlacht zu erhaschen. Dies war Wunschdenken. Doch wer diese Haudegen schlagen sah, der wusste, dass diese Hoffnung berechtigt war:

Niemand gönnte seinem Gegner auch nur einen Atemzug zu viel. Es wehrte sich, wer noch einen Arm besaß. Es hastete, wessen Beine noch mit Blut gefüllt waren. Jeder kämpfte, bis das eigene Leben endete, und noch im Sterben war das letzte Wort ein Fluch in Richtung Feind.

Diese gewaltige Tapferkeit imponierte Niðhöggr jedoch wenig. Unbeeindruckt davon sprang er hin und her, um die Lebensfäden zu zerbeißen, das ganze Blut in sich aufzusaugen und es dem fernen Gjöll zuzuführen. Bald aber war er von der ungeheuren Arbeit müde. Der enormen Zahl der gleichzeitig Sterbenden fühlte sich der Drache in seinem hohen Alter nicht mehr gewachsen. Da fuhr er in die Luft hinauf und verschwand, wohl um im Gewirr der Gassen von Muspellheim auf das Schlachtende zu warten. Jene Helden, die danach den Walküren folgen wollten, bezahlten dafür bitter. Ohne Niðhöggs Hilfe verharrten die Seelen in den toten Leibern und konnten Ásgarðs Einherierheer nicht verstärken.

Davon ahnte Sannur nichts. Er verfügte nicht über die Fähigkeit, in die Zwischenwelt zu blicken. Kampfwütend schaute er in Richtung Björt und bekundete mit ergriffener Stimme: »Ich bin stolz! Mir scheint, als ermüdeten unsere Kämpfer kaum, als schlügen sie noch unbeschwerter als am Anfang drein! Was haben wir ein Glück, dass trotz all der Entbehrungen ein solcher Kampfgeist in dieser letzten Schlacht erwacht ist!«

»Es ist, weil alle dich zum Vorbild nehmen!«, hallte Björts Stimme verbissen heran. »Der weißbärtige Alte, den am Anfang alle belächelten, scheint nicht müde zu werden, die Schwachstellen in den Rüstungen unserer Gegner zu suchen! Vielen imponiert dies gewaltig!«

»Du hingegen schlägst dich durch den Schwerterwald, als erwartest du dahinter Wichtigeres!«, durchdrang Sannurs Stimme das Geklirr.

»Du weißt doch selbst, dass wir bis zur Abenddämmerung Surtrs Orakel finden müssen. Sonst haben wir umsonst gesiegt!«, schallte Björts Stimme durch den Blutregen.

»So gehe es suchen!«, kam die Antwort. »Doch zuerst finde Ekkert, weil er die Waffe trägt, die dem Orakel schaden kann. Ich sah ihn unlängst dem Heldenkampf entfliehen. Die Muspellmeute verfolgte ihn geradeso, als wäre Kopfgeld auf ihn ausgesetzt.

War dies nicht Finars Kampfschrei? Nimm auch sie mit dir! Da sie von den Alben auserwählt ist, besitzt sie bereits Instinkte, die helfen werden, Ekkert zu finden!«

Der Hornton des Gjallarhorn hatte das Meer von Ásgarðr aufgewühlt. Es war danach nicht mehr zur Ruhe gekommen. Noch immer rollten die gewaltigen Wassermassen hin und her. Dazwischen schwankten die Masten des mächtigen Schiffs, unter dem sich der Körper der Miðgarðschlange abzeichnete. Schlagseite hatte es immer noch, doch das Wasser rauschte aus dem Schiffsinneren nach und nach wieder ins Meer zurück.

Dies kümmerte die Muspellbrüder wenig. Vorfreude umgarnte die Seelen. Mehr noch als am Vortag standen sie in Reih und Glied. Die Schlacht, die ihnen versprochen war, war greifbar nahe.

Als Surtr das Deck betrat, war er hin und weg. »Nichts anderes als Siegesgewissheit kann man in ihren Augen erblicken«, fuhr es aus ihm, während er an Lokis Seite über die Brüstung des Knochenschiffs stieg. »Seit dem Tag ihrer Geburt sehnen sie sich diese Wichtigste aller Schlachten herbei!«

»Dafür ist in mir das Treuegefühl erloschen!«, rauschte die Stimme des Steuermannes von weither heran. Hrymr nahte durch die Kriegerschar und begann, sich wutschnaubend über alles Mögliche zu beschweren.

»Was willst du? Noch heute werden wir in Ásgarðr anlanden! Dort entbinde ich dich von deinen Verpflichtungen und du kannst tun, wonach dir ist!«, versprach Surtr.

»Ein letztes Mal will ich darauf antworten: Von Warten war keine Rede, als du mich anwarbst! Mein Unmut ist mit dieser ewigen Warterei gewaltig gewachsen! Fast lässt er mich heute nicht mehr erkennen, ob ich das Pack aus Ásgarðr oder jenes aus Muspellheim mehr verabscheue!«, zischte Hrymr.

»Erinnere dich an deine Schwüre, selbsternannter König! Heute kannst du beweisen, dass du wirklich ein König bist«, antwortete Surtr. »Vergiss nicht: Schon morgen könntest du über Útgarðs Wesen herrschen. Aber nur, wenn ich ihnen sage, dass du einer bist, der zu seinem Wort steht!«

»Was bringt es mir? Du weißt doch selbst, wie wenig sich die Wesen Útgarðs beherrschen lassen!«, antwortete Hrymr. »Gib mir noch Miðgarðr dazu! Ansonsten musst du selber schauen, wie du diese Fahrt alleine zu ihrem Ende bringst!«

»Warum nicht noch gleich Muspellheim?«, fragte Loki. Sein arglistiges Lachen schallte über das Deck hinweg. »Du kannst die ganze Weltenscheibe haben, wenn es dir heute gelingt, dieses Schiff ohne die Hilfe der Miðgarðschlange ans Ufer zu lenken.«

Hrymr tobte. »Ich habe dieses Fünfmastvollschiff lange genug durch das Meer geleitet! Viel sei dies nicht, meint ihr vielleicht. Doch ich bin mir sicher, dass Surti niemals einen anderen für diese harte Aufgabe gefunden hätte! Die Stimmung unter den Männern war zeitweise dermaßen schlecht, dass ich jeden Tag neun neue Meuterer in die hohen Masten hängen musste.«

»Wohl wüsste ich einen, der diese Aufgabe ebenso wie du vollbracht hätte! Auf Anhieb fällt mir jener ein, der an meiner Seite über diese Brüstung stieg!«, fuhr es aus Surtr. Sein Gesicht verfiel in eine bitterböse Miene: »Ich frage dich zum letzten Mal: Führst du deine Arbeit zu Ende oder nicht?«

Hryms Geist blieb von diesen Worten unberührt. Mit kalten Augen schaute er dem Feuerdämon entgegen. Sein Mund wollte gerade zu einem üblen Fluch ansetzen, da zog Surtr Surtalogi aus seinem Umhang und zischte:

»Die Zeit ist um, Narr! Besser wäre es für dich gewesen, du hättest eingesehen, dass wir gar nicht so hilflos sein können, da wir dieses Schiff mitten im Wolkenmeer bestiegen. Von nun an wird Loki Naglfar steuern. Ihm gehorcht die Schlange, die es zum Land ziehen wird! Auf dich kann ich verzichten!«

Ein heller Seufzer entfuhr dem Schwert. Da wurde dem denkfaulen Hrymr klar, dass er sein Leben verwirkt hatte. Doch Surtr sollte sein Leben nicht beenden. Mit dem Mut des Verzweifelten rannte er zwischen den Muspellbrüdern hindurch, schwang sich über die Balustrade hinweg und verschwand im wogenden Untergrund. Wie ein Stein fiel er durch die brodelnde Gischt, durchstieß die weite Tiefe und darunter das von der Morgenröte durchsetzte Gewölk. Das Wasser des Weltenmeeres stob in alle Richtungen, als er darin aufschlug. Die Wellen kamen nicht weit. Die jäh aufgekommene Kälte verband alles augenblicklich zu Eis. Das Land, das sich aus seinem Leichnam bildete, wird in der heutigen Zeit Grønland genannt.

»Gut gemacht. Nun warte. Ich werde Jörmungandr vor das Schiff spannen«, sprach der vom Gesehenen berauschte Loki.

»Eile, Bruder! Ehe meine Feinde mit dem Gedanken spielen, in den Katakomben unter Muspellheim nach dem Orakel zu suchen!«, antwortete Surtr, während er das Schwert wieder in die glühende Scheide zurückgleiten ließ.

»Warum sorgst du dich? Der Eingang zu den Katakomben befindet sich in deinem Bollwerk! Ehe die Angreifer durch deine flammenden Säle schreiten, ist der Kampf auf dem Idafeld Geschichte. Und dann ist es einerlei, was mit deinem Orakel wird«, meinte Loki.

Surtr seufzte auf. »Es gibt noch einen zweiten Eingang. Es ist die Stelle, an der Mörder Óðinn den Dolch in den Leib des Urriesen rammte. Wie sehr ich mich bemühte, das Loch zu tarnen, jeder Stein wurde zu Sand, als ich ihn darüberlegte, und jedes Bauwerk, das ich darum errichten ließ, zerfiel innerhalb kurzer Zeit. Es befindet sich am Stadtrand. Unter der Stelle, an der der Himmel so rot wie sonst nirgends ist. Jeder, der dort hinuntersteigt, wird mein Orakel mit eigenen Augen sehen.«

»Sei unbesorgt. Löcher gibt es in Muspellheim genug. Der Himmel brodelt so arg über deiner Heimat, dass niemand die Stelle deuten kann. Und wenn. Niemand weiß, wie man ein Orakel zerstört!«, entgegnete Loki.

»Gehe nun, Bruder. Spanne die Schlange an, damit ich wieder an anderes denken kann«, befahlt Surtr.

Der Abtrünnige verschwand in den Verstrebungen des Schiffbugs. Kaum war er verschwunden, versiegte der Sturm. Der ganze Himmel überzog sich mit Struktur. Yggdrasils Astwerk wurde sichtbar.

Wunderbar war der Himmel mit dem goldenen Astwerk Yggdrasils gezeichnet. Honigfarben schwankten die Gräser des Vígríðvöllr unter dem Baum hin und her. Im Licht, das durchs Eschenastwerk flackerte, schien es, als würde das Feld brennen. Welch göttliches Bild. Es vermochte der Kälte dieser Zeit, Herzenswärme entgegenzusetzen und sogar über die Tatsache hinwegzutäuschen, dass die Einherier zwischen den wankenden Halmen auf den Beginn der Härtesten aller Schlachten warteten.

Auch Heimdalls Seele labte sich an diesem Bild. Seine Gedanken fassten die Winde, die darüber hinwegrauschten. Sie folgten ihnen, als sie ihre Spiele mit dem Sand der Uferböschung trieben und schließlich in der roten Gischt verschwanden. Sie stachen durch sie hindurch und trafen auf die von schlimmster Kargheit gezeichneten Heimat Surtrs, die darunter lag.

Diese Winde waren ein Geschenk aus Ásgarðr an die Krieger, die Surtrs Stadt nahten. Sie verfingen sich in Miréndes Bart, dessen Augen scharf das von der Hitze zum Zittern gebrachte Land durchforsteten. Er hatte gewiss an anderes zu denken, als sich an diesem Lüftchen zu erfreuen. Beflissen bewegte sich sein Augenmerk durch die flimmernde Luft hin und her. Der Fels des sich zur Stadtmauer hin anhebenden Untergrunds war von Spalten durchzogen. Vielleicht war dazwischen irgendwo ein Stadttor verborgen?

Dort! War dies der Schatten, nach dem er suchte?

Tatsächlich! Dort war etwas!

Er trat seinen Männern voraus. Eine Höhle. Ein Portal. Ein geheimer Eingang zur Stadt!

Im Gefolge hinter ihm hoben sich die Waffen. Schwere Hämmer, Schwerter, Spieße überholten ihn und machten sich daran, dieses Gefüge einzuschlagen. Ein unglaublicher Lärm durchdrang die Unterwelt. Von beiden Seiten strömten Männer heran. Die Pforte zersplitterte. Surtrs Wachen stellten sich ihnen in den Weg. Das blutige Gemetzel wollte nicht länger auf sich warten. Die Höhle füllte sich mit Schlachtgeruch.

Miréndé gönnte den Männern ihren Lebenssinn. Er hatte anderes zu tun, als sich daran zu beteiligen. Während sie langsam vorrückten, verschwand er in einem Seitengang. Seine Blicke tasteten über den nackten Stein. Geflissentlich durchforschten sie jeden noch so kleinen Spalt. Vielleicht gab es irgendwo ein geheimes Zeichen – einen Wegweiser zum Orakel etwa – etwas, das nur ein außergewöhnlicher Verstand wie seiner zu deuten imstande war. Es schien selbst für ihn außerordentlich schwierig, doch hatte ihn die Vorsehung nicht ohne Grund an diese Stelle geführt. Viel Zeit verging.

Da war ihm plötzlich, als durchführe Bewegung die Dunkelheit. Er fasste seinen Knüppel, ließ ihn seufzend ein-, zweimal durch die Luft schlagen und rief: »Nimm dies als Warnung! Bin ich auch ein alter Mann, bedenke, dass ich vielleicht zaubern kann!«

Höhnisches Gelächter durchbrach die Stille. Eine Hand riss an seinem Bart. Schwaches Licht traf das Antlitz des Angreifers. »Loki?«, fuhr es aus dem Zauberer. »Bitte, Loki, lasse mich nicht leiden! Töte mich schnell! Gegen dich kann ich nicht siegen!«

»Du wirst kämpfen, weil du überleben willst!«, kam die Antwort. Die Stimme änderte sich, der Wortlaut auch. In der alten Sprache rauschten Lokis Worte leise an Miréndes Ohr: »Keine Angst, Sterblicher: durch diese Hände wirst du nicht sterben. Doch kämpfen müssen wir. Sonst kann ich mich Surti nicht erklären, falls er hiervon erfährt!«

»Was willst du, Abtrünniger? Warum sprichst du in der Sprache deiner alten Brüder? Ist das nicht scheinheilig? Überall sagt man sich, du hättest mit deiner alten Heimat gebrochen!«, hauchte Miréndé.

»Von den Hiesigen verstehen nur ich, Surti und Sinmara die Sprache der Asen. Sinmara ist tot und Surti steht auf seinem Schiff. Verstehst du? *Við hjálpum Aes til sigurs!*«, antwortete Loki.

Feurig wie das Land waren Vöðmaður Augen, als sie die Reihen der ihm folgenden Männer fasste. Wie Flammen rauschten sie an ihm vorbei, dem Stadtwall entgegen. Schon polterte und krachte es dort. Schon fiel er an der ersten Stelle ein.

Edel hob sich Fróðis Schwert aus der Scheide. Es riss sich aus Vöðmaðurs Fäusten, schlug sich von selbst durch die heranströmende Feindesschar und ließ den Helden waffenlos zurück. Was blieb ihm anderes, als das nächstbeste Schwert zu nehmen und sich danach im Anbetracht des schwachen Eisenstabs wie ein Feigling aus dem Kampf zurückzuziehen? Seine Befürchtung, dass der für Menschenhände geformte Schwertschaft beim Druck seiner Riesenfaust zersplitterte, war nicht abwegig. Bereits barst doch schon das erste Rüstzeug aus Sindris Waffenkammer. Es schien, als hätten die Schlachtengeister zu keiner Zeit arger gewütet. Das Schicksal, das Vöðmaður traf, als er danach hinter der Schlachtlinie auf und abschritt, war unerträglich. Doch es war von der Vorsehung bestimmt:

Jäh rieb er sich die Augen und glaubte, Muspellheims Dunstverfälsche ihm die Sicht. In der flimmernden Luft vor ihm sah er Björt und Finar über die Leichenberge steigen. Freudig jauchzte er in seinen buschigen Bart, als er sich selber nicht mehr über diese Wirklichkeit hinwegzutäuschen vermochte: »Ihr seid es wirklich! Seid ihr etwa die Letzten von eurer Kriegerschar? Bitter ist es, doch hier geschieht es nicht besser: Die Muspellschwerter sind scharf und stechen unbarmherzig zu. Schon will auch die Hälfte meines Gefolges den Kampf als Einherier fortsetzen!«

»Keine Sorge. Unsere Krieger sind noch nicht am Ende«, hallte Finars Stimme heran. »Wir verließen den Kampf, um Ekkert zu suchen. Gerade auf ihn scheinen es Surtrs Kopfgeldjäger nämlich abgesehen zu haben, als ich ihn das letzte Mal sah!«

»Ausgerechnet auf ihn«, rief Vöðmaður. »Ich komme mit euch! Wir müssen ihn finden!«

Finars Blicke lösten sich von Vöðmaðurs Gesicht und strichen über das Land hinter ihm. Ihre Augen kniffen sich zusammen. Sie sprach: »Eine tiefe Schwärze überzieht den Himmel. Eine seltsame Nacht beginnt. Gerade so, als sei sich das Sonnenpferd den Geschehnissen überdrüssig.«

Björt wandte sich herum und seufzte: »Die Schwefelwolken haben sich aufgelöst, weil die Feuer Muspellheims allesamt zu einem schwachen Glimmen zusammengeschrumpft sind. In der Dunkelheit, die Surtrs Stadt erreicht, ist die Luft klar und frisch geworden. Vielleicht wird es so kalt wie im Fimbulwinter. *Wie schnell sich alles wandelt. Schaut!* Es scheint mir, der ganze Himmel überzöge sich mit einem riesigen Astwerk!«

Auch Vöðmaðurs Blick folgte Finars Fingerzeig. Doch die Augen eines Thursen waren seit jeher von Schönheit weniger angetan als die eines Menschen. Darum wurde ihm die von Björt beschriebene Anmut, die gerade den Himmel überzog, schnell langweilig. Als sich seine Aufmerksamkeit daraus löste, bemerkte er, dass nicht weit vor ihm ein roter Glanz einige Felsen schwach erhellte. Eine Höhle durchbrach dort das Gestein. Ein guter Ort, wenn man nicht zu Eis erstarren wollte, fand er und wies die anderen darauf hin. Allmählich zeichnete sich nämlich ab, dass das eintreten würde, was Björt befürchtet hatte. Die Luft kühlte gewaltig ab. Es schien, als ob sich die ganze Weltenscheibe mit Niðafjölls Totenkälte überziehen würde.

»Donnerwetter, es wird immer enger«, hörte man Vöðmaðurs Stimme bald danach durch den schmalen Erdschlitz schallen. »Dieser Weg ist für mich zu Ende! Weiter bringt mich keiner, denn schrumpfen kann ich nicht!«

»Lange werde auch ich nicht kriechen«, setzte Björt dem zu. »Finar, meinst du wirklich, dass sich Ekkert hier versteckt?«

»Warum nicht? Es würde ihm jedenfalls keiner der Muspellbrüder folgen können«, hallte es von Innen. »Ungemütlicher als draußen ist es hier nicht Und … was sehe ich? Der Lichtschein, den wir von außen sahen, stammt aus einer Halle, in der so etwas wie ein kleiner Stern schwebt. Ob dies Surtrs Orakel ist? So hätten wir zumindest Ekkerts Bestimmung gefunden!«

Als Björt durch den Durchgang stieg, fuhr er zusammen. Er konnte nicht verstehen, dass Finars frohgemute Miene bedeutete, dass sie nicht sah, was seiner Wahrnehmung nicht verborgen blieb: Das Licht lag in der Pranke eines Untiers! Darüber schwebte eine triefende Fratze. Niðhöggs! Jene, die jedem Sterblichen, der sie erblickte, den Tod ankündigte. Seine Hände fassten den Schaft des Schwerts. »Wartet der alte Drache in diesem Loch etwa auf das Ende der Schlacht? Viele Male kämpfte ich gegen dich, Menschenfresser aus Niðafjöll! Nach diesem Kampf werde ich unmissverständlich wissen, ob tatsächlich Óðinns Blut durch meine Adern fließt!«

»Was siehst du?«, fuhr es aus Finar. Da verstand sie, als sie den Drachen spotten hörte: »Bevor du mir den Tod bringst, sage mir doch, wer nach mir meine Arbeit tut! Du etwa? Mir soll's recht sein! Ich, der vom Schicksal Gefesselte, bin meiner Aufgabe längst überdrüssig!

So lasse mich dir deine Zukunft erklären:

Sahst du je die Fäden, die sich über jedem Wesen in Richtung Heimdalls Türme ziehen? Zwölf sind es pro Albe, zehn pro Mensch, acht je Pferd und fünf je Hirsch. Der Wolf besitzt deren sechs, Hasen zwei und selbst Ratten und Käfer einen! Diese musst du zerschneiden, wenn das Leben zum Leichnam geworden ist. Erst dann ist der Sterbende von seinem Kampf erlöst. Sind sie durchschnitten, sauge alles Blut auf und bringe es zum Gjöll, damit es wieder zum Brunnen der Schicksalsfrauen fließt, von wo aus es neu verteilt werden kann. Durchbrichst du diesen Kreislauf, kommt es zu Todgeburten.

Bist du damit fertig, kümmere dich um jene Seelen, die von den Walküren gemieden wurden, weil sie mit ihrem Tod nichts zu Óðinns Ruhm beitrugen. Zeige ihnen den Ausgang aus der Zwischenwelt. Sonst werden sie die Gedanken der Lebenden ewig belasten!

Bedenke, Irrgeleiteter: *Dieser* Menschenfresser tötet nie. Er ist weder das Alter noch Hunger, nicht Kampf oder Missgeschick, nur das Schicksal jedes Lebens! Ich knechte nicht, sondern befreie, was weder der Hieb einer Waffe, noch die Härte einer Krankheit erlösen kann!«

»Du verbreitest nur Lügen, wenn du dein Maul zum Sprechen benutzt!«, rief Björt Niðhöggr entgegen. »Deinen Gebissabdruck fanden die Alben in Yggdrasils Wurzelstock! Du warst dort, um die Zwiste zwischen den Völkern zu schüren! Du stehst mit den Lebensfeinden im Pakt!«

Der Drache fauchte: »Dies geschah, als Þor mit seinen Söhnen mir zum Spaß den Frieden streitig machten. Sie griffen mich an. Im grausamen Ernst steigerte sich meine Wut mit jeder ihrer Attacken. Bis ich alles zerbiss, was mir zwischen die Zähne kam!«

Ein Luftzug stob durch die Halle. Das Licht erlosch, weil Niðhöggr verschwand.

Kampfbereit tastete sich Björt wieder durchs enge Loch, zur Stelle zurück, an der Vöðmaður wartete, und dann an ihm vorbei an die Oberwelt.

Dort war es inzwischen ruhiger geworden. Finsterste Nacht hatte das Land überflutet. Eiskalte Schwärze herrschte überall – nur an einer Stelle nicht. Von dieser nahte der mit göttlichem Glanz umrahmte Kaldgrand. Erregt fuhr seine Stimme heran: »Die Schlachtenmühle mahlt nur noch schwerfällig! Die Streite werden bald enden! Kann nicht sagen, ob wir siegen oder verlieren. Es ist an der Zeit, dass wir uns nach Gimlé aufmachen. Der Weg ist weit und so schon kaum zu schaffen!«

»Es gibt eine Brücke, die unweit von hier nach Miðgarðr hinüberführt. Dahinter befindet sich Sindris Waffenkammer und ein Portal zu Fróðis Saal!«, antwortete Vöðmaður.

»Was höre ich da? Hast du etwa Angst? Willst du die Schlacht jetzt schon verlassen?«, unterbrach Finar.

Kaldgrand lachte auf. »Diese Schlacht ist für mich ein Kinderspiel. Als Wane habe ich die Waffen, die sich mir darin entgegenstrecken, nicht zu fürchten. Darum ist es etwas anderes als Feigheit, das mich dazu drängt, auf diesen Spaß zu verzichten! Hart und lange kämpfte ich. Gerne würde ich es weiter tun. Das Gjallarhorn verhieß uns aber, dass die Zeit begrenzt ist. Die aufgekommene Dunkelheit kühlte nicht nur das Land ab. Sie kühlte auch mein Kampfgemüt und ließ mich erinnern, dass die weisen Frauen vorausgesagt haben, dass gerade dies ein Vorzeichen vom nahen Ende sei. Niemand kann hier noch etwas bewirken. Unser Gefolge sollte besser den Rückweg antreten, wenn es Fróðis Halle nicht als Horde Untoter betreten will. Gemütlicher wird es hier nämlich nicht, wenn das Gjallarhorn das zweite Mal ruft. Von der besagten Brücke wird dann vielleicht nicht mehr viel übrig sein. Darum Thurse, führe alle dorthin!«

Kaldgrand schaute auf. Ein roter Vollmond hob sich in diesem Augenblick über das zerschlagene Land. In seinem Licht erkannten alle, dass der Wane recht hatte und dass sich hier schon bald die letzten Dramen dieses Krieges abspielten.

Die ganze Weltenscheibe war von dunkler Nacht überzogen. So auch die Ruine der Albenburg, wo sich Oberon auf eine Erhebung begab, von der aus er den schwach rötlich flackernden Himmelrand nach den vereinbarten Zeichen absuchen konnte.

»Das Nachtpferd zieht den Mond zur festlegten Stelle, damit Nórr das Versprechen erfüllen kann. Mir scheint aber, sein Licht vermöge diese Nacht nur schwach zu durchdringen. Ob es reicht? Was ist mit dem anderen, Alvíss? Hattest du denn bei der Rán Erfolg?«, wollte er wissen.

»Das Meer bäumt sich auf. Die Mutter der Wellen schwimmt zwischen ihren Töchtern. Alles ist vorbereitet! Sei unbesorgt. Es wird geschehen, wie wir es planten!«, hallte Alvíss' Stimme heran.

Zaghaft drang Oberons Lächeln in Richtung der Albenmutter. »Sodann ist das Einzige, was der Beschwörung noch fehlt, die Stimme, die sie spricht!«

Ernst wie nie klangen Alvíss' Worte, als sie ihm erwiderte: »Das wird deine Stimme sein! Dein harter Blick vermag den Entschluss nicht abzuändern. Pflicht und Ehre gebühren dir!«

»Wenn du es sagst …«, seufzte Oberon. Er blickte in die Nacht hinaus und hauchte: »Bedenke aber: Meine Faust umklammerte den Schwertschaft vielleicht zu lange. Ich stand im Meer aus frischem Blut. Sterbende riefen mir Flüche entgegen. Vielleicht ist mein Geist nicht mehr rein genug, um einen solch mächtigen Zauber zu sprechen.«

Alvíss schmunzelte. »So viel ich hörte, kämpfte das Schwert meist von alleine. Auch der Hass der Sterbenden konnte dir nichts anhaben. Fróðis Waffe hielt alles Schadhafte von dir fern. Angesichts dieser Aufgabe verstehe ich deine Unruhe aber. Sorge dich nicht. Ich weiß, dass du die Kraft besitzt, das Schicksal zu beschwören. Ich muss derweilen dafür sorgen, dass die Sotkubru und das Wanentor von den Urgewalten, die das Gjallarhorn alsbald entfesseln wird, verschont bleiben. Der Fluchtweg zu den Wanen muss den Helden offenbleiben.«

»Was ist mit Ekkert? Hat er seine Bestimmung denn erfüllt?«, fragte Oberon. »Nur wenn er Surtrs Orakel bis zum zweiten Hornton schadet, wird sich die Weissagung der Frauen von Landdísastein vielleicht nicht erfüllen. Gelingt es nicht, wird das Feuer aus Yggdrasils Wurzel nach Borke und Astwerk greifen. Dann kann niemand mehr verhindern, dass das Zeitalter der Götter endet.«

Alvíss blickte Oberon ernst entgegen. »Darum kümmert sich ein anderer. Was uns bleibt, ist das Vertrauen in unsere Verbündete. Es sind Wesen, die unser Vertrauen verdienen.

Doch es ist wahr. Das göttliche Zeitalter kann in dieser Nacht zum Ende kommen. Was dies bedeutete, kann aber niemand sagen. Solange die Hallen der Wanen unversehrt bleiben, ist es zumindest möglich, dass nur die Asen ihren Einfluss verlieren.«

Hart hatte die Schlacht auf den brennenden Feldern gewütet – hart hatte sie auch in Surtrs Stadt hin und her gewogt. Hass und Stärke waren dort so unglaublich roh aufeinandergetroffen, dass bereits vor dem Anbruch der Nacht beinahe alles Leben zu Ende gekommen war. Zwar erschallte hier und dort noch der Lärm der letzten Zweikämpfe – irgendwo zwischen den Ruinen, zwischen irgendwelchen Kreaturen – doch dies interessierte niemanden mehr.

Entscheidendes geschah derweilen in Surtrs Burg. Dort schlug sich Fróðis Schwert stark und stetig durch die Palastwache. Nun, da der Tag zu Ende kam, war es so übel zerschlagen, dass es wohl von keinem der Schmiede mehr gerettet werden konnte.

Im Gegensatz dazu die Schwerter, die ihm entgegenstanden. Sie waren neu und makellos und manch eines davon trug noch die Glut des Feuers, dem es kurz davor entrissen worden war. Von dort stammte der Erzgeruch, dem Myrkur folgte, als er sich zwischen den Beinen der Muspellbrüder hindurchbewegte. Bald darauf stand er am großen Feuer, in welchem das Erz der noch unfertigen Waffen glühte. Die Hitze, die dort herrschte, war selbst für einen Zwergen schlimm.

Myrkur haderte schwer, als er seine Brüder sah, die ihm mit ihren pechschwarzen Gesichtern entgegenstarrten. Im Gegensatz zu seinen wachen Augen blickten die Augenpaare der einstmals so starken Erben Sindris nur teilnahmslos. Der legendäre Lebensmut schien erloschen. Die Hoffnung, dass sie ihrer Lage entfliehen konnten, hatten sie längst aufgegeben. Sie hatten doch schon selbst alles versucht, sich den Ketten zu entledigen, die verdreht und verworren den Boden zierten. Wohl vermochte nur das Wort eines großen Zauberers diesen Fluch zu brechen.

Mirénde!

Nur ein unbedeutender Gedanke.

Keineswegs! Die Schritte eines Mannes nahten!

Dies musste Mirénde sein! Alles war gerettet!

Die Hoffnung erlosch. Ein vielfach jüngeres Gesicht füllte sich mit dem flackernden Licht. Von Feuerhitze getroffen, riss der Wane Jääkarhu sein von Blut entweihtes Bärenfell von den Schultern und warf es über die Flammen. Es wurde dunkel. Das Feuer erstickte augenblicklich.

Myrkur war ernüchtert. Doch dann fiel ihm ein, dass Jääkarhu ein Wane war. Mochte er als ein solcher die Zauberei auch nicht wie Mirénde beherrschen, so verfügte er immerhin über die legendäre Weisheit eines klugen Volks. Er musste ihn nicht bitten. Schon kniete er zwischen den Kettengliedern, um sie auf ihre Schwachstellen zu prüfen. Doch sein Gebärdenspiel verhieß am Ende nichts Gutes.

»Betet zu euern Vorvätern, Zwerge, dass der Auserwählte das Orakel des Dämons schnell findet. Ist es beschädigt, zerspringt die magische Kraft, die dieses Geschmiede zusammenhält!«, sprach er, während er sich erhob. »Ich kann nicht helfen, Myrkur. Folge mir besser zurück. Schon finden sich Heimdalls Lippen das zweite Mal am Gjallarhorn! Der Sturm, der bald anbrechen wird, wird auf der Weltenscheibe keinen Stein auf dem anderen lassen. Komm. Dann ist wenigstens einer von euch gerettet!«

Da verließ ein erbärmliches Jammern Myrkurs Hals. »Gehe du nur! Ich aber werde in der Nacht, in der Sindris Haus zerbricht, an der Seite jener sein, die mir Zeit meines Lebens etwas bedeuteten.«

Jääkarhu blickte ihm einen Augenblick scharf entgegen und nickte dann. »Du bist ein freier Mann!«

Die Nacht über Muspellheim begann zu brodeln, als die Schlachtenfee, den Kriegsgeistern voraus, in Richtung Vígríðfeld davonzog. Schon zeichnete sie sich über Lokis niederträchtiger Gestalt ab, der durch Naglfars Zierwerk wieder auf das Deck zu Surtr stieg. Unablässig starrte dieser auf das vom Schlangenkopf durchbrochene Wasser hinaus, als Jörmungandr sich zu bewegen begann.

Heil Lokis Tochter! Sie hatte Schiff und Kampfmut gerettet!

»Ásgarðs Gestade kommen in Reichweite. Nun ist es an dir, den Kampfmut in den Seelen zu entzünden«, sprach der Durchtriebene. Surtr nickte. Sein Augenmerk löste sich aus dem Wasser, glitt zum Idafeld und dann zurück, um durch die Reihen seiner Krieger zu schweifen. Arg verzog sich seine Miene, als er sich daran machte, die Geister zu erwecken, die viel zu lange dieses Augenblickes entgegenharrten. Grollend schallte seine Stimme laut und stark über die rostigen Helme der über die Zeit leidenschaftslos gewordenen Schar hinweg: »Schaut hinaus, Männer. Seht ihr Niðhöggs Brandung vor dem Wogenross? Es ist der Sturm der Vernichtung, der mit euren nächsten Atemzügen das Land unserer Feinde erreichen wird!«

Knarrend kam Bewegung in die starr gewordenen Glieder. In den Herzen begann das Feuer aufzubrodeln. Ein Schwelbrand rauschte über das Deck. Das Getöse schwoll an, als der Kriegsherr das Wort erneut ergriff: »Heute will ich euch nicht verhehlen, warum ich euch nach Ásgarðr sandte: Ihr, Erben Bergelmirs, seid gekommen, um Gerechtigkeit herzustellen.

Als Bergelmirs Vater Ymir starb, dachte sich der Mörder Óðinn, dass alle Thursen in seinem Blut ertrunken seien. Er irrte. Bergelmir hatte überlebt! Von ihm stammt ihr Riesen ab. Ihr, die die Weltenscheibe heute bevölkert! Darum, Männer, wird jeder, der über einen Gerechtigkeitssinn verfügt, sagen, dass alles, was aus Ymirs Leichnam entstand, *euch* gehört! Ich, der Gerechte, wurde geboren, um diese Gerechtigkeit wiederherzustellen! Mein Lebenssinn ist es, den Mord zu rächen und euer Vorrecht auf die Weltenscheibe endlich herzustellen. Denkt an diese Worte, wenn ihr die Armee des Mörders abschlachtet! Sie werden euch zum Sieg verhelfen!

Ich indessen werde nie vergessen, wer sich von euch als Held erweist. Jeder wird seinen gerechten Lohn erhalten. Schon morgen vergnügt ihr euch am Weibsvolk eurer Feinde! Und die schönste von allen, Frîja, die teilen wir uns!

Surtrs Wortschall schallte weit übers Meer und erreichte auch das Kriegsvolk, das auf dem Feld unter der Esche wartete. Als Antwort darauf drang schallendes Gelächter aus den Mündern der Einherier. Blanker Hohn und Lästerworte – bis Óðinns Stellvertreter Bragi vor die Männer trat, um sie zu ermahnen, doch lieber noch einmal in sich zu gehen, statt den Zorn des Gegners zu reizen. Da verschlossen sich die Münder der Spötter. Die Stille, die übers Feld kam, verbarg die Härte der Harrenden, in welcher sich manch einer der Muskeln dermaßen anspannte, dass die Lederscharniere und Rüstungsteile zu zersprengen drohten.

Derweilen wurde die Entfernung zwischen Schiff und Steg immer kleiner. Bald trennte nur noch ein schmales Wasserband Naglfar vom Strand. Das Wasser begann aufzukreischen. Knirschend überfuhr der Kiel des Knochenschiffs Felsengrund. Die Stricke zur Schlange rissen. Jörmungandr verschwand im Laub der Uferböschung.

Auf dem Schiffsdeck waren die Muspellbrüder nicht mehr zu halten. Sie stiegen über die Balken des in Schlagseite geratenden Schiffes hinweg, rutschten den Pfuhl hinunter, durchwateten die Gischt und erreichten das Ufer. Der auf dem Schiff verharrende Surtr war außer sich vor Freude.

Warum warteten sie so lange?
Warum zögerten sie?
Warum kam es nicht zur Schlacht?

DIE WEISSAGUNGEN ERFÜLLEN SICH

Stendr æva strind né, lofti meþ lævi linnir ei straumi!
Mærum dylst í Mímis brunni vissa vera! Vitiþ enn eþa hvað?

Nirgends haftet weder Sonne noch Erde. Es schwanken und stürzen die Ströme der Luft.
In Mímirs Quelle versiegt die Weisheit. Wisst ihr, was dies bedeutet?

Björt war der Letzte, der die Sotkubru betrat. Leise seufzte der Wind durch die Ritzen der Brücke. Sonst war weit und breit kein Geräusch mehr auszumachen.

Mit dem Ende der Schlacht war alles still geworden. Auch hier, an einem Ort, an dem man anderes vermutet hätte, herrschte Ruhe. Es war seltsam, dass selbst das Meer und die Brandung unter der Brücke schwiegen. War es in der Zwischenzeit denn wieder so kalt geworden, dass das Wasser zu Eis erstarrt war? Björts Blick senkte sich hinunter. Er suchte das Glitzern des Wassers. Vergeblich. Nur da und dort füllte sich das schwache Schimmern einer Wasserlache mit Mondlicht. Das Meer schien leer. Alvíss hatte Ráns Töchter vor die Küste geschickt, damit sie sich draußen zu einer Springflut aufwarfen. Wie hätte er davon wissen können?

Mit einem Schlag kippte die Stille. Ein ohrenbetäubendes Brausen, ein Ungewitter brach an. Das zweite Mal der Sturm des Gjallarhorns. Ungnädig rollte er von Ásgarðr heran. Björt haderte schwer. Er erinnerte sich an Kaldgrands Worte: Dass der zweite Hornton vermutlich alles zerschlagen würde, was noch nicht zerschlagen war. Ein Zittern durchfuhr die schwankende Brücke. Björt hielt sich fest, woran er konnte. Markerschütternd durchfuhr das Windzischen den morschen Asts des heiligen Baumes und verschwand auf der anderen Seite in die Nacht hinaus. Dieser Wind war so stark gewesen, dass es nicht schwerfiel, sich vorzustellen, dass Miðgarðs Erbe bis in die kleinste Felsenritze hinunter ausgelöscht war – doch die Sotkubru, die Brücke, die den Eindruck machte, als würde sie beim nächsten Windstoß auseinanderfallen, hatte standgehalten. Björt dachte bei sich, dass es nun wohl nichts mehr gab, was sich zwischen ihn und die Halle Gimlé stellen konnte. Schritt für Schritt tastete sich sein Schuhwerk über den schwankenden Grund hinweg. Hier und da klaffte eine gefährliche Lücke zwischen den Sparen. Mehr als einmal sank sein Bein hinunter. Er war der Letzte, der die Sotkubru überquerte, und brauchte dafür auch am längsten. Als er Miðgarðr endlich erreichte, wurde seine Aufmerksamkeit durch einen warmen Schimmer gefesselt, der diese kalte Nacht durchbrach.

Alvíss?

Björt wusste nicht, was er ihrem Blick entgegensetzen sollte. *Stolz, Demut?* Das Ziel war nicht erfüllt, das Orakel nicht zerschlagen, der Untergang nicht aufgehalten.

»Kamst wohl eher, um Sieger zu sehen«, hauchte er. »Sieger sind wir nur, weil wir noch leben. Nicht aber in den Herzen, weil wir die Aufgabe nicht erfüllten! Die Fahrt nach Muspellheim war umsonst!«

»Das Orakel ist nicht zerschlagen. Doch der Mann, der diese Aufgabe erfüllen soll, hat Muspellheim noch nicht verlassen«, antwortete Alvíss. »Und sollte er es nicht schaffen, habt ihr trotz allem Lohn verdient. Immerhin habt ihr die Weltenscheibe von den Muspellbrüdern gereinigt. Mehr kann keiner von euch verlangen. Was noch geschieht, findet in Ásgarðr statt. Der Krieg wird, wie zu Urzeiten, zwischen den Riesen und den Göttern entschieden.«

»Hätte ich gewusst, dass er am Ende zwischen den Göttern und den Riesen entschieden wird, hätte ich mir den Marsch nach Muspellheim erspart«, antwortete Björt. »Es ist nicht möglich, dass die Götter gegen die Riesen verlieren!«

Alvíss seufzte. »Hast du schon von den weisen Frauen von Landdísastein gehört? Sie haben viel geweissagt und sich niemals geirrt. Einmal hofften alle, sie hätten es getan. Nämlich als Óðinn sie nach dem Ende der Asen befragte. Da antworteten sie:

Schneesturm kommt und scharfer Wind.
Die Luft verdorrt dann,
Es steigt zum Himmel, im Sturm das Meer,
Es stürzt aufs Land.
Dann ist das Ende der Asen gesetzt.«

Es ist zur Hälfte schon geschehen und es sieht nicht so aus, als bliebe die zweite Hälfte aus. Vielleicht müssen die Götter in dieser Nacht für das bezahlen, was sie Schlechtes taten. Sie haben durch Verbrechen und Kriege viel Schuld auf sich geladen. Doch es gibt Hoffnung. Dort, wo sie niemand wähnt. Von Loki, dem Asen, den niemand zu seinen Freunden zählt. Er ließ sich von den Muspellbrüdern gefangen nehmen, um Einfluss auf Surtrs Pläne zu nehmen. Loki hat es während seines Lebens immer wieder zustande gebracht, die Asen aus misslichen Lagen zu befreien …« Ihre Worte wurden vom Aufbrausen des Sturmes durchbrochen. Gefährliche Hagelkörner durchschlugen die Winde. Sie vermochten in ihrer Wucht noch den Felsgrund zu Sand zu zermahlen. Darüber durchzuckten unzählbare Blitze lautkrachend den von schwarzen Wolken gezeichneten Himmel.

»Ich muss das Tor nun schließen!«, rief Alvíss. »Komm!«

Heimdall legte das Gjallarhorn an die Stelle im Wurzelstock zurück, von der er es aufgehoben hatte, und erhob sich aus dem Wurzelwerk. Nun, da er das Gjallarhorn das zweite Mal geblasen hatte, wurde auch von ihm erwartet, dass er seinen Platz zwischen den Göttern einnahm.

Während er sich in Bewegung setzte, durchforschte sein Blick die beiden bis auf die Zähne bewaffneten Heere. Sie kämpften nicht. Warum war die Schlacht noch nicht angebrochen? Noch immer war kein verbeulter Helm, keine Schramme und nirgends ein Tropfen Blut auszumachen. Dabei war offensichtlich, dass es keinem auf dem

Feld an Entschlossenheit fehlte, doch kein einziges Schwert war erhoben. Sogar die Schmährufe waren verhallt.

Sein Augenmerk glitt zum Schlachtrand und fasste die schwankenden Masten von Naglfar. Auch wenn der Ton des Gjallarhorns alles mit Verwüstung überzogen hatte, die nackten Segelbäume hatten standgehalten. Das Brausen war darüber hinweggestrebt und hatte den Welten unter Ásgarðr das schlimmste aller Ungewitter gebracht. Er glaubte nicht, dass es in Miðgarðr auch nur einen Überlebenden gab.

Auf dem Feldrand auf der anderen Seite zeichneten sich die Hochsitze der Götter ab. Dort saßen sie und feuerten die Einherier an. Selbst der blinde Höðr zwischen ihnen hielt seine Faust – wohl am längsten von allen – drohend in die Höhe.

Über das Feld legte sich das Seufzen und Klagen der Männer. Überdruss und Langeweile hatte sich zwischen ihnen breitgemacht. Niemand konnte eine Waffe erheben, weil sich Yggdrasils Stamm unmittelbar neben den Kriegern in die Lüfte hob.

Surtrs Flüche schallten beständig von Naglfars Deck aus übers Feld und kehrten ohne Wirkung zu ihm zurück. Um ihn herum lebte die Hitze auf, die dem Kampf noch fehlte. Glut zeichnete die Luft, als Naglfar sich mit Flammen füllte. Das Feuer kletterte in die Masten. Vom Brand eingenommen krachten sie stöhnend zum Ufer hinunter. Dröhnend brach auseinander, was Niðafjölls Fjorde einst so stolz verlassen hatte. Doch es waren nicht Surtrs Flammen, die den Himmel über Ásgarðr zu überzeichnen begannen. Aus den Wellenkämmen erhob sich die Fratze einer feurigen Bestie. Sie fasste ins Land. Schon begann das Laub, am Ufer zu dampfen. Der Weltenbrand griff in das Land und wenig später dahinter zwischen die Bauwerke der Götterstadt.

In Heimdalls Gesichtszügen spiegelte sich die Ernüchterung, als er die funkende Schlange durchs Gras zur Esche hingleiten sah. Schon umschlangen die roten Funken Yggdrasils Borke. Die Blätter darüber begannen mit ihrem Wehgesang. Es barst das Geäst. Donnernd fiel es durch den Rauch hindurch und schlug alles, was es traf, kurz und klein.

Während sich nach und nach alle alten Bündnisse, die in der Borke der heiligen Esche eingeritzt waren, in Rauch auflösten, verlor alles Wichtige in den Welten an Gehalt. Alle Gesetze und Regeln entbehrten ihrer Gültigkeit. Die Schlachtenfee stürzte sich aus dem Blätterdach und entzündete zwischen den Einheriern und Muspellbrüdern die blanke Leidenschaft. Nichts konnte mehr verhindern, dass die Schwerter und Äxte durch die Luft rauschten. Die Muspellbrüder standen den Einheriern in Heldenmut um nichts nach. Surtrs Rache hatte Ásgarðr erreicht. Das Kriegsglück schien auf seiner Seite!

Das zweite Mal war der Hall des Gjallarhorns über Muspellheims Gegenden hinweggerauscht. Als Sturm hatte er die Finsternis durchfahren und nichts weiter als eine bewegungslose Eiseskälte über dieser vormals brennenden Erde hinterlassen.

Ekkert spürte diese Kälte nicht, als er durch die Schwärze hetzte. Sein Blut war in Wallung. Es war von Todesfurcht erhitzt. Unermüdlich flochten seine Beine die Bewegung, die, wie er glaubte, die nahenden Muspellschwerter davon abhielten, sein Leben zu beenden.

Doch vielleicht war das taktvolle Stapfen in seinem Rücken über die Zeit hinweg zur Selbsttäuschung geworden, an der er wohl dann und wann zweifelte. Der Preis war zu hoch, um sich der Wahrheit zu stellen. Die Erschöpfung begann, sich wie ein Schleier über seine Empfindungen zu legen.

Dabei hatte sich das schwere Trittgeräusch in der Zwischenzeit verändert. Zum Leichten, Schnellen, Vertrauten.

»Was rennst du noch, Ekkert? Die Gefahr ist vorüber! Die Kraft des Gjallarhorns nahm auch dem letzten Feind das Leben!«, durchbrach eine Stimme die Stille.

Ekkert lachte wirr: »Mich verblendest du nicht, Meister der Verkleidung! Mirénde ist in Útgarðr. Sei gewarnt, Dämon: Ich trage die

Waffe des Quellenkönigs. Ihr Sinn und Zweck ist es, dir das Leben zu beenden!«

»Wo sind sie denn, deine Feinde? Wo ist die Glut, die vormals ihre Heimat gezeichnet hat? Selbst die Luft wird bald zu Eis erstarren. Wäre es nicht wärmer, wenn hinter dir der Feuerdämon stünde? Und deine Waffe. Ist sie nicht zu ruhig dafür, als dass sie sich im Dunstkreis desjenigen befinden könnte, dessen Leben sie beenden soll? Ich ermahne dich, Ekkert: Es will in dieser Nacht noch weitaus kälter werden, wenn es uns nicht gelingt, das Orakel rechtzeitig zu zerstören! Ich bin hier, um dir zu helfen, deine Bestimmung zu erfüllen!«

Ekkerts Schritte verlangsamten sich. »Vergib mir, Zauberer. Die Bestimmung auf meinen Schultern lastet schwer. Bevor ich Björt begegnete, lebte ich im Wald. Ich wusste gerade einmal, wie man sich ernährt und vor Feinden versteckt. Heute verlangt man von mir, das Werk der Götter zu retten.«

»Was zweifelst du an dir? Zu viele Feindeshiebe verfehlten dich! Zu viele Brocken rauschten vorhin im Sturm an dir vorbei. Du wärst wie alles andere tot, wenn du nicht über besonderen Schutz verfügtest«, antwortete Mirénde. »Es waren die Alben, die dich beschützen und diesen Weg für dich planten. Wir müssen uns nun daran machen, die Herausforderung, die sie dir gaben, zu meistern. Dir ist in Gimlé ein Platz zwischen den Gastgebern vorbestimmt. Den musst du dir aber erst noch verdienen.«

»Tatsächlich tat ich bisher für den Platz zwischen den Hohen wenig. Ich verstehe auch nicht, warum mir ein solcher bestimmt sein soll«, sprach Ekkert. »Ich habe Angst vor meiner Aufgabe und würde lieber auf direktem Weg zu Gimlé. Ich muss nicht zwischen den Hohen sitzen!«

»Die Wanen sind so weise, dass sie sogar ihren eigenen Tod bis auf den Tag genau voraussehen können. Glaube mir, ohne Grund halten sie dir den Platz nicht frei. Du wirst tun, was du dafür tun sollst. Du wirst das Orakel zerschlagen. Und ich führe dich zu ihm«, sprach Mirénde. »Dort! Der schwache Schimmer! Es ist die Stelle, an der Óðinn den Leib der Riesen traf! Dort befindet sich eine Höhle, die uns zum richtigen Ort führen wird.«

Mirénde stapfte vorwärts. Derber als im Fimbulwinter durchstach die Kälte seine Rüstung. Das Land des Feuerdämons war bis in die unterste Ritze hinunter damit gefüllt. Lange konnte man das nicht aushalten. »Schneller, Ekkert! Die Finsternis will auch uns ans Leben«, zitterte seine Stimme. »Die Welten wollen sich in das zurückverwandeln, woraus sie entstanden sind: Es ist die Kälte Ginnungagaps, die wir durchwandern!«

»Ginnungawas?«

»Ginnungagap nennt man das Land, in welchem unsere Ahnen, die Riesen und die Götter, zu Urzeiten lebten. Die Urzeit wird vielleicht zurückkehren, wenn die Macht der Götter endet. Wenn wir versagen, ist es mit allem Leben vorbei!«, bebte Miréndes Stimme.

Schwerer Qualm durchwob das Eschengeäst. Das Laub war verglüht. Im Funkenregen, der dadurch entstand, konnte man die kleinste Einzelheit des mit Innereien übersäten Feldes erkennen. Es krachte und donnerte. Das herunterfallende Holz tötete, wen es traf.

Hatte man die beiden Heere am Anfang gesehen, so fiel auf, wie wenige der Einherierschwerter kurz nach Schlachtbeginn noch erhoben waren. In den Herzen der Asen kühlte die Siegesgewissheit ab. Schmerzhaft stellte manch einer von ihnen fest: Wie sich Óðinns Männer auch gebärdeten – zu oft blieben ihre Erfolge aus. Ihre Schwerter verfehlten die tödlichen Punkte. Die Hiebe waren nicht ausgereift. Es fehlte ihnen an Vollendung, weil Óðinn die Zeit gefehlt hatte, seinen Männern auch die letzten Feinheiten einzuschärfen. Die Muspellbrüder siegten in den meisten Zweikämpfen. Der Kriegsgott Týr, der vom Rand des Feldes her dem harzigen Kampfgeschehen entgegenstarrte, zürnte. Wenig fehlte noch, doch es fehlte.

Dann geschah etwas, das niemand erklären konnte: Das Kriegsglück änderte sich zugunsten der Götter. Muspells Waffen zerbrachen. Die Rüstungen hielten keinen Schlag mehr ab. Die Übermacht der Angreifer schmolz dahin. Surtr konnte seine Männer nicht mehr zählen, so schnell fielen sie. Schmählich verschloss er seine Augen. Als er sie wieder öffnete, füllten sie sich mit Übermut: Mochten die Einherier auch triumphieren – nun, da sich auf dem Feld die Reihen lichteten, sah es nicht so aus, dass auch nur ein einziger der Kämpfer die Schlacht überleben würde. Seine Blicke wanderten zur Stelle, von der aus die Götter die Schlachtenfeen beschworen und nun, dem augenscheinlichen Erfolg ihrer Worte angesichts, die Arme immer wieder in die Höhe warfen. Ein Grinsen durchrauschte sein Gesicht. Ihm war, als hätten die Hochmütigen in der Zwischenzeit ihren Eigenglanz verloren. Sie zeichneten sich nur noch als Schatten vor der brennenden Stadt ab.

Einer der Götter hatte sich die ganze Zeit wenig für die Einherier interessiert und stattdessen dem Dämon seine feurigen Blicke zugeworfen. Es war der wutschnaubende Þor, dessen Augenmerk erst dann von seinem Hauptfeind abließ, als dieser seine Augen zerknirscht verschloss. Da lachte der Hammergott. Doch sein Glück war nur von kurzer Dauer. Als er in seinem Übermut seinen Rauschbart auf die andere Seite in Richtung seines Gehöfts drehte, fuhr es ihm wie ein Messer durch das Herz: Sein Gut mitsamt der Berserkerhalle, all den Obstbäumen, Bienenstöcken und jeder Kleinigkeit stand in Flammen. Dies traf den Stärksten der Asen so schwer, wie ihn noch nie etwas getroffen hatte. Er fasste nach dem Stiel seines Kampfhammers und blickte dem Asenhäuptling ungeduldig entgegen. War es nicht endlich an der Zeit, sich selber in den Kampf einzumischen? Nach und nach folgten die Götter seinem Beispiel: Sie erhoben sich und fassten die Waffen. Óðinn aber schien ihre Gedanken nicht zu deuten. Geistesabwesend saß der Alte auf seinem Hochsitz Hliðskjálf und betrachtete das Hirschgeweih, das er kurz davor vom Boden gehoben hatte.

Ahnte er von seinem Verhängnis, vom Ungetüm, vom glühenden Augenpaar, das ihm aus der brennenden Stadt entgegenstarrte?

Um ihn herum kam Bewegung auf. Die Asen mochten nicht mehr länger auf das Wort ihres Häuptlings warten und traten aufs Feld hinaus.

Hermóðr, der in seinem jugendlichen Übermut gemeinsam mit Bragi bereits in der Schlacht gekämpft hatte, begann, die Leichenhügel nach noch lebenden Muspellbrüdern abzusuchen. Auch Loðurrs, Forsetis und Hœnirs Schwerter stachen immer wieder in die Eingeweide der Sterbenden. Dahinter verschoss Ullr Pfeil um Pfeil. Da die genannten Götter während ihres Lebens keine schwerwiegende Schuld auf sich geladen hatten, musste keiner von ihnen auf dem Vígríðfeld sterben.

Schlechter erging es dem kampfwütigen Þor, der seine Todfeindin Jörmungandr unter der Asche von weither herannahen sah. Er lachte nur, als er Mjǫllnir in Richtung der Wölbung warf, unter der sich die Schlange verbarg. Sindris Schmiedewerk traf den Punkt, den Þor erkoren hatte, zielgenau: Der Schlangenschädel zerbarst. Doch war der Stiel des Hammers ein kleines Stück zu kurz, um ihn bei diesem wichtigen Wurf in die tödliche Schwungkraft zu versetzen. Die Schlange lebte noch, als sich der Stärkegott abwandte. In ihrem letzten Atemzug richtete sie sich auf und spie ihr schlimmes Gift vor sich her, während sie mit weit geöffnetem Mund nach unten stürzte. Davon benetzt, zerbarst Þors Kampfpanzerung. Das Fleisch darunter verbrannte im Bruchteil eines Moments an mancher Stelle bis auf die Knochen hinunter. Als Þor das erste Mal in seinem Leben Schmerz verspürte, war es zu spät, sich gegen die Ursache zur Wehr zu setzen. Schon hatte sich auch seine Lunge mit Jörmungands Todesdunst gefüllt. Der Unverwundbare war verwundbar geworden. Er sank stöhnend zu Boden. Der Kopf der Schlange, der auf ihn niederfiel, gab ihm den Rest.

Über den Köpfen begann Yggdrasils Astwerk laut aufzuknistern. Lautkrachend donnerten die Flammennester aus der Höhe. Die davon aufgewirbelte Asche überzog alles mit Schwärze und brachte eine noch nie dagewesene Kälte. In ihr schien sogar die Zeit zu erstarren.

Während Þor starb und nichts mehr verhindern konnte, überzog ein Wolfsknurren das schwarze Land. Die Gestalt des Fenriswolfs löste sich zwischen den Ruinen. Tückisch nahte Óðinns Erzfeind dem Throngestühl von hinten, sprang mit einem Satz darüber hinweg und verschlang mit einem Bissen, was seit Ymirs Ende nur gewachsen war.

Þor war tot – doch in der Dunkelheit stand ein anderer, der den Wolf zur Rechenschaft ziehen wollte: Víðarr, der neue stärkste Mann der Asen, verfolgte Fenrirs Spur so lange, bis er ihm gegenüberstand. Unerbittliche Wut durchfloss den Asen, als der Wolf mit den Zähnen fletschte. Das Schwert verschwand im Untergrund. Seine bloßen Hände griffen nach den Wolfszähnen und rissen das triefende Gebiss so fest auseinander, dass der Kiefer zerbarst. Dem markerschütternden Knurren folgte bitteres Schmerzjaulen.

Derweilen tasteten sich flinke Hände über den schwarzen Grund, um das Schwert wiederzufinden. Dessen Schneide durchzog das Fell. Sie öffnete den Bauch, um den Allvater zu befreien. Doch im Wolfsmagen war das teuerste der Leben bereits erloschen.

Das Land der Asen erzitterte. Nun, da Óðinn unter den Toten zu finden war, wagten auch die Schwächeren der Götterfeinde, das Land zu betreten. Als Týr im das Feld überströmenden Wolfsrudel Fenrirs Söhne Garmr und Mánagarmr erkannte, warf er seinen Speer. Doch da der Kriegsgott bei einer seiner Heldentaten seinen Wurfarm verloren hatte, verfehlte er Garms Herz knapp. Als er sein Werk mit dem Kurzschwert vollenden wollte, vermochte der sich im Todeskampf windende Wolf, ihm den Kopf abzubeißen.

Noch während Týrs Körper zu Boden sank, löste sich Mánagarmr aus der Dunkelheit, um seinem Bruder die Wunde zu lecken.

Doch als er Þors Kinder Magni, Móði und Thrúðr herannahen sah, verschwand er, den Wölfen voran, mit eingezogenem Schwanz in die Nacht hinaus.

Beli hieß der Thurse, der auf Mánagarms Rücken herangeritten war. Vieles hatte er auf dem Kampffeld bereits totgeschlagen, ehe er vom Wolfsrücken stieg. Nun erschien er vor Skírnirs Augen und wollte sich mit dem unbewaffneten Wanenhäuptling Fróði messen!

Drohend erhob Fróðis Diener den Dolch. Dahinter rief Fróðis Stimme nach Gullinbyrsti, der in der Dunkelheit draußen als tödlicher Blitz durch die wild um sich beißenden Wolfsrudel stach. Der Wanenhäuptling fasste das Hirschgeweih, das auf Óðinns Hochsitz zurückgeblieben war. Dies als Waffe war für ihn nicht wenig. Da er zu früheren Zeiten oftmals als Hirsch verkleidet in den Wäldern nach dem Rechten geschaut hatte, wusste er wohl damit umzugehen. Sein Widersacher war innerhalb kurzer Zeit mit Todeswunden übersäht. Fróði siegte, doch seine Freude darüber hielt sich in Grenzen: Vor ihm wälzte sich jener, der ihm seit frühester Kindheit stets treu zur Seite gestanden hatte, im Todeskampf. Er versuchte Skírnir zu heilen, doch seine Kräfte schienen ihm abhandengekommen zu sein.

Als die Leiden des Dieners endlich zum Ende kamen, ließ sich Fróði bitter seufzend auf Óðinns Hochsitz nieder und begann, dem blinden Höðr, der mit Schwert und Schild noch immer an der Stelle verharrte, an die man ihn vor dem Kampf geführt hatte, vom Geschehen zu berichten. Doch die Worte klangen zu trostlos, als dass sie dem Blinden den nahen Kampfsieg hätten beschwören können. Höðr erkannte schnell, wie es in Wirklichkeit ums Schlachtenglück stand und erriet sogleich den wahren Grund der schlimmen Schmach, die Fróðis Stimme umrandete. Sie war nicht alleine durch Skírnirs Tod entfacht, sondern auch durch den nahen eigenen: Wie alle Wanen kannte der höchste Wane seinen Todestag. Er hatte von Anfang an gewusst, dass er das Vígríðfeld nicht lebend verlassen würde. Traurig vermochte er zu lächeln, als sich Gullinbyrstis goldglimmendes Fell aus der Ferne löste. Diesmal kam er nicht, um sich von seinem väterlichen Freund kraulen zu lassen. Es schoss an seiner Hand vorbei, weil dahinter Surtrs Feuer brannte. Der schlimmste der Götterfeinde hatte sich inzwischen hinter Hliðskjálf aus der Asche erhoben. Wohl glaubte er, Óðinn säße auf dem Thron, als er das Gestühl mit Surtalogi durchstach. Es war einerlei. Es starb in jener Nacht, wer zu sterben hatte.

Zwischenzeitlich hatte auch Loki seine alte Heimat betreten und darauf gehofft, im Gewirr des Kampfes lange unentdeckt zu bleiben. Heimdalls Instinkt aber ließ sich nicht täuschen.

»Stelle dich mir, du falscher Held!«, rief er, als er dem Abtrünnigen den Weg versperrte.

»Höre dir zuerst an, Bruder, was ich dir zu sagen habe …«, antwortete Loki.

Heimdall hohnlachte: »Was nennst du mich noch Bruder? Mutig bist du, ins Land zurückzukehren, in welchem jeder deine Taten kennt. Nun steht es arg um dich, Verräter! Da ich deinen Fürsprecher Óðinn in den auslaufenden Magensäften deines Wolfssohns sah, verlorst du hier den letzten Rückhalt! Dir hat deine Klugheit diesmal keinen Gefallen getan, als sie dich nach Ásgarðr wies. Wärst du in Muspellheim geblieben, wärst du am Ende dieser Nacht ein Weltenherr geworden. Surtr floh nämlich, von Fróðis Eber getrieben, waffenlos und schwach in die Nebel Ginnungagaps hinaus! Niðhögg' aber folgte ihm nicht. Er blieb an dieser Stelle, weil ich ihm dein Leben versprach!«

Als dies gesagt war, entbrannte ein fürchterlicher Kampf, der das Ende aller anderen Streite überdauerte. Gnadenlos schlugen die Kontrahenten aufeinander ein und gönnten sich den kleinsten Vorteil nicht. Loki war unerwartet hart im Schlag und obsiegte am Ende. Der schwer getroffene Heimdall sank zur Erde hinunter und wartete auf den Gnadenstoß. Doch statt dem Bruder das Ende zu gönnen, seufzte Loki schmerzverzerrt und wollte in Worte fassen, warum er den Kampf hatte vermeiden wollen. Dem kam das Zischen eines Pfeils zuvor: Vális Antlitz zeichnete sich in der Dunkelheit ab.

Heimdall stutzte, als er, noch bei Sinnen, das Blut von der Loki durchbohrenden Pfeilspitze tropfen sah: Es war nicht schwarz wie das eines Feindes, sondern golden wie das eigene. Doch es war zu spät, irgendetwas am Schicksal abzuändern. Während Vális Schatten wieder in der Nacht verschwand, kehrte die nach Óðinns Ableben angebrochene Totenstille wieder zurück und erinnerte den Sterbenden an seine Pflicht, ein letztes Mal das Gjallarhorn zu blasen und den Welten das Kampfende zu verkünden. Der Ton, der sich über das verwüstete Feld verbreitete, war äußerst schwach. In ihm blies Ásgarðs pflichttreuester Sohn sein Leben aus der Brust.

Die verbliebenen Götter erstarrten, als sie diesen Hornton vernahmen. Sie ließen von ihren Gegnern ab und folgten dem zutiefst bekümmerten Njörðr zum Schiff Skíðblaðnir, das brandgeschwärzt aber noch seetüchtig unten auf den Wellen wartete. Fróðis Vater haderte schwer damit, dass von ihm erwartet wurde, den Wanen die schlimme Nachricht vom Tod ihres geliebten Königs zu bringen.

Epilog: Böses wird besser, Balder kehrt heim!

Munu ósánir akrar vaxa, bǫls mun batna, mun Baldr koma!
Bua Höþr ok Baldr Hropts sigtoptir, vé valtíva. Vituþ enn eþa hvat?

Urbar werden die Äcker sein, Böses wird besser, weil Balder heimkehrt. Höðr und Balder hausen auf dem Sieghof. Froh sind die Wallgötter. Wisst ihr noch mehr?

Der Himmel über der Weltenscheibe flackerte, als würde er brennen. In Muspellheim war es trotzdem dunkel. Es herrschte eine Kälte, in der man ahnte, dass die Zeit der Toten anbrechen wollte.

Noch immer waren dort zwei Männer unterwegs. Mirénde und Ekkert gingen den Weg, den Loki beschrieben hatte. Als sie die Grotte erreichten, waren Miréndes Augen von Vorfreude gezeichnet. Das Orakel würde Ekkert keine Schwierigkeit bieten, denn er trug ja die Waffe, die von den Hohen dagegen erdacht worden war. Ein gutes Ende wurde endlich greifbar. Alles füllte sich mit dem Widerhall seiner Stimme, als er sprach: »Aus dieser Erdgrotte stammt der Dämon. Von hier zog er aus, um seine Schandtaten zu vollbringen. Das Orakel blieb. Dort. Siehst du, wie es unruhig blinkt? Es wallt und zuckt, als würde es sich fürchten. Zu Recht. Heute wird es für immer erlöschen.«

»Du siehst vieles, was meinen Augen fernbleibt …«, Ekkerts Stimme versiegte für einen Augenblick. »Wie ich auch starre, nichts! Wie kann sich mein Ziel vor mir verbergen?«

»Durch Zauberei, durch was denn sonst?«, antwortete Mirénde. »Ich werde für dich sehen. Bereite du die Lanze vor.«

Ekkert tat, was Mirénde verlangte. Er senkte die Waffe und hob den Schild.

»Worauf wartest du? Vorwärts!«

Er umklammerte den Stiel mit aller Kraft und trat voran, bis er einen Widerstand spürte. Dann stieß er mit voller Kraft, bis die Haut des Orakels gebrochen war.

Die Erde begann zu beben. Entsetzlicher Lärm strömte von allen Seiten heran. Man hatte den Eindruck, die Weltenscheibe wolle zerbersten.

Mirénde rüttelte an Ekkerts Schulter. »Wir müssen uns in Sicherheit bringen! Schild und Lanze brauchen wir nicht mehr. Lasse sie liegen!«, rief er und lief ihm voraus.

Draußen blickte Mirénde zum Himmel und versuchte, darin eine Orientierung zu finden. Der Weltenbaum war bis auf sein letztes Glimmen abgebrannt. Es herrschte eine tiefe, sternenlose Nacht. Leise rauschte ein Fluch von seinen Lippen durch Ginnungagaps Kälte. Nicht Mond, nicht Gestirn, ja nicht einmal Hræsvelgs Flügelschlag vermochte darauf hinzuweisen, in welcher der Richtungen das Tor zu Gimlé lag.

»Der Mensch ist verloren, wenn ihm die Führung der Götter fehlt. Meine Instinkte scheinen erloschen. Es ist vermutlich, weil die götterlose Urzeit gerade wieder anbricht?«, sprach Mirénde.

»Mein Blut gefriert zu Eis, wenn ich höre, dass selbst du, Mirénde, an das Ende glaubst!«, fuhr es aus Ekkert. »Schweige lieber, ehe du noch mehr Schlechtes sprichst! Ich will nicht hören, dass alles umsonst gewesen sei!«

»Vermag ich unser Ziel auch nicht auf Anhieb zu deuten, es ist nur ein kleines Rätsel für mich. Die Lösung wird nicht lange auf sich warten lassen.« Miréndes Stimme erstarkte. »Hörst du das Grollen? Es stammt vom zugefrorenen Meer. Dorthin müssen wir und dann übers Eis, immer weiter. Damit du in Gimlé deinen Hochsitz besteigen kannst.«

»Ich höre es. Kein zugefrorenes Gewässer, sondern ein Getöse. Und es scheint mir, dass es, auch wenn wir stehen bleiben, näher rauscht!« Ekkert seufzte schwer. »Bang wird mir. Wie schlimm kann diese Nacht noch werden?«

»Nicht schlimm, nur besser!«, hallte eine von geselligem Gelächter umgarnte, herbe Männerstimme aus der Höhe hinunter. »Es ist Phols Pferd, das vor der Sturmflut naht. Jalkr muss einlösen, was König Fróði versprach!« Von oben her rauschte der Jubel der Sindribrüder, ehe Phol fortfuhr: »Lange zögerte man in Vanaheim, ehe man mich in eure Richtung schickte. Man dachte wohl, dass es an Gimlés Tafel doch keinen Platz für einen weiteren Helden gäbe. Doch dann wurde, wie Fróði es vorausgesehen hatte, einer der Hochsitze frei!«

Aus der Dunkelheit umfasste eine Hand Ekkerts Brust und zog ihn und Mirénde in die nach Pferd und Lederwerk riechende Nacht hinauf. Jalkr, das kraftvolle Tier, dessen zuckende Adern man durch Fell und Sattel hindurch spüren konnte, war daraufhin nicht mehr zu halten.

Brausend durchfuhren die vom Vígríðfeld her schwelenden Winde die Ritzen und Löcher des einstmals so herrschaftlichen Albengemäuers. Sie rissen Trümmerbrocken mit sich und ergriffen viele davon, um sie in fernen Gegenden vom Himmel regnen zu lassen. Viel Zeit verging, bis das Dröhnen verstummte. Ihm folgte die Stille, in der sich die Weltenscheibe bis weit zum lodernden Weltenbrand hin mit der Kälte der Urzeit überzog.

Alvíss seufzte. Unwirsch blickte sie in die Schwärze des Himmels auf und sprach in Richtung Oberon: »Als klägliches Rauschen legte sich Gjallarhorns dritter Ton über das Land. Óðinns Gestirn, die Sonne, ist erloschen. Ásgarðs Macht ist für immer gebrochen. Auch Fróðis Schicksal macht mich nicht froh. Matt liegt das Königsschwert in der Asche. Noch nie sah ich eine zerschlagenere Waffe.«

»Fróði wusste, dass er das Idafeld nicht mehr verlassen würde. Darum sandte er das Schwert in meine Hand. Es sollte an seiner Stelle kämpfen«, antwortete Oberon. »Es hat viel getan und viel gerettet. Nun liegt es an uns, das Vermächtnis seines Besitzers zu retten. Wann soll ich der Rán das Zeichen geben?«

»Warte noch. Zuerst müssen wir dafür sorgen, dass unser eigenes Erbe nicht in Bedrängnis gerät!«, antwortete Alvíss. »Hörst du das Knistern, das die Luft durchwebt? Surti naht!«

Oberon lachte auf. »Es wird für ihn wohl schwer werden, weil Ekkert seine Bestimmung erfüllte. Ahnt er denn nichts davon, dass Muspellheim ärger als Miðgarðr zerschlagen ist und dass er seine Macht verlor?«

»Er ist ein Feigling. Wenn er es wüsste, würde er nicht kommen«, sprach Alvíss. »Jetzt, da jeder seine Schuld bezahlt, ist es an der Zeit, dass auch er zur Rechenschaft gezogen wird.«

Während dieser Worte füllte sich die Ruine mit dem Feuer des Dämons. Hämisches Gelächter drang heran. »Schuld! Sei dir gewiss, dass mein Geist bei diesem Wort erzitterte. Er erzitterte mehr als davor, als ich es von Óðinn hörte! Die Schlacht in Ásgarðr war am Ende leichter als ich mir erhoffte. Nun stehe ich in Miðgarðr. Alles geschah, wie ich es wollte. Nun bin ich hier, um mein Werk zu beenden und auch meine ärgste Feindin in den Tod zu begleiten. Du bist nicht genug stark, als dass du mir schaden könntest.«

»Ich biete dir an, dir die Schmach zu ersparen. Kehre selbst dorthin zurück, woher du kamst«, erwiderte Alvíss kühn.

Der Dämon lachte grässlich auf. »Ich zittere! Ich gehe! Bitte, Weib, bekämpfe mich nicht!

Dies ist der Tag, an dem der Asenhäuptling von einem Wolf gefressen wurde, und den alten Fróði besiegte ich im Heldenkampf.

Wie du richtig sagst, ist dies die Nacht, in der jeder bezahlt. Zuerst bezahlst du für die Menschen. Danach ich. Keine Sorge, danach gehe ich. Miðgarðs Zukunft ist mir einerlei, weil mein Lebenszweck erfüllt ist.«

»Du kannst nicht gegen mich siegen. Deine Bauwerke stürzten alle ein. Dein Orakel ist erloschen«, sprach Alvíss. »Der Mord am

Wanenkönig hat dir keinen Vorteil gebracht. Fróði ist tot, aber in seiner Weisheit hat er seinen Tod vorausgesehen und dir deine Strafe längst bestimmt. Du sollst nicht sterben. Diese Gnade ist dir nicht vergönnt. Fróði fand in Svartálfaheimr einen vorzüglichen Kerker für dich. Ein Loch von jenem Feuer umringt, auf welchem die Schwarzalben dein Schwert schmiedeten. An diesen Ort wirst du gebunden sein, nicht leben, aber auch nicht sterben könnend. Von dort wirst du niemals entkommen.«

»Mit deinen billigen Lügen wirst du nicht verhindern, was nicht zu verhindern ist! Wer immer die neue Weltenordnung bestimmt, ihr Alben werdet es nicht sein!«, fuhr es aus Surtr.

»Dann kämpfe, Surti, besiegle unser Schicksal!«, rief Alvíss in die überschwänglich rauschenden Flammenlohen.

Der Dämon spottete verächtlich, während seine Flammen die Albenmutter umringten. Deren schmale Arme wandten sich in gleitenden Bewegungen dem Drangsal entgegen. Hræsvelgs Treuegelöbnis legte sich um ihre zarten Finger und von dort aus durch die lodernde Brunst. Da spürte Surtr, dass etwas nicht stimmte. Seine Macht beeinflusste den Kampf nicht mehr zu seinen Gunsten. Furcht begann an ihm zu nagen, dass er sein Lebensziel doch nicht erfüllen könne. Seine harten Flüche wurden zu untertänigen Worten, mit denen er versuchte, über das Versagen seiner Kräfte hinwegzutäuschen. Dies war sinnlos. Das Feuer seiner Seele schrumpfte unter Alvíss‘ Einfluss zu einem schwachen Glimmen zusammen.

»Leise höre ich deinen Geist noch flehen. Ich muss zugeben, dass mir dies gefällt«, rauschte Alvíss‘ Stimme heran. »Gerne würde ich dich so lange martern, wie es dir gebührte, doch deine Schuld wäre selbst in der Ewigkeit noch nicht abgetragen!«

»Ich vermag nun keinen Widerstand mehr zu bieten. Doch meine Schwäche zeigt auch deine auf. Nichts fällt mir mehr ein, außer dies: Du bist feige, Albenweib! Komm! Beende es endlich! Bedenke aber: Mein Feuer wird so lange brennen, bis Óðinns Nachlass bis zum letzten Staubkorn zerfallen ist. In der Zeit, die bis dahin vergeht, werde ich mich, wie der Fenriswolf zu seiner Zeit, von den Fesseln meiner Gefangenschaft befreien. Dann werde ich die Weltenscheibe erneut betreten und dich mit den Mitteln, die ich mir in der Zwischenzeit erdachte, bekämpfen!«, hauchte Surtr.

»Ich werde auf deine Rückkehr vorbereitet sein!«, antwortete Alvíss. »Es liegt in der Natur des Lebens, dass Hass nicht bestehen kann, wenn man ihm die Wahrheit zeigt. Dies wird von heute an mehr denn je auf unseren Bannern stehen und die Fürsten aller Sippen werden darauf schwören!«

»Du kennst deine Schützlinge wenig, Albin! Wenn die Götter reine Wesen erschaffen hätten – unschuldige, treue, fehlerfreie – dann würde es sich erfüllen. Doch kein anderer als der Mörder Óðinn gab ihnen die Seele. Diese Erbschuld wird die Menschen immer leiten. Neid wird sie führen, Verrat wird sie zu ihren Zielen bringen!«, fuhr es in letzter Kraft aus Surtr.

»Du hast genug gesprochen!«, hallte es aus Alvíss‘ Mund, ehe sich der Fels unter Surtr öffnete und der gefallene König in der Tiefe verschwand.

Während Ekkert den freigewordenen Hochsitz an Gimlés Tafel bestieg, rauschte die von den Alben beschworene Flut über die Weltenscheibe hinweg und vermochte auch noch den letzten Funken des noch immer da und dort auflodernden Weltenbrandes zu ersticken. Die beiden Götterreiche erreichte das Wasser aber nicht. In Vanaheim hatte man seit jeher wenig von den die Oberwelt beherrschenden Einflüssen gespürt und in Ásgarðr erloschen die letzten Feuer in der mit Óðinns Tod angebrochenen, bewegungslosen Kälte erst mit der Zeit.

Am Himmel jagte Fenrirs Sohn Mánagarmr, dem Beispiel seines Vaters folgend, Nórrs hellem Himmelsgefährt nach. Als er den Mond endlich eingeholt hatte, verschlang er ihn und stürzte mit dieser schweren Last im Bauch ins Meer hinunter, wo er ertrank.

Einer der Götter war auf dem Idafeld zurückgeblieben. Nun, nach langer Zeit, begann der blinde Höðr, in der einzig von seinem Herzschlag durchbrochenen Stille das an ihm nagende Alter zu spüren. Da war auch für ihn der Moment gekommen, seine alte Heimat zu verlassen.

Lange stieg der von schimmernder Rüstung umfasste Mann über das mit Leichen und Trümmern gesäumte Vígríðvöllr. Endlich erreichte er die Stelle, an der der Weg der an Alter und Krankheit Gestorbenen seinen Anfang nahm. Doch betrat er den Helvergr nicht, um bei Hel eine neue Heimat zu finden, sondern um sich mit seinem Bruder Balder zu versöhnen.

Als sich die beiden Brüder die Hand zum Frieden reichten, war die letzte Schandtat der Götter abgegolten. Da geschah Wunderbares. Auf der mit Eis überzogenen Weltenscheibe setzte endlich Tauwetter ein. Mit dem Wasser, das überall heruntertropfte, schien es, als beweine alles Verbliebene, jeder Stein und was sonst noch unter dem Eis zum Vorschein kam, das Schicksal der Götter. Damit erfüllte sich die Bedingung, die die Hel für Balders Freilassung genannt hatte, und er durfte an Höðrs Seite Niflhel verlassen.

Noch während die beiden Brüder Seite an Seite über die Gjallarbrú schritten, hielten die Alben in Fróðis Palast, den sie Álfheimr nannten, Þing. Sie schufen eine neue Sonne, die bis zum heutigen Tag das Firmament erhellt. Die Totenkälte kehrte in den Norden zurück und alles begann, sich zu erneuern.

In der Welt, die in ihrem Licht zum Vorschein kam, war kein Stein auf dem anderen geblieben. Weder Grashalm noch Baumspross trieben aus der mit Meersalz versiegelten Erde – bis die von der Wärme erweckten Winde aus den Bergen hinunterfuhren und den Boden reinigten. Als, vom salzigen Hauch getroffen, auch das Eis über den Gewässern wieder schmolz, verweste am Meeresgrund der Kadaver des Mánagarmr und der Mond entstieg dem Leichnam.

Balder und Höðr erreichten die Gegend, in welche Frîja die Frauen geführt hatte. Die dort entflammte Wiedersehensfreude wurde noch übertroffen, als auch die überlebenden Krieger Víðarr, Hermóðr, Ullr, Loðurr, Forseti, Hœnir, Magni, Móði, Thrúðr und Váli auf ihren Pferden heranritten. Lange erinnerten sie sich gemeinsam den alten Geschichten, freuten sich für jene, die Ragnarokr überlebt hatten, und versuchten, im Schicksal der Gefallenen einen Sinn zu finden.

Am Himmel schwebte ein einziger Schatten. Er stammte vom Niðhöggr, der wütend war, weil ihn niemand willkommen hieß. Als Magni ihm mit Þors Hammer drohte, verschwand er jedoch schnell.

Als der reine Sonnenglanz den Boden mit goldenem Licht zu füllen vermochte, bückte sich Víðarr, um ihre Wärme zu ertasten. Da erhoben sich die Gräser und Kräuter aus der Erde. Das lang ersehnte goldene Zeitalter schien endlich anzubrechen. Darin bekamen die alten Götter ihre Macht allerdings nicht mehr zurück. Dies war der Preis, den sie für ihre frevelhafte Vergangenheit bezahlen mussten.

Derweilen endete das Fest in Gimlé. Die alten Geschichten waren nach dieser langen Zeit oft genug erzählt und man begann, sich nach der ganzen Freude wieder seiner Herkunft zu erinnern. Da leerte sich die große Halle. Aus den Kriegshelden wurden wieder Menschen, die nach Miðgarðr zurückkehrten, um dort Land urbar zu machen, Städte zu erbauen, Handel zu treiben und sich an Kindern und Kindeskindern zu erfreuen. Auch die Helden dieser Geschichte fanden sich darunter. Einzig Kaldgrand und Sannur blieben in Vanaheim.

Im Gegensatz zu ihnen verließ Jääkarhu die Wanen. Er zog nach Norden, um sein altes Leben als Eisbär fortzusetzen. Seinem Schatten folgte die stolze Schar der Sindribrüder, um auf dem Gebiet des Eisenwalds das Andenken an ihre Vorväter Sindri und Brokkr wiederzubeleben. Unweit davon siedelte Finar im Tross der Alben in den Wäldern des heutigen Finnlands.

Vöðmaður und Irmin fuhren nach Osten. Sie fanden im Gebiet des getauten Jötengletschers fruchtbare Felder, die sie bis zu ihrem Lebensende bewirtschafteten. Sie wurden in dieser Zeit oft von Mirénde besucht, der die ihm noch vergönnte Lebenszeit als Weltenwanderer verbrachte.

Björt schloss sich den Asen an, um mit ihnen an der Zukunft der neuen Welt zu bauen. Er war es auch, der Lokis wahre Natur erkannte und ihn aus der Totenwelt der Thursen zurückholte. Ganz aber vergaß man jenem seine Geschichte nie. Loki sollte in einer neuen Mythologie der Menschen unter den Namen Luzifer seine Rolle erhalten.

Der wahre Feind der Schöpfung blieb in den neuen Religionen jedoch namenlos. Wie er es Alvíss angedroht hatte, entkam er nach tausend Jahren seiner Verbannung und machte sich daran, das goldene Zeitalter zu beenden. Da es inzwischen zu viele verschiedene Götter gab, von denen – im Unterschied zu den alten – jeder die Alleinherrschaft beanspruchte, fiel es ihm nicht schwer, die Welt mit Kriegen zu überziehen. Surtr war von den Menschen kaum zu durchschauen, denn das Verkleiden hatte er von Loki gelernt. Ihm stellte sich der erstarkte Ekkert entgegen, der sich inzwischen die List und Weisheit der Alben angeeignet hatte. Als er im Kampf gegen Surtr starb, bettete man seinen Leichnam in ein Hügelgrab in der heutigen fränkischen Schweiz. Als man seine Überreste entdeckte, vermochte niemand mehr zu erahnen, welche Wichtigkeit der dort bestattete Mann dereinst innegehabt hatte. Dies war vielleicht nur eine der kleinen Geschichten, die man sich über ihn erzählt.

ENDE

Begriffserklärung:

Ägir, Ägirstöchter, Rán

Das Wort Ägir steht im Altnordischen für »Meer«. Ägir ist die Personifizierung des Meeres, bezeichnet den positiven Aspekt des Meeres verkörpernden Meerriesen. Ägir ist ein guter Freund der Götter und gibt ihnen zu Ehren als Wirt und Bierbrauer oft große Feste.

Ägirs Frau Rán verkörpert die sinistere Seite des Meeres. Die Räuberin Rán ist die Herrscherin des Totenreiches in den Meerestiefen und oft wird Ertrinken mit »der Rán in die Hände fallen« umschrieben. Sie ist die Mutter der Ägirstöchter.

Die neun Ägirstöchter sind in der altnordischen Dichtung allesamt Synonyme für »Wellen«. Ihre Namen lauten: *Himinglæva*, »die Himmelsglänzende«, *Blóðughadda,* »Blutiges Haar«, *Hefring,* »die sich Hebende«, *Kolga,* »die Kalte«, *Dúfa*, »die Untertaucherin«. *Uðr, Hrönn,* und *Bjlgaya* bedeuten übersetzt nichts anderes als »Welle«.

Alben, Alvíss

Alben, von lat. *albus* (»weiß«) oder indogermanisch **albh* (»glänzend«, »weiß sein«). Die Alben genießen bei den Menschen den Ruf von außerordentlichen Heilern. Sie sind Richter und Schiedsrichter in Angelegenheiten, die die Sippen Miðgarðs betreffen. Ihr Lebenssinn ist die Pflege des Weltenbaums Yggdrasil, unter dessen Stamm sich ihre Stadt befindet. Sie sind die Erzfeinde des Feuerdämons Surtr. Zwar zeichnen sie sich nicht durch ihre Stärke und Bewaffnung aus, dafür ist ihre außerordentliche List berüchtigt.

Alvíss	Alvíss ist in dieser Geschichte die höchste Instanz bei den Alben.
Angrboða	Die Herrscherin des Eisenwalds Járnviðr ist eine Riesin namens Angrboða. Sie ist die Mutter von vielen Trollen und Wölfen. So auch vom Fenriswolf, der Miðgarðschlange und der Hel, die sie mit Loki zusammen zeugte.
Asen	Die größere der beiden Göttersippen der altnordischen Mythologie nennt man Asen. Ihre Heimat ist Ásgarðr. Dort wohnen wichtige Götter wie Balder, Bragi, Eir, Forseti, Fulla, Gefjon, Heimdall, Hermóðr, Höðr, Hœnir, Nanna, Phol, Sága, Þor, Týr, Ullr, Víðarr und Loki. Der Häuptling der Asen heißt Óðinn. Dessen Frau ist die Wanin Frîja.
Ásgarðr	In den mit rotem Sonnenlicht gefüllten Wolken befindet sich die Gegend namens Iðavöllr, worauf die Stadt der Fürstengötter, Ásgarðr, gebaut ist. Ásgarðr ist keine Stadt im heutigen Sinn, sondern eher ein umfangreiches Dorf mit vielen Höfen und einem Dorfkern, der Valaskjálf heißt. Auch die Halle Walhall und viele andere Kunstwerke befinden sich dort. Betreten kann man Ásgarðr von Miðgarðr aus nur auf der Regenbogenbrücke Bifröst.
Ásgarðs Erbauung	In Gylfaginning wird die Geschichte vom Hrímþur, der Ásgarðr in drei Halbjahren zu erbauen verspricht, geschildert. Der Riese wird von Loki zu den Asen geführt. Da ihnen der verhandelte Preis zu hoch ist – immerhin fordert er Sonne, Mond und die schönste der Frauen – wollen sie ihn überlisten, damit er nicht fristgerecht fertig werden kann. Weil die Asen Loki für

den Handel verantwortlich machen, fordern sie von ihm, das Problem zu lösen. Dieser verkleidet sich als Stute und verführt den Helfer des Riesenbaumeisters (den Hengst, der nach Hyndluljóð 40 den Namen Svaðilfari trägt), worauf die Arbeiten nicht zum vereinbarten Zeitpunkt abgeschlossen werden können. Doch auch für Loki bleibt dieses Abenteuer nicht ohne Konsequenz. Einige Zeit später gebiert er Óðinns achtbeiniges Pferd *Sleipnir* (»den Dahingleitenden«).

Auðhumla – Auðhumla steht für »milchreiche, hornlose Kuh«. Es ist die Kuh, die im tauenden Urreif entstand.

Balder – Balder ist der zweite Sohn Óðinns. Als Lichtgott, Gott der Reinheit, Schönheit, Gerechtigkeit und des Frühlings gibt es von ihm nur Gutes zu sagen. Er ist der Weiseste, Sprachgewandteste und hat in jeder Sippe Freunde. Er ist der einzige Gott, der vor der Schlacht auf dem Idafeld stirbt. Seine Frau heißt Nanna und deren Sohn Forseti. Sein Hof in Ásgarðr heißt Breiðablik.

Balders Tod – Gylfaginning interpretiert Snorri Balders Tod folgendermaßen: Balder hatte schwere Träume, die er als Gefahr für sein Leben deutete. Da beschlossen die Asen, ihn vor allen Gefahren zu beschützen. Jedes Ding, ob Feuer, Wasser, Gesteinsarten, Baumarten, Krankheiten, Gifte und Tiere, musste vor seiner Mutter Frîja den Eid ablegen, Balder nicht zu schaden. Einzig die Mistel war noch zu jung, um diesen Eid zu sprechen. Um seine Unverletzbarkeit zu beweisen, stellte sich Balder oft in die Mitte eines Kreises und ließ sich mit allen möglichen Gegenständen bewerfen. Loki aber gefiel nicht, was er sah. Er verkleidete sich als Frau und besuchte Frîja, um zu erfahren, ob es denn wirklich nichts gäbe, das Balder schaden könne. Als Loki den Fensaal verließ, wusste er um das Geheimnis und erschien mit der Mistel im Kreis der Männer. Dort stand einer immer abseits: Der blinde Höðr grämte es tief, dass er nicht am Spaß der anderen teilhaben konnte. Da reichte ihm Loki die Mistel und wies ihm die Richtung. So kam es zum größten Unglück aller Zeiten.

Bäume

Einzelne, an expandierten Stellen gewachsene Bäume galten in der vorchristlichen Zeit als heilig. Aus der um 760 verfassten *Vita Sancti Bonifatii* wissen wir beispielsweise, dass der christliche Missionar Bonifatius in Geismar eine dem Jupiter (Þor) geweihte Eiche, die oft in christlichen Gemälden thematisierte sogenannte Donar-Eiche, fällen ließ. Diese war scheinbar eines der wichtigsten Heiligtümer der dort sesshaften Heiden. Die Eiche selbst ist im germanischen Altertum aber nicht grundsätzlich ein heiliger Baum. Der Weltenbaum ist eine Esche und in der Anthropologie der Edda (Vǫluspá 17,18, Gylfaginning 8) wurde der erste Mann, Askr, aus Eschenholz geschnitzt. Das altnordische Wort *askr* für »Esche« findet sich daneben auch in *askmaðr*, was altnordisch »Wikinger« bedeutet. Der Name der ersten Frau, Embla, ist hingegen etymologisch nicht eindeutig geklärt. Es ist naheliegend, ihn mit **Elmla*, bzw. **Almilōn*, in Verbindung zu bringen, was nach Sophus Bugge »Ulme« bedeutet.

Berserker
Auf Þors Hof Thrúðvangr steht die Walhall nachempfundene Kriegerhalle Bilskírnir. Dort üben sich Þors Männer Tag für Tag an den Waffen, gleichermaßen wie es die Einherier in Óðinns Halle tun. Doch sie sind Menschen. Wenn Þor neue Berserker braucht, fährt er nach Miðgarðr, um den Bauern ihre starken Knechte abzuwerben.

Bifröst
Die Menschen nennen die Brücke zwischen Ásgarðr und Miðgarðr Regenbogen. Bei den Hohen heißt sie Bifröst oder Ásbrú und ist ein Bauwerk von außerordentlicher Handwerkskunst. Bifröst besteht aus drei Schichten. In der Mitte lodert ein rotes Feuer, dessen Hitze verhindert, dass sie von den Reifriesen überquert werden kann. Die untere Schicht besteht aus Wasser, damit die Hitze nichts entzündet. Die obere Schicht ist reines Gold und bildet den Gästen der Götter einen würdigen Weg. Bifröst kann nicht zu jeder Zeit betreten werden, denn die Brücke ist nicht wetterfest. Auch ist es im Herbst zu windig und im Winter zu kalt, um darauf hinaufzusteigen. Darum gibt es in diesen Jahreszeiten nur sehr selten Regenbogen. Im Sommer dagegen wird die Brücke über den Tag hinweg oft so heiß, dass sie zu schmelzen droht, bis sie in der Nacht wieder abkühlt.

Bilskírnir
Þors Halle ist ein Walhall ebenbürtiger Kampfsaal, in welchem, statt er göttlichen Einherier Berserker ihre Kampfkunst perfektionieren.

Bragi
Der graubärtige Ase ist aufgrund seiner Weisheit und Redegewandtheit berühmt. Nicht einmal Loki kann es mit seiner Wortgewandtheit

aufnehmen. Er ist der Meister der Dichtkunst – ja, die Dichtkunst ist nach ihm benannt. Er ist der höchste Diplomat, kann aber auch sehr kriegerisch sein. Wenn sich Óðinn auf Reisen befindet, ist er es, der mit Hermóðr zusammen in Walhall den Einheriern das Kämpfen beibringt. Auch sonst ist Bragi meist in Walhall anzutreffen. Er begrüßt jeden Abend die neuen Krieger, die Einherier, die von den Walküren nach Walhall geführt werden. Er ist der Mann von Iðunn.

Brísingamen
Als schönste und höchste der Frauen beansprucht Frîja den Schmuck des Brísingr für sich. Diese Schmuckkette ist aus den Nordlichtern gefertigt und verfügt über die Eigenschaft, jeden Gedanken und jede Empfindung zu täuschen. Der Preis, den Frîja dafür bezahlt, ist sehr hoch. Dadurch zerbricht das Vertrauen zwischen ihr und Óðinn.

Einherier
Nach dem Tod von den Walküren nach Walhall geführt zu werden, ist der tiefste Herzenswunsch jedes Mannes. Doch nur wer im Kampf gestorben ist und Óðinn mit heldenhaften Taten imponiert hat, kann dieses Ziel erreichen. Jeden Abend trifft sich Óðinn mit seiner Frau Frîja, um über die Neuankömmlinge zu verhandeln. Nur die Hälfte der Einherier bleibt in Walhall. Die andere Hälfte kommt in die Halle Fólkvangr, denn auch das Wanenreich bedarf des Schutzes. Ein Einherier übt Tag für Tag dafür, die Götterheimat dereinst gegen die anrückenden Heere des Feuerdämons zu verteidigen.

Eir
(»Gnade, Hilfe, Milde«) Die Göttin, die sich mit jeder Art von Heilung auskennt und somit die

	bestmöglichste Ärztin, die sogar über eine totenerweckende Gabe verfügt.
Eisenwald	→ Járnviðr
Falken	Während die Raben die Späher Óðinns sind, setzen ich die Falken als Späher für Surtr ein, was in keinem Kontext zur germanischen Mythologie steht.
Fensaal	Frîjas Wohnort *Fensalir* (pl. Moorsäle) ist wahrhaftig ein seltsamer Name für eine Götterwohnung. Doch er ist ein außerordentlich schöner Ort, in welchem Frîja mit ihren Dienerinnen wohnt.
Fenriswolf	Der Vorvater der Wölfe hasst Óðinn so sehr, dass er danach trachtet, Óðinns Orakel, die Sonne, zu verschlingen. Er lauert dem Sonnenwagen jeden Morgen auf und jagt ihm über den ganzen Tag hinweg hinterher. Erst wenn der Wagen am Abend über die Weiden vor Þors Hof fährt, verlässt ihn sein Mut, denn mit Þor will er sich nicht anlegen. Er ist ein Sohn von Loki und der Riesin Angrboða. Fenrir hat zwei Söhne, die Garmr (»Verschlinger«) und Mánagarmr (»Mondverschlinger«) heißen.
Fimbul	Der Fimbulwinter, altnordisch *fimbulvetr*, ist ein personifizierter Fluch, der drei Jahre lang Miðgarðr beherrscht.
Fólkvangr	Die Walhall entsprechende Halle bei den Wanen heißt Fólkvangr. Sie bleibt auch, nachdem Frîja Óðinn heiratet, in Frîjas Besitz und beherbergt die Einherier der Wanen.
Frîja, Frigg, Freyja	Frîja ist die Höchste der Frauen. Von ihr heißt es, dass jede Frau ihre Dienerin sei. Sie stammt aus dem Göttergeschlecht der Wanen und ist die Zwillingsschwester von Fróði (Freyr), an deren

Seite sie ursprünglich in einer eheähnlichen Verbindung über Vanaheim regiert. Nach dem Wanenkrieg gibt sie sich Óðinn hin, um den Frieden zwischen den beiden Götterfamilien wiederherzustellen und zu garantieren. Ihre Liebe kommt aber nie von Herzen. Als Óðinn ihr den Schmuck Brísingamen stehlen lässt, erlöscht auch die letzte Zuneigung ihm gegenüber. Sie, die über die höchste Kenntnis des Schicksals verfügt, verweigert ihm von da an ihr Wissen und erfreut sich daran, dass Óðinn immer ausgedehnte Reisen unternehmen muss, um an die Rätsellösungen zu kommen. Frîjas Palast in Ásgarðr heißt Fensaal. Dort ist ihre Hauptdienerin Fulla. In Vanaheim besitzt sie Fólkvangr, worin sich ihr Heer, die wanischen Einherier, für den Endkampf vorbereiten. Legendär ist auch ihr Falkengewand. Bei den Menschen gilt die Mutter Balders als Fruchtbarkeits-, Liebes-, Mutter- und Schutzgöttin. Wenn sie mit ihrem von Katzen gezogenen Wagen oder ihrem Falkengewand die Erde besucht, bringt sie jedem Glück.

Aufgrund zahlreicher Analogien halte ich die Göttinnen Frigg, Freyja (Frîja) für identisch.

Fróði, Freyr

Wer sich mit der nordischen Mythologie befasst, stößt unweigerlich auf die Namen Fróði, Freyr. Mit Sicherheit werden einem die Gemeinsamkeiten auffallen, die beide Figuren miteinander verbinden. Ich gehe davon aus, dass es sich bei beiden ursprünglich um die gleiche Kultperson gehandelt hat, die durch die mündliche Tradierung der Erzählungen mit der Zeit zu verschiedenen Wesen wurden.

Fróði ist der Vornehmste der Götter. Der überall beliebte König des Wanenvolks ist der wichtigste Fruchtbarkeits- und Vegetationsgott. Er herrscht über Regen, Sonnenschein und Wachstum. Fróði ist der Zwillingsbruder der Frîja, mit der er vor dem Wanenkrieg in eheähnlichem Verhältnis Vanaheim regiert. Die beiden werden nach dem Krieg mit ihrem Vater Njörðr als Geiseln nach Ásgarðr gesandt. Als er zurückkommt, ehelicht er die Reifriesin Gerðr. Weil ihm im Kriegsfall mehr nach Verhandeln als nach Kämpfen ist, ist er meistens waffenlos unterwegs. Er besitzt ein Schiff namens Skíðblaðnir. Sein Diener heißt Skírnir. Sein bester Freund ist aber der goldene Eber Gullinbyrsti.

Fulla — Frîjas Leibdienerin heißt Fulla. Sie ist Jungfrau, trägt loses Haar und ein Goldband ums Haupt. Ihre Aufgabe ist es, Frîjas Schmuckkästchen zu tragen und ihr Schuhwerk zu warten. Daneben nimmt sie an Frîjas heimlichem Rat (dem Þing der Frauen) teil und weiß darum um Frîjas Geheimnisse.

Garmr, Mánagarmr — → Fenris Söhne

Gerðr — Gerðr ist im Gegensatz zu ihrem Vater, der als König von Jötunheim über die Reifriesen herrscht, so herzensgut und bildschön, dass ihr Leuchten bis weit nach Miðgarðr hinein dringt. Als Fróði eines Tages Ásgarðr besucht, besteigt er aus Neugier Óðinns Hochsitz, von dem aus die ganze Weltenscheibe überblickt werden kann. Als er Gerðr sieht, verliebt er sich augenblicklich. Weil er selber keine Augenweide für eine Frau ist, schickt er seinen

Diener Skírnir als Brautwerber zum großen Gletscher. Dieser überzeugt die Fürstentochter unter Androhungen schwerster Zauber, Fróðis Gemahlin zu werden. Widerwillig gibt Gerðr ihr Eheversprechen ab. Jedoch verfliegt ihr Gram sehr schnell.

Gimlé — Als sich abzeichnet, dass Vanaheim jene der neun Welten sein wird, die Ragnarokr überdauert, lässt Fróði die Wanenwelt mit der Halle Gimlé, »dem von Feuer geschützte Ort«, erweitern. Dort werden die Menschen Miðgarðs das Schicksal ihrer Götter unbeschadet überstehen.

Ginnungagap — Als am Anfang aller Dinge die Zeit entsteht, bildet sich auf der einen Seite des kosmischen Urraums Hitze und auf der anderen Seite Kälte. An der Stelle, wo sie sich treffen, bildet sich der Nebel Ginnungagap. Darin entsteht mit der Zeit die Urkuh Auðhumla, die die drei Urwesen Örgelmir, Ymir und Mímir – aus dem Eis leckt.

Gjallarbrú — Es gibt drei Wege, auf welchen der Járnviðr durchquert werden kann. Einer gehört den Riesen und einer den Zwergen. Der dritte, Helvergr, ist den Seelen der Menschen bestimmt, die an Alter oder Krankheit starben. Dieser endet an einer Brücke, die man Gjallarbrú nennt und über den Jenseitsfluss Gjöll ins Land der Toten, Niðafjöll, führt.

Gjallarhorn — Das in Yggdrasils Wurzelwerk verborgene Horn ist jenes, mit dem Heimdall die Götter vor dem unvermeidbaren Schicksal warnt, und heißt Gjallarhorn. Es ist ursprünglich ein Trinkhorn, mit dem Mímir die Weisheit aus dem Mímirsbrunnen schöpft.

Gjöll	Der Fluss, der das Blut der Verstorbenen zurück zur Quelle der Schicksalsfrauen bringt (wo es wieder an die Neugeborenen verteilt wird), heißt Gjöll. Weil dieser Strom durch den Eisenwald fließt, gleicht das Blut der Menschen in Farbe und Geschmack rostigem Erz. Gjöll kann von Lebenden nicht überwunden werden, denn er ist der Grenzfluss zwischen dem Diesseits und der Totenwelt.
Goði	In den Sagas werden die heidnischen Priester *goði* bzw. *hofgoði* genannt. Die Bezeichnung *goði* (Pl. *goðar*) lässt sich in seiner frühen Form *gudjia* (gotisch *gudja*) durch einen Runenfund in Nordhuglen (Norwegen) bis ins 5. Jhd. zurückverfolgen.
Götter	An Anfang der Zeit leckte die Urkuh die Urwesen Ymir und Mímir aus dem Eis. Von Ymir stammen die Riesen und von Mímir die Götter ab. Die Götter schufen die Weltenscheibe. Sie formten die Menschen, die Vögel und das meiste andere Getier. Ursprünglich waren die Begriffe Götter und Asen gleichbedeutend. Es gab nur eine Götterfamilie. Dann teilten sie sich. Die Wanen zogen nach Miðgarðr, um dort als Götter der Bauern für Furchtbarkeit und Vegetation zu sorgen.
Gritturvelgr	Der kleine Bruder des Windadlers Hræsvelgr.
Gullinbyrsti	Fróðis bester Freund und Weggefährte ist der Eber Gullinbyrsti. Sein Name »Goldborste« kommt daher, weil sein Fell jede Nacht erhellt. Er ist kein herkömmliches Tier, sondern wird bei einem Schmiedewettstreit zwischen den Zwergen Sindri und Brokkr geschmiedet. Er

kann sich schneller als das schnellste Pferd über Land, Wasser und durch die Luft bewegen.

Gylfi, Gylfaginning

Die Geschichte von Gylfis Täuschung, *Gylfaginning*, beginnt folgendermaßen: »König Gylfi beherrschte das Land, das heute Schweden heißt [offenbar das Land Sjælland, eine 7.273 km² große Insellandschaft vor Dänemark]. Es wird gesagt, dass er einer fahrenden Frau zum Lohn für ihren Gesang ein Pflugland gab, das so groß war wie die Fläche, die vier Ochsen binnen eines Tages pflügten. Diese Frau war allerdings Gefjon vom Asengeschlecht. Sie nahm ihre Söhne, die sie mit einem Jöten gezeugt hatte, verzauberte sie in Ochsen und spannte sie vor einen Pflug. Da ging der Pflug so tief, dass sich das Land löste. Die Ochsen zogen es westwärts zum Meer, bis sie in einem der Sunde stehen blieben. Da setzte Gefjon das Land und gab ihm den Namen Selund. An der Stelle, an der das Land weggenommen war, war ein See entstanden, den man in Schweden heute Löger (Mälar) nennt.« Snorri setzt der ätiologischen Sage die Entstehung des Öresunds hinzu und meint, dass Sjælland vor der Urbarmachung an der Stelle des an Stockholm angrenzenden Mälarsees (1090,11 km²) lag.

Heimdall

Der von den Ägirstöchtern geborene Heimdall ist der Wächter Ásgarðs und der arbeitsseligste der Asen. Tagsüber wacht er von seinem Turm Himinbjörg aus über alle Welten und erkennt dabei jeden, der auch nur Gram gegen die Götter hegt. Er erfasst auch noch die kleinste Veränderung in Miðgarðr und vermag daneben selbst das Gras im Hochland und die Wolle auf den Schafen wachsen zu hören. Sein Hauptaugenmerk gilt am Tag Bifröst. Nachts bewacht er Walhall, damit sich keine Feinde einschleichen können. Wird es ihm bei seinem Dienst langweilig, schnitzt er mit seinem Messer allerlei Geschöpfe aus Holz. Auf diese Weise entstanden die Menschen und die meisten der Tiere. Als Schöpfer der Menschen hat er sich die hierarchische Ordnung mit Knechten, Freien und Fürsten erdacht.

Hel — Eines der Kinder, die Loki mit Angrboða zeugte, heißt Hel. Sie ist ein tristes Mädchen von bleicher Gestalt und stimmt jeden, der sie sieht, melancholisch und traurig. Hel ist die Beherrscherin der Totenreiche. Ihr Palast steht in Niflhel, dem Totenreich, der an Alter und Krankheit Gestorbenen.

Helvergr — Der Weg ins Totenreich der an Alter und Krankheit Gestorbenen heißt Helvergr. Er endet an der Gjallarbrú, der Jenseitsbrücke, die über den Fluss Gjöll führt.

Hermóðr — Einer der jüngeren Söhne Óðinns heißt Hermóðr. Er ist ein guter Lehrer im Reiten und Kämpfen und besitzt das größtmögliche Vertrauen Óðinns. Er verbringt seine Tage in Walhall, wo er seinem Vater zusieht, wie er die Einherier ausbildet. Wenn Óðinn auf Reisen ist, leitet er mit Bragi zusammen die Krieger an. Er ist der Einzige, dem Óðinn sein Pferd Sleipnir anvertraut.

Hermóðs Helritt — In Gylfaginning 48 schildert Snorri Hermóðs Ritt zur Hel, um mit ihr um Balders Seele zu verhandeln, folgendermaßen: Als sich die Asen von der Nachricht von Balders Tod erholt hatten, fragte Frîja (Frigg), wer unter den Asen ihre Gunst gewinnen und den Helweg reiten wolle, um der Hel ein Lösegeld für Balder zu bieten. Hermóðr übernahm diese Fahrt. Auf Óðinns Hengst Sleipnir ritt er neun Tage und Nächte durch tiefe Täler, bis er die Gjallarbrú erreichte. Die Wächterin Móðguðr stellte sich ihm entgegen. Sie sprach, dass die Gjallarbrú soeben lauter geknarrt hätte, als unter den Scharen der toten Männer, die am Vortag gekommen seien. Sie fragte nach Namen und Sinn und Zweck seiner Reise. Er antwortete, wer er sei und dass er auf der Suche nach Balder wäre. Ob sie ihn denn gesehen hätte. Sie entgegnete, dass Balder über die Brücke geritten sei und dahinter den Weg, der direkt nach Niflhel führe, genommen habe. Hermóðr ritt an ihr vorbei, bis er vor sich das Helgitter zu sehen bekam. Dort durchstach der Hengst die höchsten Lüfte und setzte so mächtig über das Gitter, dass er es nirgends berührte. Dahinter trabte das Pferd in die Halle Hels, worin Balder auf dem Ehrenplatz saß. Hermóðr blieb über Nacht. Am Morgen verlangte er von der Hel, dass Balder mit ihm nach Hause reiten solle, und beschrieb die Trauer, die in Ásgarðr ausgebrochen sei. Die Hel stellte die Bedingung, dass auf den Welten ausnahmslos alle lebenden und toten Dinge um Balder weinen müssten. Da sandten die Asen Boten in alle Welten. Kurz darauf beweinten alle Balders Schicksal – alle Menschen und Tiere, die Erde, die Steine, die Bäume und Erze. Ein einziges Wesen, ein Riesenweib namens Þökk, weinte nicht. Sie antwortete dem Boten, dass Balder ihr weder im Leben noch im Tod von Nutzen gewesen sei. Snorri führt aus, dies sei der verkleidete Loki gewesen. Doch Þökk dürfte wie die Móðguðr eine Ausschmückung Snorris sein. Die beiden sind sonst nirgends erwähnt.

Himinbjörg — Himinbjörg ist Heimdalls himmlischer Wohnort, der neben dem Brückenkopf Bifrösts liegt.

Hliðskjálf — Der Hochsitz in Walhall, von dem aus Óðinn die ganze Welt überblicken kann, heißt Hliðskjálf.

Höðr — Der blinde Ase heißt Höðr. Er hat ein ausgezeichnetes Urteilsvermögen und wird darum immer dann zum Rat herangezogen, wenn es darum geht, die Wahrheit über jemanden oder etwas herauszufinden. Dennoch grämt es ihn, dass er wegen seiner Blindheit bei den meisten der Aktivitäten seiner Brüder außen vor bleibt. Diese Schwachstelle nützt Loki aus, als er ihm die Mistel reicht, die Balder tödlich verletzt.

Hœnir — Der storchenbeinige Hœnir spielt bei der Erschaffung der Menschen eine wichtige Rolle. Er gibt ihnen Sinn, Verstand und Stimme. Daneben hat er in der Mythologie noch einen zweiten, wichtigen Auftritt: Nach dem Wanenkrieg wird er von den Asen als Geisel zu den Wanen geschickt. Doch ist es nicht sein Intellekt, sondern seine Schönheit, der die Wanen so verblendet, dass sie ihn zum Häuptling machen. Im Hintergrund holt er sich bei Mímir Rat – bis die Wanen dahinterkommen und Mímir enthaupten.

Darüber hinaus bleibt er jedoch funktionslos. In einigen Kenningar wird er als »Langfuß« und

	»schneller Ase« bezeichnet. Warum das so ist, wird mangels Quellen unerklärt bleiben.
Hræsvelgr	Der Windadler Hræsvelgr regiert von seinem Horst aus mit seinen mächtigen Schwingen über die Winde. Seinen Freunden bringt er Glück, seinen Feinden Unglück.
Hrímfaxi	Das Pferd, das allnächtlich den Kufenschlitten mit dem Mond über den Himmel zieht, heißt Hrímfaxi. Der Fuhrmann ist Nórr.
Hrymr	Der Steuermann von Surtrs Schiff Naglfar ist der Reifriese Hrymr.
Huginn, Muninn	Die beiden Raben, die Óðinn auf seinen Reisen begleiten, heißen Muninn und Huginn. Weilt Óðinn in Ásgarðr, fliegen die beiden jeden Tag über alle Welten und kehren allabendlich auf die Schultern des Allvaters zurück, um ihm alle wichtigen Neuigkeiten ins Ohr zu flüstern. Die beiden Raben sind kluge Späher. Trotzdem sorgt sich Óðinn Tag für Tag, dass sie nicht zurückkehren.
Iðavöllr	*Iðavöllr* heißt das Feld, auf dem Ásgarðr erbaut wird.
Iðunn	Iðunn ist die Frau des Gottes Bragi. Sie verwahrt die Äpfel auf, die die Götter genießen sollen, wenn sie nicht altern wollen.
Jarl	Jarl ist seit der germanischen Eisenzeit bis ins späte Mittelalter in den nordischen Ländern ein fürstlicher Titel. Er entspricht, wie uns der sprachverwandte englische Ausdruck *Earl* weismachen will, dem eher niederen Adelstitel des Grafen. Nach Franz Canzler bedeutet Jarl »Herr, edler Mann«.

Járnviðr	Der Eisenwald ist die Heimat der Riesin Angrboða. Er befindet sich in Útgarðr, legt sich im Süden da und dort nach Miðgarðr hinein und grenzt im Norden an Niðafjöll. Der Wald ist tot. Dennoch leben Sindris Söhne darin. Von Sindris Palast aus treiben sie Stollen in die Erde, um das Erz zu fördern, mit welchem die Waffen der Götter geschmiedet werden. Der Wald wird von drei Wegen durchquert. Einer gehört den Zwergen, einer den Riesen, und der Mittlere, Helvergr, den Seelen der an Alter und Krankheit Gestorbenen.
Jöten	→ Riesen
Jötunheim	Unter dem großen Gletscher befindet sich die von zahlreichen Flüssen umgarnte Stadt Jötunheim. Dort verbringen die Reifreisen die Zeit, wenn in Miðgarðr Sommer herrscht. Im Spätherbst frieren die Flüsse zu und die Reifriesen verlassen ihre Heimat, um durch die Welt der Lebenden zu wandern, bis ihr König sie im Frühling zurückruft. Von ihm fehlt jedoch jede Spur. Surtrs Männer, die Muspellbrüder, beherrschen die Stadt.
Källandi	Vom schwedischen Wort *Källa* für »Quelle« und dem Isländischen *Andi* für »Geist«. Der König der Quellgeister.
Landdísastein	*Landdísastein* (Felsen der Land-Dísen).
Loki	Loki Laufeyjarson ist nur ein Adoptivsohn Óðinns und gehört eigentlich dem Geschlecht der Thursen an. Er ist mit Sicherheit die vielschichtigste Gestalt der nordischen Mythologie. Als Meister der Verkleidungen kann er jede Gestalt annehmen, die er will. Der junge Schönling

ist sehr listenreich, launisch, meistens vom Gemüt her gut, manchmal aber sehr böse und kennt sich in jeder Art von Betrug aus. Doch Óðinn hält zu ihm, denn sein unbeständiges Gemüt hat schon viele große Probleme gelöst. Doch nach Balders Tod kann Ásgarðs Häuptling nicht verhindern, dass seine Söhne den Vater des Fenriswolfs, der Miðgarðschlange sowie der beiden weniger negativ behafteten Geschöpfe Hel und Sleipnir zum Todfeind erklären.

Lokis Gefangennahme

Vǫluspá 35 schildert Lokis Schicksal, nachdem Váli ihn gefangen nahm: *Hapt sák liggja und hvera lundi lægjarns líki Loka áþekkjan; þar sitr Sigyn þeygi of sínum ver vel glýjuþ: vituþ enn eþa hvat?* »In Ketten liegt, im Quellenwalde, der arge Loki in Unholdsgestalt. Da sitzt auch [seine Frau] Sigyn in unsanfter Gebärde, des Gatten waise [sie hält Loki für tot]: Wisst ihr, was das bedeutet?« Die Antwort bleibt uns die Vǫluspá-Erzählerin nicht schuldig: Loki ist mit seinen Gedärmen an die Felsen gefesselt. Darin kann die Zukunft gelesen werden: »(36) Gewoben ist da Walas Todesbande. Die Fessel aus Därmen fest geflochten. Viel weiß der Weise, weit sieht er voraus, den Weltuntergang, den Fall der Asen.«

Gylfaginning berichtet Lokis Gefangennahme folgendermaßen: Die Asen bringen Loki und dessen Sohn Narfi zu einer Höhle, bei der sich Váli in einen Wolf verwandelt und Narfi verspeist, ehe er sich wieder zurückverwandelt und Loki mit dessen eigenen Gedärmen zwischen drei Felsen spannt. Njörðs Frau Skaði, die Loki nach Skáldskaparmál 1 für die

Ermordung ihres Vaters Thjazi verantwortlich macht, befestigt eine giftspeiende Schlange über dem Gefesselten. Kaum sind die Rächer weg, fängt Lokis Frau Sigyn das Gift mit einer Schüssel auf. Doch immer, wenn sie die Schüssel entleert, bäumt sich Loki vor Schmerzen auf und löst auf diese Weise Erdbeben aus.

Loki überlebt diese Tortur – er hat ja selbst in der Vǫluspá, die ihn an dieser Stelle für tot erklärt, noch seine Rolle zu erfüllen: 51. *Kjóll ferr norðan; koma munu Heljar of lǫg lýþir, en Loki stýrir.* »Kiel fährt nach Norden, von Loki gesteuert. Es streichen die aus Niflheim [Surtrs Söhne] über die See.« Niflheim ist allerdings ein mystischer Ort der Toten. Aus diesem Grund könnte Loki durchaus tot sein. Allerdings müssten die Muspellbrüder dann ebenfalls Tote sein. Mit dem Begriff *Heljar* könnte aber auch die Niflhel (Hel) gemeint sein, was ich nicht für wahrscheinlich halte, da Lokis Armee dann aus den an Krankheit und Alter Gestorbenen bestünde.

Lytir — Vertrauter Oberons.

Menschen — In der Langeweile seines Wachdienstes schnitzt Heimdall unzählige kleine Figuren aus Treibholz. Eines Tages formt sich unter seinem Messer etwas Besonderes: Es sind die nach göttlichem Abbild geschaffenen ersten beiden Menschen Askr und Embla. Bald besteigen viele der Götter den Wachturm, um das Werk zu bestaunen und dessen Schöpfer zu beglückwünschen. Darunter befinden sich auch einige Zauberer. Loðurr erweckt die beiden Schnitzwerke zum Leben. Hœnir gibt ihnen einen Sinn und Óðinn stiftet ihnen die Seelen.

Miðgarðr — Das mittlere Gebiet der Weltenscheibe wird von den Göttern den Menschen zugestanden. Im Norden grenzt Miðgarðr an Útgarðr, im Süden an Muspellheim, im Osten und Westen an das Meer. Das Land wird im Osten durch die Grenzmauer Undir Miðgarði abgeschlossen, denn es ist von Útgarðs Thursen und Dämonen bedroht. Auch im Süden steht eine Mauer. Doch diese wird vom Hauptfeind der Götter, Surtr, durchbrochen. Miðgarðr wird auch aus dem Erdinneren bedroht. Unter Yggdrasils Wurzelwerk lauern nämlich die Schwarzalben. Die Maden, die in Ymirs Leichnam entstanden sind.

Miðgarðschlange — Die Natter namens Jörmungandr ist so lang, dass sie mit ihrem Körper die Weltenscheibe umranden kann. Sie ist eine Tochter Lokis und soll ursprünglich dafür sorgen, dass kein Seefahrer zu weit hinausfährt. Ihr Gemüt stammt jedoch von ihrer Mutter Angrboða. So groß wie sie ist auch ihr Hunger. Darum jagt sie den Schiffen nach und bringt sie zum Kentern. Ihre Beute teilt sie sich mit der Rán.

Mímir — Eines der Geschöpfe, das die Urkuh aus dem salzigen Eis geleckt hat, ist der Vorvater der Götter, Mímir. Er ist es, der am Ende der Urzeit Óðinn den Auftrag gibt, Ymir zu töten. Im Zeitalter, das daraufhin anbricht, wohnt Mímir am mit Weisheit gefüllten Mímirsbrunnen unter Yggdrasil. Jeden Abend reitet Óðinn zu ihm hinunter, um sich dessen Voraussicht zu Nutze zu machen. Nach dem Wanenkrieg berät Mímir auch Hœnir, der mit dessen Ratschlägen vom Gefangenen zum Häuptling der Wanen aufsteigt. Als die Wanen dahinterkommen, lassen sie Mímir köpfen und überbringen den Kopf den Asen, die ihn einbalsamieren, so dass Mímir ihnen weiterhin Ratschläge geben kann. Doch mit der Zeit werden diese immer belangloser.

Mímirsbrunnen
Mímir ist der Eigner des Mímirsbrunnen. Dessen Wasser ist die Weisheit und Mímir ist ein weiser Mann, weil er täglich davon trinkt. Óðinn darf gleichwohl aus dem Brunnen trinken, aber erst seit er sein Auge als Pfand für die Weisheit gab.

Móðguðr
Die Wächterin, die die Gjallarbrú bewacht und dafür sorgt, dass kein Lebender über die Jenseitsbrücke tritt, heißt Móðguðr.

Muspellbrüder
Die Muspellbrüder sind die Kampfsöhne Surtrs. Sie sind ausgebildet, um gegen die göttlichen Einherier zu kämpfen. Ihre Blutspur zieht sich durch alle Welten – doch das Lebensziel eines Muspellbruders ist, sich im Kampf in Ásgarðr zu bewähren. Ihre Heimat ist Muspelheim, das von Surtr regierte Land, das sich südlich von Miðgarðr befindet. Von dort kommt das meiste des Lebensfeindlichen, das die Götter bedroht.

Naglfar
Surtrs Knochenschiff heißt Naglfar. Es wird die Muspellbrüder zur Schlacht auf dem Idafeld bringen. Hrymr ist sein Steuermann. Naglfar ist ein gutes Schiff. Es entstammt den modifizierten Plänen von Fróðis Schiff Skíðblaðnir, die Surtr einst in Vanaheim stahl. Doch auch wenn Naglfar größer als Skíðblaðnir ist, ist Fróðis Schiff mit mehr Magie gebaut und bleibt somit das Beste der Schiffe.

Náströnd
Niðhöggs Heimat Náströnd befindet sich in Niðafjöll. Náströnd ist eine schlimme Halle. Gift

tropft dort durch das Dach und verwundet, wen es trifft. Unzählbar winden sich Schlangen durch den vom Teer brodelnden Schlammboden. Die Luft ist kaum zu atmen. Dort sammeln sich die Seelen toter Selbstmörder, Meineidiger und Meuchelmörder.

Niðafjöll	Das Gebiet jenseits des Gjöll, in welchem sich die Totenreiche der Feiglinge befinden, heißt Niðafjöll.
Niðhöggr	Der Drache, der die Lebensfäden der Sterbenden durchbeißt und das Blut zum Gjöll bringt, heißt Niðhöggr.
Njörðr	Der Herrscher über Feuer und Wasser steht den Menschen nahe. Er ist der Schutzgott der Fischer und sorgt dafür, dass die Fischschwärme beständig wachsen. Er ist reich und kann, da er mit seinen Gütern freigiebig umgeht, Reichtum verleihen. Njörðr ist der Vater von Frîja und Fróði und der erste Häuptling von Vanaheim. Nach dem Wanenkrieg ist er eine Geisel der Asen. Nachdem er seine Freiheit wiedererlangt, überlässt er Fróði den Thron von Vanaheim und zieht sich in seine Burg Nóatún zurück. Er ehelicht die Riesin Skaði. Doch die beiden werden miteinander nicht glücklich, weil sie lieber in den Bergen als am Meer lebt.
Nórr	Der Riese Nórr steht für die Personifikation der Nacht. Er wohnt mit seiner Frau Kàra in Útgarðr und seine Pflicht ist es, jede Nacht den Mond auf Hrímfaxis Schlitten zu platzieren und damit den Himmel zu überreiten.
Oberon	Der König der Alben heißt Oberon.
Óðinn	Er ist als Häuptling der Asen der Begründer

und Erhalter des göttlichen Geschlechts. Von seinem Vater Mímir gesandt, tötet er Ymir und schlägt aus dessen Leichnam die Weltenscheibe. Er ist Besitzer von Ásgarðs Halle Walhall. Die meisten Tage thront er darin auf seinem Hochsitz Hliðskjálf und bringt den Einheriern das Kämpfen bei. Am Abend verlässt er die Halle und wandert zu seinen Söhnen nach Valaskjálf, um dort den Tag ausklingen zu lassen.
Óðinn ist einäugig, weil er sein zweites Auge als Pfand für die Weisheit des Mímirsbrunnen gibt. Da ihm seine Frau, die allweise Frîja, vieles verschweigt, muss er viele abenteuerliche Reisen unternehmen, um an das Wissen, das er jeweils begehrt, zu gelangen. Wenn er in die Schlacht reitet, tut er dies auf seinem achtbeinigen Pferd Sleipnir. Er wird dabei von den Raben Huginn und Muninn sowie von den beiden Wölfen Geri und Freki begleitet. Sein Speer heißt Gungnir. Er kann sich auch zum Schwert oder zur Gerte umformen.

Phol Einer der Asen heißt Phol. Er ist ein guter Beobachter und verbringt seine Zeit als Bote der Wanen. Er ist der beste Reiter aller Zeiten, ein Trinkkumpane und Spaßmacher, der überall gerne gesehen wird, der nur Freunde hat und über den man nur Gutes erzählt. Sein Pferd heißt Jalkr.

Ragnarokr Das Schicksal der Welten, an dessen Ende die Götter Macht und Einfluss verlieren, wird Ragnarokr genannt. Das Zeitalter der Götter beginnt, als Óðinn den Stammvater der Riesen Ymir ermordet. Die Erschaffer der Welten beladen sich danach weiter unablässig mit Schuld. Mit Mord, Schändung, Diebstahl und anderen schlimmen Taten entweihen sie sich selbst. Dies ist der Nährboden, auf dem ihre Feinde heranwachsen. Die Götter fühlen sich unsterblich. Doch Balders Tod beweist das Gegenteil. Sein Tod ist der Fingerzeig, der darauf weist, dass auch ihre Existenz befristet ist.

Rán — → Ägir

Riesen — Der übergeordnete Begriff für Riese ist *Jöte* oder *Thurse*. Die meisten Riesen sind streitsüchtig und grimmig. Unter ihnen sind die Reifriesen die lebensfeindlichsten. Sie wohnen in der Stadt Jötunheim. Im Spätherbst, wenn die Grenzflüsse zufrieren, gelangen sie nach Miðgarðr, wo sie mit ihrer Kälte viel Leid verursachen. Die meisten Thursen und Bergriesen sind allem gegenüber, selbst sich selber, feindlich gesinnt. Sie tragen oft Namen wie Lärmer, Schreier oder Zerstörer. Daraus kann man auf ihr Gemüt schließen. Auf seinen Fahrten verjagt Þor viele der Riesen. Nur in Útgarðr lässt er sie in Ruhe. Es gibt aber noch Thursen, die in solch abgelegenen Berggegenden wohnen, dass sich Þor nie für sie interessierte. Auch die Krieger des Feuerdämons, die Muspellbrüder, sind Riesen

Runen — Die auf Knochen oder Stein geritzten Zeichen der Götter nennt man Runen. Zauberkundige werfen achtzehn Runen wie Würfel in einen Kreis, um sie anschließend zu deuten. Eine der Runen hilft bei Streitigkeiten und Kummer. Eine zweite bedeutet Heilung von einer Krankheit. Eine dritte wirkt gegen Schwertmesser und Pfeile.

Eine andere hilft aus einer Gefangenschaft. Eine fünfte bestimmt den feindlichen Pfeilflug. Eine sechste hilft bei Schwertwunden. Eine kann Brand beeinflussen. Eine schlichtet den Hass unter Kampfgegnern. Die Neunte kann das Meer beruhigen. Die Zehnte bietet Schutz vor bösen Zaubern. Mit der Elften kann weit entfernten Freunden geholfen werden. Eine verrät, ob ein Fremder vertrauenswürdig ist. Eine kann das Gespräch mit den Toten ermöglichen. Die Vierzehnte bewirkt, dass man selber einen guten Ratschlag geben kann. Mit der Fünfzehnten ist der Beistand der Götter gewiss. Die sechzehnte Rune ermöglicht einem die Gunst eines Mädchens zu erlangen. Die Siebzehnte hilft einem Mädchen, den Richtigen zu erwählen, und die Achtzehnte spendet Trost in allen Lebenslagen. Doch nur die von den Göttern Erwählten können diese Kunst beherrschen. Die anderen können allerdings erlernen, diese Runen als Buchstaben zu Wörtern zusammenzusetzen. Óðinn, der Gott der Runen, hat in den Tagen seines Selbstopfers, als er mit einem Speer durchbohrt an einem Baum zwischen den Erhängten hängt, diese Erkenntnis erlangt.

Sága
Óðinns Lieblingstochter.

Schiffe
Drei Schiffstypen sind in der Geschichte genannt: Eine Skeide (auch Leidang genannt) ist ein dazumal weit verbreitetes, 20-sitziges Wikingerlangschiff. Es ist ein nach den Gesetzen der mittelalterlichen, skandinavischen Länder gestelltes Wehrpflichtschiff regionaler Einheiten. Ein *sexæringr* ist ein kleines sowohl Segel- als auch

Ruderboot mit drei Ruderbänken, das u. a. zum Seehundfang benutzt wurde. Eine Karve ist ein Handelsschiff der Wikingerzeit, das mehr auf Tragfähigkeit als auf Schnelligkeit und mehr aufs Segeln als aufs Rudern ausgelegt ist. Sie hat eine Nutzlast von ungefähr zwei Tonnen.

Schicksalsfrauen — Um dieses Buch einfacher zu gestalten, habe ich die Begriffe *Nornen* und *Dísen* zum Wort »Schicksalsfrauen« zusammengefasst. Die Schicksalsfrauen sind die Seelen verstorbener Frauen, die in der Stadt Landdísastein, welche sich hinter dem Schicksalsbrunnen befindet, angesiedelt sind.

Schwarzalben — Sie sind die Maden, die in Ymirs Leichnam entstanden sind. Ihre Heimat, Svartálfaheimr, liegt am untersten Punkt von Yggdrasils Wurzelstock. Die Schwarzalben sind in Erscheinung und Absicht schwärzer als Pech. Sie sind die Schmiede von manch schlechtem Schmiedewerk. Zum Beispiel schlagen sie das Schwert Surtalogi, mit dem Surtr die Weltenscheibe in Flammen setzen soll. Sie selber können die Oberwelt nicht betreten. Wenn sie vom Sonnenlicht berührt werden, versteinern sie augenblicklich. Einzig mit Albträumen können sie die Welt der Menschen heimsuchen.

Seiðr — Eine spezielle Art negativer Magie, die Snorri den Wanen zuschreibt.

Sindri und Brokkr — Alles, was von den Vorvätern der guten Zwerge blieb, sind die sagenhaften Geschichten, die über Sindri und Brokkr erzählt werden. Sie gelten als die besten Baumeister und Schmiede aller Zeiten. Von ihnen stammen die göttlichen

Kleinode: Þors Hammer Mjǫllnir, Fróðis Eber Gullinbyrsti, dessen Schiff Skíðblaðnir, der Apfelbaum der Iðunn und anderes, was im Kampf gegen die Riesen und Dämonen hilft. Nachdem Sindri und Brokkr von den Feinden der Götter ermordet werden, beschließen die Götter, eine Zwergensippe zu schaffen, die sie Sindrissöhne nennen. Diese bauen im Járnviðr zu Sindris Andenken einen goldenen Palast von höchster Baukunst. Von dort aus bohren sie ihre Löcher, schürfen nach Erz und untergraben mit ihren Stollen den ganzen Eisenwald.

Sinmara — Surtrs Gehilfin Sinmara versteht viel von Zauberkunst und übertrifft den Feuerdämon nicht nur in Kunst und Fingerfertigkeit, sondern auch in Klugheit. Ihre Zaubereien schaffen den Muspellbrüdern manchen Vorteil.

Skalden, Skaldenmet — Die Leute, die an den Höfen der Menschen Dichter und Poeten genannt werden, heißen in Ásgarðr Skalden. Sie sind große Künstler. Doch ihre Kunst wohnt in jedem Wesen. Man muss dazu nur vom Skaldenmet trinken und schon sprudelt die Erkenntnis der Gelehrten, allen zur Freude, in klangvollen Versen aus einem heraus. Der Skaldenmet ist ein von den Schwarzalben gegorenes Getränk, das die Götter als ihr Eigentum erachten, weil seine Hauptzutat das aus Götterspeichel geschaffene, äußerst weise Wesen Kvasir ist.

Skíðblaðnir — Fróðis Schiff Skíðblaðnir ist so groß, dass neben allen Göttern auch die Einherier voll bewaffnet darin Platz finden. Dieses Schiff kann jedes Wasser und selbst den Himmel befahren. An seinen

Masten hängen magische Tücher, die sich bei Windstille oder Sturm gleichermaßen nur mit guten Winden füllen. Wenn Skíðblaðnir irgendwo anlandet, kann Fróði das Schiff wie ein Tuch zusammenlegen, bis es in seinem Beutel Platz findet. Das Gegenstück zu Skíðblaðnir heißt Naglfar. Doch Skíðblaðnir wurde mit Magie gefertigt und ist darum das bessere der beiden Schiffe.

Skinfaxi — Das Gegenstück zum Pferd Hrímfaxi ist das Sonnenpferd Skinfaxi. Allmorgendlich überziehen sich die Felsen der Gebirge mit dessen roter Mähne. Doch der Friede, in dem dies geschieht, ist vorbei, wenn das Pferd an den Himmel springt. Dann sieht man darunter den Fenriswolf durchs Gebirge hetzen. Er trachtet danach, den Wagen einzuholen und die Sonne eines Tages zu verschlingen.

Skírnir — Fróðis Diener heißt Skírnir.

Skuld — → Schicksalsfrauen

Sleipnir — Óðinns grauer, achtbeiniger Hengst – das beste aller Pferde – heißt Sleipnir. Sein Vater ist der Riesenhengst Svaðilfari. Seine Mutter ist Loki, der einst als Stute verkleidet Svaðilfari von seiner Arbeit ablenkt, damit der Baumeister Ásgarðs seinen Vertrag mit den Göttern nicht einhalten kann.

Sotkubru — Gleich einem verdorrten Ast aus Yggdrasils Krone verbindet die Brücke Sotkubru die Welten Miðgarðr und Muspellheim. Doch wie das Astwerk der Esche kann ein Menschenauge sie nicht erblicken.

Sterne — Die Orakel der Götter sind die Sterne.

Surtr — Das personifizierte Feuer, Surtr, ist als Anti-Gott der Hauptfeind der Götter. Von Anfang an erhellt er das Þing der Hohen, die sich nichtsahnend am Flackern seiner Flammen erfreuen. Vorbehaltslos vertrauen sie ihm alle ihre Geheimnisse an. Doch Surtr ist ein Dämon und bald beginnt er, Missgunst und Zwietracht an den Gesprächen zu verbreiten. Er verlässt den Kreis der Asen und begründet Muspellheim, wo er die Kriegsmacht der Muspellbrüder um sich zu scharen beginnt. Er trägt das Feuerschwert Surtalogi, mit dem er den Weltenbrand entzünden soll. Die Spottform seines Namens ist Surti.

Surtalogi — *Surtalogi* (»Surtrs Lohe«) heißt das Feuerschwert, mit welchem Surtr den Weltenbrand entzünden wird.

Svartálfaheimr — Heimat der Schwarzalben

Thor, Þor — Der Stärkste der Asen heißt Donar und Þor. Er, der Hauptfeind der Thursen, ist ein Sohn Óðinns. Seine Mutter ist Jörðr, die Göttin, die man auch Mutter Erde nennt. Seine Frau heißt Sif. Mit ihr bewohnt er den Gutshof Thrúðheimr. Þor hat drei leibliche Kinder: Die Söhne Magni und Modi und die Tochter Thrúðr. Besonders auf die Tochter ist er stolz, weil sie es im Wettessen und Wetttrinken mit jedem Mann aufnehmen kann. Stolz ist er auch auf seinen Ziehsohn Ullr, weil dieser in der Kampfentschlossenheit seine leiblichen Söhne überragt. Þor zieht stets auf seinem von Ziegen gezogenen Kampfwagen den Berserkern voran in die Schlacht. Er hat zwei Diener: Die Magd Röskva und deren Bruder Þjálfi, wobei Þjálfi auch sein Kampfgefährte ist.

	Seine Waffe ist der Kampfhammer Mjǫllnir – der so stark ist, dass er mit dem Eisenhandschuh Járngreipr angefasst werden muss. Der Kraftgürtel namens Megingjörð verstärkt die Kraft des Hammergottes noch um das zwei- oder dreifache. Mit seinem Zauberstab Gríðarvölr kann er zudem in der Schlacht die unmittelbare Zukunft bestimmen. Þor ist zuverlässig und eilt von überall heran, wenn seine Brüder ihn rufen. Er ist aber auch einfältig und sehr direkt
Thing, Þing	Das Þing ist eine Versammlung mit politischer Bedeutung.
Thjálfi, Þjálfi	Þors Diener
Thursen, Þurs	In der altnordischen Literatur die Bezeichnung für den »übelgesinnten Riesen«, »Unhold«.
Týr	Týr ist klug, mutig und kühn. Er herrscht über den Sieg im Krieg – darum ist es gut, wenn Krieger ihn anrufen. Er ist nicht nur Kriegsgott, sondern auch Himmels- und Versammlungsgott. Auch wenn ihm der Fenriswolf bei seiner Fesselung den Schwurarm abbiss, gilt der einstige Pflegevater des Wolfs als Schutzgott des Schiedsgerichts. Er gilt bei den Menschen nicht als Friedensstifter.
Úlfheðin	Die in Wolfshäute gekleideten Úlfheðnar sind Menschen, die Angehörige eines den Göttern geweihten kultischen Kriegerbundes sind. Ein Úlfheðin hegt in seinem Trachten kein anderes Ziel, als im Leben bei den Berserkern und im Tod bei den Einheriern aufgenommen zu werden.
Ullr	Auch wenn Ullr als Sohn von Þors Frau Sif nur Þors Ziehsohn ist, ist er sein ganzer Stolz: Wenn es sein muss, kann Ullr nämlich von äußerst

	kriegerischer Natur sein. Zu Friedenszeiten ist Ullr der Gott der Rechtsordnung und der Eide. Er ist als Gott des Winters als Schlittschuhläufer und Skifahrer unübertroffen. Als bester Bogenschütze ist er zudem ein ausgezeichneter Späher und Beobachter und kennt die verborgensten Winkel Miðgarðs. Als Meister der Tarnung kann er sich neun Tage in einer Herde Rotwild verstecken, ohne von ihm erkannt zu werden. Er wohnt in Miðgarðr an der Grenze zu Jötunheim. So hat er die Reifriesen stets in seinem Blickfeld.
Undir Miðgarði	Der Schutzwall, der Miðgarðr umgibt.
Urðr,	→ Schicksalsfrauen
Útgarðr	Die Welt der Riesen und Dämonen wird Útgarðr genannt. Der größte Teil des Gebietes besteht aus Eiswüste. Der Rest ist vom Wald Járnviðr überzogen. Hinter dem Wald befindet sich Niðafjöll, die Welt der Toten. Útgarðr ist durch das schier unüberwindbare Gebirge Undir Miðgarði von Miðgarðr abgegrenzt.
Valaskjálf	Das Feld, auf dem sich die Götter jeden Abend zum Fest treffen, heißt Valaskjálf.
Váli	Der jüngste der Asen heißt Váli. Er beherrscht alle Waffen, ist kühn in der Schlacht und ein guter Schütze. Sein Vater ist Óðinn. Seine Mutter ist die Fürstentochter Rindr. Váli entstammt aber nicht einer Liebesbeziehung, sondern wird durch Notzucht gezeugt. Er ist darum von der ersten Zelle seines Lebens an ein Rachegott. Sein Lebenssinn ist es, Loki zu töten.
Vanaheim	Die Stadt der Wanen heißt Vanaheim. Sie befindet sich im Gegensatz zu Ásgarðr nicht in Yggdrasils Geäst, sondern in seinem Wurzelwerk.

Von dort aus beherrschen die Wanen Fruchtbarkeit und Ernten Miðgarðs. Vanaheim ist die jüngere der beiden Götterstädte.

Verdandi
→ Schicksalsfrauen

Víðarr
Der zweitstärkste Ase nach Þor heißt Víðarr. Er gilt als der schweigsame der Asen, ist aber auch ein Problemlöser, dem die Götter vertrauen. Er ist es, der nach Óðinns Tod den Fenriswolf jagt und gemeinsam mit Váli Óðinns Erbe übernehmen.

Vígríðfeld
Ein Feld bei Ásgarðr, auf dem nach den Weissagungen der Schicksalsfrauen die Endschlacht zwischen den Muspellbrüdern und den Einheriern stattfinden wird.

Walhall
Die Seelen der Menschen, die mit ihrem Tod zum Ruhm der Götter beitragen, werden von den Walküren nach Walhall gebracht. Die Halle ist neben dem Übungsort der Einherier Óðinns Heimstätte und der Ort, an dem der Alte jeden Abend mit seiner Frau Frîja um die Schlachttoten verhandelt. Die Hälfte der Ankömmlinge soll nach Fólkvangr weiterziehen, denn auch Vanaheim bedarf des Schutzes. Tag für Tag ist die Halle mit kämpfenden Einheriern voll. Am Abend feiern die Krieger jeweils ein großes Fest, bei dem die Kampfverlierer des Tages wieder zum Leben erwachen.

Walküren
Óðinns meyar »Óðinns Mädchen«, oder *óskmeyjar* »Wunschmädchen« werden bei den Menschen Walküren genannt. Immer, wenn es in Miðgarðr zu Kämpfen kommt, eilen sie herbei, um auf ihren Webstühlen das Tuch der Schlacht zu weben. Sie wählen die Farbe der Fäden, führen die Gewalten und bringen jenen den Tod, die

ihn verdienen. Sie sind es, die das Schlachtglück verteilen und die Gefallenen nach Walhall bringen.

Wanen Ursprünglich gibt es nur eine Göttersippe und alle Götter nennen sich Asen. Nachdem die Menschen Miðgarðr urbar machten, benötigten sie jedoch Unterstützung. Da spaltete sich die Götterfamilie in Bauern- und Fürstengötter. Die Fürstengötter bleiben in Ásgarðr. Die Bauerngötter erbauen im Wurzelstock Yggdrasils die Stadt Vanaheim und nennen sich von da an Wanen. Die Wanen sind Fruchtbarkeitsbringer. Sie herrschen über Ernte und Regen, Saat und die Geburten. Bekannte Wanen sind: Frîja, Fróði, Gerðr, Iðunn, Njörðr und Skírnir.

Wanenkrieg Krieg zwischen den Wanen und den Asen.

Weltenbrand Da die Schwarzalben die Weltenscheibe nicht betreten können, weil sie vom Licht der Sonne zu Stein erstarren, schmieden sie das Feuerschwert Surtalogi. Als Gegenzug für seine Befreiung soll Surtr das Schwert in Miðgarðs Erde stecken, worauf sich die Weltenscheibe mit Brand überzieht.

Weltenscheibe Die Götter formen aus Ymirs Leichnam die Weltenscheibe: Sein Fleisch wird zu Erde, das Blut das Meer, die Knochen, Knochensplitter und Zähne die Felsen und Berge, seine Haare die Bäume, der Schädel das Himmelszelt und das Gehirn die Wolken. In der Mitte liegt die Welt der Menschen, Miðgarðr. Nördlich grenzt daran die Welt der Riesen und Dämonen Útgarðr, südlich davon befinden sich die Länder des Feuers, Muspellheim. Darum herum wogt das Weltenmeer, das sich weit draußen ins Nichts hinunterstürzt.

Wetterfürsten — Die personifizierten Jahreszeiten heißen Vindsvalr (Winter), Ôstara (Frühling), Svásuðr (Sommer) und Fasolt (Herbst). Sie sind unsterblich, doch der Fluch des Fimbulwinters beraubt sie jeder Kraft. Ihre Festung liegt hinter den Höhennebeln in Miðgarðs Zentralgebirge. Dort lebt auch der Hræsvelgr.

Yggdrasil — Die immergrüne Esche Yggdrasil ist ein Sinnbild für das Gesamtwerk der Schöpfung. Vier Hirsche weiden direkt unter ihrem Stamm. In diesen sind alle wichtigen Bünde und Schwüre zwischen den Sippen geritzt. Darüber legt das Astwerk seine Ausläufer in alle Richtungen. Dies sind die Brücken, die die verschiedenen Sippen verbinden. Das Laub verfärbt sich weiter draußen bläulich und legt sich als Himmel über jede Stelle der Welt. Dort tagen die Götter jeden neunten Tag. Der Tau, der von dort hinuntertropft, ist der Regen, der für alles Wachstum sorgt. Aus dem Wurzelwerk sprießen drei Quellen. Der Mímirsbrunnen, der Urðsbrunnen und der Brunnen Hvergelmir, der als Erste der Quellen alle Flüsse der Weltenscheibe nährt. Darunter durchziehen die Stränge des Wurzelstocks den ganzen Boden und verbinden alle Länder miteinander. Auch mit Svartálfaheimr, dem Land der Schwarzalben, die der Esche stark zusetzen. Mehr als daran leidet der Baum aber am Niðhöggr, der da und dort an den Wurzeln nagt.

Ymir — Das Erste der drei Orakelwesen, die die Urkuh Auðhumla am Anfang der Zeit aus dem Reif leckte, heißt Ymir. Er wird von Óðinn ermordet. Aus ihm formen die Götter die Weltenscheibe. Bis auf Bergelmir ertrinken alle seine Nachkommen in seinem Blut. Von ihm stammen die Riesen ab.

Medi Huwe

Jahrgang 1975, stammt aus einem kleinen Dorf in den Schweizer Bergen. Seit der Kindheit viel in Wäldern und der Natur unterwegs und mit einer Sehnsucht nach dem Übernatürlichen, entwickelt er früh ein Interesse an Sagenwelten und Mythologien, was ihn zur skandinavistischen Mediävistik führt. Sein Einblick in diese Welt versucht er auch in seiner künstlerischen Arbeit zum Ausdruck zu bringen. Diese war bereits an diversen Ausstellungen und ist regelmäßig an den Ehrenbreitsteiner Kunsttagen in Koblenz zu sehen. Medi Huwe lebt heute am Zürichsee.

https://bit.ly/3p8PRnj

Carmilla DeWinter
Lokis Fesseln
320 Seiten, 14,8 x 21 cm, Broschur
ISBN 978-3-96815-034-5
15.00 EUR | 15.50 EUR (AT)

Da das Polareis taut, ist der Jörmungand, der Midgarddrache, aus seinem Gefängnis erwacht. Für seinen Vater Loki ist das nicht nur Grund zur Freude: Als Odin Jörmungand und seine Geschwister Hel und Fenris verbannt hat, ließ Loki es einfach zu. Dieser Verrat wird sich nun rächen.

Aber das ist nicht Lokis einzige Sorge. Nach dem Sieg des Christentums hat der Allvater die Zugänge zu Helheim und Utgard mit Runensteinen versiegelt. Sollten Menschen diese im Permafrost entdecken, droht die Welt von Riesen und Untoten überrannt zu werden.

Um die nötige Reise nicht organisieren zu müssen, schlägt Loki bei der Heidin Jasna auf. Die hat seherisches Talent und zeigt sich wegen ihrer Asexualität gegen sämtliche Flirtversuche immun, die Loki in jeglicher Gestalt unternimmt. Trotzdem lässt sie sich überzeugen.

Unterwegs muss es Loki mit einer Noch-Ehefrau, einem Ex, einer ungehaltenen Tochter, Jörs transfeindlichen Sprüchen und den gesammelten Familiengeheimnissen aufnehmen.

Sarah Skitschak

DIE WELTENTOD-SAGA

Ein Machtspiel aus Intrigen,
Rache und dem Gewirr unbrechbarer Flüche.
Wer spinnt den Faden des Schicksals und
wer weiß die Zukunft der neun Welten zu lenken?

Band 1: **WELTENTOD**, 668 Seiten, ISBN 978-3-946425-89-2
Band 2: **WELTENBRAND**, 674 Seiten, ISBN 978-3-946425-92-2
Band 3: **WELTENFROST**, 684 Seiten, ISBN 978-3-96815-004-8

Jeder Band kommt in DIN A5, Broschur und kostet je 17,95 €.

Falls Euch das Buch gefallen hat, besucht unsere Präsenzen im Netz und folgt uns auf den sozialen Medien:

roterdrache.org

www.roterdrache.org/catalog

editionroterdrache

Verlag.EditionRoterDrache

Edition Roter Drache

@EditRoterDrache

RoterDrache2006

Die Edition Roter Drache ist Fördermitglied im
Phantastik-Autoren-Netzwerk e.V.

PAN

PHANTASTIK-AUTOREN-NETZWERK E.V.

www.phantastik-autoren.net